사립학교 아이들

PREP

사립학교 아이들

1판 1쇄 발행 2006. 4. 5.
1판 29쇄 발행 2015. 1. 21.
2판 1쇄 발행 2017. 6. 20.
2판 2쇄 발행 2018. 8. 27.

지은이 커티스 시튼펠드
옮긴이 이진

발행인 고세규
편집 김지용 | 디자인 정지현
발행처 김영사
등록 1979년 5월 17일 (제406-2003-036호)
주소 경기도 파주시 문발로 197(문발동) 우편번호 10881
전화 마케팅부 031)955-3100, 편집부 031)955-3250
팩스 031)955-3111

값은 뒤표지에 있습니다. ISBN 978-89-349-7424-6 03840

홈페이지 http://www.gimmyoung.com | 블로그 blog.naver.com/gybook
페이스북 facebook.com/gybooks | 이메일 bestbook@gimmyoung.com

좋은 독자가 좋은 책을 만듭니다.
김영사는 독자 여러분의 의견에 항상 귀 기울이고 있습니다.

사립학교 아이들

커티스 시튼펠드 장편소설 | 이진 옮김

차례

prep

나는 늘 누군가가
나를 발견할까 봐 두려웠고,
막상 아무도 나를 발견해주지 않으면 서글펐다.
이곳에 오겠다고 우긴 사람은 나였다.
나는 이곳의 현란함을 내 가족과
맞바꾸었다. 공부가 목적인 척했지만
사실 그렇지는 않았다.
⋮

가장 아름다웠던 시절에 대한 인생 최고의 선물…
충동적이고 진지했던 우리의 사춘기에 바친다.

도둑잡기

1학년
가을

모든 것은, '모든 것'까지는 아닐지라도 그 뒤로 내게 일어난 일들 중 일부분은, 로마 건축이 뒤엉켜버린 그날의 사건과 함께 시작되었다.

아침 예배와 조회 다음 1교시가 고대 역사 수업이었다. 사실 조회라기 보다는 7미터 높이의 팔라디오식 창문(아치로 이루어진 중앙 창과 양옆으로 좁은 사각형의 창 등 세 부분으로 이루어진 창문— 옮긴이)들이 있는 널찍한 강당에서 그날의 공지사항을 발표하는 시간이었다. 강당에는 덮개를 열 면 책을 넣을 수 있는 책상들이 빼곡하게 정렬되어 있었고, 사방의 벽에 설치된 마호가니 목판에는 얼트 사립 고등학교가 개교한 1882년 이래 이 학교를 졸업한 모든 학생들의 이름이 새겨져 있었다.

4학년 학생회장 두 명이 단상 위의 책상에 앉아 그날 발표하기로 되어 있는 학생들을 호명하면서 조회를 진행했다. 이름의 알파벳순으로 지정 된 내 자리는 단상에서 가까웠고, 아이들과 수다를 떨지도 않았기 때문 에 나는 학생회장들이 선생님이나 다른 학생, 그리고 자기들끼리 나누는 대화를 엿들으며 조회 전의 남는 시간을 보냈다. 학생회장은 헨리 토르페와 게이츠 메드코우스키였다. 학기가 시작된 지 4주째에 접어들도록 얼트 사립 고등학교에 대해 별로 아는 게 없었지만, 게이츠가 개교 이래 최초의 여자 학생회장이란 것 정도는 알고 있었다.

교사들의 발표는 대체로 직설적이고 간결했다.

"지도 교사 신청서를 목요일 정오까지 작성해주세요."

반면 학생부의 공지사항은 그보다 조금 길었고, 모호한 표현을 자주 사용했다. 발표 시간이 길어질수록 당연히 1교시 수업 시간은 짧아졌다.

"오늘 코츠필드에서 남자 축구부 연습이 있습니다. 코츠필드가 어디 있냐 하면, 교장 선생님 사택 뒤쪽에 있어요. 모르는 사람은 프레드에게 물어보세요. 프레드! 어디 있지? 손 한번 들어줄래? 거기 있었구나! 다들 프레드 보셨죠? 좋아요. 코츠필드예요. 다들 동글동글한 거 들고 오는 것 잊지 맙시다!"

공지가 끝나자 헨리와 게이츠는 책상 옆에 있는 버튼을 눌렀다. 종소리가 교내에 울려 퍼졌고, 학생들은 모두 교실로 향했다.

고대 역사 시간에 우리는 각자 다른 주제로 발표하기로 되어 있었고, 그날은 내가 발표할 차례였다. 나는 도서관에서 콜로세움과 판테온, 디오클레시안의 공동 목욕탕 사진을 찾아 복사했다. 그리고 그것을 포스터용 보드에 풀로 붙인 뒤 가장자리를 초록색과 노란색 펜으로 둘렀다. 전날 밤 기숙사 화장실 거울 앞에 서서 발표할 내용을 연습해볼 생각이었지만 누군가 들어오는 바람에 손을 씻는 척하고 나와야 했다.

나는 세 번째였고, 제이미 로리슨 다음이었다. 반더호프 선생님이 교실 앞쪽에 발표자용 책상을 준비해놓았고, 제이미가 색인카드를 들고 그 뒤에 서 있었다.

"2천 년이 지난 지금까지도 로마인들이 설계한 건축물을 감상하려는 현대인들의 발길이 끊이지 않는 것이야말로 로마 건축의 천재성에 경의를 표하는 것입니다."

나는 심장이 멎는 것 같았다. 로마 건축의 천재성은 내가 발표할 주제였다. 제이미의 주제가 아니었다.

"물을 운반하기 위한 도수관과 플라비안 엠피티어러라고 불렸던 콜로세움은….'

낯설지 않은 내용이었음에도 불구하고 나는 그의 말에 귀를 기울일 수가 없었다. 반더호프 선생님은 내 왼편에 서 있었다. 나는 몸을 구부리며 낮은 소리로 선생님을 불렀다.

"저기요!"

선생님은 내 목소리를 듣지 못한 것 같았다.

"반더호프 선생님!"

나는 선생님의 팔을 슬쩍 건드렸다(훗날 이 순간을 생각할 때마다 나는 무척 수치스러웠다). 선생님은 칼라가 달린 주황색 실크 드레스에 얇은 벨트를 매고 있었다. 손가락이 실크에 살짝 닿았을 뿐인데도 선생님은 내가 쿡 찌르기라도 했다는 듯 움찔했다. 선생님은 나를 쏘아보고는 고개를 젓더니, 몇 발자국 물러섰다.

"이제 사진을 보여드리겠습니다."

제이미가 말했다.

그는 바닥에서 책을 몇 권 들었다. 그리고 책을 펼쳐서 내가 흑백으로 복사해서 보드에 붙인 것과 똑같은 사진들을 아이들에게 보여주었다.

제이미의 발표가 끝났다. 그때까지 나는 붉은색 머리에 조금 마른 편이고 숨소리가 유난히 큰 제이미 로리슨에 대해 별다른 감정이 없었다. 그러나 제이미가 만족스러운 듯 편안한 얼굴로 자리에 앉는 모습을 보고 있자니 그 아이가 죽도록 미웠다.

"리 피오라, 다음은 네 차례 맞지?"

선생님이 말했다.

"저… 그게요. 문제가 좀 있는데요."

나를 향한 아이들의 호기심 어린 눈빛이 느껴졌다. 얼트의 자랑 가운데 하나는 학생과 교사의 이상적인 비율이었고, 그래서 교실에는 단 12명의 학생이 있을 뿐이었다. 그러나 모든 눈동자가 한꺼번에 나에게로 쏠릴 때면 12명도 적은 숫자가 아니었다.

"발표를 할 수가 없어요."

마침내 내가 말했다.

"방금 뭐라고 했지?"

반더호프 선생님은 50대 후반으로, 마르고 키가 컸으며 코가 뾰족했다. 선생님이 유명한 고고학자의 미망인이라는 소문을 듣긴 했지만 그 고고학자는 내가 알 정도로 유명한 사람은 아니었다.

"저, 제가 발표할, 아니 발표하려고 했던 내용은… 그러니까 저는 제가 발표할 내용이… 아무래도 제이미가…."

"리 피오라, 무슨 소린지 도무지 못 알아듣겠구나. 제대로 좀 말해보겠니?"

"그러니까 제가 발표할 내용은, 제이미가 한 것과 똑같아요."

"각자 다른 주제로 발표하기로 하지 않았나?"

"저도 건축에 대해 발표하기로 했는데요."

선생님은 교탁으로 돌아가 손가락으로 무언가를 쓸어내렸다. 선생님을 바라보고 있던 나는 선생님이 내게서 눈을 돌린 순간 어디에 눈을 두어야 할지 알 수 없었다. 반 아이들 모두가 날 쳐다보고 있었다. 지금까지 교실에서 나는 꼭 필요할 때에만 입을 열었다. 물론 그런 상황도 자주 있는 건 아니었다. 얼트의 다른 학생들은 모두 수업에 열정적으로 참여했다. 인디애나주 사우스벤드의 중학교에 다닐 때에는 모든 수업이 선생님과 나의 일대일 토론이나 다름없었다. 아이들은 대부분 졸거나 딴생각을 했다. 그러나 여기선 숙제를 했다고 해서 다른 아이들과 구별되지는 않았다. 사실 내가 다른 아이들과 구별되는 점은 하나도 없었다. 게다가 지금까지 수업 시간에 한 말 중 가장 길게 한 말이 내가 이상하고 멍청한 애라는 사실을 드러내는 것이라니.

"넌 건축이 아니라 운동경기에 대해서 발표하기로 되어 있어."

"운동경기요?"

내가 물었다. 그런 주제에 손을 들었을 리가 없는데. 선생님이 내게 수업 계획표를 내밀었다. '제이미 로리슨—건축', '리 피오라—운동경기'라고 적혀 있었다. 손을 들어 발표할 주제를 정하는 과정에서 선생님이 착각한 게 분명했다.

"운동경기에 대해 발표할게요. 내일… 요."

나는 자신 없는 목소리로 말했다.

"내일 발표할 학생들의 시간을 빼앗겠단 거니?"

"아뇨, 절대 그런 건 아니고요. 그럼 다른 날 할게요. 아무 날이나요. 오늘만 말고요. 오늘 제가 발표할 수 있는 내용은 건축뿐이거든요."

"그럼 건축에 대해 발표해. 교탁 앞에서."

나는 선생님을 바라보았다.

"하지만 방금 제이미가 했는걸요."

"리 피오라, 넌 지금 내 수업 시간을 낭비하고 있어."

공책과 포스터 보드를 챙겨 일어서면서 나는 얼트에 온 것이 얼마나 큰 실수였는지 깨달았다. 여기서 나는 친구 하나 사귀지 못할 것이다. 반 친구들에게 기대할 수 있는 건 잘해야 동정 정도일 것이다. 나는 내가 그들과 다르다는 사실을 증명하고 있었다. 되도록 조용히 지내면서 분위기를 파악하다가 그들이 원하는 이미지로 내 자신을 바꿔볼 생각이었는데. 결국 이렇게 들통나버리다니.

나는 교탁의 양쪽 끝을 붙잡고 자료를 내려다보았다.

"로마의 가장 대표적인 건축물은 콜로세움입니다. 역사학자들에 의하면 콜로세움은 부근에 있던 네로의 동상을 일컫는 콜로서스에서 온 말이라고 합니다."

나는 발표자료에서 고개를 들었다. 아이들의 표정은 내 발표에 대해 호의적이지도 적대적이지도 않았고, 동정적이지도 차갑지도 않았으며, 재미있어 하지도 지루해하지도 않았다.

"콜로세움은 황제나 다른 귀족들의 행사가 열리던 장소였는데, 가장 중요한 행사로는…."

나는 발표를 멈추었다. 어릴 때 이후 처음으로 눈물이 고이는 느낌이 들었다. 금방이라도 눈물이 쏟아질 것 같았다. 그러나 낯선 사람들 앞에서 울 수는 없었다.

"죄송합니다!"

나는 교실 밖으로 뛰쳐나갔다.

복도 끝에 여자 화장실이 있었지만 그곳은 들키기가 쉬웠다. 나는 1층으로 뛰어내려가서 건물 밖으로 나갔다. 바깥 날씨는 화창하고 서늘했고 수업 시간이라 캠퍼스는 평화롭고 고요했다. 나는 기숙사를 향해 달렸다. 떠나버리면 그만이었다. 무작정 나가서 차를 얻어 타고 보스턴까지 간 다음 거기서 버스를 타고 인디애나로 가버리면 끝이었다. 고향의 가을도 아름다울 것이다. 이곳 뉴잉글랜드의 가을처럼 너무 지나치게 아름답지도 않을 것이다. 이맘때가 되면 사우스벤드의 남동생들은 뒷마당에서 축구공을 차며 시간을 보내다가 저녁 식사 때가 되면 땀 냄새를 풍기며 돌아오곤 했다. 지금쯤 동생들은 할로윈 파티에 무슨 옷을 입을지 궁리하고 있을 것이다. 아빠는 호박을 깎다가 조각칼을 머리 위로 쳐들고 괴상한 표정을 지을 것이다. 동생들이 놀라 이 방 저 방으로 뛰어다니면 엄마는 "여보! 애들이 무섭다잖아요!"라고 소리칠 것이다.

어느덧 기숙사 안뜰이었다. 브로사드 기숙사는 캠퍼스 동쪽에 자리잡은 여덟 동 중 하나였다. 남학생 기숙사 네 동과 여학생 기숙사 네 동은 사각형을 이루고 있었고, 중앙에는 화강암으로 만든 벤치들이 있었다. 방에서 창밖을 내다보면 벤치에 앉아 있는 커플들이 보였다. 대체로 남자는 다리를 길게 펴고 앉아 있고, 여자는 그 앞에 서서 남자의 양 어깨에 손을 올린 채로 웃거나 이야기를 나누었다. 하지만 지금은 벤치에 한 사람만이 앉아 있을 뿐이었다. 카우보이 부츠를 신은 여자가 긴 스커트를 뒤로 늘어뜨리고 한쪽 무릎을 세워 팔을 기대고 있었다.

내가 지나가자 그녀가 팔을 들었다. 게이츠 메드코우스키였다.

"안녕!"

게이츠가 말했다.

거의 눈을 마주칠 뻔했지만 나는 시선을 피하고 지나쳤다. 게이츠가 나에게 인사를 한 건지 아닌지도 확실하지 않았다. 누군가 나에게 말을 걸 때마다 나는 늘 그런 생각이 들었다. 나는 계속 걸었다.

"애! 내 말 안 들리니? 여긴 우리 둘뿐이잖아!"

게이츠의 목소리는 다정했다. 그녀는 나를 조롱하고 있지 않았다.

"죄송해요."

내가 말했다.

"신입생이니?"

나는 고개를 끄덕였다.

"기숙사 가는 거야?"

내가 다시 고개를 끄덕였다.

"잘 모르는 모양인데, 수업 시간 중엔 기숙사에 들어갈 수 없어."

게이츠가 다리를 바로 하며 말했다.

"그 비잔틴시대 논리는 알 수 없지만 말이야. 4학년은 여기서 산책하는 것 정도만 허용되고 있어. 여기서 산책이라 함은 도서관이나 우편물실 같은 곳을 돌아다니는 걸 말하는 거래. 완전 웃기지 않니?"

나는 아무 말도 하지 않았다.

"괜찮아?"

게이츠가 물었다.

"네."

그렇게 말하고 나는 울음을 터뜨렸다.

"울리려고 그런 게 아니었는데…. 이리 와서 앉을래?"

게이츠가 옆의 빈자리를 두드리며 말했다. 그러고는 일어서서 내게 다가와 들썩이는 내 어깨를 한 팔로 감싸 안고 벤치 쪽으로 나를 끌었다. 벤치에 앉은 내게 게이츠는 향기가 나는 파란 반다나(목이나 머리에 두르는 화려한 색상의 스카프 — 옮긴이)를 내밀었다. 눈물범벅이 된 상황에서도 나는 게이츠가 갖고 다니는 물건이 흥미로웠다. 게이츠의 반다나에 내 콧물이 묻을 생각을 하니 코를 풀기가 망설여졌다.

"이름이 뭐니?"

게이츠가 물었다.

"리예요."

내 목소리는 높고 떨렸다.

"무슨 일 있어? 왜 교실에 있지 않고?"

"아무것도 아니에요."

게이츠가 웃었다.

"왠지 그 말은 사실이 아닌 것 같은데?"

나는 게이츠에게 수업 시간에 있었던 일을 얘기했다.

"반더호프 선생님은 좀 엄한 사람으로 비쳐지기를 좋아하시는데, 이유는 아무도 몰라. 어쩌면 갱년기 증세일 수도 있지. 하지만 대체로 꽤 좋은 분이셔."

"절 싫어하시나 봐요."

"걱정 마. 아직 학기가 시작된 지 얼마 되지도 않았잖아. 아마 11월쯤이면 오늘 일은 까맣게 잊으실걸."

"수업 시간에 뛰쳐나왔는걸요."

게이츠는 손을 내저었다.

"그것도 신경 쓰지 마. 이곳 선생님들은 별의별 일을 다 겪었어. 우린 우리가 독립적인 개체들이라고 생각하지만 선생님들 눈엔 그저 한 무리의 불완전한 사춘기 아이들에 불과해. 무슨 뜻인지 알겠어?"

나는 고개를 끄덕였지만 사실은 이해할 수가 없었다. 내 또래 여자가 게이츠처럼 말하는 것을 나는 본 적이 없었다.

"여기 생활이 쉽지는 않을 거야. 특히 1학년 때는."

그 말에 나는 또 한 번 울컥했다. 게이츠는 알고 있었다. 나는 몇 번 눈을 깜박였다.

"누구한테나 그래."

나는 게이츠를 바라보았다. 그리고 처음으로 게이츠가 무척 매력적이라는 사실을 깨달았다. 예쁘다기보다는 멋지고 잘생겼다는 표현이 더 어울렸다. 180센티미터는 될 것 같은 큰 키에 흰 피부, 반듯한 이목구비, 잿빛이 감도는 엷은 푸른 눈동자…. 고르지 않게 쳐낸 밝은 밤색 긴 머리칼이 햇살에 반짝였다. 나와 얘기하는 도중에 게이츠는 머리를 높고 헐렁하게 하나로 묶었다. 짧은 머리카락이 얼굴 주위로 흘러내렸다. 내 경험에 의하면, 그렇게 완벽하고 풍성한 헤어스타일을 연출하기 위해선 거울 앞에서 적어도 15분 정도는 공을 들여야 했다. 그러나 게이츠의 모든 것은 별다른 노력이 필요치 않아 보였다.

"난 아이다호 출신이야. 여기 처음 왔을 때 나야말로 소문난 촌뜨기였지. 트랙터를 타고 여기까지 온 거나 마찬가지였어."

"전 인디애나 출신이에요."

내가 말했다.

"그래? 나보단 훨씬 낫네. 인디애나는 아이다호보다 훨씬 더 동부에 가깝잖아."

"하지만 이곳 사람들도 아이다호엔 가잖아요. 스키 타러."

내 룸메이트 중 한 명인 디드 슈와르츠가 스키폴을 들고 선글라스를 끼고 가족들과 함께 스키장에서 찍은 사진 덕분에 알게 된 사실이었다. 그 사진을 어디서 찍었냐고 물었을 때 디드는 선밸리라고 대답했고, 지도를 찾아보니 선밸리는 아이다호에 있었다.

"맞아. 하지만 난 산간지방 출신은 아니야. 어쨌건, 네가 왜 여기 오게 되었는지 절대 잊으면 안 돼. 공부하러 온 거지? 전에 다니던 학교가 어땠는지는 몰라도 얼트는 아이다호의 공립학교들보다 훨씬 더 훌륭하거든. 이 학교의 방침이야 우리가 어쩌겠어? 좀 구태의연한 부분이 없진 않지만 사실 그런 건 별로 중요하지 않잖아?"

나는 '구태의연하다'는 것이 정확히 무슨 의미인지 알 수 없었다. 문득 흰 잠옷을 입고 똑바로 서서 머리 위에 책을 얹고 한 줄로 걸어다니는 여자애들의 모습이 떠올랐다.

게이츠가 시계를 보았다. 검은색 플라스틱 줄이 달린 남자용 스포츠 시계였다.

"그만 가봐야겠다. 2교시에 그리스어 수업이 있어. 넌 다음 수업이 뭐니?"

"대수학이에요. 하지만 고대 역사 교실에 가방을 두고 나왔어요."

"종이 울리면 가서 찾아와. 그리고 반더호프 선생님 일은 걱정하지 마. 나중에 해결책을 찾아보면 되니까. 두 사람 모두 진정된 다음에."

게이츠가 일어섰고, 나도 따라 일어섰다. 우리는 교실이 있는 본관으로 향했다. 사우스벤드로 돌아가게 되지는 않을 것 같았다. 적어도 오늘은. 우리는 낮 시간에는 스터디 홀로 사용되는 조회 강당을 지나쳤다. 나는 강당 안에 있던 사람들 중에서 게이츠와 내가 함께 있는 것을 본 사람이 있을지 궁금했다.

디드가 처음 그 사실을 발견한 것은 귀가시간이 지난 늦은 밤이었다.

디드는 다음 날 입을 옷을 바닥에 늘어놓고 있었다. 매일 밤 디드는 방 바닥에 사람 모양으로 옷을 맞추어 놓았다. 신발 위에 바지나 타이츠, 혹은 스커트를 놓은 뒤 그 위에 셔츠와 재킷을 포개 놓았다. 기숙사 방은 넓지 않았고, 세 사람이 같이 써야 했다. 예전에는 2인실로 쓰던 방이라는 말도 있었다. 하지만 디드는 그런 사실 따위는 안중에도 없었다. 나와 또 다른 룸메이트인 김신준은 마치 진짜 사람을 피해 다니듯 방 안을 빙 돌아서 다녀야 했다. 하지만 우리 둘 다 학기 첫 주에 아무런 불평도 하지 않았기 때문에 이제 그 일은 하나의 일상으로 자리를 잡았다.

그날 밤 우리 방은 조용했다. 디드가 작게 틀어놓은 라디오 소리와 옷장 서랍을 여닫는 소리만이 들렸다. 신준은 책상 앞에 앉아 책을 읽고 있었고, 나는 이미 침대에 누운 상태였다. 공부하는 게 싫증날 때마다 나는 침대에 눕곤 했다. 달리 할 일이 없기 때문이다. 나는 침대에 똑바로 누워 이불을 덮고 눈을 감았다. 디드를 찾아 온 친구들이 평상시처럼 떠들다가도 누워 있는 나를 보면 "미안!" 혹은 "어머!" 하며 당황하곤 했다. 그럴 때마다 나는 묘하게 우쭐해지곤 했다. 때로는 사우스벤드에 있는 내 침대에 누워 있다고 상상해보기도 했다. 방 안에서 들려오는 소리는 가족들이 얘기하는 소리이고, 화장실 물 내리는 소리는 내 남동생 조셉이 내는 소리이고, 복도에서 들려오는 소리는 엄마가 이모와 전화 통화를 하는 소리라면 얼마나 좋을까?

지난주 사건 이후로 나는 게이츠 메드코우스키에 대해 자주 생각했다. 그 뒤로도 조회가 시작되기 직전에 게이츠와 마주친 적이 몇 번 있었다. 게이츠가 날 쳐다본 적도 있었다. 어쩌다 눈이 마주쳐서 게이츠가 웃으며 "안녕, 리!" 하고 인사라도 하면 나는 괜히 들킨 것 같은 기분이 들어 얼굴이 달아올랐다. 꼭 게이츠와 다시 얘기를 하고 싶은 건 아니었다. 보나마나 내가 어색하게 굴 테니까. 하지만 게이츠가 어떤 사람인지 궁금했다. 게이츠에게 남자친구가 있을까 생각하고 있는데 갑자기 디드가 소리를 질렀다.

"뭐 이런 거지 같은 경우가!"

신준과 나는 아무 말도 하지 않았다.

"오늘 아침 책상 서랍에 40달러를 넣어두었는데 없어졌어. 혹시 너희 둘 중에 누가 가져갔니?"

"그게 무슨 소리야? 주머니 확인해봤어?"

내가 말했다.

"분명히 책상 서랍에 넣어두었어. 누군가 내 돈을 훔쳐간 게 분명해. 어떻게 이런 일이 있을 수 있지?"

"서랍에 없다고?"

신준이 말했다.

신준은 한국인이었다. 나는 신준이 영어를 얼마나 정확하게 이해하는 지 잘 알지 못했다. 나처럼 신준도 친구가 없었고, 디드에게는 대체로 무 시당하는 편이었다. 가끔 우리 둘은 함께 식당에 갔다. 혼자 가는 것보다 는 훨씬 나았다.

디드는 신준이나 나에게서 떨어지지 못해 안달이었다. 아침 예배 시간 이나 식사 시간에도 디드는 우리보다 먼저 나갔다. 하지만 디드 자신도 그렇게 대단한 애는 아니었다. 예전에 내가 다니던 중학교에서라면 좀 튀었을지 몰라도 여기서는 시선을 끌 만큼 부유하지도, 예쁘지도 않았 다. 내가 보기에도 얼트에서 가장 예쁜 애와 비교했을 때 디드의 코는 조 금 뭉툭하고, 허벅다리는 조금 굵었으며, 머리색은 지나치게 짙었다. 디 드는 항상 누군가를 쫓아다녔다. 다른 여자애들 서너 명과 함께 디드가 누군가를 쫓아다니는 모습을 자주 보았다. 누군가를 숭배해야만 하는 디 드의 모습이 나는 조금 측은하게 느껴졌다.

"서랍 안에 분명히 있었다니까. 신준, 혹시 네가 빌려간 거 아니니? 일 단 쓰고 나중에 갚겠다는 식으로. 네가 그랬다면 이해할게."

디드로서는 상당히 너그러운 제안이었다. 신준은 고개를 저었다.

"나… 빌리지 않았어."

디드는 기가 막힌다는 듯 숨을 내쉬었다.

"경사 났네! 기숙사에 도둑이 있어."

"다른 애가 빌려갔는지도 모르잖아. 애스패드한테 물어보지 그래?"

애스패드 몽고메리는 디드가 가장 열성적으로 쫓아다니는 애였다. 애스패드의 방은 아래층이었다. 애스패드가 아닌 신준이나 나 같은 애와 한방을 쓰게 된 것을 디드는 엄청난 불운으로 여겼다.

"애스패드는 허락도 없이 돈을 가져가는 애가 아니야. 아무래도 사감한테 보고해야겠어."

디드가 말했다. 그제야 나는 정말로 돈이 없어졌음을 깨달았다. 아니, 적어도 디드가 그렇게 생각한다는 것을 깨달았다. 다음 날 밤 종례 시간에 브로사드 사감은 기숙사 학생들의 출석을 부르며 출석부에 일일이 체크한 뒤 말했다.

"유감스럽게도 절도 사건이 발생했습니다."

우리 기숙사의 사감인 브로사드 선생님은 파리 출신으로, 불어과 학과장이기도 했다. 그녀는 고양이 눈처럼 생긴 안경 너머로 기숙사의 방 안을 들여다보곤 했다. 그 안경이 시대에 뒤진 것인지 아니면 복고풍인지는 확실치 않았다. 40대 초반인 그녀는 줄무늬 스타킹을 신고, 발목을 감는 끈이 달린 밤색 하이힐을 신었다. 스커트와 블라우스는 항상 그녀의 잘록한 허리와 아담한 등을 강조하는 스타일이었다.

"금액에 대해서는 말하지 않겠어요. 사건이 어디서 발생했는지도. 이번 사건에 대해 조금이라도 아는 게 있는 사람은 앞으로 나오세요. 절도 행위는 명백한 학칙 위반이고, 퇴학을 당할 수도 있는 사안임을 기억해 주기 바랍니다."

"얼마나 없어졌는데요?"

에이미 드네이커가 물었다. 에이미는 2학년생으로, 허스키한 목소리에 붉은색 곱슬머리였으며 어깨가 넓었다. 나는 에이미가 무서웠다. 에이미와 말을 해본 건 꼭 한 번이었다. 전화를 쓰려고 휴게실에 있는데 에이미가 다가와 냉장고 문을 열더니 "이 다이어트 콜라 누구 거야?"라고 물었다. 나는 "몰라요"라고 대답했다. 에이미는 말없이 한 개를 꺼내 2층으로 올라갔다. 나는 어쩌면 에이미가 도둑일지도 모른다고 생각했다.

"결코 적은 돈이 아니에요. 지금 이 얘기를 하는 까닭은 여러분 스스로가 조심해야 한다는 것을 알려주기 위해서예요."

"그럼 방문을 잠가야 하나요?"

에이미가 말했고, 아이들이 웃었다. 기숙사 문에는 자물쇠가 달려 있지 않았다.

"액수가 큰돈은 방 안에 두지 않도록 하세요. 10달러나 15달러 정도면 충분할 테니까."

사감이 말했다.

그 말은 사실이었다. 얼트에서는 현금이 필요하지 않았다. 교정의 모든 게 돈이었지만 실제로 돈을 볼 수는 없었다. 가끔 교장 선생님의 벤츠 승용차 후드라든가 본관의 황금색 돔, 여자애들의 길고 곧은 금발 머리카락에서 돈의 위력을 실감할 때도 있었다. 그러나 지갑을 들고 다니는 사람은 아무도 없었다. 공책이나 운동복 같은 것을 사야할 때도 학생증 번호만 적어놓으면 나중에 부모님에게 청구서가 날아가기 때문이었다.

"기숙사 내에서 낯선 사람을 발견하면 즉시 보고하세요. 다른 전달사항 있나요?"

디드의 친구 애스패드가 손을 들었다.

"공동 화장실 세면대에 음모陰毛를 떨어뜨리는 사람은 좀 치워주겠어요? 너무 지저분해서요."

애스패드는 며칠 간격으로 이 얘기를 했다. 종종 세면대에서 곱슬거리는 검고 짧은 털이 눈에 뜨였던 것은 사실이었지만, 애스패드의 발언이 전혀 효과가 없는 것 또한 사실이었다. 애스패드는 자기가 음모를 몹시 혐오하는 아이로 이미지가 굳어지는 건 걱정되지 않는 모양이었다.

"다른 얘기가 없으면 오늘 종례는 여기서 끝냅니다."

모두 자리에서 일어나 선생님과 악수를 나누었다. 이러한 종례 절차에는 나도 어느 정도 익숙해져 있었다.

"저희가 자경단을 만들면 학생부에서 경비를 지원해줄까요?"

에이미가 말했다.

"그건 잘 모르겠는데."

사감이 지친 목소리로 말했다.

"걱정 마세요. 폭력은 사용하지 않을 테니까요."

전에도 에이미의 농담을 들은 적이 있지만 에이미의 농담은 항상 재미있었다. 한번은 브로사드 사감의 말투를 흉내내며 "쥐뜨 알로(저런 - 옮긴이)! 누가 내 크루아상을 깔아뭉갰어!" 하고 소리친 적도 있었다.

예배 시간에는 교장 선생님과 목사님이 시민 정신과 도덕성, 그리고 특권을 누리기 위해 치러야 하는 희생에 대해 설명했다. 얼트는 그저 불량하고 비도덕적인 학생이 되지 않는 것만으로 만족하지 않았다. 우리는 평범한 수준 이상의 학생이 되어야 했다. 하지만 도둑질은 평범한 것보다도 훨씬 못한 것이었다. 그것은 부적절할 뿐 아니라 지성의 결핍이며, 갖지 못한 것에 대한 열망을 드러내는 행위였다.

2층으로 가는 계단을 오르며 나는 혹시 내가 도둑은 아닐까 생각해보았다. 만약 꿈결에 디드의 서랍을 열었다면? 만약 내게 기억상실증이나 정신분열증이 있어서 내 자신의 행동에 대해서도 책임을 질 수가 없다면? 내가 돈을 훔친 것 같진 않았지만 그랬을 가능성도 완전히 배제할 수는 없었다.

"이번 사건은 끝까지, 낱낱이 파헤쳐야 해. 뚜 드 쉬뜨(지금 당장—옮 긴이)!"

층계를 다 올라갈 무렵 에이미가 말하는 소리가 들렸다.

"미친년."

에이미보다 훨씬 내 가까이에 있었던 누군가가 말했다. 돌아보니 리틀 워싱턴이 내 바로 뒤에 서 있었다. 에이미를 두고 한 말인지, 브로사드 사감을 두고 한 말인지 확실치는 않았지만 나는 동조하는 듯한 표정으로 애매한 웃음을 지어 보였다.

"쟤 입 말이야."

리틀이 말했다. 그제야 나는 리틀이 에이미를 두고 한 말이었음을 깨 달았다.

"워낙 농담을 잘하잖아요."

내가 말했다. 에이미를 제물 삼아 리틀과 얘기를 나누는 것도 나쁘진 않았다. 그러나 복도에서 얘기를 나누는 게 마음에 걸렸다. 누군가 들을 수도 있었다.

"난 하나도 안 웃겨."

리틀이 말했다. 나는 맞장구를 치고 싶었다. 정말 그렇게 생각해서라 기보다는 리틀과 친구가 되고 싶어서였다. 나는 얼마 전 저녁을 먹고 방 으로 돌아가던 중 휴게실에서 리틀을 처음 보았다. 특별히 누구에게랄 것도 없이 리틀은 "발이 아파서 신발 좀 벗어야겠어"라고 말했다.

리틀은 피츠버그 출신으로, 기숙사의 유일한 흑인이었다. 나는 리틀이 변호사와 의사의 딸이라는 이야기를 들었다. 리틀은 크로스컨트리(숲, 들판, 언덕 등을 달리는 경주—옮긴이)계의 스타였고, 농구는 그보다 더 잘 한다고 소문이 자자했다. 2학년인 리틀은 혼자 살고 있었다. 방을 혼자 쓴다는 것은 대체로 불명예스러운 일로 여겨졌다. 방을 함께 쓸 만큼 가 까운 친구가 없다는 뜻이기 때문이었다. 그러나 흑인이라는 것 때문에 리틀은 그런 통념에 해당되지 않았다. 덕분에 리틀은 외톨이로 비쳐지지 않고도 혼자 지낼 수가 있었다.

"남의 돈을 훔치다니, 정말 이상하지 않아?"

내 말에 리틀은 경멸스럽다는 듯 코웃음을 쳤다.

"속으론 오히려 좋을걸. 이제 주인공이 됐으니까."

"누구요?"

"누구냐니? 네 룸메이트 말이야."

"디드 돈인지 어떻게 알았어요? 그건 비밀에 부친다고 했는데."

리틀은 잠시 아무 말도 하지 않았다.

"세상에 비밀이 어디 있니?"

나는 갑자기 가슴이 두근거렸다. 리틀의 말이 사실이 아니기를 바랐다. 우리는 리틀의 방 밖에 서 있었다. 순간적으로 리틀이 나에게 들어오라고 말하지 않을까 생각했다.

"언니는 여기가 마음에 들어요?"

내가 물었다. 이게 바로 나의 문제였다. 나는 질문을 하지 않고는 사람들에게 말을 걸 줄 몰랐다. 상대방은 내가 이상한 애라고 생각할 수도 있었고, 한 번도 생각해보지 않은 문제에 대해 이야기를 나누게 된걸 좋아할 수도 있었다. 그러나 어느 쪽이건 대화가 침체되는 것은 피할 수 없었다. 상대방이 내 질문에 대답하는 동안 나는 다음 질문을 생각했다.

"물론 좋은 점도 있지만, 다들 남의 일에 너무 관심이 많아."

"이름이 멋져요. 본명이에요?"

"직접 알아보지 그래? 내 이론을 몸소 증명해볼 겸."

"좋아요. 다음 번에 보고할게요."

리틀은 말리지 않았다. 그것은 다시 말을 걸어도 좋다는 허락이나 마찬가지였고, 내게 뭔가 기대할 일이 생겼다는 뜻이기도 했다. 그러나 내게 방으로 들어오란 말은 하지 않을 것 같았다.

리틀이 문을 열고 안으로 들어가려 했다.

"돈 감춰두는 거 잊지 마세요."

내가 말했다.

"그래야지. 정말 별의별 애들이 다 있다니까."

이 모든 일들이 얼트에서 첫 학기가 시작되면서 일어났다. 나는 나의 소심함과 다른 아이들 눈에 띄지 않으려는 노력에 지쳐가고 있었다. 축구 시간에는 공을 놓칠까 봐 두려웠고, 원정경기 때문에 버스를 탈 때는 나를 싫어하는 애 옆에 앉게 될까 봐 걱정했다. 수업 시간에는 틀린 답이나 바보 같은 말을 할까 봐 두려웠다. 식사 시간에는 음식을 너무 많이 먹을까 봐 두려웠고, 감자 요리나 키라임 파이(연유와 라임즙으로 만든 미국 플로리다주의 전통 요리 - 옮긴이)처럼 다른 애들이 싫어하는 음식을 나는 싫어하지 않을까 봐 두려웠다. 밤이 되면 디드와 신준이 내 코 고는 소리를 들을까 봐 걱정했다. 나는 늘 누군가가 나를 발견할까 봐 두려웠고, 막상 아무도 나를 발견해주지 않으면 서글펐다.

얼트에 오겠다고 우긴 사람은 나였다. 나는 공공 도서관에 가서 기숙학교 목록을 찾아 카탈로그를 보내달라는 편지를 썼다. 현란한 학교 카탈로그에는 학생들이 울 스웨터를 입고 찬송가를 부르는 모습, 라크로스(하키 비슷한 구기의 일종 - 옮긴이) 스틱을 들고 있는 모습, 수학 공식이 적힌 칠판을 바라보고 있는 사진들이 실려 있었다. 나는 그 현란함을 내 가족과 맞바꾸었다. 공부가 목적인 척했지만 사실 그렇지는 않았다. 사우스벤드에 있었다면 내가 다녔을 마빈 톰슨 고등학교는 복도에 연두색 리놀륨이 깔려 있고, 사물함은 지저분했으며, 길게 머리를 기른 남자애들은 청재킷 등판에 검은색 펜으로 헤비메탈 밴드의 이름을 쓰고 다녔다. 그러나 카탈로그 속에서 라크로스 스틱을 들고 마우스 가드를 쓴 채 웃고 있는 남학생들은 너무나 근사해 보였다. 게다가 기숙학교에 다니는 걸 보면 머리도 좋은 게 분명했다. 사우스벤드를 떠나기만 하면 나는 나만큼이나 책을 좋아하는 운동선수 남자친구를 사귀어서 일요일마다 울 스웨터를 입고 산책을 하게 될 거라고 생각했다.

입학 원서를 준비하는 과정에서 부모님은 혼란스러워했다. 우리 가족이 아는 사람들 중 기숙학교에 들어간 사람은 엄마가 경리 일을 봐주고 있는 보험회사 직원의 아들뿐이었다. 게다가 그 아이가 들어간 기숙학교는 콜로라도의 산꼭대기에 위치한 망나니 수용소였다.

두 분은 특별히 반대하진 않았지만, 내가 기숙학교의 입학 허가를 받을 수 있을 거라고도 기대하지 않았다. 부모님은 기숙학교에 대한 내 관심이 6학년 때 한창 뜨개질에 빠졌을 때처럼 결국 모자 하나도 완성하지 못할 단기간의 열정이라고 생각하셨던 것 같다. 그러다가 막상 입학 허가서를 받게 되자 두 분은 내가 정말 자랑스럽지만 학비를 댈 형편이 안 된다고 했다. 그리고 며칠 뒤 얼트에서 엘로이즈 장학금을 주겠다는 편지가 왔다. 내 학비의 4분의 3을 충당하고도 남을 금액이었다. 나는 울었다. 정말 집을 떠나야 한다는 생각이 들어서였다. 문득 기숙학교에 가기로 한 게 정말 잘한 일인지 확신이 서지 않았다. 아마 나 역시 부모님과 마찬가지로 정말 집을 떠나야 한다고는 생각하지 않았던 것 같다.

9월 중순, 사우스벤드의 친구들과 동생들이 새 학기를 시작하고도 한참이 지났을 때, 아빠가 나를 인디애나에서 매사추세츠까지 태워주었다. 학교의 철문 안으로 들어서는 순간 사진에서 보았던 여덟 동의 벽돌 건물과 고딕 양식으로 지어진 예배당, 넓은 원형 잔디가 바로 눈에 들어왔다. 나는 잔디가 450제곱미터가 넘고, 그것을 밟으면 안 된다는 걸 이미 알고 있었다. 트렁크가 열린 자동차들이 보였다. 아빠들은 짐을 날랐고, 아이들은 서로 인사를 하느라 바빴다. 나는 레이스 칼라가 달려 있고 분홍색과 보라색이 섞인 긴 꽃무늬 원피스를 입고 있었다. 다른 아이들은 대부분 낡은 티셔츠에 헐렁한 카키색 반바지를 입고 슬리퍼를 신고 있었다. 그 순간 나는 얼트 사립 고등학교에서 지내기가 결코 만만치 않으리란 걸 깨달았다.

내 방을 찾은 뒤 아빠가 디드의 아빠와 이야기를 나누었다.

"사우스벤드라고 하셨습니까? 혹시 노트르담대학 교수이신가요?"

디드의 아빠가 물었다.

"아닙니다, 사장님. 전 매트리스 사업을 하고 있습니다."

아빠가 기분 좋게 대답했다. 나는 아빠가 디드의 아빠를 '사장님'이라고 부르는 게 창피했고, 낡은 흰색 닷선(일본 닛산 자동차의 이전 이름—옮긴이)이 창피했다. 나는 아빠가 최대한 빨리 학교에서 떠나주기를, 그래서 내가 아빠를 그리워할 수 있게 되기를 바랐다.

매일 아침 샤워기 밑에 서서 나는 '얼트에 온 지 24시간이 지났어', '얼트에 온 지 사흘째야', '얼트에 온 지 한 달이야'라고 중얼거렸다. 그리고 만약 기숙학교에 오는 것이 엄마의 생각이었다면 엄마는 내게 무슨 말을 해주었을지 상상해보았다.

'잘하고 있어, 리. 엄만 네가 정말 자랑스럽구나.'

머리를 감다가 울 때도 있었다. 하지만 결코 얼트가 싫어서는 아니었다. 사실 어떻게 보면 얼트에 대해 품었던 나의 환상은 전혀 틀리지 않았다. 교정은 눈부시게 아름다웠다. 저 멀리 낮게 둘러진 산자락은 밤이 되면 푸른빛이 감돌았다. 완벽한 사각형의 운동장과 고딕 양식의 예배당, 예배당의 스테인드글라스 창문들은 나의 지독한 향수병조차 우아하고 아름다운 것으로 만들어주었다.

카탈로그 사진에서 본 학생을 직접 만나는 일도 있었다. 뉴욕이나 로스앤젤레스의 거리에서 유명 인사를 만나는 것만큼이나 마음이 설레었다. 그들도 살아서 움직였고, 숨을 쉬었으며, 식당에서 베이글을 먹었고, 책을 들고 복도를 오갔다. 내가 기억하고 있는 것과는 다른 옷을 입고 있었지만, 나의 상상 속에서만 존재했던 그들은 이제 현실 속에 실제로 존재하는 사람들이 되었다.

큼직한 글씨로 '드랙 파티로 기숙사 탈출!'이라고 적힌 포스터가 붙어 있었다. 제목 밑에는 '어디서? 식당에서! 언제? 이번 주 토요일에! 왜? 춤추기 위해!'라고 쓰여 있었다. 포스터 바탕은 붉은색이었고, 교장 선생님이 드레스를 입고 있는 사진도 붙어 있었다.

"드랙 파티라는 건 드랙 차림으로 파티를 하는 거야."

디드가 신준에게 말했다.

"드랙?"

신준이 물었다.

"여자는 남자처럼, 남자는 여자처럼 옷 입는 거."

내가 설명해주었다. 그러자 신준이 말했다.

"와! 재미있겠다."

"난 데빈한테 넥타이를 빌릴 거야. 야구 모자도."

디드가 말했다. '좋겠다!'라고 나는 생각했다.

"데빈은 정말 재미있는 애야."

디드가 덧붙였다. 때로는 단지 내가 그곳에 있고, 신준과는 달리 영어가 유창하다는 이유만으로 디드는 내게 사적인 이야기를 하곤 했다.

"넌 누구한테 빌릴 거야?"

디드가 물었다.

"아직 모르겠어."

나는 옷을 빌리지 않을 것이다. 파티에는 안 갈 거니까. 같은 학년 친구들에게 말도 못 붙이는 내가 어떻게 춤을 추겠는가? 사촌 언니 결혼식 때 춤을 춰본 적은 있지만 머릿속으로 끝없이 '이쯤에서 손을 한번 들어 줘야 하나?' 하는 생각을 떨쳐낼 수가 없었다.

파티가 열리는 토요일 아침에도 어김없이 조회와 수업은 진행되었다. 기숙학교는 감옥이나 다름없다고 믿고 싶어하는 학부모들을 의식한 조처인 것 같았다. 조회 시작 종이 울렸지만 게이츠와 헨리의 모습은 보이지 않았다. 처음 보는 4학년생이 대신 종을 울린 다음 단상 위로 올라갔다. 갑자기 음악이 울려 퍼졌고, 학생들이 웅성거림을 멈추었다. 디스코였다. 나는 모르는 곡이었지만 다른 아이들은 아는 것 같았다. 여기저기서 아이들의 웃음소리가 터져 나왔다. 자리에 앉으면서 나는 그 음악이 4학년 남학생 두 명이 양쪽에서 들고 서 있는 스피커에서 흘러나오고 있음을 깨달았다. 그들은 강당 뒷문 쪽을 바라보고 있었다. 조금 뒤 헨리 토르페가 등장했다. 그는 짧은 검은색 새틴 드레스에 망사 스타킹, 까만 하이힐을 신고 단상에 올라와 평상시에 게이츠와 함께 서던 자리에 섰다. 아이들은, 특히 상급생들은 양손을 입에 대고 환호했다. 음악에 맞추어 노래를 부르고 박수를 치는 아이들도 있었다.

　헨리가 손가락 하나를 들더니 가슴 쪽으로 구부리며 들어오라는 시늉을 했다. 나는 그가 가리킨 방향을 보았다. 반대편 문, 선생님들이 서 있는 곳에서 게이츠가 등장했다. 게이츠는 풋볼 선수의 유니폼을 입고 있었다. 어깨에는 패드를 댔고, 얼굴은 검게 칠했다. 그러나 게이츠를 남자로 착각할 사람은 아무도 없었다. 게이츠는 머리를 늘어뜨리고 있었고, 양말을 신지 않은 종아리는 매끄럽고도 가늘었다. 게이츠 역시 두 팔을 들고 고개를 흔들며 춤을 추었다. 게이츠와 헨리가 학생회장석 앞에 있는 책상 위로 올라가자 분위기는 절정에 달했다. 그들은 서로를 끌어안은 채 빙빙 돌며 춤을 추었다. 나는 선생님들을 흘긋 보았다. 그들은 팔짱을 낀 채 초조한 표정을 짓고 있었다. 게이츠와 헨리는 서로에게서 떨어져 반대편을 바라보았다. 게이츠는 손가락으로 소리를 내면서 엉덩이를 흔들었다. 나는 게이츠의 대범함에 넋을 잃었다. 300명이 넘는 사람들이 보고 있는 자리였다. 이른 아침, 환한 조명 아래서 게이츠는 춤을 추고 있었다.

게이츠가 강당 뒤쪽을 가리키자 음악이 멈추었다. 게이츠와 헨리는 책상에서 내려왔고, 여학생 둘과 남학생 하나가 단상에 올라갔다.

"오늘 저녁 8시 반, 식당에서 열립니다!"

여학생이 말했다.

"제11회 드랙 파티!"

다른 두 학생이 합창했다.

"모두 빠짐없이 참석합시다!"

셋이 함께 소리쳤다.

또 한 차례 환호와 박수 소리가 이어졌다. 누군가가 다시 음악을 틀었지만 게이츠는 웃으며 고개를 저었다. 음악이 꺼졌다.

"미안하지만 쇼는 끝났어요."

게이츠가 말했다. 아이들이 아쉬운 듯 야유를 보냈지만 그 속엔 애정이 담겨 있었다. 게이츠는 옆에 서 있던 세 학생들에게 "모두 수고했어"라고 인사했다. 게이츠는 조회 발표자들 명단이 적힌 메모판을 들고 "아키볼드 선생님?" 하고 말했다. 아키볼드가 교단에 올라섰다. 그가 말을 하려는 순간 뒤쪽에서 한 남학생이 "게이츠! 나하고도 한번 추자!"라고 소리쳤다. 게이츠는 입을 다문 채 미소를 지으면서 "선생님, 말씀하세요" 하고 말했다. 아키볼드의 공지사항은 수학관에서 발견된 음료수 깡통에 관한 것이었다.

게이츠는 메모판을 헨리에게 넘겨주었다.

"도리 로저스!"

헨리가 이름을 부르자 도리는 국제사면위원회 모임이 일요일 6시에서 일요일 7시로 변경되었음을 알렸다. 대여섯 개의 공지사항이 발표되는 동안 나는 또 다른 볼거리를 기대했다. 나는 게이츠의 춤추는 모습을 다시 보고 싶었다. 그러나 쇼는 분명히 끝난 것 같았다.

헨리가 마치는 종을 울렸다. 나는 단상으로 다가갔다.

"언니!"

게이츠는 공책을 가방에 집어넣느라고 고개를 들지 않았다.

"언니!"

다시 한 번 불렀다. 그러자 게이츠가 고개를 들어 나를 보았다.

"춤 정말 멋졌어요."

내가 말했다.

"다른 사람 망가지는 거 보는 건 언제나 재미있지?"

게이츠가 눈을 동그랗게 뜨며 말했다.

"아니에요. 제 말은 그런 뜻이 아니고… 덕분에 모두 즐거웠어요."

게이츠는 미소를 지었다. 게이츠는 모두 자신의 쇼를 좋아했다는 사실을 알고 있는 것처럼 보였다. 그러나 자랑할 만할 일이 있을 때마다 떠벌리는 나와는 달리 칭찬을 바라는 것 같지 않았다. 게이츠를 바라보면서 나는, 그녀가 오히려 평범한 사람인 척하는 것 같다는 느낌을 받았다. 사실은 특별한 사람이지만 우리와 똑같은 평범한 사람인 척 연기를 하고 있는 것 같았다.

"그렇게 말해줘서 고마워."

게이츠가 말했다.

저녁이 되자 기숙사와 안뜰이 들썩이기 시작했다. 이웃 기숙사의 남학생들이 휴게실에 나타났다. 남학생들은 면회 시간 외에는 2층에 올라갈 수 없었기 때문에 휴게실에서 여학생들을 불러냈다. 애스패드를 가장 많이 찾았다. 디드는 1층까지 애스패드를 따라 내려가곤 했다. 아이들은 지갑과 매니큐어, 브래지어를 들고 나왔고, 웃고 소리를 지르면서 남학생들의 티셔츠 위에 브래지어를 해주었다. 나는 밀린 빨래를 하느라 지하실과 2층을 오가면서 그 광경을 구경했다. 남자애가 티셔츠 위에 내 브래지어를 하는 것은 생각만 해도 끔찍했다. 브래지어의 빈 컵이 쑥 꺼지면서 양쪽으로 당겨질 것이다. 하지만 남자애의 가슴에 했는데도 양쪽으로 당겨지지 않는다면 더 끔찍할 것이다. 게다가 방에 돌아가서 브래지어를 벗어놓으면 정확한 사이즈도 알게 되겠지. 바닥에 휙 던져놓았다가 침대에 올라가면서 밟을 수도 있다. 그러나 무엇보다도 가장 끔찍한 사실은 내게 예쁜 브래지어가 없다는 것이었다. 내 브래지어는 전부 컵 사이에 작은 리본이 달린 베이지색 면이었다. 엄마와 함께 할인 매장에서 산 것들이었다. 그러나 다른 아이들은 실크 재질에, 레이스가 달리고 검은색이나 붉은색, 혹은 물방울무늬가 있는 브래지어를 입었다. 어른들이나 입는 건줄 알았던 것들이었다.

기숙사 안이 조용해졌다. 신준마저도 마스카라로 콧수염을 그리고 드랙 파티에 갔고, 나는 스페인어 단어를 공부한 뒤 휴게실에 가서 한쪽 책장에 꽂힌 오래된 학교 앨범들을 꺼내 보았다. 앨범을 보는 건 재미있었다. 앨범에는 얼트의 모든 것이 담겨 있었다. 우리 기숙사 휴게실에 비치된 앨범은 1973년부터 시작되었는데 지난 몇 주 동안 꾸준히 훑은 덕분에 이제 꽤 최신 호에 근접해 있었다. 앨범의 구성은 수십 년 동안 거의 변하지 않았다. 정면에서 반듯하게 찍은 사진들과 동아리나 스포츠팀, 기숙사와 교실에서 찍은 사진들이 엇비슷하게 실려 있었다. 각 학년마다 9월에서 6월까지 기억에 남는 사건들에 관한 기사와 '린제이가 고데기로 머리를 말지 않고 나온 모습을 상상할 수 있을까?'와 같은 학생들에 관한 촌평도 있었다. 그 뒤로는 4학년 졸업반 학생들이 각각 한 페이지씩 꾸며놓았는데, 그게 앨범에서 가장 재미있는 부분이었다. 졸업반 학생들은 가족과 선생님들, 친구들에 대한 감사의 인사와 함께 때로는 회고적이고, 때로는 문학적이며, 때로는 이해할 수 없는 인용문들과 사진으로 자신의 페이지를 장식했다. 남자들은 스포츠 시합 장면이 많았고, 여자들은 침대에 모여 앉아 팔짱을 낀 모습이나 벤치에 서 있는 사진들이 많았다. 여자들은 어릴 때 사진을 넣는 것도 좋아했다.

시간과 의지만 있다면 어느 해에 누가 누구와 친했는지, 누가 누구와 사귀었는지, 누가 인기가 있었고, 누가 운동을 잘했으며, 누가 이상하고 별났는지 얼마든지 알아낼 수 있었다. 어느새 나는 졸업생들이 먼 친척처럼 친근하게 느껴졌다. 그들의 별명이 무엇인지, 어떤 운동을 선택했는지, 어떤 스웨터와 머리 모양을 즐겼는지도 알게 되었다.

최근의 앨범 세 권에서 나는 게이츠의 사진을 몇 장 발견했다. 게이츠는 필드하키와 농구, 라크로스를 했었고, 신입생 때는 엘윈 기숙사에, 2학년 때는 잭슨 기숙사에 있었다. 2학년 때 게이츠에 관해 친구들이 쓴 촌평 중에는 "수정 구슬이 예언하기를, 헨리와 게이츠가 흰 울타리가 둘러진 집에서 자식을 열둘 낳고 살 거라고 했대요!"라는 글도 있었다. 얼트에서 헨리라면 헨리 토르페뿐이었고, 내가 알기로 헨리는 몰리라는 신경질적인 2학년 여학생과 사귀고 있었다. 나는 헨리와 게이츠가 정말 사귀었는지 궁금했다. 만약 그랬다면 좋은 쪽으로든 나쁜 쪽으로든 두 사람 사이에는 어느 정도의 긴장이 감돌 것이 분명했다. 하지만 오늘 조회 시간에 함께 춤을 추던 그들의 모습에서는 전혀 그런 낌새가 없었다.

나는 가장 최신 호인 게이츠가 2학년이었을 때의 앨범을 들춰보다가 눈길을 끄는 사진 하나를 발견했다. 4학년생들이 꾸민 페이지 뒤, 마지막 코너에 실린 졸업사진이었다. 여학생들은 흰 드레스를, 남학생들은 흰 바지에 남색 블레이저를 입고 모자를 쓰고 있었다. 졸업식 때 줄을 맞추어 앉아 있는 학생들의 모습과 졸업 연설 사진, 서로를 끌어안고 있는 사진들이 있었다. 그 사진 속에 게이츠가 혼자 서 있었다. 게이츠는 단추가 달린 흰색 반팔 셔츠에 카우보이 모자를 쓰고 탐스러운 머리카락을 모자 아래로 늘어뜨리고 있었다. 사진사가 셔터를 누르기 직전에 그녀를 불렀고, 게이츠가 사진 찍는 사람을 돌아본 것 같았다. 사진 속 게이츠는 웃으면서 "찍지 마!"라고 말하는 것 같았다. 그러나 무척 좋아하는 사람에게 말하는 것 같은 표정이었다.

한참 동안 사진을 들여다보다가 고개를 들었더니 휴게실의 오렌지색 소파와 크림색 벽지가 눈에 들어왔다. 시간을 잊고 있었다. 실제로 존재하는 현실 속의 얼트를 잊고 있었던 것이다. 벌써 10시가 조금 넘어 있었다. 나는 사감에게 일찍 귀가보고를 한 뒤 잠자리에 들어야겠다고 생각하면서 앨범을 제자리에 꽂아놓았다.

2층 화장실에 가보니 리틀이 세면대 앞에서 분홍색 가운을 입고 머리에 오일을 바르고 있었다.

"파티는 어땠어요?"

리틀이 얼굴을 찌푸렸다.

"난 안 갔어."

"왜요?"

"그러는 넌, 왜 안 갔는데?"

내가 웃었고, 리틀도 웃었다.

"네 룸메이트는 아주 신이 났더라. 내가 걔랑 한방을 썼으면 아마 지금쯤 벌써 뺨 한 대 갈겼을 거야."

"그렇게 나쁜 애는 아니에요."

"그래?"

"언니, 농구 대표팀이죠?"

"응."

"게이츠 언니하고도 한 팀이겠네요?"

"맞아."

"게이츠 언니는 어떤 사람이에요? 최초의 여자 학생회장이라면서요? 대단하지 않아요?"

"게이츠도 다른 애들하고 똑같아."

"그래요? 좀 달라 보이던데."

리틀은 오일을 화장대 위에 내려놓고 거울 가까이 얼굴을 대고 피부를 살펴보았다.

"게이츠는 부자야. 걔네 집에 돈이 엄청 많다는 게 다르다면 다른 거겠지."

리틀은 뒤로 물러서면서 양쪽 뺨을 홀쭉하게 하고 눈썹을 치켜세웠다. 그것은 내가 사람들 앞에서는 절대 하지 않는, 아무도 없을 때만 하는 행동이었다. 나는 리틀이 나를 별로 의식하지 않는 게 좋았고, 마음이 편안해졌다.

"농장 출신이라고 들었는데."

내가 말했다.

"아이다호의 반을 차지하는 농장이지. 가족들이 감자 농사를 한대. 사실 감자 따위가 그렇게 큰돈이 될 거라고 누가 상상이나 하겠어?"

"게이츠 언닌 농구도 잘하죠?"

"나만큼은 아니야."

리틀이 거울을 바라보며 미소를 지었다.

"그건 그렇고, 내 이름에 대해선 뭐 좀 알아냈니?"

"아직요. 하지만 조사 중이에요. 생각보다 쉽지 않네요."

"그럴 거야. 왜 그런지 말해줄까? 난 쌍둥이거든."

"정말요?"

"응. 내가 동생이야. 쌍둥이 언니 이름은 짐작할 수 있겠지?"

리틀이 기다렸다. 자기 언니 이름을 맞추어보라는 뜻이었다.

"너무 쉽게 생각하는 건지 모르겠지만, 혹시 빅이에요?"

"단번에 맞혔네. 상이라도 줘야겠다. 지금은 내가 더 큰데도 이름은 여전히 리틀이야."

"재밌네요. 빅 언니는 어느 학교 다녀요?"

"고향 피츠버그에서 다녀. 피츠버그 가봤니?"

나는 고개를 저었다.

"여기하곤 아주 달라. 그 정도만 말해두자."

"빅 언니가 보고 싶겠어요."

리틀이 쌍둥이이고, 쌍둥이 자매와 멀리 떨어져 있다는 사실을 알고 나자 리틀에게 친구가 필요하지는 않을지 궁금해졌다.

"언니나 여동생 있니?"

"남동생들만 있어요."

"나도 남동생 있어. 남자 형제들만 셋이지. 하지만 자매하곤 달라."

리틀은 오일을 바구니에 넣었다. 기숙사에 들어온 첫날 사감은 우리에게 목욕 바구니를 나누어주었다. 리틀이 내 쪽으로 돌아섰다.

"넌 괜찮은 애 같아. 여기 있는 애들, 대부분 가짜거든. 하지만 넌 진짜 같아."

"그래요? 고마워요."

내가 말했다.

"잘 자!"라고 말하면서 리틀은 돌아섰다. 나는 내 바구니에서 치약과 칫솔을 꺼냈다. 물을 틀어 칫솔질을 하면서 나는 리틀이 서 있던 세면대에 작고 곱슬거리는 검은 머리카락들이 떨어져 있는 것을 보았다. 알고 보니 그것은 리틀의 머리카락이었다. 나는 종이 타월로 머리카락을 닦아냈다.

다음 절도사건은 애스패드가 할머니에게 생일선물로 받은 100달러짜리 지폐가 없어진 일이었다. 애스패드는 돈이 든 지갑을 책상 위에 올려두었다고 했다. 드랙 파티가 열린 다음 날 일요일 아침이었다. 종례 시간, 사감이 누가 돈을 얼마나 잃어버렸는지 이야기해주었지만 그전에 나는 이미 알고 있었다. 몹시 분개한 디드로부터 그 소식을 전해 들었다. 종례 시간 선생님의 표정은 차갑게 굳어 있었고 무척 심각해 보였다.

"아무래도 나와 내 친구들을 노리는 것 같아. 우리가 표적이 되고 있는 게 분명해."

디드가 바닥에 펼쳐놓은 검은 바지 위에 빨간색 캐시미어 스웨터를 얹어놓았다.

"이게 무슨 냄새지?"

나도 킁킁거렸지만 냄새를 맡는 척 연기하는 것이었다. 디드 말대로 냄새가 났다. 벌써 며칠째였다. 처음에는 그저 생선 비린내 같았는데 지금은 훨씬 더 지독하게 느껴졌다. 디드와 신준이 밖에 있을 때 나는 겨드랑이와 다리 사이, 이불, 빨래 냄새를 맡아보았지만 냄새의 진원지를 찾을 수 없었고, 냄새는 점점 더 고약해졌다.

"좀 지독하긴 하네."

내가 말했다.

"신준, 좀 맡아봐. 냄새 지독하지 않아?"

"맡아… 봐?"

"냄새 맡아보라고. 이렇게 숨을 들이켜서. 우리 방에서 이상한 냄새가 나. 지독한 냄새."

"응."

신준은 다시 책상 위에 펼쳐진 공책으로 고개를 돌렸다. 디드는 눈을 부라렸다.

"화장실에서 나는 거 아닐까?"

내가 말했다. 그러나 그런 것 같지는 않았다.

디드는 방문을 열어놓고 복도 쪽으로 나갔다가 다시 들어왔다.

"아냐. 우리 방이야. 분명히 이 방에서 나고 있어. 너희 도대체 방 안에 무슨 음식을 숨겨둔 거야?"

"저것밖에 없어."

나는 내 책상 위에 있는 선반을 가리켰다. 땅콩버터와 크래커 한 봉지

뿐이었다.

"신준, 너는?"

디드가 물었다.

"왜 우리 둘일 거라고 생각해? 너일 수도 있잖아?"

신준이 대답하기 전에 내가 말했다. 그러자 디드가 대답했다.

"이 방에 슈퍼마켓을 차린 사람은 내가 아니야."

신준이 침대 밑에, 책상 위에, 옷장 안에 몇 개의 비닐봉지와 상자를 보관하고 있는 건 사실이었다.

나는 목욕 바구니를 들었다.

"지금 뭐 하는 거야?"

디드가 말했다.

"잘 준비하려고."

"나하고 같이 찾아보지 않고?"

디드가 믿을 수 없다는 듯 입을 쩍 벌리며 말했다. 나는 디드의 입에 무언가를 쑤셔 넣고 싶은 야릇한 충동을 느꼈다. 이를테면 칫솔 손잡이나 내 손가락 같은 것을.

"미안해."

내가 말했다. 나는 밖으로 나갔고 문이 닫히기 직전에 디드는 "퍽도 미안하겠다!" 하고 소리를 질렀다.

12월이 되었다. 얼트에 온 지도 78일이 지났다. 어느 토요일 밤에는 휴게실에서 리틀과 함께 보글 게임을 한 적도 있었다. 신준은 옆에 앉아 게임을 지켜보았다. 리틀과 단둘이 텔레비전의 범죄 수사극을 본 적도 있었다. 팝콘을 튀겼는데 너무 탔지만 그냥 먹었다. 내가 "그래도 배고파요"라고 했더니 리틀이 "배고프다고? 나는 뱃가죽하고 등가죽이 달라붙었어"라고 말했다.

절도사건은 두 차례 더 발생했고, 사감은 종례 때마다 사건이 있었음을 발표했다. 이번에는 디드의 친구들이 아니었기 때문에 누구 돈인지는 알 수 없었다. 한편 방 안의 냄새는 점점 더 지독해졌고, 내가 냄새의 진원지는 아님에도 불구하고 내 몸과 옷에서도 냄새가 나기 시작했다. 교실에서나 운동장에서, 예배당에서도 나는 그 냄새를 맡을 수 있었다. 사람들이 방에 들어올 때마다 디드는 무안해하며 양해를 구하거나 사과했다.

크리스마스 방학 직전, 오전 휴식 시간에 우편물실 옆을 지나다가 나는 지미 하디건이라는 4학년생이 주먹으로 벽을 치는 것을 보았다. 같은 4학년생인 마리 기본스와 샤롯 챈은 서로를 끌어안고 있었다. 샤롯은 울고 있었다. 보통 때 같으면 떠들썩했을 우편물실이 오늘따라 이상하리만치 조용했다. 나는 선생님이나 학생 아니면 혹시 직원 중 한 명이 죽기라도 한 건가 궁금했다.

나는 투명한 창이 달린 황금색 우편함들이 있는 쪽으로 가보았다. 우편물들은 우편함 안에 비스듬히 누워 있기 때문에 우편물이 있는지 없는지는 쉽게 확인할 수 있었다. 얼트를 떠나 오랜 세월이 흐른 뒤에도 나는 우편함 속의 그림자를 꿈속에서 보곤 했다.

내 우편함은 비어 있었다. 오른쪽에 고대 역사를 같이 듣는 제이미 로리슨이 서 있었다. 그의 거친 숨소리는 여전했다.

"제이미, 오늘따라 왜 이렇게 조용한 거야?"

내가 물었다.

"4학년들이 하버드대학에서 통지서를 받았어. 수시 모집에 원서를 낸 사람들 말이야. 올해에는 다 떨어졌대."

"합격자가 한 명도 없어?"

얼트에서 여학생을 받기 전, 남학생들은 졸업식 바로 전날 저마다 하버드, 예일, 프린스턴대학의 입학 원서를 들고 교장실로 갔다고 한다. 그

38

때만 해도 원서만 쓰면 어디든 입학할 수 있었다.

"지금까지 두 명이래. 네빈 런스하고 게이츠 메드코우스키. 나머지는 다 떨어졌대."

갑자기 가슴이 뛰기 시작했다. 게이츠에게 축하 인사를 해야겠다고 생각하고 우편물실을 둘러보았지만 그녀는 보이지 않았다.

나는 그날 저녁, 식당에서 게이츠를 만날 수 있었다. 정찬회가 아니었기 때문에 옷을 갖추어 입고 지정된 자리에 앉을 필요가 없었다. 식사를 끝내고 반납대에 내 식판을 올려놓는데, 배식을 기다리는 줄에 서 있는 게이츠가 보였다. 갑자기 가슴이 뛰었다. 나는 손등으로 입을 닦고 심호흡을 한 뒤 게이츠에게 다가갔다. 게이츠에게 거의 다가갔을 때 반대편에서 헨리 토르페가 나타났다.

"어이! 게이츠!"

게이츠가 돌아섰다.

"축하해. 너 스타 됐더라?"

게이츠는 헨리와 손바닥을 부딪쳤다.

"고마워."

게이츠가 말했다.

"기분 어때?"

헨리가 물었다.

"운이 더럽게 좋았어."

게이츠가 웃으며 대답했다.

"운이라니. 다들 네가 합격할 줄 알고 있었는데."

두 사람의 격의 없는 태도를 본 순간, 왠지 게이츠에게 다가가서는 안될 것 같았다. 적어도 이렇게 사람들이 많은 곳에서는. 게이츠에게 축하 인사를 해야 하는 상황에서도 내 자존심은 고개를 들었다. 나는 축하 카드를 만들어서 게이츠의 우편함에 붙여두거나 방에 두고 와야겠다고 생각했다.

기숙사 방으로 돌아와서 나는 파란색과 붉은색 펜으로 '축하해요, 게이츠 언니!'라고 썼다. 그리고 '하버드에서 행운이 있기를'이라고 보라색 펜으로 적었다. 여기저기 별을 그려 넣었는데도 왠지 허전해 보여서 초록색으로 넝쿨을 그려 글씨 주변을 장식했다. 이제 내 이름만 쓰면 되었다. 나는 '사랑하는 리로부터'라고 쓰고 싶었다. 하지만 혹시 나를 이상한 아이라고 생각할까 봐 걱정이 되었다. 내 이름만 쓰자니 너무 무뚝뚝한 것 같았고, '진정한 벗'이라고 쓰자니 너무 형식적이었다. 나는 파란색 펜을 들고 한동안 망설이다가 '사랑하는 리로부터'라고 썼다. 카드는 봉투에 담아 게이츠의 기숙사 방문 앞에 둘 생각이었다. 그렇게 하면 편지를 발견하는 순간에 혼자 있을 가능성이 높을 테니까.

다음 날 저녁은 정찬회였다. 운동 연습을 마친 아이들은 체육관에서 샤워를 하고 곧바로 식당으로 향했다. 조금만 서두르면 방에서 카드를 가져다가 게이츠의 방에 놓고 올 수 있을 것 같았다. 게다가 정찬회에 너무 일찍 가 있고 싶지도 않았다. 밖에서 서성거려야 하기 때문이다.

기숙사 안뜰에서부터 나는 뛰기 시작했다. 해가 일찍 졌기 때문에 다행히 스커트에 남색 단화를 신고 뛰어가는 내 모습을 이상하게 여기는 사람은 없었다. 브로사드 기숙사는 조용했다. 나는 2층으로 뛰어 올라갔다. 기숙사 방문을 여는 순간 디드가 화들짝 놀라며 서랍을 닫지만 않았어도 나는 상황을 제대로 파악하지 못했을 것이다. 디드는 자기 서랍이 아닌 신준의 서랍을 열어보고 있었다.

"오해하지 마."

디드가 말했다. 나는 한 발짝 뒤로 물러섰고, 디드는 한 발짝 앞으로 다가왔다.

"냄새가 어디서 나는 건지 알고 싶었을 뿐이야. 신준이 틀림없어. 너하고 난 아니잖아?"

디드가 말했다.

"신준 때문에 냄새가 난다고 생각했으면 먼저 신준한테 물어보고 뒤졌
어야지."

내가 말했다.

"괜히 기분 상하게 하고 싶지 않았어. 리, 난 절대 도둑이 아니야. 내
돈이 가장 먼저 없어졌잖아."

우리는 서로를 쳐다보았다.

"리, 설마 내가 내 돈을 훔쳤다고 생각하는 거야?"

나는 디드에게서 돌아섰다.

"사감한테 말하려고? 그럴 필요 없어. 거짓말이 아니야, 리. 나 못 믿
겠어?"

나는 아무 말도 하지 않았다. 디드가 달려와 내 팔을 잡자 가슴이 뛰었
다. 디드에게서 향수 냄새가 풍겨왔다. 다시 자라나기 시작한 눈썹도 보
였다. 이런 일이 있기 전에 디드가 눈썹을 뽑는다는 것을 알았다면 눈썹
뽑는 법을 배울 수도 있었을 거란 생각이 들었다. 그러나 나는 바로 생각
을 고쳤다. 우린 절대로 그런 룸메이트는 될 수 없었을 것이다.

"이거 놔."

내가 말했다.

"어쩌려고?"

아무렇지도 않은 척했지만 디드의 목소리도 침착하진 않았다.

"정말 이르려고?"

"모르겠어."

나는 디드를 뿌리치려 했지만 디드는 더욱 세게 내 팔을 쥐었다.

"어떻게 하면 내 말을 믿을 건데?"

"이거 놓으라니까."

내가 다시 말했다. 마침내 디드가 팔을 놓으며 말했다.

"내가 사감한테 신준의 서랍을 뒤졌다고 말할게. 그럼 날 믿겠니?"

나는 대답하지 않고 방문을 닫았다.

기숙사 밖으로 나가기 직전 게이츠에게 줄 카드를 두고 나왔음을 깨달았다. 나는 저녁 식사를 거르기로 마음먹었다. 대신 휴게실 전화 부스 안에 숨어 있다가 디드가 나간 뒤 다시 2층으로 올라갈 생각이었다. 그동안 앞으로 어떻게 해야 할지 생각할 시간을 벌 수 있을 것 같았다.

전화 부스 안은 더웠고, 더러운 양말 냄새가 났으며, 나의 맥박은 걷잡을 수 없이 뛰었다. 나는 몸속에서 끓어오르는 열기를 분출하기 위해 제자리 뛰기라도 하고 싶은 심정이었다. 나는 부스 안의 의자에 무릎을 세우고 앉아 양팔로 다리를 감싸 안았다.

머릿속에 저장되어 있던 한 장의 사진이 떠오른 그 순간부터 나는 마치 거실에 앉아 있는데 부엌에 케이크가 있다는 사실을 떠올렸을 때와 똑같은 기분이었다. 가서 가져오기만 하면 되었다. '안 돼. 디드가 소리를 들을지도 몰라.' 나는 생각했다. 하지만 곧바로 '그래도 누가 소리를 내는지는 모르겠지' 하는 생각이 들었다. 나는 지문으로 얼룩진 전화 부스의 유리를 통해 밖을 내다보았다. 그리고 천천히 문을 열고 휴게실 책장 쪽으로 갔다. 떨리는 손으로 최신 호 앨범을 뽑아 든 뒤 다시 전화 부스로 돌아왔다.

사진은 내가 기억하고 있는 것과 정확히 일치했다. 카우보이 모자와 자연스러운 머리, 지적이고도 완벽한 얼굴…. 앨범의 첫 장을 넘기는 것이 마치 케이크를 한 입 베어 무는 것 같은 기분이었다. 디드가 나가면 앨범을 들고 방으로 올라가야겠다고 생각했다. 사진을 마냥 들여다보고 싶어서가 아니었다. 이 사진이 내가 원하면 언제든 들여다볼 수 있는 '나만의 것'인지 확인해보고 싶었다. 나는 침대에 누워 불을 끄고 어둠 속에서, 내가 한 농담에 게이츠가 크게 웃는 모습을 상상해보고 싶었다. 단, 신입생을 타이르는 상급생의 웃음이 아니라 나에 대한 존중과 동질감을 느끼는 웃음이어야 했다.

누군가 계단을 내려오는 소리가 들렸다. 나는 잠시 기다렸다가 창문 밖을 내다보았다. 디드였다. 나는 블라우스를 들추고 스커트허리 안에 앨범을 끼워 넣었다. 나말고는 앨범을 보는 사람을 한 번도 본 적이 없었으니 분명 찾는 사람도 없을 것이다. 2층에 올라가서 나는 앨범을 내 옷장 선반의 스웨터 밑에 넣어두었다. 눕고 싶었지만 벌써 잠자리에 들 수는 없었다. 한 시간 내로 디드와 신준이 돌아와 불을 켜고 이야기를 나눌게 분명했다. 게다가 아직 카드를 전하지도 못했다.

어젯밤 나는 사전에 카드를 끼워두었다. '축하해요'의 글씨가 조금 번져 있었다. 손가락에 침을 발라 번진 부분을 살짝 눌렀지만 오히려 더 지저분해지고 말았다. '하버드에서 행운을 빌어요!'라니. 한심했다. 앞으로도 7개월은 얼트에 다닐 텐데, 마치 당장 떠나기라도 하는 것처럼…. 별과 덩굴 장식도 갑자기 아홉 살짜리 아이의 작품처럼 유치하게 느껴졌다. 게다가 '사랑하는'이라고? 우습다는 생각이 들었다. 우리는 서로에 대해 아는 게 거의 없었다. 나는 카드를 길게 찢은 뒤 다시 3등분으로 찢었다. 찢어진 종이 조각들은 쓰레기통 안에서 잠시 너울거리다가 가라앉았다.

펄쩍 뛰며 자신의 행동을 부정하던 디드의 모습이 떠올랐다. 내 팔을 잡았던 손길도 생생했다. 누구에게든 얘기를 하고 싶었지만 모두 식사 중이었다. 나는 디드의 잡지를 들고 침대에 누워 뒤적거렸다. 얼트 밖의 세상은 이상하고 낯설었다. 도무지 기사에 집중할 수가 없었다. 나는 잡지를 내려놓고 옷장에서 앨범을 꺼내 다시 게이츠의 사진을 들여다보았다. 그때 밖에서 웅성거리는 소리가 들렸다. 나는 디드와 부딪치기 싫어서 얼른 화장실로 달려가 10분 정도 숨어 있었다. 그러고 나서 곧장 리틀의 방으로 갔다.

"혹시 제가 귀찮게 하는 건가요?"

문을 연 리틀을 보고 내가 물었다.

"아직은."

리틀은 안경을 썼고 회색 운동복 차림이었다.

"들어가도 돼요?"

리틀이 옆으로 비켜섰고, 나는 안으로 들어갔다. 리틀이 그러라고 하지도 않았는데 나는 리틀의 책상 앞 의자에 앉았고, 리틀은 공책과 책이 펼쳐진 침대 위에서 책상다리를 하고 앉았다. 리틀의 방에 들어온 것은 처음이었다. 방은 삭막했다. 포스터도, 벽걸이도, 사진도 없었다. 침대 시트와 책들을 제외한 개인 소지품이라고는 창틀에 놓인 라디오 시계와 옷장 위에 놓인 플라스틱 로션 병, 침대 발치에 놓인 테디 베어뿐이었다. 곰 인형은 엷은 자주색 스웨터를 입고 있었다. 곰 인형을 보자 문득 디드에 대한 의혹과 분노 대신 알 수 없는 서글픔이 밀려왔다. 그 서글픔은 이해하기에는 너무 복잡한 감정이었고, 이내 잦아들었다.

"아마 제 말 안 믿으실걸요? 전 도둑이 누군지 알아요."

리틀이 눈썹을 치켜떴다.

"디드예요."

리틀의 눈썹이 내려앉으며 한군데로 모였다.

"정말?"

"저한테 들켰어요. 디드가 신준의 서랍을 뒤지고 있더라고요."

"디드 슈와르츠, 그럴 줄 알았어."

"생각만 해도 끔찍해요. 디드는 병적인 거짓말쟁이예요. 자기 돈이 먼저 없어졌다고 소란을 떨었던 걸 생각하면…."

"난 처음부터 걔가 마음에 안 들었어. 사감은 뭐라고 하던?"

"아직 말씀 안 드렸어요. 디드가 그러지 말라고 애원하더라고요."

44

"디드가 신준의 서랍을 뒤지는 걸 직접 봤다면서?"

"네."

"보고하지 않으면 또 그럴걸."

"그럴 수도 있겠죠. 하지만 왜 돈을 훔쳤는지 이해가 안 가요. 디드는 부모님한테 용돈을 넉넉히 받고 있잖아요."

"여기 애들을 이해하려고 해봐야 골치만 아플걸."

"저 여기서 자도 돼요?"

내가 물었다. 리틀은 머뭇거렸다. 조금 무안해진 나는 자리에서 일어섰다.

"괜찮아요. 생각해보니까 그럴 필요까진 없을 것 같아요. 피한다고 될 일도 아니잖아요?"

나는 방을 나섰고, 리틀도 나를 잡지 않았다. 나는 다시 화장실에 숨었다. 이번에는 수압이 낮아서 아무도 사용하지 않는 샤워 부스 안으로 들어갔다. 내 옷차림은 아직도 정찬회에 참석하려고 입었던 옷 그대로였다. 스커트를 입은 채로 파란색 타일이 깔린 화장실에 앉아 있자니 왠지 이상하고 불결한 느낌이 들었다. 한번은 디드가 화장실 문을 열고 "리, 여기 있니?" 하고 묻는 소리가 들렸다.

종례 시간 전에 나는 아래층으로 내려가 사감을 찾았다. 디드의 일에 대해 말하려 했지만 막상 선생님 방 앞에 서는 순간 지금 나의 행동이 앞으로 나와 디드의 삶에 미칠 파장이 얼마나 클지 생각하게 되었다. 아직 마음의 준비가 안 된 것이다.

"오늘은 일찍 쉬려고요. 먼저 잠자리에 들어도 될까요?"

나는 사감 선생님과 악수를 한 뒤 다시 화장실로 돌아갔다.

양호실에는 침대 하나만 놓인 병실이 복도 양쪽으로 여섯 개가 있었다. 간호사실도 있었는데, 양호실에 들어가면 먼저 그곳에서 열을 쟀다.

텔레비전을 보는 휴게실과 영양학에 관한 포스터가 붙어 있는 간이 부엌
도 하나 있었다. 초콜릿을 먹으면 인간의 두뇌에 사랑에 빠지는 것과 같
은 효과가 일어난다는 글귀가 가장 눈에 띄었다. 얼트에 다니는 동안, 점
심 식사 시간에 친구들과 이야기를 나누다보면 누군가 "초콜릿을 먹으
면 사랑에 빠지는 것 같은 효과가 일어난다는 얘기 들어본 적 있니?" 하
고 묻곤 했다. 그럴 때마다 "나도 그 얘기 들었어"라든가, "어디선가 읽
은 기억이 있는데"라는 대답이 이어졌다. 그러나 몸이 아프거나 꾀병을
앓느라 양호실에 누워서 길고 무료한 시간을 보내기 전까지는 그 글을
어디서 읽었는지 도무지 생각나지 않았다. 양호실에 가면 잠을 자거나,
푸딩이나 토스트를 먹거나, 혹은 어쩔 수 없이 양호실에서 하루를 보내
게 된 친구들과 함께 대낮에 텔레비전을 보았다. 그들은 친구일 때도 있
고, 한 번도 말을 해본 적 없는 사이일 때도 있었다.

그날 나는 처음으로 양호실에 갔다. 전날 밤에는 자정이 넘어서야 방
에 돌아갔고, 디드와 신준은 잠들어 있었다. 나는 새벽녘에 일어나 바지
를 입고 이도 닦지 않은 채 기숙사를 나섰다. 어둠이 가시지 않은 아침,
서늘한 바람 속을 걸으면서 나는 하루만 더 생각할 시간을 번다면 디드
의 문제를 어떻게 처리해야 할지 결정할 수 있을 거라 생각했다.

간호사가 열을 재어본 뒤 내가 있을 병실을 일러주었다. 나는 깊이 잠
들었다. 깨어나보니 늦은 아침의 햇살이 커튼 사이로 새어 들어오고 있
었다. 텔레비전 소리도 들렸다. 나는 양말만 신은 채 복도로 나갔다.

거실에는 내성적인 2학년생 섀넌 홈리와 3학년인 피터 로즈가 있었다.
피터는 게이츠가 춤을 추던 날 스피커를 들고 있던 두 사람 중 하나였다.
내가 들어서자 둘 다 고개를 들었지만 인사를 하지는 않았다. 나 역시 인
사를 하지 않았다. 그들은 연속극을 보고 있었다. 화면에는 파란 금속 장
식이 달린 드레스 차림의 여자가 뭐라고 이야기하고 있었다. 누가 그 드
라마를 틀었는지는 알 수 없었다. 나는 자리를 뜨고 싶었지만 앉자마자

바로 일어나는 것이 이상하게 보일 것 같았다. 천천히 방 안을 둘러보았다. 의자 옆 탁자에는 팸플릿 몇 개가 놓여 있었다. 제일 위에 있는 것은 '자살을 생각하고 계십니까?'였다. 그다음 건 '나는 데이트 강간의 희생자였다'였고, 그다음은 '나는 게이일까?'였다. 가슴이 뛰기 시작했다. 나는 곁눈질로 섀넌이나 피터가 팸플릿을 뒤적이는 나를 보고 있는지 확인했다. 두 사람 모두 나를 보고 있지 않았다.

나는 텔레비전에 몰입한 척하며 두 사람이 자리를 뜰 때까지 기다렸다. 30분쯤 뒤 섀넌이 먼저 일어섰고, 피터는 부엌으로 들어갔다. 나는 얼른 세 번째 팸플릿을 들고 병실로 돌아왔다.

자신을 레즈비언이라고 생각하는 여성들은 다른 여성에게 성적으로 끌리고 사랑에 빠진다. 여성에 대한 성적인 끌림은 그들에게는 매우 자연스러운 현상이다. 이러한 감정은 아동기나 청소년기에 나타나 성인이 될 때까지 지속된다.

팸플릿에는 자신에게 물어보라는 몇 가지 질문이 있었다.

· 꿈을 꾸거나 성적인 상상을 할 때 그 상대가 남성입니까, 여성입니까?
· 다른 여성에게 반하거나 사랑에 빠져본 적이 있습니까?
· 당신이 다른 여성들과 다르다고 생각하십니까?

나는 게이츠와 키스하는 상상을 해보았다. 게이츠와 내가 마주 보며 서 있다. 그러다가 내가 한 발자국 그녀에게 다가선다. 어쩌면 키 때문에 발꿈치를 들어야 할지도 모른다. 코가 부딪치지 않도록 고개를 비스듬히 하고 그녀의 입술에 내 입술을 댄다. 그녀의 입술은 조금 건조하면서도 보드라울 것이다. 내가 입술을 조금 벌리면 게이츠도 입술을 벌린다. 우리의 혀가 서로의 입안으로 들어간다.

　그러한 상상은 역겹지도 흥분되지도 않았다. 어쩌면 내가 흥분하지 않으려고 애썼기 때문인지도 모른다. 나는 팸플릿을 계속 읽어 나갔다.

　내 여자친구의 젖가슴을 처음 만졌을 때, 그게 너무 당연하게 느껴졌어요.

　　　　　　　　　　　　　　　　　　　　　　　　　　−티나. 17세

　나는 '티나. 17세'에게 묻고 싶었다.

　'지금 넌 어디에 사니? 넌 아직 열일곱 살이니, 아니면 어른이 되었니? 네 주변 사람들과 직장 동료들도 너의 비밀을 알고 있니?'

　애리조나주나 오리건주라면 가능한 일이겠지만 이곳 뉴잉글랜드 지역에서는 상상할 수 없는 일이었다. 내가 아는 한 얼트에는 동성애자가 없었다. 지금까지 내가 아는 동성애자는 딱 한 명이었다. 동네에 살던 사람이었다. 이웃집 남자였는데, 나이는 30대 중반이었고 승무원이 되려고 애틀랜타로 떠났다.

　나는 게이츠의 가슴을 만지는 상상을 해보았다. 어떤 일이 벌어질까? 가슴을 움켜쥘까? 아니면 쓰다듬을까? 기분이 묘했다. 만약 내가 게이츠를 애무하고 싶은 게 아니라면 내가 게이츠에게 원하는 건 무엇일까? 팸플릿을 주머니에 구겨 넣으면서 나는 괜히 가져왔다는 생각을 했다.

　초저녁이 되어서야 방으로 돌아왔다. 디드는 침대에 앉아 손톱을 손질하고 있었다. 나를 본 순간 디드는 자리에서 벌떡 일어났다.

　"도대체 어디 갔었니? 보여줄 게 있어."

　디드는 내 팔을 잡고 복도로 끌고 가서 커다란 휴지통 앞에 멈춰섰다. 방에서 나던 것과 똑같은 악취가 풍겨 나오고 있었다.

　"이것 좀 봐."

48

디드가 가리켰다. 신문지 위에 말라비틀어진 밀랍조각 같은 것과 말린 해초, 빈 감자칩 봉지가 있었다. 밀랍조각은 엷은 오렌지색이었고, 길이는 한 뼘 정도 되어 보였다.

"말린 오징어야, 말린 오징어. 여기서 나는 냄새였어. 신준 옷장 안에 있었어. 이렇게 끔찍한 거 본 적 있어?"

디드가 말했다.

디드는 더 이상 절망적이지 않은 듯했다. 오히려 행복해 보였다.

"신준한테 좀 뒤져봐도 되겠냐고 물어봤더니 그러라고 하더라. 그래서 이걸 찾아냈지. 내가 말했잖아? 난 이걸 찾고 있었던 것뿐이야."

"신준은 지금 어디 있어?"

"엄마하고 통화 중인가 봐. 기분이 안 좋겠지. 하지만 그래도 할 수 없지 뭐. 냄새가 너무 지독하잖아."

"신준한테 서랍을 뒤졌다고 말했어?"

"리, 제발 그만 좀 해. 내가 범인이라고 보고해봐야 창피만 당할걸. 신준이 뭐가 없어졌다고 하는지 두고보면 알잖아? 아무 불평 없으면 나에 대한 의심도 해결될 테니까."

"없어진 건 없겠지. 네가 다시 제자리에 두었을 테니까."

디드가 범인이 아니라는 확신이 들었으면서도 왠지 디드를 골탕 먹이고 싶었다.

"탐정이 따로 없군."

디드가 몸을 숙였다.

"솔직히 말할까? 너, 너무 유난스러운 거 알아? 다 네 탓이야. 네가 이렇게 유난스럽지만 않았어도 우린 친구가 될 수 있었을 거야."

"디드."

나는 50년대의 여학생처럼 진지한 목소리로 말했다.

"과연 그럴까?"

나는 내가 불쾌하다는 게 기뻤다. 얼트에 온 뒤로 나를 지배했던 나약함과 감상적인 모습 이면에 불쾌함이라는 감정이 아직도 존재한다는 사실이 반가웠다. 디드는 고개를 저었다.

"너 정말 딱하다."

디드는 손톱깎이를 들고 밖으로 나갔다. 나의 유난스러움을 애스패드와 상의하려는 것이 분명했다. 나는 외투를 걸어놓고 침대에 누웠다. 문득 외투 주머니 속에 들어 있는 팸플릿이 생각났다. 나는 일어나 책자를 꺼냈다. '나는 게이일까?'라는 바보 같은 글귀를 읽는 순간 기분이 쓸쓸해졌다. '아니, 넌 게이가 아니야. 그냥 팸플릿이지.' 내가 속으로 말했다. 문득 팸플릿을 태워버리고 싶었다.

누군가 문 손잡이를 돌리고 있었다. 나는 책상 서랍을 열고 팸플릿을 넣었다. 디드가 날 화나게 할 새로운 무기로 무장하고 돌아왔을 거라고 생각했지만 신준이었다.

"오징어, 미안해."

신준이 말했다.

"괜찮아."

"난 나쁜 룸메이트야."

"별일도 아닌데 뭘. 신경 쓰지 마."

"너, 왜 없었어?"

신준이 말했다.

"양호실에 있었어."

"아파?"

"그냥 조금."

"차 만들어줄게."

"됐어. 고마워."

"차 싫어?"

"지금은 싫어."

신준은 실망한 것 같았다. 차를 마시겠다고 말할걸 하는 생각이 들었지만 이미 늦은 것 같았다.

점심시간 직후 스페인어 시간에 갑자기 두려움이 밀려들었다. 팸플릿을 맨 위 서랍에 두었다는 걸 잊고 있었다. 도둑이 가장 쉽게 뒤질 만한 곳이었다. 도둑은 현금을 노리겠지만 이건 현금보다 훨씬 더 흥미로울 것이다.

수업은 아직 20분이나 남아 있었다. 나는 마음을 가라앉히고 머릿속으로 재빨리 셈을 해보았다. 브로사드의 기숙생은 모두 19명이다. 지난 6주 동안 절도사건은 모두 여섯 차례 발생했다. 그렇다면 지금부터 체육 시간이 끝나고 내가 기숙사로 돌아가기 전에 절도사건이 발생할 확률은 매우 희박했다. 그리고 이미 내 방에서 한 번의 사건이 일어났다. 하지만 확률에만 의존할 수 있을까? 확률은 확률일 뿐이었다. 전교생이 내가 레즈비언이라고 생각한다면 확률 따위가 무슨 의미인가?

수업이 끝나기까지 15분이 남았다. 시간은 10분, 8분, 5분, 4분, 2분으로 줄어들었다. 종이 울리는 순간 나는 교실 밖으로 튀어 나갔다. 바로 다음 시간인 생물학 수업에 지각을 하겠지만, 팸플릿을 숨길 수만 있다면 지각생이 되는 건 문제가 아니었다. 학생들 대부분이 교실에 있을 때 교정을 가로질러 달리면서 나는 고대 역사 수업 중에 뛰쳐나왔던 그날을 떠올렸다. 문득 그날의 내가 가엾게 느껴졌다. 실제로 그날 일은 생각만큼 끔찍하게 끝나진 않았다. 적어도 그렇게 복잡하진 않았다.

나는 게이츠를 만났던 벤치를 지나면서 안뜰을 가로질렀다. 바람이 불었고 날은 흐렸다. 브로사드 기숙사의 문을 여는 순간 손잡이가 차갑게 느껴졌다.

바로 그다음에 일어난 일들을 나는 지금도 가끔 생각한다. 그 기막힌

타이밍에 대해서. 나는 가끔 우리에게 일어나는 모든 일들, 이를테면 자동차 사고라든가 나무에서 떨어지거나 한밤의 화재 같은 것이 과연 피할 수 있는 일일까? 아니면 피할 수 없는 운명일까? 어떤 일이 일어날 운명이라고 치자. 그렇다면 기막힌 우연이 어떻게든 당신을 찾아내고 비록 그 양상이 달라질지라도 결국에는 같은 결과를 초래할까? 아니면 양상조차 달라지지 않고 마치 거북이처럼 인내심을 갖고 기다렸다가 당신을 덮치는 것일까?

내가 막 방으로 들어서려는 순간, 누군가 내 방에서 나왔다. 리틀이었다. 나를 기다렸다가 문을 열어준 꼴이었다. 문이 열리는 순간 우리는 하마터면 서로 부딪칠 뻔했다.

우리는 한동안 아무 말도 하지 않고 그 자리에 서 있었다. 나는 어쩌면 둘 다 아예 말을 안 할 수도 있다고 생각했다. 그러나 그런 종류의 침묵은 영화 속에서나 가능했다. 현실에서는, 더군다나 이렇게 혼란스러운 상황이라면 말을 않기란 쉽지 않았다.

"부잣집 애들이야. 돈이 필요 없는."

리틀이 말했다.

"하지만 그 애들 돈이잖아요. 언니 돈이 아니에요."

"그래. 하지만 그 애들은 돈을 여기저기 뿌리고 다니지. 저녁 식사가 마음에 안 든다고 피자를 시켜. 크로스컨트리 장비가 70달러라고 해도 눈 하나 깜짝 안 하는 애들이야."

"어쨌건 도둑질은 나빠요."

"알면서 모르는 척할 거야? 네가 그 애들하고 같은 부류인 척 연기할 생각은 하지도 마."

"그게 무슨 뜻이에요?"

"네가 돈을 내고 여길 다니는 게 아니라는 걸 안다는 뜻이야."

"그걸 어떻게 알아요?"

"난 알아."

"설령 제가 장학금을 받는다고 쳐도, 그러니까 그게 사실이란 얘긴 아니지만, 그걸 언니가 어떻게 알아요?"

리틀은 어깨를 으쓱했다.

"네 이불."

"네?"

"이불 말이야. 꽃무늬가 아니잖아."

어느 쪽이 내 침대인지 리틀이 어떻게 알았는지는 모르겠지만, 그 말은 사실이었다. 내 침대보는 양면이었다. 한쪽은 빨간색, 다른 쪽은 파란색. 그러니까 이불이 단서였다. 나는 그 사실을 기억해야겠다고 생각했다.

"하지만 언니는 장학생이 아니잖아요."

리틀이 나를 쳐다보았다.

"물론 나도 장학생이야. 여기 학비는 1년에 2만 달러니까."

"하지만… 아빠는 의사고 어머니는 변호사… 아닌가요?"

리틀은 보일락 말락 웃더니 이내 키득거렸다.

"코스비네 가족처럼 말이니?"

나는 바닥만 내려다보았다. 리틀이 날 미워하는지 궁금했다. 또 나는 묻고 싶었다. 들키지 않을 거라고 생각했냐고. 아니면 들키기를 바랐던 거냐고. 그러나 들키기를 바랐다는 징후는 어디에도 없었다.

"리."

나는 고개를 들었다.

"이제 그만할 거야. 크리스마스 방학 전에 돈이 좀 필요했어. 이런 일은, 너와 나 모두한테 좋아."

나는 믿을 수가 없었다.

"나한테 좋을 게 뭐가 있어요?"

"네 룸메이트 말이야."

리틀이 말했지만 나는 여전히 이해가 가지 않았다.

"오늘 밤에 여길 떠나야 할걸."

그러니까 리틀은 신준의 돈을 훔친 것이었다. 사실 리틀의 계획은 나쁘지 않았다. 그 계획대로라면 나는 리틀을 도와야 했다. 디드를 도둑이라고 생각하고 사감에게 보고했더라면 본의 아니게 리틀을 도운 꼴이 되었을 것이다. 그러나 디드가 도둑이 아니라는 것을 알고 있는 지금 사감에게 그렇게 보고한다면, 그리고 리틀이 도둑질한 것을 못 본 척한다면 그것은 고의적으로 그렇게 하는 셈이 된다.

"설마 내가 네 돈을 훔치러 온 거라고 생각하는 건 아니겠지? 리, 난 네 돈은 절대 안 훔쳐."

리틀의 목소리는 경쾌했다.

만약 내가 리틀의 표정을 볼 수 없었다면 그 목소리에 깜빡 속았을 것이다. 그러나 리틀의 눈동자에는 말할 수 없는 고독과 슬픔이 배어 있었다. 문 앞에 서서 서로를 바라보면서, 나는 리틀의 비밀을 지켜주고 싶을 정도로 강한 연민을 느꼈다.

학칙은 살아 있다

1학년
겨울

종례 시간이었다. 사감이 인원 점검을 마치고 난 뒤 휴게실에는 디드와 나, 에이미 드네이커만 남았다. 에이미 드네이커는 전화 부스 안에서 소리 내어 웃으면서 계속 '입 닥쳐!'라고 말하고 있었다.

나는 공책을 보았다.

"유글레나의 생식법이 뭐지?"

내가 물었다.

"이분법."

디드가 대답했다.

"맞아."

나는 머릿속으로 '이분법, 이분법, 이분법' 하고 중얼거려보았다. 몸을 치장하거나 자기보다 인기 있는 아이들을 쫓아다니는 데 대부분의 에너지를 소비하는 것 같은 디드가 그런 걸 알고 있다니 나로서는 놀라울 따름이었다. 반면, 나의 생물학 점수는 평균 C였다. 어쩌다가 이런 지경에 이르게 되었는지. 얼트에 오기 전에는 과목을 불문하고 B 이하는 받아본 적이 없었다. 내가 다니던 중학교보다 얼트의 수준이 훨씬 높은 건지, 아니면 내 머리가 점점 더 나빠지는 건지도 확실치 않았다. 어쩌면 둘 다인 것 같기도 했다. 정말 머리가 나빠진 건 아닐지라도 예전에 선생님들한테 가장 총명하고 책임감 있는 학생 중 한 명으로 인정받던 때의 후광, 수업 시간에 정확한 답을 알고 손을 들거나, 시험 중에 답안지의 공간이 모자라 한 장 더 달라고 말할 때 더 환해지던 후광이 사라진 것만은 확실했다. 박력 있고 큼직했던 글씨체가 조금 작아지고 가늘어진 것을 감안하더라도, 얼트에서 답안지가 더 필요한 일이 있을 것 같지 않았다.

"박테리아의 생식법은?"

"박테리아는 이분법과 접합법인데, 그건⋯."

"너희 뭐해?"

에이미 드네이커가 전화 부스에서 나오더니 보통 때와는 달리 우리에게 관심을 보이며 물었다. 에이미는 세인트 프란시스 고등학교와 있었던 아이스하키 경기에서 해트트릭으로 골을 넣었는데, 세 번째 피어리드에서 코뼈가 부러졌다. 덕분에 인상이 더 험악해졌다.

"혹시 내일 시험 준비하는 거라면 헛수고야."

디드와 나는 서로를 쳐다보았다.

"내일 생물학 시험이 있어요."

내가 말했다.

"아니, 없을걸. 나한테 들었다고는 하지 마. 내일은 깜짝 휴일이야."

에이미가 웃으며 말했다.

"깜짝 휴일이 뭐니?"

내가 디드에게 물었다. 그러자 디드가 에이미에 물었다.

"그걸 어떻게 알아요?"

"그건 비밀이야. 물론 100퍼센트 장담할 수는 없어. 너무 많은 학생들이 미리 알아버리면 교장 선생님이 취소할 테니까. 하지만 생각해봐. 스포츠경기 때문에 수요일엔 불가능하고, 월요일이나 금요일은 주말하고 이어지니까 별로 효력이 없고. 항상 봄방학 직전이었거든. 그러면 화요일하고 목요일이 남는데 다음 주 화요일엔 오버필드 고등학교하고 농구 시합이 있잖아. 또 다음 주 목요일은 대통령 연설문을 작성한다는 졸업생이 4교시 특강을 하러 온대. 그다음 주는 봄방학 전주잖아. 물론 초록색 재킷을 보기 전까지는 확신할 수 없지만 잘 따져보면 내일밖에 안 남거든."

디드가 고개를 끄덕였다. 디드는 초록색 재킷에 대해 알고 있는 게 분명했다.

"그게 다가 아니야. 알렉스 앨리슨은 내일 역사 시험이 있는데 저녁 식사 시간에 아이들한테 자긴 역사 교과서를 들여다보지도 않았다고 했대."

"그게 무슨 상관이에요?"

"알렉스가 헨리 토르페랑 같은 방을 쓰잖아. 헨리는 학생회장이기 때문에 당연히 알고 있어. 학생부 임원들만 미리 알 수 있거든. 헨리가 알렉스한테 말해준 게 분명해."

"하지만 그렇게 미리 얘기해도 되는 거예요?"

내가 물었다.

디드와 에이미는 내 존재를 잊고 있었던 듯 나를 바라보았다.

"물론 안 되지. 하지만 이미 얘기한 걸 어쩌겠어?"

에이미는 그제야 내가 누구인지 기억해낸 것 같았다. 이상한 신입생이고, 자기와는 별로 친하지 않고, 자기보다 조금 괜찮은 룸메이트를 둔 애라는 것. 에이미는 자신의 시간과 정보를 더 이상 낭비할 생각이 없는 것 같았다.

"마음대로 해. 그렇게 못 미더우면 밤새 공부하든지."

나는 에이미가 계단을 다 오를 때까지 기다렸다가 디드에게 물었다.

"도대체 무슨 소린지 설명해줄 거야, 말 거야?"

나는 여전히 디드가 마음에 안 들었지만 디드 외엔 특별히 가까운 친구도 없었다. 지난 12월, 사감에게 사실을 얘기한 뒤 채 하루도 안 되어 리틀 워싱턴은 학교를 떠나라는 통보를 받았다. 종례 시간, 휴게실에 모였을 때 우리는 무언가 달라졌음을 알 수 있었다. 묘한 허탈감이 들었다. 부모님이 와서 리틀을 데려갔고, 리틀의 방은 깨끗하게 비워졌다. 누가 도둑인지, 다음은 누가 당할 차례인지에 대한 불안감도 사라졌다. 새벽 2시쯤, 나는 갑자기 속이 울렁거려 화장실로 뛰어갔다. 변기 옆에 쪼그리고 앉아 손가락을 목에 넣었다. 아무것도 나오지 않았다. 나는 헛구역질을 몇 번 한 뒤 변기를 붙잡고 흰 변기의 굴곡과 변기 속의 고요한 물을 들여다보았다. 그 상태로 20분쯤 있었을까? 디드가 화장실 문을 열었다.

"혼자 있게 내버려둬."

내가 말했다.

"리, 넌 해야 할 일을 한 것뿐이야. 네겐 선택의 여지가 없었어."

디드는 내게 그렇게 말했었다.

"깜짝 휴일은 얼트의 전통이야. 1년에 한 번 모든 수업이 취소되고 하루를 쉰대."

휴게실에서 디드가 내게 설명했다. 나는 생물학 C학점을 되새기면서 내가 과연 쉴 자격이 있는지 생각해보았다.

"교장 선생님이 조회 시간에 말씀하시다가 입고 있던 겉옷을 벗었을 때 안에서 초록색 재킷이 나오거나, 학생부 임원 중 한 사람이 초록색 재킷을 입고 숨어 있다가 튀어나오면 그날이 깜짝 휴일이래."

"그럼 정말 시험이 없는 거야?"

"당연하지. 적어도 금요일까지는."

"그럼 공부할 필요 없겠네."

"글쎄. 하지만 혹시 모르잖아."

디드가 입술을 깨물며 말했다.

"난 지금 너무 피곤해."

내가 말했다.

"오늘 공부해두면 내일은 공부 안 해도 되잖아."

나는 디드를 바라보았다. 디드는 정말 성실한 학생이었다. 마치 1년 전의 나를 보는 것 같았다. 최고들만 모일 거라며 걱정하던 부모님에게 얼트에 꼭 가야만 한다고 설득하던 시절의 내 모습 말이다. 지금 나는 전혀 다른 사람이 되었고, 디드와는 달랐다. 디드는 성실한 애였기 때문에 항상 정공법을 택했다. 그러나 나는 항상 한눈을 팔았다. 나는 하고 싶은 것을 하지 않았고, 생각하는 대로 말하지 않았다. 늘 답답했고, 늘 무언가에 짓눌려 있었으며, 그 때문에 항상 피곤했다. 무슨 일을 하건 나는 딴생각을 했다. 성적에도 관심이 없었다. 그러나 정말 심각한 것은 아무것에도 관심이 없다는 사실이었다.

"난 그만 잘래."

내가 말했다. 생물학 공책을 들여다보는 디드를 휴게실에 남겨두고 나는 방으로 향했다.

아침 식사 시간, 헌터 저젠슨이 간밤에 우주 괴물에게 잡혀가는 꿈을 꾸었다고 말하자 탭 킨케드가 혹시 꿈이 아니라 실제로 납치되었던 건 아니냐고 물었다. 그러자 헌터의 룸메이트인 안드레아 셀디 스미스가 모르고 헌터의 칫솔을 썼다고 말했고, 탭은 안드레아에게 "그러니까 너희 둘이 키스한 거나 마찬가지네"라고 했다. 식당에서 다른 아이들이, 특히 여자애들이 늘어놓는 이야기들이 얼마나 한심한지 나는 항상 놀라곤 했다. 그런 한심한 이야기들에 대한 아이들의 반응 역시 놀랍기는 마찬가지였다. 어쩌면 그런 유치한 이야기를 늘어놓는 것이 자기들의 문제를 드러내지 않는 하나의 방법일지도 모른다는 생각이 들었다.

깜짝 휴일에 대한 이야기는 아무도 꺼내지 않았다. 혹시 에이미의 말이 틀렸거나, 한밤중에 에이미가 우리에게 장난을 친 건 아닐까 하는 생각이 들었다.

예배 시간에 교장 선생님은 겸손의 중요성에 대해 설교했다. 나는 선생님의 표정에서 깜짝 휴일의 낌새를 찾아보려 애썼다. 하지만 전혀 낌새가 없었다. 나는 대체로 예배 시간을 좋아하는 편이었다. 짚으로 엮은 낡은 방석, 흐릿한 조명, 높은 아치형 천장, 찬송가를 부를 때 흘러나오는 오르간 소리, 졸업한 얼트 학생들의 이름이 새겨진 벽이 좋았다. 하지만 오늘만큼은 편히 앉아 있을 수가 없었다.

조회 시작 종이 울렸고, 웅성거리는 소음과 함께 아이들의 기대감이 느껴졌다. 내 주변에는 공부를 하고 있는 사람이 한 명도 없었다. 보통때 같았으면 모두 공부했을 시간이었다. 하지만 모두 잡담을 나누었고, 사방에서 커다란 웃음소리가 들려왔다. 디드가 여신처럼 떠받드는 얄미운 금발머리 애스패드는 다든 피타드의 무릎 위에 앉아 있었다. 다든 피타드는 우리 반에서 가장 멋진 흑인 남자애였다. 다든은 농구를 잘했고, 브롱크스 출신이었으며, 금색 목걸이에 칼라가 달린 셔츠를 입고 있었다. 근육질의 넓은 등과 가슴 때문에 셔츠가 양쪽으로 당겨지는 듯했다. 별로 멋지지 않은 또 다른 흑인 남자애는 케빈 브라운이었다. 케빈은 마른 체구에 안경을 쓴 체스광이었는데, 부모님이 모두 세인트루이스대학 교수였다.

다든이 마치 키스하려는 듯 애스패드에게 입술을 내밀었고, 애스패드는 엄지와 검지로 그의 양 볼을 잡고 야단치는 시늉을 했다. 그들을 보면서 나는 오늘이 깜짝 휴일임을 거의 확신했다. 그렇지 않다면 어떻게 저런 행동을 한단 말인가?

헨리 토르페는 학생들이 조용해질 때까지 조회 종을 세 번 울렸다. 반더호프 선생님의 첫 번째 공지사항은 6월에 있을 그리스 여행에 참가할 학생은 부모님을 통해 500달러를 입금하라는 것이었다. 다음으로 내가 잘 모르는 3학년생이 수학 공책을 도서관에 두고 왔다며 공책을 주운 사람은 자신에게 돌려달라고 말했다. 세 번째는 플레처 학장의 순서였다. 플레처 학장은 헨리와 게이츠가 서 있는 학생회장석 쪽으로 천천히 걸어 나왔다. 리틀이 떠난 뒤로 게이츠에 대한 나의 관심은 거의 사라졌다. 게이츠에게 문제가 있었던 건 아니었다. 나는 게이츠와 리틀을 연관지어 생각했고, 리틀이 떠난 것에 대한 내 불편한 마음 때문에 저절로 그렇게 되었다. 게이츠는 이제 내가 아닌 내 친구가 좋아했던 사람처럼 느껴졌다. 그녀를 볼 때마다 여전히 호기심이 들긴 했지만 아주 잠시뿐이었다.

"몇 가지 일러둘 사항이 있습니다."

플레처 학장이 입을 열었다.

"첫째, 아침 식사는 정확히 8시 5분 전에 끝납니다. 늦잠을 자고도 팬케이크를 원하는 학생들이 불만이 있는 것 같던데…."

학생들이 웃었다. 아이들은 플레처 학장을 좋아했다.

"식당 직원들이 아침 식사가 끝났다고 말하면, 빨리 예배당으로 뛰어가야 한다는 뜻입니다. 알겠습니까? 다음…, 우편물실이 돼지우리 같더군요. 여러분 어머님들이 창피해할 노릇입니다."

학장은 학생회장석 앞 책상 위에 놓인 커다란 상자를 들었다.

"여기, 증거물 제1호가 있습니다."

나는 가슴이 뛰기 시작했다. 그러나 학장이 집어 든 것은 구겨진 〈뉴욕 타임스〉였다.

"신문은 재활용 수거함에 넣어야겠지요."

다음으로 집어 든 것은 귀마개였다.

"이 귀마개 주인은 누굽니까? … 없어요? 그럼 내가 써야지."

그가 귀마개를 했다. 그 순간, 나는 확신할 수 있었다.

"그리고…."

학장은 무언가를 기다리는 학생들을 죽 둘러본 뒤 미소를 지었다.

"이건 어때요?"

강당이 발칵 뒤집어지기 직전 내가 본 것은 초록색 천뿐이었다. 아이들은 모두 소리를 질러댔다. 여자애들은 서로를 끌어안았고, 남자애들은 서로의 등을 두드렸다.

나는 소리를 지르지도, 옆 사람을 끌어안지도 않았다. 강당이 시끄러워질수록 내 마음은 정반대로 흥분이 가시고 있었다. 긴장이 풀린 건 아니었다. 내 몸은 여전히 경직되어 있었다. 이상하게도 그 순간 나는 울고 싶다는 충동을 느꼈다. 슬퍼서라기보다 행복하지 않아서였다. 다른 아이들처럼 나 역시 감정이 격해지는 것을 느꼈고, 그것을 표출하고 싶은 욕망을 느꼈다.

주변 사람들과 전혀 다른 감정에 휩싸이는 것은 교내 체육대회 때도 겪었던 일이었다. 나는 불편했다. 왜냐하면 내가 그들처럼 신나게 뛰면서 즐거워하지 않는다는 것을 들키고 싶지 않아서였다. 세상에는 내 가슴을 뛰게 만들 만한 일들이 정말 많은 것 같아서였다. 지금 와서 생각해보면 얼트 사립 고등학교의 가장 훌륭한 점은 바로 가능성이었다. 얼트는 예의와 절제를 중시하는 곳이었고, 무엇보다도 우리는 10대였기 때문에 함께 살면서도 많은 것을 감추며 살았다. 기숙사에서나 교실에서, 운동할 때나 정찬회 때, 그리고 그룹 활동을 할 때 우리는 서로 뒤섞였다가 밀어냈다가 또 뒤섞였다. 그 과정에서 숨겨진 진실을 발견할 가능성은 언제나 존재했다. 삶이 평상시와 다른 모습일 때, 예기치 못한 일이 일어날 때, 내가 흥분하는 것도 바로 그런 이유 때문이었다. 눈이 오거나, 소방 대피 훈련을 하거나, 저녁 예배를 드리거나, 스테인드글라스 밖으로 비친 하늘이 검은색일 때가 그랬다. 낯선 상황 속에서 우리는 뜻밖의 진실을 깨닫게 되거나 사랑에 빠져든다. 내 인생을 통틀어 얼트에서만큼 사랑할 만한 사람들이 밀집되어 있는 곳은 없었다.

게이츠가 종을 울리면서 학생들에게 자리에 앉으라고 말했다. 플레처 학장은 손가락을 입에 대고 휘파람을 불었다.

"좋아요, 여러분."

학장은 손바닥을 펴서 우리에게 진정하라는 손짓을 했다.

"자, 이제 그만 진정들 하고. 오늘 10시 정각에 보스턴으로 버스를 보냅니다. 웨스트무어행은 12시 정각이고요. 버스를 타고 싶으면 내 방으로 와서 서명하세요. 학교 밖에 있을 때에도 학칙은 살아 있다는 것, 새삼 얘기할 필요는 없겠지요?"

교정을 벗어날 때 선생님들은 항상 그 말을 잊지 않았다.

조회가 끝나고 학생들이 강당을 빠져나갔다. 저마다 학장실로 가거나 밖으로 나가거나 기숙사로 향했다. 나는 지하에 있는 우편물실로 향했다. 편지함은 비어 있었다. 앞으로 뭘 해야 할지 막막했다. 지금까지 내 관심은 오로지 생물학 시험을 피하는 것뿐이었는데, 막상 그렇게 되고 나니 난감했다. 문제는 보스턴이나 웨스트무어 쇼핑몰에 함께 갈 친구가 없다는 것이었다. 나는 친구가 하나도 없었다. 더 놀라운 것은 그러한 사실이 내 일상에 아무런 영향도 미치지 않았다는 사실이었다. 적어도 이론적으로는 그랬다. 식사 시간에는 식당 좌석에 비공식적인 학년 구분이 있었다. 우리 학년 자리에는 항상 빈자리가 많았다. 정찬회를 할 때에는 자리를 정해주었기 때문에 더 편했다. 수업 사이사이 쉬는 시간에 복도를 걸을 때나 체육 시간에 탈의실에서 옷을 갈아입을 때는 다른 아이들에게서 몇 발자국 떨어져서 걷거나 조금 비켜 서 있는 식으로 특별히 의식하지 않고 혼자 있을 수 있었다.

그러나 문제는 보다 한가한 시간이었다. 신나게 놀아야 할 때면 친구가 없다는 사실이 새삼 크게 와닿았다. 댄스 파티가 열리는 토요일 밤이

나 남녀가 서로의 방에 오갈 수 있는 면회 시간이 그랬다. 그런 시간에 나는 주로 숨어 지냈다. 대부분의 여학생들은 방문을 활짝 열어놓고 방문객을 맞이했다. 하지만 우리 방문은 늘 닫혀 있었다. 신준은 별로 신경을 쓰지 않는 것 같았고, 디드는 애스패드의 방으로 갔기 때문이었다.

그러나 그런 나조차 가끔은 나의 사교성을 드러낼 때가 있었다. 필모스 농장으로 현장 견학을 가던 날 나는 대니 블랙의 옆자리에 앉았다. 통학생인 대니 블랙은 알레르기 때문에 항상 코를 훌쩍였다. 내가 옆에 앉아도 되겠냐고 물었더니, 그는 코맹맹이 소리로 "좋아. 대신 내가 복도 쪽에 앉는다" 하면서 내가 들어갈 수 있도록 자리에서 일어났다.

한번은 신입생 학생회장 두 명이 하키 링크에서 스케이트 파티를 열어 나는 그 파티에 참석했다. 저녁 시간이었고, 파티라는 이름이 붙었기에 친구 사귀기가 쉬울 거라고 생각했던 게 잘못이었다. 여자애들은 청바지에 핑크색이나 잿빛 울 스웨터를 입고 스케이트를 탔고, 남자애들은 서로를 넘어뜨렸다. 스케이트를 탈 줄 모르거나 스케이트가 없는 애들은 울타리 밖 관중석 옆에 서 있는 수밖에 없었다. 차가운 공기 속에서 스케이트 없이 서 있는 것만으로도 발이 얼어붙는 것 같았다. 말할 때마다 하얀 입김이 나왔다. 나는 가끔 루피나 산체스에게 말을 걸었다. 루피나는 샌디에이고 공립학교에서 뽑혀 온 아이였다. 만약 루피나가 백인이었다면 너무 예뻐서 말을 붙여볼 엄두도 못 냈을 것이다. 그러나 스케이트를 타는 아이들에게 더 관심이 갔다. 그들을 바라보면서 나는 한편으로는 마음이 들떴고, 한편으로는 비참했다. 15분 정도 지났을 때 루피나가 뉴멕시코 앨버커키 출신의 뚱뚱한 마리아 올데고에게 "따분하다. 그만 가자"고 말했다. 따분하다니, 나로서는 이해할 수가 없었다. 루피나와 마리아가 떠나고 링크 반대편에서 구경하던 아이들도 모두 가버렸다. 결국 혼자 남은 나도 나올 수밖에 없었다.

디드와 좀더 친하게 지내면 훨씬 편해질 수도 있었겠지만 자존심이 허락하지 않았다. 때로는 신준과 가까워지려고 노력해보았지만 언어 장벽 때문에 나 혼자만 너무 많은 말을 하게 되었고, 신준은 내 말을 이해하지 못했기 때문에 곧 낙담했다. 게다가 신준은 최근 들어 클라라 오할라한 이라는, 뚱뚱하고 왠지 내 신경에 거슬리는 우리 반 애와 친하게 지내고 있었다.

여러 아이들이 우편물실로 모여들었다. 나는 하루 종일 기숙사에 있어 야겠다고 생각했다. 아이들이 옷이나 음반을 사며 돈을 쓰는 동안 나는 공부를 할 수도 있을 것이다. 어쩌면 생물학 시험을 잘 볼 수도 있을 것이다.

나는 본관에서 나왔다. 비가 내리고 있었다. 잔디밭에서 남자애들이 미끄러지고 넘어지면서 축구를 하고 있었다. 그들의 고함 소리를 들으면서 문득 부럽다는 생각이 들었다. 그들이 가진 것을 갖고 싶어서가 아니었다. 그들이 원하는 것을 나도 원하고 싶어서였다. 그들은 행복을 쉽게 얻는 것처럼 보였다.

기숙사로 향하는 동안 음악이 울려 퍼졌다. 가만히 들어보니 같은 노래가 여러 건물에서 제각각 흘러나오고 있었다. 마돈나의 〈휴일 Holiday〉이라는 곡이었다.

'단 하루만이라도 휴일을 가질 수 있다면, 마음껏 즐길 수 있다면 정말 멋질 거예요!'

기숙사 안뜰에 이르렀을 때 여학생 기숙사의 창문 바깥쪽, 방충망에 기대어놓은 스테레오 스피커에서 음악이 흘러나오고 있었다. 여학생 몇 명이나 이 일을 미리 알고 준비했던 걸까? 마치 초원의 코끼리들이 세대를 초월하여 물이 어디 있는지 정확히 아는 것처럼 이런 것도 일종의 동물적 본능인 것 같았다.

우리 방에도 스피커가 있었다. 디드의 스피커였다. 디드의 부모님은 학기가 시작되고 두 번째 주에 스피커를 보내주었다. 디드의 엄마는 캐시미어 스웨터와 조개 혹은 메달 모양의 초콜릿들이 들어 있는 프랑스제 초콜릿 상자를 보내주었다. 디드는 항상 다이어트 중이었기 때문에 그 초콜릿을 신준과 나에게 주었다. 반면 우리 엄마가 보낸 소포는 항상 기숙사 방으로 돌아와서 열어보아야만 했다. 엄마의 소포 상자 안에는 생리대 세 통과 '크로거 마트에서 세일을 했단다. 사랑하는 엄마가'라고 적힌 메모가 전부였다.

방에 돌아오자 신준은 없었고, 디드는 화장실과 방을 분주하게 드나드는 '외출 준비 모드'였다. 디드는 물통에 물을 채우고, 배낭에 소지품을 챙기면서 애스패드에게 소리를 질렀다.

"크로스도 가겠지?"

디드가 소리쳤다.

애스패드가 대답을 했지만 잘 들리지 않았다. 디드는 한숨을 쉬며 다시 소리쳤다.

"왜?"

디드가 물었지만 애스패드는 대답하지 않았다.

"크로스, 요새 기분이 별로 안 좋더라. 소피하고 사귀면서 그렇게 된 거 같아."

마치 나에게 말하는 것처럼 디드는 낮은 목소리로 말했다.

크로스 슈가맨은 우리 반에서 가장 키가 크고 잘생긴 백인 남자애였다. 크로스는 다든 피타드보다도 농구를 더 잘했고, 1학년이었지만 2학년인 소피와 사귀고 있었다. 나는 〈얼트의 소리〉를 통해 그 소식을 알고 있었다. 학교 신문인 〈얼트의 소리〉에는 새로운 커플이나 헤어진 커플에 대한 시시콜콜한 이야기들을 선생님들은 알 수 없는 방식으로 전하는 '뜬소문' 코너가 있었다. 실명을 거론하지 않고 'C.S.와 S.T.—학년의 벽을 뛰어넘는Cross 것은 너무So 기분 좋은 일이야!' 하는 식으로 천박한 기사를 실었다. 크로스에게 여자친구가 생겼음에도 불구하고 그에 대한 디드의 열정은 조금도 잦아들 줄 몰랐다. 우리 학년에서 가장 인기 있는 남자애를 좋아하는 것은 너무도 디드다운 일이라 나는 오히려 측은한 생각마저 들었다. 크로스를 좋아한다고 말하는 것은 그레이풀 데드(전설적인 히피 록밴드—옮긴이)를 좋아한다고 말하거나, 예배 시간이 지루하다고 말하거나, 교내식당 음식이 맛없다고 말하는 것과 똑같았다. 그러나 나는 디드가 크로스와는 이루어질 가망이 전혀 없다는 사실을 알고 있었다. 디드는 집안이 부유하지만 유대인이었다. 커다란 코와 슈와르츠라는 성만으로도 유대인이라는 사실을 숨기기는 어려웠다. 항상 몸을 치장했고, 다리의 털도 깔끔하게 면도했으며, 머리카락에서는 좋은 향기가 났지만 한마디로 디드는 별로 예쁘지가 않았다.

한번은 우편물실에서 디드가 크로스 슈가맨과 함께 서 있는 것을 보았다. 주위에는 다른 아이들도 있었다. 디드는 간드러지게 웃으며 크로스를 바라보았고 양손으로 그의 팔을 잡아당겼다. 크로스의 얼굴에는 싫은 기색이 역력했고, 나는 디드가 딱하다는 생각이 들었다.

"소피 때문에 항상 기분이 울적하다면 크로스가 소피하고 사귀지 않았겠지."

내가 말했다.

"소피하고 다섯 번인가 헤어질 뻔했대. 크로스가 소피하고 사귀는 이유는 소피가 2학년이기 때문이야."

나는 웃었다.

"그렇게 말하니까 크로스가 더 한심해 보인다."

일부러 고약한 말을 내뱉으며 나는 묘한 쾌감을 느꼈다.

"넌 크로스를 몰라."

"언제 내가 안다고 했어? 난 크로스하고 말 한 번 해본 적 없어."

"바로 그거야."

디드는 옷장에 달린 거울을 바라보았다. 립글로스를 바르고 윗입술과 아랫입술을 서로 비빈 뒤, 눈을 크게 뜨고 심각한 표정으로 자신의 모습을 바라보았다.

"크로스는 불행한 관계의 덫에 걸린 것뿐이야. 소피를 좋아하지 않으면서도 의무감 때문에 헤어지지 못하는 거라고."

"여자친구 없는 남자를 찾아보지 그래."

"내가 크로스를 좋아하는 줄 아니? 우린 그냥 친구야."

디드가 거울에서 돌아섰다.

"넌 보스턴에 안 가?"

"응."

"난 갈 건데."

"그렇게 보여."

"애스패드하고 뉴베리가에서 쇼핑하려고. 괜찮은 태국 음식점이 있는데 거기서 점심 먹기로 했어. 넌 태국 음식 안 좋아해?"

디드도 짐작했겠지만 나는 태국 음식을 먹어본 적이 없었다.

"팟 타이 알아? 그게 내가 제일 좋아하는 거야. 내 거북 껍질 머리띠 봤니?"

"아니."

"설마 하루 종일 기숙사에 있을 건 아니지? 뭔가 신나는 일을 찾아봐. 깜짝 휴일은 1년에 한 번뿐이니까."

"물론 나도 기숙사에만 있지는 않을 거야."

"쇼핑몰에 가려고?"

나는 생각해보지도 않고 고개를 끄덕였다.

"이 동네 쇼핑몰은 진짜 꽝이던데. 지난번에 애스패드하고 택시 타고 갔었거든. 시간이 아깝더라. 보스턴이 훨씬 나아. 영화 볼 거니?"

나는 다시 고개를 끄덕였다.

"어떤 거 보려고?"

나는 잠시 머뭇거렸다.

"실은… 오늘 쇼핑몰에서 귀 뚫을 거야."

내가 말했다. 갑자기 얼굴이 후끈 달아올랐다. 귀를 뚫는 것은 생각조차 해본 적이 없었다. 부모님이 허락하실지도 알 수 없었다.

"리! 잘 생각했어. 정말 예쁠 거야. 달랑거리는 걸로 할 거지? 귀에 붙는 거말고?"

"그럴까 해."

"엄청난 발전이다."

기분 나쁘게 들릴 수도 있었지만 디드가 나를 격려하기 위해 한 말임에 틀림없었다. 디드는 순수한 면이 있었다. 디드의 모든 거슬리는 행동은 그저 표면적인 것일 뿐이었다. 일단 그 안으로 들어가면 이상할 정도로 순수한 애가 바로 디드였다.

디드 말이 옳았다. 웨스트무어 쇼핑몰은 정말 꽝이었다. 조명은 밝은 흰색이었고, 바닥은 가짜인 티가 너무 나는 오렌지색 벽돌 무늬였다. 한때 가게가 있었던 것 같은 자리에 철문이 내려진 곳도 있었다. 철문 뒤 공간은 어두웠고, 상자들과 빈 의자말고는 아무것도 없었다. 나는 특대 사이즈 옷을 파는 가게와 음반 가게, 그리고 샌드위치 가게, 피자 가게, 먹음직스러운 햄버거가 그려진 광고판이 있는 식당을 지났다. 얼트 아이들이 둘씩, 셋씩 몰려다니는 것이 보였다. 이곳으로 오는 버스 안은 한가했고, 내 옆에는 아무도 앉지 않았다. 나는 버스에서 내리자마자 쇼핑몰의 인파 속에 파묻히기를 기대했지만 그러기에는 거리가 너무 텅 비어 있었다. 나는 부디 다른 아이들이 영화를 보러 몰려가서 나 혼자 평화로이 돌아다닐 수 있게 되기를 바랐다. 먼저 나는 귀를 뚫어야 했다.

쇼핑몰에는 머리핀이나 싸구려 보석 같은 여자애들이 좋아하는 장신구를 파는 곳이 없었다. 남자들이 가는 곳을 찾아보는 수밖에 없었다. 오토바이가 전시되어 있고 뒷배경에는 불꽃이 타오르고 있는, 가죽 제품들이 많은 가게가 보였다.

긴 머리를 하나로 묶고 소매 없는 청재킷을 입은 30대 후반으로 보이는 남자가 계산대 뒤에 서 있었다.

"뭘 찾니?"

그가 말했다.

"그냥 둘러보려고요."

조금은 시간이 필요하다고 생각했다. 나는 가죽 재킷들이 진열된 곳으로 가서 어깨 부분을 만져보았다. 감촉이 부드러웠고 짙은 가죽 냄새가 풍겨왔다.

"뭐가 필요하니?"

그가 말했고, 나는 다시 돌아보았다. 그러나 주인은 입구에 서서 둘러보고 있는 크로스 슈가맨에게 말한 것이었다. 나는 재킷들을 보는 척하면서 그를 흘금흘금 쳐다보았다. 크로스가 여기 있다는 사실은 나와 전혀 상관이 없었지만 그가 없어서 속상해할 디드를 생각하니 기분이 좋았다. 그러나 내가 귀를 뚫는다고 했을 때 무척 기뻐하던 디드의 모습이 떠오르자 조금 미안한 마음이 들었다.

나는 계산대 쪽으로 다가갔다.

"귀를 뚫고 싶은데요."

"귀 뚫는 건 공짜란다. 귀고리는 6달러 99센트부터 있어."

그가 계산대에 달린 자물쇠를 열고 벨벳 천이 깔린 귀고리 진열판을 꺼내어 내 앞으로 내밀었다. 귀고리는 달 모양, 십자가 모양, 해골 모양으로, 모두 은 아니면 금이었다. 나는 문득 외롭다는 생각이 들었다. 귀를 뚫는 것이야말로 귀고리를 같이 골라줄 친한 친구와 함께해야 하는 일이었다. 나는 은색 공 모양의 귀고리를 가리켰다. 가장 수수한 모양이었다.

"여기 앉아라."

주인 남자가 계산대 바깥쪽에 있는 의자를 턱으로 가리켰다. 그가 귀 뚫는 총을 들고 계산대 앞으로 나왔다. 총은 사각형의 하얀 플라스틱으로, 내 귀를 뚫을 귀고리의 은색 침이 장착된 것 외에는 별다른 특징이 없었다.

"혹시 빗나가는 경우도 있나요?"

웃으며 물었지만 내가 듣기에도 내 웃음소리는 다소 날카롭고 신경질 적이었다.

"아니."

그가 말했다.

"아픈가요?"

"아니."

주인 남자가 내 오른쪽 귓불에 총을 고정시켰다. 만약 친구와 함께였다면, 그 친구가 디드였다고 해도 나는 친구의 손을 꽉 움켜쥐었을 것이다. 찌르는 듯한 느낌과 함께 따끔한 통증이 밀려왔다.

"악!"

나는 소리를 질렀고, 남자는 껄껄 웃었다. 자리에서 일어나 도망치고 싶었다. 그러나 만약 여기서 도망치면 한쪽 귀만 뚫은 채로 다녀야 한다. 이제 독 안에 갇힌 쥐 꼴이라는 생각이 들자 숨이 막혔다. 총이 왼쪽 귀에 닿았다. 남자의 손이 내 머리에 닿는 것이 느껴졌다. 그가 방아쇠를 당기려는 순간 나는 몸서리를 치며 어깨를 들썩했다.

"젠장!"

주인 남자가 내 앞에 몸을 웅크리며 앉아 나를 바라보았다.

"할 거니, 말 거니?"

"죄송해요."

주인 남자를 쳐다보며 말하자 굳었던 그의 표정이 누그러지기 시작했다. 마치 전구를 한참 쳐다보다가 고개를 돌렸을 때처럼 그의 코끝과 뺨 한쪽에 빛을 발하며 어른거리는 초록색 부위가 있었다.

"하느님 맙소사…."

나는 중얼거렸다.

그가 다시 내 귓불에 총을 댔다. 주인 남자의 얼굴이 있던 자리에는 여전히 초록빛이 남아 있었다. 초록빛 그림자가 점점 더 커지면서 일렁거렸다. 나는 눈을 감았다.

그다음, 소리는 들렸지만 아무것도 보이지 않았다. 마치 철로 옆에 누워서 기차가 지나가는 소리를 듣는 것 같은 기분이었다. 온 세상이 나를 휘감았고, 내게 일어났던 모든 일들이 스쳐 지나갔다. 뭔가 잘못된 게 분명했다.

"너 얘가 누군지 아니?"

거친 목소리로 누군가 물었다.

"이름은 모르지만 우리 학교 애가 맞아요."

또 다른 목소리가 대답했다.

"얘 무슨 병 있는 거 아니야? 도대체 어떻게 된 거지? 너희는 이 시간에 학교에 안 가고 뭐하는 거냐?"

"오늘 휴일이거든요. 물수건 있어요?"

"저기에 싱크대에 있다."

"좀 갖다주세요. 제가 얘 옆에 있을게요."

차가운 수건이 내 이마에 얹어지는 느낌이 들었다. 그러자 온몸의 감각이 돌아왔다. 그리고 그들이 시야에 들어왔다. 나는 빙빙 돌아가는 초록빛 세상과 그들의 얼굴이 있는 정지된 세상 사이에서 방황했다.

"의식이 돌아오나 봐요. 너 이름이 뭐야?"

두 번째 목소리가 들려왔다. 나는 눈을 깜박였다. 내 이름은 리라고 말하고 싶지만 목이 잠겨 소리가 나오지 않았다.

"너 기절했었어."

크로스 슈가맨이었다. 나에게 말을 걸고 있는 남자는 다름 아닌 그였다.

"혹시 당뇨병 있어?"

나는 대답할 수 없었다. 그는 거친 목소리의 머리 묶은 남자에게 "혹시 마실 것 좀 있을까요?" 하고 물었다.

"여기가 무슨 편의점인 줄 아냐?"

주인 남자가 대답했다. 크로스는 다시 나를 바라보았다.

"너 당뇨병 환자야?"

나는 침을 꿀꺽 삼켰다.

"아니."

"구급차 부를까?"

"아니."

"전에도 기절한 적 있어?"

"잘… 모르겠어."

나는 천천히 말했다. 빙빙 돌던 초록색 세상은 이제 완전히 사라졌지만 여전히 기운은 없었다.

"이름이 뭐야?"

"리."

"얼트 다니는 거 맞지?"

나는 고개를 끄덕였다.

"나도 거기 다녀. 난 크로스야."

정신이 없는 와중에도 나는 자신을 소개하는 크로스가 겸손하다는 생각이 들었다. 물론 나는 그의 이름을 알고 있었다.

나는 바닥에 누워 있었다. 일어나 앉으려고 하자 크로스가 몸을 숙여 내 겨드랑이 사이에 손을 넣어 나를 일으켰다.

"조심해."

그가 말했다. 크로스는 다시 주인에게 물었다.

"마실 것 없다고 하셨죠?"

"식당가는 저쪽이다."

남자가 입구 쪽을 가리키며 말했다. 내가 일어나 앉자 크로스가 내 얼굴을 빤히 쳐다보았다.

"오늘이 무슨 날이지?"

"깜짝 휴일."

내가 대답했다. 그는 살짝 웃었다.

"이렇게 해봐."

크로스가 손등으로 입을 문질렀다. 그가 시키는 대로 손등을 입에 문지르자 손등에 침이 묻었다.

"우리 뭐 좀 먹자."

그가 말했다.

우리는 천천히 가게의 입구 쪽으로 향했다.

"잠깐만. 나 돈 안 냈어."

"나 같으면 그냥 가겠다."

밖으로 나오자 그는 "재수 없는 자식!"이라고 중얼거렸다. 조금 뒤 그가 나를 슬쩍 치며 말했다.

"여기야."

우리는 식당 안으로 들어갔고, 종업원이 우리를 자리로 안내했다. 우리는 마주 보고 앉았다. 크로스가 바로 내 앞에 앉아 있다는 사실이 불편했다. 큰 키, 하얀 피부, 곱슬거리는 밤색 머리카락, 지적이면서도 매혹적인 푸른 눈동자. 디드와 내가 취향이 같다고는 한 번도 생각해본 적이 없지만 크로스 슈가맨은 내가 이렇게 가까이 앉아본 사람 중에서 가장 잘생긴 남자였다. 그 사실은 짜릿하기도 했지만 초라하기도 했다. 마치 라크로스 경기와 요트, 드레스 입은 긴 금발머리 미녀들이 있는 그의 세계에서, 비 오는 날 썰렁한 쇼핑몰의 구질구질한 식당이 있는 나의 세계로 그를 끌어내린 것 같은 기분이 들었다.

"미안해. 난…."

"별일도 아닌데 뭘."

"친절하게 대해줘서 고마워."

그가 내 시선을 피하며 말도 안 된다는 듯 한숨을 쉬었고, 나는 내가 말을 잘못했음을 깨달았다. 그가 다시 나를 돌아보며 물었다.

"전에도 이런 적 있어?"

"몇 년 전에 한 번. 6학년 때 축구 시합 끝나고 나서."

"내 여동생도 가끔 기절해."

크로스에게 여동생이 있다는 사실은 무척 흥미로웠다. 나는 그의 여동생도 오빠가 잘생겼다고 생각하는지, 오빠와 한집에 사는 것이 행운이라고 생각하는지 궁금했다.

"캘리포니아에서 돌아오는 비행기에서 기절했어. 승무원이 '조종사한테 착륙해달라고 해야 할까요?' 하고 물었는데 동생이 괜찮다고 했어. 난 하자고 했는데…."

"헉."

내가 말했다.

크로스의 말투와 표정에는 그의 말에 어떻게 반응해야 할지 혼란스럽게 만드는 특유의 따스함이 있었다. 보통 때 같으면 상대방을 관찰하기만 해도 고개를 끄덕여야 할지, 웃어야 할지, 동정하면서 얼굴을 찌푸려야 할지 알 수가 있었다. 그러나 크로스의 표정은 너무 평온하다 못해 우리가 나누는 대화에 전혀 관심이 없는 것처럼 보였다. 오직 그의 눈빛만이 그렇지 않다는 것을 말해주고 있었다. 크로스의 눈빛은 진지했다. 그러나 내가 진지할 때와는 사뭇 다른, 무심하면서도 자연스러운 진지함이었다.

종업원이 왔고, 크로스는 바닐라 밀크셰이크를 주문했다. 나는 메뉴판을 펼쳐보았다. 가짓수가 너무 많아 현기증이 날 정도였다. 나는 메뉴판을 닫고 "저도 바닐라 밀크셰이크 주세요"라고 말했다. 종업원이 간 뒤에 나는 "지금 유제품을 먹는 게 괜찮을지 모르겠네"라고 덧붙였다.

크로스는 어깨를 으쓱했다.

"괜찮을걸."

어깨를 으쓱하는 그의 몸짓에는 내가 부러워할 만한 무언가가 담겨 있었다. 그것은 닥칠 일을 미리 걱정하면서 불행해지지 않겠다는 의지였다. 나는 탁자를 바라보다가 고개를 들고 그에게 말했다.

"이제 가도 돼. 영화 보러 온 거지? 난 이제 괜찮아. 물론 같이 있어서 불편하다는 건 아니고⋯."

도와줘서 고맙다고 말하려고 했지만 그 말은, 내게 친절하게 대해줘서 고맙다는 말보다 더 적절치 못한 것 같았다. 나는 결국 어설프게 "정말 가도 돼" 하고 말했다.

"내 셰이크는 어쩌고?"

"돈은 내가 낼게. 날 도와주었으니까 당연히 내가 내야지."

"셰이크를 꼭 마시고 싶다면?"

"그럼 있어도 돼. 내 말은, 꼭 가라는 게 아니라⋯."

"리, 그냥 편하게 생각해."

그가 말했다. 바로 그 순간 나는 누군가에게 강하게 끌린다는 것이 어떤 기분인지 처음 알아버렸다. 그것은 상대방이 재미있다고 생각하거나, 함께 있는 것이 즐겁다거나, 얼굴의 주름이나 손이 멋지다고 생각하는 것과는 달랐다. 그저 육체적으로 강하게 끌리는 것이었다. 나는 눈을 감고, 내 몸을 크로스에게 강하게 밀착시키고 싶었다.

"신입생이지?"

크로스가 물었다. 나는 고개를 끄덕였다.

"나도."

그가 말했다. 나는 그가 나보다 훨씬 더 어른스럽다고 생각했다. 크로스는 열여덟 살이나 스무 살 정도로 보였다.

"전에 널 본 적이 있는 것 같아. 맥코믹 기숙사에 있어?"

"아니. 브로사드."

그에게 어떤 기숙사에 있느냐고 묻지 않았다. 이미 알고 있으니까. 신입생은 모두 75명이었고, 한 번도 대화해보지 않은 아이들까지도 모두 서로의 이름을 알고 있었다.

"난 브로사드 선생님한테 불어 수업 들어. 좀 엄하신 편이지."

"에이미 드네이커 알아?"

그가 고개를 끄덕였다.

"브로사드 선생님 흉내 잘 낸다. 어떻게 하냐면…."

나는 잠시 말을 멈추었다. 에이미 흉내를 내려면 특유의 억양을 따라 해야 하는데. 그렇게 안 하면 하나도 안 웃길 텐데.

"선생님의 개 이름이 울랄라거든. 울랄라! 당장 짖는 거 그만두지 않으면 단두대로 보내버리겠어!"

나는 크로스를 바라보았다. 별로 감흥이 없어 보였다.

"직접 들었어야 하는데."

내가 덧붙였다.

크로스가 웃지 않은 건 그의 잘못이 아니었다. 내가 쓸데없는 얘기를 했기 때문이었다. 나는 얼트에서 터득한 특유의 무덤덤함으로 어깨를 으쓱했다.

"고향이 어디니?"

내가 물었다.

"도시야."

"보스턴?"

"뉴욕."

"어쩌다 얼트에 오게 됐어?"

무언가가 분명히 달라져 있었다. 어느덧 내가 대화를 이끌고 있었고, 그게 무척 낯설었다. 사우스벤드에서 나는 학교에서나 집에서나 항상 호기심 많고, 말 많고, 주장이 강한 아이였다. 그때만 해도 나는 다른 사람들처럼, 어쩌면 그 이상으로 말을 많이 했다.

"여기 아니면 오버필드를 가야 했거든. 오버필드 선생님들은 너무 고리타분해. 하나같이 나비 넥타이를 맨 늙은이들이거든."

"그래서 언젠가는 기숙학교에 진학하겠다고 마음먹고 있었던 거야?"

"그런 셈이야."

"동부 아이들은 대부분 그런 것 같더라. 내가 살던 곳에서는 안 그랬어."

"어딘데?"

"인디애나."

"촌뜨기구나."

농담인지 아닌지 헷갈렸다.

"야구 좋아해?"

그가 물었다.

"스포츠 쪽은 전혀 몰라. 미안."

"뭐가 미안해?"

"넌 운동 잘하잖아."

그 말을 내뱉은 순간 나는 가게에서 그를 처음 본 게 아님을 스스로 인정하고 있다는 걸 깨달았다. 나는 처음부터 그를 알고 있었다.

"운동을 즐기긴 하지."

그가 천천히 말했다.

"내 말이 그 말이야."

"그래서 머리가 비었다고 말하려는 거야?"

"그게 아니라….."

"괜찮아."

그가 손을 들었고, 그의 손바닥이 내게로 향했다. 커다란 손이었다.

"내가 보기에 우린 서로를 이해하고 있는 것 같아."

그가 덧붙였다.

"머리가 비었다고 말한 적 없어."

"나도 그릇을 사용해. 적어도 사람들 앞에서는."

심장이 빠르게 뛰었다. 나는 이런 상황을 좋아하지 않았다. 남자애들이 자기가 하는 농담을 상대방이 쉽게 맞받아치지 못하리라는 것을 알고 상대의 뻣뻣하고 수동적인 모습을 즐기는 상황 말이다.

"글자도 알아, 신문도 읽고."

그가 말했다.

"축하해. 화장실은 어때? 실내 화장실 사용법은 다 익혔어?"

우리는 서로를 쳐다보았다. 내 얼굴이 달아올랐다.

"물론 쉽진 않았어. 하지만 덕분에 여러모로 생활이 편리해졌지."

우리는 잠시 아무 말도 하지 않았다. 마침내 크로스가 말했다.

"그만, 그만, 그만."

크로스는 마치 남부 할머니의 말투처럼 이상한 목소리로 말했다. 그가 날 놀리면서 한편으로는 자기 자신도 놀리고 있는 것 같았다. 그 엉뚱함이 그를 용서하게 만들었다. 그런 모습은 전혀 얼트 학생답지 않았다.

"인디애나라고 했지? 거긴 어떤 곳이야?"

"땅이 아주 넓어. 그래서 북적이는 곳도 없지. 사람들은 모두 친절하고. 중서부 하면 다들 그런 이미지를 떠올리는데, 실제로 그래."

"넌 왜 집을 떠났어?"

나는 그를 쳐다보았다. 이번에는 빈정거리는 게 아니라 진짜 궁금해서 묻는 것 같았다.

"글쎄. 얼트에 오면 내 인생이 더 재미있어질 거라고 생각했어."

"그래서 와보니 재미있어?"

"그런 것 같아. 분명히 다르긴 해."

얼트에 온 지도 어느덧 6개월째다. 하지만 한 번도 그런 생각을 해본 적이 없었다. 얼트에서의 생활이 고향에서보다 훨씬 재미있긴 했다. 덜 행복했지만 더 재미있었다. 최악의 거래는 분명히 아니었다.

"난 여기가 좋아. 뉴욕에서는 남자 학교를 다녔거든. 진짜 따분했어."

크로스가 말했다. 나는 웃었다.

"여자애들하고 같이 학교 다니는 게 좋아?"

"그럼."

나는 그가 '나 같은' 여자애들하고 학교 다니는 게 좋다고 들은 것으로 여길까 봐 얼른 이렇게 물었다.

"너 소피 트룰러하고 사귀지?"

"젠장, 너 스파이였어?"

"사귀는 거 맞지?"

"KGB야? FBI야? 그것만 말해."

"KGB. 그 사람들, 네 애정 문제에 관심이 무지하게 많아."

"미안하지만 아무 일 없다고 보고해줘."

"왜 없어? 소피 트룰러하고 사귀는 거 아는데."

"몇 번 어울리긴 했어."

"진짜 사랑하니? 결혼할 거야?"

크로스는 고개를 저었다.

"너 미쳤구나?"

크로스가 말했다. 하지만 나는 크로스가 나의 어떤 면을 무척 편안하게 여긴다는 느낌을 받았다. 종업원이 탁자 위에 밀크셰이크 두 잔을 내려놓았다. 바닥이 좁은 길쭉한 유리잔에 긴 스푼이 꽂혀 있었다. 잔의 크기로 보아 다 마시려면 몇 시간은 걸릴 것 같았다. 어쩌면 오후 내내 그와 내가 한 탁자에 앉아 있을 수도 있을 것 같았다. 끝없이 이야기를 나누면서.

한 모금 마셔보니 시원하고 달콤했다. 문득 왜 그동안 밀크셰이크를 먹지 않았을까 하는 생각이 들었다.

"소피하고 결혼하는 일은 없을 거야. 이유를 말해줄 순 있지만 그러면 널 암살해야 해."

"지금 당장 결혼할 거냐고 묻는 게 아니라, 먼 훗날 말이야. 학교 목사님이 주례 서면 되겠다."

"앞으로 100만 년 내에 소피와 내가 결혼하는 일은 없을 거야."

크로스가 말했다. 그는 스푼을 테이블 위에 올려놓고 잔을 들어 죽 들이켰다. 나는 밀크셰이크가 그의 입으로 빨려 들어가는 것을 지켜보았다. 나는 남자들이 여자들과는 다른 행동을 보일 때 느끼곤 하는 흐뭇한 감상에 젖었다. 그가 탁자 위에 잔을 내려놓았다. 3분의 1도 채 남지 않았다. 셰이크를 최대한 오래 마시고 싶은 나와는 생각이 다른 것 같았다. 크로스의 윗입술에 하얀 셰이크가 묻어 있었다. 나는 갑자기 두려워졌다. 크로스가 내 앞에서 그런 한심한 모습을 보이는 건 왠지 자연의 순리에 어긋나는 것 같았다. 그때 그가 손등으로 입을 닦았다. 그럼 그렇지, 그는 얼굴에 음식을 묻힌 채 아무 생각 없이 앉아 있는 그런 류의 남자가 아니다.

"첫 번째 이유는, 소피가 담배를 피운다는 거야."

그 말을 듣는 순간 처음 떠오른 생각은 '그건 학칙에 어긋나는 일이잖아'였지만 나는 입술을 깨물고 꾹 참았다.

"게다가, 비가 오면 머리가 엉망이 될까 봐 밖에 나가려고 하지 않아. 머리가 곱슬거린다나."

"수업이 있을 땐 어떻게 해?"

"꼭 나가야 할 때는 나가지만 그닥 내키지 않아 해."

크로스는 다시 한 번 잔을 기울이더니 나머지를 모두 마셔버렸다.

"하지만 좋은 점도 있어. 진짜 좋은 게 뭔지 알아? 아니, 그 얘긴 그만두자."

"말해봐."

"듣기 거북할걸."

"그러니까 더 궁금하잖아."

"대부분의 여자애들이 싫어하는 거야."

"난 아니야."

"소피는 펠라티오를 좋아해."

나는 그를 바라보며 눈을 깜박였다.

"그것 봐. 괜히 말했잖아."

크로스가 말했다.

"아니야. 난 괜찮아."

나는 바닥만 바라보았다. 침대에 앉은 크로스와 그 앞에서 무릎을 굽히고 앉아 있는 소피의 모습이 떠올랐다. 두 사람 모두 발가벗고 있다. 그 장면은 어른스러웠고 낯설었다. 내가 미처 알지 못했던, 얼트적이지 않은 것들이 도시의 빌딩 숲처럼 갑자기 나를 압도했다. 나는 작은 점이 된 것 같은 기분이 들었다. 고개를 든 순간, 나는 더 이상 그와 편안하게 이야기를 나눌 수 없다는 것을 깨달았다. 도대체 지금 내가 누구와 이야기를 나누고 있는 것일까? 내가 정말 크로스 슈가맨과 농담을 주고받고 있는 걸까?

"난…."

크로스가 말했다.

"난 괜찮다니까."

내가 지나치게 큰 소리로 말했다.

우리는 아무 말 없이 서로를 쳐다보았다.

"넌 어때? 남자친구 있어?"

그가 물었다. 나는 고개를 저었다. 다시 침묵이 이어졌고, 우리는 침묵 속에 갇혔다.

"있잖아. 난 지금 영화 보러 갈 거야. 존하고 마틴을 만나기로 했거든. 너도 걔들 알지?"

나는 고개를 끄덕였다. 그들 역시 1학년이었고, 크로스와 같은 농구팀 이었다. 존 브린들리와는 생물학을 같이 듣고 있었다. 크로스는 시계를 보았다.

"좀 늦긴 했는데…."

"어서 가. 당연히 가야지."

내가 말했다. 그러자 그가 빨리 일어나주었으면 하는 생각이 점점 더 간절해졌다. 갑자기 왜 이렇게 불편해졌는지는 잘 모르겠지만 내 잘못인 것 같았다. 이제 크로스는 나를 아주 이상한 애라고 생각할 것이다. 이제 나는 크로스에게 복도에서 몇 번 마주친 이름도 모르는 여자애였을 때보 다 훨씬 더 이상한 사람이 되어버렸다.

그가 탁자 위에 지폐 몇 장을 놓고 일어섰다. 나는 그를 올려다보았다. '리, 단 1분만이라도 자연스럽게 행동해봐.' 내가 속으로 생각했다. 미소 를 지으려 했지만 내 얼굴은 썩어가는 호박 같았다.

"영화 재미있게 봐!"

내가 말했다.

"또 보자."

그가 한쪽 손을 들었다. 그러나 흔들지는 않았다. 그렇게 크로스는 떠 났다. 나는 처음으로 식당 안을 둘러보았다. 얼트 학생은 보이지 않았다. 혼자 앉아 있자니 무안하기도 하고 편안하기도 했다. 종업원이 내 쪽으 로 걸어왔다. 나는 음식을 더 주문해야겠다고 마음먹었다. 롤빵과 감자

튀김이 잔뜩 나오는 햄버거처럼 든든한 점심을 먹어야지. 냅킨 뒤에서 메뉴판을 꺼내 치즈 버거와 햄치즈 샌드위치 중 어떤 걸로 할까 고민하고 있는데 크로스가 다시 나타났다.

"리, 같이 가지 않을래?"

"뭐?"

나는 얼른 메뉴판을 덮었다.

"영화 보러 같이 가자고. 너 그냥 여기저기 둘러보고 있었던 거 맞지?"

"난 괜찮아. 그러니까, 고맙긴 한데 괜히 그럴 필요까진…."

"오해하지 마. 그런 게 아니라…."

"난 됐어. 존하고 마틴은 잘 알지도 못하고."

"리. 그냥 영화 한 편 보는 것뿐이야. 같이 가자."

크로스가 말했다. 그는 서두르고 있었다. 영화가 곧 시작될 것이다. 어쩌면 벌써 시작했는지도 모른다.

"난 괜찮다니까. 혼자 있는 거 아무렇지도 않아."

우리가 앉아 있던 테이블을 손으로 두르며 내가 말했다. 그 순간 나는 내가 필요 이상으로 사양하고 있음을 깨달았다. 나는 그가 나에게 같이 가도 좋다는 확신이 들게 해주기를 바랐다. 내가 아닌 그가 제안하고 있다는 사실을 분명히 하고 싶다는 욕구는 이제 도를 넘어서고 있었다.

"알았어. 같이 갈게."

내가 말했다. 지갑에는 10달러짜리 지폐가 두 장 들어 있었다. 서둘러야 한다는 생각이 들었고 잔돈을 거슬러 받을 시간도 없을 것 같았다. 나는 그가 놓은 지폐 옆에 10달러짜리 지폐를 한 장 놓았다. 거스름돈을 챙길까 하는 생각이 들었지만 너무 쩨쩨해 보일 것 같았다. 그렇게 우리는 식당을 나왔다. 앞장서서 성큼성큼 걷는 그의 큰 보폭을 따라잡기 위해 나는 거의 뛰다시피 하며 쫓아갔다. 우리는 쇼핑몰에서 나와 비가 내리는 거리를 지나 주차장을 가로질렀다. 나는 남자들 앞에서 뛰는 것을 좋아하지 않는다. 하지만 다행히 그가 내 앞에서 걷고 있었다. 마침내 극장 앞에 도착했다. 크로스가 문을 열어주었고, 우리는 안으로 들어갔다. 크로스가 혹시 내 표를 사주지 않을까 생각했다. 그러나 크로스는 표값을 내주지 않았고, 나는 잠시나마 그런 생각을 한 나 자신이 우습게 느껴졌다. 영화는 이미 시작되고 있었다. 나는 크로스를 따라 어두운 극장 안으로 들어갔다. 스크린은 환하고 시끄러웠다. 통로를 걷는데 누군가 "어이, 슈가맨!" 하고 불렀다. 크로스가 내 팔을 잡아 자리에 앉혀주었다.

자리에 앉은 뒤에도 나는 숨을 헐떡였다. 크로스 역시 숨을 몰아쉬는 게 느껴졌다. 옷이 비에 젖어 축축했다. 스크린의 장면은 이해할 수도 없었고 생뚱맞아 보였다. 두 남자가 허름한 부엌에 서 있는데 한 사람은 총을 들고 있는 장면이었다. 나는 영화를 중간부터 본 적이 없었다. 앞부분을 보지 않으면 내용을 이해하기 힘들었고, 예고편들을 놓치는 것도 싫었다. 나 혼자였다면 절대 고르지 않았을 폭력물이었고, 내용도 황당하기 짝이 없었다.

앞만 바라보았지만 나는 크로스가 움직이거나 한숨 쉬는 것을 매번 느낄 수 있었다. 그가 언제 웃다가 언제 멈추는지도 알 수 있었다. 그의 반대편 옆자리에는 존과 마틴이 깔깔대며 웃고 있었다. 크로스에게선 비누 냄새가 났다. 그리고 조금 전 우리가 함께 맞은 빗물에서처럼 봄의 흙 냄새가 났다. 우리의 몸은 전혀 닿지 않았지만 소매나 바짓자락은 가끔 스쳤다. 문득 다른 사람들도 그런 걸 의식하는지 궁금해졌다.

영화를 보는 내내 마음이 불편했고, 신경이 곤두섰다. 하지만 나른하고 기분 좋은 불안감이었다. 영화의 줄거리는 전혀 납득할 수 없었고, 주인공의 이름은 하나도 머릿속에 들어오지 않았다. 영화가 끝나고 불이 켜지자 나는 갑자기 머쓱해졌다. 어둠 속에서 나는 단발머리에 다리를 꼬고 앉아 있는 여느 평범한 여자애였다. 그러나 불이 들어온 순간 얼굴이 상기된 채로 허둥대는 나였다. 복도 쪽에 앉아 있었기 때문에 밖으로 나가려고 일어서는 남자애들 앞에 서야 했다. 나는 그들이 일어설 때까지 기다렸다가 일어섰다. 밖으로 나가는 동안 나는 그들이 내 뒤를 쫓아오고 있는지 뒤돌아 확인해보기가 두려웠다. 크로스하고는 여기서 헤어지게 될 것이다. 크로스는 이제 친구들과 함께 있으니 어쩌면 인사도 못 하고 헤어질 수도 있었다. 나는 그러려니 해야 할 것이다.

극장 로비의 분수대 앞에서 나는 걸음을 멈추고 어깨 너머를 흘긋 돌아보았다. 그들은 바로 내 뒤에 있었다. 아이들은 날 지나쳐 가더니 분수대에서 조금 떨어진 곳에서 걸음을 멈추었다. 날 기다리는 것 같았다. 나는 침을 꿀꺽 삼키고 천천히 그들에게 다가갔다.

마틴은 영화에서 한 남자가 다른 남자의 목을 조르는 장면을 흉내내고 있었다. 영화에서는 목이 졸린 남자의 혀와 눈이 앞으로 튀어나왔었다.

"이제 기억이 나겠지?"

마틴이 영화의 대사를 흉내내며 말하자 존이 큰 소리로 웃었다. 다른 애들도 모두 웃었다. 나는 그들에게서 조금 떨어진 곳에 서서 재미있어하는 표정을 지으려 애쓰고 있었다.

"재미있었어?"

크로스가 내게 물었다.

영화 전체에 대해서 묻는 건지, 목을 조르는 장면에 대해 묻는 건지, 아니면 마틴의 연기에 대해 묻는 건지 알 수 없었다.

"그런대로."

내가 대답했다.

"좀 잔인했지?"

존이 말했다. 그의 말투로 봐서는 내 존재가 그닥 부담스럽지 않은 게 분명했다. 우리는 한 번도 서로 인사를 나눈 적은 없었지만, 인사 따위는 생략하게 될 것 같았다.

"잔인한 장면에선 눈을 감았어. 쓰레기 처리장 장면은 거의 못 본 것 같아."

내가 말했다.

"그 장면 끝내줬는데. 다음 상영 때 한 번 더 보는 게 어때?"

"너희 배 안 고프냐? 난 배고픈데."

크로스가 말했다.

"굶어 죽겠다."

마틴이 말했다. 우리는 다시 주차장 쪽으로 나갔다. 비는 그쳤지만 하늘은 여전히 어두웠다. 지하상가에 이르렀을 때도 나는 그들과 함께였다. 함께 있어도 괜찮을 것 같았다. 내가 왜 아직도 남아 있는지, 왜 여자애들과 어울리지 않는지 따위는 아무도 궁금해하지 않는 것 같았다. 모두 군것질을 했고, 나는 프레첼(길고 꼬불꼬불한 하트 모양의 밀가루 반죽에 소금을 뿌려 구워낸 빵과자의 일종―옮긴이)을 한 봉지 샀다. 테이블에 앉아서도 그들은 계속 영화 이야기를 했다. 영화 속의 대사를 따라하면서 마틴은 크로스의 목을 조르려 했지만, 크로스는 웃으면서 마틴을 피했다. 내목을 조르려 하면 허락해줄 생각이었지만 나에겐 그러지 않았다.

간식을 먹고 나서 우리는 비디오 게임장에 갔다. 아마 여기서 헤어지겠지. 비디오 게임에 대해선 거의 아는 게 없었다. 그러나 갑자기 그들과 헤어진다는 것이 어색하고 부자연스럽게 느껴졌다. 게임장에는 핀볼 게임도 있었다. 핀볼이라면 나도 할 줄 알았다. 우리는 모두 25센트짜리 동전을 바꾸었다. 나는 게임기 앞에 서서 게임이 끝날 때마다 동전을 집어넣었다.

발사대로 핀볼 공을 힘껏 밀어내는데 누군가 "꽤 하는데!" 하고 말했다. 돌아보니 크로스였다. 그 사이 공 하나가 밑으로 떨어졌다.

"이런!"

내가 말했다.

우리는 공이 사라진 자리를 쳐다보았다.

"핀볼은 네가 나보다 조금 잘할지도 모르겠다."

내 점수가 올라가는 것을 보고 크로스는 말했다.

"조금 잘할지도 모르겠다고?"

"왜? 난 칭찬한 건데."

"조금이 아니라 훨씬 잘할걸. 난 주 챔피언이거든."

충동적으로 내가 말했다. 그가 믿을 수 없다는 듯 나를 쳐다보았다.

"어렸을 때 난 핀볼 영재였어. 전국을 돌아다녔지. 나중엔 지쳐서 나가 떨어졌지만."

"거짓말."

"그래서 얼트에 오게 된 거야. 얼트가 특기생을 얼마나 우대하는지 알지?"

"안 믿어."

그가 말했다. 하지만 조금은 내 말을 믿는다는 게 느껴졌다. 그렇지 않다면 그런 말을 할 필요조차 없었을 테니까.

"아홉 살 때, 후져hoosier(인디애나주의 주민, '촌뜨기'의 의미로도 쓰인다 —옮긴이) 핀볼 여왕에 등극했지. 부모님이 얼마나 자랑스러워하셨는데."

나는 그를 바라보았다. 크로스의 입꼬리가 올라가는 듯하더니 손바닥으로 내 머리를 살짝 밀었다.

"허풍 좀 그만 떨어."

"깜빡 속았지?"

"천만에."

"속았으면서. 다 알아. 속았지?"

우리는 마주 보고 웃었다. 그 순간 나는 너무 잘생긴 얼굴이라고 생각했다. 그러나 그런 생각을 하는 순간, 상황이 불편해졌다. 그가 얼트의 일부인 슈가맨 크로스라는 생각을 한 그때부터 문제가 생겼다. 아무 생각 없이 이야기를 나눌 때는 괜찮았는데. 때마침 마틴이 왔고 나는 마음이 놓였다.

"피자 먹을래?"

"너 배고파? 또?"

내가 물었다.

결국 우리는 엑스트라 라지 피자를 주문했다. 수퇘지의 정액과 함께 훈제한다는 이야기를 들은 뒤로 페퍼로니를 먹지 않았지만 이번만큼은 조금 먹었다. 네 번째 조각을 먹다 말고 마틴은 피자 조각을 내려놓더니 배를 움켜쥐었다.

"이거 누가 시키자고 그랬어!"

"리가 그랬어."

크로스가 말했다.

"내가 안 그랬어!"

나는 내 목소리에서 남자애들과 시시덕거릴 때 여자애들이 내는 과장스러운 말투를 느낄 수 있었다.

"정말 나쁜 제안이었다, 리."

마틴이 말했다.

"소화제 필요하냐? 참, 지금 몇 시인지 아는 사람?"

존이 시간을 물었다. 우리는 모두 벽에 걸린 시계를 돌아보았다. 6시 5분 전이었다. 학교로 돌아가는 버스는 5시 30분 출발이었다.

"이런, 이번 주만 벌써 예배 결석이 두 번째야. 토요일에 외출금지 걸리게 생겼군."

"학장님한테 전화해야 되나?"

마틴이 말했다.

"왜들 난리냐. 택시 타면 돼."

크로스가 말했다. 태평한 그의 모습을 보고 나는 그가 버스 시간을 놓쳤다는 것을 이미 알고 있었는지도 모른다고 생각했다. 어쩌면 버스가 출발하기 전에 알았지만 그렇게 되도록 내버려두었는지도 모른다는 생각도 들었다.

크로스가 공중전화로 택시를 부르는 동안 우리는 그 옆에 서 있었다. 마틴은 배가 터지겠다면서 끙끙거렸고, 존은 "젠장, 도대체 어쩌다 이렇게 됐지?"라며 투덜거렸다. 내 주머니에 남아 있는 돈은 채 5달러도 되지 않았다. 학교까지 30분은 족히 걸릴 것이다. 그러나 돈에 대해서는 아무도 신경 쓰지 않았고, 나도 가만히 있었다.

"극장 앞으로 택시가 올 거야."

크로스가 전화를 끊은 뒤 말했다. 극장으로 돌아가는 길에 다시 비가 내렸고, 하늘은 어두워졌다. 극장 안에서 기다리는 동안에는 다들 별로 말이 없었다. 피곤해서라기보다는 어색한 침묵처럼 느껴졌다. 여자애들이라면 아마 이런 상황에서도 끝없이 수다를 떨었을 거라는 생각이 들었다.

내 평생 택시를 타본 건 딱 한 번뿐이었다. 엄마가 남동생 팀을 낳았을 때 조셉과 나는 병원까지 택시를 타고 갔다. 나는 열 살이었고, 조셉은 일곱 살이었다. 그때 택시 안에서 나는 혹시 우리가 유괴되는 건 아닐까 걱정하면서 달리는 차 안에서 조셉을 끌고 뛰어내리는 상상도 했다. 그러나 택시 기사는 우리를 병원 앞에 내려주었고, 기다리고 있던 아빠가 기사에게 요금을 지불했다.

학교로 돌아가는 택시 안에서 나는 우리가 납치되는 일은 없을 거라고 확신했다. 내가 열 살 때보다 더 똑똑해져서가 아니라 납치당하기에는 우리의 수가 너무 많았고, 크로스가 너무 크고 힘이 셀 것 같았다. 밤색 택시가 도착했다. 마틴이 먼저 앞좌석에 탔고, 존이 반대편 뒷좌석에 탔다. 크로스가 우리 쪽의 문을 열었고, 그가 탄 뒤 내가 따라서 탔다. 그가 가운데 자리에 앉는 게 조금 의외였다. 고향에서는 4學년 때부터 가운데 자리는 계집애들 자리라면서 남자애들이 피했기 때문이었다.

좌석 시트는 푸른색 인조 가죽이었다. 택시 안에서는 절은 담배 냄새와 파인애플 방향제 냄새가 났다. 운전석 앞쪽의 거울에는 종이로 만든 장식품이 매달려 있었고, 라디오에서 낮게 흘러나오는 음악은 잡음이 심했다. 유리창의 와이퍼가 좌우로 움직일 때 그 사이로 보이는 창밖의 풍경은 흐릿했다.

나는 영화를 볼 때와 똑같이 옆에 앉은 크로스를 의식했다. 영화를 볼 때는 영화가 끝나면 어쩌나 걱정했지만, 지금은 하루가 저물어가는 게 슬펐다. 친구 하나 없다가 별안간 크로스 슈가맨의 친구가 된다는 건 상상하기 어려웠다. 그건 너무 지나친 도약이었다. 게다가 크로스가 날 좋아한다는 증거도 없었다. 그는 내가 기절했기 때문에 내게 호의를 베푼 것뿐이었다. 디드처럼 상대방의 단순한 호의에 집착하면서 더 많은 것을 요구하며 부담을 주는 사람이 되고 싶진 않았다.

존이 앞으로 몸을 숙이며 크로스 옆에 앉은 내게 물었다.

"리, 생물학 시험 어려울 거 같냐?"

시험. 하루 종일 까맣게 잊고 있었다.

"그럴걸. 난 거의 들여다보지도 못했어."

내가 말했다.

"난 어제 저녁에 공부하다가 깜짝 휴일이란 얘기 듣고 집어치웠어."

"나도."

내가 웃으며 대답했다.

"깜짝 휴일은 환상이야."

존이 도로 자리에 기대어 앉으며 말했다. 그의 목소리가 멀리서 들려오는 것 같았다.

"영원처럼 긴 시간이 주어지는 것 같지만 이렇게 금방 지나가 버리잖아. 깜짝 주일이라면 또 모를까."

"아마 지겨울걸."

크로스가 말했다.

"지겹다니. 할 일이 얼마나 많은데."

크로스가 왼쪽 팔을 들었을 때에도 존은 여전히 이야기를 계속하고 있었다.

처음에는 크로스가 내 뒤의 등받이에 팔을 얹으려는 거라고 생각했다. 갑자기 가슴이 두근거렸다. 하지만 크로스는 팔을 내 어깨 위에 걸쳤고 손으로 내 어깨를 감쌌다. 그리고 조금, 아주 조금 나를 끌어당겼다. 나는 그가 하는 대로 움직였다. 내 몸이 그의 몸에 닿았다. 내 다리가 그의 다리에 닿았고, 내 팔은 그와 나 사이의 공간을 채웠으며, 내 머리는 그의 머리 바로 밑에 있었다. 크로스의 행동이 놀라웠다. 마틴과 존이 고개를 돌려 언제든 우리를 쳐다볼 수 있는 상황인데도 크로스는 내게 팔을 걸치고 있는 것이다. 그러나 한편으로는 조금도 놀랍지 않았다. 크로스를 처음 만났을 때 나는 그를 만지고 싶었다. 그런데 이제 실제로 그렇게 되고 있었다. 그의 가슴이 규칙적으로 오르락내리락하는 게 느껴졌다. 우리의 몸은 서로 잘 맞았다. 남자와 여자가 나란히 앉을 때 매번 그렇게 편안한 건 아니라는 걸, 대체로 중심을 잡기가 힘들거나 뼈가 찔러서 불편하다는 걸 알기엔 나는 경험이 너무 부족했다.

존의 말에 대꾸하는 크로스의 목소리는 전혀 흔들림이 없었다. 크로스는 "봄방학이 언제더라?" 하고 묻기도 했다. 그들은 그때까지도 깜짝 주일이 있어야 한다는 이야기를 하고 있었다. 마치 저녁 식사를 끝내고 편안하게 이야기를 나누는 것 같은 분위기였다. 나는 이 상황의 특별함과 크로스의 평범한 목소리가 싫지 않았다. 그와 나 사이에 벌어지고 있는 일이 둘만의 비밀처럼 은밀하게 느껴졌기 때문이었다.

그가 내 머리칼을 만지기 시작했다. 처음에는 우연히 스치는 것 같더니 이내 손가락으로 내 머릿결을 훑어내렸고, 또 한 번 그렇게 했다. 그럴 때마다 그는 엄지손가락으로 내 목덜미를 어루만졌다. 온몸이 달아올랐다. 그의 손길이 좋았고, 고통스러울 만큼 행복했다. 라디오에서 트럼펫 연주곡이 흘러나왔다. 창밖에 내리는 비가 세상의 모든 것을 부드럽게 만들고 있었다. 길 위에 미끄러지는 자동차 바퀴와 흐릿한 신호등이 그랬다. 크로스의 반대편에 앉은 존은 끝없이 떠들어댔다. 나는 밤새 차를 타고 돌아다녔으면 좋겠다고, 지금 이 순간이 영원히 지속되었으면 좋겠다고 생각했다.

그러나 그 순간은 오래가지 않았다. 택시가 학교 정문으로 들어섰다. 크로스가 운전석과 조수석 사이로 몸을 숙였다. 그리고 두르고 있던 팔을 뺐다. 이제 그의 손은 더 이상 내 머리칼 속에 있지 않았다.

"왼쪽이요. 예배당 지나서요."

그가 운전사에게 말했다. 기숙사 건물 앞에서 택시는 멈추었다. 브로사드 기숙사는 반대편이었다. 운전 기사가 실내등을 켰다. 나는 꿈에서 깨어난 듯 눈을 깜박였다. 차마 크로스를 쳐다볼 수는 없어서 창밖을 내다보았다. 그러나 창밖은 어둠뿐이었다. 지나가는 다른 사람들이 택시 안을 들여다볼 수도 있을 거라는 생각이 들었다. 나는 아무도 우리를 보지 못했기를 바랐다. 크로스와 존, 마틴과 함께 택시 안에 있는 내 모습을 보고 아이들이 '쟤, 저기서 뭐하는 거야?' 하면서 이상하게 생각할까봐 두려웠다.

"그럼…."

크로스가 말했다. 내게 말하는 게 분명했다. 나는 그를 쳐다보았고, 우리는 몇 초 동안 그렇게 서로를 바라보았다. 마틴과 존이 차에서 내리고 있었다.

"잘 가, 리."

크로스가 고개를 끄덕이며 말했다.

"저기, 그런데…."

내 말에 크로스가 다시 돌아보았다. 그러나 나는 무슨 말을 해야할지 알 수 없었고 크로스는 다시 돌아섰다. 그날 이후 한동안 나는 그 순간 내가 무슨 말이건 했더라면 상황이 달라질 수도 있었을까 생각해보곤 했다. 나는 내가 하지 못한 말이 마치 자처럼 길쭉하고 반듯한, 완벽한 문장이었을 거라고 생각했다. 비록 내 입으로 말하지는 못했지만 분명 이 세상 어딘가에는 그런 문장이 존재할 거라고 믿고 싶었다.

크로스가 문을 닫자 택시의 실내등이 꺼지면서 그들 세 사람이 멀어지는 것을 볼 수 있었다. 택시가 움직이는 순간 그들의 웃음소리가 들려왔다.

차 안의 거울을 통해 나는 기사와 눈이 마주쳤다. 그의 얼굴을 처음으로 제대로 바라보게 된 나는 그가 짧은 잿빛 머리칼에 바둑판무늬 모자를 쓴 건장한 중년 남자임을 깨달았다.

"이제 어디로 갈까?"

그가 물었다. 보스턴 억양이 강하게 느껴졌다.

"저기요."

내가 방향을 가리켰다.

택시가 멈추었을 때 나는 미터기에 찍힌 48달러 80센트를 보고 깜짝 놀랐다.

"안에 들어가서 돈 가져올게요. 꼭 돌아올 테니까 걱정 마세요."

운전사는 고개를 저었다.

"네 남자친구가 벌써 냈다."

"남자친구요?"

"내고 싶으면 또 내. 안 말릴 테니까."

아저씨가 웃으며 말했다. 나는 택시 문을 열었다.

"여기가 무슨 대학이니?"

"고등학교예요. 얼트 사립 고등학교."

"이게 다 고등학교 건물들이라고?"

그가 놀란 듯 휘파람을 불었다.

"알아요. 저희가 정말 행운아들이란 거."

내가 말했다.

방으로 들어서는 순간 책상 앞에 앉아 있던 신준과 디드가 고개를 들었다.

"리가 돌아왔어!"

신준이 말했다.

"우린 네가 죽은 줄 알았어."

디드가 말했다.

"버스를 놓쳐서 택시 타고 왔어."

내가 말했다.

"귀는 뚫었니?"

"그럼."

디드와 신준이 내게 다가왔다. 나는 머리를 뒤로 젖히고 오른쪽 귀와 왼쪽 귀를 차례로 보여주었다. 사실 별로 볼 것도 없었다. 좀더 재미있는 귀고리를 골랐으면 좋았을걸.

"예쁘다!"

신준이 말했다.

"왼쪽 귀가 좀 빨갛다. 과산화수소 바르면 좋아질 거야."

디드가 말했다.

"과산화수소?"

"귀 뚫을 때 일러주지 않든?"

"아저씨였는데, 좀 불친절했어."

내가 말했다.

95

"감염되지 않게 매일 소독해야 돼. 귀고리 돌릴 때도 그래야 하고."

"귀고리를 돌려야 돼?"

"리, 정말 아무 얘기도 못 들었구나. 잠깐만."

디드가 침대 밑에서 플라스틱 상자를 찾더니 밤색 유리병과 면봉 몇 개를 꺼냈다.

"보스턴은 어땠어?"

신준에게 내가 물었다.

"좋았어. 근데 하루 종일 비가 왔어."

"쇼핑몰도 마찬가지였어."

"여기 앉아봐."

디드가 말했다. 나는 디드의 의자에 앉았다. 신준은 디드의 책상 위에 걸터앉아 내가 앉은 의자 위에 맨발을 올려놓았다. 디드가 내 옆에 서서 내 머리를 귀 뒤로 넘겼다. 그런 우리의 자세가 귀를 뚫던 순간을 떠올리게 했다. 나는 기절했었다고 말할까 잠깐 고민했다. 하지만 디드와 신준이 재미있다고 생각할지, 이상하다고 생각할지 알 수 없었다. 게다가 기절했던 얘기를 하면 크로스 얘기도 할 수밖에 없었다.

디드가 과산화수소 병 뚜껑을 열고 면봉을 안에 넣어 적셨다. 그리고 병을 책상 위에 올려놓고 면봉으로 내 귀를 닦았다. 디드는 아주 조심스럽게 귀고리 주변을 닦았다.

크로스 얘기는 할 수 없었다. 그러기엔 디드가 그를 너무 좋아했다. 디드는 내 얘기를 믿지도 않겠지만 이해할 수도 없을 것이다. 사실 믿고 이해할 무언가가 있었는지도 잘 모르겠다. 그가 내게 키스를 한 것도, 고백을 한 것도 아니었다. 그렇다면 내가 무슨 말을 할 수 있을까?

그 후로 오랫동안, 나는 크로스뿐 아니라 모든 남자들에게 키스가 아닌 다른 어떤 행동은 아무런 의미가 없는 것이라고 믿게 되었다. 그들이 내게 보여준 관심은 하루 종일 생각하기에는 대체로 너무 보잘것없는 것이었다.

나는 택시 안에서 크로스와 나란히 앉았을 때의 느낌을 떠올렸다. 그가 내 어깨에 팔을 둘렀을 때의 묵직함과 옷 위로 배어 나오던 체온을 생각했다. 또 내가 얼마나 그런 것들을 원했었는지도 생각했다. 내가 원한 것은 꽃도, 시도, 인기도, 다른 아이들에게 인정받는 것도, 부유한 부모님도, 좋은 성적도, 예쁜 얼굴도 아니었다. 크로스가 내 옆에 있는 것, 오직 그것뿐이었다. 그것만으로도 나는 행복할 수 있었다. 그렇게만 된다면 더 이상 방황하지 않고, 여기가 아닌 다른 곳에 있고 싶어 하지도 않을 것이다. 그것만으로 충분하니까.

나는 절대로 그런 일이 일어나지 않으리라는 것 또한 알고 있었다. 그런 일은 일어나지 않을 것이다, 절대로. 눈물이 핑 돌았다. 눈을 깜박이자 눈물이 뺨 위로 흘러내렸다.

"저런… 리."

디드가 말했다.

"딱하기도 하지."

신준은 몸을 숙이고 내 어깨를 두드려주었다.

"금방 괜찮아질 거야."

디드가 적신 면봉을 거두었다. 나는 신준과 디드는 내가 아파서 울었다고 생각하고 있음을 깨달았다.

암살 게임

　콘치타 맥스웰을 알게 된 것은 라크로스(크로스라는 라켓을 사용하는 하키 비슷한 구기종목-옮긴이) 첫 수업이 있던 어느 봄날이다. 바렛 선생님은 두 사람씩 짝을 지어 공을 주고받는 연습을 하라고 했다. 나는 아이들이 자기 짝에게 속닥거리면서 고개를 끄덕이는 것을 지켜보았다. 체육 시간이나 수업 시간에는 짝을 지어야 하는 경우가 많았다. 그럴 때면 아이들은 저마다 짝을 찾아 움직였지만 나는 마땅히 짝을 할 친구가 없었다. 그러면 코치나 선생님이 "짝이 없는 사람?" 하고 물었고, 짝 없는 애들이 머뭇거리며 손을 들었다.
　"애!"
　누군가 나를 불렀다. 돌아보니 콘치타였다.
　"우리 같이 할래?"
　나는 머뭇거렸다.
　"자, 10분 동안 연습하세요! 일단 공을 손에 익혀보는 거예요!"

"저쪽으로 가자!"

콘치타가 숲이 시작되는 곳에서 조금 떨어진 경기장 한쪽 구석을 가리키며 말했다. 대답을 하진 않았지만 내가 거절할 처지가 아니라는 걸 콘치타와 나, 둘 다 알고 있었다.

"참, 난 콘치타야."

"난 리."

"난 라크로스 처음이다."

콘치타가 밝은 목소리로 말했다. 나 역시 처음이었지만 가만히 있었다. 교내 매점에서 스틱을 산 지 한 시간도 채 지나지 않았다. 내 스틱에서는 가죽과 쇠 냄새가 났다.

한 번도 이야기를 나눈 적은 없었지만 나는 이미 콘치타를 알고 있었다. 사실 얼트에 다니는 학생이라면 누구나 콘치타를 알았다. 옷차림 때문이었다. 콘치타는 검은 피부에 마른 편이었는데 짧고 검은 머리카락을 커다랗게 부풀리고 다녔다. 나는 콘치타를 몇 달 전 식당에서 처음 보았다. 그때 콘치타는 보라색 슬리퍼에 보라색과 붉은색이 섞인 가로줄무늬 스타킹을 신고, 커다란 칼라가 달린 붉은색 주름 블라우스에 보라색 반바지를 입고, 보라색 베레모를 비스듬히 쓰고 있었다. 콘치타의 옷차림은 마치 초등학교 초청 공연을 전문으로 하는 극단의 배우를 연상시켰다. 라크로스 시간에 콘치타의 옷차림은 그때보다는 훨씬 보수적이었다. 연두색 탱크탑에 흰색 반바지, 무릎까지 오는 연두색 양말을 신고 있었다. 모자광이 분명한 콘치타는 챙이 빳빳하게 선 얼트 야구 모자를 쓰고 있었다. 그 모자를 보면서 나는 어쩌면 콘치타 역시 튀기보다는 섞이고 싶어하는 아이일지도 모른다고 생각했다.

연습 하러 가는 도중 콘치타는 재채기를 연거푸 세 번 했다. 나는 괜찮으냐고 물어볼까 하다가 그만두었다. 콘치타가 반바지 주머니에서 휴지를 한 장 꺼냈다.

"알레르기야."

봄방학이 막 끝난 4월이었다. 화창한 햇살과 바닷빛 하늘이 어우러진 완벽한 오후였다.

"무슨 알레르긴지 알아맞혀 볼래?"

나는 아무 말도 하지 않았다.

"잔디, 꽃가루, 염소, 버섯."

"버섯?"

"버섯을 하나라도 먹으면 일주일 내내 두드러기가 나."

"끔찍하다."

내 말투가 냉정하진 않았지만 공감이 결여되어 있었다. 우리는 10미터 정도 떨어져 자리를 잡았다. 콘치타가 마치 외계 생물의 알처럼 생긴 하얀 고무공을 스틱으로 쳤다. 공은 내가 서 있는 곳에서 왼쪽으로 몇 미터 떨어진 곳에서 멈추었다.

"설마 내가 잘할 거라고 기대한 건 아니지?"

콘치타가 말했다. 나는 공을 주워 다시 콘치타에게로 패스했다. 내 공은 콘치타가 던진 것보다 훨씬 더 멀리 떨어졌다.

"너도 밥 딜런 팬이구나."

콘치타가 말했다.

"응?"

"네 셔츠 말이야."

나는 내 셔츠를 보았다. 나는 아빠의 낡은 셔츠를 입고 있었다. 하늘색 셔츠에는 흰 글자로 '변화의 그날이 오면The Times they are A-changing' 이라고 쓰여 있었다. 어디서 샀는지는 몰라도 아빠는 조깅할 때 이 셔츠를 즐겨 입었다. 얼트에 올 때 나는 이 셔츠를 가방에 넣었다. 감촉이 보드라워서였다. 처음 몇 주 동안 셔츠에서 집 냄새가 났다.

"가장 유명한 노래잖아."

콘치타가 말했다.

"맞아."

내가 말했다. 얼트에는 내가 모르는 게 너무도 많았다. 데뷰탕트 Debutante(성인식 파티. 결혼 적령기의 여성이 사교계에 입문한다는 의미―옮긴이)의 의미, 코네티컷주의 '그리니치'의 정확한 발음, 결국은 돈과 관련된 것들 혹은 진주 목걸이(성행위 중 남자가 여자의 가슴에 사정하는 것을 일컫는 비속어―옮긴이)가 꼭 보석을 칭하는 말이 아닌 것처럼 섹스에 관한 것들이 대부분이었다. 옷이나 음식, 지리에 관한 보다 상식에 속하는 얘기들도 있었다. 언젠가 아침 식사 시간이었다. 아이들은 이름도 들어본 적 없는 호텔에 대해 이야기를 나누고 있었다. 누군가 "그 호텔, 74번가하고 렉스가 사이에 있어"라고 말했다. 나는 74번가와 렉스가를 알지도 못하거니와 그런 이름의 거리가 어느 도시에 있는지조차 모르고 있었다. 지난 9월 이후 내가 배운 게 있다면 나의 무지를 감추는 방법 정도였다. 무식하게 보일 바에야 차라리 무관심하게 보이는 편이 나았다.

"그 노래 알지?"

콘치타가 말하고는 노래를 부르기 시작했다.

"그대여, 어느 곳을 방황하든 이제는 함께해야 할 시간, 이제 받아들여요. 물이 차오르고 있다는 것을. 그다음 가사는 모르겠고. 그대의 시간이 소중하다면…."

놀랍게도 콘치타의 목소리는 고왔고 높았으며, 맑고 자연스러웠다.

"들어본 것 같다."

사실 전혀 들어본 적 없는 노래였다.

"밥 딜런이 그렇게 변하다니 정말 속상해. 60년대에 불렀던 노래엔 강한 메시지가 있었는데. 딜런의 곡들은 그냥 애무하기 좋은 노래가 아니었어."

콘치타가 말했다.

'애무하기 좋은 노래'라는 게 좋은 건지 나쁜 건지 확신이 서지 않았다.

"딜런 노래는 거의 다 갖고 있어. 듣고 싶으면 내 방에 와."

콘치타의 제안을 받아들이고 싶지도, 거절하고 싶지도 않아서 "자" 하고 공을 던졌다. 공이 너무 먼 곳에 떨어졌고, 나는 "미안!" 하고 말했다. 콘치타가 공을 주워 다시 내게 던졌다.

"아무래도 우리는 시합엔 못 나가겠다. 바렛 선생님은 큰 시합이 있으면 못하는 애들은 그냥 학교에 남으라고 한대. 기분 상해 하진 마."

"그런 얘기 못 들었는데."

내가 말했다.

"어쩌면 희망사항인지도 모르지. 그렇게만 되면 그 시간을 얼마든지 재미있게 보낼 수 있을 텐데."

'뭘 하면서?'라고 나는 묻고 싶었다. 콘치타에게 남자친구가 없다는 걸 알고 있었다. 우리 학년 75명 가운데 12명만이 남자친구가 있었다. 그들은 항상 붙어 다녔다. 콘치타는 친구가 많은 것 같지도 않았다. 내 기억으로 콘치타와 친하게 지내는 애는 마사 포터라는 빨간 머리 여자애뿐이었다. 나는 라틴어 수업 시간에 마사와 나란히 앉았다. 나는 마사의 시험지에 선생님이 '마사, 이번 시험도 아주 잘 봤구나'라고 써놓은 것을 본 적이 있었다. 같은 시험에서 나는 C마이너스를 받았고 시험지에는 '걱정스럽다, 리. 수업 끝나고 얘기 좀 하자'라고 적혀 있었다.

"라크로스는 원래 휴런족(북아메리카 인디언의 한 종족－옮긴이)이 하던 거래. 알고 있었니?"

콘치타가 말했다.

"응."

"정말? 정말 그걸 알고 있었다고?"

별 생각 없이 내뱉은 거짓말이었다. 그러나 압박이 가해지는 상황에서 일부러 거짓말을 하기란 쉽지 않았다.

"실은 몰랐어."

내가 말했다.

"1400년경이래. 그런데 라크로스가 어떻게 동부 사립학교에서 가장 선호하는 종목이 되었는지 모르겠어. 참, 너 인디애나에서 왔지?"

콘치타가 어떻게 알았는지 궁금했다. 사실 나도 콘치타가 텍사스 출신이라는 걸 알고 있었다. 옛날 앨범들을 보는 걸로도 모자라서 나는 최근호 앨범들까지 탐독하고 있었다. 최근 앨범에는 재학생 모두의 본명과 집 주소가 수록되어 있었다. 애스패드 메리웨더 몽고메리, 코네티컷주 그리니치. 크로스 알제런 슈가맨, 뉴욕주 뉴욕. 콘치타 로잘리나 맥스웰, 텍사스주 포트워스. 리 피오라 인디애나주 사우스벤드. 이상하게도 나만 가운데 이름이 없었다.

"인디애나에선 라크로스 안 하지?"

콘치타가 물었다.

"여긴 초등학교 1학년 때부터 치는 애들도 있대."

콘치타가 다른 아이들을 턱으로 가리키며 말했다.

"동부에서는 모든 게 달라."

나는 너무 단정적으로 말하지 않으려고 애썼다.

"다른 정도가 아니야."

콘치타가 웃었다.

"난 말이야, 처음에 다른 행성에 온 줄 알았어. 한번은 교내 식당에서 멕시코 음식이 나온다고 해서 무척 기대했거든. 그런데 살사 소스라는 게 꼭 케첩에 양파를 넣은 거 같더라."

그날 저녁은 나도 기억하고 있었다. 음식의 맛 때문이 아니라 바로 그 살사 소스를 흘리는 바람에 식사 시간 내내 셔츠 칼라 밑에 빨간 얼룩을 묻히고 있어야 했기 때문이었다.

"우리 엄마는 멕시코 출신이야. 엄마 때문에 입맛을 완전히 버렸지."

콘치타가 말했다. 나는 호기심이 일었다.

"그럼 아빠도 멕시코 출신이야?"

내가 물었다.

"아니. 아빠는 미국인이야. 엄마가 이민 와서 직장에 다니다가 아빠를 만났대. 이복형제가 둘 있는데 나보다 나이가 훨씬 많고 다들 성인이야."

나는 처음으로 공을 제대로 잡았다.

"좋았어! 넌 여기가 좋니?"

콘치타가 물었다.

"좋아."

"어떤 점이 좋아?"

"글쎄. 그건 좀 이상한 질문이다. 넌 여기가 싫다는 거야?"

나의 무례함을 콘치타는 별로 개의치 않는 것 같았다.

"음…."

콘치타는 잔디 위에서 스틱을 지팡이처럼 짚었다.

"우리가 서로 속내를 털어놓아도 될지 아직 잘 모르겠어. 난 네가 다른 아이들하고는 다를 거라는 느낌이 들었거든. 그래서 네가 솔직할 거라고 생각했는데 이제 보니 내가 잘못 본 것 같네."

콘치타는 조금 실망한 것 같았지만 화를 내는 건 아니었다. 그녀는 내가 생각했던 것보다 훨씬 더 영리했다.

"우린 한 번도 얘기한 적이 없는데, 어떻게 나에 대한 느낌을 가질 수 있어?"

"리. 우린 누구나 다른 사람에 대한 느낌을 갖고 있어. 정말 안 그런 척할 거야?"

그녀의 말에 나는 무척 놀랐다. 분명히 나에게는 다른 사람들에 대한 느낌이 있었다. 그러나 나에 대한 느낌을 얘기해준 사람은 콘치타가 처음이었다. 나는 다른 아이들에 관한 정보를 열심히 모으면서도 절대로 그것을 발설하지 않았다. 저녁 식사 때 말 한 번 못 붙여 본 남자애한테 '1983년도에 졸업한 앨리스가 네 누나지?'라고 말할 수 있을 정도였다. 콘치타에게 조사를 당한 것이 불쾌하다기보다는 호기심을 자극했다.

"좋아. 나에 대한 네 느낌이 뭔데?"

내가 물었다. 내가 피해간 것처럼 답변을 회피하면서 나와 게임을 할 수도 있었겠지만 콘치타는 그러지 않았다.

"아무리 봐도 넌 이곳 생활을 좋아하지 않아. 그게 내 첫 번째 느낌이야."

콘치타가 스틱을 들어 공을 쳤고, 공은 콘치타와 나 사이 중간 지점에 떨어졌다.

"넌 항상 고개를 숙이고 다녀. 조회 시간에도 공부만 하고 거의 얘기를 안 해."

갑자기 한 대 얻어맞은 것 같은 기분이 들었다. 나는 공을 잡지 않고 가만히 서 있었다. 스틱을 오른쪽 허리에 비스듬히 걸치고서(나중에 알게 되었지만 그때 내가 라켓을 잡고 있던 방식도 방향도 모두 틀렸다). 나는 알루미늄 스틱에 붙은 제조업체의 로고를 바라보았다.

"넌 생각이 많은 애 같아. 생각이 많은 애라면 이런 학교생활에 어떻게 문제가 없을 수 있겠어?"

다른 사람이 내 자신에 대한 무언가를 발견할 때마다 나는 묘하게 서글퍼지곤 했다. 아마도 너무도 드물게 일어나는 일이라 그럴 것이다. 지금부터는 다르게 살 수 있을지도 모른다는, 더 이상은 나도 속마음을 감추며 살 필요가 없을지도 모른다는 생각이 들었다. 그러나 나에게 그럴 용기가 없다는 걸 깨닫는 것이야말로 가장 견디기 힘들었다.

"어쩌면 우린 서로 닮았는지도 몰라."

콘치타가 말했다. 나는 고개를 들었다. 내가 도약을 감당할 수 있을지 확신이 서지 않았다.

"난 늘 너하고 친구가 될 수 있을 거라고 생각했어. 그런 느낌, 너도 알지? 하지만 만약 내 생각이 틀린 거라면, 그렇다고 말해줘."

콘치타의 말을 들으며 나는 콘치나가 베레모를 쓰고 밝은 보라색 울 스웨터를 입었던 날을 생각했다. 내가 그녀를 보았다면 다른 사람들도 보았을 것이다. 문득 얼트에서의 나의 생활이 수많은 상호작용과 그 상호 작용으로 인한 회피의 연속이었다는 생각이 들었다. 그 속에서 나는 혼자인 게 아무렇지도 않은 척 가장하고 있었다. 이런 식으로는 오래 버틸 수가 없었다. 남은 3년을 이렇게 보낼 수는 없었다. 얼트에 온 지 겨우 이제 7개월이 지났다. 그런데 나는 벌써 외로움으로 지쳐가고 있었다.

그때 바렛 선생님이 호각을 불며 모이라는 신호를 했다. 갑자기 분주해진 덕분에 나는 콘치타에게 대답을 하지 않고 그 순간을 모면할 수 있었다.

다음 날 아침은 게이츠 혼자 조회를 진행했다. 조회가 거의 끝날 무렵 헨리 토르페가 나와 단상 위로 올라갔다. 게이츠가 옆으로 비켜서자 헨리가 책상 앞에 섰다. 그가 한마디도 하지 않았는데 아이들은 웃기 시작했다. 그가 다른 날 조회를 다시 시작하는 척했기 때문이었다. 발표를 하려고 나온 학생들은 종종 장난을 쳤다. 특히 4학년생은 큰 시험을 보는 날이면 계속해서 장난을 치거나 농담을 해서 시험 시간을 늦추곤 했다. 한번은 4학년생 20명이 차례로 나와 플레처 학장에게 생일 축하한다는 말을 전하기도 했다.

"오늘은 여기까집니다. 이제 마침 종을 울리겠습니다."

헨리는 과장된 동작으로 천천히 책상 옆에 있는 벨을 누르려는 척하다가 벨을 누르기 직전에 멈추었다. 그때 강당 앞쪽의 벽난로 뒤에서 모자 달린 검은 망토를 입은 사람이 거대한 물총을 들고 나타났다. 그는 헨리를 겨냥하고 총을 쏘았고, 물줄기는 원을 그리면서 벽난로와 연단 사이의 책상에 앉아 있던 학생들의 머리 위로 날아갔다. 물총은 헨리의 가슴을 겨눈 것이었고, 헨리의 셔츠가 흠뻑 젖었다.

"윽! 당했다!"

헨리가 비명을 질렀다. 그는 가슴을 움켜쥐고 비틀거렸다. 나는 게이츠를 바라보았다. 게이츠는 헨리 뒤에서 자상한 누나 같은 미소를 지으며 서 있었다. 그때 헨리가 양팔을 앞으로 죽 뻗으며 엎어졌다. 아이들은 소리를 지르며 환호했다. 나는 다른 신입생들과 함께 앞줄에 앉아 있었다. 내 주위의 아이들은 비교적 조용했다. 다들 무슨 영문인지 모르는 것 같았다. 그러나 강당의 뒤쪽으로 갈수록 환호와 박수 소리는 점점 더 커졌다. 망토를 입고 있던 사람이 모자를 벗었다. 3학년인 아담 라비노비츠였다. 그는 두 주먹을 허공에 흔들었다. 그리고 "암살 성공!"하고 소리쳤다.

아담 라비노비츠에 대해 내가 알고 있는 건 세 가지였다. 세 가지 모두 흥미로웠지만 그에게 말을 걸고 싶을 정도는 아니었다. 첫 번째 이야기는 내가 얼트에 오기 2년 전으로 거슬러 올라간다. 조회 시간에 학생들은 잃어버린 공책이나 옷을 찾는다는 내용을 발표할 때가 있다. 이를테면, 월요일 오후 초록색 털 재킷을 도서관에 두고 왔다든가 하는 식이었다. 당시 2학년이던 아담은 어느 날 아침 조회 시간, 한 치의 동요도 없는 목소리로 "어젯밤 지미 갤러웨이가 순결을 분실했습니다. 발견하신 분은 그에게 돌려주시기 바랍니다"라고 말하고 단상에서 내려왔다고 한다. 교장 선생님의 표정은 일그러졌고, 학생들은 놀라움과 유쾌함으로 서로의 얼굴을 쳐다보았다. 지미는 아담의 룸메이트였는데 금발의 미남이었다. 상대 여자가 누구인지에 대한 언급은 전혀 없었다고 했다.

내가 아담에 대해 알고 있는 두 번째 이야기 역시 섹스와 관련된 것이었다. 지난가을, 예술관에서는 석고 작품 전시회가 열렸다. 은색 귀고리를 하고 얇은 스카프를 두르고 다니는 4학년 졸업반 여학생 두 명이 기획한 전시였다. 내가 보기에는 두 사람 모두 담배를 피우거나 아니면 대학에 가자마자 담배를 피울 것처럼 보였다. 둘은 자신들의 작품에 대해 진지했고, 그들의 작품에는 젖가슴과 남성의 페니스를 포함한 신체 부위도 포함되어 있었다. 가슴 모델의 정체는 밝혀지지 않았지만 세심히 관찰해본 결과 페니스의 주인은 아담 라비노비츠라는 쪽으로 중론이 모아졌다.

세 번째 이야기는 위의 두 이야기를 더욱 흥미롭게 만들었다. 그의 성적이 전교에서 가장 우수하고 예일대에 진학할 예정이라는 것이었다.

단상 위에서는 헨리가 다시 살아났고, 아담도 그와 합류했다.

"올해도 암살 게임이 시작됩니다. 올해는 이렇게 하죠. 일단 재학생 여러분들은 모두 참여를 희망한다고 가정하겠습니다. 원하지 않는 사람은 오늘 정오까지 우편물실에서 학생 명단에 있는 자신의 이름을 지워주십시오. 그리고 선생님들은 모두 참여를 원치 않으신다고 가정하겠습니다."

플레처 학장이 야유하는 소리를 내자 모두가 웃었다.

"그건 참여를 원하신다는 뜻이겠죠? 플레처 형을 노리는 사람은 명심하세요. 플레처 형이야말로 이 게임의 진수를 아는 분이라는 걸요."

모두가 다시 한 번 웃었고, 아담은 말을 이었다.

"신입생들을 위해 게임을 어떻게 하는지 설명하죠. 게임은 간단합니다. 친구들을 죄다 죽여버리면 돼요."

아이들이 다시 웃었다. 그 웃음소리 때문에 우리가 암살 게임이라는 걸 하던 그 시절이 실제보다 더 오래전인 것처럼 느껴졌다. 당시 학생들과 교사 중에도 암살 게임을 못마땅하게 여기는 사람들이 있긴 했지만 그들은 그저 유머 감각이 없는 몇 명일 뿐이었다.

"방법은 아주 간단해요. 게임은 내일 1시에 시작됩니다. 12시까지 우편함을 확인해보시면 이름이 적힌 쪽지와 오렌지색 스티커가 있을 겁니다. 거기 적혀 있는 이름이 여러분의 표적입니다. 물론 표적이 되는 사람은 누가 자신을 노리는지 알지 못하죠. 죽이는 방식은 아무도 알아채지 못하도록 표적의 몸에 스티커를 붙이는 것입니다. 하지만 여러분이 스티커 붙이는 걸 누군가가 보았다면 24시간을 기다렸다가 다시 시도해야 합니다. 암살에 성공하면 그다음엔 여러분이 죽인 사람의 표적과 스티커를 넘겨받습니다. 단, 누군가가 당신을 노리고 있다는 것도 잊지 마세요. 질문 있습니까?"

"얼마나 많이 핥아야 초콜릿 캐러멜 알맹이에 도달하나요?"

한 여학생이 소리쳤다.

"그거야 혀의 능력에 따라 다르겠지요. 평소에 잘 핥는 편이에요?"

"끝까지 살아남으면 어떤 보상이 있죠?"

누군가가 소리쳤다.

게이츠 옆에 서 있던 교장 선생님이 헨리의 어깨를 두드렸고, 헨리는 몸을 숙여 아담에게 무언가를 속삭였다. 아담은 고개를 끄덕였다.

"위에서 이제 그만 입을 다물라는군요. 여러분! 항상 뒤를 살피고 아무도 믿지 마세요. 질문 있으면 저나 갤러웨이, 헨리를 찾으시고요."

그가 단상에서 내려왔고, 헨리가 그 뒤를 따랐다.

"최후의 생존자에게 암살왕의 영예가 주어진다는 말을 했어야지!"

헨리가 지나가며 하는 말이 들렸다. 다음 발표가 진행되었지만 나는 여전히 그 둘을 보고 있었다.

"아니면 너한테 오럴 섹스를 해주거나, 둘 중 하나를 선택할 수 있다고 하던가."

두 사람이 키득거렸고, 나도 웃었다. 마치 그들의 농담이 나에게 해당되는 얘기라도 된다는 듯이.

그러나 그때까지만 해도 나는 암살 게임에 대해 깊이 생각하고 있지 않았다. 그날의 발표가 내게 남긴 것이 있다면 그것은 내가 아담 라비노비츠였으면 좋겠다고 생각했다는 것이다. 물론 그 당시에는 내 자신도 분명히 깨닫지 못했고, 다른 사람이 말해주었더라도 이해하지 못했을 것이다. 당시 남자들에 대한 나의 관심은 나 스스로도 설명하기가 어려웠다. 로맨틱한 관심이 아닌 것은 분명했지만 남자들에 대해 달리 어떤 감정을 가질 수 있는지 나 자신도 알지 못했기 때문이었다. 하지만 이제 나는 안다. 내가 농담으로 사람들을 웃기고 싶어했다는 걸. 나도 전교생 앞에서 학장에게 농담을 하고, 그의 별명을 부르고 싶었다. 이 세상에서 내가 설 자리를 분명히 알고 있는 오만한 남자애가 되는 것. 내가 원하는 건 바로 그것이었다.

운동 연습이 끝나고 체육관에서 나오는데 콘치타가 내 이름을 불렀다. 지난 24시간 동안 나는 콘치타와의 일을 돌이켜보았고, 퉁명스럽게 굴었던 내 자신이 부끄러웠다. 나는 콘치타가 올 때까지 기다렸다가 함께 벽돌이 깔린 길을 걸었다.

"너무 힘들다!"

콘치타가 말했다. 나는 콘치타가 속한 팀이 보트 창고까지 달려갔다가 되돌아올 때 그녀를 보았다. 콘치타는 가장 느렸다. 대부분의 아이들이 강가의 회귀점을 돌아 출발지로 돌아올 때에도 콘치타는 강 쪽으로 달려가고 있었다. 콘치타는 천식용 호흡기를 통해 숨을 몰아쉬면서 달리는 대신 걷고 있었다. 나는 콘치타를 위해 잠시 멈추어줄까 생각했지만 이미 클라라 오할라한이 다가가고 있었다.

"강가에 내려갔을 땐 차라리 보트를 타면 어떨까 하는 생각이 들더라. 보트 키잡이들 봤어? 그냥 앉아서 소리만 지르더라고."

"하지만 이겼을 때 강물에 빠뜨리는 걸 생각해봐. 레이몬드 강에 빠지느니 차라리 머리 둘 달린 애를 낳는 게 낫지."

콘치타가 웃었다.

"만약 내가 임신하면 난 동정녀 마리아야."

콘치타가 말했다. 마치 내가 이해하지 못할 거라는 듯 콘치타가 이렇게 덧붙였다.

"난 처녀거든."

나는 고개를 돌려 그녀를 바라보았다. 자기가 처녀라는 걸 자랑으로 여기다니.

"내 방에서 밥 딜런 듣지 않을래?"

콘치타가 물었다. 우리는 길 끝에 서 있었다. 콘치타의 방은 서쪽이었고, 내 방은 동쪽이었다.

"지금?"

내가 물었다. 콘치타와 함께 걸어온 것은 첫째, 방향이 같아서였고 둘째, 기숙사까지 데려다주거나 함께 걷고 싶어서였다.

"싫으면 말고."

"아니야, 갈게. 잠깐은 괜찮아."

콘치타의 기숙사 계단을 오르면서 나는 "룸메이트가 누구야?"라고 물었다.

"난 혼자야."

"너 신입생 아니야?"

독방은 별로 인기가 없었음에도 불구하고 신입생에게는 절대 허락되지 않았다.

"신입생 맞아. 그런데 불면증이 있어서 특별히 허락을 받았어. 어쩔 땐 한숨도 못 자."

"힘들겠다."

불면증을 앓는 또래 아이를 만난 적은 한 번도 없었다.

"대신 틈틈이 낮잠을 자."

콘치타의 방은 10대 소녀를 한 번도 만나본 적 없는 사람이 꾸며놓은 듯한 느낌을 주었다. 텔레비전 드라마에 나오는 방처럼 섬뜩할 정도로 전문가의 손길이 느껴졌다. 기숙사 방에는 대개 셰이드를 설치했지만 콘치타의 방에는 레이스 달린 핑크색 커튼이 달려 있었다. 기존 밤색 카펫 위 여기저기 깔아놓은 하늘색 러그, 에펠탑 포스터, 흰색 무늬목으로 테를 두른 하트 모양의 거울도 있었다. 낮은 흰색 플라스틱 탁자 위에는 커다란 사탕 접시와 분홍색과 파란색 조화가 꽂힌 꽃병이 놓여 있었다. 방 양쪽에는 흰색 빈백(플라스틱 재질의 콩처럼 생긴 충전물을 넣어서 쿠션이나 소파로 사용하는 것-옮긴이)이 하나씩 있었다. 흰색이 많은 게 인상적이었다. 우리 엄마는 흰 물건을 절대 사지 않았다. 열두 살이 될 때까지 거의 매년 부활절마다 흰 가죽 구두를 사달라고 졸랐지만 엄마는 매번 "흰 구두는 때가 잘 타서 손이 많이 간다니까" 하며 들어주지 않았다. 침대 위에는 콘치타의 이름이 분홍색 네온으로 걸려 있었다. 대낮에, 그것도 빈방에, 반짝이는 분홍색 네온을 보니 왠지 우울했다. 옷장 위에 놓인 스테레오 역시 무척 큰 데다 분홍색이었다. 그러나 콘치타의 방에서 가장 놀라운 건 인테리어가 아니라 크기였다. 그녀의 방은 분명 1인실이 아니었다. 침대가 한 개일 뿐 2인실이었다.

"아무 데나 앉아."

콘치타가 말했고, 나는 빈백에 앉았다.

"배고프니? 먹을 거 있는데."

"괜찮아."

콘치타는 내 말을 무시하고 발꿈치를 들어 옷장 선반에서 무언가를 꺼냈다. 커다란 바구니였다. 그 안에는 뜯지도 않은 포테이토칩과 해바라기씨, 땅콩, 초콜릿칩 쿠키, 크래커, 코코아 분말이 들어 있었다. 바구니 안에 담긴 과자의 배열마저 몹시 전문적으로 느껴졌다. 나는 초대받은 사람이 하나도 오지 않은 잠옷 파티에 혼자 온 것 같은 기분이 들었다.

"캐러멜이나 하나 먹을게. 어쨌든 고마워."

내가 탁자 위를 가리키며 말했다. 콘치타가 바구니를 제자리에 올려놓는 동안 나는 캐러멜을 하나 집었다. 캐러멜 포장지에는 뽀얗게 먼지가 앉아 있었다.

"할 일이 좀 있는데, 비밀 지켜줄 거지?"

콘치타가 말했다.

"그럼."

나는 당연하다는 듯 말했다. 콘치타는 이불을 들추더니 전화기를 꺼냈다.

"방 안에 전화가 있는 줄은 몰랐네."

내가 생각했던 비밀은 아니었다. 내가 좋아하는 비밀은 대부분 사람에 관한 것이었다.

"따로 설치했어. 플레처 학장하고 파나셋 사감이 허락했거든. 하지만 다른 애들한텐 비밀이야. 엄마가 한밤중에 천식 발작이 있을 수도 있다고 해서 허락을 받아냈어."

"하지만 천식 발작이 오면 전화를 사용할 수 없잖아?"

"911에 전화하면 돼."

콘치타는 잠시 생각하다가 다시 말을 이었다.

"실은 우리 엄마가 날 좀 과잉보호하는 편이야. 내가 여기 처음 왔을 때 엄마가 전화를 했는데, 그때마다 통화 중이거나 아무도 전화를 안 받더래. 메시지도 남길 수가 없고. 그건 그렇고, 좀 있다가 음악 틀어줄게. 얼른 전화부터 하고."

콘치타가 전화를 걸었고, 잠시 후 "홀라, 마마!"라고 말했다. 스페인어를 배우고는 있지만 나는 내 이름말고는 아무것도 알아들을 수가 없었다. 사실 이름마저도 확실치는 않았다. 나는 이 방을 꾸미는 데 돈이 얼마나 들었을지 궁금했다. 어쩌면 문화적인 차이일 수도 있다고 생각했다. 콘치타의 부모님이 엄청난 부자가 아니더라도 눈에 보이는 것에 돈을 쏟아붓는 사람들일 수도 있다. 얼마 전에 '낀세아녜라(15세 생일날 성숙한 여인이 되었음을 축하하는 라틴 문화권 소녀들의 성인식-옮긴이)'에 관한 기사를 읽은 적이 있었다. 열다섯 살이 되면 콘치타 역시 낀세아녜라를 할 것이다. 어쩌면 나도 초대받을지도 모른다. 보나마나 멋진 파티일 거고, 얼트에서 멀리 떨어진 곳에서 열릴 테니 당연히 갈 것이다. 생일 선물과 크리스마스 선물을 겸해서 부모님께 비행기 티켓을 사달라고 부탁할 수도 있을 것이다.

콘치타가 전화를 끊었다.

"엄마하고 매일 통화해?"

"음, 적어도 하루에 한 번은. 나하고 떨어져 지내는 게 많이 힘드신가 봐."

나는 일요일마다 엄마와 통화를 했다. 그때가 비교적 통화료가 싸기 때문이다. 그것마저도 길게 할 수는 없었다. 내가 전화할 때마다 엄마는 저녁을 준비하거나 동생들을 재우느라 바빴다. 어쩔 때는 전화를 끊고 나서도, 심지어 밖에 줄을 서서 기다리는 애들이 있는데도 불구하고 나는 전화 부스 안에 잠시 앉아 있다 나왔다. 나는 부모님이 내가 기숙학교에 가는 것을 얼마나 원치 않으셨는지, 내가 떠나던 날 남동생들이 얼마나 많이 울었는지를 떠올렸다. 그리고 가족들이 내가 없는 생활에 얼마나 빨리 적응하고 있는지를 생각했다. 모두 나를 보고 싶어한다는 건 알고 있었지만 이제 가족들은 내가 그들과 함께 살지 않는다는 걸 나보다 더 쉽게 받아들이는 것 같았다.

콘치타가 스테레오 쪽으로 갔다.

"자, 약속한 대로… 신사 숙녀 여러분! 밥 딜런을 소개합니다!"

기타 소리가 들렸고, 콘치타는 소리를 키웠다. 깊고 부드러운 목소리의 노래가 흘러나왔다. 내 기대와는 사뭇 달랐다. 훨씬 더 부드럽고 비음이 섞인 목소리였다. 더 놀라운 건, 나에게도 그 음악은 애무용 음악처럼 들렸다는 것이다. 어쩌면 섹스용 음악인 것 같기도 했다. 밥 딜런은, 더러운 옷을 입었지만 손이 깨끗한 남자에 관한 노래를 부르고 있었다. 그남자는 침대 위에 앉아 있는 여인이 세상에 태어나서 자기가 본 것 중 가장 아름다운 존재라고 노래했다.

"노래 좋다."

내가 말했다. 콘치타가 소리를 줄였다.

"뭐?"

"좋다고."

"나도."

콘치타는 다시 소리를 키웠다.

'왜 새로운 세상이 시작되기를 기다리나요? 왜 사랑하는 사람을 찾고 있나요? 이렇게 당신 앞에 있는데…'

딜런이 노래하고 있었다. 창밖을 보니 햇살은 오후의 화사함에서 황혼의 고요함으로 변해가고 있었다. 하루 중 가장 서글픈 시간이었다. 이렇게 살 수는 없다는 생각이 가장 강렬하게 밀려드는 시간이었다. 그런데 음악이 나의 슬픔을 달래주었다. 내가 노래 속으로 탈출할 수 있었으면, 그래서 더러운 남자가 수줍게 다가올 때 하얀 시트를 덮고 침대에 누워 있었으면. 남자를 사랑할 수도 있을 텐데. 그는 플란넬 셔츠를 입고 있을 것이다. 나는 두 팔로 그를 끌어안을 것이다. 그의 체온이 느껴질 것이다.

그때 노래가 끝났다. 고개를 들어 콘치타와 눈을 마주치고 싶지 않았다. 하지만 콘치타와 한방에 있는 게 싫은 건 아니었다.

"이것도 좋아. 〈서브터레니언 홈씨크 블루스Subterranean Homesick Blues〉라는 곡이야."

고향이라는 말에 기대를 했지만 그저 듣기 편안한 곡이었다. 정치적인 느낌이 짙은 가사였다. 나는 그리움을 노래한 곡을 듣고 싶었다. 콘치타는 시디를 바꾸어가며 몇 곡을 더 틀었다. 때로는 중간에 노래를 중단하기도 했다. 결국 가장 내 마음에 든 곡은 〈레이 레이디 레이Lay Lady Lay〉라는 첫 번째 곡이었다.

방에서 나올 때 콘치타는 내게 시디를 빌려주겠다고 했다.

"아니야. 됐어."

"가져가도 된다니까."

콘치타가 말했다.

"시디 플레이어도 없는데, 뭐."

내가 말했다.

"네 룸메이트도 없어? 디드하고 신준 맞지?"

콘치타는 내 뒷조사를 제대로 한 것 같았다.

"디드한테 스테레오가 있긴 한데, 나하고 별로 안 친해."

"시내에 나가서 저녁 먹을래? 오늘 저녁 교내 식당 메뉴는 넙치 요리라는데. 바쁘지 않으면 같이 나가자."

방문 손잡이를 돌리려는 순간 콘치타가 물었다. 정찬회가 아니면 외출을 해도 상관없었지만 나는 한 번도 밖으로 나가본 적이 없었다. 주말에 시내에 나간 건 신준의 자전거를 빌려서 치약과 크래커를 사러 가게에 갔을 때 한 번뿐이었다.

"피자 먹을까? 아니면 중국 음식점에 가든지."

콘치타가 말했다. 나는 피자집에도 중국 음식점에도 가본 적이 없었다. 외출을 하지 않고 오랜 시간을 보내다 보니 나는 어느새 외출을 하려면 누군가 나를 초대해야 한다고 생각하고 있었다. 그런 곳은 다른 아이들한테나 어울리는 장소였다. 3학년이나 졸업반, 아니면 부유한 아이들, 또 친구가 있는 애들한테나 어울렸다. 그런데 지금 나는 초대를 받은 것이다. 콘치타는 날 좋아했다. 그리고 다정했다. 내가 콘치타의 초대를 받아들이면 나도 다른 애들이 하는 일들을 할 수 있을 것 같았다.

"피자 먹으러 가자. 자전거 가지고 올게."

내가 말했다.

"잠깐만!"

콘치타의 말에 내가 돌아보았다.

"난 자전거 없는데."

"나도 없어. 신준한테 빌리려고."

콘치타는 머뭇거렸다.

"그게 아니라, 난 자전거 탈 줄 몰라."

나는 멍하니 콘치타를 바라보았다.

"걸어서 가봤는데 그렇게 멀지 않아."

콘치타가 말했다. 우리는 함께 기숙사 밖으로 나와 학교 정문을 지나 2차선 도로를 따라 걸었다.

"정말 한 번도 안 타봤어?"

내가 물었다. 나는 내가 얼마나 놀랐는지 콘치타가 눈치채지 못했기를 바랐다. 다섯 살 이후로 나는 친구 중에 자전거를 못 타는 아이를 본 적이 없었다.

"어쩌다 보니 그렇게 됐어."

"어렸을 때 동네 애들이 자전거 타고 다니지 않았어?"

"다른 애들이 어떻게 노는지 난 잘 몰랐어."

나는 내가 살던 동네를 생각했다. 여덟 살부터 열두 살 사이의 아이들은 늘 자전거를 타고 다녔고 나 역시 그랬다. 공원에서 자전거를 타고 돌아다니다 보면 어느새 어둑어둑해졌다. 거리에 가로등이 켜지고 매미 소리가 커지기 시작할 때면 얼굴에 먼지를 잔뜩 뒤집어쓴 채 땀을 뻘뻘 흘리며 집을 향해 페달을 밟곤 했다.

"자전거 배우고 싶어?"

내가 물었다.

"별로 생각해본 적 없는데."

잠시 침묵이 흘렀다.

"내가 가르쳐줄 수 있어. 적어도 시도는 해볼 수 있어?"

콘치타는 바로 대답하지 않았지만 얼굴에 행복한 긴장이 감도는 것을 느낄 수 있었다. 나란히 걷고 있었기 때문에 얼굴은 볼 수 없었지만 미소를 짓고 있다는 걸 알 수 있었다.

"너무 늦은 거 아닐까?"

콘치타가 말했다.

"늦긴 뭐가 늦어. 일단 배우고 나면 이렇게 쉬운 걸 왜 못했을까 생각할걸. 며칠이면 될 거야."

나는 콘치타가 다른 아이들이 보는 것을 원치 않을 거라고 생각했다.

"양호실 뒤에서 연습하자. 아침 예배 전에."

내가 말했다.

내 첫 번째 암살 표적은 데빈 빌링거였다. 특별히 내 관심을 끈 적이 없는 같은 학년 남자애였다. 우편함에는 내 이름과 표적의 이름이 적힌 종이에 동그란 오렌지색 스티커가 클립으로 고정되어 있었다. 아이들 모두 소란을 피우며 자신의 표적이 누군지 확인하고 있었다. 6교시가 시작되기 직전이었다. 나는 우편물실을 나와서 곧바로 식당으로 향했다. 그런데 지하에서 1층으로 가는 계단에서 놀랍게도 데빈과 정면으로 마주쳤다. 데빈도 나처럼 혼자였다. 우리는 눈이 마주쳤지만 인사를 하지는 않았다. 그가 돌아서서 계단으로 올라갔다.

내 손에는 종이와 스티커가 있었다. 나는 왼손 엄지와 검지로 스티커를 떼어낸 뒤 재빨리 손가락 끝에 붙였다. 그때부터 내 손은 떨리기 시작했다.

"데빈!"

내가 부르자 몇 칸을 올라가던 그가 뒤를 돌아보았다. 나는 아무 말도 하지 않고 그에게 다가갔다. 마침내 그와 같은 칸에 서 있게 되었을 때 나는 그의 왼팔 윗부분에 스티커를 붙였다.

"넌 죽었어."

나는 그렇게 말하며 웃지 않으려고 입술을 깨물었다. 그는 마치 내가 침을 뱉기라도 한 듯 자신의 팔을 들여다보았다.

"젠장! 뭐야, 이거!"

"암살 게임. 네가 내 표적이야."

"아직 시작도 안 했잖아!"

"시작했어."

나는 손목시계를 그의 눈앞에 내밀었다. 1시 10분이었다.

"말도 안 돼!"

그 목소리에는 짜증 이상의 감정이 담겨 있었다. 감정을 헤아릴 만큼 그 아이를 잘 알지는 못했지만 몹시 화가 난 게 분명했다. 데빈은 날 쏘아보다가 계단을 올라가려는 듯 돌아섰다.

"잠깐만. 네 암살 표적을 나한테 넘겨야지."

"내 맘이야!"

우리는 서로를 바라보았고, 나는 소리 내어 웃었다. 이론적으로 데빈 빌링거를 화나게 했다면 마음이 무척 불편해야 했다. 그는 소위 '금융계'로 통하는 우리 반 예닐곱 명 중의 한 명이었다. 그 아이들은 대부분 뉴욕 출신으로 아빠가 투자가나 금융 브로커, 혹은 돈과 관련된 일을 하고 있었다. 나에겐 전혀 낯선 분야였다. 사실 소위 '금융계' 아이들 모두가 뉴욕 출신이거나 아빠가 금융업에 종사하는 건 아니었다. 하지만 모두 다 그런 인상을 주었다. 그러나 나는 데빈의 분노가 두렵다기보다는 우스웠다. 그는 놀다가 삐친 여섯 살짜리 남자애 같았다.

"너 반칙하려고?"

내가 물었다.

"뭘 그렇게 유난을 떠냐? 이건 그냥 게임일 뿐인데."

"난 정해진 규칙대로 게임을 할 뿐이고."

데빈은 나를 쏘아보더니 고개를 흔들었다. 그리고 주머니에서 구겨진 종이를 꺼내 앞으로 내밀었다.

"이제 됐냐?"

"응. 고마워."

다음 날 아침 콘치타의 첫 번째 자전거 강습이 있었다. 우리가 만나기로 약속한 시간이 되자 먹구름이 하늘을 덮었고, 멀리서 천둥소리가 울려 퍼졌다. 나는 콘치타가 나오지 않을까 봐 걱정이 되었다. 콘치타는 왠지 날씨를 핑계로 쉽게 계획을 바꿀 아이 같았다. 그러나 내가 양호실 뒤에 도착했을 때 콘치타는 벌써 나와서 기다리고 있었다. 콘치타는 투명한 분홍색 우비에 같은 색 모자를 쓰고 있었다. 투명한 분홍색이라는 것만 빼면 낚시꾼에게나 어울릴 법한 복장이었다.

신준의 자전거를 빌려 타고 간 나는 천천히 속도를 줄여 콘치타 앞에 세운 다음 자전거에서 내렸다.

"앉는 것부터 시작하자."

그녀가 한쪽 다리를 들어 자전거 안장을 넘었다.

"이제 앉아봐."

내가 말했다. 콘치타는 천천히 앉았다.

"발을 페달 위에 올려놔."

"잡아줄 거지?"

"그럼. 걱정 마."

나는 짐받이를 잡고 있던 손을 움직여 한 손으로는 가로대를, 다른 한 손으로는 안장 뒷부분을 잡았다.

"이렇게 하면 훨씬 덜 흔들리지?"

콘치타는 오른쪽 발을 들어 페달 위에 올려놓고 왼쪽 발도 들었다. 그러나 페달에 달려 있는 발 고리를 놓치는 바람에 페달은 몇 번 헛바퀴를 돌았다.

"미안!"

콘치타가 말했다.

"다시 한 번 해봐."

두 번째에는 성공적으로 발을 끼웠다.

"됐어. 이제 페달을 밟아봐. 허벅지 근육을 사용해야 할 거야."

콘치타가 페달을 밟았다. 오른쪽 페달이 내려가고, 왼쪽 페달이 올라왔다. 자전거는 움직이지 않았다.

"계속 해봐. 그러면 자전거가 앞으로 나가는 거야."

콘치타는 다시 페달을 굴렀다. 동작이 조금 서툴긴 했지만 자전거는 움직이기 시작했다. 나는 자전거를 따라 뛰었다.

"한쪽으로 기우는 것 같아."

콘치타가 말했다.

"실제로 기울고 있어. 속도를 내면 더 안정적으로 달릴 수 있어."

"이거 신준 거 맞지? 너 디드보다는 신준하고 친하구나? 디드의 스테레오는 빌리기 싫다고 하더니."

"신준은 좀더 느긋한 편이야. 디드도 나쁜 앤 아닌데 좀 까탈스러워."

"디드의 문제는 애스패드 몽고메리가 되고 싶어한단 거야."

콘치타의 지적은 날카로웠다. 콘치타의 말투는 디드를 잘 아는 것처럼 들렸고, 나는 그게 이상했다. 내가 알기로 두 사람은 대화를 나눈 적이 없었다.

"디드하고 애스패드가 내년에 룸메이트가 될 거 같니?"

콘치타가 물었다. 룸메이트 신청서는 5월 말까지 접수하게 되어 있지만, 봄방학이 끝난 직후부터 방 배정 문제는 항상 중요한 화제로 등장했다.

"아닐걸."

내가 말했다. 디드는 그렇게 되길 간절히 원하겠지만 애스패드가 동의할 것 같지 않았다.

"애스패드하고 같은 방을 쓰고 싶어하다니…. 애스패드가 얼마나 심술궂은 앤데."

"애스패드를 잘 알아?"

"아주 잘 알지."

하지만 그럴 리가 없었다. 애스패드는 우리 기숙사에 있었다. 콘치타가 애스패드와 같은 운동팀에 속해 있고, 같은 수업을 듣는다고 해도 그녀는 늘 디드 같은 추종자들에게 둘러싸여 있었다.

나는 애스패드의 밝은색 긴 머리와 옷차림을 생각했다. 봄이었기 때문에 애스패드는 파스텔 톤 셔츠에 카키색 스커트를 입고, 흰색이나 남색 끈이 달린 샌들을 신고 다녔다. 가무잡잡하고 매끈한 다리와 콧등에 난 주근깨는 마치 오후 내내 테니스를 친 것 같은 분위기를 자아냈다. 애스패드를 생각하면서 나는 콘치타의 반짝이는 분홍색 우비와 모자, 짙고 풍성한 머리카락을 바라보았다.

"너희 둘이 친한 줄은 몰랐어."

내가 말했다.

"난 태어나면서부터 지금까지 줄곧 애스패드를 봐왔어. 애스패드 아빠가 우리 아빠하고 같은 직장에서 일했거든. 유치원 때부터 항상 같이 다녔어."

"그래서 지금도 친해?"

콘치타가 고개를 돌려 나를 보았다. 조금 놀란 것 같은 표정이었다.

"그럼! 우리가 붙어 다니는 거 못 봤니?"

콘치타는 이렇게 말하고는 조금 뒤 다시 말을 이었다.

"리, 계속 그렇게 아무것도 모르는 척할 거야? 애스패드와 난 어렸을 때 친구였어. 하지만 애스패드가 인기가 많아진 5학년 이후 나하고 말을 안 해."

콘치타는 덤덤하게 말했다. 화가 난 것 같지는 않았다. 콘치타는 아웃사이더로서의 자기 위치를 받아들인 것 같았다. 어쩌면 얼트에 오기 전부터 그랬는지도 모른다. 언젠가는 모든 것이 달라져서 모두에게 사랑받게 되리라는 희망을 버리지 않고 있는 나와는 달랐다.

"신준은 어때? 너하고 신준은 계속 같은 방을 쓸 것 같아?"

"어쩌면."

신준은 뚱뚱한 클라라 오할라한과 한방을 쓰게 될 가능성이 높았다. 어쩌면 그들과 함께 3인실을 쓸 수도 있을 것이다. 1인실보다는 그 편이 낫겠지만 훨씬 더 나은 건 아니었다. 디드가 애스패드와 한방을 쓰게 되면 인기 있는 애의 친한 친구로 이미지가 굳어지는 것처럼 신준, 클라라와 한방을 쓰게 되면 나는 온순하고, 따분하고, 별 볼일 없는 애들 중 한 명으로 이미지를 굳히게 될 것이다.

우리는 어느덧 양호실에서 꽤 멀어져 있었다.

"여기서 돌아가자."

내가 말했다.

"이렇게 몇 번 왔다 갔다 해보는 거야."

수요일, 데빈을 죽이고 나서 나는 세이지 크리스텐슨도 죽였다. 세이지는 라크로스팀이고 2학년이었다. 저녁에는 4학년 앨리 레이를 죽였다. 두 사람 모두 내가 스티커를 붙인 순간 비명을 질렀지만 담담하게 받아들였다.

"난 게임에는 정말 꽝이야."

앨리가 자신의 스티커와 표적을 내게 넘겨주며 말했다. 반면 아무리 생각해도 나는 암살 게임에 소질이 있는 것 같았다. 이러다가 우승을 하는 건 아닌지 걱정될 정도였다. 만약 내가 모두를 깜짝 놀라게 한다면? 이 게임에 열을 올리는 남자애들이 자기들끼리 서로 죽이는 데 정신이 팔려 내 존재를 까맣게 잊고 있다가 결국 나만이 마지막까지 살아남는다면? 보통 때 같으면 남의 눈에 띄지 않으려 애쓰고, 다른 사람을 관찰하기 좋아하는 게 나의 단점이었지만 게임에는 오히려 도움이 되었다. 어쩌면 가족들과 하트 게임을 할 때 종종 그랬던 것처럼 이미 나의 우승은 예정된 수순인지도 모른다.

암살왕이 되지 못한다 하더라도 나는 이 게임이 교실과 식당에 긴장을 감돌게 한다는 게 마음에 들었다. 자신의 암살 표적을 떠들고 다니는 애들도 있었고, 은밀히 임무를 수행하는 애들도 있었다. 학년에 따라 분위기도 달랐다. 2학년들은 게임에 참가하는 모든 학생이 연결된, 가계도를 연상시키는 커다란 표를 만들었다. 물론 표를 만들었다 해도 그 상태가 계속 유지되지는 않았다. 매 시간 상황이 달라졌기 때문이다. 사무처장인 벨 선생님이 학생들의 수업 시간표를 4학년인 먼디 케플러와 알버트 슈만에게 알려주었다는 소식이 전해지자, 학생들이 벨 선생님에게 일제히 몰려든 일도 있었다. 결국 모두 거절당했지만. 아침 식사 시간에 줄을 서서 기다리는 동안 나는 아이들이 게임이 시작된 뒤 24시간 만에 반 이상이 죽었다고 말하는 걸 들었다. 놀라운 일도 아니었다. 디드와 신준도 전날 저녁에 이미 죽었다. 식당에서 베이글을 굽고 있을 때 애스패드와 크로스 슈가맨이 이야기를 나누는 모습이 보였다.

"게임에 대해 한마디만 더 하면 소리지를 거야."

애스패드가 크로스에게 말했다.

"네가 벌써 죽었다고 그렇게 말하면 안 되지. 어쨌든 게임은 게임이니까."

크로스가 말했다. 크로스가 가까이 있음을 의식하면서 나는 바닥만 쳐다보았다. 콘치타와 밖에 있다가 왔기 때문에 땀이 난 데다 차림새도 후줄근했다.

"그래서가 아니라 너무 유치해서 그래. 안 그래도 유치한 일이라면 이 학교에 얼마든지 있잖아?"

"정말 그게 이유인거 맞지?"

크로스가 말했다. 그들은 내가 있는 곳에서 몇 미터 떨어진 곳에 서 있었다. 그들이 굽고 있던 베이글이 토스터 앞으로 미끄러져 나왔고, 두 사람은 베이글을 들고 자리로 향했다. 크로스는 아직 살아 있는 것 같았다. 그 순간, 나에게 한 가지 목표가 생겼다. 만약 내가 계속 살아남는다면 결국 그에게 연결될 것이다. 그가 나에게 온다면 더 바랄 나위가 없었다. 크로스가 내 이름이 적힌 쪽지를 들고 온 학교를 헤매고 다니다가 내 몸에 스티커를 붙일 수도 있다는 상상은 희망적이다 못해 두렵기까지 했다. 그렇게만 된다면 한 달 전 함께 택시를 탄 이후, 처음으로 크로스와 다시 이야기를 나누게 될 것이다. 그리고 크로스는 비로소 내 존재를 인정하게 될 것이다.

목표가 생기자 모든 게 한결 분명해졌다. 예배당으로 걸어가면서 나는 비로소 목표 의식을 갖는다는 게 어떤 것인지 알게 되었다. 나는 맥그레이스 밀스를 죽이러 가는 길이었다. 그는 달라스 출신의 3학년생이었고, 나는 앨리 레이에게서 그의 이름을 받았다.

전날 밤 나는 예배가 끝난 직후 어수선한 틈을 노려야 한다는 결론을 내렸다. 나는 일찍 아침을 먹은 다음 콘치타를 만나지 않고 곧바로 예배당으로 가서 뒤쪽에 자리를 잡았다. 평상시에는 주로 앞자리에 앉았지만, 게으른 3학년이나 4학년 남학생들은 뒤쪽에 앉아 숙제를 했다. 주변의 자리가 채워지기 시작했다. 나는 계속 맥그레이스를 찾았다. 7시 58분쯤 그가 내 자리에서 두 줄 앞에 앉았다. 화학을 가르치는 코커 선생님이 어린 시절 할아버지와 함께 위스콘신으로 낚시 여행을 갔다가 인내심을 배우게 되었다는 이야기를 하고 있을 때에도 나는 맥그레이스의 뒤통수만 바라보고 있었다.

마지막 찬송이 끝나면 바로 나가도 되지만 평상시에 나는 찬송가가 끝난 뒤에도 한참을 앉아 있곤 했다. 그러나 오늘은 마지막 소절이 채 끝나기도 전에 맥그레이스를 쫓아 문 쪽으로 달려나갔다. 입구는 나가려는 아이들로 북적였다. 평소에 앉아서 기다렸다가 나오는 것도 이런 북적임이 싫어서였다. 아이들은 서로 밀치며 농담을 주고받았다. 파커 파렐이 "둘리, 뒤를 봐!" 하고 소리쳤고, 또 다른 남자애가 "내 암살 방해하지 마!"라고 소리쳤다.

맥그레이스와 나 사이에는 두 명이 있었다. 나는 한 명을 밀쳐내고 또 한 명을 밀쳐낸 다음 오른손을 주머니에 넣고 안에서 스티커를 떼어냈다. 예배당 입구에 섰을 때 맥그레이스는 불과 몇 센티미터 앞에 있었다. 그가 입고 있는 빨간색 폴로 셔츠의 짜임을 가까이 들여다보고 있자니 마치 얼굴의 모공을 들여다보는 것 같은 기분이 들었다.

나는 주머니에서 손을 꺼내 그의 등 아래쪽에 스티커를 붙였다. 그때 그의 왼쪽에 서 있던 3학년생 맥스 코베이가 "내가 봤어! 신입생 아가씨, 이름이 뭔지 모르겠지만 넌 걸렸어. 맥그레이스, 네 등 좀 봐!" 하고 소리쳤다. 나는 그의 등에서 채 손을 거두지도 못한 상태였다.

맥그레이스가 맥스를 돌아보자 맥스가 나를 가리켰다.

"얘가 지금 널 죽이려고 했어!"

맥스가 말했다. 맥그레이스가 돌아섰고, 나는 얼굴이 새빨개진 채로 땅만 바라보았다. 흘긋 쳐다보니 맥그레이스가 날 보며 웃고 있었다.

"너야?"

아이들의 무리는 계속 앞으로 움직였고, 어느덧 우리 셋은 예배당 밖으로 나와 있었다.

"넌 걸렸어."

나보다 조금 큰 맥그레이스는 손가락으로 나를 가리키며 큰 소리로 말했다. 그러나 데빈처럼 화가 난 것 같지는 않았다. 오히려 재미있어 하는 것 같았다. 맥스와 맥그레이스의 친구인 다른 3학년생들이 모여들었다.

"이름이 뭐야?"

맥그레이스가 말했다. 비음이 약간 섞인 남부 억양이었다. 그는 셔츠에 붙은 오렌지색 스티커를 가운뎃손가락으로 떼어냈다.

"리예요."

"뒤에서 날 죽이려고 했니, 리?"

나는 주위를 흘긋 둘러본 뒤 다시 맥그레이스를 바라보았다.

"그런 셈이에요."

내가 말했고, 모두 웃었다.

"내가 분명히 말하는데 죽이려고 시도하는 건 괜찮아. 하지만 죽이는 건 잘못이야. 알겠어?"

"걔한테 말해!"

남자애들 중 한 명이 말했다. 맥그레이스는 스티커를 붙인 오른손을 들었다.

"시도, 괜찮아!"

이번에는 왼손을 들고 고개를 저었다.

"성공, 잘못! 아주아주 잘못!"

"기억하도록 노력할게요."

내가 말했다.

"이런… 화가 단단히 났나 본데!"

맥스가 말했다. 나는 벌써 그와 맥그레이스에게 호감을 느끼고 있었다.

"좋아. 리, 내가 지켜보겠어!"

맥그레이스가 돌아서며 말했다.

"나도!"

다른 학생들 중 한 명이 덧붙였다. 그는 자기 눈에 망원경을 갖다 대는 시늉을 한 뒤, 웃음을 머금고 다른 친구들과 함께 돌아섰다.

사이먼 톰워스 알라드, 뉴햄프셔 하노버 출신.

그날 오후 학교 앨범을 뒤져서 나는 그의 이름을 확인했다.

그날 밤, 저녁을 먹고 나서 콘치타를 만나러 신준의 자전거를 끌고 가는데 어깨 너머로 에드문도 살다나가 쫓아오는 게 보였다. 살다나는 말수가 적은 신입생으로, 나는 한 번도 그와 얘기를 나누어본 적이 없었다. 몇몇 아이들이 나보다 앞서 식당을 나갔지만 주위에는 에드문도와 나 둘뿐이었다. 나는 그에게서 3미터 정도 떨어져 있었다.

"날 죽이려고?"

내가 물었다.

그는 알 듯 모를 듯한 미소를 지었다. 내 심장이 빠르게 뛰었다.

"소리지를 거야. 그럼 아이들이 돌아보겠지."

나는 앞을 가리키며 말했다. 사실 괜히 해보는 말이었다. 소리를 지르지는 않을 것이다. 그런 행동은 지나친 호들갑이었다. 하지만 그럴 수 있을 것도 같았다. 어떻게든 살아남고 싶었기 때문이었다.

"한심한 게임이야."

에드문도가 말했다. 그는 우물거리며 말했지만 나는 귀를 기울였다.

"나도 이런 거 별로 좋아하진 않아."

"너 정말 날 죽일 생각이었구나?"

내 예감이 맞았다니 믿을 수가 없었다. 그에게 물어보는 순간, 그가 그저 도서관으로 가려는 것일 수도 있다는 생각이 들었다.

"아무래도 상관없어. 네가 살고 싶으면 안 죽일 테니까 걱정 마. 이런 게임을 도대체 왜 하는지 모르겠다."

에드문도는 나와 눈을 맞추지 못했다. 나는 그가 날 속이려고 연기를 하는 건지도 모른다는 생각이 들었다. 게임에 관심 없는 척하면서 슬쩍 다가와 갑자기 달려들 수도 있었다. 나는 그동안 내가 보았던 에드문도 의 모습들을 떠올려보았다. 그는 피닉스 출신으로 장학생인 게 거의 확실했다. 그는 보스턴 출신의 여드름쟁이 룸메이트와 함께 하루 종일 방에 틀어박혀 지냈다. 에드문도는 원래 수줍음이 많은 데다가 어떻게 시선을 피해야 하는지 잘 모르는 아이 같았다. 그는 나보다 더 소심해 보였다.

"상관없다고? 날 살려줄 거야? 그럼 좀 돌아서 줄래? 아니면 그 자리에 가만히 있던가? 난 가던 길 갈 테니까."

내가 말했다.

"좋을 대로."

나는 콘치타를 만나 조금 전 일을 이야기했다.

"에드문도가 널 죽이려 했다고? 에드문도 살다나 말이야?"

콘치타가 물었다.

"응. 왜?"

내가 자전거를 잡아주자, 콘치타가 자전거에 올라타 페달을 밟기 시작했다. 딱 한 번 연습했을 뿐인데도 상당한 진전이 있었다.

"그냥. 에드문도하고 난 같이 소수학생연합에 속해 있거든."

소수학생연합에 대해 내가 알고 있는 것이라고는 매주 일요일 밤에 모인다는 게 전부였다.

"혹시 너, 걔 짝사랑하는 건 아니니?"

내가 물었다.

"에드문도? 진심이야?"

"걔 이름을 말하는 순간 좀 흥분했잖아."

"난 짝사랑 같은 거 안 해. 왜 그래야 하는데?"

대답하기 곤란한 질문이었다. 그렇다면 왜 인간으로 살아야 할까? 또 숨은 왜 쉬어야 할까?

"너야말로 누구 좋아하는 거 아냐?"

콘치타가 나를 돌아보았고 그 바람에 그녀의 팔도 왼쪽으로 기울었다. 자전거가 왼쪽으로 기우뚱했다. 콘치타는 얼른 앞을 바라보았다.

"누구야? 아무한테도 말 안 할게. 약속해."

"남자애들을 좋아하는 게 허망하다고 생각하는 애한텐 말하기 싫어."

내가 대답했다. 사실 나는 크로스 얘기를 누구에게도 한 적이 없었다. 깜짝 휴일 이후로 그의 이름을 말한 적도 없었다. 그러나 크로스 생각을 너무 많이 한 나머지, 실제로 그가 돌아다니거나 친구와 이야기하는 모습을 보게 되면 오히려 이상하다는 생각이 들 정도였다. 쟤가 내가 항상 생각하는 그 크로스가 맞나, 하는 생각마저 들었다.

크로스 얘기를 한 번도 하지 않은 건 그의 특별함을 간직하고 싶어서이기도 했지만 한편으로는 궁금해하는 사람이 없었기 때문이기도 했다.

"아무한테도 말하지 마. 절대로."

내가 말했다.

"날 믿는 줄 알았는데, 아니었어?"

상처받은 듯한 표정으로 콘치타가 말했다.

"크로스야. 깜짝 휴일에…."

"크로스? 너 크로스 좋아해?"

"콘치타, 내 얘기 들을 거야, 말 거야?"

"미안!"

"깜짝 휴일에, 어쩌다 보니 크로스하고 같이…. 근데 크로스를 좋아하는 게 어때서? 넌 크로스가 어떤 앤지 알기나 해?"

문득 내 말투가 누군가와 닮았다는 생각이 들었다. 그 누군가가 디드라는 사실을 깨닫기까지 오래 걸리진 않았다.

"크로스하고 수학을 같이 들어. 괜찮긴 한데, 나는 네가 다른 타입을 좋아할 줄 알았어. 예를 들면 이안 슐만 같은."

"난 이안 슐만이 누군지도 몰라."

"2학년인데, 그림 솜씨가 대단해. 연재만화 같은 걸 그린대. 검은색 운동화 신고 다니고."

"네가 좋아하는 거 아니야?"

"그럴 시간이 어디 있어? 난 에드문도하고 열애 중이라며."

나는 웃지 않을 수 없었다.

"계속해봐. 깜짝 휴일에 무슨 일이 있었는데?"

나는 쇼핑몰에서 있었던 일과 택시 안에서 그가 내 머리카락을 쓸어내린 일에 대해 이야기했다.

"키스했어?"

콘치타가 물었다.

"존하고 마틴이 같이 있었다니까."

내가 말했다. 마치 그들이 있어서 키스를 할 수 없었다는 얘기처럼 들렸다. 사람들이 다른 사람에게 자기 이야기를 하고 싶어하는 이유는 이야기를 하면서 가능성을 최대한 확대시킬 수 있기 때문이 아닐까.

"잠깐. 걔 여자친구 있잖아."

"나하고 바람피운 것도 아닌데 뭐."

우리는 자전거의 방향을 돌렸다. 나는 콘치타와 내가 몇 번 왕복을 했는지 세던 것을 잊어버렸다. 콘치타는 이제 날 보면서도 자전거가 한쪽으로 기울지 않게 중심을 잡을 수 있었다.

"키스를 했다면 모를까, 옆자리에 앉은 게 잘못은 아니잖아?"

내가 말했다.

"하지만 네가 소피 트룰러였다면 그렇게 생각했겠어?"

콘치타는 자전거를 완전히 돌려 북쪽을 향했다.

"자, 페달 밟아."

사실 나는 소피 생각은 거의 하지 않았다. 소피는 예뻤고, 2학년이었다. 크로스가 소피의 남자친구인 건 사실일 수도 있지만 나한테 중요한 만큼 소피에게도 크로스가 중요하란 법은 없다. 크로스와 헤어진다고 해도 소피는 일주일 내로 다른 남자를 사귈 게 분명했다. 그러나 나는 그들이 헤어져 크로스가 혼자가 되는 걸 원치 않았다. 그렇게 되면 다른 모든 여자애들이 그를 넘볼 테고, 예배 시간에 그와 가까이 앉는 여자애들이나, 그가 얘기할 때 들려오는 웃음소리까지도 신경 써야 할 것이다. 내가 크로스에게 접근할 수 없다면, 다른 여자애들도 마찬가지였다.

"소피는 신경 안 써. 중요한 건 암살 게임에서 크로스가 내 표적이 되거나 내가 크로스의 표적이 되었으면 좋겠다는 거야."

"암살 표적은 우리 마음대로 못 정하잖아?"

"맞아. 하지만 생존자가 기하급수적으로 줄어들고 있어."

나는 '기하급수적으로'라는 표현이 잘못되었다는 생각이 들었지만 콘치타 앞에서는 상관없다고 생각했다. 콘치타는 그렇게 까다로운 애가 아니었다.

"내가 많이 죽일수록 크로스에게 가게 될 확률은 높아져."

"크로스도 살아남을 거라고 가정하는 거야?"

"크로스는 살아남을 거야. 어쨌건 암살 게임을 이용해서 남자한테 접근하는 내가 놀랍지 않아? 마키아벨리 뺨치지?"

지난가을, 신입생들은 모두 마키아벨리의 《군주론》을 읽었다.

"브루스터 선생님이 퍽이나 자랑스러워하시겠다. 크로스하고 결혼이라도 하면 더 좋아하시겠네."

콘치타가 말했다. 나는 콘치타를 쳐다보았고, 콘치타가 웃었다. 둘 다 자전거 때문에 땀을 흘리고 있었다. 우리는 친구였다. 콘치타도 그렇게 생각하고 있는 게 분명했다. "나 물어볼 게 있는데…"라고 콘치타가 말했기 때문이었다. 나는 콘치타가 무슨 말을 할지 알고 있었지만 모르는 척했다.

"뭔데?"

"우리 내년에, 방 같이 쓰면 어떨까?"

콘치타와 한방을 쓰는 걸 상상해보는 일은 그리 어렵지 않았다. 나는 이미 생각해보았다. 우리 방에는 레이스가 달린 분홍색 커튼이 쳐질 것이다. 콘치타의 과자들은 내가 다 먹을 거고, 우리는 공부하면서 밥 딜런의 노래를 들을 것이다. 최악의 시나리오는 아니었지만 선뜻 내키지도 않았다. 우리에게 공통점이 많은 건 사실이었다. 유행에 뒤지는 것, 장학생이라는 것, 그 외에도 앞으로 더 많은 공통점들을 발견하게 될 수도 있었다. 그러나 나는 나의 순응적인 태도가 두려웠다. 토요일 밤마다 기숙사에 남아 있을 우리의 모습이 불 보듯 뻔했다. 일찌감치 파자마를 입고, 중국 음식을 시켜 먹고, 서로에게 물풍선이나 던지며 노닥거릴 게 분명했다. 하지만 그런 것들이 내가 원하는 건지 확신할 수 없었다. 나는 남자애들과 어울리고 싶었다. 나는 나의 인생이 슬프고, 파란만장하고, 불건전하기를 바랐다.

"생각 안 해봤는데. 대답하기 전에 좀 알아봐야 할 게 있어."

"신준하고?"

나는 고개를 끄덕였다.

"마사 포터는? 걔하고 친하지 않아?"

내가 물었다.

"마사도 좋아. 그런데 마사의 룸메이트 엘리자베스가 크리스마스 방학이 끝나고 돌아오지 않았거든. 아마 혼자 지내는 데 익숙해져서 내년에도 1인실을 신청할지도 몰라."

콘치타와 한방을 쓰는 문제에 대해 모호한 입장을 취한 애가 나말고 또 있었다는 게 그리 놀랍진 않았다.

"생각해보고 알려줘. 아직 시간 있으니까. 주말에 엄마가 보스턴에 오실 거야. 토요일에 우리 엄마하고 같이 점심 먹자. 마사도 초대했어."

불과 한 시간 거리인데도 나는 보스턴에 가본 적이 없었다. 학교 버스를 타고 공항에 오갈 때 스쳐 지나간 게 다였다. 그러나 고향에 있는 가족들이 보스턴이 어떤 곳이냐고 자주 물었기 때문에 한번 가보고 싶긴 했다.

"엄마한테 네 얘기 다 했어."

콘치타가 말했다. 나는 콘치타가 왜 그렇게 날 좋아하는지 궁금했다. 아무도 좋아하지 않는 날 왜 좋아할까? 나는 어쩌다가 아무 노력도 하지 않고 그녀의 마음에 들게 됐을까? 노력하지 않은 건 고사하고 퉁명스럽게 굴기까지 했는데. 혹시 나의 무심함이 마음에 든 걸까? 정말 그렇게 간단하게 설명할 수 있을까?

"이젠 엄마가 바라는 대로 살아보려고."

콘치타가 말했다.

종례 시간이 되기 직전, 나는 방 안에서 무료한 시간을 보내고 있었다. 신준은 방에 없었고, 디드는 낮잠을 자고 있었다. 밤늦게까지 시험공부를 하려는 게 분명했다. 나는 디드의 화장대 거울에 비친 내 모습을 흘긋 보았다. 암살왕의 모습 같지 않았다. 암살왕이 어떤 모습이어야 하는지는 모르겠지만 적어도 나 같진 않을 것 같았다. 나는 밤색 곱슬머리에 입술은 얇은 편이고, 눈썹이 짙었다. 물론 남자처럼 짙은 건 아니었지만 여자치고는 좀 짙은 편이었다. 게다가 눈빛도 좀 강했다.

"뭘 그렇게 빤히 쳐다보니?"

"왜? 내 이 사이에 뭐가 끼었니?"

엄마는 운전을 하거나 식사를 할 때 내게 그렇게 묻곤 했다. 내게 다른 사람의 얼굴을 뚫어져라 쳐다보는 습관이 있다는 건 알고 있었지만 쉽게 고쳐지지 않았다. 달리 시선을 어디에 두어야 할지 알 수 없었다. 상대방을 전혀 쳐다보지 않는 것도 이상하기는 마찬가지였다.

나는 거울에 가까이 다가가 내 얼굴을 들여다보며 곧 뾰루지가 될 것 같은 부분이 있는지 살폈다. 고개를 옆으로 돌려 왼쪽 뺨을 들여다보고 있는데 디드가 졸린 목소리로 말했다.

"뭐 해?"

"아무것도 안 해."

"라틴어 공부 안 하면 시험 망칠 텐데⋯."

"좀더 자, 디드."

종례 시간에 신준과 나는 간이 부엌 앞에서 쿠키 반죽 가루를 퍼먹으며 서 있었다. 기숙생 전원이 귀가보고를 마치고 종례가 끝났을 때 우리는 반죽 가루의 3분의 2 정도를 먹고 있었고, 나는 갑자기 구역질이 났다. 에이미 드네이커가 냉장고 문을 열더니 다이어트 콜라를 꺼냈다.

"맥그레이스가 그러는데, 오늘 예배 시간에 네가 죽이려고 했다며? 되게 재미있어 하더라. 건방진 자식."

에이미는 나를 보지도 않고 말했다. 에이미의 말투는 그녀답지 않게 스스럼이 없었고, 심지어 친근하기까지 했다.

"맥그레이스 방이 알렉시스와 하이디 방 바로 옆이라는 거 알아?"

에이미가 물었다. 약간 흥분한 듯한 목소리로 보아 나는 알아차렸다. 에이미는 맥그레이스를 좋아하고 있었다.

나는 반죽 가루 봉지를 신준에게 내밀었고, 신준은 머뭇거렸다.

"그만 먹을래."

신준이 말했다. 에이미가 우리를 바라보았다.

"좀 드실래요?"

내가 물었다.

신준의 것이긴 했지만 나는 봉지를 에이미에게 내밀었다. 에이미가 집

게손가락과 가운뎃손가락으로 가루를 퍼내는 순간, 나는 문득 에이미는 볼일을 보고 나서 손을 씻지 않는 타입일지도 모른다는 생각이 들었다.

"난 네 편이야. 맥그레이스의 코를 납작하게 만들어주자."

에이미가 말했다. 그러면 에이미에게 그를 놀려줄 빌미가 생길 것이다. 나는 에이미를 이해할 수 있었다. 뭔가 일을 꾸미고 싶은 마음, 어떻게든 빌미를 만들고 싶은 마음 말이다.

"친구들이 보디가드처럼 경호하고 있어서요."

내가 말했다.

"그렇긴 하지."

에이미가 고개를 끄덕였다.

"잠들었을 때 창문으로 몰래 들어가면 되잖아. 밤중에, 보디가드 없을 때."

신준이 말했다. 나는 웃다가 에이미와 눈이 마주쳤다.

"면회 규칙을 어기면 징계위원회에 회부될지도 몰라요."

내가 말했다.

"꼭 들어갈 필요는 없잖아. 그냥…."

에이미의 말을 듣는 순간, 나는 그제야 이해할 수 있었다.

"뭘 보내든가 해서 겁만 주자고요? 아니면 뭘 매달든가…."

내가 말했다.

"맞아. 그냥 장난이나 좀 치자는 거지."

에이미가 말했다.

"좋은 수가 있다! 낚싯대를 이용하는 거야!"

신준이 말했다.

"낚싯대를 어디서 구하는데?"

에이미가 약간 경멸하는 투로 물었다. 마치 자기가 주동자가 아니라는 듯이.

"지하 창고에 있는 거 봤어."

신준이 말했다.

"맞다. 그 철제 사물함에 있는 거 말이지?"

내가 말했다. 기숙사 지하 창고는 서로 연결되어 있어서 남녀가 서로의 기숙사에 몰래 오갈 때 사용되곤 한다는 소문이 있었다.

"그런데 통금 이후엔 못 내려가잖아."

내가 말했다.

"사감한테 얘기하면 돼."

신준이 말했다.

"사감한테?"

에이미가 물었다.

"물어봐서 손해볼 건 없잖아요."

내가 말했다. 우리는 사감의 방문을 노크했다. 선생님은 곧바로 나왔다. 에이미와 신준이 아무 말도 하지 않고 있었기 때문에 내가 말을 꺼낼 수밖에 없었다.

"저, 여쭤볼 게 있는데요. 좀 황당하실지 모르지만, 혹시 암살 게임에 대해서 알고 계세요? 맥그레이스 밀스라는 3학년생 아시죠? 제 암살 표적이거든요. 맥그레이스를 조금 겁주고 싶어요. 그냥 장난으로. 10시가 넘은 건 알고 있지만 혹시…."

"지하에 내려가서 낚싯대를 가져와도 될까요? 2분이면 돼요."

에이미가 말했다.

"대체 낚싯대가 왜 필요하지?"

선생님이 물었다. 그녀는 늦은 시간에 우리가 찾아온 것에 대해서는 생각했던 것만큼 놀라지 않았다.

"맥그레이스의 방에 뭘 좀 보내려고요. 쪽지 같은 거요."

내가 말했다.

"하이디하고 알렉시스 방 바로 옆이거든요. 조용히 할게요. 시간도 오래 안 걸려요."

"하지만…."

나는 선생님이 "그건 학칙에 어긋나는 거야"라고 말씀하실 거라고 생각했다. 그러나 선생님은 "그러면 맥그레이스가 네가 암살자라는 걸 알게 되지 않을까?" 하고 물었다.

"이미 알고 있어요. 오늘 오후, 예배 끝나고 나서 시도했다가 실패했거든요. 친구들 여럿이 봤고요."

"다 3학년생들이든?"

선생님이 흥미를 보이다니. 나는 무척 놀랐다.

"네. 대부분 라크로스팀이에요."

내가 말했다.

"좋아. 이 녀석들한테 본때를 보여주자."

선생님이 단호하게 고개를 끄덕였다. 결국 에이미, 신준, 나 세 사람은 선생님을 따라 지하 창고로 내려갔다. 그러나 낚싯대는 우리가 생각했던 장소에 없었다. 우리는 잠시 난감해하며 서 있었다.

"꼭 낚싯대가 아니어도 돼. 빗자루 같은 걸 이용하면 되니까."

내가 말했다. 우리는 다시 계단을 올라와 휴게실 벽장을 열고 부산을 떨다가 하이디와 알렉시스의 방으로 올라갔다. 이번에는 선생님도 함께 그들에게 우리의 계획을 설명했고, 그들의 표정은 혼란에서 호기심, 호기심에서 흥분으로 바뀌었다. 그들은 우리만큼이나 충동적이고 진지했다.

"베갯잇을 이용하면 되겠다!"

하이디가 말했다.

"베갯잇에다가 커다랗게 글씨를 쓰는 거야."

하이디는 빨래함을 뒤져 베갯잇을 하나 꺼냈다. 돌이켜 생각해보면 정말로 '얼트적인' 행동이었다. 장난 한 번 쳐보자고 멀쩡한 베갯잇을 희생

시키다니. 베갯잇이 다른 모든 물건과 마찬가지로 결국 돈이라는 사실 따위는 아무도 신경쓰지 않았다. 하이디가 베갯잇을 내게 던졌고, 알렉시스가 검은색 펜을 건넸다.

"근데 뭐라고 쓰지?"

펜 뚜껑을 열고 내가 말했다. 모두 조용했다. 긴장이 감도는 무거운 침묵이었다.

"나는 네가 잠든 모습을 지켜보고 있다!"

하이디가 말했다.

"나는 네 피 냄새를 알고 있다! 그리고 지금 그 냄새가 난다. 트레 델리시우즈(정말 맛있겠다—옮긴이)!"

에이미가 말했다.

"이번 일에 불어를 끌어들일 생각일랑은 마라."

선생님이 말했다.

"지금까지 나온 것 중엔 '네가 잠자는 모습을 보고 있다'가 제일 낫다. 근데 너무 산타클로스스럽지 않아?"

내가 말했다.

"나는 너를 지켜보고 있다!"

신준이 말했다. 우리는 서로를 쳐다보았다. 우리 여섯 명은 마치 중대한 문제를 결정하기 위해 모인 사람들 같았다.

"좋아. 단순하면서도 섬뜩해."

내가 말하자 하이디와 에이미도 고개를 끄덕였다.

에이미는 책상 위에 있던 책들을 치우고 베갯잇을 반듯하게 펴놓았다. 나는 커다랗게 '나는 너를 지켜보고 있다!'라고 썼다.

"커다란 눈알을 그려."

하이디가 말했다. 나는 아몬드 모양으로 눈을 그린 뒤 눈동자와 홍채를 그리고 그 위와 아래에 눈썹을 그렸다.

"서명은 안 하니?"

선생님이 말했다. 나는 조금 망설였다.

"제 이름을 쓰라고요? 그건 싫어요. 하지만 이렇게 쓰면 어떨까요?"

나는 '너의 암살자로부터'라고 썼다.

"완벽해!"

신준이 박수를 치며 말했다. 우리는 베갯잇을 테이프로 빗자루에 고정시켰다. 막대가 두 개라면 훨씬 더 나을 것 같았다. 알렉시스가 뛰어나가더니 대걸레를 들고 왔다. 하이디는 방충망을 열었고, 에이미와 나는 베갯잇을 매단 쪽을 어둠 속으로 내밀었다. 에이미가 직접 나서고 싶어한다는 걸 알고 있었다. 에이미가 얼마나 맥그레이스를 좋아하고 있는지도. 나는 빗자루를 잡았고, 에이미는 대걸레를 잡았다. 옆 창문에서 불빛이 새어나오는 것으로 보아 커튼을 내리지 않은 것이 분명했다. 에이미는 몸을 숙이고 빗자루 손잡이로 건물의 벽돌벽을 두드렸다.

"배달이오!"

10초 정도가 흘렀다. 맥그레이스나 그의 룸메이트 스펜서가 전혀 알아차리지 못하면 어쩌나 하는 생각이 들었다. 우리의 계획이 수포로 돌아갈 경우, 그들보다는 이쪽 방 안에 있는 사람들의 반응이 어떨지가 더 마음이 쓰였다. 그때 인기척이 느껴지더니 "야! 저것 좀 봐!" 하는 소리가 들렸다. 그리고 조금 뒤, 예상대로 맥그레이스의 웃음소리가 들려왔다. 그가 창밖으로 고개를 내밀고 우리 쪽을 쳐다보았다.

"안녕, 자기!"

에이미가 소리쳤다. 나는 결코 크로스 슈가맨을 '자기!'라고 부르지 못할 것이다.

"안녕하세요!"

나도 소리쳤다.

"뭐야, 이거! 정신들 나갔군!"

그가 소리쳤다. 또 다른 남자가 고개를 내밀고 우리를 쳐다보더니 방 안에 있는 사람에게 "이건 하드 코어야"라고 말했다.

내 뒤로 알렉시스와 하이디, 신준과 사감 선생님이 바짝 다가왔다. 하이디가 창문을 열고 밖으로 고개를 내밀었다. 그때 또 한 남자가 손을 뻗어 베갯잇을 잡았다. 방 안에는 적어도 세 명은 있었던 것 같았다.

"만지면 안 돼!"

에이미가 소리쳤다.

"남자들은 그런 말 별로 안 좋아해, 에이미!"

베갯잇을 잡은 맥스 코베이가 소리쳤다.

"꺼져!"

에이미가 말했다.

"거기 또 누구 있어요?"

하이디가 소리쳤다.

"거긴 누가 있는데? 코끼리 떼가 있는 거 같은데?"

맥스가 대답했다.

"여긴 말이야. 지스트링(하체를 겨우 가리는 작은 천조각—옮긴이)하고 립스틱 외엔 아무것도 걸치지 않은 화끈한 여자들이 바글거려! 1분에 99센트만 내면 전화 통화는 가능해. 교환 번호는…."

"그만해. 에이미, 그 정도면 됐다."

사감이 말했다. 나는 한편으론 마음이 놓였지만 한편으론 실망스러웠다.

"그만 가야겠어. 안녕! 아우프 비더제엔(또 만나요—옮긴이)! 굿바이!"

우리가 대걸레와 빗자루를 끌어당기자 방 안으로 들어갔던 맥그레이스가 다시 고개를 내밀었다.

"이 난리를 쳐놓고 베갯잇은 안 주는 거야?"

"가져도 돼요! 오늘 밤에 베고 잔다고 약속만 하면!"

나는 마치 베갯잇이 내 것인 것처럼 선심을 썼다.

"매일 밤 쓸게!"

맥그레이스가 말했다. 그게 내가 방으로 돌아오기 전 마지막으로 들은 말이었다. 어느덧 또다시 밤이 찾아왔다.

"너도 내일 같이 갈 거지? 콘치타하고 말이야."

금요일 아침, 라틴어 수업이 끝나고 책을 챙기면서 나는 마사에게 물었다. 마사와 나는 거의 말을 나누어본 적이 없었기 때문에 먼저 말을 거는 나의 가슴이 두근거렸다. 하지만 라틴어 수업 시간에 7개월 동안이나 옆자리에 앉았으면서도 말 한 번 못 건네본 상태로 보스턴까지 차를 타고 가긴 좀 어색할 것 같았다. 게다가 우리가 서로 얘기를 나누지 않았던 건 내 탓이었다. 첫 수업이 있던 날, 얼트에 와서 너무 긴장했던 나는 거의 아이들과 눈을 맞추지 않았다. 그때 마사가 "난 라틴어 수업은 처음이야. 너는?" 하고 물었다. 나는 "나도"라고 대답하자마자 고개를 돌리고 팔짱을 꼈다. 몇 달 뒤 탭 킨케드가 칠판 앞에서 '섹스투스는 클라우디아의 이웃이었다'라는 문장을 번역하다가 그만 방귀를 뀌었다. 반 아이들은 대부분 듣지 못했지만 마사는 웃음을 참으려 애쓰고 있었다. 나는 그 순간 내가 실수했다는 걸 깨달았다. 마사야말로 나와 친구가 될 수 있는 애였던 것이다.

복도에서 마사가 말했다.

"콘치타 엄마는 정말 좋으셔."

"어디서 식사할 건지 알아?"

내가 물었다. 구체적인 질문이야말로 가장 좋은 질문이었다. 그런 질문들은 결코 잘못 해석될 가능성이 없었다.

"호텔에서 만날 테니까 그 근처 어디로 가겠지. 콘치타하고 같이 라크로스 하지? 콘치타가 널 무척 좋아하더라."

마사가 말했다. 나는 '콘치타는 참 괜찮은 애야. 나도 콘치타가 좋아' 라고 말해야 할 것 같은 기분이 들었다. 그러나 왠지 그런 말이 나오지 않았다. 마사는 어딘가 캠프의 상담교사 같은 분위기가 느껴지는 애였다. 물론 좋은 의미로. 자상하고, 따듯하고, 남이 잘 되는 걸 흐뭇해하는 아이.

"넌 어떤 운동해?"

내가 물었다.

"조정. 사실 다음 주부터 매주 토요일마다 연습해야 할 것 같아. 그래서 이번 주에 외출하게 된 게 더 기뻐."

"조정이 정말 그렇게 힘들어?"

"보기엔 근사하지만 실제로 타보면 계속 땀 흘리면서 투덜거리게 돼."

"나는 보트 젓는 애들을 볼 때마다 1880년대쯤, 조나스 얼트가 팔자수염을 기르고 원피스 수영복 같은 거 입고 노 젓는 모습이 떠올라."

마사가 웃었다. 훗날 마사는 웃음이 너무 많다면서 자기가 '헤픈 여자'라고 농담을 하곤 했다. 마사와 함께 있으면 내가 아주 재미있는 애처럼 느껴졌고, 나는 그런 점이 항상 고마웠다.

"맞아. 조정이야말로 고상한 스포츠지!"

마사가 사뭇 진지한 표정으로 말했다.

"진정한 신사들의 스포츠라고나 할까."

나도 거들었다. 나는 마사에게 좀더 일찍 말을 걸지 않았던 걸 후회했다.

플레처 학장실 옆에 붙어 있던 명단을 통해 맥그레이스가 이번 주 프로섹 선생님의 식사 시중 당번이라는 사실을 알게 되었다. 나는 새벽 4시까지 그를 죽일 계획을 짰다. 식사 준비를 하는 다른 학생들처럼 맥그레이스 역시 저녁 식사가 시작되기 20분 전에 식당에 나타날 것이다. 나는 식탁 밑에 숨어서 기다렸다가 그가 들어올 때 그의 다리에 스티커를 붙일 생각이었다. 그 작전이 나를 얼마나 흥분하게 만들었는지 나는 6시 30분 알람이 울릴 때까지 잠이 들지 못했다.

라크로스 연습이 끝나자마자 나는 식당으로 달려갔다. 5시 30분이었다. 맥그레이스가 들어오기 10분 전이었다. 식당에는 학생들이 대여섯 명 정도밖에 없었다. 그중에는 4학년 식당 선도부인 올리 켈메이어도 있었다. 식당 선도부는 세 명인데 그중 한 명이 되는 건 명예로운 일이었다. 그들은 정찬회의 봉사자들을 감독했다. 말하자면 후배들에게 지시를 하고 여자애들과 수다를 떨 수 있다는 의미였다. 올리는 테이블 위에 식탁보를 펴고 있었다. 식당에서 선도부원들이 일하는 모습을 처음 본 나는 모든 게 신기했다. 나는 주방 옆에 놓인 선반에서 식탁보를 하나 가져다가 펴야겠다고 생각했다.

프로섹 선생님의 식탁 위에 식탁보를 펼친 뒤 나는 주위를 둘러보았다. 나에게 신경을 쓰는 사람은 아무도 없었다. 나는 의자를 하나 뺀 다음 식탁 밑으로 기어 들어가서 다시 의자를 제자리에 놓았다. 처음에는 무릎을 꿇고 앉았지만 조금 지나자 불편해졌다. 그래서 바닥에 털썩 앉았다. 탁자 밑은 움직일 공간이 별로 없었다. 내 팔꿈치에 밀려 의자 하나가 넘어졌다. 가슴이 철렁했지만 밖에선 아무 소리도 나지 않았다. 의자가 혼자 넘어졌다고 이상하게 여기는 사람도 없었고, 식탁 밑을 들여다보면서 거기서 뭐하냐고 묻는 사람도 없었다. 나는 다시 마음을 놓았다. 식탁 밑에는 오래된 것 같은 껌이 몇 개 들러붙어 있었다. 식탁 냄새와 바닥 냄새가 났다. 둘 다 나무 냄새라기보다는 신발 냄새에 가까웠다. 그렇게 더럽지 않은 운동화나 어린아이의 슬리퍼 냄새 같았다.

6시 20분 전. 맥그레이스가 언제 나타날지 모른다고 생각하니 슬슬 긴장이 되었다. 선도부원들이 하나둘 도착했고, 발자국 소리마다 모두 맥그레이스인 것 같았다. 프로섹 선생님 자리 주변의 모든 식탁이 세팅되기 시작하자, 나는 사람들이 식탁 밑에 숨어 있는 나의 하늘색 치맛자락이나 샌들 신은 발을 볼지도 모른다는 생각이 들었다. 스커트를 입은 채 맨 바닥에 앉아 있는 기분은 정말 끔찍했지만 다행히 아무도 들여다보지 않았다. 오른쪽 식탁의 봉사자는 목소리로 보아 클라라 오할라한이 틀림없었다. 클라라는 짐 크로스의 〈아이 갓 어 네임I got a name〉이라는 노래를 부르고 있었다. 잠시 후 "리드가 오늘 기분이 별로 안 좋은 것 같아"라고 말하는 남자애의 목소리가 들렸다. 그러자 다른 여자애가 "뭐 언제는 기분이 좋았어?" 하고 말했다. 나는 암살 게임에 관한 얘기를 듣고 싶었지만 그런 얘기는 아무도 하지 않았다. 결국 사람들의 목소리가 점점 커지면서 웅성거리는 소음이 되었고, 은식기와 유리잔 부딪치는 소리도 한데 어우러졌다. 6시 10분 전이었다. 맥그레이스가 정찬회의 식사 준비를 잊을 리가 없었다. 그저 식사를 거르는 거라면 몰라도 봉사자로 지정된 날 나타나지 않으면 징계를 받을 것이 분명하기 때문이다.

그는 6시 4분 전에 나타났다. 테이블까지 걸어오는 동안 그의 상쾌한 목소리가 들렸다. 누군가가 그가 늦은 것에 대해 말한 모양이었다. 그는 "2분이면 충분해. 잘 봐둬"라고 대답했다. 머리 위에서 사기 접시와 은식기들을 놓는 소리가 들렸다. 그에게 손을 뻗으려는 순간 갑자기 그가 테이블에서 멀어졌다. 하지만 곧 유리잔이 담긴 쟁반을 들고 왔다. 그의 종아리는 나에게서 불과 몇 센티미터 떨어져 있었다. 그는 카키색 반바지를 입고 있었는데, 다리에 난 털은 금색이었고 두꺼웠다. 그는 휘파람을 불고 있었다.

그 순간 두 가지 상반된 감정이 밀려들었다. 하나는 이제 맥그레이스 밀스를 정말로 죽이게 되었다는 짜릿한 쾌감이었다. 내가 그랬던 것처럼, 혹은 그렇게 믿었던 것처럼 자기 부정과 실패에 익숙해지다 보면 성공이 오히려 혼란스럽게 느껴지고, 성공하는 순간 당황하는 경우가 있다. 나는 성공의 순간 나 자신에게 성공했음을 확인시키기 위해 그 사실을 중얼거려보곤 했다. 물론 대단한 성공이라기보다는 자잘한 일들, 내가 기다리고 기대했던 일이 성공하는 순간들이었다. 예를 들면, '나는 피자를 먹고 있다'라든가 '드디어 차에서 내린다'와 같은 것들이었다. 훗날에는 '드디어 이 남자와 키스를 한다', '드디어 그가 내 곁에 눕는다' 같은 것들로 바뀌었다. 사실 얼트에 입학한 것 외에 내가 대단한 성공이라는 것을 경험해본 적이 있는지에 관해서는 논란의 여지가 있지만, 내가 원하던 걸 마침내 얻었다는 사실을 믿기가 어려웠기 때문에 나는 늘 그렇게 중얼거렸다. 무언가의 부족함을 깨닫는 것이 그것을 가졌음을 깨닫는 것보다 훨씬 더 쉽게 마련이었다.

그 순간 내가 느낀 또 하나의 감정은 서글픔과 허탈함이었다. 아무래도 맥그레이스의 다리털 때문인 것 같았다. 어쩌면 그의 휘파람 소리 때문이었는지도 모른다. 맥그레이스도 사람이었다. 그는 죽는 것을 원하지 않을 것이고, 내가 식탁 밑에서 기다리고 있다는 사실도 모르고 있었다. 무방비 상태의 그를 공격하는 건 정당하지 못한 것 같았다. 문득 최후의 승자가 되고 싶지 않다는 생각이 들었다. 물론 모두에게 인정받고 싶긴 하지만 내가 죽여야 하는 사람들과의 이런 순간들을 견뎌낼 수 없을 것 같았다. 데빈은 워낙 못된 애였기 때문에 상관이 없었고, 세이지와 앨리는 게임 자체에 그다지 흥미가 없었기 때문에 아무렇지도 않았다. 그러나 맥그레이스는 좋은 사람이었고, 살아남는 것에 대해 적어도 조금은 신경을 쓰는 것 같았다. 그러나 눈앞에 기회가 찾아왔는데 그냥 놓쳐버리는 것도 이상하기는 마찬가지였다. 또한 나에게 그를 죽이고 싶은 생각이 전혀 없다고도 말할 수 없었다. 다만 생각보다 조금 복잡하다는 것이었다. 나는 크로스에게 다가가는 것말고는 아무것도 생각하지 않기로 결심했다. 지나치게 게임에 몰입하지 않을 것이다. 또 게임 자체가 중요하다고 생각하지도 않을 것이다. 그렇게 결심한 순간 나는 맥그레이스의 종아리에 스티커를 붙였다. 그의 정강이뼈 바로 옆, 무릎과 발목의 정확히 중간 지점이었다. 나는 의자를 밀어내고 손바닥과 무릎으로 식탁 밑에서 기어나왔다. 그 자세로 맥그레이스를 쳐다보니, 개가 된 것 같은 기분을 떨쳐버릴 수 없었다.

예상했던 대로 그는 기가 막힌다는 듯한 표정을 짓고 있었다. 그가 나를 바로 알아보았는지조차 알 수 없었다. 나는 일어서서 말했다.

"죽었어요."

맥그레이스가 웃음을 터뜨렸다. 그때까지만 해도 나는 그가 나의 치밀함에 감탄한 줄로만 알았다.

"세상에! 딱 걸렸네. 아주 제대로 걸렸어. 그 밑에 얼마나 있었던 거야?"

나는 어깨를 으쓱했다.

"대단한 인내심이야. 콜스! 이 밑에 누가 숨어 있었는지 알아? 얘가 날 스토킹했어!"

맥그레이스가 소리쳤다.

"죄송해요."

내가 말했다.

"죄송하긴 뭐가 죄송해? 정당하게 날 이겼는데. 내 스티커를 너한테 넘겨야지? 근데 어쩌지?"

그는 바지 주머니를 뒤져본 다음 재킷의 양쪽 주머니를 뒤졌다.

"방에 두고 왔어. 나중에 주면 안 될까? 대신 네 방으로 직접 배달해 줄게."

"좋아요. 언제든지요."

내가 대답했다. 그가 스티커를 가지고 있지 않은 건 당연했다. 그에겐 이 게임이 그다지 중요하지 않았던 것이다.

그 순간 나는 내가 다 망쳐버렸다는 걸 깨달았다. 그와 나는 주고받을 농담거리가 있었지만 내가 방금 그걸 없애버렸다. 맥그레이스는 앞으로 나에게 친절하겠지만 그의 친절은 이제 공허해질 것이다.

실제로 그는 졸업하기 전까지, 몇 년 동안 나에게 친절했다. 그러나 그를 죽인 순간, 나는 그와 나의 삶이 포개어지는 유일한 부분을 없애버린 셈이었다. 몇 달 뒤 5층과 6층 사이의 계단에서 나와 마주쳤을 때 그는 "최근엔 누구 안 죽였니?"라고 물었다. "베갯잇은 잘 있어?"라고 물은 적도 있었다. 나는 그냥 웃거나 아니면 "잘들 있어요"라고 짤막하게 대답했다. 그게 전부였다. 그는 나와 길게 이야기를 나누려고 하진 않았다. 더 이상 할 얘기가 없었기 때문이었다. 결국 그렇게 될 수밖에 없다는 걸, 그리고 그게 게임의 법칙이라는 걸 나는 알고 있었다. 그러나 그럼에도 불구하고, 한때는 재미있었던 농담이 서서히 퇴색해가는 걸 지켜보아야 하는 건 참으로 슬픈 일이었다.

토요일 아침, 나는 기숙사 안뜰에 서 있었다. 콘치타의 엄마가 11시쯤 차를 보낼 거라고 콘치타가 말했기 때문이었다. 기온은 20도 정도였고, 화창하고 산들바람이 부는 날씨였다. 마사가 외출을 하게 되어서 정말 기쁘다고 말했던 게 생각났다. 나 역시 즐거웠다. 검은 리무진 한 대가 원형 잔디를 돌아 들어오는 것이 보였다. 풀밭에서는 남자애들 두 명이 소프트볼 공을 주거니 받거니 하고 있었다. 나는 하늘을 바라보며 눈을 감았다. 눈을 떠보니 리무진이 내 앞에 서 있었다. 콘치타가 리무진 뒷좌석 창문으로 얼굴을 내밀었다.

"리! 어서 타!"

차를 향해 걸어가면서 나는 아무렇지도 않은 듯한 표정을 지었다. 사실 나는 리무진을 타본 적이 한 번도 없었다. 자동차 내부는 잿빛 가죽 시트로 덮여 있었고, 어두운 창이 운전석과 뒷좌석 사이를 막고 있었다. 콘치타는 보라색 티셔츠에 커다란 오렌지색 버튼이 달린 데님 점퍼스커트를 입고 흰색 타이츠에 발가락이 보이는 굽 높은 샌들을 신고 있었다. 오늘 콘치타의 모습은 극단의 배우 같다기보다 처음으로 마음대로 옷을 입어도 좋다는 허락을 받은 네 살짜리 여자애 같았다. 마사의 옷차림은 평범했고, 다행히도 스커트는 입고 있지 않았다.

"무슨 음악을 틀지 고민 중이었어. 지금 가장 잘 나오는 데가 레게하고… 하나는 뭐였지, 마사?"

"젠틀 재즈."

마사가 대답했다.

"레게를 추천하겠어."

내가 말했다.

"우리도 네가 그럴 거라고 생각했어. 그래도 혹시나 해서."

콘치타가 버튼을 누르자 운전석과 우리 사이에 있던 창이 조금 내려갔다.

"첫 번째 채널에 고정해줄래요?"

콘치타가 말했다. 콘치타는 대답을 기다리지 않고 바로 버튼을 눌렀고, 창문은 다시 올라갔다. 나는 그제야 콘치타네 집이 부자라는 걸 확실히 깨달았다. 그 깨달음은 내가 콘치타에 대해 알고 있는 모든 것들을 혼란스럽게 만들었다. 그렇다면 왜 그렇게 튀어야만 했을까? 왜 자신이 멕시코계라는 말을 그렇게 자주 했던 걸까? 왜 아웃사이더라고 느끼는 걸까? 부잣집 딸이라면 얼트에 제대로 온 셈이었다.

얼트에서의 공식은 아주 간단했다. 가장 중요한 건 결국 돈이었다. 심지어 예쁜 것보다도 돈이 우선이었다. 그런 생각을 하던 중 문득 콘치타가 내게 그런 사실을 숨긴 적이 없다는 생각이 들었다. 화려하게 꾸며진 방, 이상하긴 하지만 결코 싸구려 같지 않은 옷들, 모두 콘치타가 부자라는 증거였지만 내가 제대로 보지 못했던 것뿐이었다. 그녀가 장학생일 거라는 나의 추측은 콘치타에겐 차라리 모욕이었다. 그런 생각을 했다는 것 자체가 수치스러운 일이었다. 콘치타가 장학생이 아니라는 것을 알게 된 이상 나는 콘치타와 한방을 쓸 수도 있었다. 콘치타의 뜻대로 해도 나쁘지 않을 것이다. 그런 생각이 들자 문득 나는 대여섯 살 무렵 바지에 오줌을 쌌을 때처럼 다소 복잡한 안도감 같은 것을 느꼈다.

"얘들아, 너희 둘 다 있을 때 말하려고 기다렸어. 교장 선생님이 옛날에 브로사드 선생님하고 사귀었대."

콘치타가 말했다.

"말도 안 돼!"

마사가 말했다.

"바이든 교장 선생님하고? 교장 선생님은 결혼하셨잖아."

내가 말했다.

"아주 오래전 일이래. 그런데 아직도 브로사드 선생님한테 감정이 남아 있는 것 같아."

"어떻게 알았어?"

내가 물었다.

"애스패드가 말해줬어. 애스패드 아빠하고 교장 선생님은 60년대 하버드 동창이거든. 그때 브로사드 선생님이 보스턴에 사셨다나 봐."

"교장 선생님한테 키스하는 건 어떤 기분일까? 1미터 간격을 유지하라고 할텐데."

내가 말했다. 그것은 기숙사에서 남녀가 함께 있을 때 지켜야 하는 규칙이었다. 방문도 반드시 열어놓아야 했다.

"더 끔찍한 게 있어. 교장 선생님한테도 페니스가 있다는 걸 생각해봐."

내가 말했다.

"리!"

콘치타가 소리쳤다.

"발기하는 건 또 어떻고."

내가 덧붙였다.

"그만해!"

콘치타가 두 손으로 귀를 막았다.

"어쩌면 동물 이름을 애칭으로 불렀을지도 몰라."

마사가 말했다.

"야옹이?"

내가 말했다.

"애플 파이."

마사가 말했다.

"치즈 파이."

내가 말했다. 별로 우스운 얘기도 아니었지만 우리는 깔깔댔다.

"뭐라고 했어?"

콘치타가 물었다. 그러나 콘치타는 이미 손을 내리고 있었기 때문에 내 말을 듣지 못한 게 아니었다. 마사와 눈이 마주친 나는 다시 웃기 시작했다. 콘치타가 우리 둘을 쳐다보았다.

"치즈 파이가 무슨 뜻이냐고?"

콘치타가 다시 물었고, 마사는 눈물을 닦았다.

"아무 뜻도 없어. 리가 지어낸 거야."

"근데 뭐가 그렇게 웃겨?"

"글쎄 말이야."

마사는 웃음을 참으려 애썼다.

"생각해봐. '이리 와, 치즈 파이?' 하는 걸."

"이리 와, 사과 푸딩?"

내가 말했고, 우리 둘은 다시 웃기 시작했다.

"마사는 어떤 남자애한테 가슴을 만지라고 했대."

"고마워, 콘치타."

마사가 새침한 표정으로 말했다.

"난 절대로 그렇게 못하게 할 거야. 적어도 결혼하기 전까지는. 섹스도 밤에만 할 거야."

"그래. 넌 그러고도 남아."

마사의 말에는 애정이 깃들어 있었다.

"넌 섹스해봤어?"

내가 마사에게 물었다. 그 말을 내뱉은 순간 나는 조금 긴장했다. 사실 나는 마사에 대해 거의 아는 것이 없었다. 그러나 그 사실을 깜박 잊고 있었다.

"아니. 그랬으면 우리 엄마가 날 죽일걸."

마사는 내 질문이 무례하다고 생각하지 않는 것 같았다.

"콘치타, 남자애가 셔츠 속으로 손을 넣으면 말이야. 그냥 살갗만 있을 뿐이야. 게다가 느낌이 꽤 좋아."

마사가 말했다.

"리, 너도 남자애한테 가슴을 만지게 할 거니?"

"어떤 남자냐에 따라 다르지."

나는 〈레이 레이디 레이〉의 더러운 옷을 입은 남자를 떠올렸다.

"뜻밖인데. 네가 그렇게 헤픈 앤 줄 몰랐어."

콘치타가 말했고, 마사와 나는 또다시 웃기 시작했다.

"내가 정말 헤펐으면 좋겠다."

내가 말했다.

"그런 말 하지 마."

콘치타의 표정이 굳었다.

"농담이야."

콘치타의 표정이 풀렸다. 하지만 나는 "진담이기도 하고"라는 말을 덧붙이지 않을 수 없었다. 콘치타의 표정이 다시 굳어졌다.

"콘치타!"

나는 콘치타에게 다가갔다. 나는 한 팔을 그녀의 어깨에 두르고 조금 흔들어주었다. 그 순간의 콘치타는 순수했고, 귀여웠다. 우리는 128번가로 접어들고 있었다. 자동차의 속도 때문이었는지, 아니면 리무진을 타서였는지, 햇살 때문이었는지, 아니면 우리가 나누었던 대화 때문이었는지는 모르겠지만 나는 행복했다. 얼트에 온 뒤로 항상 나를 짓눌렀던, 내가 이곳에 맞지 않다는 생각과 항상 긴장해야 한다는 생각들이 열린 차창 밖으로 날아가버린 것 같았다.

호텔은 보스턴 공원 부근에 있었다. 내가 가본 호텔 중에서 가장 근사했다. 그러나 그때쯤엔 이미 그런 것들이 그리 놀랍지 않았다. 로비에는 화려한 코린트식 기둥이 있었고 바닥과 천장의 가장자리에는 초록색 대리석이 둘러져 있었다. 콘치타는 안내 데스크로 가서 레스토랑이 어디냐고 물었다. 리무진 여행의 흥분이 채 가시지 않은 우리를 호텔 직원들과 투숙객들이 쳐다보았다. 그들의 눈에 우리는 평범한 세 명의 고등학생일 뿐이었다. 그 순간 우리의 평범함은 오히려 미덕이 되었다. 격식을 차리지 않은 편안한 옷차림에 시끄럽게 떠들며 몰려다니는 우리는 10대 소녀들에 대한 사람들의 기대와 맞아떨어졌고, 나는 그게 자랑스러웠다.

레스토랑에 들어서자 콘치타가 "엄마!" 하고 소리를 지르면서 달려가 굉장한 미인이고, 굉장히 뚱뚱한 여자의 품에 안겼다. 맥스웰 부인은 콘치타의 뺨과 턱에 연거푸 키스를 해댔다. 두 사람 모두 울면서 스페인어로 이야기를 나눴다. 두 사람은 이내 우리에게 울어서 미안하다고 사과했다. 맥스웰 부인이 먼저 자리에 앉았다. 가무잡잡하게 그을린 팔에는 금팔찌가 여러 개 있었다.

"내 딸의 친구들을 만나게 되어서 정말 기쁘구나!"

맥스웰 부인이 말했다. 콘치타가 나를 소개하자 맥스웰 부인은 "아, 그 밥 딜런 팬이라는 친구!"라고 말했다. 맥스웰 부인은 연두색 실크 바지에 같은 소재의 소매가 넓은 블라우스를 입고 있었다. 멀리서도 향수 냄새가 풍겼다. 피부는 보드라운 갈색으로 콘치타보다 조금 더 짙었고, 검은 머리는 느슨하게 묶여 있었다.

"점심 식사에 초대해주셔서 고맙습니다!"

마사가 말했다.

"정말 고맙습니다!"

나도 덧붙였다.

레스토랑 안에는 사람이 별로 없었다. 우리 자리에서 가장 가까운 테이블에는 체격이 좋은 남자가 혼자 앉아 있었다. 웨이터가 메뉴판을 들고 왔다. 필기체로 요리에 대한 설명이 적혀 있는 길쭉한 직사각형 모양의 가죽 판이었다. 메인 요리 중에 20달러가 넘지 않는 것은 구운 야채 하나뿐이었다. 내 주머니 속에 15달러밖에 없다는 사실이 차라리 안심되었다. 나는 돈을 내지 않을 것이다. 아니, 내는 시늉도 하지 않을 것이다. 왜냐하면 낼 수가 없으니까.

메뉴판의 아랫부분에는 날짜가 적혀 있었다. 매일 메뉴판을 새로 인쇄한다는 뜻이라는 걸 깨닫는 순간 나는 또 한 번 놀랐다. 그동안 부정해왔지만 나는 돈이 인생을 훨씬 더 멋지게 만들어준다는 것, 물욕 때문이 아니라 안락함 때문에 돈을 원할 수 있다는 사실을 그 순간만큼은 인정하지 않을 수 없었다. 돈이 있으면 딸과 딸의 친구들을 위해 리무진을 보내줄 수 있고, 예쁘게 차려진 맛있는 음식을 대접해줄 수 있을 뿐 아니라, 뚱뚱해도 멋진 옷을 입을 수 있었다. 엄마의 친구 중에도 맥스웰 부인만큼 뚱뚱한 아줌마가 있지만 늘 헐렁한 바지에 작업복 같은 것을 걸치고 다녔다.

"너희 얘기 좀 들어보자. 리, 네가 먼저 얘기해볼래?"

맥스웰 부인이 말했다. 나는 멋쩍게 웃었지만 곧 이야기를 시작했다. 엄마가 나를 낳을 때 수영장에서 진통이 시작되었다는 이야기, 유치원에 다닐 때 1년 내내 밤색 카우보이 부츠만 신고 다녔다는 이야기, 피그라는 이름의 상상 속 친구가 있었다는 이야기를 했다. 내가 몇 살 때 남동생들이 태어났는지, 얼트에 어떻게 오게 되었는지도 이야기했다. 맥스웰 부인은 가끔 내게 질문을 하긴 했지만 특별한 것들은 아니었다. 그때 전채 요리가 도착했다. 왠지 전채 요리를 시켜야 할 것 같은 분위기였기 때문에 우리는 그렇게 했다. 그러고 나서 마사가 이야기를 시작했다. 처음으로 이가 빠졌을 때 자신이 죽을 거라고 생각했던 이야기, 2학년 때 철자법 경연대회에서 상을 탔던 이야기, 버몬트주에 눈이 얼마나 많이 왔는지에 관한 이야기였다. 마침내 메인 요리가 나왔다. 나는 닭구이와 월귤을 곁들인 으깬 감자를 주문했다. 마치 추수감사절 같았다.

우리는 후식도 주문했다. 모두 각기 다른 것을 주문해서 포크로 서로의 것을 나누어 먹었다. 맥스웰 부인은 그동안 집안에 있었던 일과 친지들 소식, 지난주에 콘치타의 아빠와 함께 결혼식에 참석했던 이야기를 했다.

"참, 우스운 얘기 하나 할까? 정원에서 미구엘을 도와줄 사람을 새로 뽑았는데 이름이 글쎄 버로우burro(짐을 나르는 당나귀를 뜻함 - 옮긴이)라는구나."

"진짜 이름이요? 아니면 별명이요?"

콘치타가 물었다. 나는 마사와 눈을 맞추었다.

'정원에서 미구엘을 도와줄 사람을 새로 하나 뽑았대!'

우리는 서로를 쳐다보며 입 모양만으로 말했다.

모두 커피를 마셨다. 학교에서는 절대 커피를 마시지 않는 나도 마셨다. 우리는 끝없이 수다를 떨었고, 시간이 흘러 리무진이 마사와 나를 학교로 데리고 갈 시간이 되었다. 콘치타는 엄마와 함께 호텔에서 하룻밤을 지내기로 했다. 우리는 떠나기 전에 맥스웰 부인과 포옹했다. 그녀의 커다란 젖가슴을 스치며 향수 냄새를 들이키는 순간 나는 맥스웰 부인에게 사랑을 느꼈다. 이런 세상을 경험해볼 기회를 가진 나는 얼마나 행운아인가?

리무진을 타고 기사가 문을 닫는 순간 마사와 나는 서로 마주 앉았다.

"콘치타 엄마 진짜 좋으시지? 우리가 어떻게 사는지 정말 궁금해하시는 것 같아."

마사가 말했다.

"난 배가 터질 것 같아. 라임 무스 끝내주더라."

"초콜릿은 또 어떻고. 한 입만 더 먹었으면 바지 단추 풀어야 했을 거야."

"보디가드 봤니? 되게 무섭게 생겼더라."

마사가 말했다.

"보디가드?"

"옆자리에 앉아 있던 사람. 귀에 뭐 꽂고 있었잖아."

그의 귀를 보진 못했지만 우리가 있는 동안 그가 내내 자리를 지켰던 건 분명했다. 나는 우리 이야기가 재미있어서 듣고 있는 줄로만 알았다.

"콘치타 엄마한테 보디가드가 왜 필요하지?"

내가 물었다.

"왜 필요한지는 잘 모르겠는데, 보디가드를 고용한 것만은 확실해. 맥스웰가에 대해선 알지?"

나는 고개를 저었다.

"콘치타의 아빠는 타니코의 사장이야."

사우스벤드의 집에서 세 블록 떨어진 곳에 타니코 주유소가 있었다. 우리가 만나기 훨씬 전부터 콘치타 삶의 일부가 내 삶과 맞닿아 있었던 셈이었다.

"맥스웰가에 대한 소문은 무지하게 많아. 그중에서도 콘치타 부모님의 결혼이야말로 엄청난 스캔들이었지. 콘치타의 엄마는 콘치타 아빠의 사무실 청소부였대. 그렇게 처음 만난 거래."

"설마!"

"그렇다니까! 콘치타 아빠는 유부남이었고, 엄마는 열아홉 살인가 그랬대. 멕시코에서 막 이민 왔던 때라 영어도 거의 못했대. 70년대 초반에 얼마나 대단한 스캔들이었겠니? 내가 콘치타를 처음 소개했을 때 우리 부모님이 뭐라셨는지 알아? '설마 어니 맥스웰의 딸은 아니겠지?' 하시 더라고."

"왜? 콘치타 아빠는 어떤 사람인데?"

"〈포춘〉 최근 호에 콘치타 아빠가 나왔어. 학교 도서관에 있었는데 누 가 가져갔더라. 어쨌든 별명이 석유왕이래. 석유 사업을 오래 해왔던 집 안이라 워낙 돈이 많았지만 워낙 독한 사람이라 사업이 크게 성공했대. 나이도 무척 많아. 잡지에 나온 사진을 보면 적어도 일흔 살은 돼 보이더 라. 키도 작고 대머리야. 콘치타는 아빠하고 많이 닮았어. 사진에 나온 콘치타 아빠는 오렌지색 쫄바지를 입고 있었어."

"정말?"

마사가 웃었다.

"농담이야. 당연히 양복 차림이었지."

"콘치타한테 그런 얘기는 한 번도 못 들었어."

"가끔 얘기할 때도 있는데 일부러 떠들고 다니지는 않아. 얼트에 온 것 도 또래 아이들하고 어울려보려고 그랬던 것 같아. 결국 콘치타가 생각 했던 것과는 많이 달랐겠지만."

리무진을 보았을 때처럼 콘치타가 낯설게 느껴졌다. 콘치타가 정말 원 했다면 다른 아이들과 어울릴 수도 있었을 거란 생각이 들었다.

"엄마를 많이 보고 싶어하더라. 여기선 아무도 엄마처럼 자길 위해주 는 사람이 없으니까. 우울증도 그래서 생긴 걸 거야."

"우울증이 있어?"

"불면증은 절대 아니야. 내 방이 콘치타 방 바로 옆이잖아. 트럭 기사 처럼 코를 골거든. 콘치타가 거짓말을 한다는 게 아니라, 콘치타가 생각 하는 진실이 다른 사람들하고는 다르단 거야. 하지만 난 그래서 콘치타

157

가 좋아."

"건강상의 이유가 아니라면 어떻게 그렇게 커다란 방을 혼자 쓰면서 전화까지 설치할 수가 있지?"

"리, 정말 모르는 척할 거야?"

마사가 말했다. 마사는 한 손을 뻗어 엄지손가락으로 내 손가락들을 문지르며 말했다.

"맥스웰가에서 지어줄 과학관하고 예술관에 구미가 당겼겠지."

당시 나는 마사가 맥스웰가의 돈에 대해 스스럼없이 이야기하는 게 무척 놀라웠다. 훗날 내가 처음으로 버몬트주의 마사네 집에 갔을 때 나는 마사의 집 역시 꽤 부자라는 것을 알게 되었다. 그러나 마사의 부유함은 콘치타네 집과는 차원이 달랐다. 세상에는 평범한 부자나 고상한 부자같이 요란하지 않은 부자들이 있는가 하면, 극단적이고 코믹하기까지 한, 다소 노골적인 부자들도 있다. 예를 들면, 기숙사 방을 전문가가 장식한다든가, 리무진을 타고 엄마를 만나러 호텔에 가는 것처럼. 그런 종류의 부유함이라면 얼마든지 드러내놓고 이야기할 수가 있었다.

"내년에 콘치타하고 방 같이 쓸 거니?"

내가 물었다. 마사는 얼굴을 찌푸렸다. 싫다기보다는 미안한 기색이 짙었다.

"콘치타가 그 얘기를 하긴 했는데 사실 난 좀 그래."

마사가 말했다. 나는 창밖을 내다보았다. 우리 옆에 택시 한 대가 서 있었다. 나는 다시 마사를 쳐다보고 물었다.

"저기, 좀 이상하게 들릴지 모르겠지만 우리 둘이 방을 같이 쓰면 어떨까?"

"어! 나도 하루 종일 그 생각하고 있었는데!"

마사가 활짝 웃었고, 나도 웃었다. 콘치타와 한방을 쓰지 않아도 되어서 만은 아니었다. 맥스웰 부인이 돈을 지불하는 리무진 안에서 나는 깨달았다. 얼트에 있는 한, 이제 나는 혼자가 아니라는 것을. 마사와 나는 친구가 될 것이다. 우리의 우정은 오래 지속될 것이다. 나는 확신과 함께 안도감을 느꼈다.

몇 년 뒤, 어느 결혼식에서 주례가 결혼은 슬픔을 반으로 나누고 기쁨을 두 배로 만드는 것이라고 말했을 때, 내 머릿속에 처음으로 떠오른 사람은 당시에 내가 사귀던 남자도, 상상 속에서만 존재했던 완벽한 미래의 내 남편감도 아니었다. 내게 그런 사람은 바로 마사였다.

그날 밤 학교로 돌아온 나는 기숙사 안뜰에서 에드문도와 그의 룸메이트 필립을 만났다.

"안녕!"

나는 애써 당당하면서도 침착한 목소리로 인사했다. 그들이 매트 렐만과 그의 룸메이트 자스딥 차우더리처럼 속임수를 쓰지 않을까 긴장이 되어서였다. 자스딥은 매트가 로라 바이스를 죽이는 순간에 일부러 눈을 감았다.

"안녕!"

에드문도가 말했다. 그는 여전히 눈을 맞추지 않았다. 그의 수줍음에 용기를 얻은 나는 "날씨 좋지?" 하고 물었다.

"나 이제 네 이름 안 갖고 있어. 며칠 전에 죽었거든."

그가 말했다.

"누가 죽었는데?"

가슴이 뛰기 시작했다. 그때까지 나는 아무 생각 없이 안뜰을 거닐고 있었다. 에드문도가 아닌 다른 사람이 언제고 나타나 크로스에게로 다가갈 기회를 빼앗아버릴 수도 있었던 시간이었다.

"말할 수 없어."

에드문도가 말했다. 만약 그가 조금이라도 웃었다면 나는 어떻게든 그에게서 대답을 들었을 것이다. 어차피 수줍은 남자애들은 기가 센 여자애들이 달려들기를 기다리는 것이 아니었던가! 그러나 에드문도의 목소리와 표정은 너무 진지했다. 사실 그는 나와 이야기하는 것 자체를 꺼리는 것 같았다. 나는 필립에게서도 똑같은 무관심과 심지어 짜증스러움까지 느낄 수 있었다. 자타가 공인하는 학교의 쑥맥들도 피할 만큼 나의 입지가 형편없었던 걸까?

"왜 말할 수 없는데?"

"왜냐하면…."

에드문도가 어깨를 으쓱했다.

그렇게 우리 세 사람은, 나는 그들 둘 사이를 보고 그들 둘은 제각기 다른 곳을 쳐다본 채로 서 있었다. 필립의 피부는 정말 끔찍했다. 특히 턱 쪽은 피딱지와 여드름으로 온통 뒤덮여 있었다. 만약 내 피부가 그랬다면 나는 기숙사 밖으로 나오기가 두려웠을 것이다. 비록 필립은 날 좋아하지 않았지만 나는 필립에게 연민을 느꼈다. 끔찍한 여드름으로 고통스러울 필립의 삶에 그나마 에드문도가 위안이 될 거라는 생각이 들었다.

"됐어. 신경 쓰지 마."

내가 말했다. 에드문도가 나를 불렀을 때 나는 이미 브로사드 기숙사의 문을 연 뒤였다. 그가 말을 우물거렸기 때문에 말을 끝내기 전까지 나는 그가 무슨 말을 하는지 알아들을 수 없었다. 그는 내게 "너 너무 심각하게 받아들이는 거 아니야?"라고 말했다.

콘치타와 나는 자전거 연습을 하기 위해 일요일 아침에 만났다. 보스턴에서 돌아온 뒤 처음이었다. 연습이 끝난 뒤 나는 신준의 자전거를 끌고 콘치타의 기숙사까지 같이 걸었다. 마사는 조금 더 기다려보자고 했다. 적어도 콘치타가 그 얘기를 꺼낼 때까지라도 기다렸다가 우리의 결정을 알리자고 했지만, 나는 그 사실을 숨기는 게 불편했다. 도서관 앞을 지나갈 때 내가 먼저 말을 꺼냈다.

"너한테 할 얘기 있어. 뭐 별로 대단한 건 아니고. 마사하고 나, 내년에 방 같이 쓰기로 했어."

콘치타는 걸음을 멈추더니 울음을 터뜨렸다. 나는 콘치타의 어깨를 두드렸다.

"울지 마."

콘치타는 마치 나를 막으려는 듯 팔꿈치를 들어 얼굴을 가렸다. 아이들이 우리가 있는 쪽으로 오고 있었다.

"저쪽으로 가자."

나는 도서관 뒤, 동그란 대리석 벤치를 가리키며 말했다. 그 벤치는 1956년 졸업생들이 기증한 것으로, 벤치의 중앙에 천사 동상이 있었다. 내가 알기로는 아무도 그 벤치를 사용하지 않았다.

"여기 앉아."

내가 옆자리를 두드리며 말했다.

"콘치타 미안해. 정말 미안해. 하지만 이해해줘."

"우리가 방을 같이 쓰면 안 되는 이유가 뭔데?"

콘치타는 얼굴이 벌겋게 달아오른 채로 눈물범벅이 되어 있었다.

"우리라면 너하고 나? 아니면 너하고 마사?"

"너하고 나."

"난 네가 좋은 친구라고 생각해. 하지만 너하고 좁은 공간을 같이 사용하긴 좀 어려울 것 같아."

"마사하고는 같이 사용할 수 있고?"

"넌 세간이 무지하게 많잖아."

"엄마가 고용한 인테리어 전문가 때문이야. 내 마음엔 들지도 않아."

"마사하고 난 공통점이 많아. 서로 잘 통하고."

"내가 소개해주기 전에 넌 마사하고 말도 못 해본 사이였잖아."

"가끔 얘기했어. 라틴어 시간에."

콘치타의 말은 충분히 일리가 있었지만, 나는 왠지 그 사실을 짚고 넘어가야만 할 것 같은 기분이 들었다.

"언제 결정한 거야?"

"어제. 게다가 콘치타, 넌 불면증도 있잖아."

"학교로 돌아오는 길에 결정했단 말이야? 마사가 너한테 먼저 물어봤어? 아니면 네가 물어봤어?"

"누가 먼저랄 것도 없이 그렇게 됐어."

콘치타는 침착하게 말하려 애썼다. 그러나 다시 입을 열었을 때 그녀의 목소리는 떨리고 있었다. 한 가닥 희망 때문이었다.

"세 사람이 같이 쓰면 안 될까? 3인실 말이야."

그러자고 말할 수도 있었다. 마사가 2인실을 원한다는 것은 알고 있었지만 3인실을 쓰자고 설득하기란 어렵지 않을 것이다.

"힘들 거야. 셋은 꼭 싸우게 되잖아."

내가 말했다.

"보스턴에선 안 싸웠잖아."

"그날 하루였으니까 그렇지. 콘치타, 달라지는 건 하나도 없어. 난 앞으로도 너하고 잘 지내고 싶어. 올해도 같은 기숙사에 있지는 않았지만 우린 친구가 됐잖아?"

"우린 친구가 아니야."

콘치타가 주머니에서 보라색 휴지를 꺼내 코를 닦았다. 그러나 코를 풀지는 않았다. 콘치타의 코끝이 콧물로 얼룩졌다.

"우린 친구야."

이런 순간이 오리라고는 생각하지 못했다. 내가 콘치타에게 우리가 친구라는 사실을 설득하게 되다니.

"네가 너무 예민한 거야. 내일이면 다 잊어버릴걸. 기숙사까지 데려다줄게."

나는 일어서서 콘치타의 앙상한 어깨를 내려다보며 말했다. 어둑어둑한 저녁 불빛 속에서 나는 처음으로 콘치타의 운동화 끈이 노란색과 주황색 줄무늬라는 것을 깨달았다.

"콘치타, 내가 어떻게 해주면 좋겠니?"

"날 혼자 내버려둬."

예배 종이 울렸다. 8시 30분이었다. 나는 알고 있었다. 사람들이 혼자 내버려두라고 말할 때 그게 진심인 경우는 거의 없다는 것을.

"좋아. 그게 네가 원하는 거라면."

내가 말했다.

맥그레이스를 죽였을 때 그는 자신의 표적이 2학년인 알렉산더 헤버드라고 말했다. 알렉산더는 프랑스 파리 출신으로, 마약중독이라는 소문이 있었다. 그는 미남이었다. 여성적인 미남이라기보다는 귀족적인 미남이었다. 중간 정도의 키에 조금 마른 편이었고, 입술은 얇았으며 청바지를 즐겨 입었다. 정찬회가 아닌 보통 저녁 식사 시간에 그는 대부분의 얼트 남학생들처럼 운동화를 신지 않았고 자칫하면 촌스러워 보일 수도 있는 바닥이 두꺼운 가죽 구두를 신었다. 그러나 알렉산더 헤버드가 신은 그 구두는 근사해 보였다.

그에게 말을 걸어본 적은 한 번도 없지만 식당에서 줄을 설 때 그의 뒤에 서본 적이 있었다. 프랑스 억양이 조금 남아 있는 그의 말투는 자신감이 넘치면서도 겸손함이 배어났다.

문제는 알렉산더가 자기의 암살 표적이라는 걸 맥그레이스가 알려주긴 했지만, 그 사실을 입증하는 쪽지와 스티커를 아직 내게 넘겨주지 않았다는 것이다. 물론 스티커가 여러 장 남아 있었지만 나는 알렉산더의 이름이 적힌 쪽지를 건네받는 것이 무척 중요한 일처럼 느껴졌다. 데빈을 포함한 내가 암살한 모든 아이들이 나에게 쪽지를 보여달라고 하지 않았지만 나는 그걸 원했다. 혹시라도 맥그레이스가 착각해서 실제로 내가 죽여야 할 사람이 4학년생인 알렉스 앨리슨일 수도 있지 않을까?

월요일이 되었는데도 맥그레이스는 나에게 쪽지를 넘겨주지 않았다. 토요일에는 외출을 하긴 했지만 일요일에는 예배 시간이나 점심시간(일요일 아침은 대체로 가장 훌륭한 메뉴가 제공되지만, 그날따라 피가 배어 나오는 양고기가 나오는 바람에 최악이었다), 혹은 기숙사로 얼마든지 나를 찾아올 기회가 있었다. 월요일 저녁 식사 시간에 나는 그를 암살했던 자리로 찾아갔다. 그가 자기 머리를 때리면서 절대로 잊어버리지 않고 저녁 늦게 가져다주겠다고 했다. 그런데도 그는 오지 않았다. 그다음 날, 나는 조회를 끝내고 나오는 길에 알렉산더를 죽였다. 그의 표적은 같은 2학년인 라일리 하딕스였다. 알렉산더가 자기 스티커를 찾는 동안 나는 내 자신이 너무 속물스럽고, 미국적이고, 지나치게 흥분한 게 아닌가 하는 생각이 들었다. 몇 초에 불과한 시간이었지만 스티커가 필요 없다고 말하기엔 너무 늦은 것 같았다. 그렇게 말하면 그가 '이미 너 때문에 내 시간을 낭비했잖아'라고 말할 것 같았다.

그러나 나는 게임을 계속할 수밖에 없었다. 그렇지 않으면 어떻게 크로스에게 다가간단 말인가? 하루하루 시간이 지날수록 얼마나 많은 사람이 남았는지, 내가 어디까지 와 있는지, 그와 나 사이에 시간이 얼마나 남아 있는지 파악하기는 점점 더 힘들어졌다. 확실한 것은 에드문도가 자신이 죽었다고 말한 이후로 아무도 날 죽이려는 시도를 하지 않았다는 것뿐이었다. 그러나 에드문도를 죽인 사람이 날 죽일 생각이 없다고 하더라도, 그 사람의 암살자나 그 암살자의 암살자가 나를 죽이려 할 수도 있었다. 게다가 열다섯 명인지 쉰 명인지는 모르지만 남아 있는 사람들은 살아남으려는 의지가 강할 확률이 높았다.

나는 걸을 때면 늘 뒤를 살폈고, 혼자서는 절대 외출하지 않았다. 나는 내 자신의 생사만큼이나 크로스의 생사에 신경을 곤두세웠다. 어쩌면 그는 이미 한참 전에 이 게임에 흥미를 잃었을지도 모른다. 게임에 싫증이 났을지도 모른다. 교정에서 그를 볼 때면 나는 항상 일정한 거리를 유지했다. 그러나 최근에는 조금 더 가까이에서 서성거렸다. 아침 식사 시간에는 바로 옆 테이블에 앉았고, 점심 식사 때도 크로스의 옆 테이블에 앉았다. 게임에 관한 대화를 조금이라도 들어볼까 해서였다. 식당을 나설 때에도 그의 바로 뒤에 붙어 따라 나갔다. 그가 조금이라도 주의를 기울였다면 내가 그를 죽이려 한다고 생각했을 것이다. 그러다가 마침내 나는 원하는 대답을 들었다. 크로스는 나와 2미터 정도 떨어진 곳에 서서 존 브린들리, 데빈 빌링거와 이야기를 나누고 있었다. 그가 한 말의 앞부분은 듣지 못했지만 "누가 샤워할 때 날 죽이지만 않는다면"이라고 말하는 것을 나는 똑똑히 들었다. 셋 다 웃음을 터뜨렸다. "만약 샤워할 때 누가 찾아오면, '내가 졌다. 이 게임이 너한테 그렇게 중요한 거라면 할 수 없지'라고 말할 생각이야."

빙고. 크로스는 아직 살아 있다.

라틴어 수업 시간이었다. 콘치타가 아침 식사 시간이 되기도 전에 양호실에 갔다고 마사가 알려주었다. 콘치타는 이틀 동안 라크로스 연습 시간에도 나타나지 않았다. 이제 마사와 나는 모든 일을 의논하는 사이가 되었다. 적어도 나는 그랬다. 일요일 저녁 콘치타를 밖에 혼자 남겨두고 돌아오자마자 내가 가장 먼저 한 일은 기숙사의 공중전화로 마사에게 전화를 건 것이었다. 마사의 기숙사로 가면 콘치타와 마주칠 위험이 있었다. 학교 내에 있는 사람과 전화를 하자니 조금 이상한 기분이 들었다. 아니, 재미있었다는 표현이 더 맞을 것 같다.

"화가 많이 났나 봐."

월요일, 마사가 그렇게 말했을 때 나는 "나한테? 아니면 우리 둘한테?"라고 물었다.

"주로 너한테야. 지금은 너무 속상해서 이성을 잃었지만 차츰 나아지겠지."

마사가 말했다. 항상 그렇듯이 마사였기 때문에 그런 말조차 냉정하게 들리지 않았다.

콘치타가 이틀째 연습을 빠지자 나는 양호실로 찾아갔다. 간호사는 콘치타가 기숙사로 돌아갔다고 했다. 콘치타의 방에서는 밥 딜런의 노래인 것 같은 곡이 흘러나오고 있었다. 나는 노크를 했고, 콘치타는 "들어와"라고 말했다.

다른 사람을 기다리고 있었던 게 분명했다. 나를 본 순간 콘치타는 마치 화난 표정을 짓는 어린아이처럼 입술을 깨물고 이마를 찌푸렸다.

"노래 좋다."

내가 스테레오를 가리키며 말했다.

"어쩐 일이야?"

"네가 걱정돼서."

"내 가장 친한 친구를 빼앗기 전부터? 아니면 그다음부터? 네가 날 이용해서 마사와 친해지려 했던 건지, 아니면 우연히 기회가 찾아와서 그걸 잡은 건지 알고 싶어."

"콘치타."

그럴 생각은 없었지만 나는 웃고 말았다. 콘치타는 나를 쏘아보았다.

"지금 드라마 쓰니? 친구를 빼앗는다는 건 현실 속에서 일어나지 않는 일이야."

내가 말했다.

"그걸 네가 어떻게 알아? 날 만나기 전에 넌 친구가 한 명도 없었어."

"그렇지 않아."

나는 신준을 떠올리며 말했다. 그리고 하이디와 알렉시스를 생각했다.

166

베갯잇 사건 이후로는 한 번도 그들과 이야기를 해본 적이 없었다. 그들은 친구라고 말하기에는 무리가 있었다.

"내가 널 잘못 봤어. 난 네가 똑똑하고 순수한 애라고 생각했어. 그런데 알고보니 천박한 순응주의자더라. 넌 정체성이 없어. 그러니까 너하고 같이 있는 사람으로 네 가치를 말할 수밖에 없겠지. 그래서 별 볼일 없는 애하고 시간을 보내면 초조해지는 거야. 마사가 불쌍해. 그 앤 네가 어떤 앤지 전혀 모를 테니까. 만약 애스패드 몽고메리가 너한테 방을 같이 쓰자고 하면 넌 곧바로 마사를 버리겠지."

콘치타의 분석을 듣고 있자니 속이 쓰렸다. 그러면서도 한편으로는 안도감이 느껴졌다. 누군가 나의 실체를 알고 있다는 데서 오는, 고마움에 가까운 안도감이었다. 비록 결점투성이긴 했지만 날 제대로 아는 사람이 있었다.

"이왕이면 좀더 인기 있는 애를 고르지 그랬어?"

콘치타가 말했다. 그러고는 잠시 후 한결 가라앉은 목소리로 이렇게 말했다.

"아직도 늦지 않았어. 널 용서할 수도 있어."

"너하고 방을 같이 쓰지 않으면 내 사과를 받아주지 않겠다는 뜻이야?"

"네가 원하는 건 그것뿐이니? 그렇다면 좋아. 네 사과를 받아줄게."

"그럼 라크로스 연습 시간에 나올 거야?"

"라크로스 수업에 빠진 건 너하고 상관없는 일이야. 꽃가루가 많이 날려서 빠진 것뿐이야."

콘치타가 내게서 고개를 돌리며 말했다.

"나 샤워해야 돼."

콘치타가 말했다. 나는 방에서 나왔다. 그때 방문이 다시 열렸고, 그와 거의 동시에 콘치타의 손이 내 등에 닿는 것이 느껴졌다. 나는 콘치타가 날 끌어안으려 한다고 생각했다. 어쩌면 나를 애무하려고 하는 건지도 모른다고까지 생각했다. 어쩜 콘치타는 나를 정말 사랑했는지도 모른다고. 콘치타가 나를 암살하리라고는 눈곱만큼도 생각하지 못했다.

내가 돌아섰다.

"넌 죽었어."

콘치타의 목소리는 덤덤했고, 조금도 뿌듯해 보이지 않았다. 돌이켜 생각해보면 콘치타가 나를 죽인 것은 그렇게 하면 기분이 좋아질 것 같아서라기보다는, 그렇게 하지 않으면 고통스러울 것 같아서였다는 생각이 든다. 그 후에 나는 상황을 종합해보려고 했지만 콘치타와 다시는 애기를 할 수 없었기 때문에 내가 알아낸 정보들은 다소 불완전했다. 확실한 건 에드문도가 콘치타의 암살 표적이었고, 에드문도가 날 죽이려 한다는 것을 안 콘치타가 나를 지키기 위해 그를 죽였다는 것이다. 콘치타는 주말 전에 에드문도를 죽였고, 주말 내내 학교를 떠나 있었다. 콘치타는 날 도왔던 것이다. 그러다가 콘치타는 나를 돕는 일을 그만두었다. 어쩌면 실제 상황은 그보다 훨씬 더 복잡했을지도 모른다. 날 지켜주기 위해 더 많은 사람들을 죽여야 했었는지도 모른다. 당시에는 콘치타와 나 사이의 연결 고리와 사건의 순서를 파악하는 게 중요하게 느껴졌지만, 어느 순간부터는 그런 것들이 더 이상 아무런 의미도 없어졌다. 얼트에 다니는 동안 다른 아이들은 꾸준히 게임에 참여했지만 그 이후로 나는 한 번도 암살 게임에 참여한 적이 없었다. 그 게임이 폐지되었는지 아니면 '스티커 붙이기' 같은 다른 이름으로 계속되고 있는지는 모른다. 일단 학교를 떠나고 나면 그런 것들을 결코 알 수 없게 되어버린다. 그러나 학교를 떠나기 훨씬 전에 이미 나는 흥미를 잃었고, 암살 게임이 정말 어리석고 짜증스러운 게임이라고 생각하는 사람들 중 하나가 되었다.

복도에서 나는 콘치타의 표정을 살폈다. 장난이었다고 말하거나 날 다시 살려주기를 바랐다. 콘치타가 날 죽인 건 아주 잘못된 일이라고 나는 생각했다. 암살 게임은 우리 둘과는 아무런 상관도 없었다. 그것은 크로스와 상관이 있었다. 다른 여자애의 사랑을 가로막겠다는 콘치타의 심보를 어떻게 이해해야 할까? 이런 심술은 콘치타 자신도 크로스를 좋아할 때만 정당화될 수 있는 행위였다. 그런 게 아니라면 다른 사람의 사랑을 가로막는 행위는 언제나, 절대적으로 잘못된 것이었다.

그때 나는 보았다. 콘치타의 눈 속에서, 그리고 입가에서. 한 가지 문제만 해결되면 콘치타가 자신의 결단을 번복할 수도 있다는 암시를 나는 보았다. 그것은 바로 콘치타의 룸메이트가 되는 것이었다. 콘치타의 잘못은 아니었다. 콘치타 자신도 미처 의식하지 못했을지도 모른다. 설사 의식했다고 하더라도 내가 정말 그렇게 해줄 거라고는 생각하지 않았을 것이다. 그러니까 말하자면, 콘치타는 나를 협박한 게 아니었다. 그러나 우리의 우정은 그걸로 끝이었다. 만약 콘치타 쪽에서만 날 미워했고, 나에겐 콘치타를 미워할 이유가 없었다면 우리의 우정은 회복될 수도 있었을 것이다. 그런 불균형 상태였다면 두 사람 중 한 사람만의 용서로 문제가 해결될 수 있기 때문이었다. 그러나 마치 양쪽에서 흘러들어와 고인 우물처럼 우리의 증오는 상호적인 것이었다.

지금 생각해보면 나는 콘치타에게 큰 빚을 졌다. 비록 콘치타의 의도는 아니었지만 콘치타 덕분에 마사를 알게 되었기 때문이다. 콘치타는 내게 마사와 가까워질 수 있는 환경을 만들어준 것 외에도 훨씬 더 크고, 값으로 따질 수 없는 선물을 주었다. 바로 친구 사귀는 법을 가르쳐준 것이다. 그러니까 나는 콘치타에게 엄청난 빚을 진 셈이다. 하지만 그때 나는 콘치타가 나를 죽인 것으로 복수를 한 셈이라고 믿었다. 그리고 콘치타에게 하나도 빚진 게 없다고 생각했다.

그 어수선한 한 주 동안 또 하나의 사건이 있었다. 그러니까 일요일 밤 콘치타에게 마사와 한방을 쓰기로 했다고 말하기 전이었고, 콘치타가 나를 암살하기 전이었으며, 서로에게 불쾌한 말들을 주고받기 전이었다.

그날 저녁 양호실 뒤로 나갔을 때 콘치타는 잔디 위에 다리를 꼬고 앉아 있었다. 내가 자전거에서 내리자 콘치타가 자전거에 올라탔고, 나는 안장을 잡았다.

"자, 준비!"

자전거가 앞으로 움직이자 나는 달리기 시작했다.

"우리 아빠가 널 만나보고 싶어하서."

어깨 너머로 날 돌아보며 콘치타가 말했다. 나는 땅딸한 대머리의 어니 맥스웰을 떠올렸다. 아직 그의 사진을 보지는 못했다. 나는 다른 사람들은 말로만 듣던 사람을 '우리 아빠'라고 부르는 건 어떤 기분일까 생각해보았다.

"기대된다."

내가 말했다. 그때 앞머리가 흘러내려 내 눈을 가렸고, 나는 손을 들어 머리를 귀 뒤로 넘겼다. 문득 내가 자전거를 놓았다는 생각이 들었다. 콘치타는 혼자서 완벽하게 균형을 잡고 자전거를 타고 있었다. 나는 계속 달리면서 콘치타와 나의 간격을 좁히려 애썼다. 그러나 내 도움 없이도 콘치타는 점점 더 속도를 내고 있었다.

"콘치타! 내 말 듣고 겁먹지 마! 지금 나 자전거 안 잡고 있다! 너 혼자 타는 중이야!"

콘치타는 바로 브레이크를 잡고 발을 땅에 내려놓았다.

"잘했는데 왜 그래! 그냥 계속 갔어야지. 다시 시작해보자."

어쩌면 곧바로 다시 혼자 탈 수는 없을지도 모른다는 생각이 들었다. 적어도 바로는 안 될 수도 있었다. 그러나 상관없었다. 콘치타는 조금씩 늘고 있었다. 한 번 성공했다면 할 수 있다는 생각이 들 것이다.

"잡고 있지?"

콘치타가 물었다.

"그럼. 잡고 있어. 페달 밟아."

물론 나는 잡고 있었다, 조금 느슨하게 잡고 있긴 했지만. 콘치타가 속도를 낸 순간 나는 손을 놓았다. 콘치타는 계속 앞으로 나아갔고, 나는 멈추어 섰다. 콘치타는 내게서 멀어졌다.

"리!"

콘치타가 소리를 질렀다.

"너 손 놨지! 다 알아!"

"그래! 하지만 너 혼자도 잘하고 있잖아!"

"이제 세울 거야!"

콘치타는 항상 그랬던 것처럼 자전거를 세우고 안장에서 내려선 뒤 길가로 끌고 갔다.

"이제 나한테 와봐!"

콘치타는 20미터 정도 거리에 있었다. 우리가 소리를 지르는 것을 사람들이 들을 수도 있었지만 상관없었다.

"나 혼자 타라고?"

"그래! 내가 네 옆에 있었을 때처럼!"

멀리 떨어져서도 나는 콘치타가 심호흡을 몇 번 하고 어깨에 힘을 주는 것을 보았다.

"넌 할 수 있어!"

내가 소리쳤다. 그리고 콘치타가 자전거를 타고 나에게로 왔다. 콘치타는 활짝 웃고 있었다. 바람에 콘치타의 검은 머리칼이 흩날렸고, 내게로 다가올수록 힘을 주어 하얗게 뼈마디가 드러난 콘치타의 손이 선명하게 보였다. 나는 박수를 쳤다.

"만세! 드디어 해냈어!"

콘치타는 내 곁을 지나갔다.

"화이팅! 누가 감히 콘치타 맥스웰을 잡으리요!"

콘치타가 손을 흔들어보려는 듯 오른손을 들었고, 자전거가 잠시 중심을 잃고 비틀거렸다. 콘치타는 얼른 손을 내렸다. 나는 숨을 죽였지만 콘치타는 다시 중심을 잡았다. 콘치타는 잘하고 있었다. 아니, 그 이상이었다. 정말 멋졌다. 콘치타의 뒷모습이 점점 더 작아지는 걸 지켜보면서 나는 흐뭇했다. 내가 콘치타에게 자전거 타는 법을 가르쳐주었다는 사실이 믿기지 않았다.

그것은 콘치타와의 짧은 우정에서 영원히 빛이 바래지 않는 유일한 추억이었다.

방관자

2학년

2학년 영어 수업 시간, 나는 수업이 지루해질 때마다 모레이 선생님의 브로치를 바라보면서 저 브로치가 어디서 난 걸까 생각해보곤 했다. 펼쳐진 하드커버 책 모양의 브로치였는데, 어떻게 보면 마치 양 갈래로 늘어뜨린 풍성한 곱슬머리 같기도 했다. 선생님은 그 브로치를 일주일에 서너 번 정도 달고 왔고, 그럴 때마다 그 브로치에 어떤 특별한 사연이 있는 건지 궁금했다. 부모님, 어쩌면 어머니한테 받은 선물일 수도 있었다. 고달프지만 가치 있는 일을 선택한 그녀에게 대학 교수나 고등학교 선생님이 선물한 걸지도 모른다. 나이 든 이웃이나 친척의 선물일 수도 있었다. 하지만 친구나 남자친구의 선물은 아니라고 나는 거의 확신했다. 왜냐하면 선생님은 이제 막 수습교사 발령을 받은, 겨우 스물두 살이었기 때문이다. 물론 열다섯 살인 나에게 그 나이가 적어 보이지는 않았지만 유행 지난 액세서리를 선물받기엔 조금 어린 나이라는 생각이 들었다. 만약 40대라면 브로치가 어울릴 것이다. 30대도 괜찮을 것 같았다.

그러나 그보다 어린 나이라면 대체로 목걸이나 귀고리에 집착하게 마련이다.

9월 새 학기. 모레이 선생님의 수업 시간에 가장 먼저 떠오른 생각은 내가 여름 내내 그리워했던 크로스 슈가맨이 없다는 것이었다. 영어 수업은 그날 나의 마지막 수업이었고, 나는 다른 수업 시간에도 크로스를 만날 수 없었다. 다시는 그를 볼 수 없을지도 모른다는 두려움이 점점 더 커지고 있었다. 어쩌면 다시는 그와 얘기조차 할 수 없을지도 모른다. 그러면 그가 나와 사랑에 빠지는 일 따위는 결코 일어나지 않을 것이다.

교실에 들어서며 내가 발견한 또 한 가지는 칠판에 적혀 있던 문장이었다.

'문학은 우리 내면의 얼어붙은 바다를 깨는 도끼와 같은 것! -프란츠 카프카'

세 번째로 발견한 것은 교실 뒤쪽의 소동이었다. 방충망이 없는 창문 옆에서 다든 피타드가 운동화 한 짝을 들고 서 있었고, 긴 직사각형 책상에 모여 앉은 다른 아이들은 커다란 목소리로 제각기 고함을 지르고 있었다.

"빨리 잡아!"

애스패드 몽고메리가 소리쳤고, 신입생 때 내 룸메이트였던 디드는 "잘못 건드리면 더 사나워질걸!" 하고 말했다. 그러자 애스패드가 "그럼 어때? 어차피 죽을 텐데" 하고 말했다.

"다든, 우릴 공격한 것도 아닌데 그냥 내버려둬."

힘없이 늘어진 밤색 머리에 목소리가 고운 콜로라도 출신의 마르고 창백한 여자애, 노리 클리한이 말했다.

나는 노리 옆 빈자리에 앉았다. 소동의 주인공은 바로 벌 한 마리였다. 긴 책상 맞은편에서 다든을 보기 위해 의자를 돌려놓고 있던 디드가 어깨 너머로 돌아보았고, 그 순간 나와 눈이 마주쳤다.

"안녕, 리. 방학 잘 지냈어?"

디드가 물었다.

"응. 넌?"

나는 디드의 목소리에 혹시 빈정거림이나 적의가 있는지 살피며 대답했다.

"끔찍했어, 난…. 어머, 저리 가!"

벌이 디드의 오른쪽 귓가를 맴돌자 디드는 손을 내저었다. 벌이 바로 뒤에 있을 때 디드는 "어디 갔어? 어디 갔냐고!" 하고 소리쳤다. 디드 옆에 있던 애스패드는 신경질적으로 웃었다.

"좋았어!"

다든이 말했다. 그러나 다든이 가까이 다가가자 벌은 갑자기 나한테로 돌진해 왔다. 벌이 날아온 순간, 시야가 흐려졌다. 나는 무심코 코앞에서 양손을 들어 '탁!' 하고 부딪쳤다. 손이 따끔하면서 뭔가 끈적이는 듯한 느낌이 들었다. 내가 벌을 잡은 것이었다. 이럴 생각은 아니었는데. 교실 안은 조용했다.잠시 후 다든이 말했다.

"이런 씨발! 리 피오라, 나쁘지 않은데!"

그와 동시에 선생님이 교실에 들어왔다.

"그 말은 못 들은 걸로 해줄게!"

모레이 선생님이 싱긋 웃으며 말했다. 선생님의 첫인상이 교실의 분위기를 압도하고 있었다. 아이들은 모두 똑같은 표정으로 선생님을 바라보았다. 모두 '새로 온 영어 선생님 괜찮은데!'라고 생각하는 것 같았다. 미인이라고 말할 수는 없었다. 살짝 들창코에, 턱까지 내려오는 금발머리 때문에 밤색 눈썹은 더 짙고 두꺼워 보였다. 그러나 전반적으로 경쾌한 분위기를 풍기는 좋은 인상이었다. 반팔 셔츠에 허리를 둘러 입는 청스커트 차림이었고 스타킹은 신고 있지 않았다. 종아리는 하키 선수를 연상시킬 정도로 가무잡잡하고 단단해 보였다. 해마다 가을이면 얼트는 서너 명의 수습 교사를 받았다. 모두 대학을 갓 졸업한 사람들로, 1년 동안 얼트에서 아이들을 가르쳤다.

선생님은 교탁 앞에 서더니 얇은 푸른색 스웨이드 가방에서 출석부를 꺼내며 말했다.

"난 모레이야. '모레이 부인'이라고 부를 생각은 하지도 마. 그건 우리 엄마니까."

아이들이 웃었다.

"2학년 영어를 가르치러 왔는데, 혹시 2학년 영어를 들으러 온 게 아닌 사람은 지금 바로 일어나서 나가줄래?"

다든이 일어났고, 아이들은 또 한 차례 웃었다. 다든은 다시 자리에 앉았다.

"똑똑한 친구네. 내가 이름을 알고 싶은 첫 번째 학생이 됐으니까."

"다든 피타드입니다."

모레이 선생님이 출석부를 훑어 내렸다.

"찾았다! 모음운이 있는 이름이네. 모음운이 뭔지 아는 사람?"

디드가 손을 들었다.

"울고 있는 울새나 파란 파도 같은 거 아닌가요?"

"비슷해. 그건 두운이라고 하지. 모음운은 모음이 반복되는 거야. 다든 피타드Darden Pittard처럼. 그러니까 피타드, 네 이름이 곧 시라는 뜻이야."

"제 이름이 시라고요? 그거 멋진데요?"

다든이 말했다.

나는 다든과 처음 말문을 연 게 혹시 모레이 선생님의 전략이었는지 궁금했다. 다든은 2학년에서 가장 인기 있는 남자애였다. 아이들은 모두 그를 좋아했다. 얼트의 아이들은 브롱크스 출신의 덩치 좋은 흑인 남자애를 자기들이 진심으로 좋아한다는 사실을 좋아했다.

"좋아. 또 어떤 친구들이 있지?"

나는 더 이상 참을 수가 없었다. 나는 반쯤 일어나서 여전히 양손을 잡은 채로 말했다.

"죄송하지만 화장실 좀 다녀와도 될까요?"

"왜 미리 다녀오지 않았지?"

"얼른 손만 씻고 올게요."

내가 말했고, 아이들이 웃기 시작했다. 아이들이 날 비웃는 것 같진 않았다. 사실 별로 창피하지도 않았다. 그러나 교실에는 묘한 분위기가 감돌았다. 맨손으로 벌을 잡는다는 게 다른 아이들에게는 그토록 끔찍하고 신기한 일이었다. 마치 식당에서 팬케이크 위에 치즈 크림을 바르거나, 사용한 생리대를 하루 종일 들고 다니다가 기숙사 방에 돌아와서 버리는 것처럼. 그런 일들을 두고 아이들은 '오드리 플래허티스럽다'라고 표현했다. 오드리 플래허티는 그 두 가지를 실제로 하는 것으로 알려진 3학년생이었다. 나는 우리 학년의 오드리가 되고 싶진 않았다.

아이들이 키득거리자 모레이 선생님은 아이들을 둘러보았다. 선생님은 잠시 고민하는 듯하다가 이내 표정을 가다듬었다.

"출석 확인한 다음에 다녀와."

선생님은 다시 출석부를 내려다보았다.

"자, 다음은… 올리버….

"죄송하지만 얼른 다녀오면 안 될까요? 아직 종도 안 울렸는데….

내가 자리에서 일어서며 말했다. 어서 손을 씻어 흔적을 없애고 싶은 마음이 굴뚝같았다.

우리의 눈이 다시 마주쳤다. 나는 모레이 선생님에게 내가 실제보다 더 이상하게 비춰지고 있다는 것을 알 수 있었다. 그 순간 나는 수업의 훼방꾼이며 골칫덩어리였다. 우리가 그렇게 서로 바라보고 있을 때 수업 종이 울렸다.

"이제 울렸지? 그만 자리에 앉아. 다른 사람들도 모두 수업 시작하기 전에 방광 비우는 거 잊지 말도록!"

아이들이 웃었다. 선생님이 '방광'이라는 단어를 사용하다니. 나는 화가 치밀었다.

"자, 그러니까 올리버… 아문센? 손 한번 들어볼래?"

올리버가 손을 들었다.

"아문센이 맞니?"

올리버가 고개를 끄덕였다.

"노리 클리한?"

"네!"

노리가 부드러운 목소리로 대답했다.

모레이 선생님이 내 이름을 불렀을 때 나는 "여기요"라고 대답했다. 우리의 눈이 마주쳤고, 선생님은 고개를 끄덕였다. 마치 '저 밉살맞은 여자애 이름이 리 피오라였군' 하고 생각하는 것 같았다.

"리! 손 한번 펴봐!"

애스패드가 낮은 목소리로 말했다. 나는 못 들은 척했다. 나는 여전히 양손을 맞잡은 채로 무릎 위에 올려놓고 있었다. 손바닥이 후끈거리고 가려웠다.

"좀 보자니까!"

애스패드가 말했다.

"거기! 무슨 일이지?"

모레이 선생님이 애스패드와 나를 번갈아 쳐다보다가 나에게 시선을 고정했다.

"아니에요."

내가 대답했다.

"무슨 일인지 여기 있는 다른 사람들한테도 알려주면 안 될까?"

교실은 조용했다. 나는 모두가 내 대답을 기다리고 있다는 걸 깨달았다.

"저… 이거예요."

나는 손바닥을 펼쳐 보였다. 이미 굳어버린 액체와 찢어진 날개, 검은색과 노란색 털이 난 다리가 뭉개져 있었다. 사람들의 시선을 끌지 않고 조용히 넘어가고 싶었지만 어쩔 수가 없었다. 내가 손바닥을 펼치는 모습은 너무도 극적이었고, 피할 수 없는 것이었다. 다른 사람들이 나에게 무언가를 간절히 원할 때면 단지 그들을 즐겁게 해주기 위해, 기이한 사람처럼 보일 수도 있다는 걸 알면서도 자기 자신을 희생하게 되는 법이다.

마치 시트콤의 방청객처럼 반 아이들이 비명을 지르고 키득거리며 웃었다.

"그게 뭐지?"

모레이 선생님이 물었다.

"벌을 죽였어요."

모레이 선생님은 한숨을 쉬었다. 짜증이 섞인 한숨이었다.

"좋아. 가서 손 씻고 와."

선생님의 반응은 의외였다. 나는 선생님이 상황을 파악하기만 하면 모든 게 해결되리라고 생각하고 있었다.

화장실 세면대 앞에서 거울을 쳐다보았다. 수업 첫날부터 선생님을 화나게 만들었음에도 불구하고 묘하게 기분이 좋았다. 이유가 무얼까. 나는 조금 전에 일어난 일들을 머릿속에 다시 떠올려보았다. 내가 벌을 죽였을 때 다든 피타드는 내 이름을 불렀다. 그는 "리 피오라"라고 말했다. 아무렇지도 않게, 마치 내가 편안하게 이름을 부를 수 있는 다른 여자애들과 똑같다는 듯이 내 이름을 불렀다. 바로 그것이 내게는 기억 속에 간직하고 싶을 만큼 기분 좋은 일이었다.

교실로 돌아왔을 땐 애스패드가 발표를 하고 있었다.

"제가 가장 좋아하는 작가는 마조리 모닝스타예요. 마조리의 작품이야 말로 제가 가장 공감할 수 있는 책이었어요. 참, 전 웨스트체스터 카운티에서 왔어요."

애스패드가 자기가 가장 좋아하는 책과 출신지를 말하는 동안 나는 내 차례가 되면 무슨 말을 할지 생각해보았다. 《제인 에어》라고 할까? 여름 방학 동안 사우스벤드에 머물면서 나는 그 책을 하루 만에 독파했다. 사실 재미있어서라기보다는 달리 할 일이 없어서였다. 그러나 애스패드가 마지막 차례인 것 같았다. 선생님이 내 존재를 잊었거나, 아니면 내게 말할 기회를 주고 싶지 않았거나 둘 중 하나였다.

"좋아요. 모두 주목해봐요."

"선생님!"

애스패드가 말했다.

"선생님이 어디서 오셨는지, 가장 좋아하는 책이 뭔지도 얘기해주시면 안 될까요?"

"그게 왜 궁금하지?"

선생님의 말투가 즐거워 보였다.

"저희도 말씀드렸잖아요."

애스패드가 말했다.

"아하! 그러니까 나도 해야 한다고?"

"선생님이 어떤 분인지 알고 싶습니다!"

다든이 말했다.

"난 아이오와주 북쪽의 더뷰크에서 자랐고 아이오와대학을 다녔어요. 호크 아이스(아이오와 사람을 일컫는 속칭 ─옮긴이) 만세!"

선생님이 한 팔을 들었고, 몇몇 아이들이 웃었다. 그러니까 선생님은 다트머스의 하키 선수는 아닌 것이 분명했다. 선생님이 아이오와 출신이라는 사실을 알고 나니 왠지 중서부인의 기질이 느껴지는 것도 같았다.

선생님은 긴장을 완전히 풀지 않고 있었다. 물론 그러는 게 당연했다. 오늘은 얼트에서의 첫 수업이자 생애 첫 수업이기 때문이었다. 선생님의 브로치를 처음 본 건 바로 그때였다. 셔츠의 오른쪽 가슴, 갈비뼈 바로 밑에 브로치가 있었다.

"문학을 전공했고, 내 자랑을 좀 하자면 파이 베타 카파Phi Beta Kappa(대학의 성적 우수자 클럽 – 옮긴이) 회원이고….."

선생님은 웃었지만 같이 웃는 사람은 아무도 없었다.

얼트에서는 아무도 자기 자랑을 하지 않았다. 자랑을 하고 있다는 사실을 인정한다고 해서 달라지는 것은 없었다.

"내가 제일 좋아하는 책은… 아무래도 《마이 안토니아》라고 해야 할 것 같네. 누가 쓴 책인지 아는 사람?"

모레이 선생님이 말했다.

나는 디드가 '마이 안토니아'라고 공책에 적는 것을 보았다.

"누가 말해볼까?"

모레이 선생님이 출석부를 보았다.

"디드! 《마이 안토니아》를 누가 썼지?"

디드는 대답하지 않았다.

"너희, 설마 모르는 건 아니지?"

다시 침묵이 흘렀다.

"얼트 같은 우수한 학교에 다니면서 윌라 카더가 누군지 모른다는 건 아니겠지? 여긴 최고들만 모이는 곳인 줄 알았는데."

모레이 선생님은 다시 웃었다.

선생님이 썩 마음에 들진 않았지만 나는 좀 안됐다는 생각이 들었다. 선생님은 또 한 번 실수를 저지르고 있었다. 잡지 기사에서 소개하는 투로, 혹은 식료품 가게나 미용실에서 일하는 사람들이 말하는 투로 얼트를 평하는 것이야말로 중대한 실수였다.

"혹시 《오! 개척자여!》를 쓴 작가 아닌가요? 프린스턴대학 교양도서 목록에 있다고 언니한테 들었어요."

마침내 제니 카터가 대답했다.

"목록에 있어서 할 수 없이 읽는다는 뜻이니? 카더는 금세기 최고의 작가 중 한 사람이야. 적어도 한 권쯤은 읽었어야지."

선생님은 우리가 앉아 있는 책상 뒤쪽, 카프카의 글이 적혀 있는 칠판을 가리켰다. 문득 나는 선생님이 수업 시작 전에 교실에 들어와서 칠판에 그 글을 써놓았다는 것을 깨달았다.

"교실에 들어오기 전에 저 글을 본 사람?"

나를 제외한 몇몇 아이들이 손을 들었다.

"크게 읽어볼 사람?"

디드가 손을 들고 큰 소리로 읽었다.

"카프카의 생각에 동의하는 사람?"

이번에도 나는 손을 들지 않았다. 얼트에 온 이후로 나는 한 번도 수업에 적극적으로 참여하지 않았다. 항상 다른 사람이 나보다 훨씬 더 조리있게 내 생각을 대신 표현했고, 시간이 흐를수록 나는 점점 더 말을 아끼게 되었다.

수업이 끝날 무렵 모레이 선생님은 숙제를 내주었다. 《월든》의 첫 30쪽을 읽은 다음 월요일까지 200자 정도로 우리가 삶을 돌아보기 위해 찾아가는 장소에 관한 글을 써오라는 것이었다.

"최대한 독창성을…."

선생님이 말하는 동안 마치는 종이 울렸다.

"깜짝이야! 여기 사람들 귀가 먹었나? 그러니까 내 말은, 최대한 독창성을 발휘해서 써보라는 거야. 그런 장소가 생각나지 않으면 가상으로 만들어보고. 무슨 말인지 알겠지?"

몇 사람이 고개를 끄덕였다.

"자, 그럼 내일 만날 때까지 너희들 해방이야!"

우리는 모두 일어서서 가방을 챙겼다. 나는 떨어뜨린 물건은 없는지 의자 밑을 확인했다. 혹시라도 나의 개인적 감정이나 수치심 같은 것을 휘갈겨놓은 쪽지를 아무 생각 없이 남겨두고 갈까 두려워서였다. 사실 그런 쪽지 따위는 있지도 않았다. 나는 일기도 쓰지 않았다. 심지어 가족들에게 편지를 쓸 때조차 무미건조하고, 심심하고, 억지로 즐거운 척하는 글만 썼다. 예를 들면 '세인트 프란시스와의 축구 시합에서 우리 학교가 졌어요. 하지만 토요일 시합은 꼭 이길 거예요. 미술 시간에 자화상을 그렸는데 제일 어려운 부분이 코였어요' 하는 식으로. 나는 절대로 나의 두려움을 내비치지 않았다.

나는 맨 마지막으로 교실을 나섰다. 다든과 애스패드, 디드가 몇 발자국 앞에서 걷고 있었다. 나는 일부러 늦게 걸으면서 거리를 유지했다. 셋은 큰 소리로 웃으며 계단 쪽으로 사라졌다. 나는 그들이 현관문을 열고 나갈 때까지 기다렸다가 다시 문을 열었다.

잠옷 차림으로 닭고기 국수를 데우고 있는데 툴리스 하스켈이 기숙사 휴게실에 들어왔다. 토요일 밤이었고, 9시가 조금 넘은 시각이었다. 기숙사 아이들은 물론 전교생 모두가 첫 댄스 파티가 열리는 곳으로 몰려가고 없었다. 마사가 드레스를 입고, 팔찌를 차고, 립스틱을 바르는 동안 나는 책상 의자에 앉아 마사와 이야기를 나누었다. 마사가 파티에 같이 가자고 나를 설득하지 않는 게 조금 서운하긴 했다. 하지만 얼트에 온 이후 처음으로 나를 이해하는 친구가 생겼다는 안도감이 더 컸다. 마사가 나간 뒤 나는 기숙사 안의 소음에 귀를 기울였다. 물소리, 라디오 소리, 다른 여자애들의 목소리가 점점 잦아들더니 마침내 완전히 멈추었다.

나는 하늘색 잠옷 바지에 낡은 티셔츠를 입고 휴게실로 내려가서 텔레비전을 켠 다음 냄비에 닭고기 수프 건더기를 넣고 불을 컸다. 토요일 오후를 혼자 보내는 것도 나쁘지 않았다. 결국 무엇을 기대하는가가 문제였다. 얼트에 다닌 지 2년째, 나는 기대하지 않는 법을 배웠다. 신입생 때는 내 슬픔이 극에 달하면 마치 마법처럼, 잘생긴 남자애가 내 방으로 와서 날 위로해줄 거라고 믿었다. 그런 생각을 하면서 나는 혼자 방에서 뒹굴거나 훌쩍거렸다. 그러면서도 나 스스로는 아무런 노력도 하지 않았다. 그러다가 문득 텔레비전을 보거나, 잡지를 읽거나, 뭔가 할 일을 찾으면 시간이 훨씬 더 빨리 간다는 사실을 깨달았다. 게다가 이성 친구에 대한 막연했던 기대는 크로스 슈가맨으로 범위가 좁혀졌다. 그는 지금쯤 댄스 파티에 있을 것이다. 내가 아무리 그의 이름을 부르짖으며 몸부림쳐도 그는 여전히 댄스 파티에 있을 것이다.

수프를 젓고 있을 때 남자의 목소리가 들렸다.

"안녕!"

돌아서 보니 툴리스가 휴게실 입구에 서 있었다.

"안녕하세요!"

내가 말했다. 툴리스는 지난해 겨울 교내 발표회 때 〈파이어 앤드 레인 Fire and Rain〉이라는 곡을 기타로 연주했던 4학년생이었다. 댄스 파티나 체육 대회와는 달리 앉아서 구경만 하는 게 가능한 행사였기 때문에 나는 발표회를 보러 갔다. 그곳에서는 내가 흥분하지 않고 다른 아이들이 흥분한 모습을 구경할 수 있었다. 관람석에 앉아서 기타 연주를 듣는 동안 나는 그에게 강하게 이끌렸다. 그는 먼저 무대에 나와서 간이 의자를 놓은 다음 파란색과 노란색 어깨 끈이 달린 기타를 들고 나왔다. 그가 걸어 나오자 관람석에 있던 학생 중 한 명이 "세레나데!" 하고 소리쳤다. 툴리스는 전혀 반응을 보이지 않았다. 그의 표정은 사뭇 진지했고, 마치 방금 낮잠에서 깨어난 듯 조금 쑥스러워하는 것 같았다. 인상은 따뜻했고, 키는 180센티미터 정도였으며 얼트의 남학생 중에는 드물게 머리를 길러 뒤로 묶고 있었다. 무대 위의 그를 바라보면서 나는 그가 같은 학년 친구들 사이에서 인기가 있는지 없는지 궁금해졌다. 또한 나는 얼트의 모든 평범한 아이들에게 느끼는 것과 비슷한 종류의 동질감을 그에게서 느꼈다. 물론 성격이 이상하거나 못생긴 아이들을 말하는 것이 아니었다. 인기가 있을 수도 있고 없을 수도 있지만 결국 평범하게 졸업을 하게 되는 아이들을 말하는 것이다. 어느 쪽이건 그게 과연 그들 자신의 선택인지 궁금했다.

툴리스는 의자에 앉아 기타를 몇 번 퉁겨보다가 한마디도 하지 않고 연주를 시작했다. 그가 노래를 시작하기도 전에 이미 나는 어떤 곡인지 알 수 있었다. 그에 대한 호감은 어느새 다른 것으로 바뀌고 있었다. 동질감보다는 애정 쪽에 가까웠다. 그는 분명히 슬픔이 무엇인지 아는 사람이었다. 슬픔을 모르고서야 어떻게 〈파이어 앤드 레인〉을 연주할 수 있겠는가? 그의 노래를 들으면서 나는 툴리스가 멋진 남자인지 아닌지 생각해보았다. 처음에는 '그럭저럭'이라고 생각했다. 조금 시간이 흐르자 '상당히 괜찮은' 남자라는 생각이 들었다. 툴리스가 2절을 부를 때 나는 그와 나 사이에 일어날 수 있는 모든 일들을 상상해보았다. 어느 날 우편물실에서 내가 수줍게 그의 공연에 대해 칭찬을 한다(내가 미래에 칭찬하게 될 그 공연이 채 반도 진행되지 않은 상태에서 나는 이런 상상을 하고 있었다). 그 역시 멋쩍은 듯 내게 고맙다고 인사한다. 그렇게 우리는 이야기를 시작하고 어느덧 연인이 된다. 그리고 그날 이후 얼트에 있는 동안 우리는 항상 붙어 다닌다. 그와 나를 제외한 얼트의 모든 것들이 우리에게서 멀어진다. 우리는 예배 시간에 나란히 앉고, 음악관에서 밤마다 키스를 하고, 추수감사절에는 그의 집에 인사를 하러 간다. 그가 메인주 출신이라는 얘기를 얼핏 들은 것 같다. 추수감사절 다음 날에는 점심을 먹고 나서 바닷가의 자갈밭을 거닐지도 모른다. 나는 돌아가신 툴리스 할아버지의 웃옷을 걸치고 있다. 손을 꼭 잡고 바닷가를 걷는데 그가 처음으로 내게 사랑한다고 말한다….

무대 위에서 툴리스가 눈을 아래로 내리깔고 있다가 '그렇게 달콤한 꿈은 산산이 부서지고…'라는 대목에서 고개를 들자 객석이 술렁거렸다. 나는 양쪽을 둘러보았다. 내 줄에 앉아 있는 여자애들은 물론 내 눈에 들어오는 모든 여자애들이 넋을 놓고 있었다. 그와 내가 둘 다 사귀는 사람이 없다면 가능성은 있었다. 그러나 모든 여자애들이 그의 관심을 끌고 싶어한다면 절망적이었다. 어떤 식으로 접근해야 이상하게 보이지 않고 그의 눈에 띌 수 있을까? 불가능한 일이었다.

노래가 끝나자 객석에서 환호성이 울려 퍼졌다. 주로 여자애들이었다. 툴리스는 일어서서 고개를 숙여 인사했다. 환호가 계속되자 그는 손을 들어 답례한 뒤 무대에서 내려왔다. 내 앞에 앉아 있던 애비 랜더스가 캐더린 파운드에게 말했다.

"툴리스가 저렇게 멋진 줄 몰랐어!"

'안 돼!' 하고 나는 생각했다. 그러다가 불쑥 이런 마음이 들었다. '좋아요, 툴리스, 다른 여자애들하고 마음껏 데이트해도 좋아요. 나는 당신을 보살펴주고 행복하게 해줄게요. 하지만 당신이 그걸 믿지 않는다면, 당신을 설득할 방법은 없어요.'

그날 저녁 기숙사 마감 시간에도 아이들은 툴리스에 관해 수군거렸다.

"이사벨은 복도 많지."

누군가 말했다. 그 순간 갑자기 나는 툴리스가 메인주 출신이고, 이사벨 버튼이라는 키가 작고 예쁜 여자애와 사귀고 있다는 사실이 떠올랐다. 비록 몇 시간 동안이긴 했지만 그에 대한 감정은 이미 황당할 정도로 부풀어 올라 있었다. 마치 공항에서 낯선 남자를 보고 아는 사람으로 착각하고 끌어안은 것 같은 기분이었다. 툴리스는 내가 사랑할 수 있는 사람도, 사랑받을 수 있는 사람도 아니었다. 나는 그와 말 한마디 해본 적이 없었다. 게다가 그다음 주에 우편물실에서 그를 만났을 때 마침 주위에 사람이 없어서 자연스럽게 공연에 관해 말을 건넬 기회가 있었지만 결국 나는 아무 말도 하지 못했다.

그런데 7개월이 지난 지금 휴게실에서 그와 마주 서게 되다니. 나는 아무 생각도 나지 않았다. 오직 브래지어를 하고 나왔더라면 좋았을걸 하는 생각뿐이었다. 닭고기 수프를 만들고 있었던 건 그나마 다행이었다. 특별히 문제될 게 없는 행동이기 때문이었다. 사실은 여자애들이 기피하는 음식, 이를테면 일요일 오후 기숙사에서 단체로 피자를 시켜 먹을 때 절대로 주문할 수 없는 양파를 곁들인 스테이크나 치즈 샌드위치 같은 것을 먹을까도 생각했었지만 그랬다면 정말 창피했을 것이다.

"혹시 머리 자를 줄 아니?"

툴리스가 물었다.

"네?"

"머리 말이야."

툴리스가 말하면서 손가락을 가위 모양으로 만들어 머리를 자르는 시늉을 했다. 나는 그를 바라보았다. 나는 그가 위층에 있는 누군가를 불러달라고 말할 거라고 생각했다. 만약 그랬다면 기숙사가 텅 비어 있다는 걸 알지만 일부러 올라가서 둘러봐줄 생각이었다.

"누구 머리요?"

"내 머리. 그냥 좀… 지겨워서."

그가 어깨를 으쓱하면서 뒤로 묶은 머리를 한 번 잡았다 놓았다.

나는 내가 머리를 잘라본 적이 있나 생각해보았다. 유치원에 다닐 때 인형 머리를 잘라본 적이 있긴 했다. 그러나 인형의 모습은 흉측해졌고, 나는 엄마한테 야단을 맞긴 했지만 무척 뿌듯했다. 아홉 살 무렵, 미장원에 가서 머리에 층을 내달라며 엄마를 졸랐지만 엄마가 들어주지 않아 화장실에서 몰래 직접 머리를 자른 적도 있었다. 그때도 썩 잘 자른 편은 아니었다. 그러나 툴리스의 머리라면…. 나는 이 독특한 상황이 마음에 들었다.

"좋아요. 제가 잘라 드릴게요."

내가 말했다.

"잘됐다."

그가 빙그레 웃었다. 그렇게 웃어줄 줄 알았다면 그가 말을 끝내기도 전에 대답해주었을 텐데.

"여기서 할까요?"

내가 휴게실을 가리키며 물었다. 휴게실에는 벽난로와 텔레비전, 오렌지색 소파, 파란색 의자 다섯 개와 책장 몇 개가 있었고, 간이 부엌 옆에는 동그란 탁자와 나무 의자 몇 개가 놓여 있었다.

"좋아. 가위 있어?"

"있긴 한데, 머리 자르는 가위는 아니에요."

"괜찮아. 수건이 하나 필요하지? 내가 가서 가져올까? 난 바로 옆 윌리 기숙사에 있거든."

바로 그거였다. 그가 우리 기숙사의 휴게실에 들어온 건 우리 기숙사가 가장 가까운 여자 기숙사였기 때문이었다. 남자들은 초콜릿 쿠키를 만들거나 아이를 돌보는 것처럼 여자애들이라면 누구나 머리를 자를 줄 안다고 생각하는 것 같았다. 그가 그렇게 생각한다면 할 수 없었다. 나는 그가 틀렸음을 일깨워주는 사람이 되고 싶지 않았다.

"올라가서 가져올게요."

내가 말했다.

내게는 사용하는 수건말고는 여분이 없었다. 나는 수건들을 지하실에 있는 세탁기에서 빨았다. 그러나 다른 학생들처럼 마사도 세탁 서비스를 받고 있었다. 매주 화요일 아침 예배 시작 전에, 빨랫감과 함께 더러워진 수건을 모아서 자기 이름이 적힌 노란색 비닐 주머니에 넣어 기숙사 계단 위에 놓아두었다. 예배가 끝나면 새 수건과 함께 지난주에 내놓은 빨래가 깨끗하게 세탁되어 새로운 주머니에 담겨 돌아와 있었다. 이 마술 같은 변환의 비용은 1년에 3천 달러였다. 학교에 등록하기 전 얼트에서 온 우편물에서 그 가격을 본 아빠는 그 비용의 반만 준다면 엄마와 동생들을 남겨두고 나와 함께 매사추세츠로 가서 빨래판과 비누만으로 얼트 전교생의 빨래를 하겠노라고 말했다.

나는 수프의 불을 끈 다음 서둘러 위층으로 올라갔다. 나는 새 비닐 주머니에 들어 있는 수건을 한 장 꺼냈다. 마사의 수건을 한 장 사용한다 해도 괜찮을 것이다. 어차피 마사는 세탁된 수건을 일주일 동안 다 쓰지도 못했다. 나는 책상 서랍에서 가위를 꺼내고 화장대 서랍에서 빗을 꺼냈다. 그리고 브래지어를 했다. 티셔츠를 바꾸어 입을까 생각해보았지만 툴리스가 내가 잘 보이고 싶어한다는 걸 눈치챌 수도 있었다. 자칫하면 티셔츠만 바꾸어 입으면 된다고 착각하는 멍청한 여자애로 보일 수도 있었다. 나는 계단을 두 칸씩 뛰어내려서 휴게실로 갔다.

"여기 앉으세요."

내가 간이 부엌의 나무 의자를 텔레비전 앞으로 끌어다 놓았다. 내가 머리를 자르는 동안 텔레비전을 볼 수 있게 하기 위해서였다. 그가 자리에 앉았고, 나는 뒤에서 수건을 그의 어깨에 걸친 뒤 그의 앞쪽으로 갔다. 나는 수건의 앞부분을 포개어 목과 수건 사이에 틈이 벌어지지 않게 했다.

"머릴 풀어야죠."

내 말에 그가 머리를 풀었다.

우리의 얼굴은 불과 60센티미터 정도의 거리를 두고 내 얼굴이 조금 위쪽에 있었다. 아마 평소에 남자와 이렇게 가까이 얼굴을 마주했다면 소스라치게 놀랐을 것이다. 내 모공이 얼마나 크게 보일지, 내 피부가 얼마나 거칠게 보일지 걱정하면서. 그러나 이 상황의 중심은 내가 아니었다. 나는 툴리스 앞에 서서 침착하면서도 전문가적인 태도를 취했다.

"전반적인 모양을 그대로 유지하면서 조금 짧게 하고 싶으세요? 아니면 보통 남자들 스타일처럼 훨씬 더 짧게 자르고 싶으세요?"

"어떻게 하는 게 좋을까?"

"글쎄… 아주 짧은 건 안 어울릴 것 같아요."

나는 속으로 '왜냐하면, 짧게 자를 줄은 모르거든요'라고 말했다.

"하지만 전체적으로 조금씩 자르는 게 좋겠어요."

나는 뒤쪽으로 가서 그의 머리를 빗었다. 군데군데 밝은 부분이 있는 엷은 갈색 머리카락이었다. 여자애들처럼 보드랍진 않았지만 그런대로 괜찮았다. 나는 그의 오른쪽 어깨 위로 손을 뻗어 손가락으로 그의 턱을 살짝 건드렸다.

"고개를 똑바로 하세요."

툴리스는 곧바로 머리를 들고 어깨를 폈다. 나는 가위를 들고 그의 머리를 싹둑 잘랐다. 가위가 머리카락을 자르는 순간의 소리와 느낌에서 짜릿한 쾌감이 느껴졌다. 그런데 자른 머리카락을 어떻게 처리해야 할지 난감했다.

"잠깐만 기다리세요."

나는 쓰레기통에서 신문지를 꺼내와 의자 밑에 펼쳤다. 그리고 자른 머리카락을 조용히 내려놓고 다시 자르기 시작했다.

"머리를 적셔야 되는 거 아니야?"

그가 말했다.

미처 그 생각을 못 했다. 왜 그 생각을 못 했을까? 그러나 이제 와서 머리를 적시면 내가 너무 허술해보일 것 같았다.

"괜찮아요. 안 적시고도 할 수 있어요."

조금 있다가 그가 말했다.

"그런데 이발소에 가면 꼭 머리를 적시잖아? 왜 그러는지 모르겠어. 무슨 이유가 있는 건가?"

그의 뒤에 서서 나는 내 목소리에 웃음이 배어나지 않도록 애쓰며 말했다.

"사람마다 취향이 다른 거겠죠. 어떤 사람들은 머리를 적시고 하는 게 더 편하다고 생각하나 봐요. 하지만 전…."

나는 점점 더 용감해졌다.

"젖으면 머리카락이 길어지기 때문에 생각보다 더 많이 자르게 되어서 오히려 불편하더라고요."

그것은 사실이었지만 내가 어디서 그런 정보를 얻었는지는 기억나지 않았다. 아마 잡지에서였을 것이다.

한동안 우리는 아무 말도 하지 않았다. 처음에 나는 한 번에 1센티미터 이상을 자르지 못했다. 그렇게 뒷머리가 비슷해질 때까지 자른 다음 다시 1센티미터를 또 잘랐다. 그러나 그는 더 이상 긴 머리를 원하지 않는다고 했고, 내 방식은 전혀 효율적이지 않았다. 그래서 나는 한 번에 10센티미터 정도를 잘랐다. 그 순간 묘한 희열을 느꼈다. 툴리스는 텔레비전 프로그램에 집중하고 있었다. 대서양의 사라진 섬에 관한 여행 다큐멘터리였다. 몇 분이 흘렀다. 그가 오늘 아침 일어날 때 지니고 있었던 머리카락 중 일부만이 남아 있었다. 나는 그의 변화가 얼마나 엄청난 것인지 생각해보았다. 다른 아이들이 그의 머리를 보면 소란을 떨 게 분명했다. 그러면 그는 내 얘기를 할 것이다.

"리 피오라가?"

아이들은 반문할 것이다. 이렇게 말할 수도 있을 것이다.

"왜 그랬어?"

"걔가 도대체 누군데?"

그 소식은 크로스 슈가맨의 귀에까지 들어갈 수도 있다.

"왜 월요일까지 기다렸다가 시내에 나가서 자르지 않고요?"

내가 물었다.

"일단 어떤 일을 해야겠다는 생각이 들면 갑자기, '기다릴 거 뭐 있어. 지금 해버리자!' 그럴 때가 있잖아."

"댄스 파티엔 왜 안 갔어요?"

잠시 머뭇거리다가 내가 물었다.

"댄스 파티?"

"학생관에서 열리는 댄스 파티요."

그가 웃었다.

"어디서 하는지는 나도 알아. 난 그런 거 별로 안 좋아해."

"그래요?"

나는 곧 이렇게 덧붙였다.

"저도요."

"처음 몇 번은 갔었는데 가보니까 매번 똑같더라고."

"맞아요."

댄스 파티에 한 번도 가본 적이 없는 나로서는 알 도리가 없었지만 왠지 그의 말에 동의하고 싶었다.

"자, 됐어요. 이제 많이 짧아졌어요."

내가 말했다. 그가 뒤에 묶은 머리를 잡아보려는 듯 엄지와 검지로 동그라미를 만들었지만 그의 손에는 아무것도 잡히지 않았다.

"우와!"

"어때요?"

"좋아."

그는 손끝으로 머리끝과 목이 닿는 부분을 몇 번 문질렀다.

"내가 원하던 게 바로 이거야. 확 달라졌어."

"아직 좀더 다듬어야 돼요. 어깨 좀 펴봐요."

그는 내가 시키는 대로 했고, 나는 머리끝을 다듬었다. 가장 확신이 없는 부분은 그의 정수리에서 시작되는 앞머리를 어느 정도 길이까지 남겨두어야 하는지의 문제였다. 나는 그의 앞으로 걸어갔다. 그리고 그의 관자놀이 양쪽으로 흘러내린 머리를 뒤로 넘겨보았다.

"앞머리도 자를 거죠?"

"글쎄…."

"앞머리를 그냥 놔두면 너무 이상할 것 같아요."

"좋아, 자르지 뭐."

"눈을 감아보세요."

그가 눈을 감았고, 나는 그의 얼굴을 바라보았다. 코와 뺨 위에 멀리서는 보이지 않던 주근깨가 있었다. 턱 오른쪽에는 아마도 사나흘 전에 짜낸 것 같은 여드름이 거의 아물고 있었다. 또한 턱끝에는 작은 황금빛 수염 하나가 삐져나와 있었고 입 위쪽에도 몇 개가 있었다. 갑자기 그가 측은하게 느껴졌고, 그를 보호해주고 싶은 생각마저 들었다. 이런 감정은 의외였다. 잠시나마 그에게 반했다고 생각했다는 게 오히려 이상하게 느껴졌다. 그런 식으로 누군가에게 반한다는 게 무척 허망한 감정이라는 건 나도 알고 있었지만 적절한 거리만 유지된다면 얼마든지 지속될 수도 있을 것이다. 그러나 이렇게 가까이 그를 마주하고 있자니, 마치 나 자신을 바라보는 것처럼 아무런 감흥이 없었다. 그는 내가 사랑하기에는 너무나도 나와 비슷한 인간일 뿐이었다.

나는 계속 머리를 잘랐다. 한 번 자를 때마다 뒤로 한 발자국 물러서서 내 솜씨를 보고 '나쁘지 않아'라고 생각했다. 어쩌면 나는 정말 머리를 잘 자르는 애일지도 모른다는 생각이 들었다.

"눈 떠보세요. 다 됐어요."

마침내 내가 말했다.

"여기 거울은 어디 있지?"

"화장실에요."

내가 전화 부스 옆의 문을 가리키며 말했다. 그가 화장실로 갔고, 나는 그의 뒤에 섰다.

"와!"

그의 탄성에 심장이 멎는 듯했다. 그는 환하게 웃으며 한 손으로 머리를 쓸어 넘겼다.

"좋은데? 고마워."

나도 미소를 지었다.

"별말씀을요."

"돈 낼까?"

"돈이요? 됐어요!"

내가 고개를 저으며 대답했다. 돈을 받다니. 생각만 해도 기분 나빴다. 마치 그의 기숙사 방을 청소해주고 돈을 받는 것만큼이나 거북한 일이었다.

"저기 말이야, 목 뒤에 면도 좀 해줄 수 있어? 너무 무리한 부탁인가?"

그가 말했다. 그러나 그의 제안에 나는 오히려 우쭐해졌다.

"면도칼 가져올게."

그가 말했다.

"제 걸 쓰면 돼요. 해드릴게요."

위층에 올라가서 나는 목욕 바구니에 든 분홍색 플라스틱 면도칼을 가져왔다. 나는 부엌에 가서 머그잔에 물을 채운 다음 비누와 함께 텔레비전 위에 올려놓았다. 툴리스는 다시 의자에 앉았다. 이번에는 아까와는 반대로 의자 등을 텔레비전 쪽으로 향하게 했다. 나는 손가락을 물에 적신 뒤 비누를 문지르고 그의 목에 비누칠을 했다. 툴리스의 표정이 보이지 않는 상태로 그의 목을 어루만지면서 나는 다시 한 번 그에게 반할 수도 있겠다고 생각했다. 비누칠을 하고 면도날로 그의 목에 남은 머리카락을 밀어낸 다음 칼을 물에 담갔다가 면도를 했다.

"아틀란티스가 테라의 섬이었다는 주장은 기원전 1500년경에 있었던

194

화산 폭발이 뒷받침하고 있습니다. 당시 대부분의 섬은 바다에 잠겨버렸습니다…."

툴리스는 무슨 생각을 하고 있을까. 내 손가락이 그에게 어떻게 느껴질지도 궁금했다. 내가 남자애들의 욕망을 자극하는 타입의 여자일 가능성은 없었다. 그러나 크로스와 함께 택시를 탔던 그날 이후 나는 그게 어떤 느낌인지 알고 있었다.

목 뒤를 깨끗하게 면도하고 난 뒤 나는 손가락으로 그의 피부를 만져보았다. 무척 매끄러웠다.

"다 끝났어요."

내가 말했다. 내 목소리는 사뭇 덤덤했다. 툴리스가 손으로 목을 문질러 보았다.

"고마워. 내가 직접 할 수도 있는데, 아마 살을 베었을 거야. 한 열 번쯤."

그는 얼른 일어나 의자를 탁자로 가져갔다. 그가 의자를 정리하는 동안 나는 머리카락이 떨어진 신문지를 접어 쓰레기통에 넣었다. 그가 곧바로 나가려고 한다는 것을 직감으로 알 수 있었다. 그때까지 기숙사에 들어오는 사람이 아무도 없었기 때문에 나는 상황을 설명해야 할 필요가 전혀 없었다. 만약 사람들이 들어와 이런저런 질문을 했다면 툴리스는 도중에 마음을 바꾸었을지도 모른다. 나는 툴리스와 친해지고 싶었기 때문에 방해받고 싶지 않았다. 그러나 나는 그와 결코 친구가 될 수 없으리라는 것도 잘 알고 있었다. 만약 어떤 여자애가 들어와 나를 보면서 "툴리스! 리한테 머리를 맡기다니 혹시 정신 나간 거 아니야?"라고 소리를 지르기라도 했다면 어땠을까?

그러나 막상 머리를 다 자르고 그가 나가려고 하자 나는 아무도 이 상황을 보지 못했다는 게 조금 아쉬웠다. 나는 이런 내 모습이 좋았다. 다른 사람이 보아도 상관없는 이런 모습. 내가 열한 살 때, 엄마가 남동생

팀을 유모차에 태우고 나가서 마음껏 돌아다니다 들어와도 좋다고 한 적이 있었다. 나는 같은 학년 남자애들이나 이웃 사람들이 내 모습을 봐주기를 바랐다. 그러면 모두 나의 어른스러움에 놀라 날 좋아하게 될 거라 생각했다. 나는 혼자서 동생을 돌볼 줄 아는 어른스러운 아이니까.

나는 비눗물을 싱크대에 버리고 머그잔을 싱크대 위에 올려놓았다. 내 손엔 아직 일회용 면도기가 들려 있었다. 나는 면도기를 버리지 않고, 옛날에 쓰던 공책이나 보고서 같은 것들과 함께 침대 밑 상자 속에 보관하면 어떨까 생각해보았다. 그러나 내가 면도기를 버리지 않으면 툴리스가 눈치채고 이상하게 생각할 수도 있었다. 어쩌면 오드리 플래허티스럽다고 생각할 수도 있다. 나는 면도칼을 쓰레기통에 버렸다.

"고마워."

툴리스가 말했다.

"고맙긴요."

그가 싱크대로 다가와서 손을 내밀었고, 우리는 악수를 했다.

"꽤 소질 있는데? 이다음에 유명 인사들이 단골로 찾는 미용실 주인이 되는 거 아니야?"

"얼트에서 배운 것들이 퍽이나 큰 도움이 되겠네요."

내가 말했다.

"미용실이 뭐가 어때서. 어쨌든, 또 보자."

그가 문 쪽으로 가다가 돌아섰다.

"미안. 내가 실례를 했지? 이름이 뭐였더라?"

"리 피오라예요."

툴리스가 고개를 끄덕였다.

"여기 학생 수가 많지는 않지만 4학년이 되면 말야…."

"괜찮아요."

내가 말했다.

"고마워, 리."

그가 빙긋 웃었다.

나는 그가 세상에서 가장 멋진 미소를 지을 줄 안다고 생각했다. 또한 그의 머리를 자른 내 솜씨가 정말 최고라고 생각했다. 도대체 어떻게 이런 일이 일어났는지 도무지 이해할 수가 없었다.

그가 다시 돌아서더니 "참, 내 이름은 툴리스야"라고 말했다.

"알아요. 안 그래도 말하려고 했는데, 오래전 일이지만 발표회 때 정말 멋졌어요."

그는 여전히 미소를 짓고 있었다. '남자들이 이래서 좋더라'라고 나는 생각했다. 그는 〈파이어 앤드 레인〉을 부르고 난 뒤 무대에서 내려올 때와 똑같이 손을 흔들며 떠났다.

디드가 삶을 되돌아보고 싶을 때 찾는 장소는, 영어 시간에 발표한 작문에 따르면, 스카스데일에 있는 집의 1층과 2층 사이 베란다 창가라고 했다. 다든은 지하철을 타면 생각에 잠긴다고 했고, 애스패드는 롱아일랜드에 있는 할아버지 집에 갈 때면 보트를 타는데 그때마다 생각에 잠기게 된다고 했다. 애스패드는 여름방학을 롱아일랜드에서 보냈다. 애스패드의 할아버지가 보트를 갖고 있는 건 사실이겠지만 내가 보기에 애스패드는 절대 보트에서 혼자 생각에 잠길 애가 아니었다. 예쁘고 인기 있는 사람들은 혼자 시간을 보내는 일이 거의 없었다. 마틴 웨일러는 변기에 앉아 있을 때 생각에 잠기게 된다고 말해서 모두 웃게 만들었다. 제프 올티스도 똑같이 변기라고 말했지만 이번에는 아이들이 처음만큼 웃진 않았다. 제프는 마틴만큼 인기 있는 애가 아니라서 그렇기도 했고, 두 번째 나온 얘기여서 그렇기도 했다.

모레이 선생님이 자기가 쓴 글을 읽고 싶은 사람은 손을 들어보라고 했다. 아무도 손을 들지 않았다. 선생님은 디드를 호명했고, 디드 다음으로 다든이 손을 들어 자신의 글을 읽었다. 그러고 나서 같은 책상에 앉은 아이들이 차례로 읽게 되었다. 제프 다음은 내 차례였다. 내 차례가 다가오자 걷잡을 수 없이 가슴이 뛰기 시작했고 얼굴까지 벌겋게 달아올랐다. 나는 내 글이 걱정스러웠다. 별로 잘 쓰지도 못했고 재미있지도 않았다. 그러나 그것보다는 사람들이 나를 쳐다보면서 내 말에 귀를 기울이는 것에 대한 불안감이 더 컸다. 이제 내 차례였지만 나는 도저히 읽을 자신이 없었다. 내 목소리는 떨릴 것이고 숨이 막힐 것이 분명했다. 나는 그런 내 목소리를 의식하면서 결국 1초도 더 버틸 수 없는 지경에 이르게 될 것이다. 그러다가 마치 뭔가가 나를 집어삼키는 것 같은 느낌이 들 것이다. 그 느낌을 정확히 표현하기는 어렵겠지만, 아마 내가 자연발화되거나 아니면 바닥이 움직여서 마치 지로(마늘로 양념한 쇠고기, 양고기를 얹은 그리스풍의 샌드위치 – 옮긴이)처럼 나를 돌돌 말아버리는 것 같은 기분일 것이다.

"전 안 할게요. 그래도 되죠?"

내가 말했다.

"왜 그러지?"

모레이 선생님이 물었다.

"그냥 안 하고 싶어요."

모레이 선생님은 한숨을 쉬었다. 자기 글을 발표하는 것은 전혀 선택의 문제가 아님에도 불구하고 내가 괜한 실랑이로 수업 시간을 낭비하고 있다고 생각하는 듯한 표정이었다.

"모두 했으니까 너만 빠지는 건 불공평해."

내가 알기로 불공평한 것에 관해서라면 어른들이 더했다. 그러나 선생님에게 또 한 번 대들었다가는 이유가 어떻든 간에 선생님에게 완전히 찍히는 것은 물론, 수업이 끝나고 나서도 아이들 입에 오르내릴 것이 분명했다. 나는 내 글을 바라보았다. 어젯밤 마사의 컴퓨터로 작성한 것이었다.

"어떤 결정을 내려야 할 때나 자기 신념이나 가치관에 대해 생각해야 할 때 자신의 삶을 돌아보는 것은 무척 중요합니다."

나의 목소리는 거의 알아들을 수 없을 정도로 작았다.

"헨리 데이빗 소로우처럼 사람들은 누구나 자신의 삶을 돌아보는 조용하고 평화로운, 특별한 장소를 갖고 있습니다. 저에게는 아빠의…."

갑자기 목이 메었다. 문득 왜 내가 그렇게 내키지 않았는지 알 것 같았다.

"더 이상은 못 읽겠어요."

내가 말했다.

"리, 아주 잘하고 있어."

모레이 선생님이 말했다. 모두 날 쳐다보고 있었지만 나는 선생님도 반 아이들도 바라볼 수가 없었다.

"원한다면 처음부터 다시 읽어도 좋아."

선생님의 목소리에는 전에 없던 따스함이 배어 있었다.

"못 하겠어요."

내가 말했다.

"리, 아무도 네 글을 비판하지 않아. 자기가 쓴 글을 읽는 것에 익숙해져야지. 올 한 해 동안 그럴 일이 많을 텐데."

나는 아무 말도 하지 않았다.

"왜 읽고 싶지 않은지 말해줄 수 있니?"

나는 내 의지와 상관없이 언제고 울음이 터질 수도 있다는 걸 알고 있었다. 말을 아끼는 게 최선이었다.

모레이 선생님은 다시 한숨을 쉬었다. 다소 짜증이 섞여 있던 예전의 한숨과는 사뭇 다른 한숨이었다.

"꼭 오늘 읽지 않아도 좋아. 하지만 앞으로는 네가 쓴 글은 읽을 준비를 하는 게 좋을 거야. 여기 있는 사람 모두 마찬가지야. 예외는 없어. 노리, 네 차례야."

마침내 선생님이 말했다.

"리, 잠깐 나 좀 보자."

수업이 끝나자 선생님이 나를 불렀다.

나는 책을 챙긴 다음 가방을 책상 위에 올려놓았다. 내가 쓴 작문은 선생님께 제출하려고 내 무릎 위에 올려놓고 있었다. 선생님의 의견은 선생님의 의견일 뿐이었다. 나는 선생님이 마치 의사들처럼 자신의 의견과 분리될 수 있는 사람일 거라고 생각하고 싶었다.

아이들이 빠져나간 뒤 모레이 선생님은 내 맞은편에 앉았다. 선생님은 연보라색 터틀넥에 검은색 재킷을 입고 있었다. 벌써 날씨가 서늘했다. 책 모양의 브로치는 재킷의 왼쪽 깃에 고정되어 있었다. 왼쪽 가슴 밑에는 흰 분필 자국이 가로로 7센티미터 정도 그어져 있었지만 선생님은 모르는 것 같았다. 선생님의 피부는 조금 번들거렸다. 특히 코끝이.

"네가 쓴 글을 큰 소리로 읽어봐. 지금 내 앞에서. 수업 시간에 발표하기가 두려운 건 이해하지만 그건 극복하는 수밖에 없어."

나는 아무 말도 하지 않았다.

"어차피 난 네 글을 읽을 거야. 내게 숙제를 제출하지 않고 0점을 받을 생각이 아니라면."

선생님이 그런 말을 하는 건 내가 그럴 수 없을 거라고 생각했기 때문이었다. 하지만 나는 그것도 나쁘지 않겠다는 생각이 들었다. 나의 두려움은 대체로 가정에 의존한 것이어서 실제 상황에서는 늘 걱정했던 것만큼 심각하지는 않았다. 작문 한 편이 0점 처리를 받는다고 해도 이번 학기 내 전체 점수에 미칠 영향은 5퍼센트 정도밖에 되지 않았고, 그 정도라면 별로 대단한 게 아니었다.

"0점을 받겠어요."

내가 말했다. 이 시점에서는 그것이 최선인 것 같았다. 이미 내 글로 너무 많은 관심을 끌었을 뿐 아니라 선생님은 내게 분명 이것저것 물어볼 것이고, 선생님은 자신의 의견에서 분리되지 못할 수도 있었다. 그저 평범한 글이었지만 이미 지나친 관심의 대상이 되어버렸다.

선생님이 눈을 흘겼다.

"하지만 넌 숙제를 했잖아."

"네. 지금 생각을 바꿨어요."

선생님은 무슨 말인가 하려는 듯 입을 열었다가 닫았다. 그리고 곧 "지금 당장 내 앞에서 네가 쓴 글을 읽어. 다른 선택은 없어"라고 말했다.

나는 절대적인 명령에는 결코 토를 달지 않았다.

"네. 지금 읽을까요?"

내가 말했다. 선생님은 조금 놀라는 듯했다.

"그래, 지금 읽어. 시작해."

선생님의 목소리는 기대에 들떴다.

이런! 선생님과 나는 다시 처음과 똑같은 상황으로 돌아가 있었다. 나는 무릎 위에 있던 글을 책상 위에 올려놓았다.

"어떤 결정을 내려야 할 때나 자기 신념이나 가치관에 대해 생각해야 할 때 삶을 돌아보는 것은 무척 중요합니다. 헨리 데이빗 소로우처럼 사람들은 누구나 자신의 삶을 돌아보는 조용하고 평화로운, 특별한 장소를 갖고 있습니다. 저에게는 아빠의 가게가 그런 곳입니다. 아빠는 인디애나주 사우스벤드에서 매트리스 사업을 하고 계십니다. 사우스벤드에 살 때 저는 주말마다 아빠의 가게에 갔습니다. 가게 뒤에는 사무실이 있고, 사무실 뒤에는 매트리스 창고가 있었습니다. 그곳이 제가 삶을 돌아보는 장소입니다. 조용하고 편안할 뿐 아니라 천장까지 가득 쌓인 매트리스 위에 누울 수도 있기 때문입니다. 그 창고의 좋은 점은 또 하나, 사람들이 하는 이야기를 들을 수 있다는 것입니다. 특히 아빠의 목소리를 들을 수 있어서 저는 그곳이 좋았습니다. 아빠의 목소리와 손님들, 직원들의 목소리가 들려올 때면 비록 제가 그들과 대화를 나누고 있는 건 아니지만 제가 혼자가 아니라는 생각이 들었습니다. 그곳에서 저는 장래의 직업이나 대학, 정치 문제 같은 것들을 생각합니다. 때로 공상에 잠기는 건 자신의 발전을 위해서도 중요하지만 삶의 우선 순위가 무엇인지를 깨닫게 하는 데도 아주 중요하다고 생각합니다."

나는 고개를 들었다.

"끝이에요."

"도대체 왜 그렇게 부끄러워했는지 모르겠구나. 그게 바로 내가 원하던 건데. 읽어보니까 그렇게 어렵지 않지? 어때?"

나는 어깨를 으쓱했다.

"아빠의 목소리를 들을 수 있어서 좋았다는 대목이 특히 마음에 든다."

모레이 선생님이 동정에 가까운 칭찬을 한다는 건 내가 어떤 앤지 파악했다는 뜻이다. 처음엔 오해를 했지만 선생님은 결국 내가 그다지 똑똑한 애가 아니라는 걸 알아차렸다.

"그런데 왜 수업 시간엔 읽지 않겠다고 했지?"

나는 선생님이 그 이유를 곧바로 눈치챌까 봐 걱정을 했다. 선생님이 그 이유를 모르는 건 한편으로는 안심이 되었지만 한편으로는 실망스러웠다.

"어쩌면 첫 수업부터 망쳤다고 생각할지 모르지만, 이것만은 알아둬. 난 아주 개방적인 사람이야. 내 수업 시간에는 열심히 노력하는 사람이라면 누구든 환영이란다. 게다가⋯."

선생님은 말하는 도중, 놀랍게도 윙크를 했다. 교실 안에는 우리 두 사람밖에 없었다. 나도 윙크로 답해야 하는 것일까? 선생님은 여기가 영화에나 나오는 기숙학교라고 생각하는 걸까? 마치 교사와 학생이 친구처럼 지내고 곧바로 다음 장면에서 축구 연습을 하는 학생이나, 자전거를 타고 숙소로 돌아가는 선생님의 모습이 나오는 영화 말이다.

그러나 영화와는 달리 우리는 여전히 같은 공간 안에 있었다. 윙크를 하고 난 뒤에도 우리는 숨을 쉬고 말을 해야만 했다.

"게다가, 우린 같은 중서부 출신이잖아? 얼트에는 중서부 출신이 별로 없는 것 같더라."

나는 웃어보려고 애썼다.

"인디애나에서 왔다고 했지?"

"네. 사우스벤드요."

"언젠가 그쪽 출신 남자와 데이트를 한 적이 있어. 에반 앤더슨이라고. 설마 그 사람 아는 건 아니지?"

선생님은 자기가 한 말이 말도 안 된다는 듯 큰 소리로 웃었다.

"네."

나는 내 작문을 책상 위에 밀어놓고 일어나서 가방을 들었다.

교실을 나서려는데 선생님이 다시 불렀다.

"리!"

나는 문 앞에서 돌아보았다.

선생님은 일어서서 주먹을 쥔 양손을 앞으로 들어 보이면서 "힘내!" 하고 소리쳤다. 이번에도 나는 웃으려 애는 썼지만 내 웃음이 얼마나 씩씩해 보였는지는 알 수 없다. 텅 빈 본관을 나와 기숙사로 향하면서 나는 얼트라는 곳이 사람을 얼마나 피곤하게 만드는지 생각했다. 얼트에서는 항상 말투와 표정을 꾸며야 했다. 항상 열정적이고 호기심이 많은 척해야 했다. 나는 축 늘어진 표정으로 걷다가 반대편에서 누군가가 이쪽으로 오는 것을 보았다. 찰리 소코였다. 4학년이었고, 나와는 한 번도 말해본 적이 없었다. 나는 그를 흘긋 쳐다보았다. 그는 나를 보고 있지 않았다. 나는 고개를 숙인 채로 걷다가 그와 가까워질 때쯤 가방을 앞으로 쳐들고 지퍼를 열어 주머니에서 무언가를 찾는 시늉을 했다. 그렇게 나는 인사를 하지 않고 찰리를 피할 수 있었다.

툴리스의 머리를 잘라준 일에 대해 몇 사람에게서 인사를 들었다. 하루는 점심 식사 시간에 자리에 앉았는데 애스패드와 디드가 그 얘기를 하고 있었다. 나는 툴리스의 머리를 자른 사람이 나라는 얘기가 나오길 기다렸지만 둘 다 그런 말은 꺼내지 않았다.

"훨씬 더 멋있어졌더라."

애스패드가 말했다.

"리, 네가 잘라 주었다며?"

내 옆에 앉아 있던 에밀리 필립스가 물었다. 나는 고개를 끄덕였다.

"네가?"

디드가 놀라 물었고, 나는 다시 고개를 끄덕였다.

"하지만 넌 툴리스가 누군지도 모르잖아."

학기가 시작된 이후로 영어 시간에 만날 때마다 디드는 나에게 예의바른 태도를 보였고, 때로는 다정하기까지 했다. 나는 디드가 애쓰는 모습을 보는 게 재미있었다.

"툴리스가 잘라 달라고 했어."

내가 말했다. 디드는 미간을 찌푸렸다.

"네가 머리를 자를 줄 알아?"

한방을 쓰면서도 머리를 자를 줄 안다는 사실을 숨겼다면 또 무얼 숨겼을까 생각하는 게 분명했다. 나는 '공중곡예도 할 줄 알아'라든가, '스와힐리어도 잘해'라고 말할까 생각해보았다.

"그럼! 자를 줄 알지."

내가 말했다.

"내 머리도 잘라줄 수 있어?"

테이블 끝에 앉아 있던 닉 차피가 말했다.

"좋아."

디드의 입이 쩍 벌어졌다. 디드는 혼란스럽거나 화가 날 때면 입을 벌리는 습관이 있었다. 닉 차피는 잘생기진 않았지만 엄청난 부자로 소문이 나 있었고, 디드는 내가 그와 스스럼없이 친해질 수 있다는 사실이 믿기지 않는 듯했다.

"저녁 먹고 나서 해줄래? 내가 그쪽으로 갈게."

그가 말했다.

"내가 그쪽으로 가도 되고."

내가 말했다. 사실 나는 남자 기숙사 휴게실에는 한 번도 가본 적이 없었다. 그러나 나의 대답은 상당히 자유분방하게 들렸다. 디드가 보고 있었고, 그런 디드를 약올려주고 싶은 유혹을 떨쳐버릴 수가 없었다. 디드와 눈을 맞추게 되면 웃음이 터지면서 내 연기가 들통날 것이 분명했기에 나는 참치 샌드위치에만 집중했다.

"내 머리도 잘라줄래?"

에밀리 필립스가 말했다.

내가 대답하기도 전에 디드는 "너 미쳤니? 남자 머리하고 여자 머리는 완전히 달라!" 하고 소리쳤다.

"그냥 끝 부분만 좀 다듬으려고."

에밀리가 말했다.

"그건 쉬워."

내가 말했다. 사실 툴리스의 머리보다 훨씬 쉬울 것이다.

"네 머리도 오늘 밤에 잘라줄게."

"내일 불어 시험이 있거든? 수요일 저녁은 어때?"

나도 목요일에는 스페인어 시험이 있었다. 그러나 상관없었다. 어차피 시험을 잘 본 적도 없고, 그럴 바엔 그냥 내 시간을 머리 자르는 데 쓰는 편이 나을 것 같았다.

"말도 안 돼."

디드가 말했다.

"너도 해줄까?"

내가 물었다.

"됐어!"

디드가 말하자 식탁에 앉아 있던 아이들이 모두 웃었다.

그로부터 몇 주 동안 나는 꽤 많은 아이들의 머리를 잘랐다. 10월 말까지 적어도 25명은 되는 것 같다. 툴리스의 머리를 자르면서 터득한 것들은 하나의 습관이 되어서 나는 절대 머리를 적시지 않았고, 내가 그들 앞에 서야 할 때는 눈을 감게 했다. 물론 돈은 받지 않았다. 갑자기 내게 말을 거는 사람들이 늘어났다. 특히 선생님들과 남자애들이 그랬다. 툴리스는 항상 밝게 인사를 건네면서 이름을 불러주었다. 한번은 체육관으로 뛰어가는데 레이놀드 코페이라는 4학년 학생회장이 "리! 가위는 어디 두고 왔어?" 하고 소리쳤다. 또 한번은 정찬회를 끝내고 식당을 나서는데 대머리인 오크 목사님이 내 팔을 잡더니 "우리 피오라 양의 솜씨를 볼 수 없어서 정말 유감이군" 하고 말했다.

그런 이야기를 들을 때마다 나는 항상 새침을 떨면서 거의 대꾸를 하지 않았다. 그러나 막상 머리를 자르는 순간이 되면 얼트에 온 이후 한번도 느껴보지 못했던 자신감이 솟아났다. 때로는 아이들의 주문대로 하지 않고 몇 센티미터를 더 잘라냈다. 그럴 때 조금 놀라는 애들이 있긴 했지만 결코 화를 내는 법이 없었고, 대부분 나의 선택을 마음에 들어했다. 나는 전기 면도기 사용법도 터득해서 강도를 어느 정도 해야 깨끗하게 면도가 되는지도 알게 되었다. 남자애들이 직접 할 수도 있는 일이었지만 내게 해달라고 부탁하는 경우도 있었다. 올리버 아문센은 "나는 나보다 널 더 믿어"라고까지 말했다.

내 손놀림, 내 손가락 끝에 닿는 사람들의 머리는 따뜻하고 연약했다. 나는 눈을 감고 오직 감각에만 의존해서 머리를 자를 수도 있겠다는 생각을 했다. 나는 결코 긴장하지 않았다. 오히려 모든 감각이 한껏 살아나는 것 같은 느낌이 들었다. 내가 너무 말을 많이 하는 것은 아닐까 걱정하지도 않았고, 침묵이 불편하지도 않았다. 내가 머리를 잘라준 사람들이 떠나고 혼자 남게 되면 나는 바닥에 떨어진 머리카락을 청소하면서 성취감을 맛보았다. 나의 능력이 자랑스러웠다. 평상시 같으면 자만하는 것을 무척 혐오하던 나였지만 머리를 자르는 것은 특별히 문제될 게 없는 데다 크게 자랑할 만한 일도 아니었다. 그것은 마치 매듭을 잘 풀거나 지도를 잘 읽는 것과 비슷했다.

그룹 발표가 있기 전에 우리는 《톰 아저씨의 오두막집》이라는 소설을 읽었다. 우리에게 주어진 과제는 소설 속의 중요한 대목을 선택해서 왜 그 부분이 의미가 있는지를 설명하고, 그 장면을 연극으로 표현하는 것이었다.

나는 노리 클리한, 제니 카터와 한 팀이 되었다. 우리는 캐시와 에멀린이 다락방에 숨었다가 유령을 가장하여 사이먼 레그리를 겁주는 장면을 연기했다. 나는 레그리였다.

우리 다음으로 남아 있는 팀은 다든과 애스패드, 디드의 팀뿐이었다.

"저희는 복장을 따로 준비했어요."

디드가 말했다.

"좋아."

선생님이 말했다. 지금까지 복장을 준비한 팀은 없었다. 그들이 교실 밖으로 나가자, 기다리는 동안 교실 안은 기대감으로 술렁였다. 연극을 할 때마다 아이들은 자리에서 일어나 남부 사투리를 섞어가며 환호했고,

공연이 끝나면 박수를 쳤다. 아마 우리 교실이 가장 시끄러웠을 것이다. 아이들은 마치 파티라도 하는 것처럼 소리를 질렀고, 큰 소리로 웃었다.

"이 반에 이렇게 배우들이 많은 줄은 몰랐네."

모레이 선생님이 말했다.

애스패드가 교실 안으로 고개를 내밀며 말했다.

"저희는 현대판으로 바꾸어서 공연할게요. 괜찮죠?"

모레이 선생님은 고개를 끄덕였다.

"괜찮고말고."

"셸비가 톰 아저씨와 해리를 해일리에게 넘기겠다는 문서에 사인을 할 때 셸비의 노예들이 톰 아저씨의 집에 모이는 장면이에요."

애스패드가 목만 들이민 채로 말했다.

"그 대목은 어떤 의미가 있지?"

모레이 선생님이 물었다.

"당시의 노예들이 공동체 의식을 갖고 있었다는 걸 보여주고 싶었어요. 톰 아저씨가 그들의 진정한 지도자였고, 그가 떠난다는 사실을 알고 사람들이 모여들었으니까요."

"좋아. 시작해."

"잠깐만요."

애스패드가 다시 사라졌고 문이 닫혔다. 잠시 후 다든이 문을 열고 안으로 들어왔고 애스패드는 그 뒤에서 다든의 허리를, 디드는 애스패드의 허리를 잡고 들어왔다.

다든은 중절모를 비스듬히 쓰고 커다란 선글라스를 쓰고 있었으며 금과 은, 진주가 달린 목걸이에 기다란 빨간 우비를 입고 있었다. 디드의 것이었다. 다든은 오른손으로 지팡이를 짚고 있었다. 디드는 무릎까지 오는 크림색 슬립 차림이었고, 애스패드는 줄무늬 비키니탑에 테니스 스커트를 입었다. 둘 다 하이힐을 신고 있었다.

"칙칙폭폭!"

다든이 소리쳤다. 다든은 주먹을 들고 앞으로 몇 번 흔든 뒤 고개를 돌려 애스패드와 디드에게 말했다.

"너희 이렇게 멋진 기차 봤나?"

여기저기서 웃음이 터져 나왔다. 누군가가, 아마도 올리버인 것 같은 목소리가 "자기 멋져!"라고 소리쳤다. 마치 그에 답하기라도 하듯 애스패드와 디드는 턱을 쳐들고 눈썹을 깜빡였다.

그들 셋은 칠판 앞까지 행진을 하더니 창문과 책상 사이에 섰다. 다든은 제니 카터에게 뺨을 내밀며, "아가씨! 톰 아저씨한테 뽀뽀 한번 해 줘!"라고 말했다.

제니는 깜짝 놀랐지만 한편으로는 기분이 좋은 듯했다. 제니는 얼른 모레이 선생님을 쳐다보았다. 모레이 선생님은 혼란스럽다는 듯한 표정이었다. 나 역시 혼란스럽기는 마찬가지였다. 나는 다든과 애스패드, 디드의 연극이 무엇을 의미하는지 이해할 수 없었다. 그들의 이상한 복장과 몸짓, 다든의 대사에 무슨 의미가 담겨 있는지 알 수가 없었다. 제니는 입술을 내밀고 다든에게 키스했다.

"고마워, 자기."

다든이 말했다. 다든이 물러서자 애스패드와 디드는 다든을 가운데 두고 양쪽에 섰다. 그들은 다든을 올려다보면서 그의 어깨와 팔뚝을 쓰다듬었다.

"우리 아가씨들, 오늘이 무슨 날인지 알지? 이 오빠는 떠나지만 항상 너희를 기억할 거야. 주인님이 나를 넘기면 다시는…."

"그만들 해!"

모레이 선생님이 말했다. 선생님의 목소리는 크고 날카로웠다. 그 목소리는 낯설었다.

"그 정도면 됐어. 너희 셋, 먼저 옷부터 갈아입고 와서 자리에 앉아."

다든과 애스패드, 디드는 할 말을 잃고 선생님을 바라보았다. 그들의 자세는 이미 달라져 있었다. 애스패드는 다든에게서 떨어져 팔짱을 끼고 있었고, 세 사람 중 웃고 있는 사람은 아무도 없었다.

"선생님, 저희는⋯."

디드가 말했다.

"어서!"

그들은 서둘러 복도로 나갔다. 교실에 있는 아이들은 서로 쳐다보다가, 고개를 돌렸다가 다시 쳐다보았다. 다든과 애스패드, 디드가 돌아와서 조용히 자리에 앉았다.

"도대체 어떻게 된 건지 누가 설명해볼래?"

모레이 선생님이 말했다. 아무도 대답하지 않았다. 나는 선생님이 우리 모두에게 묻는 것인지 아니면 그들 세 사람에게 묻는 것인지 혼란스러웠다. 선생님이 정말 나처럼 이해를 못해서 설명을 요구하는 건지, 아니면 변명을 듣고 싶은 건지도 알 수 없었다.

"톰 아저씨를 포주로 묘사하고 다른 노예들을 창녀로 묘사하는 게 옳다고 생각했니?"

선생님이 물었다.

'아하, 그거였구나!'

나는 바보였다.

"톰 아저씨는 예수 같은 존재였어. 그는 영웅이야."

다든은 고개를 숙였고, 애스패드는 황당하다는 표정으로 교실 안을 둘러보면서 다시 팔짱을 끼었다. 애스패드가 야단맞는 걸 지켜보자니 기분이 묘했다. 예상과는 달리 하나도 고소하지가 않았다. 오히려 안됐다는 생각이 들었다. 그러나 선생님의 꾸중이 애스패드 귀에는 들리지 않는 듯했고 오히려 따분해 보였다. 세 사람 중에 선생님을 쳐다보는 사람은 디드밖에 없었다.

210

"저희는 창의적으로 해석해보고 싶었어요."

디드가 말했다. 모레이 선생님은 불쾌하다는 듯이 웃었다.

"이게 어떻게 창의적이라는 거지?"

"그러니까… 작품을 현대적으로 해석해보면 재미있을 것 같았어요."

"한 가지 분명히 말해두지. 지금부터 하는 얘기는 멀지 않은 미래에 사회에 진출했을 때 너희 모두에게 해당되는 교훈이 될 거야. 다음번에 창의성을 발휘할 때는, 그리고 재미있게 놀고 싶을 때는 잠깐 멈추고 너희의 행동이 다른 사람들의 눈에 어떻게 비쳐질지를 생각해봐. 지금 너희셋이 보여준 행동은 내 눈엔 인종 차별로밖에 안 보이니까."

아이들 모두, 심지어 다튼과 애스패드까지도 선생님을 쳐다보았다. 얼트에는 인종 차별이라는 것이 존재하지 않았다. 적어도 그런 식으로는 아니었다. 얼트에는 다양한 문화권의 아이들이 모였다. 파키스탄, 태국, 콜롬비아에서 이민 온 아이들은 물론 부모가 미국에서 살지 않는 아이들도 있었다. 우리 기숙사만 해도 짐바브웨, 라트비아 출신이 있지만 그들이 백인이 아니라고 해서 따돌림을 당하는 일은 없었다. 내 생각에 인종 차별주의는 우리 부모님 세대의 유물이었다. 말하자면 거들이나 미트로프(다진 고기를 식빵 모양으로 구운 요리—옮긴이)처럼 완전히 사라지지는 않았지만 더 이상 관심의 대상은 아닌.

"인종 차별주의는 아니었어요."

애스패드가 말했다. 그 목소리에는 상황을 바로잡으려는 솔직한 욕망이나 안달 같은 것이 배어나지 않았다. 애스패드는 자신이 옳다는 걸 확신하고 있었고, 문제는 모레이 선생님 같은 하찮은 사람에게 그걸 증명할 가치가 있느냐 없느냐였다.

"어떻게 그럴 수가 있겠어요? 다튼도 흑인인데."

용감했지만 다소 부적절한 말이었다. 인종 차별주의를 극복한 우리 세대에서 굳이 흑인이라고 언급하는 건 적절치 않았다.

"그게 너의 변명이니? 다든이….."

선생님은 감히 흑인이라는 말을 입에 담지도 못 했고, 결국 애스패드만 힘을 얻게 되었다. 그때 모레이 선생님이 다시 자세를 가다듬었다.

"잘 들어. 내면화된 인종주의도 인종주의야. 자기 증오는 변명이 될 수 없어."

나는 다든을 바라보았다. 다든은 다시 고개를 숙이고 있었다. 그는 숨을 들이마신 뒤 양 볼을 부풀어 오르게 했다가 다시 내뱉은 다음 고개를 설레설레 저었다. 나는 그가 자신을 증오한다고 생각하지 않았다. 절대 그래서는 안 되었다. 자신을 증오하는 사람은 나 하나로 족했다. 자신을 증오하는 사람이 왜 그렇게 많아야 하는가?

"또 다른 문제는….."

모레이 선생님이 입을 연 순간 다든이 말을 잘랐다.

"저희가 잘못했습니다. 그러니까 그쯤 해두시죠."

그가 모레이 선생님을 처다보며 말했다. 그의 입술은 굳게 닫혀 있었다. 그 순간 다든은 어른처럼 보였다. 굵은 목소리와 떡 벌어진 체격, 침착함, 그리고 자신의 결백을 증명하기보다는 상황을 정리하고 싶어하는 태도가 그랬다. 나는 수업이 끝난 뒤에 그의 행동이 인상적이었다고 말할 수 있을 만큼 그와 가까운 사이가 아닌 게 아쉬웠다.

모레이 선생님은 잠시 망설였다. 이제 막 열변을 토하려던 참이었던 것 같았다. 그러나 이건 손쉬운 탈출의 기회였다.

"좋아."

마침내 선생님이 말했다.

"하지만 한 가지만 더 짚고 넘어가지. 너희가 보여준 연극에는 인종적 편견이 있는 것뿐 아니라 아주 심각한 성 차별주의도 담겨 있었어. 이번에도 너희 자신이 여성이기 때문에 성을 상품화하는 게 옳다고 생각한다면, 그건 틀렸어. 우리 문화는 여성들에게 외모를 가장 중요한 가치로 여기도록 강요했지만 그걸 받아들일 필요는 없어. 우리의 몸을 과시할 수도 있지만 고결함과 자존심을 선택할 수도 있는 거야."

모레이 선생님의 목소리가 높아졌다. 선생님은 지나치게 흥분한 것 같았다. 나는 애스패드가 디드에게 눈을 부라리는 것을 보았다. '여성'이라는 말을 사용한 건 잘못이라고 나는 생각했다. 교실 안에 있던 우리는 선생님을 제외하고는 여성이라고 부르기엔 너무 어렸다.

그날 오후 교실에서 있었던 일은 빠르게 퍼져 나갔고, 마사까지도 나에게 자세히 말해달라고 졸랐다. 탈의실에서 애스패드는 "우리 브래지어 태우러 가야 되는 거 아니야?"라며 빈정거렸다.

다음 날 영어 수업이 시작되기 전, 우리는 종이 울리기를 기다리며 앉아 있었다. 모레이 선생님이 들어오면서 "배움의 열정에 불타는 사람? 영문학! 영문학! 구호를 외쳐볼까요? 영문학! 영문학!" 하고 소리쳤다. 선생님은 치어리더를 흉내 내면서 손을 흔들었다. 얼트에는 치어리더가 없었다. 선생님은 우리를 용서했음을 보여주려 한 것 같았다. 그러나 우리가 선생님을 용서하지 않았다는 사실은 모르는 것 같았다.

11월 초의 토요일 오후였다. 마사와 나는 방에서 책을 읽고 있었다. 마사는 책상 앞에서, 나는 침대 위에 등을 대고 누워 서유럽사 교과서를 읽고 있었다. 그러다가 책을 든 손에 힘이 빠지면 나는 두 눈을 감고 책으로 얼굴을 덮은 채 팔의 저림이 가시기를 기다렸다. 시간이 흐를수록 책 읽는 시간은 줄어들었고, 눈을 감고 있는 시간은 늘어났다. 그렇게 졸고 있을 때 마사가 일어서서 겉옷을 걸치는 소리가 들렸다. 나는 책을 들었다.

"시내에 나갔다 올게. 뭐 필요한 거 없어?"

마사가 물었다.

"나도 같이 가."

"그냥 볼일이 좀 있어."

마사가 혼자 가고 싶어한다는 걸 직감으로 알았지만 선뜻 이해가 가지 않았다. 지금까지 마사는 나에게, 부모님을 제외하면 거의 유일하게, 함께 있으면 기분 좋은 사람이고, 나의 신랄한 비판과 웃지 않고는 못 배기게 만드는 통쾌한 유머 감각이 언제나 상황을 유쾌하게 만든다는 느낌을 갖게 해주었다.

"마사, 치질 연고를 사는 건 부끄러운 일이 아니야."

내가 말했고, 마사가 웃었다.

"치질 연고가 필요한 상황이 되면 너한테 가장 먼저 알려줄게."

"마사, 그럼 무슨…."

"머리 자르려고."

마사와 나는 거의 동시에 말했다.

"뭘 물어보려고 했어?"

마사가 물었다.

"아니야. 머리 자르러 간다고?"

"기분 나빠하지 마. 난 네가 정말 머리를 잘 자른다고 생각해. 정말이야."

"나 기분 안 나빠."

하지만 정말 기분이 나쁘지 않은지는 알 수 없었다.

"그런데 너 왜 그렇게 이상하게 굴어?"

내가 물었다.

마사는 한숨을 쉬더니, 가방을 메고 겉옷을 입은 채로 의자에 앉았다. 마사는 조금 후회하는 듯한 목소리로 물었다.

"내가 그랬니?"

"응."

"그냥 난 기분이 좀 그래. 너 왜 애들 머리를 잘라주는 거야?"

"왜 머리를 잘라주냐고? 그걸 왜 묻는데?"

분명히 우리는 말다툼을 하는 게 아니었다. 사실 마사와 말다툼을 하는 건 상상할 수 없었다. 마사는 내가 아는 사람들 중에 가장 화를 내지 않는 사람이었다. 이런 상황에서조차 마사는 오히려 슬퍼 보였다. 나는 마사와 나 사이에 낯선 긴장이 감도는 것을 느꼈다.

"왜 묻느냐 하면 내 생각엔…. 그만두자."

"말해봐. 네가 생각하는 게 뭔지."

마사는 잠시 침묵했다.

"내가 보기엔 네가 다른 애들하고, 특히 남자애들하고 특별히 친해지지 않고도 접촉을 할 수 있기 때문인 것 같아."

"신체적 접촉? 아니면 사회적 접촉?"

"글쎄."

마사는 잠시 생각해보더니 "둘 다"라고 말했다.

"내가 성도착자라는 거야?"

"그런 뜻이 아니야, 리. 사람들하고 친해지고 싶은 건 아주 자연스러운 일이야."

마사는 고전문학 교수가 되는 게 꿈이었지만 때로 나는 상담가가 되어 있는 마사의 모습을 그려보곤 했다. 초등학교 교장 선생님도 어울릴 것 같았다.

"넌 호의를 베풀어주지만 네가 얻는 건 뭐지? 네가 청소할 때 애들은 한 번도 널 도와준 적이 없어. 그건 공평하지 않아. 난 네가 그것보다 나은 대접을 받아야 한다고 생각해."

나는 침대 위에서 내 무릎을 바라보았다.

"내가 보기에 넌 닉 차피 같은 애하고 친구가 될 수 있어. 난 닉이 그렇게 접근하기 어려운 애라고 생각하지 않아. 네가 그 애한테 해줄 수 있는 일이 머리 잘라주는 게 다는 아닐 거야."

나는 마사가 정말로 그렇게 생각한다는 걸 알 수 있었다. 물론 닉 차피가 어떻게 생각하느냐는 별개의 문제였다.

"어쩌면 내가 너무 과민반응하는 건지도 몰라."

마사가 말했다.

"아니야. 말해줘서 고마워. 정말이야."

나는 침을 꿀꺽 삼켰다. 마사는 다시 일어섰다.

"난 그냥 시내에 나가서 머리를 자르고 오는 게 마음이 편할 것 같아. 내 머리는 안 잘라줘도 돼."

"하지만 난 네 머리를 잘라주고 싶은데."

마사는 문 옆에 서 있었다. 한 손에는 자전거 열쇠를 들고 있었다.

"알아. 고마워."

마사가 말했다.

"마사!"

마사가 복도로 나서는 순간 내가 불렀다.

"다른 애들도 다 그렇게 생각해? 내가 머리를 자르는 게…."

'내가 보잘것없는 애면서도 남자애들하고 얘기할 수 있기 때문이라고?'라고 나는 묻고 싶었다. 그러나 마사는 내가 나 자신을 비하하는 걸 무척 싫어했다.

"물론 아니야. 다른 애들은 그런 생각을 하기엔 너무 바쁘거든."

마사가 웃으며 말했다.

마사보다 더 내 마음을 편안하게 해주는 사람은 없었다. 마사는 시험 전날, 내가 시험에 통과할 거라는 확신을 갖게 해주었고, 정찬회에 갈 때 내 옷차림이 멋지다고 칭찬해주었다. 크리스마스나 여름방학 때 집으로 돌아가는 비행기를 타야 할 때면 비행기가 절대로 추락하지 않을 거라고 말해주었다. 오직 마사만이 예배가 끝나고 나올 때 내가 발을 삐끗한 것을 알아챘고, 내가 대학에 가면 행복할 거라고 말해주었으며, 그녀의 이불에 음료수를 쏟아도 괜찮다고 말해주었다. 내 입 냄새가 고약하냐고 물었을 때 마사가 괜찮다고 해도 내가 믿지 않으면 마사는 얼굴을 내 가까이에 대고 "자, 내 얼굴에 입김을 불어봐. 난 아무렇지도 않으니까"라고 말했다. 지금도 가끔 나는 생각한다. 나는 과연 마사에게 무엇을 주었을까.

"두 시간이면 될 거야. 혼자서 저녁 먹으러 가지 마. 알았지?"

나는 고개를 끄덕였다.

"네가 머리를 잘랐는지 안 잘랐는지는 척 보면 아니까 혹시 딴 짓하다 올 생각은 하지도 마!"

내가 말했다. 마사는 웃었다.

"내가 감히 누굴 속이겠니?"

마사가 나가는 걸 바라보면서 나는 우리 두 사람이 더 이상 한방을 쓰지 않고, 또 우리의 일상이 더 이상 똑같지 않을 그날을 상상해보았다. 생각만 해도 물속에 가라앉는 것 같은 기분이었다. 그러다가 나는 '바보. 아직 3년이나 남았잖아'라고 생각하며 안도의 한숨을 쉬었다. 그러나 그 사실조차 때로는 나를 슬프게 만들었다. 나는 알고 있었다. 그게 결코 긴 시간이 아니라는 것을. 얼트에서 우리의 삶은 영원하지 않았다.

모레이 선생님이 칠판 앞에서 강세에 따라 시의 음절을 나누는 법을 설명하고 있을 때 디드가 내 무릎을 쳤다. 내가 디드를 쳐다보았지만 디드는 앞만 바라보고 있었다.

잠시 후에 디드는 조금 더 세게 쳤다. 아래를 내려다보니 디드가 나에게 쪽지를 건네려 하고 있었다. 종이에는 애스패드의 글씨로 '11월 8일, 오늘의 패션 점수는?'이라고 적혀 있었다. 그 밑에는 표가 그려져 있었는데 표의 세로 칸은 옷, 구두, 화장 순으로, 가로 칸은 애스패드, 디드, 리라고 적혀 있었다.

애스패드는 옷은 3.4, 구두는 6.0, 화장은 0.8이라고 썼다. 그리고 화장

칸 옆에 작은 글씨로 '누가 저 여자한테 아쿠아 계열 아이라이너는 유행이 지난 지 오래라고 좀 말해줄래?'라고 적혀 있었다. 반면 디드는 옷에 2.8, 구두에 6.2, 화장에는 1이라고 썼다. 그리고 애스패드가 쓴 글 밑에 '동감!'이라고 써놓았다. 그것이야말로 그들 둘의 관계를 가장 함축적으로 보여주는 단어라고 나는 생각했다.

모레이 선생님이 교탁으로 돌아왔고, 나는 쪽지를 냅킨처럼 무릎 위에 올려놓았다. 그러나 쪽지가 몹시 신경이 쓰였다. 모레이 선생님에 대해서라면 나도 마음에 들지 않는 부분이 있긴 했지만 옷차림과는 전혀 상관이 없었다. 게다가 애스패드와 디드는 이런 식으로 생각을 문서화하는 것이 얼마나 위험한지 알고나 있는 걸까? 대화 중에 했던 말은 아무런 무게도 없으며, 보이지 않을 뿐 아니라 나중에 얼마든지 부정할 수 있지만, 이런 쪽지는 공책 사이에서 떨어져서 창문으로 날아갈 수도 있고, 쓰레기통에서 나와 펼쳐질 수도 있다.

하지만 내가 어떻게 빠질 수 있을까? 그들이 내게 제안을 했다. 만약 내가 거절하면 다시는 이런 제안을 하지 않을 것이다.

제프 올티스가 에밀리 디킨슨의 시를 큰 소리로 읽기 시작했다.

"내가 알고 또 만나본 새들 중에서 가장 도도한 새 한 마리가 오늘 나뭇가지에 앉았네!"

나는 펜을 들고 내 이름 밑의 빈칸에 '브로치가 단연 압권!'이라고 썼다. 나는 더 이상 생각하지 않고 디드에게 쪽지를 넘겨주었다.

수업이 끝나고 언제나처럼 나는 꾸물거렸다. 계단을 내려가는데 저만치 앞서가던 애스패드가 돌아보았고, 나와 눈이 마주쳤다.

"리, 정말 날카로운 지적이었어."

애스패드가 걸음을 멈추고 말했다. 어쩔 수 없이 디드도 멈춰 섰다.

"도대체 어떤 할머니한테서 빌린 거라니? 이제부턴 액세서리 칸도 따로 만들어야겠어."

"맞아."

디드가 말했다.

"리, 너한테 물어볼 게 있어."

애스패드의 말에 나는 갑자기 더럭 겁이 났다. 혹시 '너 키스해봤니?' 라든가 '너희 부모님은 어떤 차 타고 다니시니?' 같은 걸 묻는 건 아닐 까?

"내 머리 잘라줄 수 있어?"

애스패드가 물었다.

"그럼!"

생각보다 대답하기 쉬운 질문이라는 안도감 때문에 나는 곧장 대답했다. 하지만 대답을 하고 난 뒤에야 마사와 나누었던 대화가 떠올랐다. 내가 마사의 말에 따라 결정을 내리는 것은 아니었지만 조금 망설여지는 건 사실이었다.

"오늘은 정찬회가 아니니까 6시에 하자. 그래도 식사 시간이 끝나기 전까지 시간이 충분하니까."

정찬회가 아닌 저녁 식사 때면 마사와 나는 식당에 6시 정각에 도착했다. 5시 45분부터 슬슬 배가 고파지기 때문에 우리는 항상 식당 문이 열리자마자 들어갔다. 우리와 자주 같이 앉게 되는 애들이 있는데 그들도 일찍 식당에 오는 2학년생들이었다. 대부분 그닥 인기 있는 애들은 아니지만 요즘 나는 누군가 나에게 질문을 해줄 때까지 기다리지 않고 대화에 적극적으로 동참하고 있었다.

그러나 지금 내게 부탁을 하는 사람은 다름 아닌 애스패드였다.

"그럼 6시에 보자."

내가 말했다.

6시 5분 전에 도착한 나는 6시 정각까지 기다렸다가 6시 3분에 애스패드의 방문을 두드렸다. 정각에 문을 두드리는 것은 일찍 두드리는 것보다 더 나쁠 것 같아서 일부러 몇 분을 더 기다렸다. 크게 틀어놓은 음악소리가 문밖에서도 들렸다. 내가 몇 번을 두드린 뒤에야 애스패드가 나왔다. 애스패드는 티셔츠에 조그만 별 모양의 은색 단추가 달린 빨간 카디건을 입고 있었고, 아래는 속옷만 입은 채였다. 긴 금발 머리카락은 젖어 있었고, 빗질 흔적이 그대로 남아 있었다. 나를 보자 애스패드는 미안하다는 듯 얼굴을 찌푸리더니 얼른 달려가 볼륨을 줄였다. 그동안 그녀의 탄력 있는 엉덩이와 매끄러운 허벅지는 무방비 상태로 내게 노출되었다. 나는 순간적으로 흰색 면 팬티가 얼마나 고전적이면서도 섹시한 선택인지 생각했다. 스테레오에서는 롤링 스톤즈의 곡이 흘러나오고 있었다. 나는 애스패드야말로 록 가수들의 노래 속에 나오는 그런 여자라고 생각했다. 디드는 이런 애스패드와 같이 다니면서 어떻게 견디는 것일까? 애스패드와 나 단 둘뿐인데도 나는 그녀의 하녀가 된 것 같은 기분을 떨쳐버릴 수가 없었다.

"2초만 기다려. 청바지가 마를 줄 알았는데 아직 안 말랐거든."

스테레오의 불륨을 낮추며 애스패드가 말했다. 애스패드는 의자에 걸쳐놓은 청바지를 여기저기 만져보았다.

"아무래도 다른 거 입어야겠다."

애스패드는 세탁물을 넣는 비닐 주머니에서 청바지를 하나 꺼내 두 다리를 하나씩 넣은 뒤 탄탄한 배 위로 단추를 채웠다. 그동안 나는 내가 얼마나 하찮은 존재인지 생각했다. 애스패드에게 나는, 속옷 바람으로 방 안을 누비고 다니면서 더러운 게 분명한 청바지를 꺼내 입는 걸 보아도 상관없는 사람이었다. 내가 친한 친구여서가 아니라 내가 어떻게 생각하든 애스패드는 신경 쓰지 않기 때문이었다. 그러면서도 나는 속으로 무슨 말을 할지 궁리했다. '날씨가 얼마나 추워졌는지 알아?' 그러나 그런 말조차 여자에게 반한 남자가 어떻게든 대화를 이어가려고 만들어낸

220

질문 같아 그만두었다.

나는 방 안을 둘러보았다. 작년 한 해 동안 애스패드와 같은 기숙사에 있었지만 방에 들어와 본 건 처음이었다. 정리되지 않은 침대 위에는 꽃무늬 이불이 구겨져 있었다(꽃무늬 이불을 볼 때마다 나는 항상 리틀 워싱턴이 떠올랐다). 애스패드의 올해 룸메이트는 빌럭시 출신의 호튼 키넬리였다. 디드는 2학년 때 애스패드와 한방을 쓰고 싶어 안달을 했고 그렇게 될 거라고 믿었지만, 그건 디드 혼자만의 생각으로 끝났다. 하얀 크리스마스 전구는 사방의 벽을 뒤덮고 있었고, 한쪽 벽에는 커다란 모형 오렌지 한 개와 초록색 벽걸이 그림이 걸려 있었다. 두 개 중 한 책상 위 벽에는 티베트의 지도와 여러 장의 그림엽서가 붙어 있었고, 또 다른 책상 위에는 흰 글씨로 '미시시피 주립대학'이라고 적힌 스티커가 있었다. 나머지 두 벽에는 존 콜트레인과 짐 모리슨의 흑백 포스터와 얼트의 모든 여학생 방에서 볼 수 있는 사진이 붙어 있었다. 주로 털모자를 쓰고 친구들과 함께 스키를 타거나 수영복을 입고 바닷가에서 찍은 사진, 드레스를 입고 댄스 파티에서 찍은 사진, 얼트의 유니폼을 입고 운동을 하는 사진, 시합에서 이긴 뒤 서로 어깨동무를 하고 찍은 사진들이었다. 양쪽 책상에는 각각 컴퓨터와 두 개의 스테레오가 있었고 그 위에는 공책과 교과서, 카탈로그, 그리고 자잘한 세면도구와 화장품들이 있었다. 커다란 흰색 플라스틱 핸드 로션, 파우더, 황금색 케이스에 들어 있는 립스틱, 구강세정제, 샤넬 향수도 보였다(샤넬 향수를 실제로 본 건 그때가 처음이었다). 반창고도 한 통 있었고, 바닥에는 실크로 가장자리를 두른 잿빛 카디건이 떨어져 있었다. 애스패드는 신발을 신은 채 카디건을 밟고 다녔다. 방을 나올 때에도 크리스마스 트리는 물론 음악도 끄지 않았다. 복도를 걸으면서 애스패드는 한 사람을 더 데리고 가야 한다고 말했다. 나는 그가 누군지 묻지 않았고, 애스패드도 얘기하지 않았다. 나는 긴장이 되었다. 조금은 짜증스럽기도 했다. 마사와 내가 함께 쓰는 방은 너무도 조용하고 소박했으며 우리의 삶도 조용하고 소박했다. 애스패드는 태어날 때부터 화려했던 걸까? 아니면 언니나 사촌이 애스패드에게 그런 것들을 가르쳐준 것일까?

"누굴 데려가는데?"

내가 물었다. 애스패드는 빠른 걸음으로 걸었고, 나는 몇 발자국 뒤에서 따라 걷고 있었다. 애스패드가 대답을 했지만 나는 잘못 들었다고 생각하고 다시 물었다.

"누구라고?"

"왜? 걔 싫어?"

"아니. 그게 아니라 지금 크로스라고 했어? 그러니까 크로스 슈가맨?"

애스패드는 기가 막힌다는 듯이 웃었다.

"그 유명한 크로스 슈가맨이 우리하고 같이 가냐고 묻는 거니, 지금? 왜? 너 혹시 크로스 좋아해?"

"아니."

나는 조용히 대답했다. 내가 펄쩍 뛰면 오히려 들통날 것 같았다.

"잘 알지도 못하는데, 뭐."

내가 말했다.

"내가 머리를 자를 거라고 했더니 한번 보고 싶다잖아. 그래서 내가 기숙사에 들르겠다고 했어."

나는 이미 거의 모든 남자 기숙사의 휴게실에 가보았다. 대부분 이상한 냄새가 났고, 피자 냄새가 풍겼다. 남자들의 숫자가 많을수록 내게 덜 호의적이었다. 그들은 바지에 손을 집어넣고 단정치 못한 자세로 앉아서 섹스와 관련된 게 확실한 이야기를 주고받으며 웃었다. 그들은 내가 자기들끼리 주고받는 암호를 이해하기를, 혹은 이해하지 못하기를 바라면서 내 기분이 상하기를, 혹은 상하지 않기를 바라는 것 같았다. 그렇지 않으면 그들은 내 머리 위로 농구공을 주고받아서 어쩔 수 없이 내가 고개를 숙이게 만들거나 머리를 잘못 자르게 만들었고, 심지어 피자 상자를 발로 차서 바닥에 떨어지지 않게 하는 게임을 하면서 피자 냄새가 진동하게 만들었다. 텔레비전은 시끄럽거나 지루한 프로그램에 항상 고정되어 있었다. 마틴 웨이어의 머리를 잘라주던 일요일에는 텔레비전에서 시끄럽고 지루한 몬스터 트럭 쇼(자동차가 점프를 하거나 여러 대의 자동차 위를 얼마나 효과적으로 짓밟고 지나가느냐로 승부를 가리는 쇼―옮긴이)가 한창이었다.

남자 기숙사에 들어가기 전에 항상 나는 내 옷차림이 괜찮은지 확인했고, 마사의 향수를 빌려 썼지만 일단 그곳에 들어가면 꼭 못 올 곳에 온 것 같은, 심지어 침입자가 된 것 같은 기분마저 들었다. 여자들은 남자들에게 둘러싸여 있으면 대부분 기분이 좋아지지만 남자들은 여자와 함께 있는 것보다는 여자에 대한 환상을 얘기하면서 자기들끼리만 있는 걸 더 좋아하는 듯했다. 그러나 그런 불친절한 태도에도 불구하고 나는 그곳을 떠나기가 싫었다. 때로는 불필요하게 머리끝을 다듬는 척하면서 시간을 끌었다. 일단 머리 자르는 일이 끝나고 그곳에 남아 그들과 어울린다는 건 상상할 수 없는 일이었다. 다른 여자애들은 그럴 수 있을지 몰라도 나에겐 마땅한 이유가 있어야만 했다. 내가 좀더 머물고 싶었던 것은 남자애들의 솔직한 태도와 레슬링을 하고 트림을 하면서 즐거워하는 모습, 시끄럽고 무질서하지만 자연스러운 모습이, 여자애들이 노는 모습보다 훨씬 더 진실하고 생동감 넘쳐 보였기 때문이었다. 항상 예쁘고 똑똑해 보이고 싶었던 나조차 늘 마음 한구석에는 남자들처럼 지저분하게 놀아보고 싶은 욕구가 있었던 것 같다.

크로스의 기숙사 휴게실에서도 남자애들 몇 명이 소파에 앉아 햄버거와 감자튀김을 먹으며 콜라를 마시고 있었다. 누군가가 선생님을 졸라 맥도날드까지 차를 태워달라고 해서 기숙사 식구 전체가 먹을 수 있는 양을 주문한 것 같았다. 남자 기숙사 휴게실에 들어서면 나는 누군가 나를 알아보고 앉으라고 할 때까지 문 앞에서 기다려야 했다. 애스패드와 함께 들어서니 4학년 풋볼 선수인 마이크 듀안이 얼른 자리에서 일어나 다가왔다.

"여긴 웬일이야?"

그가 애스패드를 양팔로 끌어안으며 물었다. 나는 한 번도, 정말 한 번도 남자애 품에 그런 식으로 안겨본 적이 없었다.

"크로스한테 당장 내려오라고 해주세요."

애스패드가 말했다.

"내가 데려올게!"

또 다른 남자가 복도 쪽으로 뛰어갔다.

"애스패드, 왜 항상 크로스만 찾는 거야? 난 안 찾고."

듀안이 물었고, 애스패드는 웃었다.

"심심해요?"

"예쁜 여자친구가 없으니까 당연히 심심하지."

그는 애스패드의 어깨에 둘렀던 한 팔로 그녀의 등을 문지르기 시작했다. 나라면 마이크 듀안이 그런 식으로 만지는 게 싫을 것 같았다. 헐크처럼 힘이 센 데다 붉은 피부, 짙은 턱수염의 그가 나는 무서웠다.

"네가 날 보러 왔다고 하면….."

마이크가 말하는 도중에 크로스가 나타났다.

"안녕, 애스패드! 안녕, 리!"

그가 나를 보고 고개를 끄덕이며 인사했다. 가슴이 뛰기 시작했다.

"빨리 끝내자. 배고파 죽겠어."

애스패드가 말했다. 나 역시 마찬가지였다. 휴게실에는 음식 냄새가 진동했다. 사실 나는 애스패드의 머리를 자르는 것보다 감자튀김을 한 움큼 집어 들고 어디론가 뛰어가서 혼자 먹고 싶은 생각이 굴뚝같았다. 그러나 크로스가 나타난 이상 크로스와 함께 있는 것보다 더 좋은 건 없었다.

"리, 어디서 할까?"

애스패드가 물었다.

"아무 데나."

내가 대답했다. 이것은 미용사 리의 모습이 아니라 보통 때의 불안정하고 나약한 리의 모습이었다.

"여기도 괜찮아."

"여긴 냄새 때문에 좀 그렇고, 지하로 내려가자."

크로스가 말했다. 마이크 듀안이 애스패드를 풀어주었고, 우리는 크로스를 따라 지하로 내려갔다. 지하실 바닥은 콘크리트였고, 형광등이 켜져 있었다. 천장 가까이에 가로로 난 좁은 창문은 닫혀 있었다. 윙 소리가 나는 음료수 자판기 한 대와 세탁기 두 대, 건조기 두 대말고는 아무것도 없었다.

"의자가 하나 필요할 것 같은데?"

크로스가 말하고는 계단 쪽으로 사라졌다. 애스패드의 어깨에 두를 수건도 하나 필요했고 바닥에 깔 신문도 필요했지만, 이미 크로스는 사라진 뒤였다.

애스패드가 말했다.

"피곤해 죽겠어. 어젠 새벽 3시에 잤어."

"정말?"

내가 물었다. 그러나 나는 온 신경이 크로스에게 집중되어 있었기 때문에 애스패드에게까지 신경 쓸 여력이 없었다.

"그 전날 밤엔 2시에 잤고."

애스패드의 취침 시간을 얼마나 더 자세히 알아야 하는 건지 짜증이 날 무렵 크로스가 돌아왔다. 크로스는 철제 다리가 달린 나무 의자를 거꾸로 들어서 앉는 부분을 어깨에 메고 있었다. 남자다우면서도 귀여운 모습이었다. 그가 음료수 자판기 앞에 의자를 놓자 애스패드가 앉았다.

"머리카락이 떨어질 테니까 카디건은 벗는 게 좋겠다."

내가 말했다. 애스패드는 시키는 대로 했다. 애스패드에게까지도 나는 위엄을 유지하고 있었다. 애스패드는 카디건을 크로스에게 주었다.

"어머, 예쁘다!"

크로스가 여자 목소리를 흉내내면서 스웨터의 팔 부분을 목에 묶었다. 그런 모습을 보고 나는 마음이 상했다.

"빨간색 엄청 잘 어울린다."

애스패드가 말했다.

"고마워, 자기."

크로스가 조금 전과 똑같은 목소리로 대답했다. 나는 그에게 당장 카디건을 벗고 여자 같은 말투도 집어치우라고 말하고 싶었다. 그런 행동은 하나도 우습지 않았다. 오히려 너무 상투적이고 서툴기까지 했다. 게다가 나는 크로스가 내 앞에서는 절대로 그런 식으로 행동하지 않으리라는 걸 잘 알고 있었다. 그의 공연은 오직 애스패드를 위한 것이었다. 나는 그가 머리 자르는 것을 보고 싶다고 한 게 애스패드 때문이 아니라 나때문이기를 은근히 바라고 있었다. 크로스도 나와 같은 감정이라고 믿고 싶었다. 항상 그렇게 믿었던 건 아니지만 가끔 쉬는 시간에 계단에서 마주칠 때 크로스와 나는 잠시 멈추어 서서 서로를 바라본 적이 몇 번 있었다. 만약 그가 정말 아무렇지도 않다면 "안녕!" 하고 인사를 하지 않았을까? 그가 아무 말도 하지 않았다는 게 오히려 희망적인 게 아닐까?

"똑같은 길이로, 지금보다 조금 짧게 해줘."

애스패드가 말했다.

크로스가 웃었다. 평범하고 남자다운 웃음이었다. 나는 그가 다시 본모습으로 돌아온 게 기뻤다.

"어떻게 조금 짧으면서 똑같을 수가 있나?"

크로스가 말했다.

"역설의 미학이라고나 할까."

애스패드가 말했다.

1년 전 이곳에 처음 왔을 때부터 얼트의 아이들이 자주 사용했던 그 말은 이제는 유행어가 되었다. 처음 톰 로지가 우리 반에서 그 말을 썼을 때만 해도 마치 성형 수술을 하고 나서 하지 않은 척하는 것처럼 어딘가 억지스러웠고, 톰 스스로도 조금 무안해했다. 하지만 이제는 일상적인 말이 돼버려서 더 이상은 아무도 특별히 의식하지 않았다. 여름방학 때 엄마가 내게, 어떻게 초콜릿 쿠키 반죽을 다하도록 달걀이 하나도 없다는 걸 몰랐냐고 물었을 때 나도 그 말을 썼었다. 물론 그 상황은 역설과는 별 상관이 없었다. 결국 내가 이웃집에 달걀을 빌리러 가야 했으니까.

그것말고 한동안 유행어가 되었던 건 특히 우리 반 아이들이 자주 썼던 '고풍스럽다'는 말이었다. 고대 역사 시간에 인기를 끌었던 말로, 낡고 오래된 청동이나 구리 제품을 표현할 때 사용한 형용사였다. 남자애들은 여자애들에게, 물론 나한테는 아니었지만, 눈썹을 치켜뜨거나 입술을 축이면서 "고풍스러운데!"라고 말하곤 했다. 그러나 고풍스럽다는 말은 '역설의 미학'만큼 위력적이진 않았다.

"애스패드는 전부 조금씩 잘라서 길이를 똑같게 해달라는 거야."

내 설명에 크로스가 멍한 표정으로 나를 쳐다보았다. 그도 알고 있었던 것 같았다.

"그것 봐. 리는 내 말을 이해했잖아."

30분 전 방을 나설 때부터 들고 있었던 비닐봉지에서 나는 가위와 빗을 꺼냈다. 내가 쓰는 빗은 아니었다. 툴리스의 머리를 자른 뒤로 나는 빗을 하나 장만했다. 한 번도 그 빗을 닦은 적이 없었지만 아무도 내게 빗을 닦았냐고 묻지 않았다.

나는 애스패드의 뒤에 서서 아직도 젖어 있는 머리를 빗었다. 애스패드의 머리카락에서는 달콤하면서도 향긋한 향기가 풍겼다. 나는 다시 한 번 남자들이 왜 애스패드를 좋아하는지 알 것 같았다.

"얼마나 자를까?"

"10센티미터 정도?"

"정말?"

나는 되도록 많이 자르는 게 좋았다. 극적인 변화가 좋았기 때문이다. 그러나 애스패드의 머리는 지금 너무 보기 좋았기 때문에 나는 얼트 전체에 피해를 입히는 것 같은 기분이 들었다.

"먼저 한 5센티미터 정도 잘라보고 그다음에 결정하자."

"머리가 길면 더 잘 엉키거든. 그냥 확 밀어버릴까?"

"대머리? 그거 괜찮겠는데."

크로스가 말했다. 그건 내가 기억하고 있는 그의 모습에 가까웠다. 그는 평상시와 똑같은 목소리로 농담을 할 수 있었다. 사실 그의 농담이 재미있는 것은 침착하고 진지한 말투로 엉뚱한 이야기를 하기 때문이었다.

"좋아. 다 잘라버려, 대머리로."

애스패드가 말했다. 나는 머리를 한 움큼 들고 싹둑 자른 뒤 바닥을 보았다. 예상대로 쓰레기통은 없었다. 나는 머리카락을 맨바닥에 떨어뜨렸다.

크로스가 다가와서 내 옆에 섰다.

"맙소사! 애스패드, 너 이러다가 정말 대머리되겠다!"

그가 소리쳤다. 내가 자른 머리카락은 5센티미터도 채 안 되었지만 크로스는 애스패드를 놀리고 있었다. 내게는 관심이 없는 게 분명했다.

"시끄러워."

애스패드가 말했다. 그녀 역시 크로스를 좋아하는 것 같았다. 작년에 디드가 전해준 소식에 의하면 크로스와 애스패드는 '좋은 친구' 사이라고 했다. 신입생일 때 두 사람은 각자 다른 사람과 사귀고 있었다. 그러나 두 사람 모두 사귀던 사람과 헤어졌다. 크로스와 소피 트룰러 커플은 지난 10월에 깨졌다. 만약 크로스와 애스패드가 서로 좋아하는 게 사실이라면 빨리 본격적으로 사귀어야 한다고 나는 생각했다. 그렇게 된다고 해도 아무도 놀라지 않을 것이다.

"난 이쪽으로는 통 모르지만, 리를 너무 믿는 거 아니야? 리, 도대체 어떻게 그렇게 신뢰를 쌓았지?"

나는 몸을 숙인 채 크로스를 올려다보았다. 그의 표정은 밝았다. 몇 초 동안 나는 아무 말도 하지 않았고, 그는 나와 눈을 맞추며 내 표정을 살폈다. 그의 입가에 미소가 번지기 시작했고 우리는 의미 있는 눈빛을 주고받았다. 나는 그에게 결코 '아무것도 아닌' 존재가 아니었다. 나는 그의 농담이나 받아주기 위해 배경으로 서 있는 그런 시시한 존재가 아니었다. 그러나 그걸 어떻게 확신할 수 있을까? 어쩌면 그는 그저 내가 적절한 대답을 찾지 못했다고 생각하는 걸 수도 있다.

"리가 머리를 얼마나 많이 잘라봤는지 알아? 툴리스의 머리도 리가 잘라준 거야."

"설마."

크로스가 다시 애스패드 앞에 섰다. 애스패드가 아무 생각 없이 고개를 들었다. 그와 눈을 맞추려고 그랬던 것 같았다. 내가 고개를 억지로 숙이게 만들 수도 있었지만 그러지 않았다. 나는 애스패드 편이었다. 오히려 두 사람의 결합을 돕고 싶다는 야릇한 감정마저 솟아났다. 애스패드가 자기와 날 한편으로 묶고 우리 두 사람 대 크로스, 여자들 대 남자로 편을 가르는 게 싫지 않았다.

"그리고 툴리스의 머리는 아주 훌륭했어. 메롱!"

"메롱? 애스패드, 너 정말 변호사 되는 거 다시 한 번 생각해보는 게 어때? 말투가 어린애처럼 그게 뭐냐? 그럼 이건 어때? 대머리래요! 얼레리 꼴레리!"

크로스가 시시덕거리는 걸 보고 있자니 왠지 마음이 불편했다. 마치 이 사이에 낀 음식물을 빼내는 걸 보는 것처럼 지나치게 사적인 느낌이 들었다.

"얼레리 꼴레리! 얼레리 꼴레리!"

이번에는 두 사람이 합창을 했다. 그 광경을 보고 있자니 갑자기 지하실에서 뛰쳐나가고 싶은 충동이 들었다. 그들은 한심했다. 나보다 더 한심했다. 이제부터 조회 시간에 도도한 표정을 짓고 있는 그들을 볼 때마다 나는 지금의 모습을 떠올리게 될 것이다.

"모레이 선생님이 내일도 그 부츠를 신고 오실까?"

내가 말했다. 둘은 아직도 웃고 있었고, 나는 화제를 바꾸고 싶었다.

"너희도 모레이 선생님 강의 들어?"

크로스가 물었다.

"리하고 모레이 선생님은 원수 지간이야. 한판 붙었거든."

애스패드가 말했다. 내가 그랬나?

"너도 그 포주 사건에 연루된 거야?"

크로스가 물었다.

"아니. 그것말고 다른 사건이 있었어."

애스패드가 말했다.

"리, 네가 그렇게⋯."

크로스가 말을 멈추었고 우리는 서로 눈이 마주쳤다. 그가 그 뒤에 하려는 말이 무엇이건 간에, 그 말은 어쩌면 내가 좋아했던 크로스의 일면을 보여줄지도 모른다고 나는 생각했다.

"화가 난 줄은 몰랐어."

그 일면은 보이지 않았다.

"화 안 났어."

내 목소리가 정말 화난 것처럼 들렸겠지만 나는 상관하지 않았다.

"모레이 선생님은 원래 이 학교에서 원했던 사람이 아니었어."

크로스가 말했다.

"됐어. 그만해."

애스패드가 말했다.

"다들 아는 줄 알았는데."

"그만하라니까!"

애스패드의 목소리는 조금 격앙되었다. 애스패드는 잠시 생각하는 듯 하더니 말을 이었다.

"리, 아무한테도 말하지 마. 모레이 선생님이 이 학교에 오게 된 건 마지막 순간에 갑자기 내려진 결정이었다. 영어과 인턴으로 뽑았던 사람이 있었는데, 엄청 똑똑한 예일대 출신 흑인 여자여서 다들 기대가 컸나 봐. 그런데 8월에 런던에 사는 남자친구가 고환암에 걸리는 바람에 남자친구 한테 갈 수밖에 없었대. 그래서 그 선생님을 대체할 사람을 찾다가 가을 학기 교사 자리를 구하고 있던 모레이 선생님을 채용하게 된 거야. 그래서 이틀 뒤에 사우스다코타에서부터 여기까지 달려온 거래."

나는 아무 말도 하지 않았다. 머리를 자르는 것마저 잠시 멈추었다.

"고환암? 웩!"

크로스가 말했다.

"그걸 어떻게 알아?"

내가 물었다.

"레니 선생님한테 들었어."

목공을 가르치는 레니 오스굿 선생님은 30대 초반의 얼트 졸업생으로, 얼트의 교사 중에는 유일하게 대학을 졸업하지 않은 사람이었다. 학교 신문에는 그의 잘생긴 외모에 대한 기사가 정기적으로 등장했고, 몇 년 전에 4학년 여학생과 연애를 했다는 소문도 있었지만 그 여학생이 누구 였는지는 아무도 아는 사람이 없었다. 그는 몇몇 학생들과 친구처럼 지내고 있었고 애스패드도 그중 하나였다.

"모레이 선생님한테 이 학교는 너무 과분해. 코치로서도 그렇고. 운동에 소질이 있는 건 사실인데 필드하키를 한 번도 해본 적이 없는 것 같아. 경기 규칙도 전혀 모르잖아."

물론 모레이 선생님은 필드하키를 해본 적이 없었다. 중서부에서는 필드하키를 하는 사람이 거의 없었다. 문득 지난 9월, 자신이 채용되었다는 소식을 듣고 서둘러 짐을 꾸려 동부로 향하는 선생님의 모습이 떠올랐다. 라디오 주파수를 이리저리 맞추며 혼자 운전을 하다가 밤이면 모텔에 들어가 창가에 서서 낙태 반대 구호가 적힌 현수막과 급수탑 외에는 아무것도 없는, 넓게 펼쳐진 콩밭을 바라보았을 것이다. 선생님은 아이오와에서 클리블랜드까지 I-80번 도로를 타다가 다시 90번 도로를 탔을 것이다. 아빠와 내가 처음 얼트에 올 때 온 길이었다.

"운이 좋았지. 형편없는 교사를 채용한 얼트는 골치 아프게 됐지만."

사실 얼트에 채용되었을 때 그녀는 형편없는 교사가 아니었다. 한 번도 가르쳐본 적이 없는 교사일 뿐이었다. 애스패드는 무슨 근거로 선생님이 형편없다고 말하는 걸까? 모레이 선생님은 아직 경험이 부족했다. 이런 식의 잡담이 싫은 것은 아니었지만 나는 모레이 선생님이 얼트의두 번째 선택이었다는 사실은 차라리 모르는 편이 나았겠다는 생각이 들었다.

"자, 다 됐어."

내가 말했다. 애스패드가 일어서서 손가락으로 뒷머리를 쓸어내렸다. 내가 너무 깔끔하게 머리를 잘랐다는 게 조금 아쉬웠다. 바닥에는 머리카락이 여기저기 흩어져 있었지만 애스패드의 옷에는 한 가닥도 떨어지지 않았다. 애스패드가 크로스에게 돌아섰다.

"나 어때?"

"끔찍해."

크로스가 말했다. 애스패드가 혓바닥을 내밀었지만 그 순간조차 그녀의 모습은 끔찍한 것과는 거리가 멀었다. 애스패드가 시계를 보았다.

"어머! 저녁 시간 15분밖에 안 남았어."

애스패드가 계단 쪽으로 뛰어갔고, 크로스도 뒤쫓아갔다. 나도 쫓아가야 할지 말아야 할지 얼른 판단이 서질 않았다. 게다가 바닥을 치우는 일도 남아 있었다.

"애스패드!"

내가 소리쳤다.

애스패드는 돌아보지도 않고 "왜?" 하고 물었다.

"바닥에 머리카락이 많이 떨어졌어."

애스패드는 어깨 너머로 돌아보았다.

"별로 없는데, 뭘."

가발 하나를 만들고도 남을 만한 머리카락이었다.

"의자라도 좀 치워줄래?"

내가 말했다.

"아 참!"

크로스가 다시 돌아와 의자를 어깨에 얹었다. 이번에는 그의 모습이 전혀 매력적이지 않았다.

"고마워, 리."

애스패드가 말했고, 둘은 사라졌다. 나는 바닥을 바라보다가 다시 계단 쪽을 바라보았다. 애스패드의 머리카락이라 해도 바닥에 떨어진 건 지저분했다. 나는 휴게실로 올라가서 빗자루와 쓰레받기를 빌려서 머리카락을 쓸어 담은 뒤 쓰레기통에 버렸다. 머리카락을 운동장이나 애스패드의 침대 위에 뿌려버릴까도 생각해보았다. 그러나 그것은 학칙 위반일 뿐 아니라 오드리 플래허티스러운 행동이었다. 나는 빗자루를 다시 벽장에 넣었다. 휴게실은 텅 비어 있었다. 소파 앞에 놓인 테이블 위에 감자

튀김 몇 개가 뒹굴고 있었다. 저녁을 굶게 된 나는 그거나 집어 먹을까 생각해보았다. 그러나 그것 역시 너무 오드리 플래허티스러웠다. 기숙사로 돌아가는 길에 나는 마사가 옳았다는 생각을 했다. 그걸로 끝이었다. 그 길로 나는 머리 자르는 일에서 은퇴했다.

'나의 주장'이라는 제목의 과제가 주어졌다. 내가 중요하다고 생각하는 주제를 선택해서 그것에 관한 견해를 쓰는 것이었다.

"사형 제도에 관해서 쓰면 어떨까?"

정찬회에 참석하러 가는 길에 마사가 내게 물었다.

"찬성하라고? 아니면 반대하라고?"

"리!"

"반대하라는 거구나."

"당연히 반대해야지. 소수 인종이나 가난한 사람들에 대한 차별이니까. 사형선고를 받는 사람들은 대부분 교육을 받지 못한 흑인들이야. 게다가 사형을 당한 사람들 중 상당수가 나중에 무죄로 판명되고 있어."

마사는 항상 이런 사회 문제에 대해 잘 알고 있었다. 그 이유는 첫째, 마사의 아빠가 변호사이기 때문이고 둘째, 마사는 항상 나보다는 진지하고 정보가 많기 때문이다. 반면 내게로 흘러들어오는 정보는, 유명 영화배우의 애완견 이름이 페튜니아라는 것, 유명한 모델이 최근에 재활원에 들어가게 된 이유는 거식증 때문이지만 마약중독 때문일 수도 있다는 것 따위였다.

"괜찮은 주제이긴 한데, 나한테는 안 맞아."

"사회 보장 제도나 낙태 문제는 어때?"

"디드가 낙태에 대해서 쓴대."

"좋아. 그럼 발가락 매니큐어. 찬성이야 반대야?"

"역시 넌 천재야."

우리는 말없이 예배당을 지나쳤다. 마사와 한방을 쓰게 되면서부터 나는 훨씬 덜 외로웠고, 지내기도 편했다.

"교내 종교 활동에 대해서 써보면 어떨까? 공립학교와 사립학교를 비교해보는 거야. 사립학교는 학생이 학교를 선택한 거니까 문제될 게 없지만 공립학교에는 유대인이나 불교신자도 있을 수 있으니까 공평하지 않다고 말이야."

"괜찮겠다. 네가 별로 관심 없는 주제인 것 같아서 좀 그렇지만."

숙제를 제출했을 때 모레이 선생님은 다행히 큰 소리로 읽게 하지 않았다. 최소한 800자를 써야 했지만 나의 작문은 내 이름과 날짜, '2학년 영어', '모레이 선생님'까지 합해서 802자였다. 이번에는 긴 작문이어서 발표 없이 넘어가는가 보다 생각했지만 그다음 주, 선생님은 결국 발표를 시켰다.

"다른 사람들이 무슨 생각을 하고 있는지 알아보는 게 좋겠지? 노리, 먼저 읽어볼래?"

선생님은 내 숙제를 돌려주는 걸 잊은 모양이었다. 나는 손을 들었지만 선생님이 내 이름을 부르지 않아서 그냥 손을 내렸다. 수업을 방해하고 싶지는 않았다. 나는 내 차례가 될 때까지 기다리기로 했다. 크리스는 학교 체육의 중요성에 대해 썼고, 애스패드는 여행이 얼마나 견문을 넓혀주는지에 관해 썼다. 디드는 왜 낙태를 찬성하게 되었는지에 관해 썼다. 디드가 나에게 패션 점수표를 건넨 이후로 나는 일부러 디드 옆자리를 피했지만 애스패드와 디드가 또 점수를 매기는지는 눈여겨보았다. 물론 그들은 점수를 매겼다. 그것도 매일.

점수가 보이기에는 너무 멀리 떨어져 있었지만 선생님이 커다란 핀으로 고정한 킬트(스코틀랜드식 격자무늬 스커트─옮긴이)를 입은 날에는 0점을 주었을 게 뻔했다. 기숙사에서 킬트는 아웃사이더들만 입는 옷으로 여겨졌다. 제니의 작문은 2학년 때 가장 친했던 친구가 백혈병으로 죽은 이야기에 관한 것이었다. 제니의 주장이 담겼다고 볼 수는 없었지만 너무 슬픈 이야기여서 아마 A를 받았을 거라고 생각했다.

나는 제니 옆자리에 앉아 있었다. 제니가 읽기를 마쳤을 때 모레이 선생님은 "다음은 제프, 네 차례야"라고 말했다.

"선생님?"

내가 말했다.

"넌 안 읽어도 돼. 그 이유는 네가 더 잘 알 거야."

선생님이 말했다. 선생님의 얼굴이 벌겋게 달아올랐다. 나는 다른 아이들의 시선을 느끼며 제프를 쳐다보았다. 마치 너는 글을 읽을 수 있어서 좋겠다는 듯이. 그리고 나도 내가 글을 읽을 수 없는 이유를 안다는 듯이.

내가 상상할 수 있는 이유는 그저 둘째 주에 내가 발표를 거부했던 것과 연관이 있을 거라는 정도였다.

종이 울리자 모레이 선생님은 "내일 계속 합시다. 다든, 마틴, 내일 작문 가져오는 거 잊지 마라. 리는 잠깐 남고. 나머지는 내일 봅시다."

모두 교실 밖으로 나간 뒤 모레이 선생님은 채점 공책 밑에서 내 글을 꺼내 책상 위에 올려놓고 가운데로 밀었다. 내 손이 닿을 만한 거리는 아니었다. 나는 작문을 집어 들기 위해 몸을 숙이기 전에 먼저 선생님의 표정부터 살폈다. 온몸이 얼어붙는 것 같았다.

"낙제 처리를 할 수도 있었어. 네가 교사인 나와 내 수업을 이렇게 무시하다니 정말 기가 막히더구나. 리, 이 문제를 해결할 방법이 있을지 나도 잘 모르겠다."

나는 선생님이 더 할 말이 남아 있는지 눈치를 보다가 그렇지 않다는 확신이 들자 얼른 이렇게 대꾸했다.

"저, 죄송하지만 무슨 말씀이신지 전…."

선생님은 믿을 수 없다는 듯 눈썹을 치켜떴다. 그러나 나는 눈을 피하지 않았다. 선생님의 눈을 오래 쳐다보면 나의 결백을 증명할 수도 있지 않을까. 선생님이 먼저 내 눈길을 피했다. 그 사이 나는 내 글을 집어 들었다. '공립학교에서 종교 활동을 강요하는 것은 옳지 않다'라는 제목 위에 빨간색으로 F라고 적혀 있었다. 나는 제목 밑과 첫 페이지의 마지막 줄을 별 표시로 장식했다. 나는 첫 페이지의 제목과 별표 장식 외에 '이 문제에 대해 특별한 관심이 있는 건 아니지만 과제로 선택하기에는 적합하다고 생각합니다'라고 썼다. 그 주변에 빨간색으로 빼곡하게 무언가 적혀 있었다. 대강 훑어보니 읽을 수 없는 단어들도 있었지만 대략, "리, 그렇다면 왜 이 주제로 글을 썼지? 네 글은 알맹이가 없고… 존경심의 부족… 이 과제물의 목적은…" 같은 단어들이 눈에 들어왔다.

나는 고개를 들었다.

"제가 관심이 없다고 한 건, 그러니까 전혀 관심이 없다는 게 아니라, 글을 쓸 만큼 관심이 있는 건 아니라는….”

"리, 그건 말이 되지 않아.”

"하지만 사실이 그런 걸요.”

"그럼 왜 다른 주제를 선택하지 않았지?”

"생각이 나지 않았어요.”

"너한텐 중요하다고 생각되는 문제가 없다는 거니? 이렇게 좋은 학교에 다니면서 모든 특권을 누리고 있는 너한테, 중요하다고 생각되는 문제가 하나도 없다고? 리, 도대체 넌 어쩔 생각이니?”

선생님이 잠시 기다렸고 나는 그것이 내 대답을 요구하는 질문이라는 사실을 깨달았다.

"직업에 대해 물으시는 건가요? 전….”

선생님이 되고 싶다고 말할까 생각했지만 믿어주지 않을 것 같았다.

"변호사가 되고 싶어요.”

내가 말했다. 선생님은 코웃음을 쳤다.

"변호사들은 항상 무언가를 주장하는 사람들이지. 무언가를 믿는 사람들이고. 적어도 훌륭한 변호사들은 그래."

선생님은 팔짱을 끼었다.

"널 어떻게 해야 좋을지 모르겠다, 리. 도저히 이해할 수가 없어. 넌 한마디로 방관자야. 이 수업에서 네가 조금이라도 얻는 게 있니?"

"정확히 뭘 물으시는 건지…."

"이 수업에서 조금이라도 얻는 게 있느냐고 물었어. 아주 간단한 질문이야."

선생님과 나는 한동안 아무 말도 하지 않았고 무거운 침묵이 흘렀다. 나는 선생님의 마지막 질문에서 점점 더 멀어졌다. 어쩌면 전혀 엉뚱한 대답을 함으로써 주제를 바꿀 수도 있었다. 예를 들면, '그래서 애완동물로는 앵무새가 최고라는 거예요'라든가, '그래서 늘 뉴멕시코에 가보고 싶었어요'라든가. 그러나 그런 식의 대답은 너무 황당하고 제멋대로였다. 그러나 선생님과 나의 대화 역시 그랬다. 모레이 선생님과 논쟁을 벌이는 건 왠지 공허했다.

"전 책 읽는 걸 좋아해요."

내가 말했다.

"네가 가장 좋아하는 책이 뭐지?"

선생님은 내가 대답하기 무섭게 또 다른 질문을 던지고 있었다.

"전… 《나의 노래》를 좋아해요."

"어떤 부분?"

"그건 잘…."

나는 침을 꿀꺽 삼켰다. 울 생각은 아니었지만 내 표정이 금방이라도 울음을 터뜨릴 것처럼 보인 게 분명했다. 모레이 선생님의 표정이 한결 부드러워졌다.

"잘 모르겠어요. 문장이 마음에 들어요."

"나도 휘트먼을 좋아한단다. 그래서 그런 숙제를 냈던 거고."

선생님은 날 쳐다보았다. 한결 적대감이 덜해졌지만 여전히 날카로웠다. 나는 시선을 피했다. 그리고 칠판과 창문, 책상 밑을 바라보았다. 다시 선생님을 보았을 때에도 선생님의 눈빛은 조금도 흔들리지 않았다.

"그렇게 아무 생각 없이 인생을 살 수도 있겠지. 항상 부정하고, 항상 시큰둥하고, 열정 없이 말이야. 어떤 일에 적극적으로 참여하기엔 네가 너무 잘났다고 생각하겠지. 하지만 긍정적으로 살 수도 있지 않을까? 흥미로운 일을 찾고, 네 주장을 갖고, 사람들한테 손을 내밀면서 말이야. 수업 전후에 네가 반 친구들하고 거의 대화를 하지 않는다는 걸 알고 있어. 아이들은 너와 친구가 되고 싶어해. 디드와 애스패드는 너하고 친해지고 싶어한다고. 난 네가 그들에게 기회를 주었으면 좋겠다."

나도 모르게 내 입술이 일그러지는 것이 느껴졌다. 지금 웃으면 그야말로 최악의 상황이 벌어질 것이다. 선생님을 분노하게 만들 테니까. 하지만 선생님은 틀려도 한참 틀렸다. 선생님의 생각은 전부 다 틀렸다. 그러나 선생님이 틀렸다는 사실이 이상하게도 기분이 좋았다. 나는 시큰둥하고 매사에 무관심하지 않았다. 애스패드는 결코 나와 친구가 되고 싶어하지 않았다. 게다가 나는 한 번도 내가 잘났다고 생각해본 적이 없었다. 그동안 나는 다른 아이들을 관찰했고, 그들에게 호기심을 느꼈으며, 그들의 발랄함에 놀랐고, 그들과 나의 격차와 결코 긴장을 풀고 편안해질 수 없는 나 자신 때문에 괴로웠던 것뿐이었다. 아무 생각이 없다고? 나는 항상 생각했다. 사람들과의 관계뿐 아니라 그들의 태도, 자세, 말투는 물론 바람의 향기, 수학관 천장의 전등 불빛, 이를 닦을 때 라디오가 틀어져 있으면 어느 정도가 적절한 볼륨인지와 같은 물질적인 것들에 이르기까지 나는 생각했다. 나는 세상의 모든 것에 대해 좋아하거나 혹은 싫어하는 감정을 갖고 있었다. 조금 더 원하는 것도 있고, 덜 원하는 것도 있었으며, 끝내고 싶은 것도 있었고 계속하고 싶은 것도 있었다. 미국과 중국의 관계에 대해 별다른 의견이 없다고 해서 아무 생각이 없는 건 아니다. 그런 나를 방관자라고 말한다면 나는 더 이상 할 말이 없었다. 무엇보다도 그 말이 무엇을 의미하는지 잘 모르기 때문이었다. 그러나 기숙사에 돌아가면 반드시 사전을 뒤져서 그 뜻을 알아낼 생각이었다.

"내 말 듣고 있니?"

모레이 선생님이 물었다.

"네."

"내가 하는 말, 무슨 뜻인지 이해하니?"

"네, 이해해요."

선생님은 보다 분명한 대답을 원했다. 선생님은 내가 자기처럼 많은 말을 하기를, 속을 털어놓기를 원했다. 그러나 나에겐 할 말이 없었다. 나는 선생님이 생각하는 그런 아이가 아니었다. 그 아이는 지금 이 순간, 선생님이 창조해낸 인물일 뿐이다.

"작문 다시 쓸까요?"

내가 물었다.

"중요한 건 작문이 아니야. 물론 네 글을 읽고 몹시 화가 났던 건 사실이야. 너한테는 좀 지나치게 들리겠지만 이건 네 삶에 관한 문제야. 네가 인생을 어떻게 살아가느냐의 문제라고. 난 네가 오늘 나와의 대화를 기억해주었으면 한다."

왜 하필 나였을까? 나의 어떤 점이 선생님을 자극했을까?

"난 오늘이 네가 '좋아!'라고 말하기로 결심하는 날이 되었으면 좋겠다."

선생님은 손바닥으로 책상을 탁 치면서 말했다. 그것은 흥분의 표현이었다. 더 이상 분노는 없었다. 나는 애스패드를 생각했다. 만약 애스패드가 이 장면을 보았다면 반드시 나중에 이 열정적인 행동을 따라했을 것이다. 이유는 알 수 없지만 나는 모레이 선생님이 날 선택한 게 다행이라는 생각이 들었다. 나는 오직 마사한테만 오늘 일에 대해 말할 생각이었다. 학교 전체에 이 일을 소문내지는 않을 것이다.

"오늘이 그날이 될 수 있겠지?"

선생님이 물었다.

"네."

나는 대답했다.

"별로 자신 없어 보이는데?"

선생님은 내가 큰 소리로 "네!"라고 대답하기를 원했겠지만, 나는 그러지 않았다. 나는 거짓말을 할 수 없을 뿐 아니라 선생님을 즐겁게 해주고 싶은 생각도 없었다. 단 10분 만에, 한 사람이 지금까지와는 전혀 다른 사람이 될 수 있다고 믿기에 선생님은 너무 나이가 많은 건 아닐까? 처음엔 나에 대한 선생님의 평가가 오해가 있긴 하지만 부분적으로 옳은 면도 있다고 생각했다. 그러나 이제 선생님의 모든 얘기가 나와는 전혀 관계가 없다는 것을 알게 되었다. 선생님은 마치 풋볼 코치나 동기부여 전문가처럼 말하고 있었다. 전에도 그런 생각을 한 적이 있었지만 지금처럼 확신이 들었던 적은, 경멸스럽다기보다는 측은하다는 생각이 들었던 적은 없었다. 희망에 들떠 잔뜩 상기된 선생님의 얼굴을 바라보면서 나는 속으로 '당신, 그렇게 똑똑하진 않아'라고 생각했다.

선생님은 그날 밤 기숙사로 찾아와 내 방문을 두드렸다. 9시쯤이었다. 마사는 도서관에 있었고, 나는 크래커를 먹으며 〈글래머Glamour〉를 읽고 있었다. 선생님은 내가 문을 열 때까지 기다리지 않고 방 안으로 들어왔다. 문 앞에 서 있는 선생님의 모습은 한편으로는 의외였고, 한편으로는 전혀 의외가 아니었다. 교실에서 나온 뒤로 줄곧 내 머릿속은 선생님과 나누었던 대화의 단편들로 복잡했다. 선생님이 나타난 건 내가 줄곧 상상하고 있었던 일이 현실화된 것뿐이었다.

"내가 방해한 건 아니지?"

선생님이 물었다.

나는 과자를 씹던 것을 멈추었다.

"괜찮아요."

"나한테 좋은 생각이 있어."

나는 선생님의 몸에서 뿜어져 나오는 에너지를 느낄 수 있었다. 무언가 생각이 떠올랐고, 무언가를 결정했으며, 차가운 밤공기를 마시며 서둘러 이곳으로 달려온 게 분명했다. 방 안에 늘어져서 옷에 과자 부스러기나 흘리고 있는 나와는 너무 대조적이었다. 나는 똑바로 일어나 앉았다.

"내 머리를 잘라줘. 그럼 점수를 줄게. 작문의 실수를 만회할 기회야. 내가 어떤 점수를 주든 F보다는 나을 테니까."

선생님을 바라보면서 나는 갑자기 극도의 피로감을 느꼈다.

"어때?"

"좋아요."

물론 나는 다시는 머리를 자르지 않겠다는 내 결심을 번복해야 했다. 상대는 선생님이었고, 나에겐 선택의 여지가 없었다. 그러나 선생님이 아닌 다른 사람이었다고 해도 딱 잘라 거절하진 않았을 것이다. 지난 몇 달 동안도 그렇게 해왔으니까. 처음에는 "좋아"라고 말했고, 그 뒤에는 "며칠 뒤에 하면 안 될까?"라고 말한 뒤 다시 얘기를 꺼내지 않았다. 가끔 "네 머리, 지금 아주 보기 좋은데 혹시 내가 망칠까 봐 겁난다"라고 말한 적도 있었다. 그러나 마지막으로 머리를 자른 게 그리 오래전 일은 아니었다.

모레이 선생님이 빙그레 웃었다.

"너도 알겠지만, 오직 널 위해서 이러는 건 아니야. 내 머리는 손질이 절실히 필요한 상태거든."

나는 잠시 망설였다.

"지금 바로요?"

"그러면 좋겠어. 내가 필요한 걸 가져왔거든."

선생님은 가방을 뒤져서 빗과 가위를 꺼냈다. 지금껏 머리를 잘라 준 사람 중에 필요한 물건을 직접 챙겨 온 사람은 한 명도 없었다.

"이 정도면 되겠지? 욕실로 갈까?"

미처 거기까지는 생각하지 못했지만 나는 선생님의 제안에 마음이 놓였다. 선생님이 내 방 안에 있는 건 왠지 마음이 편치 않았다.

나는 의자를 욕실로 가져가서 싱크대와 화장실 사이, 타일 바닥에 놓았다. 선생님이 의자에 앉았고, 나는 그 뒤에 서서 마사의 수건을 들고 섰다. 선생님의 목에 수건을 두르려니 어깨와 목에 손이 닿을 것 같아 망설여졌다. 나는 선생님 앞으로 걸어가 수건을 내밀었다.

"여기요. 머리카락이 떨어질 거예요."

내가 말했다.

"그렇구나. 서비스가 훌륭한데? 머리를 적셔야겠지?"

"안 그러셔도 돼요."

선생님의 뒤에 서서 나는 머리카락은 그저 머리카락일뿐이라고 속으로 중얼거렸다. 선생님이 아닌 다른 사람이라고 생각할 수도 있었다.

선생님이 고개를 앞으로 숙였다. 선생님의 두피에 작은 돌기처럼 솟아오른 반점들이 보였고, 문득 혐오감이 일었다. 머리에서는 냄새도 조금 났다. 애스패드의 샴푸 냄새와는 다른, 사람의 냄새였다. 정수리 쪽 머리카락은 더 짙고 번들거렸다. 머리를 감은 지 오래되었거나 원래 유분이 많은 모발이거나 둘 중 하나였다. 피부가 번들거리는 것으로 보아 원래 유분이 많은 모발일 확률이 높았다. 나는 머리를 빗기기 시작했다. 모레이 선생님의 머리카락은 보기보다 두꺼웠다. 이런 머리카락은 자르려면 시간이 더 걸린다. 그러나 나는 조심스럽게, 서두르지 않고 머리를 자를 생각이었다. 그 어느 때보다도 완벽을 기해야 하는 순간이었다. 내가 정말 머리를 자르는 데 소질이 있다면 지금이야말로 그것을 증명할 기회였다.

우리는 아무 말도 하지 않았다. 선생님은 말을 하고 싶었겠지만 내가 기회를 만들지 않았다. 시간이 지날수록 선생님은 점점 더 차분해지면서 침묵 속에 빠져드는 것 같았다. 먼저 뒤쪽을 잘랐고 그다음에 오른쪽, 왼쪽을 잘랐다. 나는 정면에서 양쪽 길이가 똑같은지 확인했다. 그다음엔 머리를 다시 한 번 빗고 삐죽 나온 머리카락은 없는지 살펴보았다. 9시 45분에서 다시 9시 50분이 되었다. 10시 종례 시간에 맞추어 아이들이 기숙사로 돌아오는 소리가 들렸다. 내가 머리를 자르는 동안 모레이 선생님은 무슨 생각을 했을까? 선생님은 스물두 살이었고, 당시 나로서는 선생님의 생각을 이해하기 힘들었다. 선생님이 스물두 살이었다는 것도 나는 나중에야 알았다. 다음 해 3월 자기 생일날, 선생님이 우리를 위해 컵케이크를 가져왔기 때문이었다.

훗날 나는 비로소 이해할 수 있었다. 선생님은 자신의 삶에서 중요한 시기를 보내고 있었다. 낯선 도시로 이사한 젊은 여자였고, 모든 것에 호기심을 느꼈을 것이다. 선생님은 젊었고, 여자였으며, 혼자였다. 선생님이 행복했었는지는 알 수 없지만 썩 행복하진 않았을 거라는 게 나의 추측이다. 자기 자신을 위해 책 모양의 은색 브로치를 산 것도 아마 그런 이유였을 것이다. 그것은 무언가를 위해 열심히 노력하는 사람이 하는 행동이었다. 그러나 칠판 앞에 서 있을 때나, 책상 앞에 앉아 있을 때, 때로는 셔츠 위에, 때로는 터틀넥 스웨터 위에서 반짝이는 그 브로치를 바라볼 때마다 나는 한 번도 그런 생각을 하지 못했다. 그랬다면 그 브로치가 무척 우울해 보였을 것이다. 그리고 선생님이 측은했을 것이다. 선생님으로부터 입은 상처의 고통보다는 연민을 느꼈을 수도 있다. 물론 그 브로치는 내 청소년기의 한 표상이기도 했다. 그때 나는 너무 열심히 노

244

력하는 것이야말로 가장 슬픈 일이라고 생각했다. 마치 이 세상에 그보다 더한 슬픔은 없다는 듯이.

머리를 다 자르고 난 뒤, 모레이 선생님은 거울에 이리저리 머리를 비추어보았다.

"솜씨 좋은데? 왜들 그렇게 난리를 치는지 알 것 같아."

선생님이 말했다.

떠나기 전 복도에서 서로를 마주 보고 섰을 때 선생님은 "정말 고맙다, 리"라고 다시 한 번 인사했다. 선생님이 날 안아주고 싶어한다는 생각이 들었지만 내가 외면했다.

지금도 나는 선생님을 다시 만나고 싶지 않다. 사과를 하고 싶지도 않고, 고맙다는 인사를 하고 싶지도 않다. 훌륭한 선생님들이 의례 그렇듯 모레이 선생님이 내 삶에 큰 영향을 미쳤다고 생각하지 않는다. 그러나 선생님의 무언가가 내 머릿속을 떠나지 않는다. 그것은 아마 용기와 성실함일 것이다. 어쩌면 선생님이 그 뒤로 어떻게 되었는지 모르기 때문인지도 모른다. 선생님이 떠난 뒤로 얼트 학생 중에 선생님과 연락이 닿은 사람은 한 명도 없었다. 어쩌면 선생님이 너무 많은 실수를 저질렀기 때문인지도 모른다.

머리를 자른 덕분에 선생님은 예상했던 대로 내게 A를 주었다.

학부모 초청 주간

3학년
가을

식당에 들어서니 금요일 저녁 6시가 조금 지났을 뿐인데도 마치 일요일 아침처럼 조용하고 한산했다. 3학년생들이 모여 앉던 곳에는 오직 한 테이블에만 아이들이 있었고, 그조차 반은 비어 있었다. 나는 신준과 닉 차피 사이에 앉았다. 닉 차피는 금발에, 그다지 눈에 띄는 미남은 아니었지만 그의 할아버지가 필라델피아와 샌프란시스코에 차피 박물관을 개관한 유명 인사였다. 맞은편에는 루피나 산체스와 마리아 올데고가 앉아 있었는데, 그 둘은 콘치타를 제외하면 우리 학년에서 유일한 라틴계였다. 둘은 단짝이었고 룸메이트였다. 루피나는 머리카락이 길고 거칠었으며, 입술은 도톰했고, 짙고 가는 아치형 눈썹에 커다란 눈을 가진 애였다. 루피나는 몸에 꼭 붙는 청바지와 역시 몸에 꼭 붙는 셔츠를 입고 다녔다. 마리아는 예쁜 편은 아니었고 조금 뚱뚱했지만 역시 몸에 꼭 붙는 옷을 입고 다녔다. 마리아는 루피나에게 전혀 기가 죽지 않았고, 항상 말도 더 많이 했다. 마리아의 그런 모습은 무척 인상적이었다.

"올해는 부모님 안 오셨어?"

자리에 앉으며 내가 신준에게 물었다. 신준은 고개를 저었다.

"너무 멀어서."

"하긴, 작년에 오셨으니까."

내가 말했다.

신입생 시절, 서울에서 신준의 부모님이 오셨을 때 그분들은 우리를 레드반이라는 식당으로 데리고 가서 저녁을 사주었다. 그곳은 대부분의 학부모들이 식사를 하는 곳으로, 얼트와 보스턴 사이에 있는 유일한 고급 레스토랑이었다.

그날 레드반은 학부모들로 북적였다. 그들은 자녀들과는 또 별개로 서로를 아는 것 같았고, 자리를 오가며 농담을 건네거나 서로 인사를 나누었다. 신준의 부모님이 내게 말을 걸었을 때 나는 주위가 시끄러워서 제대로 알아들을 수가 없었다. 내 고향과 학교생활이 어떤지 이야기하면서도 나는 내가 제대로 대답을 하고 있는 건지 확신할 수가 없었다. 신준 엄마는 앞니 하나가 신경이 죽어 변색되어 있었고, 반짝이는 밝은색 립스틱을 바르고 있었다. 음식은 10분의 1조차 먹지 않았지만 포장해달라고 하지도 않았다. 신준의 아빠는 머리가 벗겨지기 시작했고, 향수와 담배 냄새를 풍겼다. 특유의 억양이 있긴 했지만 두 사람 모두 영어가 유창했고, 키가 작았다. 얼트에 다니는 대개의 학생들이 그렇듯 신준네 집도 부자였다. 신준의 아빠는 운동화 공장 몇 개를 가지고 있었다. 그러나 그들은 한국인 부자였고, 외국인 부자였다. 그것은 뉴잉글랜드의 부자나 뉴욕의 부자와는 사뭇 달랐다. 다른 학생들의 부모는 거의 비슷했다. 모두 키가 컸고 호리호리했으며, 은색 머리에 우수에 젖은 미소를 지었으며, 정장 차림이었다. 엄마들은 모두 엷은 금발이었고, 머리띠를 했고, 진주 귀고리에 금팔찌, 금색 단추가 달린 검은 카디건에 긴 주름스커트를 입고 있었다. 조금 날씬한 사람들은 베이지색이나 검은색 바지에 실크 스카프를 둘렀다. 엄마들은 한 번도 직장이라는 데를 다녀본 적이 없는 것 같은 느낌을 주는 '피피', '팅클' 따위의 애칭으로 불렸다. 학부모들은 같은 식당에서 식사를 하는 건 물론이고 모두 같은 호텔에서 묵었다. 셰러턴 호텔이었다. 그들은 아이들을 위해 따로 방을 잡아주었다. 소문에 의하면, 그곳에 묵은 아이들은 모두 실내 수영장에서 어울리거나, 아이스크림 기계 옆에서 애무를 하는 등 학생답지 못한 일들을 한다고 한다. 신준의 부모님이 셰러턴 호텔로 날 초대해주지도 않았지만 솔직히 나도 가고 싶지는 않았다. 보나마나 신준과 나는 일찌감치 잠자리에 들어 옆방에서 신나게 노는 아이들의 소리를 들어야 했을 것이다. 2학년 때는 마사가 나를 레드반으로 초대해주어 마사의 부모님과 함께 식사를 했지만 올해 마사가 나를 초대했을 때 나는 정중하게 거절했다. 거절하고 나서야 나는 내가 그런 식사에 초대받는 걸 얼마나 싫어했는지 깨달았다.

"아빠는 오고 싶어했는데, 엄마가 비행기 타는 게 너무 피곤하대."

신준이 말했다.

"아시아에서 이쪽으로 오는 건 서쪽에서 동쪽으로 오는 거라 더 힘든 거야. 내가 홍콩에서 돌아올 때도 한 일주일은 잠만 잔 것 같더라니까."

닉이 말했다. 나는 닉의 말에 대꾸를 하지 않았다. 다른 아이들도 마찬가지였다. 나는 스파게티를 자른 뒤 나이프를 내려놓고 포크로 스파게티 국수를 감았다.

"리, 너희 부모님도 안 오셔?"

마리아가 물었고, 나는 고개를 들었다.

"내일 오실 거야."

대답을 하자마자 나는 누군가 왜 하루 늦게 오시냐고 물을까 봐 걱정이 되었다. 교장 선생님의 환영식은 오늘 오후였다. 따라서 부모님이 비행기를 타지 않고 사우스벤드에서 여기까지 운전을 하고 오신다는 얘기를 할 수밖에 없을 것 같았다. 그러면 "거기서부터 여기까지 운전을 하고 오신다고?"라고 누군가 물을 것이다. "한 12시간 정도 걸리니?" 또 누군 가가 그렇게 물을 것이다. 그러면 나는 "18시간이야"라고 대답할 수밖에 없을 것이다.

"우리 시합이 끝난 다음에 오시는 게 나을 거야. 여자 축구야말로 학부 모들이 봐선 안 되는 스포츠니까."

루피나가 말했다. 루피나와 마리아도 나처럼 축구팀에 속해 있었다.

"부모님 처음 오시는 거지?"

신준이 물었다.

"입학할 때 빼고는."

내가 대답했다. 사실 입학할 때에도 아빠 혼자 날 데려다주었다.

"우리 부모님은 안 오셔서 정말 다행이야. 동생이 오버필드에 다니는 데 거기도 이번 주가 학부모 초청 주간이래."

닉이 말했다.

"너희 부모님은 동생을 더 좋아하시나 보다."

루피나가 말했다.

"공식적인 이유는, 동생은 신입생이고 첫 번째 학부모 초청 주간이라 서 그렇다더라. 난 불만 없어. 정말이야."

닉이 웃으며 말했다. 나를 포함한 모두가 웃었지만 사실 조금 놀랍기 도 했다. 얼트에 다니면서 나는, 어떤 상황에 대해 아이들과 다른 반응을 보이는 것도 일종의 욕구불만의 표출이라는 것을 깨달았다. 닉은 좀 찔 리지 않았을까? 자기와 가까운 사람들을 자기와 가깝지도 않은 사람들 앞에서 모욕하는 것은 일종의 배신이 아닐까? 시트콤이나 영화에서는 부모에 대한 반감을 스스럼없이 표현하는 것이 당연한 일처럼 여겨진다. 크리스마스 휴가에 고향집에 가기 싫어하는 사람, 결혼식을 준비하면서 엄마와 다투는 딸. 그러나 그런 시나리오는 나의 경험과는 전혀 상관이 없었다. 나는 부모님을 너무 잘 알았고, 그분들은 내게 현실 속의 존재였다. 고속도로를 달리는 부모님의 차 소리, 엄마의 구강세정제 냄새, 엄마의 빨간 목욕 가운, 엄마가 만든 치즈, 알파벳 발음으로 나오는 아빠의 트림, 아빠가 양팔로 두 남동생을 한 명씩 안고 있는 모습….

내가 실제로 아빠 엄마를 생각하지 않고 말한다면 모를까 어떻게 부모님에 대해 아무렇게나 이야기한단 말인가?

"내가 왜 학부모 초청 주간을 좋아하는지 알아?"

마리아가 말했다.

"왜냐하면 음식이 훨씬 잘 나오니까. 이런 거말고."

마리아가 물이 생긴 마리나라 소스와 축 늘어진 스파게티를 가리키며 말했다.

"내일 점심은 정말 훌륭할 거야."

루피나가 코웃음을 쳤다.

"그러면 부모님들이 말하겠지. 얼트는 아이들 식사에 대해 정말 신경을 많이 쓰나 봐요. 우리 애를 여기 보내기 정말 잘했지 뭐예요."

루피나가 평상시의 특이한 억양에 거만한 말투를 보태어 말했다. 그 목소리는 너무도 경쾌하고 우스웠다. 만약 내가 얼트에 대해 비아냥거렸다면 그보다 훨씬 더 씁쓸했을 것이다. 루피나는 마리아를 돌아보며 물었다.

"아몬드 초콜릿 또 나올까? 정말 맛있었는데."

"우리가 교장 선생님 다과회에 갔었거든."

마리아가 설명했다.

"청바지 입고 가는 바람에 쫓겨나긴 했지만."

마리아와 루피나가 서로를 쳐다보았고, 모두가 웃었다. 물론 나는 교장 선생님의 다과회에 참석하지 못했다. 그것은 학부모들을 환영하기 위한 자리였고, 나에게는 함께 갈 사람이 없었다. 내가 루피나와 마리아의 진짜 친구라고 말할 수는 없었지만 그 두 사람은 다른 사람이 어떻게 생각하는지 전혀 관심 없는 것처럼 보였기 때문에 나는 항상 그들이 대단해 보였다. 그들은 얼트에 빚을 지고 있다는 생각을 하지 않는 듯했고 (그들 둘 다 장학생이었다. 장학금은 결국 빚이 아닐까?) 얼트의 전통을 대단하게 생각하는 것 같지도 않았다. 그러나 그들은 둘이고, 나는 혼자였다. 혼자이면서 거침없이 행동하기는 어려웠다. 게다가 나는 백인이라 눈에 띄지 않았지만, 소수 인종인 그들은 어차피 아웃사이더일 수밖에 없었다.

"얘들아, 내 동생이 핑크 플로이드 시디를 보냈는데 음악 감상실 가서 같이 듣지 않을래?"

"글쎄…."

마리아가 말했다.

"같이 안 갈래?"

닉이 루피나에게 물었다. 처음으로 나는 닉이 루피나에게 관심이 있는 게 아닐까 생각했다. 물론 루피나의 남자친구가 되고 싶은 것은 아닐 것이다. 얼트의 남학생들은 절대로 소수 인종 여자들과 데이트를 하지 않았다. 설사 데이트를 한다고 해도, 평범한 남자애가 아시아나 인도 여자들과 사귀는 경우는 있지만 '금융계'의 남자애가 라틴계나 흑인 여자와 사귀는 경우는 없었다. 그러나 어쩌면 닉은 루피나가 예쁘다고 생각하는 것일 수도 있었다. 그래서 닉이 여기 있는 건지도 모른다. 왜냐하면 닉 차피 같은 애가 우리 같은 여자애들과 함께 앉아 있는 건 어딘가 어울리지 않았기 때문이었다. 자기 부모님이 오지 않는다고 해도 닉은 레드반 같은 식당에서 친구의 부모님들과 함께 있는 게 어울렸다.

"가고 싶어?"

마리아가 루피나의 팔을 쿡 찌르며 말했다.

"아야!"

루피나가 소리쳤다. 마리아가 루피나의 팔을 다시 한 번 찌르자 루피나는 "그만해! 안 그러면 룸메이트 학대죄로 고소해버릴 테니까!"라고 소리쳤다. 루피나는 입을 커다랗게 벌리고 깔깔 웃었다. 루피나의 웃음 소리는 그 웃음을 유발했던 상황의 무게에 비해 훨씬 더 컸고, 나는 루피나가 정말 행복할지도 모른다고 생각했다. 전에는 루피나가 행복하다고 생각했던 적이 한 번도 없었다. 루피나가 웃는 걸 보아도 일시적인 기분인지 아니면 늘 그런 건지 알 수가 없었다. 나는 루피나가 얼트를 좋아하게 된 건지 궁금했다. 불평은 하지만 이제 얼트에 완전히 소속되었다고 느끼는 것일까?

문득 시합을 끝내고 돌아오던 버스에서 루피나 옆자리에 앉았던 기억이 떠올랐다. 11월 초였고, 잿빛 하늘이 음산했던 날이었다. 경기는 접전이었고 얼트는 후반전부터 1점 차로 뒤졌다. 코치는 우리를 벤치에 앉혀 두었다. 처음에는 얘기도 하고 응원도 하고 경기에 투입될 때를 대비하여 가끔 일어나서 돌아다니며 스트레칭을 했지만 나중엔 날씨가 너무 추워서 그냥 가만히 앉아 있기만 했다. 마리아와 다른 아이들 몇 명은 아무말 없이 벤치에 꼭 붙어 앉아 있었다. 경기가 끝났을 때 우리는 경기에 패한 것에 대해 별로 마음을 쓰지 않았다. 유니폼을 입은 채 돌아오는 버스에 오른 나는 루피나 옆에 앉았다. 얼었던 몸이 풀리면서 축 늘어지기 시작했다. 버스가 고속도로로 접어들자 창밖으로 보이는 가로수는 앙상했고, 풀밭은 죽어 있었으며, 하늘은 창백했다. 나는 그 순간에 완전히 몰입할 수 있었다. 학교에 있었다면 소란스러운 탈의실(경기에서 뛰지 않아 씻을 필요가 없을 때조차 샤워 안 하는 것을 다른 아이들한테 들키기가 싫어서 할 수 없이 샤워를 해야 했다)과 또 다른 종류의 소란스러움이 있는 식당을 오가다가 잠자리에 들기 전에야 나만의 시간을 가질 수 있었을 것이다. 그러나 그런 시간은 내가 있어야 할 곳에 있는 것이기 때문에 진정한 의미의 휴식이라고 말할 수가 없었다. 기숙사 방 안에서는 내가 모든 걸 선택할 수 있지만 학교로 돌아가는 버스 안에서 내가 할 수 있는 일은 기다리는 것밖에 없었다. 나는 머리를 뒤로 젖히고 버스가 움직이는 소리를 들었고, 운전 기사가 틀어놓은 방송과 잠들지 않은 아이들의 목소리, 누군가의 소니 워크맨에서 흘러나오는 제목을 알 수 없는 노래를 들었다. 버스 안은 그 순간 나에게 완벽한 장소였다. 썩 훌륭한 장소라고 할 수도 없고 버스 타는 걸 그리 좋아하는 편도 아니었지만, 여기보다 더 좋은 장소가 떠오르지 않았다. 그때 내 옆에 앉아 있던 루피나의 몸이 떨렸다. 돌아보니 루피나는 조용히 울고 있었다. 창밖을 바라보는 루피나의 벌겋게 달아오른, 화장이 얼룩진 뺨이 보였다. 처음 얼트에 왔을 때 루피나는 화장을 짙게 하고 다녔다. 심지어 체육 시간에도 마스카라와 검은색이나 보라색 아이라이너를 칠하고 있었다. 루피나는 오른손으로 주먹을 쥐어 입을 틀어막은 채로 몸을 들썩이고 있었다. 얼마나 오래 울었던 걸까? 무슨 말을 해주어야 할까? 그냥 모른 척해야 할까?

나는 목을 길게 빼고 통로와 주위를 둘러보았다. 아무도 눈치채지 못하고 있었다. 루피나가 훌쩍였고, 나는 잠시 망설이다가 루피나의 팔을 잡았다.

"바렛 선생님 불러줄까?"

루피나는 고개를 저었다.

"그럼 휴지 줄까?"

사실 휴지가 아닌 냅킨이었다. 발치에 있던 배낭의 앞주머니에서 꺼낸 것이었다. 오는 길에 칠면조 샌드위치를 먹으면서 썼기 때문에 빵 부스러기와 겨자 소스 얼룩이 묻어 있었다. 루피나는 입을 막았던 손을 떼고 침을 꿀꺽 삼킨 뒤 나를 보며 손을 내밀었다. 나와 눈이 마주친 순간 그녀의 표정은 무척 슬퍼 보였고, 나는 냅킨이 깨끗했으면 좋았겠다는 생각을 했다. 루피나는 고개를 숙인 뒤 코를 풀고 다시 창밖을 내다보았다. 어스름한 황혼녘의 소나무 숲이 눈에 들어왔다.

"앞으로도 계속 지금 같을까?"

루피나가 말했다. 뜻밖이었다. 무엇보다도 나는 루피나의 목소리가 그렇게 침착할 거라고는 생각하지 못했다. 그리고 나는 루피나가 무엇 때문에 괴로운지 좀더 구체적으로 말할 거라고 생각했다. 남자친구가 보고 싶다거나(샌디에이고에서 몇 살 위의 직업 군인과 사귀었다는 이야기를 들은 적이 있었다) 아니면 바렛 선생님이 우리를 출전시키지 않았다는 걸 믿을 수 없다든가 하는 식으로. 하지만 이런 질문에는 어떤 대답을 해야 할까? 나는 루피나가 무슨 말을 하는 건지, 내가 질문을 제대로 이해한 건지 확신이 없었다. 나는 그 질문의 의미를 분명히 해줄 다른 질문을 하고 싶었지만 내가 여기서 더 묻는다면 그건 결국 내가 루피나의 말을 전혀 알아듣지 못했다는 의미가 되고 말 것이다.

나는 심호흡을 했다.

"아니. 그렇지 않을 거야."

내가 말했다.

나는 둘 중 누가 먼저 입을 열지 조금 더 기다려보았다. 루피나는 여전히 창밖을 바라보았고, 나도 어느덧 창밖을 보고 있었다. 눈이 내리고 있었다.

그리고 2년이 흘렀다. 루피나는 이제 거의 화장을 하지 않았다. 머리는 하나로 묶지 않고 풀고 다녔으며, 말이 많아졌고, 닉 같은 남자애 앞에서도 훨씬 더 자연스러워졌다. 나도 신입생 시절에 비해 많이 달라졌는지 생각해보았다. 별로 좋은 변화라고는 할 수 없을 것 같았다. 조금 덜 순수해졌고, 조금 덜 걱정했지만, 조금 더 뚱뚱해졌다. 나는 2년 동안 4킬로그램이 늘었고, 나의 정체성은 감옥에 갇혀버렸다. 입학 초기에 나는 내가 조금 이상하면서도 생각이 많은 아이이고, 내 선택으로 혼자 시간을 보내는 아이처럼 보일 거라고 생각했다. 그러나 이제 나는 평범한 룸메이트와 어울리는 평범한 여자애, 남자를 사귀지 않는 애, 공부나 운동에서 특별히 두각을 나타내지 않는 애, 밤중에 기숙사를 빠져나가거나 담배를 피우는 등의 학칙을 어기는 일은 하지 않는 애로 비쳐질 뿐이었다. 이제 나는 정말로 평범한 애가 되었고, 루피나는 행복해졌다. 그리고 루피나는 섹시했다. 루피나가 늘 지금처럼 구릿빛 피부에 볼륨 있는 몸매였는지는 기억나지 않았다. 어쩌면 내가 미처 몰랐던 것일 수도 있다. 나는 루피나가 자신의 가장 아름다운 시기를 매사추세츠에 갇혀 시간을 낭비하고 있다고 생각하는지 궁금했다.

"같이 가서 듣자. 너희도 같이 가자."

닉이 루피나에게 말한 다음 신준과 나에게도 물었다.

"어차피 할 일도 없잖아."

마리아가 루피나에게 말했다.

"난 할 일이 좀 있어."

루피나가 말했다.

닉이 루피나에게 손을 내밀었는데 루피나가 퇴짜를 놓고 있는 상황이라는 것이 너무도 분명했다. 그러나 닉이 진지하게 루피나에게 구애를 하는 게 아니란 걸 나는 알고 있었다.

"나도."

내가 말하며 일어섰다.

닉은 내게 친절했지만 정말로 나와 같이 가고 싶어한다는 느낌은 들지 않았다.

"재밌게 놀아!"

내가 말했다. 그건 나의 진심이었다.

나는 다른 사람들과 어울리려면 상대방이 진심으로 나와 어울리고 싶어해야 하고, 상대방의 성의가 조금이라도 부족하면 내가 그들에게 방해가 될 거라고 여겼다. 지금 생각해보면 그런 발상이 도대체 어디서 나온 건지 이해할 수가 없다. 다른 사람에게 방해가 되는 게 뭐 그렇게 대수일까? 내가 잡지 않았던 모든 기회들, 이를테면 시내에 나가서 매니큐어를 사는 것, 다른 기숙사에서 텔레비전을 보는 것, 밖에 나가서 눈싸움을 하는 것과 같은 일들을 하지 않으면서 거절은 하나의 습관이 되어버렸고, 나는 결국 거절을 하지 않으면 오히려 사람들이 이상하게 쳐다보는 지경에 이르렀다. 2학년 때였다. 점심을 먹고 있는데 디드가 봄방학 전에 레스토랑에 함께 갈 사람들의 명단을 짜고 있었다. 디드는 우리를 모두 가리키면서 수를 센 다음, 나를 보며 "넌 빠질 거지? 넌 절대로 댄스 파티에 안 가잖아"라고 말했다. 나는 댄스 파티에 가지 않았지만 레스토랑에는 갈 수 있다고 생각했다. 드레스를 입고 전세 버스를 타고 레스토랑에 가서 반 친구들과 커다란 원형 테이블에 둘러앉아 커다란 빨간 냅킨을 무릎 위에 올려놓고 빨대로 음료수를 마시고 따듯한 빵과 소고기 요리, 후식을 먹는 것 정도는 나도 할 수 있었다. 그러나 디드가 나를 지나쳐버린 순간 그런 내 마음을 디드에게 설명하기가 힘들어졌다.

내가 닉과 함께 음악을 들으러 가지 않은 이유는 그것 외에도 또 한 가지가 있었다. 나는 누군가와 기분 좋은 대화를 나눈 뒤에는 되도록이면 오랫동안 그 사람을 다시 만나지 말아야 한다고 생각했다. 처음의 좋은 만남을 망칠까 봐 두려워서였다. 예를 들면, 수요일에 야간 특강을 듣게 되었는데, 나와 내 친구가 옆자리에 앉은 남자애들과 믿을 수 없을 정도로 재미있는 대화를 나누었다고 치자. 강의는 몹시 지루했고, 강의 시간 내내 서로 소곤거리면서 눈짓을 교환하다가 강의가 끝난 뒤 모두 교실을 나왔다. 그리고 40분쯤 뒤, 다른 친구들과 헤어지고 나 혼자서 도서관 카드 목록을 뒤지고 있는데 아까 얘기를 나누었던 남자애들 중 한 명이 지나간다. 그때 어떻게 할 것인가? 그저 고개만 끄덕이고 만다면 무뚝뚝하게 느껴질 뿐만 아니라, 강의 시간의 일이 나에게는 예외적인 일이었으며, 나는 본연의 내 모습으로 돌아갔음을 인정하는 것이 되고 만다. 그러나 멈추어 서서 이야기를 나누는 건 더 나쁘다. 앞서 나누었던 대화의 즐거움을 이어가야 한다는 강박관념에 사로잡힐 테니까. 하지만 이제 조롱의 대상이었던 지루한 강의는 없다. 단 두 사람만이 있을 뿐이다. 두 사람은 지나치게 웃으면서 대화를 기분 좋게 마무리할 말을 찾기 위해 고심할 것이다. 그러다가 운이 나빠서 다시 한 번 부딪치게 된다면! 그땐 정말 끔찍할 것이다.

이러한 불안감 때문에 나는 누군가와 유쾌한 대화를 나누고 난 뒤에는 내 방에 틀어박혀 많은 시간을 보냈다. 이러한 불안감에는 몇 가지 원칙이 있었다. 일종의 수학적인 공식이었다. 첫째, 상대방을 잘 모를수록 두 번째 만남이 특별하고 멋져야 한다는 부담도 더 크다는 것이다. 특히 첫 번째 만남이 특별하고 멋졌다면 두 번째 만남은 그것을 더욱 강화하는 것이어야 했다. 둘째, 첫 번째 만남과 두 번째 만남의 간격이 짧을수록 부담이 커진다. 말하자면, 강의실에서 이야기를 나누다 도서관에서 마주치는 경우가 여기 해당된다. 마지막으로, 첫 번째 만남이 멋질수록 부담도 크다는 것이다. 이러한 나의 불안감은 종종 관계가 끝나는 것에 대한 두려움보다 더 커져버린다. 결국 나는 차라리 모든 게 망가지기 전에 서로에게 호감을 갖고 있는 상태에서 관계가 끝나는 쪽을 선택하고 마는 것이다.

자리를 뜨려는데 루피나가 나에게 말했다.

"부모님하고 좋은 시간 보내!"

부모님⋯. 잊고 있었다. 나는 내 식기들을 반납대에 올려놓으면서 가슴이 뻐근해지는 것을 느꼈다. 아빠 엄마가 이곳에 오기로 결정한 뒤, 나는 두 분이 오시면 어디를 구경시켜드릴까 자주 생각했다. 하지만 막상 두 분이 이곳으로 오는 중이라고 생각하니 두 분의 출현이 일종의 방해처럼, 심지어 거추장스러운 일처럼 느껴졌다. 물론 부모님과 시간을 보내는 게 싫은 건 아니었다. 그러나 나는 이제 막 얼트가 편안해지기 시작했다. 오늘 같은 저녁 식사야말로 내가 점점 더 이곳에 잘 적응하고 있다는 뜻이 아닐까? 나는 혼자 식당에 들어갔고, 닉 같은 애가 있었는데도

257

대화에 동참했으며, 스파게티도 먹었다. 얼트에 입학한 첫해만 해도 사람들 앞에서 국수를 먹는다는 것은 상상할 수도 없었다. 그렇다면 나는 정말 발전한 게 아닐까? 나는 문득 부모님이 얼트 버전의 내 모습을 당혹스러워할 거라는 생각이 들었다.

초등학교 축제 때 나는 파이먹기 대회에서 1등을 했다. 양손을 사용하지 않고 파이를 잔뜩 먹어서 꽃병 모양의 금색 플라스틱 트로피를 타냈다. 그러고 나서 먹은 걸 전부 토하고도 곧바로 켈리 로바드라는 애하고 빙글빙글 도는 새장 모양의 놀이기구를 타러 갔다. 하지만 이제 나는 그때의 내가 아니었다. 다른 사람이었다. 부모님이 어떻게 생각하건 이제 얼트에서의 내 모습이 진짜 나의 모습이었다.

밖은 어둡고 서늘했다. 하늘에는 별들이 밝게 빛나고 있었고, 보름달에 가까운 둥근 달이 떠 있었다. 앞으로 이틀 동안은 완벽한 늦가을 날씨로, 화창하지만 덥지 않을 것이다. 교정의 나뭇잎은 황금빛과 붉은빛으로 물들어 있었다. 지난 2년 동안 학부모 초청 주간에는 항상 날씨가 좋았다. 그다지 놀라운 일도 아니었다. 얼트 사립 고등학교는 항상 원하는 것을 얻고야 마는 한 사람의 인격체 같았다.

사실 나는 이런 식의 치밀하게 계산된 행운이 싫지 않았다. 오히려 내가 얼트에 속해 있다는 것에 감사했다. 비록 원하는 걸 항상 얻을 순 없지만 나는 얼트라는 특권층의 일부였다. 나는 얼트의 언어를 사용했고, 얼트의 은밀한 계획들을 알고 있었다. 그날 저녁처럼 얼트에 대한 강한 소속감을 느꼈던 적은 없었다. 그 순간 우연히 그런 생각을 갖게 된 건지는 모르겠지만 시기적으로 우연의 일치라고 보기는 어려웠다. 부모님이 오시는 중이었고, 나는 두 분이 이곳에 속해 있지 않다는 걸 알고 있었다. 마치 몸이 아플 때 건강하고 기운이 넘칠 때 왜 건강에 대해 감사하지 않았을까 생각하게 되는 것처럼, 나와 다른 처지의 사람들을 만나는 것만으로 무언가를 깨닫게 될 때가 있는 법이다.

처음엔 본관 북쪽 출입문의 석회암 계단 위에 앉아 있었다. 조금 있으면 부모님의 차가 정문으로 들어올 것이다. 9시 정도가 될 거라고 했다. 그날 아침 6시쯤이었다. 침대에 누워 있는데 휴게실 전화벨이 울렸다. 나는 벌떡 일어나 아래층으로 내려갔다. 이렇게 이른 시각에 전화를 걸 사람은 아빠 엄마밖에 없었다. 조금 전에 뉴욕 피츠필드를 지났다고 엄마가 말했다. 아빠는 커피를 사러 갔고, 엄마는 빨리 날 보고 싶다고 했다.

남색 울 스웨터에 타이츠를 신지 않고 무릎까지 오는 밤색 주름스커트에 짧은 부츠를 신고 있었기 때문에 계단의 냉기가 그대로 전해졌다. 나는 물리학 책을 읽고 있었다. 아니, 읽고 있었다기보다는 무릎 위에 펼쳐놓고 있었다는 표현이 더 적절했다. 토요일 수업은 모두 취소되었기 때문에 깨어 있는 사람은 아무도 없었다. 서늘하고도 화창한 아침이었다. 동그란 잔디와 학교 건물들, 운동장 위로 아침 안개가 걷히고 있었다. 나는 만약 부모님이 오시지 않았다면 이런 아침에 뭘 했을지 생각해보았다. 조깅을 하거나 소풍을 갈 수도 있었을 것이다(물론 이런 생각은 나하고는 어울리지 않았다. 나는 달리기를 싫어했고, 소풍이란 걸 가본 적도 없다. 아마 고작해야 시내에 나가서 바게트 빵이나 하나 사는 정도였을 것이다).

나는 부모님이 이번 주말에 무얼 기대하실지 생각해보았다. 나는 학교를 구경시켜드릴 생각이었다. 엄마는 마사를 만나고 싶어할 것이다. 반면 아빠는 조금 복잡했다. 아빠의 가게에 놀러가거나, 저녁때 아빠가 낙엽 쓸어내는 것을 돕거나, 아빠가 텔레비전을 볼 때 냉장고에서 맥주를 꺼내다드리는 것처럼(남동생 조셉과 나는 아빠의 맥주병을 서로 따겠다고 몇 년 동안 싸웠다) 내가 아빠의 세계로 들어가는 편이 아빠가 나의 세계로 들어오는 것보다 훨씬 쉬웠다. 게다가 얼트에 온 뒤로 나는 전화로나 편지로나 아빠와는 별로 접촉이 없었다. 얼트에 있는 동안 아빠가 내게 편지를 쓴 건 꼭 한 번이었다. 모두가 함께 쓴 부활절 카드까지 합해도 세 번뿐이었다. 반면 엄마는 2주 내지 3주에 한 번씩 내게 편지를 썼다. 엄마의 편지는 재미있기도 하고 따분하기도 했다.

'지난 주말에 닐슨 부인하고 브리를 만났는데 네 안부를 묻더라. 브리네 학교에는 퍼토스키라는 수학 선생님이 있는데 무척 깐깐하다는구나. 난 네가 다니는 학교에는 그런 선생님이 없는 것 같다고 했지.'

우편함에 엄마의 편지가 있으면 나는 바로 읽지 않았다. 어쩔 때는 배낭에 넣은 채로 사나흘을 다니기도 했다. 그러나 편지를 읽기 시작하면 꼼꼼히 읽었고, 하나도 버리지 않고 간직해두었다. 엄마가 직접 쓴 편지를 쓰레기통에 버리는 건 너무 파렴치한 짓일 뿐 아니라 서글픈 일이라는 생각이 들어서였다.

내가 부모님에게 쓴 편지의 내용이나 전화로 하는 얘기들은 대체로 거짓말이었다. 어찌 됐건 얼트에 오겠다고 한 건 나 자신이었다. 내가 엄마의 낡은 타자기로 입학 원서를 작성했고, 원서에서 부모님의 도움을 받은 부분은 '경제적 여건' 칸뿐이었다. 그리고 몇 학교에서 입학 허가서를 받았다. 그중에는 장학금을 주겠다는 곳들도 있었다. 얼트에서 제의한 장학금이 가장 액수가 컸기에 나로서는 얼트에 가는 것말고는 선택이 없었다. 입학할 생각이 없었다면 왜 원서를 넣었겠는가? 그러나 부모님은 기숙학교에 가는 걸 아주 훌륭한 계획으로 생각한다기보다는 하나의 "기회"로 여기는 게 분명했다. 따라서 나는 부모님에게 나의 불행을 털어놓을 수가 없었다. 많이 힘들었던 초기에도 그랬고, 그 고통이 하나의 일상이 되어버린 훗날에도 그랬다. 내가 얼트를 좋아한다고 믿었던 아빠는 가끔 내게 "지금이라도 당장 돌아와서 마빈 톰슨 고등학교에 가지 않을래?"라고 묻곤 했다. 또 매사추세츠 사람들에 대해 이야기를 하면 "이제 그 뺀질이들한테 싫증날 때도 되지 않았니?"라고도 물었다. 어쨌든 얼트에 계속 남아 있겠다는 생각에 변함이 없는 걸 보면 나도 그렇게 불행하지는 않은 것 같았다.

9시 10분이 되자 문득 부모님이 입구를 지나치고 다른 문으로 들어와 나를 찾아 교정을 헤매고 다닐지도 모른다는 생각이 들었다. 나는 아빠 엄마가 마치 숲속을 헤매는 헨젤과 그레텔처럼 느껴졌다. 여기선 내가 보호자가 되어야 했다. 나는 계단을 뛰어내려가서 다른 쪽 문으로 가보았다. 이번에는 부모님이 나를 볼 수 있도록 문밖에 섰다. 어쩌면 벌써 학교 안으로 들어와서 헤매다가 지금쯤 남자 기숙사 문을 두드리고 있을지도 모른다. 나는 몇 분 동안 콘크리트로 만든 공 모양의 장식이 있는 벽돌 기둥에 기대서 있었다. 자동차의 경적 소리를 들었을 때 나의 상상은 전혀 엉뚱한 방향으로 흘러가 있었다. 5미터쯤 앞에, 아니 3미터쯤, 아니 바로 내 앞에, 두 분의, 아니 우리의 낡은 닷선 승용차가 나타났다. 엄마가 조수석 창문을 내렸고, 아빠는 운전석에서 "우리 왔다!" 하며 소리를 쳤다. 엄마가 활짝 웃으면서 머리와 팔을 창밖으로 내밀었다. 나는 달려가서 몸을 어정쩡하게 굽힌 뒤 엄마를 끌어안았다. 엄마와 내 얼굴이 서로 부딪치고 엄마의 커다란 플라스틱 안경이 내 뺨에 닿는 순간 조금 어색한 기분이 들었지만 가족만큼은 어색해하고 싶지 않았다.

"좋아 보인다, 리."

엄마가 말했다. 아빠는 싱긋 웃으며 "내 눈엔 별론데" 하고 말했다. 엄마가 "여보!" 하며 아빠에게 눈짓을 했다. 그때 은색 사브 승용차가 우리 차 뒤에 섰다. 경적은 울리지 않았다.

"차를 빼야 되겠어요. 제가 탈게요."

나는 뒷문을 열고 차에 탔다. 퀴퀴한 자동차 여행의 냄새가 풍겨왔다. 자리에는 빈 버거킹 봉지가 있었고, 바닥에는 음료수 캔이 뒹굴었다. 마사의 부모님이 버몬트에서 차를 타고 왔던 때가 떠올랐다. 그 차에는 보온병에 담긴 야채 수프와 호밀 빵, 그리고 집에서 가져온 은식기에 담긴 과일들이 있었다.

차 뒷좌석에는 아빠 엄마의 커다란 하늘색 인조 가죽 여행 가방이 두 개 있었다. 조셉과 내가 어렸을 때 우리는 그 가방으로 둥지를 만들고 놀왔다. 가방 안에 담요를 깔고 그 안에 누운 다음 뚜껑을 닫고 머리만 밖에 내놓았다. 그 추억을 떠올리면서 나는 묘한 감상에 젖었다. 부모님의 모든 것은, 심지어 가방까지도 나에게 무언가를 떠오르게 하거나 특별한 감정을 불러일으켰다.

아빠가 속도를 냈고, 우리는 얼트의 정문을 통과했다. 신입생 시절 나를 데려다준 이후 2년 만에 처음이었다. 아빠가 예전에 그랬던 것처럼 좌회전을 하려는 순간, 나는 "오른쪽이에요. 식당 뒤쪽에 주차장이 있어요"라고 말했다. 사실 왼쪽 본관 뒤에도 주차장이 있었다. 그러나 그쪽은 오가는 사람이 많았고, 다른 애들이 우리의 낡은 차를 볼 확률도 높았다. 닻선 승용차에 대한 나의 예민함은 내가 예상했던 부분이었다. 그것은 내가 떨쳐버릴 수도, 인정할 수도 없는 것이었다. 마치 결혼식이 끝나고 퇴장을 하는데 코가 간지러운 신부처럼.

"너희 기숙사는 어디니?"

엄마가 물었다.

"여기선 안 보여요. 저 아치 문 지나서 있어요."

"교정이 너무 근사하구나."

엄마가 나를 돌아보며 미소를 지었다. 학교가 아름답다는 말이 나에 대한 칭찬이라고 생각하는 게 분명했다.

"이제 우회전하세요."

내가 말했다. 아직 이른 시간이라 주차장은 여유가 있었다. 아빠가 차를 세우고 시동을 껐다. 아빠는 엄마를 바라본 뒤 다시 날 바라보았다.

"당신, 차에 좀더 있을 거요? 엉덩이가 의자에 달라붙나 보려고?"

평상시 같았으면 웃었을 것이다. 아빠의 농담은 늘 나를 웃게 만들었다. 그러나 나는 "먼 길 오시느라고 고생하셨어요"라고만 대답했다.

"우리가 오고 싶어서 온 건데 뭘. 아빠 말은 신경 쓰지 마라. 먼저 화장실 좀 가자. 그다음에 학교를 구경시켜다오."

나는 뒷문으로 식당 건물로 들어가 두 분을 화장실로 안내했다. 여자 화장실 밖에서 기다리다가 나는 문득 잠깐이라도 아빠 엄마와 떨어져 있어서는 안 된다는 생각이 들었다. 아무래도 복도에 아빠와 함께 있는 편이 나을 것 같았다. 아빠가 말썽을 일으킬 소지가 더 높았다. 엄마는 그저 실수를 저지르는 편이지만 아빠는 문제를 일으키는 쪽이었다. 하지만 나도 화장실에 가고 싶었다. 지나치게 신경을 쓴 탓일까? 나는 엄마가 들어간 옆 칸으로 들어갔다. 내가 변기 종이를 깔고 있는데 엄마가 길게 방귀를 뀌고 소변 보는 소리가 들렸다.

"리, 마사도 만나게 해줄 거니?"

엄마가 화장실 안에서 물었다.

"먼저 학교 구경시켜 드리고 나서 기숙사에 들를게요. 그다음엔 점심을 먹고, 제가 뛰는 축구 시합이 2시에 있어요."

"어느 학교랑 한다고?"

"가디너요."

"학교 이름이 뭐 그렇다니?"

"제가 어떻게 알아요? 뉴햄프셔에 있는 학교 이름이 그래요."

엄마는 아무런 대꾸도 하지 않았다. 나는 조금 뜨끔해서 "어떤 사람 이름에서 딴 거겠죠, 뭐"라고 대답했다.

엄마가 변기 물을 내렸다. 엄마와의 대화에 신경을 곤두세우느라고 나는 아직도 볼일을 보지 못하고 있었다. 조금 뒤 나도 변기 물을 내렸다. 엄마가 손 씻는 소리가 들렸다.

"리, 난 아빠한테 가볼게."

엄마 역시 아빠를 혼자 두고 온 게 마음에 걸리는 모양이었다. 내가 화장실에서 나왔을 때 아빠 엄마는 벽에 걸린 파스텔화들을 바라보고 있었다.

"여기 네가 그린 것도 있니? 참, 너 손 씻었니?"

엄마가 물었다.

"그럼요."

"네 엄마는 와스프WASP(앵글로 색슨계 백인 신교도로, 미국의 특권층을 지칭함 — 옮긴이) 세균에 감염될까 봐서 그러는 거란다."

아빠가 말했다. 귀에 익은 농담이었다. 집에 있을 때 교회에서 돌아오면 엄마는 남동생과 나에게 손을 씻으라고 했다. 그럴 때마다 아빠는 "가톨릭 세균에 감염될까 봐서 그러는 거란다"라고 말하곤 했다. 그러나 와스프 버전은 조금 놀라웠다. 아빠가 와스프의 뜻을 알고 있다니.

"그만해요, 여보."

엄마가 말했다. 엄마도 알고 있었단 말인가?

"제가 그런 건 없어요. 이번 학기에 미술 과목을 신청하지 않았어요."

나의 부모님은 콘치타의 엄마처럼 내가 무슨 강의를 듣는지, 뭘 하면서 시간을 보내는지 다 꿰고 있진 않았다.

"식당을 보여드릴게요. 이쪽이에요."

두 분은 나를 따라 식당 안으로 들어섰다. 식당의 동쪽 벽은 거의 15미터 높이에 달하는 천장까지 수많은 창문들로 이루어져 있었다. 창문마다 아침 햇살이 스며들었다. 남쪽에는 두 칸의 계단으로 이어진 단상에 초대형 테이블이 있었다. 그곳은 정찬회 때 교장 선생님이 앉는 자리였지만 평상시에는 4학년생들이 앉았다. 테이블 뒤쪽에는 보트 크기만 한 학교 문장이 걸려 있었다. 문장이 걸려 있는 벽의 나머지 부분은 1882년부터 역대 학생회장의 이름이 흰 대리석 위에 새겨져 있었다. 본관의 강당에는 모든 졸업생의 이름이 나무판 위에 새겨져 있었지만 이게 훨씬 더 특별했다. 졸업 연도도 적을 뿐 아니라 이름을 돌에 새긴 다음 금으로 칠했기 때문이었다.

식당 안의 모든 탁자들은 이미 점심 준비가 끝난 상태였고, 주방 직원들이 부채 모양으로 냅킨을 접어 올려놓고 있었다.

"예배당을 보여드릴게요."

내가 돌아서며 말했다. 그러나 두 분 다 움직이지 않았다.

"우리 집 유리잔에 있는 거 하고 똑같네."

엄마가 교장 선생님의 테이블 뒤쪽을 가리키며 말했다.

"맞아요. 학교 문장이에요."

내가 말했다. 얼트에 입학한 뒤 첫 크리스마스 때 나는 부모님에게 학교 매점에서 산 4개들이 유리컵 세트를 선물했다. 내가 집에 가면 엄마는 저녁 식사를 할 때마다 그 컵을 꺼냈지만 우리 식구는 다섯이었기 때문에 한 사람은 다른 컵을 써야 했다. 그러나 내가 없을 때에도 엄마가 그 컵을 쓰는 것 같진 않았다.

"저 벽에 써 있는 글씨들은 뭐니?"

"역대 학생회장들의 이름이에요."

"좀 봐도 되니?"

"엄마가 아는 이름은 없어요."

내가 엄마에게 눈짓을 하며 말했다.

"그래서 보면 안 된다는 거냐?"

아빠와 내가 서로 쳐다보았다.

"안 된다는 건 아니고요. 왜 그걸 보고 싶어하시는지 이해가 안 가서요."

내가 말했다. 아빠는 그런 나를 계속 쳐다보았다.

"알았어요."

나는 식당을 가로질렀고, 아빠 엄마가 내 뒤를 따랐다. 그러나 두 분이 아는 이름들이 있었다. 미처 거기까지는 내 생각이 미치지 못한 것이다. 부모님은 세 사람의 이름을 발견했다. 30년대에 졸업해서 미국 부통령을 지낸 사람, 50년대에 졸업해서 CIA 국장을 했던 사람, 70년대 후반에 졸업해서 영화배우가 된 사람이었다. 나는 아빠 엄마에게 그들 세 사람이 얼트 졸업생이라고 말했던 적이 있었다. 학생회장 출신이 아닌 사람들 중에도 유명 인사가 몇 명 있었다. 학교 밖 사람들에게 중요한 것은 SAT 점수가 아니라 그 학교 출신의 유명 인사가 누구인가 하는 것이었다. 고향의 부모님 친구분들이 내가 다니는 학교에 대해 아는 게 있다면 학교의 위치나 이름 따위가 아니라 이 학교를 나온 유명 인사들의 이름일 것이다.

우리 세 사람은 교장 선생님 테이블 옆에서 목을 길게 빼고 서 있었다.

"우리 학교엔 아빠가 상원의원인 애도 있어요."

내가 왜 그런 말을 했는지는 알 수 없었다. 부모님이 궁금해하실 것 같아서일 수도 있고, 괜히 속이 꼬여서일 수도 있었다.

"상원의원 누구?"

아빠가 물었다.

"터니프요. 오레곤 출신이래요."

"이번 주말에 상원의원하고 인사해보는 것도 나쁠 건 없지."

나는 고개를 돌려 아빠를 보았다. 아빠는 여전히 벽을 보고 있었다. 내가 쳐다보는 걸 알고 있는 것이 분명했지만 아빠의 표정에는 동요가 없었다. 아빠가 농담을 하는 걸까. 그렇게 말하면 내 기분이 상할 거란 사실을 아빠가 알고 그랬는지, 아니면 그저 아무 생각 없이 던진 말인지도 분명치 않았다.

"그만 가요. 캠퍼스 다 둘러보시려면."

내가 말했다.

우리는 예배당으로 갔다. 오르간을 연습하는 사람을 빼고는 텅 비어 있었다. 예배당 중앙에 서서 수십 미터 높이의 천장을 쳐다보다가 아빠는 "이거야 원" 하고 중얼거렸다. 천장을 바라보는 부모님을 보면서 나는 아빠 엄마가 헨젤과 그레텔보다는 처음 유럽을 여행하는 미국인 관광객들과 더 비슷하다는 생각이 들었다. 물론 내가 유럽에 가본 적이 있는

건 아니지만, 얼트의 분위기는 익숙하지 않은 사람들에게 다소 위압감을
주는 게 사실이었다.

"그러니까 여기가 네가 지은 죄를 뉘우치고 기도하는 곳이냐?"

아빠가 말했다.

"아빠가 지은 죄를 위해서 기도해요. 전 죄가 없거든요."

아빠가 싱긋 웃었고, 나도 웃었다.

"네 엄마 죄는 왜 빼니?"

아빠가 물었다.

"엄마도 죄 없어요."

"난 죄 지은 거 없어."

엄마와 내가 동시에 말했다.

"이것 봐요. 두 사람이 그렇게 생각하면 사실이 틀림없어요."

내가 말했다.

"무슨 소리! 오늘 아침만 해도 네 엄마, 버거킹에서 폭식했어. 만약 내
말이 거짓말이면 날 원숭이 삼촌이라고 불러도 좋다."

"여보, 마지막에 나온 핫케이크는 맛도 못 봤어요."

엄마가 말했다.

"이제부터 원숭이 삼촌이라고 부를게요."

내가 말했다.

"애비가 원숭이 삼촌이면, 넌 뭐가 되는지 알고나 하는 소리냐?"

아빠가 말했다.

"저야 물론 사람이죠. 왜냐하면 제 친아빠가 토넬리 씨라는 건 우리 모
두 다 아는 사실이니까요."

내가 목소리를 사뭇 진지하게 꾸미며 말했다.

"그 얘긴 지겹지도 않니?"

엄마가 말했다.

토넬리 씨는 뒷집에 사는 80대 초반의 할아버지다. 몇 년 전 할머니가 돌아가셨는데 할머니가 살아계셨을 때에도 우리는 할아버지가 우리 엄마를 사랑했다고 확신했다.

"최근 소식 들었니?"

아빠가 물었고, 나는 고개를 저었다.

"두 사람이 드디어 데이트를 했지 뭐냐."

"말도 안 돼!"

내가 말했다. 엄마는 우리에게서 떨어져서 찬송가 구절을 흥얼거리고 있었다.

"어디서요?"

"엄마한테 물어봐."

"엄마, 어디서 데이트했어요?"

"토넬리 씨는 요즘 녹내장 때문에 운전을 못 해. 그래서 나한테 식당에 같이 가줄 수 있느냐고 부탁했던 것뿐이야."

"그게 다가 아니지."

아빠는 여전히 싱글거리고 있었다.

"오해가 있었어. 난 거기서 음식을 사온다는 얘기로 알아들었는데 토넬리 씨는 거기서 식사를 하려고 했던 거더라고. 그러니 별수 있니? 같이 식사를 할 수밖에. 토넬리 씨가 한사코 나한테 음식을 주문하라고 해서…."

"한사코 그러라고 했다는구나 글쎄. 남편하고 아들들은 집에서 기다리고 있는데 토넬리 씨는 굳이…."

"리, 새우하고 검은콩 요리를 먹었는데, 맛이 기가 막히더라. 너도 알다시피 내가 해물은 별로 좋아하지 않잖아. 그런데 토넬리 씨가 하도 권하길래 먹어봤더니 정말 맛있더라고."

"봤지? 네 엄마가 일부러 화제를 바꾸는 거."

"헤어질 때 키스도 하셨어요?"

내가 물었다.

"리! 너 정말 그럴래? 아빠보다 더 하다니까."

아빠와 나는 서로 쳐다보며 키득거렸다. 그런 순간들이야말로 가족과 함께 한 가장 행복한 시간이었다. 서로 놀리거나 지저분한 이야기를 하는 것 말이다. 우리는 저녁 식사 시간에 설사 얘기를 했고, 남동생들은 마늘을 먹은 뒤에 서로의 얼굴에 대고 입김을 뿜었으며, 한번은 조셉이 음낭에 관한 노래를 부르다가 버스 기사에게 쫓겨났다는 이야기를 듣고 아빠가 조셉에게 노랫말을 적어보게 한 적도 있었다. 노래 가사는 '음낭은 피부 주머니라네. 음낭 속에는 고환이 들어있다네'로 시작되었다.

얼트에서 나는 마사를 빼고는 그 누구에게도 그런 얘기들을 한 적이 없었다. 마사의 가족들은 절대로 그런 얘기를 하지 않는 것 같았다. 마사는 자기 엄마가 트림을 하는 걸 한 번도 본 적이 없다고 했다. 그러고 보면 우리 가족의 행동은 진솔한 것 같기도 하고 천박한 것 같기도 했다. 그런 모습이야말로 또 다른 나의 모습이며 어쩌면 가장 진실하지만 감추려 애썼던 모습이었는지도 모른다.

몇 달 전 마사와 나는 남자애들과 한 테이블에서 점심 식사를 했다. 그 중 한 남자애가 자기는 같은 학년 남자애 한 명이 왜 항상 아침을 거르는지 알고 있다고 했다. 그는 손가락으로 동그라미를 만든 뒤 다른 손가락들을 그 사이에 넣고 앞뒤로 흔들었다. 그들 중에 엘리엇이라는 남자애가 나를 보더니 "리, 너 무슨 뜻인지 알아?" 하고 물었다. 무슨 뜻인지 아냐고? 정말 궁금해서 묻는 것일까? 아빠는 남동생들이 여섯 살, 열세 살일 때에도 "이 녀석들! 고추 장난 그만하고 얼른 내려와 밥 먹어라!"라고 소리치곤 했다. 그러나 엘리엇이 내게 물었을 때 나는 얼굴을 붉혔다. 나의 천연덕스러운 내숭에 내 신체 기관까지도 일조를 한 셈이었다.

"이 따분한 데서 그만 나가지."

아빠가 손가락으로 탁 소리를 내며 말했다. 엄마는 찬송가 책을 의자 뒤 사물함에 도로 넣었다. 예배당 정문에서 우리 일행은 몸매가 가냘픈 4학년생 낸시 달리와 마주쳤다. 스쿼시와 테니스팀 주장인 낸시 역시 부모님과 함께 있었다. 우리 여섯 명은 갑자기 밝은 표정을 지으며 서 있었다.

"우리 부모님이에요. 아빠 엄마, 낸시 달리예요."

내가 두 분을 바라보며 말했다. 엄마는 손을 내밀었다.

"만나서 반갑다, 낸시."

아빠도 악수를 했다. 갑자기 가슴이 뛰었다. 나는 낸시 달리와 이야기를 해본 적이 한 번도 없었다. 단 한 번도. 내가 아빠 엄마를 소개한 건 딱히 할 말이 없어서였다. 부모님과 함께 있을 때 얼트에서는 이상한 규칙이 적용되었다. 똑같은 사람들과 좁은 공간에서 몇 년 동안 함께 살다 보면 웬만한 아이들의 이름과 비밀은 다 알게 된다. 2학년 때 낸시는 당시 4학년이던 헨리 토르페와 음악관에서 밀애를 즐겼다. 헨리는 교실 창문을 열고 손으로 눈을 한 움큼 집어서 낸시의 젖가슴 사이에 넣었다고 했다. 그런 일이 있었다는 걸 알면서도 서로 마주쳤을 때 실제로 서로 말을 나눈 적이 없는 사이라면, 이런 상황에선 눈조차 마주치지 않고 지나가야 했다. 낸시와 나 역시 부모님과 함께 있지 않았다면 서로 인사를 하지 않았을 것이다. 이런 상황 자체가 불편하다기보다는 부모님이 이런 내막을 알게 되면 얼마나 이상하게 여길지 생각하니 마음이 편치 않았다. 또 부모님이 알게 될까 봐 두려웠다. 그러나 부모님이 이상하게 생각하는 게 뭐 그리 대수일까? 또 어떻게 부모님을 이해시킬 수 있단 말인가? 내가 이해시켜야 하는 사람들은 오히려 얼트 사람들이었다.

엄마가 낸시의 부모님과 악수를 했다.

"린다 피오라예요."

"버디 달리예요."

그리고 아빠가 절차를 밟기 시작했다.

"어디서 오셨습니까?"

"프린스턴에서 왔어요."

냅시의 엄마가 대답했다. 냅시의 엄마는 적갈색 실크 스커트에 페이즐리무늬가 있는 적갈색 스웨터를 입고 있었고, 냅시의 아빠는 양복 차림이었다. 아빠 엄마도 토요일 복장치고는 점잖은 차림이었다. 아빠는 카키색 바지에 카키색 재킷을 입고 있었지만 한벌 옷이 아니라는 게 조금 문제였다. 엄마는 빨간색 터틀넥에 회색 코듀로이 점퍼 차림이었다. 전화상으로 나는 엄마에게 대부분의 학부모들이 정장을 하고 올 거라고 일러두었지만 꼭 정장을 하라고 말하지는 못했다. 하지만 엄마는 어느 정도 상황을 파악한 것 같았다.

"저희는 인디애나주 사우스벤드에서 왔습니다. 바로 한 시간 전에 도착했지요. 얼마나 먼지, 마침내 도착했다는 게 꿈만 같습니다."

냅시의 가족이 모두 웃었다. 적어도 냅시의 부모님은 웃었다. 냅시는 엷은 미소만 짓고 있었다.

"너도 2학년이니?"

"아뇨. 4학년이에요."

"어머나!"

마치 귀한 흑진주나 멸종 위기에 처한 개구리라도 발견한 듯 엄마가 호들갑을 떨었다.

"그만 가요. 나중에 봐요!"

나는 냅시를 쳐다보지 않고 말했다. 내가 냅시를 쳐다보지 않은 것을, 오늘의 대화는 단지 예외적인 것이며 앞으로는 다시 말을 걸면 안 된다는 규칙을 알고 있다는 뜻으로 냅시가 이해해주었으면 좋겠다고 생각했다. 심지어 오늘의 실수를 만회하기 위해 길을 돌아가더라도 다시 말을 걸지 않기 위해 노력할 의사가 있음을 알아주었으면 좋겠다고 생각했다.

"주말 잘 보내십시오."

낸시의 아빠가 말했다.

밖으로 나온 순간, 내가 엄마의 스웨터 소매를 잡아끌고 있었음을 깨달았다. 나는 손을 놓은 뒤 원형 잔디와 다른 건물들을 둘러보았다. 많은 사람들이 거닐고 있었다. 주말을 지내는 건 고사하고 학교를 둘러보는 동안을 어떻게 견뎌야 할지 생각만 해도 끔찍했다. 부모님은 내일 아침 이른 점심 식사 후에 출발할 것이다. 그때까지는 아직 22시간이 남아 있었다. 그중 10시간 정도는 모텔에 묵을 것이다. 그러면 12시간이 남는다. 12시간은 영원처럼 긴 시간이었다. 만약 보스턴에서 만났다면, 수족관에 가거나 프리덤 트레일(보스턴 내의 유적지들을 엮어 붉은색 벽돌로 표시한 안내길-옮긴이)로 시내를 둘러보거나, 식당에 앉아서 크램 차우더 수프를 먹을 수도 있었을 것이다. 그러면 나는 엄마에게 테이블에 앉아서 사진을 찍는 것을 허락해줄 수도 있었을 것이다.

그러나 지금 우리는 얼트에 있었다. 여기서는 빨리 다음 장소로 이동하는 게 상책이었다. 기숙사로 향하는 길에 엄마가 "마사도 있겠지?" 하고 물었다.

"있을 거예요."

"마사 부모님도 계시니?"

"어제 오셨는데, 아마 호텔에 계실 거예요."

"어느 호텔에 계시니?"

나는 망설였다.

"잘 모르겠어요."

"마사의 아빠가 의사라고 했나?"

"아뇨, 변호사요."

"왜 내가 의사라고 생각했지?"

"그러게요."

거짓말이었다. 디드의 아빠가 의사였기 때문에 엄마가 혼동했다는 걸 나는 알고 있었다.

"점심시간에 마사의 부모님한테 인사시켜주는 거 잊지 마. 너한테 그렇게 잘해주셨는데, 꼭 인사해야지."

나는 대꾸하지 않았다. 엄마가 궁금해하는 것, 엄마가 애쓰는 것들을 동부 사람들은 전혀 신경도 쓰지 않는다는 걸 엄만 정말 모르는 걸까? 동부 사람들에게 친절을 베푸는 것은 그 자체만으로 미덕이 될 수 없었다. 나는 1년 전 크리스마스 방학 때 이 문제에 관해 엄마와 이야기를 나눈 적이 있었다. 나는 부엌 식탁에서 신문을 읽고 있었고, 엄마는 노란 고무장갑을 끼고 싱크대에서 프라이팬을 닦고 있었다. 엄마는 매사추세츠 사람들이 이 동네 사람들처럼 친절하지 않다는 게 사실이냐고 물었다. 나는 그건 일종의 편견이지만 대부분의 편견이 그런 것처럼 어느 정도는 일리가 있는 얘기라고 대답했다. 그리고 나는 그런 무뚝뚝함이 전혀 불편하지 않고 어느 정도 적응이 되었다고도 했다. 당시에 엄마와 그런 대화를 나누면서 나는 내 자신이 무척 성숙하고 지적인 사람이 된 것 같은 기분이 들었다. 마처 씨가 마침내 자기 집 페인트칠을 새로 했다던가, 브리 닐슨이 체중이 늘어서 어떤 모습이 되었다던가, 특히 얼굴이 꼭 무엇 같다던가 하는 식의 대화가 아니라 어떤 개념에 관한 이야기를 나누었으니까. 기숙사로 향하면서 나는 엄마가 그날의 대화를 기억하고 있는지 궁금했다.

나는 마사와 함께 쓰는 방문을 노크했다. 마사가 옷을 갈아입고 있을지도 몰라서였다.

"들어오세요."

마사의 목소리가 들렸다. 그러나 내가 문 손잡이를 잡기도 전에 엄마가 문 쪽으로 바짝 다가서더니 안경을 코끝까지 내리고는 우리 방문에 붙어 있는 사진을 보았다. 엄마는 손가락으로 사진을 짚었다. 수영장에서 마사와 나란히 서 있는 사진으로 팔과 어깨, 젖은 머리만이 드러나 있었다.

"이 사진 어디서 찍은 거니?"

"마사네 집에서요."

"마사네 집에 갔을 때 수영을 할 정도로 날씨가 따뜻했니?"

"올해 초 학기 시작하기 직전이었어요."

"이건 네 줄무늬 수영복이 아닌 것 같은데?"

"들어오세요."

마사가 방 안에서 다시 한 번 말했다.

"2초만!"

내가 말하고 엄마를 바라보았다.

"더 질문 없어요?"

빈정거릴 생각은 아니었지만 엄마의 눈이 동그래지는 것을 보니 내 말에 기분이 상한 것 같았다.

"집에 수영장이 있으면 정말 근사할 거야."

아빠가 말했다. 상원의원을 만나는 것도 나쁘지 않겠다고 말했을 때와 똑같은 말투였다. 나의 짜증은 분노로 바뀌려하고 있었다.

문을 열었더니 마사는 침대 위에 앉아 빨래를 개어 우리가 테이블로 쓰는 트렁크 위에 정리해놓고 있었다. 우리가 들어서자 마사가 일어났다. 부모님이 뒤에 있을 때 나는 콧구멍을 벌름거리면서 눈을 뒤집는 시늉을 했다. 마사가 내 표정을 보고 웃다가 다시 부모님을 반기는 미소를 지으면서 두 팔을 벌리고 우리 쪽으로 다가왔다.

"만나 뵙게 되어 반갑습니다!"

마사는 부모님과 악수를 나눈 뒤 여행길이 어땠는지, 학교가 마음에 드는지 물었다.

"교정이 정말 아름답더구나."

엄마가 말했다. 마사가 고개를 끄덕였다.

"교정을 걷다 보면 이렇게 멋진 곳에 살고 있다는 게 실감이 안 나서 제 팔을 꼬집어볼 때도 있어요."

정말 그럴까? 나도 그런 생각을 한 적이 있지만 마사는 이렇게 멋진 환경에 나보다는 훨씬 더 익숙한 애였다. 어쩌면 그냥 예의상 한 말일 수도 있었다. 낸시 달리처럼 최소한의 예의라기보다는 진실이 담긴 예의 말이다.

"마사, 리가 그러는데 네가 학교 규율위원회 임원으로 뽑혔다며? 장하기도 하지."

"고맙습니다."

마사가 말했다.

"뽑힌 게 아니라 교장 선생님이 지명하셨어요."

내가 말했다.

"그러니까 하는 말이야. 정말 훌륭하구나. 부모님이 얼마나 자랑스러워하시겠니?"

잠시 침묵이 흘렀다.

"아빠도 얼트에 다니셨다고⋯. 아닌가?"

엄마가 물었지만 목소리에 확신이 없었다.

"네, 맞아요."

마사가 말했다.

엄마가 그걸 어떻게 알고 있을까? 내가 언제 그런 말을 했지? 왜 그런 얘기를 꺼내시는 걸까? 바로 이런 이유 때문에 내가 다른 사람에 대한 정보를 함부로 얘기하지 않는 것이다. 적어도 나는 당사자 앞에서 내가 알고 있는 정보를 드러내지는 않는다.

"하지만 아빠는 여기서 썩 재미있게 지내진 못하셨어요. 그때만 해도 남학생들만 있어서 주먹다짐이 심했대요. 제가 기숙학교에 가겠다고 했더니 아빠는, 얼트만 빼고 어디든 가도 좋다고 하셨어요. 물론 전 얼트가 가장 마음에 들었고요."

"부모님 말을 안 듣는 아이가 우리 벼룩말고 또 있구나."

"벼룩? 그 얘긴 나한테 안 했잖아."

마사가 웃으며 말했다.

"리가 부모님 말씀을 안 듣는 건 상상이 잘 안 가는데요?"

마사가 아빠에게 말했다.

"네가 상상력이 부족한 게지."

아빠의 말에 마사가 큰 소리로 웃었다. 마사가 아빠 엄마를 좋아하게 되는 건 싫어하는 것보다 더 끔찍할 수도 있었다. 만약 아빠 엄마를 좋아하게 되면 난, 함께 있는 주말 내내 부모님의 좋은 이미지가 깨질까 봐 긴장해야 할 테니까. 물론 내가 우리 부모님을 나쁘게 생각한다는 건 아니지만 만약 내 친구들 중 한 사람이 우리 부모님을 좋아한다면, 그 사람이 마사라고 해도, 그건 우리 부모님이 어딘가 신선하고 진솔하기 때문일 것이다. 마사가 아빠 엄마와 이야기를 나누는 걸 보면서 나는 그것을 분명히 알 수 있었다. 더 정확히 표현하자면, 두 분의 옷차림이 자유롭고, 아빠가 원색적인 표현을 사용하고, 인디애나에서 차를 몰고 왔기 때문일 것이다. 그러나 아빠 엄마가 재미있다고 생각하는 사람들은 반드시 실망하게 될 것이다. 아빠에게도 괴팍한 면이 있어서, 건드리는 사람을 절대 물지 않는 한 마리 순한 양은 아니기 때문이다.

"마사, 너도 축구하니?"

엄마가 물었다.

"전 필드하키를 해요."

"그렇구나. 너도 오늘 오후에 시합하니?"

"오늘은 전교생이 시합에 참가하게 되어 있어요."

"리, 마사하고 네가 같은 시간에 출전하니? 마사가 실제로 뛰는 모습

276

을 꼭 보고 싶구나."

엄마가 '실제로'라는 말에서 양쪽 손가락으로 따옴표 모양을 만들며 말했다.

"고맙습니다."

마사가 말했다. 마사의 부모님이라면 내가 뛰는 시합을 보고 싶다고 하지 않았을 것이다. 그것도 나를 만난 지 10분도 채 안 된 상황에서 그런 제안을 하지는 않았을 것이다.

"내 경기는 2시 30분인데 리, 넌 몇 시니?"

"아마 비슷할걸. 그런데 장소가 너무 멀리 떨어져 있어서 마사의 경기는 못 보실 것 같아요. 제 경기를 안 보시고 마사 경기를 보시겠다면 모를까."

"그것도 나쁘진 않지."

아빠가 말했다.

"그러시면 안 되죠!"

마사는 정말 아빠가 마음에 드는 모양이었다. 우리는 최대한 빨리 방에서 나가야만 했다. 그런데 아빠가 내 책상 위에 걸터앉아서 잡지를 집어 들었다.

"리, 공부를 아주 열심히 했구나. 어디 무슨 책을 읽었는지 한번 볼까?"

아빠는 잡지를 넘기다가 우리 모두가 볼 수 있도록 펼쳐 들었다. 양쪽 페이지에 커다란 붉은 글씨로, '생애 최고의 오르가슴에 도달하는 법!'이라고 쓰여 있었다.

"아빠, 그만하세요. 구역질 나니까."

"구역질 난다고? 이게 누구 잡진데 그래?"

아빠는 싱글거리며 웃었다. 바로 그 순간 상황이 반전되었다고 나는 생각했다. 우리 아빠가 마사에게 변태로 비쳐지기 시작하는 순간이었다.

물론 아빠가 실제로 변태인 것은 아니지만 그렇게 보일 수도 있는 상황이었다.

"본관으로 가요. 어서요."

내가 말했다.

"지루한 섹스? 누구나 한 번쯤은 경험해봤을 것이다. 물론 처음 몇 달 동안은 황홀했겠지만 머지않아……."

아빠가 기사를 읽었다.

"아빠, 그만하세요!"

내가 말했다.

"머지않아 당신은 추리닝을 입고 침대로 가고, 그는 당신의 앞에서 코를 후빌 것이다. 현실을 직시하라……."

"전 갈래요."

나는 문을 홱 열며 밖으로 나왔다. 마사는 쳐다볼 수도 없었다. 엄마의 목소리가 들렸다.

"여보, 리가 학교 구경을 시켜준다잖아요? 마사, 미안하다……."

나는 팔짱을 끼고 벽에 기대어 서서 아빠 엄마가 나올 때까지 기다렸다. 마침내 방에서 나온 아빠는 조금 짓궂긴 했지만 그런대로 귀여운 장난을 친 소년의 표정을 짓고 있었다. 나는 돌아서서 걸었다.

"왜 그러는 거냐? 왜들 야단이야! 쟤가 보던 잡지였다구!"

아빠는 처음에는 내게, 그다음에는 엄마에게 말했다.

나는 아빠 엄마와의 간격을 유지하며 계단을 내려가 휴게실을 가로지른 뒤 밖으로 나갔다. 엄마가 날 따라잡느라 진땀을 빼는 것이 느껴졌다. 그러면서도 엄마는 내게 물었다.

"리, 마사는 정말 착한 애더구나. 그런데 마사한테 남자 형제가 있다고 했던가? 여자 형제가 있다고 했던가? 네가 분명히 말했을 텐데 생각이 안 나서……."

"남자 형제가 있어요."

"위로? 아니면 아래로?"

"그건 알아서 뭐하시게요?"

"리, 엄만 궁금해."

엄마가 부드러운 목소리로 말했다.

"엄마한테 말투가 그게 뭐냐!"

아빠의 목소리는 전혀 부드럽지 않았다.

"아빠도 저한테 그런 식으로 말하지 마세요."

내가 어깨 너머로 돌아보며 말했다.

"지금 뭐라고 했냐?"

본관의 테라스에는 사람들이 많았다. 푸른색 블레이저를 입은 남자들과 분홍색 격자무늬 정장을 입은 여자, 커다란 챙이 달린 초록색 밀짚모자를 쓴 여자도 보였다. 10시가 되어가고 있었다. 하늘은 구름 한 점 없이 맑았다. 마치 칵테일 파티에서처럼 다른 학부모들이 웅성거리는 소리가 들렸다.

"리?"

아빠의 목소리에서 차가운 분노가 느껴졌다. 그러나 그 차가움 속에는 장난기도 있었다. 나는 아빠를 너무도 잘 알았다. 아빠는 그런 사람이었다. 아빠는 장소나 상황에 따라 달라지지 않았다. 여기서 한판 붙어보자는 건가? 이렇게 많은 사람들 앞에서? 안 될 것도 없었다. 상관없었다.

"아무것도 아니에요."

내가 말했다. 아빠는 잠시 말이 없다가 훨씬 작은 목소리로 "아무것도 아니라고? 아니긴 뭐가 아니야" 하고 중얼거렸다.

테라스에서 아빠가 이름표를 찾는 동안 엄마와 나는 다과 테이블 옆에 서 있었다. 엄마는 과자를 먹고 오렌지 주스를 마셨다.

"정말 안 먹을래? 주스가 정말 신선한데."

엄마가 플라스틱 주스 컵을 세 번째로 내게 내밀며 말했다.

"조금 전에 이 닦았다고 했잖아요."

내가 말했다.

본관을 둘러보는 동안 우리는 별로 말이 없었다. 책상들이 줄지어 빼곡히 들어선 강당과 교실들, 외부 강사들이 강연을 하곤 하는 소강당을 둘러보았다. 미래의 입학생들에게 얼트를 소개하는 사람들은 마틴 루터 킹도 이곳에서 강연을 한 적이 있다는 얘기를 빠트리지 않고 했다. 반면 절대 해서는 안 되는 말은, 마틴 루터 킹이 강의를 했던 당시 이 학교에 흑인 학생이 한 명도 없었다는 사실이었다. 엄마는 이것저것 질문을 했고, 나는 길지도 짧지도 않게 대답했다. 나는 내가 출전하게 될 축구 시합에 대해 생각하고 있었다. 바렛 선생님은 주말에 부모님이 방문하는 학생 전원을 시합에 내보냈다. 그리고 크로스 슈가맨에 대해서도 생각했다. 크로스에 대한 감정은 애스패드의 머리를 잘라주던 날 완전히 사라진 게 아니었다. 그날 이후 꼬박 하루 동안 나는 내가 그를 전혀 좋아하지 않는다고 생각했다. 그러나 식당에서 그를 본 순간, 그에 대한 나의 마음이 조금도 변하지 않았음을 확인할 수 있었다. 어제 오후 나는 크로스가 자기 부모님과 함께 있는 모습을 보았다. 크로스는 재킷에 타이를 매고 있었다. 눈이 마주치자 그는 고개를 까딱하면서 인사했다. 보통 때와는 다른 모습이었다. 그의 부모님 때문에 우리가 더 가까워진 걸 수도 있었다. 어쩌면 교정을 거니는 잘 차려 입은 어른들은 얼트에 속해 있지 않은 사람들인 반면, 그와 나는 둘 다 얼트 학생이라는 공통점이 새삼스럽게 느껴진 것일 수도 있다.

"그러니까 내가 보낸 편지가 다 여기로 온다는 거지?"

우편물실에서 아빠가 말했다. 아빠는 나를 용서한 것이 분명했다. 적어도 용서한 척하려고 작정한 것만은 분명했다.

"편지가 얼마나 많이 오는지, 우편함이 너무 작아요. 아무래도 하나 더 달라고 해야 할까 봐요."

"추가 비용을 내라고만 안 한다면."

아빠가 말했다.

어느덧 점심 식사 시간이 되었다. 우리는 서둘러 식당으로 향했다. 식당은 이미 만원이었다. 교장 선생님이 농담을 하자 학부모들이 한차례 웃었고, 오치 목사님이 기도를 한 뒤 자리에 앉았다. 점심은 닭구이, 검은 올리브와 고추를 곁들인 파스타, 샐러드와 롤빵이었다. 내 양 옆에서 아빠 엄마가 음식을 담았다.

"넌 배 안 고프니?"

엄마가 말했다.

"저도 배고파요."

나는 파스타를 떠 넣었다. 보드랍고 기름이 많았다.

앉을 자리를 찾는 동안 다행히 마사와 마사의 부모님은 보이지 않았다. 나는 안경을 쓴 마른 남자 신입생 둘이 부모님과 함께 앉아 있는 테이블로 갔다. 잠시 후 미술을 가르치는 호프웰 선생님이 우리 테이블에 앉았다. 가늘고 부스스한 머리에 눈매가 촉촉한 호프웰 선생님은 항상 물감 묻은 작업복 차림으로 점심 식사를 했지만 오늘은 무늬가 있는 드레스 차림이었다. 선생님은 목수인 남편과 함께 마리화나를 피운다는 소문이 있었다. 호프웰 선생님은 무난했다. 우리 테이블에 있는 사람들이 모두 무난한 편이었다. 나를 어떻게 생각하든 별로 신경 쓰지 않아도 되는 사람들에 둘러싸여 있다니 운이 좋았다.

엄마 아빠는 남자애들의 부모님들과 이야기를 나누었다. 신입 남학생들의 이름은 코디와 한스였는데 누군지는 모르겠지만 둘 중 한 명이 수학 천재라고 했다. 나는 식당 안을 둘러보며 크로스를 찾았다. 크로스와 그의 부모님이 그의 룸메이트 데빈과 데빈의 부모님, 오치 목사님, 고전문학 학과장인 스탠차크 선생님과 함께 있었다.

"두 시 방향! 상원의원 맞지? 딸기코 말이야."

아빠가 양손을 동그랗게 만들어 입을 가리고 말했다.

"아빠, 제발…."

아빠는 속삭이기는커녕 목소리를 낮추지도 않았다. 그리고 큰 소리로 웃었다.

"맞지? 아첨꾼처럼 생겼구나."

"그 사람이 누군지는 모르겠지만 로빈 터니프가 저기 없는 걸로 봐서는 로빈의 아빠가 아닌 것 같은데요."

"로빈이 어디 있는데?"

나는 우리 앞의 테이블을 바라보았다. 크로스와 오치 목사는 큰 소리로 웃고 있었다. 나는 반대편을 바라보았다.

"모르겠어요."

"정말 몰라? 맹세할 수 있어?"

나는 아빠의 눈을 쳐다보았다. 이번만큼은 솔직할 수 있었다.

"맹세할 수 있어요."

아빠와 나는 평상시에 샐러드바로 사용했던 긴 디저트 테이블로 향했다. 테이블 위에는 과자와 커피, 케이크 같은 것들이 준비되어 있었다. 거기서 나는 미국기 모양이 그려진 타이를 맨, 별다른 특징 없는 남자와 함께 서 있는 로빈을 보았다. 내가 남긴 파스타까지 다 가져가 먹은 엄마는 디저트는 생략하기로 했기 때문에 아빠와 나 둘뿐이었다. 그런 상황에서 아빠에게 그 사실을 알려주지 않는 것은 너무 심한 것 같았다. 이번 주말에 아빠를 위해 한 가지를 양보하면 내가 그렇게 못된 딸이 아니라는 걸 증명할 수도 있겠지.

"아빠!"

내가 옆구리를 쿡 지르며 말했다. 아빠는 커피에 크림을 넣고 있다가 찻잔에 흘렸다.

"조심해야지!"

"아빠, 그게 아니고요. 조금 전에 얘기하던 거요. 그 딸기코. 이번엔 진짜예요."

나는 로빈 터니프의 아빠를 다시 한 번 돌아보았다. 아빠의 시선이 나를 따라 움직이는 것이 느껴졌다.

"저기 넥타이요."

"찾았다!"

북적거리는 식당에서 아빠와 함께 조용히 터니프 상원의원을 바라보면서 나는 아빠에 대한 사랑을 느꼈다. 서로의 마음을 읽을 수 있다는 것, 이것이야말로 가족이 좋은 이유였다.

아빠는 자리로 가서 커피 잔을 내려놓더니 다시 테이블 뒤쪽으로 갔다. 아빠는 순식간에 인파 속으로 사라졌고 나는 아빠를 놓치고 말았다.

"맙소사!"

내가 중얼거렸고 내 옆에 있던 엄마가 돌아보았다. 엄마는 나와 눈을 마주쳤지만 아무 말도 하지 않았다. 나는 머뭇거리며 아빠의 뒤를 쫓아갔다.

"열렬한 팬입니다."

아빠의 목소리가 들렸다. 아빠와 상원의원이 악수를 하고 있었다. 아빠는 내게 등을 돌린 채로 서 있었기 때문에 나는 상원의원의 얼굴밖에 볼 수 없었다. 로빈은 그 사이에서 멍한 표정으로 서 있었다. 상원의원은 기분이 좋아 보였다. 두 사람은 30초 정도 이야기를 나눈 뒤 다시 악수를 했다. 아빠의 왼손이 상원의원의 팔에 놓여 있었고, 그는 큰 소리로 웃었다. 나는 내가 얼트에 온 걸 후회했다. 그리고 다른 아이로 태어나지 않은 걸 후회했다. 그리고 그 순간 나의 의식이 꺼져버렸으면, 아니면 어디론가 사라져버렸으면 좋겠다고 생각했다.

상원의원에게서 돌아섰을 때 아빠는 하마터면 나와 부딪칠 뻔했다. 아빠의 표정은 잔뜩 상기되어 있었다. 나를 화나게 하거나 망신을 주려는 의도가 아닌 건 분명했다. 정말 그를 만나는 게 아빠에게 그렇게 큰 의미가 있는 걸까? 아빠는 엄지손가락으로 어깨 너머를 가리키며 "괜찮은 친구야"라고 말했다.

나는 할 말을 잃었다. 적어도 그 순간에는 아무 말도 할 수 없었다. 나는 사람들 틈에서 벗어날 때까지는 참아야 한다고 생각했다.

"자리로 돌아가려던 참이었어요."

"난 커피를 가져와야겠다. 엄마한테 케이크 한 쪽 갖다주렴."

"엄만 싫다고 했어요."

"갖다드려. 틀림없이 좋아할 테니까."

아빠가 웃으며 말했다.

아빠는 내 기분을 전혀 이해하지 못하고 있었다. 만약 이해했다면 미안해했을 것이다. 일부러 날 화나게 하려 했다고 해도 나에게 미안해했을 것이다.

자리에 돌아와 보니 코디의 부모님은 일어서는 중이었고, 한스의 부모님은 이미 자리를 뜬 뒤였다. 코디의 부모님이 우리를 기다렸던 건지 아니면 눈을 커다랗게 뜨고 주위를 두리번거리고 있는 엄마를 혼자 남겨두고 일어나려 했던 건지는 알 수 없었다. 나는 그 순간 모두가 미웠다. 무심한 학생들과 선생님, 무례한 다른 부모님들, 그리고 아무도 원하지 않는 친절을 베풀고 다니는 내 가족들까지도.

디저트를 먹는 동안 식당은 비어갔다. 아빠는 쿠키를 반으로 잘라 한 쪽을 커피에 담갔다.

"네 엄마한테 내 새 친구에 대해서 말해주지 그러니?"

"아빠가 말씀하세요."

"누구 말이에요?"

"아빠가 조금 전에 로빈의 아빠한테 인사를 하셨어요."

284

엄마는 조금 혼란스러운 듯한 표정이었다.

"아빠가 상원의원인 애가 있다고 했죠? 아빠가 그 사람한테 무작정 가서 말을 걸었어요."

내가 덧붙였다.

"그 사람이 어디 있는지 나한테 가르쳐준 건 너였어."

아빠는 여전히 기분 좋은 목소리였다.

"아빠가 그 사람한테 가서 귀찮게 할 줄 알았으면 안 가르쳐드렸어요."

"귀찮게 했다고? 리, 그 사람은 공인이야. 사람들 만나는 걸 좋아한다고."

"그 사람이 어떤 사람인지 아빠는 모르시잖아요!"

내가 소리를 질렀다.

"한 번도 만난 적 없고 이름도 들어본 적 없는 사람이에요. 가족들하고 평범한 주말을 보내고 있던 사람한테 다가가서 마치…."

"진정해라."

아빠의 목소리는 더 이상 유쾌하지 않았다.

"아주 반듯한 사람이더군. 사기꾼 같지 않더라고."

아빠는 엄마를 돌아보며 마치 내가 그 자리에 없는 것처럼 엄마에게 말했다. 엄마가 고개를 끄덕였다. 두 분을 보고 있자니 온몸이 굳어지는 것 같았다.

"아빤 제정신이 아니에요."

나는 낮은 목소리로 말했다. 아빠가 나를 쳐다보았다.

"지금 뭐라고 했냐?"

"아빤 제정신이 아니라고요. 2초 동안 인사를 나누고는 마치 오랜 친구라도 되는 것처럼 얘기하시잖아요. 왜 그렇게 관심이 많으세요? 그 사람하고 인사를 한다고 뭐가 달라지기라도 하나요?"

"무슨 얘긴지 도무지 모르겠구나."

아빠가 말했다. 아빠는 나머지 반쪽 쿠키를 커피에 담그고 있었다.

말을 하기 전에 심호흡을 하긴 했지만 아빠를 바라보고 있자니 기운이 쏵 빠지면서 모든 것이 무의미하다는 생각이 들었다. 아빠는 기대에 찬 얼굴로 나를 바라보고 있었다. 커피 잔 위에 들고 있는 쿠키 3분의 1 정도가 커피에 젖어 있었고, 그 부분은 금방이라도 커피 속으로 떨어질 것 같았다. 내가 알고 있는 걸 아빠가 모른다는 사실이 너무 속상해서 견딜 수 없었다. 아빠가 커피에 적신 쿠키를 좋아한다는 것도, 그게 아빠에겐 그토록 특별한 호사라는 것도 참을 수가 없었다. 우리가 우리 자신에게 베푸는 하찮은 호사, 세상에 그것보다 더 슬픈 것은 없었다.

내가 정말로 아빠가 제정신이 아니라고 생각한 건 아니었다. 그러나 아빠가 정신 나간 사람처럼 행동하고 있다는 걸 알려주고 싶은 욕구를 느꼈던 건 그나마 서로에 대한 기대가 확실하다는 의미가 아닐까? 어쩌면 아빠가 나름대로의 장점과 단점이 있고, 자기가 아는 방식으로 세상을 살아가는 서른아홉 살의 남자라는 사실을 인정하는 것이야말로 가장 끔찍한 일일지도 모른다.

"제 생각엔…."

하지만 내 생각이 과연 무엇이었던가?

"그건 다른 사람한테 사인을 해달라고 하는 거나 마찬가지잖아요."

나의 목소리에는 더 이상 분노가 배어 있지 않았다.

"왜 사인을 받고 싶어하는 거죠? 전 도저히 이해할 수가 없어요."

"그렇겠지. 하지만 너하고 생각이 다른 사람들도 있다는 걸 인정해야지."

아빠가 말했다.

"오쉬미츠 씨 아들은 사인을 수집한단다."

엄마가 말했다.

"샤론이 그러는데, 지난여름에 로스앤젤레스에 갔을 때, 리, 그 사람이 누군지 너도 분명히 알 텐데. 누구였더라? 하여간 유명한 스타거든. 엄마가 원래 이름을 잘 기억 못 하잖니. 샤론 말이 그 사람은 보통 사람처럼 허물없이 이야기를 하더래."

우리 셋 다 조용했다.

"근데 오쉬미츠 씨 아직도 가발 쓰세요?"

나는 결국 그렇게 항복하고 말았다.

"리, 그런 말 하면 못 쓴다. 아주 좋은 분이셔."

"가발을 쓴다고 했지, 나쁜 사람이라고는 안 했어요."

내가 말했다.

"남자 가발은 '토피'라고 하는 거다. 오쉬미츠 씨는 절대 그런 얘기를 하고 싶지 않을 거야. 옛날에는 그런 사적인 얘기는 절대 하지 않았어."

"네 엄마가 어렸을 때, 공룡이 거닐던 시절 얘기란다. 그렇지, 여보?"

아빠가 말했다.

늘 이런 식이었다. 위기의 순간에 우린 항상 엄마의 등 뒤에 숨었다.

"그만해요."

엄마가 말했다.

전반전 종료 4분 전에 바렛 선생님은 노리 클리한을 빼고 나를 투입했다. 나는 수비수였다. 그러고 나서 4분 뒤 후반전이 시작되자 다시 나를 빼냈다. 내가 뛰는 동안 가디너가 2골을 넣었다.

벤치에 있는 동안 나는 마리아 옆자리에 앉았다.

"부모님 어디 계셔?"

마리아가 물었다. 나는 경기장 건너편을 가리켰다. 담요나 접이식 의자를 가지고 온 사람도 있었지만 아빠 엄마는 풀밭에 앉아 있었다. 아빠는 잔디 풀을 뽑아서 풀피리를 불고 있을 게 분명했다. 그것은 한때 나를 감동시켰던 아빠의 특기 중 하나였다.

"흐뭇하시겠다."

마리아가 말했다.

"그럴 거야."

"여보, 우리 리가 20번 선수 물리치는 거 봤어요? 우리 딸 장하기도 하지!"

다른 사람이 그런 말을 했다면 나를 비웃는다고 생각했겠지만 마리아는 나보다 축구를 더 못했다. 마리아도 수비수였지만 필드에서 너무 느긋했다. 상대 팀의 공격수가 마리아를 너무 앞질러버리면 마리아는 멍하니 서서 공격수가 골대를 향해 돌진하는 모습을 구경했다. 그럴 때 마리아는 선수라기보다는 구경꾼 같았다. 마리아의 그런 느긋함 때문에 바렛 선생님이 화를 내는 일도 종종 있었다.

"오늘 저녁에 부모님하고 외식할 거니?"

나는 고개를 끄덕였다.

"괜찮은 레스토랑을 하나 생각해둬"라고 엄마가 말했을 때 나는 중국 식당이 좋겠다고 했다. 부모님이 말하는 '괜찮은' 식당이 레드반이 아니라는 걸 나는 알고 있었다.

"좋겠다. 학교를 벗어날 수 있어서."

마리아가 말했다.

"같이 갈래?"

내가 물었다. 사실 진지하게 생각해보고 한 말은 아니었다. 그저 마리아가 그 말을 듣고 싶어하는 것 같았다. 그리고 마리아가 들으면 기분이 상할 수도 있겠지만, 중국 식당에 가도 마리아는 크게 상관하지 않을 것 같아서였다.

"정말? 루피나도 가도 돼?"

루피나는 미드 필더였다. 루피나가 경기장을 달릴 때면 늘 긴 머리카락이 휘날렸다.

"그럼!"

내가 말했다.

"저기 좀 봐! 네 아빠 엄마가 손 흔들고 계셔."

마리아가 말했다.

아빠 엄마가 내게 손을 흔들고 있었다. 두 분은 마리아와 루피나를 좋아할 것이다. 내가 친구를 데리고 가면 기뻐할 것이고, 아빠는 우리 모두를 데리고 외출하는 것을 뿌듯해할 것이다. 고향 집에서도 아빠 엄마는 항상 친구들을 집에 데려오라고 했었다.

나는 아빠 엄마에게 손을 흔들었다.

그날 오후 나는 부모님과 함께 모텔로 향했다. 시합은 7 대 2로 졌다. 시합이 끝난 뒤에야 우리는 가디너의 코치가 골을 그만 넣으라고 지시했음을 알 수 있었다. 모든 학부모들이 지켜보고 있었던 걸 감안할 때 그것이야말로 기숙학교다운 조처였다.

아빠가 체크인을 하는 동안 엄마와 나는 차 안에 앉아 있었다. 레이몬드 모텔이었다. 나는 몇 주 전에 전화번호부를 뒤져 이곳을 찾아두었다. 금연실로 배정한다는 보장은 없지만 하룻밤에 39달러라고 했다.

"너 정말 잘하더라."

엄마가 말했다. 뒷좌석에 앉아서 나는 큰 소리로 웃었다. 머리를 하나로 묶고 유니폼을 입은 채였다.

"왜 웃니? 정말 잘했다니까!"

이번에는 엄마도 웃었다.

"정말 잘했다니까 그러네!"

"제가 뛸 때 가디너에서 넣은 두 골 중에서 어떤 게 더 멋졌어요? 첫 번째? 아니면 두 번째?"

"걔들은 체구가 훨씬 크잖니. 우리 가냘픈 아가씨가 상대나 되겠어?"

한동안 침묵이 흘렀다. 평화롭고 어색하지 않은 침묵이었다. 점심 식사도 끝났고 시합도 끝났다. 나는 문득 앞으로 남아 있는 모든 시간이 순조로울 거라는 생각이 들었다.

"어머나! 저기 좀 봐라."

엄마가 자동차 창문을 두드렸다.

"너무 예쁘지 않니?"

모텔의 차고 지붕 위에 울새 두 마리가 앉아 있었다.

"파티를 하고 있는데 다들 모이기를 기다리는 것 같지?"

"아무도 안 올 것 같아 걱정이네요."

내가 말했다.

"봐라. 첫 번째 손님이 왔어."

제비 한 마리가 지붕에 내려앉았다. 엄마는 항상 동물들을 좋아했다. 고속도로를 지나다가 소나 말을 보면 엄마는 꼭 동생들에게 보라고 했다. 강변을 달릴 때나 다리를 건널 때, 특히 내가 차 안에서 책을 읽고 있을 때 자주 그랬다.

"리, 아빠하고 난 여기 오게 돼서 얼마나 좋은지 몰라."

엄마가 말했다. 그 순간 아빠가 모텔에서 나왔다. 아빠의 입술 모양으로 짐작컨대, 휘파람을 불고 있는 것 같았다.

"저도요."

내가 말했다.

방문을 두드렸을 때 마리아와 루피나 모두 옷을 차려 입고 있었다. 루피나는 스커트와 스웨터 차림이었고, 마리아는 검은색 바지에 단추가 달린 셔츠를 입고 있었다. 나는 불과 몇 분 전에 기숙사로 돌아와서 씻지도 못한 채 유니폼을 벗고 옷을 갈아입었다. 방에서 나는 마사의 쪽지를 발견했다.

'부모님이 너와 네 부모님을 만나고 싶어하셔. 어디 있는 거니? 오늘 밤 셰러턴 호텔로 전화해.'

아빠 엄마가 차에서 기다리고 있었고, 나는 쪽지를 구겨 던져버렸다.

"너희 정말 근사하다!"

내가 마리아와 루피나에게 말했다. 어쩌면 그들은 레드반 레스토랑에 가는 걸 생각했을 수도 있다.

"골든옥에 갈 건데. 괜찮아?"

그들은 서로를 쳐다보다가 다시 나를 보았다.

"그럼! 괜찮고말고!"

마리아가 말했다. 아마 레드반에 가는 걸 생각했던 게 분명했다.

차 안에서 엄마는 루피나와 마리아에게 고향이 어딘지 물은 다음 얼트가 마음에 드는지도 물었다.

루피나는 "별로요"라고 대답하며 웃었다.

"왜?"

엄마가 물었다.

"너무 속물들이 많아서요."

루피나는 어떻게 그토록 상투적인 불평을 할 수 있었을까? 더구나 얼트에 와서 몰라보게 예뻐진 루피나가 어떻게 그렇게 말할 수 있었을까? (나중에 루피나는 다트머스대학에, 마리아는 브라운대학에 진학했다. 물론 당시 나는 그 사실을 알지 못했다. 알았다면 나는 더욱 당혹스러웠을 것이다. 예쁜 데다가 아이비리그 대학까지 갔다면 다른 조건들은 아무것도 문제되지 않을 테니까.)

"나도 동감이다. 오늘 본 사람 중에 하나는, 안됐지만 목에 깁스를 한 것 같더구나. 자세히 보니, 콧대도 하늘을 찌르더군."

"정말 그래요. 부모들보다 애들이 더해요."

"엄청난 돈을 물려받았으니 자기들이 그걸 번 줄 아는 게지."

아빠가 말했다.

나는 몸이 얼어붙는 것 같았다. 돈이라는 말을 쓰다니. 소름이 돋았다. 게다가 아빠의 말은 교회에서 목사가 신도들에게나 하는 말이었다. 아니면 〈리더스 다이제스트〉에서 읽은 것이 틀림없었다.

"그러게 말이에요."

하지만 루피나는 맞장구를 쳤다.

"마리아, 넌 어떠니? 얼트가 마음에 들어?"

엄마가 물었다.

"좋을 때도 있고 싫을 때도 있어요. 어떤 날이냐에 따라 달라요."

"너희도 오늘 식당에서 점심을 먹었니?"

아빠가 물었다.

"벌집을 쑤셔놨더구만!"

모두 웃었고, 나는 창밖을 바라보았다. 왜 아빠는 저렇게 유난을 떠는 것일까? 아무도 그 정도까지 기대하지 않았다.

"그게 무슨 뜻이에요?"

"벼룩! 설명해줘라."

후면경을 통해 나는 아빠가 웃고 있는 것을 볼 수 있었다.

"그냥 크고 소란스러운 행사를 말하는 거야."

"너무 재미있다. 기억해둬야지."

루피나가 말했다.

저녁 식사로 루피나는 랍스터 소스에 새우를 주문했고, 나는 가격을 상쇄하기 위해 야채 볶음을 주문했다. 아빠는 내가 왜 야채 볶음을 주문했는지 눈치채지 못하는 것 같았다. 루피나와 마리아 모두 음료수를 주문했다. 우리 가족은 식사할 때 음료수를 주문하지 않았다. 음료수 대신 항상 물을 마셨다. 그러나 루피나와 마리아한테까지 그렇게 하라고 강요하는 것은 옳지 않은 일 같았다. 대부분의 사람들은 레스토랑에서 음료수를 주문하기 때문이었다. 행운의 과자가 나왔고, 우리는 돌아가면서 점괘를 읽었다.

'당신은 승마와 도박 같은 스포츠를 즐기지만 지나치게 몰입하지 않는 것이 좋습니다.'

'매력적인 당신의 미소가 당신을 지켜줄 것입니다.'

'당신은 최고의 자리에 오를 것입니다.'

저녁은 그런대로 괜찮았다. 모두 주문한 음식을 마음에 들어 했다. 그러나 루피나와 마리아를 초대한 건 실수였다. 두 사람 때문에 나는 긴장을 늦출 수가 없었다.

학교로 돌아와서 내가 차에서 내렸고, 그다음으로 마리아가 내렸다. 루피나는 자동차에 탄 채로 배를 두드리며 "저녁 잘 먹었습니다!" 하고 인사를 했다.

"만나서 반가웠다."

엄마가 말했다.

루피나는 나를 쳐다보고 그다음 아빠 엄마를 바라본 다음 다시 나를 쳐다보았다.

"저… 두 분 셰러턴 호텔에 묵으시는 거 맞죠?"

"세… 뭐라고?"

아빠가 물었다.

"저….."

루피나는 잠시 머뭇거리며 나를 보았다.

"닉을 거기서 만나기로 했거든."

닉이라면… 닉 차피? 그러나 충격적인 상황일수록 더 침착하려고 애쓰는 나였기에 나는 아무렇지도 않게 이렇게 말했다.

"아빠가 데려다주실 거야. 거기서 묵는 건 아니지만 상관없어."

"도대체 이게 무슨 소린지 누가 좀 설명해볼래?"

아빠가 물었다.

"루피나를 호텔까지 데려다주세요."

나는 다시 루피나를 쳐다보며 말했다.

"걱정 마. 데려다줄 테니까."

"잠깐. 어느 호텔 얘기냐? 닉이라는 애는 또 누구고?"

루피나가 설명을 하려는 순간 내가 가로막았다.

"셰러턴 호텔에 가야한대요. 부모님들이 많이 묵고 계시는 곳이에요. 닉은 같은 학년 친군데, 두 분이 생각하는 것처럼 루피나와 닉이 한방을 쓴다는 건 아니에요."

루피나는 고개를 끄덕였다. 물론 루피나는 닉과 한방을 쓸 것이다. 아빠 엄마는 우리를 돌아보고 있었다. 아빠는 한 팔을 시트 위에 올려놓았다. 마리아는 어둠 속으로 사라졌다.

"지금 나더러 그 말을 믿으란 거냐?"

아빠가 말했다. 화가 났다기보다는 재미있다는 듯한 표정이었다.

"사실인걸요. 저와 리의 친구들 여럿이 함께 만나는 거예요."

루피나가 말했다.

"학교 밖으로 나가려면 허락받아야 하는 거 아니니?"

"오늘 아침 교장실에 외출 신청서를 제출했어요."

"아빠가 루피나 아빠도 아니잖아요. 그냥 태워다주세요. 아빠가 상관하실 일이 아니에요."

"내가 상관할 일이 아니라고?"

만약 내가 루피나였다면 그 순간 차에서 내렸을 것이다. 나라면 다른 가족에게 괜한 분란거리를 만들어주지 않았을 것이다. 그러나 루피나는 내가 아니었다. 루피나는 기어이 셰러턴 호텔에 가서, 술에 잔뜩 취해서 닉 차피와 시시덕거릴 것이다. 닉과 시시덕거릴 수만 있다면 이런 시시

한 언쟁 정도는 충분히 참아낼 수 있을 것이다. 한 번도 남자와 술을 마시고 시시덕거려 본 적이 없는 나조차 만약 어떤 남자애를 정말로 좋아하게 되면 일상의 모든 자질구레한 일들은 아무 의미가 없어진다는 것쯤은 알고 있었다. 지루하고 불안할 때마다 마치 좋은 추억을 되새기듯 그를 다시 만날 수 있다는 기대감으로 들뜨게 될 것이다.

"언제부터 내가 상관할 일이 뭔지를 네가 결정했지?"

아빠가 말했다.

'아빠, 제발….'

나는 속으로 중얼거렸다. 이게 아빠와 나의 문제가 아니라는 걸 아빠는 모르는 걸까? 우리는 오늘 밤 루피나를 기다리고 있는 남자애의 품에 루피나가 안길 수 있게 해주는 교통편일 뿐이었다.

"여보!"

엄마가 고개를 저으며 말했다. 엄마는 입 모양으로 아빠한테 무어라고 말하는 것 같았다. 아마 '나중에'라고 하는 것 같았다. 엄마는 자신의 역할을 알고 있었다.

"내 차니까 어떻게 할지는 내가 결정해!"

그러나 아빠는 그 말을 하면서 이미 학교 밖으로 향하고 있었다. 아빠가 내 말을 받아들인 건지 아니면 엄마나 루피나의 말을 받아들인 건지는 알 수 없었다. 자동차가 주 도로로 접어들자 나는 "90번 도로로 가세요. 90번 도로 어떻게 가는지 아세요?"라고 물었다.

아빠는 아무 말도 하지 않았고, 엄마는 "올 때 그 길로 와서 아빠도 알고 계셔"라고 말했다.

만약 주유소에 들러 방향을 물어야 하는 상황이 생긴다면 더 끔찍할 거라고 나는 생각했다. 그로부터 20여 분 동안 아무도 말을 하지 않았다. 어두운 고속도로를 달리는 어두운 차 속에서 나는 차츰 우리가 지금 어디 있는지를 잊었다. 아빠와 엄마 그리고 옆자리에 앉은 묘하고 예쁜 여자애. 잠시 그 애의 이름이 생각나지 않았다. 저 애가 왜 여기 있지? 우리 세 사람이 차 안에 함께 있는 것은 이해가 가지만 그녀의 존재는 낯설고 당혹스러웠다.

그러다가 서서히 혼란이 가셨다. 아! 루피나! 그랬었지. 그러니까 루피나가 닉과 사귀고 있던 거였다. 나는 그 사실을 눈치채지 못한 내가 너무 바보 같다는 생각이 들었다. 결국 루피나의 미모는 인종의 벽을 뛰어넘었다. 얼트에서의 인종과 데이트에 관한 나의 판단이 잘못된 걸까? 내 판단은 대체로 예외가 없을 거라고 생각했던 게 잘못일까? 언제나 예외는 있을 수 있었다. 때로는 세상이 보이는 것 그대로일 때도 있는 것이다. 물론 나는 그 후로도 한참이 지난 뒤에야 그 사실을 알게 되었다. 남자애와 여자애가 시시덕거리면 머지않아 그 둘은 사귀고 있었다. 그 둘이 사귀는 건 오직 나에게만 놀라운 뉴스였다.

호텔에 도착했고, 루피나는 자동문 안으로 사라졌다. 자동문 건너편에는 장밋빛 카펫이 펼쳐져 있었고, 테이블 위에는 푸짐한 꽃다발이 꽂힌 커다란 꽃병이 보였고 샹들리에가 있었다. 우리는 차를 돌려 학교로 향했다. 돌아오는 길에 우리는 아무 말도 하지 않았다.

학교에 돌아왔을 때 아빠는 자동차의 시동을 끈 뒤에도 전조등을 끄지 않았다. 토요일 통금 시간인 11시가 다 된 시각이었지만 오늘 밤 기숙사에서 자는 애들은 극히 일부였다.

아빠는 운전대에 손을 올려놓은 채로 입을 열었다.

"우린…."

오랫동안 말을 하지 않아서인지 목소리가 갈라졌다.

"우린 내일 예배와 점심 식사에는 참석하지 않겠다. 크리스마스 때 보자, 리."

"지금 농담하시는 거예요?"

"여보!"

엄마와 내가 동시에 소리쳤다.

"농담 아니야."

아빠는 엄마도, 나도 보지 않았다.

"여보, 도대체 왜…."

엄마가 말을 하려는 순간 아빠가 끼어들었다.

"이런 식의 불쾌한 대접, 더 이상 참을 수가 없어. 누구한테도. 특히 열여섯 살짜리 내 딸 아이한테서라면 더더욱."

"아빠, 그건…."

아빠는 다시 나의 말을 잘랐다. 운전을 하면서 아빠는 할 말을 미리 생각해두었던 것 같았다. 아빠의 목소리는 단호하면서도 몹시 화가 난 것 같았고 그러면서도 침착했다.

"리, 네가 왜 이렇게 됐는지는 모르겠지만 한 가지만은 분명히 말하고 싶구나. 아빤 정말 실망했다. 넌 이기적이고, 천박하고, 네 엄마와 나에 대한 존경심도 전혀 없어. 나는 네가 내 딸이라는 게 부끄럽다."

마지막 말도 '네 엄마와 나는'이라고 말하고 싶었을 거라고 그 순간 나는 생각했다.

"네가 얼트에 가겠다고 했을 때 난 생각했어. 그런 학교에는 제 잘난 맛에 사는 건방진 애들이 많을 거라고. 그렇지만 내 딸 리는 머리에 든 게 있는 아이라 다행이라고. 하지만 내가 잘못 생각했어. 이제 분명히 알겠다. 널 보낸 건 실수였어. 네 엄마는 다르게 생각할지도 모르지만 난 이런 꼴을 보려고 열여덟 시간이나 차를 몰고 오진 않았어."

침묵이 흘렀다. 엄마는 휴지를 꺼내 코를 풀었다. 엄마가 울 때면 나는 눈물을 닦아주곤 했지만 지금만큼은 그러고 싶지 않았다.

나는 침을 꿀꺽 삼켰다. 그 순간 내가 할 수 있는 말들은 여러 가지가 있었을 것이다. 그런데 내가 선택한 말은, "오시라고 한 적 없어요"였다.

"리!"

엄마의 목소리에서 고통이 느껴졌다. 갑자기 아빠가 안전벨트를 풀고 문을 열더니 차에서 내린 다음 뒷좌석 문을 열었다.

"당장 내려! 어서!"

아빠가 소리쳤다.

"싫어요."

"내 차에서 당장 내리라고 했다!"

"엄마 차이기도 해요."

아빠가 나를 쏘아보며 고개를 흔들었다. 나는 내 분노를 표현할 말이 더 이상 생각나지 않았다.

"좋아요."

나는 차에서 내려 팔짱을 끼고 아빠를 마주 보고 섰다.

"제가 못된 애라고 생각하시는 건 좋아요. 하지만 아빠가 어떻게 행동 하셨는지도 좀 생각해보세요. 저와 제 친구들 앞에서 이상한 얘기를 늘 어놓으면서 절 창피하게 만들어놓고 이제 와서 제가 화를 내니까 아무 잘못이 없는 척하시잖아요!"

"널 창피하게 했다고? 친구들까지 데리고 가서 저녁을 사준 걸 넌 그 렇게 표현하는 거냐?"

"저녁을 사주었으니까 아빠가 어떻게 하건 나머지는 다 참으라는 거예 요?"

"내가 언제 너한테 참으라고 했는지 모르겠다. 내 나이는 서른아홉이 고 내 삶에 대해 나름대로 만족하고 있어. 내가 살아온 삶을 말로 표현하 기는 어렵겠지. 하지만 한 가지 분명히 말할 수 있는 건, 난 너처럼 핑계 나 대면서 인생을 살지는 않았다는 거다."

"장하시네요. 축하드려요."

내가 말했다.

그리고 눈 깜짝할 사이에 일이 벌어지고 말았다. 어떤 예고나 기미가

298

있었는지도 기억할 수 없었다. 이미 아빠가 오른손을 들어 내 뺨을 때린 뒤였다. 아빠의 손은 매웠고, 내 뺨은 후끈거렸다. 눈물이 뺨을 적셨다. 나는 단지 아파서 눈물이 난 것뿐이라고 생각했다. 그리고 내가 아빠와 눈을 마주치거나, 말을 하거나, 손을 들어 턱과 뺨을 만져보기 전에 가장 먼저 한 일은 주위를 둘러본 것이었다. 우리는 예배당에서 멀지 않은 곳에 있었고, 10미터쯤 떨어진 곳의 가로등 옆으로 같은 학년인 제프 올티스가 지나갔다. 제프와 나의 눈이 마주쳤다. 그의 표정은, 멀리서는 확실히 알 수 없었지만 그렇게 냉정해 보이지는 않았다. 제프와 나는 그닥 친한 편은 아니었다. 2학년 때 모레이 선생님의 영어를 같이 들었을 뿐이었고, 그 강의가 끝난 뒤로는 졸업할 때까지 한 번도 이야기를 나눈 적이 없었다. 나는 지금도 그를, 아빠가 날 때리는 것을 본 아이로만 기억하고 있다. 만약 지금 샌프란시스코나 뉴욕의 길거리에서 그와 부딪친다고 해도 (아마도 그는 결혼을 해서 아이를 낳았을 것이고, 천체물리학자나 회계사가 되어 있을 것이다) 내가 그에 대해서 아는 것이라고는 오직 한 가지, 아빠가 나를 때리는 것을 보았다는 것뿐일 것이다. 얼트에 다니는 동안 몇 번식당이나 체육관에서 그와 부딪친 적이 있었지만 우리는 인사를 하지도 않았고, 말을 건네지도 않았다. 그러나 그와 나 사이에는 무언가가 있었고, 그는 분명히 그것을 알고 있었다.

나는 그에게서 돌아서서 아빠를 바라보았다.

"아빠 개자식이에요."

내가 말했다. 이미 나는 흐느끼고 있었다.

"넌 배은망덕한 못돼 처먹은 계집애야."

아빠는 발로 뒷문을 차서 닫은 뒤 운전석에 앉았다. 운전석의 창문을 닫기 전에 엄마의 목소리가 들렸지만 무슨 말인지 알아들을 수 없었다. 그리고 차는 떠났다. 기숙사로 돌아가려면 제프를 따라 기숙사 안뜰 쪽으로 가야 했다. 나는 돌아서서 반대 방향의 잔디밭으로 향했다. 가장자리말고는 나무 한 그루 없는 넓은 잔디밭에 서서 나는 드문드문 불이 켜진 건물들과 하늘의 별들을 바라보았다. 잔디밭에 있는 것도 나쁘지 않았다. 가구와 잡지들, 베개와 사진틀이 있는 방 안의 불빛 속에서라면 훨씬 더 끔찍했을 것 같았다.

이른 아침 전화벨이 울렸을 때 나는 마치 전화를 기다리고 있던 사람처럼 벌떡 일어나 휴게실로 내려가서 전화 부스로 뛰어 들어갔다.

"리!"

엄마였다. 엄마는 우느라 말을 제대로 하지 못했다.

"엄마, 죄송해요! 제발 다시 돌아오세요!"

"아빠가 지금 체크아웃 하고 계신다…."

엄마가 크게 심호흡을 몇 번 했다.

"일찍 출발하자는구나. 하지만 리, 아빠가 널 정말 사랑하신다는 거, 그리고 널 자랑스러워하신다는 거, 그것만은 기억해라."

"엄마!"

턱이 떨리기 시작하면서 입술이 일그러졌다.

"이번 주말을 얼마나 기다렸는데… 결국 이렇게 돼서 미안하다."

"엄마! 엄마 잘못이 아니에요! 제발 울지 마세요!"

하지만 나도 울고 있었다. 엄마의 울음소리 때문에 엄마는 내가 울고 있다는 것을 몰랐을 수도 있었다.

"엄마라도 오시면 안 돼요? 오늘 예배 보시면 좋을 텐데…."

"그럴 순 없어. 아빠가 곧 출발하실 거야. 며칠 내로 아빠한테 전화해서 죄송하다고 말씀드려. 나도 아빠가 잘못했다는 거 알아. 널 때리고 그렇게 마음 상하게 하는 게 아니었는데…."

엄마가 다시 흐느꼈다.

"괜찮아요. 별로 안 아팠어요. 정말이에요."

"리, 그만 가야겠다. 사랑해. 알지? 사랑한다."

그리고 엄마는 전화를 끊었다. 나는 아무 소리도 나지 않는 전화기를 붙들고 한참을 서 있었다. 방으로 돌아와 마사의 자명종을 보니 아직 6시 30분이 채 안 되어 있었다.

우리 가족에게 일어난 일들은 모두 우스운 일화가 되어버리고 만다. 훗날 그날을 돌이켜보았을 때 그 사건은 아빠와 나 둘 중 누가 더 잘못했는지는 가려지지 않은 채로 그저 악몽의 한 주로만 기억되었다. 엄마의 버전에 의하면, 내가 좋아하는 잡지를 보고 아빠가 장난을 치기 시작했고, 둘 다 다혈질이다 보니 일이 커졌다는 것이었다. 그 후로 엄마는 편지를 쓸 때마다 항상 루피나와 마리아의 안부를 물었고 대화 중에는 그들을 '라틴계 여자애들' 혹은 '남자친구가 있는 애하고 그 친구'라고 불렀다.

아빠가 나를 때린 건 그날이 마지막이었다. 그보다 어렸을 때는 때렸다기보다 쥐어박는 정도였다. 그것도 남동생과 내가 못되게 굴거나 싸울 때만 그랬다. 또한 그날을 마지막으로 나는 아주 오랫동안 부모님 앞에서는 절대로 울지 않았다.

대학에 다닐 때 내 방에는 항상 전화가 있었고, 아빠는 자주 전화를 했다. 얼트의 전화 시스템 때문에 한이 맺혔는지 아빠는 전화를 할 때마다 응답기에 엉뚱한 얘기나 농담 같은 것을 녹음해놓곤 했다.

'크리넥스 댄스가 뭔지 아는 사람!'

'할로윈에 마녀들이 왜 아기를 낳을 수 없는지 아는 사람!'

내 룸메이트들은 물론 아빠가 재미있는 사람이라고 생각했다. 훗날 내가 대학을 졸업한 뒤 아빠는 휴대폰을 샀고 내게 매일 전화를 했다. 나는 항상 아빠와 이야기를 했다. 근무 시간에는 물론, 심지어 몹시 바쁠 때조차 나는 항상 아빠가 전화를 끊을 때까지 기다렸다. 그렇다고 해도 그날의 사건과 얼트에 가기로 한 결정을 돌이킬 수는 없었다. 13세 나이에 얼트에 원서를 내면서 앞으로 평생 동안 가족과 떨어져 지내야 한다는 걸 어떻게 알았겠는가? 어쩌면 얼트에 다니면서 나는, 학교나 직장을 핑계로 항상 집에서 떠나 있으려 하는 사람이 되었는지도 모른다. 그날의 잘못을 돌이킬 수는 없었다. 그러나 나는 아빠에게 내가 항상 노력하고 있다는 걸 보여줄 책임이 있다고 생각했다. 엄마로 말하자면, 엄마는 한 번도 나에게 벌을 준 적도, 야단을 친 적도 없었다. 아빠와는 달리 엄마는 내게 무언가를 갚으라고 요구한 적이 없었다. 그래서 엄마에게 진 빚은 갚을 수 없는 것이 되어버렸다. 엄마는 나에게 바다, 혹은 우주였다.

언젠가 집에 갔을 때 남동생 팀의 방에서 이것저것 들추어보다가 벽에 걸린 보드에 고정된 이름표를 보고 나는 깜짝 놀랐다. 윗부분에 빨간 리본이 있고 왼쪽에는 얼트의 문장이 찍힌, 빳빳한 크림색 직사각형 모양의 이름표였다. 이름표에는 '티모시 존 피오라'라고 적혀 있었고, 그 밑에는 '리의 남동생'이라는 설명과 함께 나의 졸업년도가 적혀 있었다. 그 글씨를 쓴 시점은 내가 졸업하기 2년 전이었고, 내가 그 이름표를 본 것은 졸업하고 10년이 지난 뒤였다. 내가 놀란 이유는 그 글씨가 엄마가 아닌 아빠의 필체였기 때문이었다. 아빠는 여분의 이름표를 집어다가 티모시의 이름을 써서 집으로 돌아오는 길에 엄마한테 준 걸까? 아니면 그 토요일, 얼트에서 카키색 블레이저 주머니에 이름표를 집어넣고 구겨지지 않도록 조심했던 걸까? 그리고 집으로 돌아가는 차 안에서 계기판이나 운전석 옆자리에 두었던 걸까? 훗날 나는 두 분이 집까지 한 번도 쉬지 않고 달렸다는 것을 알게 되었다. 처음에는 이리 호 부근에서 하루를 쉴 계획이었지만 엄마는 차 안에서 잠이 들었고, 아빠는 쉬지 않고 운전을 했다. 자정이 지나 엄마가 깜짝 놀라 눈을 떠보니 자동차 엔진은 꺼져 있었고 아빠는 운전석에 앉아 창밖을 바라보며 손가락 관절을 꺾어 소리를 내고 있었다.

"어디에요?"
엄마가 물었다.
"집이야."
아빠가 대답했다.

학교 안과 학교 밖

3학년
겨울

초저녁 무렵이었다. 구급차가 와서 신준을 응급실로 실어갔다. 정찬회가 시작되기 직전에 일어난 일이었다. 신준과 같은 기숙사에 있는 틱 올트만과 다프네 쿡이 신준을 발견했을 때, 그들은 막 식당으로 가려던 참이었다. 그들이 방문을 열고 나오는 순간 신준이 맞은편 방 문간에 서서 무어라고 중얼거리며 쓰러졌다. 신준은 마치 셔츠 자락에 자갈이나 옥수수 알맹이 같은 걸 담고 쏟아지지 않게 감싸듯, 한 손으로 셔츠를 구겨 배를 움켜쥐고 있었다.

수요일이었고, 정찬회가 끝난 뒤 전교생을 대상으로 한 특강이 예정되어 있었다. 강사는 무용가로 활동하는 흑인 여성이었다. 마사와 내가 강당에 들어가려는데 신준의 기숙사 사감인 모리노 선생님이 우릴 가로막았다. 그날의 사건에 관해 내가 기억하고 있는 건 그 정도였다. 2월 말이었고, 마사와 나는 이런저런 이야기를 나누고 있었다. 나는 우리보다 몇 발자국 앞서 걷고 있는 크로스 슈가맨을 눈으로 좇고 있었다. 그와 친구

304

들이 어디에 앉는지 보고 마사와 함께 그 근처에 앉을 생각이었다. 물론 우리의 의도가 들킬 정도로 가까이는 아니었다. 그때 모리노 선생님이 다가왔다. 나는 선생님이 왜 손을 흔드는지 궁금했다. 마사와 나는 선생님의 수업을 듣지 않았고, 선생님이 맡고 있는 스포츠팀에 속해 있지도 않았다. 선생님이 우리 앞을 가로막고 서서 내 손을 잡는 순간 나는 깜짝 놀랐다.

"안 좋은 소식이 있단다."

선생님이 말했다.

갑자기 두려움이 밀려왔다. 내 마음은 최근에 잘못한 일은 없는지 생각하느라 바빴다. 마침내 모리노 선생님이 상황을 설명해주었을 때, 부끄럽게도, 그리고 비정하게도 나는 안도의 한숨을 쉬었다.

"신준이 병원에 있단다. 약을 먹었어. 위세척을 해서 고비는 넘겼는데 아직 안정을 찾진 못했어. 지금 막 보고 오는 길이야."

"많이 아픈가요?"

나는 이중으로 되어 있는 문 쪽을 바라보았다. 크로스는 강당 안으로 사라진 뒤였고, 거의 모든 아이들이 자리에 앉아 있었다. 조명이 흐릿해지고 있었다. 나는 모리노 선생님이 특강에 늦도록 우리를 붙잡고 있다는 게 조금 이상했다. 그때까지만 해도 내가 강당에 들어가지 못하리란 사실을 깨닫지 못하고 있었다.

"약을 먹었다니까."

모리노 선생님이 말했고, 나는 여전히 말귀를 알아듣지 못했다. 내가 순진해서라기보다는 신준에 대한 나의 선입견 때문이었던 것 같다. 어쩌면 그 둘 다일 수도 있었다. 내가 알아듣지 못했다는 걸 눈치챈 마사가 말했다.

"리, 신준이 고의로 약을 먹었대."

"내가 병원에 데려다줄게. 신준은 아직 멍한 상태야. 친구를 보면 좀 나아질 것 같아서."

신준이 스스로 약을 먹었다고? 자살을 기도했다고? 충격적이라기보다는 있을 수 없는 일 같았다. 신준은 전혀 불행해 보이지 않았다. 자살을 기도할 애가 아니었다.

나는 침을 꿀꺽 삼켰다.

"마사랑 같이 가도 돼요?"

"오늘은 너만 가는 게 좋겠다. 신준한테 부담이 될 수 있으니까. 마사, 이해할 수 있지? 넌 강당에 들어가라."

모리노 선생님이 고갯짓으로 강당을 가리키며 말했다.

"리, 어서 가자. 차를 바로 요 앞에 세워놨어."

선생님이 앞서갔고, 나는 그 뒤를 따랐다. 선생님을 따라가면서 나는 뒤를 돌아보았다. 마사는 아직도 강당 밖에 서 있었다. 마사의 표정에도 당혹스러움이 역력했다. 나와 눈이 마주치자 마사는 손을 들어 인사를 했고, 나는 마치 거울이 된 것처럼 마사와 똑같은 표정으로 손을 들어 인사했다.

그날 특강을 했던 무용가는 훗날 더 유명해졌고, 그녀의 무용단은 인종적 특수성 때문에 국제적인 명성을 얻게 되었다. 나는 잡지에서 정기적으로 그 무용가의 소식을 접하게 되었다. 그녀의 이름을 접할 때마다 나는 신준이 약을 먹었다는 소식을 들었던 그 순간처럼 가슴 한구석이 저려왔다. 뭔가 안 좋은 일이 일어난 것은 분명하지만 구체적인 내용은 전혀 모르는 상태의 혼란스러움이 고스란히 되살아났다.

모리노 선생님의 차는 남색 스테이션 왜건(접거나 뗄 수 있는 좌석이 있고, 뒷문으로 짐을 실을 수 있는 자동차─옮긴이)이었다. 모리노 선생님은 기하학을 가르쳤고, 선생님의 남편은 미국 역사를 가르쳤다. 나는 모리노 선생님 남편의 수업도 들어본 적이 없었다. 두 분에게는 아이가 셋 있었는데, 이름은 모르지만 가장 큰 아이가 여섯 살 정도 되는 것 같았다. 가

꿈 식당에서 본 아이들은 울거나, 과자를 먹거나, 바닥을 기어다녔다. 선생님의 차 라디오는 클래식 음악 방송에 맞추어져 있었는데 이야기를 하지 않을 때만 들릴 정도로 소리가 낮았다. 밖이 어두웠기 때문에 나는 창밖으로 지나가는 벌판과 숲을 보았다기보다 느꼈다는 표현이 옳았다.

"리, 신준이 너하고 같은 방을 쓸 때 우울했던 적 있니?"

"아뇨."

"자살에 대해서 얘기한 적은?"

"없어요."

"쉽게 상처를 받는 편이었니?"

신준이 울었던 적이 있었는지 생각해보았다. 한 번 그런 적이 있었다. 영어 시험 점수가 나온 날이었다. 나는 책상 옆에서 신준의 등을 두드려주었다. 시험지 첫 페이지에 파란 볼펜으로 적힌 점수는 B마이너스였다. 그것은 영어는 물론이고 다른 모든 과목에서 내 점수보다 훨씬 나았다. 신준에게 직접 들은 것은 아니지만 나는 얼트에 오기 전 신준이 한국에서 수학과 과학 경시대회 1등을 했다는 걸 알고 있었다. 그 대회에서 입상한 최초의 여학생이라고 했다.

"성적 때문에 걱정을 하긴 했지만 그것말고는 없었어요."

한방을 쓰긴 했지만 신준과 나는 깊은 대화를 나눈 적이 별로 없었다. 한방에 산다고 해서 무조건 친해질 수 있는 건 아니다. 아침에 일어났을 때 신준은 항상 검은색 머리를 뒤로 묶고 있었고, 얼굴은 창백한 편이었으며, 대화는 15분 이상 나눈 적이 없었다. 신준이 좋아하는 과자는 은박봉지에 들어있는 아삭아삭하고 매콤한 완두콩 스낵이었고, 캐러멜도 좋아했다. 신준이 가장 무서워한 건 뱀이었는데 뱀은 사진으로도 똑바로 보지 못했다. 신준이 가장 사랑하는 사람은 네 살 어린 동생 은지였다. 은지는 서울에서 부모님과 함께 살고 있다고 했다. 그러나 그런 것들은 그저 신준에 관한 정보들일 뿐, 그런 것들을 알고 있다고 해서 신준을 제대로 안다고 말할 수는 없었다. 더구나 지난 2년 동안 신준과 나는 점점 더 소원해졌다. 2학년 때 신준은 클라라 오할라한과 한방을 썼고 나는 마사와 한방을 썼다. 게다가 신준과 나는 같은 기숙사에 있지도 않았다.

"혹시 최근에 신준한테 어떤 변화가 있었니? 신준의 가족한테나 아니면 얼트에서나."

"아닐 거예요."

"선생님이나 다른 아이들하고 문제가 있었던 것도 아니고?"

"클라라가 저보다 더 잘 알고 있지 않을까요?"

이런 질문은 내가 나쁜 친구라는 것을 인정하는 것일까? 나는 나쁜 친구일까?

"그렇긴 한데, 클라라는 지금 제정신이 아니란다. 구급차를 같이 탔고 지금도 신준하고 있어."

더 이상은 할 말이 없었다. 잡담을 나눌 상황은 아니었고, 선생님의 질문 중에 내가 대답할 수 있는 게 거의 없었다. 차를 타고 달리는 동안 내 마음은 모리노 선생님의 차를 타는 게 낯설다는 생각과 신준에 대한 생각 사이를 오갔다. 모리노 선생님은 신준이 일부러 아스피린을 과용했다고 믿고 있었고, 다른 가능성은 전혀 고려하지 않았다. 나는 그렇게 믿고 있는 선생님 옆에 앉아 있다는 게 어쩐지 불편했다. 문득 선생님의 고향이 어딘지, 결혼생활은 어떤지 궁금했다. 겉모습으로 짐작해보건대 선생님은 30대 후반 정도 되어 보였다. 그러다가 나는 다시 신준에 대해 생각했다. 신준이 자살을 암시하는 행동을 보인 적이 있었던가? 혹시 관심을 끌고 싶었던 걸까? 전에는 분명히 그런 애가 아니었는데.

마지막으로 신준을 본 게 언제였는지 떠올려보았다. 어제 무슨 옷을 입었는지 기억하는 것만큼이나 막막했다. 그러는 동안 병원에 도착했다. 우리는 흐릿한 불이 밝혀져 있는 유리 회전문으로 들어섰다. 3층 건물 하나가 전부인 작은 병원이었다. 차라리 다행이라는 생각이 들었다. 만약 신준의 상태가 위독했다면 헬리콥터에 태워 보스턴 병원으로 이송했을 것이다.

흰색 리놀륨 바닥에 반사된 병원 내부의 불빛도 희었다. 우리는 1층 안내데스크에서 사인을 한 뒤 엘리베이터를 타고 3층으로 갔다. 그곳에서 또 한 번 이중문을 열고 들어가 간호사 대기실을 지났다. 죽은 사람을 애도하는 듯한 슬픈 통곡 소리가 들려왔다. 나는 이곳이 혹시 정신과 병동은 아닌가 생각했다. 모리노 선생님의 말은 모두 옳았다. 신준은 자살을 기도한 것이었고, 지금 병원에 있었다. 물론 선생님이 거짓말을 했다고 생각한 건 아니었다. 하지만 이런 일이 일어났다는 게 그만큼 믿기 힘들었다. 인생에서 일어나는 크고 심각한 사건들을 나는 항상 제대로 인식하지 못했던 것 같다. 그 사건들이 생각처럼 크고 심각하게 다가오지 않았기 때문이었다. 그 순간에도 우리는 화장실에 가서 소변을 보고 겨드랑이가 간지러우면 긁기도 한다. 사람들이 하는 말은 너무 감상적이고, 마치 멜로드라마 대사처럼 들린다. 끔찍한 사건들은 우리의 생각과는 전혀 다른 방식으로 일어난다. 말하자면 생각만큼 극적이지 않다는 것이다. 그러나 먼 훗날 그날 일을 돌이켜보면, 그것은 충분히 극적이었고 실제로 일어난 일이었다.

병실 문은 대부분 열려 있었다. 효과음으로 녹음된 웃음소리가 들려왔다. 문득 떠오르는 게 있었다. 지난주 금요일이었다. 내가 마지막으로 신준과 이야기를 나눈 날이었다. 화학 수업이 끝나고 함께 식당으로 가고 있었다. 신준과 나는 3월에 있을 봄방학에 관한 이야기를 나누었다. 신준은 샌디에이고에 있는 이모네 집에 머물 예정이라고 했다. 특별한 얘긴 없었다. 눈빛이나 말투도 평상시와 똑같았다. 혹시 신준은 그때부터 자살을 계획하고 있었던 걸까? 아니면 그냥 충동적으로 약을 먹은 걸까? 하지만 왜 약을 충동적으로 먹어야 했을까? 신준은 행복한 삶을 살고 있었던 것이 아니었을까? 인기가 있는 편은 아니었지만 신준에겐 친구가 꽤 있었다. 신준을 싫어하는 애는 없었다. 무엇보다도 신준은 성적이 좋았다. 영어만큼은 아직 서툴렀지만 다른 사람들이 하는 말은 충분히 이해했다. 신입생 시절 만났던 신준의 부모님도 좋아 보였다. 만약 부모님이 좋은 분들이 아니라고 해도 멀리 떨어져 있기 때문에 상관없다. 그렇다면 혹시 부모님과 멀리 떨어져 지내는 게 힘들었던 것일까? 아니면 여동생이 보고 싶었던 걸까? 그래도 여전히 말이 되지 않았다. 향수병 때문에 자살을 하다니, 있을 수 없는 일이었다.

병실에 들어가 보니 신준은 침대 윗부분을 세워놓고 앉아 있었다. 엷은 하늘색 환자용 가운을 입은 신준의 얼굴은 무표정했다. 모리노 선생님이 미리 일러주신 것처럼 위세척할 때 사용한 목탄 가루가 입 주위에 얼룩져 있었다. 그러나 나의 주의를 끈 건 신준이 아닌 클라라였다. 구슬픈 울음소리의 주인공은 클라라였다. 클라라는 어린아이처럼 엉엉 울고 있었다. 벌겋게 상기된 얼굴은 눈물범벅이었고, 콧물이 흘렀으며, 크게 벌린 윗입술과 아랫입술에는 침이 길게 늘어져 있었다. 큰 소리로 흐느끼다가 숨을 죽이기를 반복하는 클라라의 입은 괴상하면서도 강렬한 인상을 주었다. 클라라는 신준의 오른편 의자에 앉아서 양손을 침대 위에 올려놓고 있었다. 침대가 의자보다 족히 30센티미터는 높았기 때문에 클라라의 자세는 꼭 애원하는 듯한 모양이었다. 신준은 클라라를 완전히 외면하고 있는 듯했다.

클라라의 커다란 울음소리 때문이었는지 모리노 선생님이 크게 소리쳤다.

"내가 누굴 데려왔는지 아니?"

선생님이 내 어깨에 손을 얹더니 크게 웃었다.

"안녕!"

내가 말했다. 하지만 신준은 우릴 보지 않았다.

다가가서 신준을 끌어안아야 할까? 아니면 그냥 있을까? 나는 침대로 다가가 신준의 발치 근처에 손을 얹었다. 마침내 신준이 나를 보았다.

"리, 왔어?"

조금 피로한 듯했고, 그 외에는 아무런 감흥도 없었다. 창피해하거나 후회하거나 미안해하는 기색도 없었다.

"괜찮아?"

신준은 기어들어가는 목소리로 괜찮다고 대답했다. 나는 신준에게 소리를 지르고 싶은 걸 가까스로 참았다.

"난 그만 학교로 가봐야겠다."

모리노 선생님도 같은 생각을 한 모양이었다.

"애들을 재워야 하거든. 하지만 리, 클라라, 오늘 내가 병실을 지켜야 하니까 남편이 날 다시 여기로 데려다줄 거야. 그때 너희를 학교로 데려다줄게. 괜찮지?"

선생님은 클라라의 등을 어루만지면서 말했다. 우리는 아무 말도 하지 않았다.

"통금 시간 전에 들어갈 수 있을 거야. 신준, 네가 기운을 좀 차렸으면 좋겠다. 그럴 수 있지?"

모리노 선생님이 나간 뒤 클라라는 울음을 멈추고 숨을 고르려는 듯 심호흡을 했다. 나는 마치 우는 아이를 마침내 달랜 것 같은 안도감을 느꼈다. 그러나 울음이 끝난 게 아니라 잠시 중단된 것뿐이라는 불길한 예감이 들었다.

"여기 얼마나 오래 있었어?"

내가 물었다.

"나도 몰라."

클라라가 떨리는 목소리로 천천히 말했다.

얼마나 오랫동안 울고 있었냐고 나는 묻고 싶었다. 격한 감정에 휩쓸리는 것도 육체적으로 고단한 일이다. 덩치가 크긴 했지만 클라라도 무한정 그런 상태로 버틸 수는 없었다.

나는 다시 신준을 바라보았다. 신준과 눈이 마주친 순간 나는 움찔했다. 나를 바라보는 신준의 눈빛이 너무도 무기력하고 지쳐 보여서 나를 비웃는 것처럼 느껴질 정도였다. 그 순간 내가 신준을 과소평가했다는 생각이 들었다. 지금까지 신준이 어떤 의견을 갖고 있다거나 불만이 있을 수도 있다는 생각을 해본 적이 없었다. 신준이 나와 같을 수 있다는 생각도 해본 적이 없었다. 내가 신준을 위해 할 수 있는 일은 아무것도 없었다. 신준이 자살을 하려고 했다는 사실은 여전히 믿을 수 없었지만, 신준은 분명히 스스로 약을 먹었고, 그건 신준에게 그런 의지가 있었다는 의미였다.

"말리지 마. 난 오늘 밤 여기서 잘 거야."

클라라가 말했다.

내가 병실에 들어온 이후 신준은 처음으로 클라라를 바라보았다.

"그러지 마."

신준이 말했다.

"여기서 잘 거야. 난 절대로 안 가."

"모리노 선생님이 통금 전에 우릴 데려다주신댔어."

내가 말했다.

"통금이라고?"

클라라가 나를 쏘아보았다.

"신준이 오늘 밤에 거의 죽을 뻔했는데 넌 지금 통금 걱정이나 하고 있니?"

나는 죽음이라는 단어를 쓰는 건 지금 상황에 적절치 못하다고 생각했다. 그러나 그 말에도 신준은 아무런 반응을 보이지 않았다.

"신준, 우리가 여기 있었으면 좋겠니?"

내가 물었다.

"그만 자고 싶어. 넌 돌아가."

신준이 클라라를 바라보며 말했다.

"싫어! 가지 않을 거야! 당장 모리노 선생님한테 전화해서 여기 있겠다고 말할래. 보조 침대 달라고 하면 돼. 여기 있을 거라고! 알겠어?"

클라라가 일어서서 문 쪽으로 다가갔다. 그러나 신준이 언제건 벌떡 일어나 자기를 붙잡기라도 할 것처럼 조심스러워했다. 침대 발치에 서서 간신히 문 안으로 들어서 있던 나는 클라라가 다가오자 뒷걸음질을 쳤다. 비틀거리는 클라라와 몸을 부딪치고 싶지는 않았다.

클라라가 나가자 병실 안은 조용했다. 한편으로는 마음이 놓였지만 한편으로는 신준과 단 둘이 있게 된 게 두려웠다. 나는 클라라가 앉았던 자리에 앉았다. 클라라가 돌아오면 일어날 생각이었다. 신준과 나는 한동안 아무 말도 하지 않았다.

"얼트에 온 거 후회해?"

내가 물었다. 신준은 어깨를 으쓱했다.

"꼭 여기 다녀야 하는 건 아니잖아? 부모님한테 여기가 싫다고 하면 억지로 다니라고 하시진 않을 거야."

"부모님한텐 아무 말도 할 필요가 없어. 모리노 선생님이 벌써 전화하셨으니까. 아빠가 내일 오실 거야."

미처 거기까지는 생각하지 못했지만 부모님이 오시는 게 당연했다. 나는 모리노 선생님이 비록 잠깐이라도 보호자 없이 우리만 남겨두고 갔다는 게 놀라웠다. 이런 상황에서 어떻게 처신해야 할지 우리가 어떻게 안단 말인가?

"클라라가 무척 속상한가 봐."

나는 이렇게 말하고 얼른 덧붙였다.

"모두 걱정하고 있어."

나는 마치 건강을 기원하는 카드를 읽고 있는 것 같은 기분이었다.

그때 신준의 눈에 눈물이 고였다. 신준이 눈을 깜박이자 눈물이 흘러내렸다.

"미안해. 내가 괜한 말을….."

신준은 고개를 저었다.

"신준?"

신준은 뭐라고 말을 하려는 듯 입을 열었다. 그 순간 신준이 하려는 말을 듣고 싶은 마음과 듣고 싶지 않은 마음이 엇갈렸다. 나는 항상 내가 비밀을 좋아한다고 생각했다. 사건의 진상을 파헤치기를 좋아한다고 믿었다. 그래서 새로운 삶을 시작하고 싶어한다고 믿었다. 그러나 막상 모든 것이 달라질 수도 있는 순간이 오면 두려움이 엄습해왔다.

"아무 말 안 해도 돼. 내가… 내가 물이라도 떠다줄게."

신준은 손등으로 눈물을 닦았다.

"목마르지?"

나는 서둘러 밖으로 뛰어나왔다. 간호사실에서 플라스틱 컵을 빌려 정수기에서 물을 떠서 돌아와 보니 클라라가 돌아와 있었다. 나는 컵을 신준의 침대 옆 탁자에 놓으면서 이미 탁자에 반쯤 물이 채워진 컵과 빨대가 있었음을 깨달았다.

"모리노 선생님이 허락하셨니?"

내가 물었다.

"허락 안 하실 이유가 없잖아?"

클라라는 조금 전보다 훨씬 침착해져 있었다. 적어도 얼굴이 눈물범벅은 아니었다. 신준도 더 이상 울지 않았다.

나는 시계를 보았다. 8시 반이었고, 통금시간은 10시였다. 모리노 선생님의 남편은 앞으로 1시간 정도는 더 기다려야 올 것이다.

"아래층에 내려가 봐야겠어. 날 기다리시게 하고 싶지는 않으니까."

아무도 내 말에 신경 쓰는 것 같지 않았다.

"널 혼자 두지 않을 거야."

클라라가 말했다. 다시 울음을 터뜨리는 건 시간 문제였다.

"신준, 기운 차려. 응? 그럼 난…."

나는 몸을 숙여 신준을 끌어안았다. 신준은 미동도 하지 않았다. 내 품에 안긴 신준의 몸은 부서질 듯 가냘팠다.

"잘 있어."

내가 말했다.

"잘 가, 리."

마침내 신준이 말했다. 클라라에겐 인사를 하지 않았다. 클라라 역시 내게 인사하지 않았다.

병원에서 나오고 싶다는 생각이 너무나 간절했던 나머지 나는 대기실을 그대로 지나쳐서 팔짱을 끼고 정문 밖으로 나와 주차장을 바라보았다. 학교까지는 8킬로미터 정도였다. 어둡지만 않다면 걸어갈 수도 있었다. 하지만 밖은 어두웠고 춥기도 했다. 나는 채 1분도 못 버티고 안으로 들어와 대기실의 음료수 자판기 옆에 앉았다. 기숙사 방 생각이 간절했다. 내 잠옷으로 갈아입고 깨끗한 이불 속에 눕고 싶었다.

지갑을 가져오지 않았기 때문에 돈이 한 푼도 없었다. 만약 돈이 있었다면 루트비어(사사프라스 뿌리 추출물, 설탕, 효모를 섞어 만든 유사 알코올 음료—옮긴이)를 마셨을 것이다. 신준이 죽을 생각은 아니었다면 혹시 학교를 벗어나 병원에 있고 싶었던 것은 아닐까? 약을 먹은 건 충동적인 행동이었을 것이다. 지금 이 순간에서 벗어나고 싶다는, 여기만 아니면 어디든 좋다는 생각으로.

결국 신준도 괴로웠던 것이다. 나는 한 번도 그런 생각을 하지 못했다. 물론 내가 알았다고 해도 상황이 달라지지는 않았을 것이다. 사람의 감정이라는 건 결코 다른 사람과 나눌 수 없다. 감정을 털어놓는다는 게 무슨 의미가 있을까? 물론 때로는 속마음을 털어놓을 수도 있을 것이다. 그러나 일요일 오후처럼 시간이 느리게 흘러갈 때나 시합이 없는 토요일 오후가 되면 그 모든 게 부질없는 일처럼 느껴진다. 마음을 털어놓아서 내 기분이 나아졌건 그렇지 않건 결국 달라지는 건 아무것도 없다. 내가 살고 있는 지긋지긋하고 익숙한 방, 형편없는 내 얼굴과 몸매, 다른 사람들의 비난, 그들의 무심함, 그들의 눈에 비친 내 모습, 변명을 하려고 해도 이상하고 지루하고 심지어 독창적이지도 않은 내 말투까지 모든 것이 그대로이다. 왜 다른 사람들의 삶은 그렇게 쉬운 걸까? 왜 항상 내가 그들을 이해시켜야 하는 걸까? 왜 그 반대일 수는 없는 걸까? 더구나 내가 그들을 이해시키려 노력한다고 해서 항상 성공하는 것도 아니었다.

그리고 저녁 식사 시간이 되면 우리는 무슨 이야기를 했던가? 선생님, 영화 그리고 봄방학에 대해 이야기했다. 우리는 그렇게 어울리고 또 그렇게 소통했다. 우리가 한 말들, 예배당에서 본관까지 가는 길, 배낭, 시험, 그런 것들은 내가 실제로 느끼는 감정의 물살 위를 가로지르는 다리와도 같았다. 우리의 목표는 다리 밑으로 흐르는 물살을 외면하는 것이었다. 그러다 나와 똑같은 사람을 만난다고 해도 타인이 내 기분을 좋아지게 할 방법은 없다는 걸 인정해야만 한다. 신입생 시절에는 그렇게 생각하지 않았지만 2년이 지난 지금 내가 보기에, 자살은 차라리 순진한 행동이었다. 자살을 통해 얻을 수 있는 건 아무것도 없다. 그 극적인 드라마는 오래 가지 않는다. 결국 일상만이 존재할 뿐이고, 그 일상을 헤쳐나가야 할 사람은 나 자신뿐이다.

그때 누군가가 음료수 자판기 쪽으로 다가왔다. 나는 빨리 그가 돌아서서 가주기를 바랐다. 그가 나를 돌아보며 "이봐요" 하고 말했을 때 나는 굳은 표정으로 고개만 들었다.

"괜찮아요?"

그가 물었다.

그는 젊어 보였고, 어린 여자애를 안고 있었다.

"괜찮아요."

"힘든 일이 있나 봐요."

나는 아무 말도 하지 않았다.

"귀찮게 할 생각은 없지만, 날 못 알아보는 것 같은데, 여기, 이거요."

그는 하얀 브이넥 티셔츠 위에 긴팔 플란넬 셔츠를 입고 있었다. 그는 셔츠 사이로 플라스틱 신분증이 달린 목걸이를 내보였다. 다른 한 팔로 는 여자애를 안은 채 따지 않은 펩시콜라 병을 들고 있었다. 여자애는 말 없이 우리를 쳐다보고 있었다.

그가 나에게서 2미터 정도 떨어져 있었기 때문에 신분증을 자세히 보 려면 일어나는 수밖에 없었다. 일어나지 말까 생각하다가 잠시 후 일어 났다. 예의를 갖추기 위해서라기보다는 호기심에서였다. 그리고 일어나 길 잘했다는 생각이 들었다. 신분증에는 '얼트 사립 고등학교'라고 쓰여 있었다. 신분증 전체에 얼트의 문장이 그려져 있었고, 한구석에는 마치 사진사에게 장난을 치는 듯 턱을 내밀고 싱긋 웃는 남자의 사진이 있었 다. 그 밑에는 '데이빗 바도, 조리부'라고 적혀 있었다.

"죄송하지만, 낯이 익은데 어디서 봤는지….."

내가 말끝을 흐렸다.

"주방에서 일해요."

"아!"

주방 직원들을 한 번도 주의 깊게 본 적이 없지만 그는 확실히 낯이 익 었다. 나는 쌀쌀맞게 굴었던 게 미안했다. 나는 낯선 사람에게 좀 무례하 게 구는 편이었다. 공공장소에서 내게 말을 걸어오는 남자들에게 특히 그랬다. 그러나 얼트 직원인 줄 알았다면 그러지 않았을 것이다. 기숙학 교에 대해 잘 모르는 사람들은 학생들이 학교 인부들이나 직원들에게 못 되게 굴 거라고 생각하는 경향이 있다. 그러나 사실은 전혀 그렇지 않다.

지난 5년 동안 졸업반 학생들은 월 쿰버에게 두 번이나 학교 앨범을 증정했다. 학교 조경 관리부의 팀장인 월 쿰버는 따르는 학생이 많았다. 월은 60대의 흑인 남자로 앨라배마 출신이다. 항상 환각 상태라는 소문이 있지만 그래서 더욱 인기가 있었다. 특히 남자들이 그를 좋아했다. 월이 정원에서 삽질을 하고 있으면 남자애들이 지나가다가 "할머니는 어디 계세요?"라거나 "손 조심하세요"라는 등의 말을 건넸다. 그런 대화를 들을 때마다 나는 긴장하곤 했다. 의례적인 인사말일지라도 자존심을 건드릴 수 있었고, 월의 입장에서는 반응을 보이기도, 보이지 않기도 어렵기 때문이었다. 그러나 나는 월과 얼트의 남학생들이 서로 좋아한다고 믿게 되었다. 사람과 사람 간의 관계에 대해 지나치게 생각이 많은 사람은 나일뿐, 그들이 아니었다. 내가 월의 곁을 지나칠 때면, 특히 나 혼자일 때, 월은 제3자에게 말하듯, "무지하게 바쁜 아가씨가 지나가는군!" 하거나 "저 아가씨 스커트가 아주 멋지네!"라고 중얼거렸다. 나는 운동부의 남학생도 아니고 예쁜 여학생도 아닌 나에게 말을 걸어준 것에 대한 고마움을 표현하고 싶어서 고개를 숙이며 미소를 짓곤 했다.

그러나 주방 직원이라면 얘기가 조금 달랐다. 대다수의 학생들은 그들을 잘 알지 못했고 나 역시 마찬가지였다. 식당에 갈 때마다 나는 어떤 음식을 고를지, 어디에 앉을지 신경을 쓰느라 그 외의 것에 대해서는 거의 무관심했다. 데이빗 바도 앞에 서서 나는 주방의 다른 사람들을 떠올려보았다. 연령대별로 대강 파악할 수 있을 뿐이었다. 먼저 20대 여자들과 30대 여자들(내 기억에 의하면 두 그룹 모두 푸른 눈에 금발머리였고, 망사로 된 핀을 꽂거나 흰 모자를 쓰고 있었으며, 모두 뚱뚱했고, 특히 팔뚝이 희고 통통했다)이 있었고, 주방에 딸린 눅눅한 방에서 10대 남자들이 설거지를 했다. 그들은 가끔 헤비메탈 곡들을 틀었다. 나는 음식을 먹고 난 뒤 식기들을 식당 입구의 반납대에 올려놓으면서 학교에서 그들이 음악을 틀수 있도록 허용해주었다는 것과 그 소리가 엄청 크다는 것에 놀라곤 했다. 그들은 대체로 마르고 피부가 거칠었으며 상고머리였고, 한 명은 유난히 뚱뚱해서 양쪽 볼의 살 때문에 눈까지 가늘어질 정도였다. 주방장은 커다란 주방장 모자를 쓰고 있었기 때문에 바로 알아볼 수 있었다. 그는 40대의 남자였는데 금색 턱수염을 길렀다. 그는 가끔 김이 모락모락 나는 주 요리가 놓인 테이블의 유리 칸막이 뒤에 서서 고급 레스토랑의 친절한 웨이터처럼, 그러나 다소 호통 치는 듯한 말투로 "오늘은 가자미 요리 꼭 먹어봐라!" "가지 요리 안 먹으면 후회할걸!" 하고 말하곤 했다. 물론 가자미나 가지를 좋아하는 아이들은 없었다. 우리가 원하는 건 핫 도그나 치즈였다.

그리고 데이빗 바도가 있었다. 그는 20대로 보였고, 키는 180센티미터 가 조금 못 되는 것 같았다. 가슴이 넓었고 어깨가 떡 벌어진 체격이었다. 검은 머리는 짧게 잘랐고, 건강해 보이는 얼굴에는 까칠하게 털이 자라 있었다. 그는 얼어붙은 연못에서 아이스하키를 즐기는 사람처럼 보였고, 트럭이 고장나도 고칠 줄 아는 사람처럼 보였다.

"난 바로 알아봤는데. 보자마자 어! 저 학생, 얼트 학생이네, 하고요. 2학년 맞죠?"

"3학년이에요."

"그럼 내가 여기 있는 동안 죽 다녔겠네요. 작년 1월부터 여기서 일했으니까요. 어디서 왔어요?"

"인디애나주요."

"멀리서 왔네. 캘리포니아 출신 애들도 많죠?"

"그럴 거예요."

"캘리포니아에 꼭 한 번 가보고 싶어요. 산타크루즈에 간 친구가 하나 있는데, 다시는 돌아오지 않겠대요. 거기 가본 적 있어요?"

"아뇨."

나는 내가 그곳에 가본 적이 있었으면 좋았겠다고 생각했다. 다른 사람들이 생각하는 얼트 학생의 이미지에 부합되는 사람이었으면 좋겠다고, 말하자면 여행을 많이 다닌 사람이었으면 좋겠다고.

"이번 여름에 여행을 한번 가볼까 해요. 7월이나 8월쯤에. 차를 몰고 떠나서 몇 주쯤 있다 오려고요."

나는 특별히 할 말이 없었지만 관심이 있는 척하려고 노력했다.

"대륙횡단 여행해본 적 있어요?"

나는 고개를 저었다.

"난 해봤어."

갑자기 여자애가 대답했고, 데이빗 바도와 나는 웃었다. 두 살쯤 되어 보이는 여자애는 헝클어진 금발머리에 하트 모양 귀고리를 하고 있었다.

"너 여행 좋아하니? 아빠하고 캘리포니아 가고 싶어?"

내가 물었다.

"아니, 아니에요. 칼리는 내 딸 아니에요. 칼리, 너 내 딸 아니지?"

그가 아이를 보며, 엄지손가락으로 아이의 뺨을 문지르면서 물었다.

"조카예요. 애 엄마가 천식이 있어서요."

내 표정이 이상하게 변한 모양이었다.

"지금은 괜찮아요. 호흡기 치료를 받고 나서 쉬고 있어요. 그렇지 칼리? 지금 엄마 쉬고 계시지? 1년에 서너 번 있는 일이에요."

사실 나는 천식이라는 말에 놀란 건 아니었다. 아이가 그의 딸이 아니라는 사실, 그리고 이 남자가 내가 생각했던 것보다 훨씬 내 또래에 가깝다는 사실에 놀란 것이었다. 나는 내가 그와 시시덕거리고 있는 게 아닌가 생각했다. 문득 마음이 불편해진 나는 얼른 대화를 끝내야겠다고 생각했다.

"병원엔 어쩐 일이에요? 물어도 되는지 모르겠지만."

그가 말했다. 나는 환자용 가운을 입고 침대 위에 앉아 있는 신준을 생각했다.

320

"말하고 싶지 않으면 안 해도 돼요."

그가 말했다.

"친구가 아파서 병문안 왔어요."

"힘들었겠네요."

데이빗 바도가 입술을 다문 채로 슬픈 미소를 지어 보였다. 그의 눈가에 주름이 잡혔다.

"병원은 정말 끔찍하죠? 참, 혹시 학교로 돌아갈 차편 필요해요?"

"모리노 선생님이… 학교 선생님이 데려다주기로 했어요. 어쨌든 고마워요."

나는 밖을 내다보았다. 환하게 불이 밝혀진 병원 입구 외에는 아무것도 보이지 않았다. 데이빗 바도는 날 쳐다보고 있었고, 나는 그것을 느낄수 있었다. 나는 그를 돌아보았다. 잠시 침묵이 흘렀다. 나는 대화를 끝내기 위해서 "그럼 전 이만…"이라고 말하며 조금 전에 앉아 있었던 빈의자를 가리켰다. 마치 그곳에 날 기다리는 무언가가 있기라도 하다는듯이.

"그래요. 만나서 반가웠어요. 근데 정식으로 인사도 못 했네요. 난 데이빗이라고 해요."

그가 손을 내밀었다.

10시 20분이었다. 통금 시간은 20분이나 지나 있었다. 모리노 선생님은 오지 않았다. 나는 공중전화를 찾아보았지만 막상 그 앞에 서니 동전이 없었다. 전화 카드도 없었다. 기숙사에서 전화를 걸 때는 수신자 부담으로 걸거나 동전을 들고 갔다. 클라라나 신준에게 동전을 빌리고 싶지도 않았다. 나는 안내 데스크로 가서 전화를 써도 되느냐고 물었다. 머리를 하나로 땋은 여자가 공중전화는 아래층에 있다고 말했다.

"알아요. 하지만 동전이 없어서요. 빨리 끊을게요."

"외부 전화는 안 돼요."

그녀는 고개를 저으며 말하고는 바로 고개를 숙여 무언가를 쓰기 시작했다. 어떻게 해야 할지 막막했지만 한편으로는 차라리 마음이 편했다. 상황이 나의 통제권 밖으로 벗어나고 모든 가능성이 사라져버리면 그때부터는 더 이상 나의 책임이 아닐 테니까.

다시 대기실로 돌아가던 중에 데이빗 바도와 그의 조카, 그리고 그의 누나로 보이는 여자를 만났다. 그의 누나는 마른 편이었고 머리가 길고 갈색이었다. 그녀는 데이빗과 비슷한 플란넬 셔츠에 청바지를 입고 있었다. 여자애는 데이빗의 팔에서 머리를 뒤로 젖힌 채 잠이 들어 있었다.

그에게로 다가가자 데이빗이 미소를 지었다.

"아직 안 갔어요?"

나는 고개를 끄덕였다. 그가 걸음을 멈추자 나도 그 자리에 섰다. 그의 누나는 계속 걸어갔다.

"뭐가 잘못 됐어요?"

그가 물었다.

이제 정말 어떻게 해야 좋을까? 병원에서 하룻밤을 묵어야 하나? 내 잘못은 아니었다. 그러나 내 잘못이 아니라고 해도 대기실에서 하룻밤을 자야 하는 고통이 줄어드는 건 아니었다.

"교통편이 필요하냐고 했었죠? 괜찮다면… 그러니까 폐가 되지 않는다면…."

내가 말을 얼버무렸다. 그는 재미있다는 듯한 표정으로 날 쳐다보았다. 나는 그와 처음 대화를 나눌 때처럼 어색하면서도 기분이 나쁘지 않았다. 그는 왜 날 쳐다보는 걸까? 내 뺨에 펜 자국이라도 묻은 걸까? 아니면 내 뒤에 있는 다른 사람을 보는 걸까? 내 기분이 좋았던 건 그가 나에게 관심을 보였기 때문이었다. 그 앞에 서 있는 나는 그냥 지나가는 여자애가 아니라 어딘가 특별한 존재였다.

"차편이 필요하다면 걱정 말아요. 누나!"

그의 누나가 돌아보았다. 그녀는 천천히 걷고 있었기 때문에 우리에게서 불과 몇 발자국 떨어진 거리에 서 있었다.

"잠깐만! 태우고 갈 사람이 있어. 이쪽은 리야. 이쪽은 우리 누나 린이고."

"안녕하세요."

악수를 해야 하는 건가 해서 내가 머뭇거리며 인사를 했지만 누나는 벌써 돌아서서 걷고 있었다.

주차장에서 데이빗은 꼬마를 차에 태웠다. 그 사이 꼬마가 잠깐 눈을 뜨고 뭐라고 중얼거렸다.

"칼리, 괜찮아. 어서 자."

칼리의 아랫입술이 조금 떨리는 듯했지만 이내 잠잠해졌다. 칼리는 다시 눈을 감고 엄지손가락을 빨기 시작했다. 데이빗이 나를 돌아보았다. 그는 열린 자동차 뒷문 옆에 서 있었고 나는 그 뒤에 서 있었다. 나와 눈이 마주치자 그는 윙크를 하며 엄지손가락을 들어보였다.

"막대 사탕보다는 이게 낫죠?"

그가 다시 돌아서서 내게 등을 돌린 채 칼리에게 안전벨트를 채워주었다. 나는 왠지 억지로라도 웃고 싶어졌다. 어두운 병원의 주차장에서 도대체 누구를 위해서 억지로 웃고 싶은 걸까? 내가 윙크 따위는 유치하다고 생각한다는 걸 누구에게 알리고 싶은 것일까?

차에서 조금 떨어져 있던 데이빗의 누나를 보니 놀랍게도 담배를 피우고 있었다. 그녀와 나의 눈이 마주쳤다. 그녀는 길게 담배 연기를 들이마시고는 길에 꽁초를 버리고 구두로 밟았다. 그러고 나서 차 쪽으로 오더니 반대편의 뒷문을 열었다.

"잠깐만요. 제가 뒷자리에 앉을 게요. 앞에 타세요."

내가 말했다.

"괜찮아요."

그녀가 말하고 차에 올라탔다.

데이빗은 칼리 쪽의 문을 닫고 나서 조수석 문을 열었다. 짙은 밤색 비닐 탑이 달린 셰비 노바였는데 바퀴 위쪽의 차체가 녹슬어 있었다. 바로 옆에는 다른 차가 주차되어 있었고, 그가 바로 내 앞에 서 있었기 때문에 차에 타기가 어려웠다. 우리는 서로 마주 보고 서 있었다.

"내가 비킬까요?"

내가 물었다.

"좋은 생각이에요."

"뒤로 갈까요?"

내가 뒤쪽을 가리키며 물었다.

"이렇게 해봐요."

그는 양손을 내 어깨 위에 올려놓고 나를 살짝 뒤로 밀면서 옆으로 빠져나갔다. 그가 날 보았다.

"됐죠?"

'네'라고 대답을 해야 했지만 나는 아무 말도 하지 않았다. 왠지 아찔했다. 나는 그가 내 어깨 위에 양손을 올린 채로 나와 밀착되던 순간을 또 한 번 경험하고 싶었다. 그리고 그와 나, 둘뿐이었으면 좋겠다고 생각했다. 그의 누나와 조카가 없었다면 어쩌면 그는 내 쪽으로 고개를 숙이고 몸 전체를 나에게 밀착시켰을지도 모른다. 그의 몸은 단단하고 강하고 따뜻한 느낌일 것이다. 내가 그의 팔을 잡으면 내 손가락은 작고 가늘어 보일 것이다. 마치 남자친구가 있는 여자애의 손가락처럼.

나는 침을 꿀꺽 삼켰다.

"네, 됐어요."

차 안에서 그는 히터를 켰다.

"말했잖아. 그거 고장났다고."

뒷좌석에서 그의 누나가 말했다.

"그래도 한번 보려고."

"레니가 이번 주말에 고칠 거니까 괜히 자꾸 만져서 더 망가뜨리지 말고 그냥 내버려둬."

그녀가 말하는 동안 뜨거운 바람이 나오기 시작했다.

"이것 봐! 기적이 일어났지?"

"기적 좋아하네."

"내가 고쳤어. 그렇지?"

그가 후면경으로 누나를 바라보았다. 그는 전혀 주눅이 든 것 같지 않았고, 오히려 기분이 좋아 보였다.

"선생님이 바람맞았나 봐요?"

그가 내게 말했다.

"애들이 여럿이에요. 무슨 일이 있나 봐요."

"이 학교 다니는 거 좋아요?"

이것이야말로 나에게는 가장 복잡한 질문이었다. 그 질문에 대답을 하려면 나는 내 인생 전체를 논해야만 했다.

"그럼요."

내가 말했다.

"착한 애들이죠."

나는 그가 질문을 하는 건지 자기 생각을 말한 건지 확실히 알 수 없었다.

"착한 애들도 있죠."

내가 정정했다. 그가 웃었다.

"어떤 여자애 하나가 있는데….."

나는 속이 쓰렸다. 자기가 좋아하는 여자애가 있다고 고백을 하려는 걸까?

"곱슬곱슬한 금발머리 여자애예요. 모두 그 애를 싫어하죠. 식당에 들어오면 항상 음식이 형편없다고 투덜거리거든요. 우리가 다 듣고 있는데 말이에요. 우리도 귀 안 먹었걸랑요?"

나는 웃었다.

'걸랑요'라는 그의 말투에 불편해진 내 마음을 감추려는 듯이. 일부러 그런 식으로 말한 것 같았지만 확실히는 알 수 없었다.

"하지만 다른 애들은 괜찮아 보여요. 누나도 거기서 일했어요."

"그래요? 언제…."

뒤를 돌아보니 그녀는 칼리와 함께 잠들어 있었다.

데이빗도 돌아보았다.

"피곤했나 봐요. 칼리 때문에 많이 힘들어해요. 누나가 나한테 이 일자리를 구해주었어요. 나에 대해 좋게 얘길 해줘서요. 앞으로 2, 3년 정도는 더 여기 있으려고요. 적어도 졸업할 때까지는."

"잠깐, 혹시 고등학생이에요? 아니면 대학생이에요?"

"너무하는 거 아니에요?"

"대학생이란 뜻이에요?"

"내가 열다섯 살쯤으로 보여요?"

"아뇨."

다음에 해야 할 말이 쉽게 떠오르지 않았다. 내가 인정하고 싶지 않은 사실을 인정해야 하기 때문이었다. 그것은 바로 '나는 당신을 관찰했고, 당신에게 관심이 있고, 당신은 내게 그냥 스쳐가는 사람이 아니다'라는 사실이었다. 그러면 나도 공범이 되는 셈이었다.

"열다섯으로 보이진 않아요."

내가 말했다.

"그럼 몇 살로 보여요?"

나는 망설였다.

"스무 살쯤?"

"스물한 살이에요. 리버타운에 있는 이스트락 주립대 다녀요."

나는 마치 들어본 적이 있는 것처럼 고개를 끄덕였다.

"비즈니스를 전공할까 생각 중이에요. 그래야 선택의 폭이 넓어지니까요. 그다음에 페어필드대학에 진학하려고요. 지금 생각은 그래요."

"대학원에 진학하려고요?"

"학사 자격증을 따려고요. 이스트락에서 2년제 졸업증을 받으면 편입할 수 있거든요."

"그렇군요."

2년제 대학에 대해서 나는 거의 아는 게 없었다. 사촌이 2년제 대학을 다니고 있긴 하지만 얼트에서는 익숙하지 않은 분야였다.

"그쪽은 어디 생각하고 있어요? 하버드?"

"하버드, 좋죠."

"공부 잘하죠? 전부 A 아니에요?"

"전…."

나는 입을 다물었다. 시험을 잘 못 봤을 때 마사와 나는 "매사추세츠대학이나 가야 할까 봐"라고 푸념을 하곤 했다. 그러나 매사추세츠대학을 최후의 보루로 언급하는 건 별로 좋지 않을 것 같았다.

"애견 훈련 학교나 갈까 봐요."

"어디요?"

"애견 훈련 학교요."

"개 키워요?"

"아뇨. 내가 개거든요."

그가 놀라 나를 돌아보았다.

얼트를 졸업한 뒤에도 한참 동안 나는 그날 밤 그의 그 표정을 잊을 수가 없었다. 그는 몹시 혼란스러워 보였으며, 내가 무심결에라도 '내가 개

327

거든요'라고 말할 수 있는 여자애라는 뜻밖의 사실을 어떻게 받아들여야 할지 난감해하는 것 같았다. 그때 나는 훌륭한 교훈을 얻었다. 더 이상 아무 때나 나 자신을 모욕하면 안 된다는. 물론 그런 습관을 완전히 없애지는 못했지만 그게 훌륭한 교훈이 된 것만은 사실이었다.

그 순간 그가 한 말은, "그러니까, 그쪽이 개라고요?"였다.

말실수를 했다는 걸 깨닫는 순간 나는 그 자리에서 벗어나고 싶었다.

"누나가 깨어 있었으면 말 안 했겠지만, 히터가 안 나오는 것 같아요."

그가 손바닥을 펴서 히터에 대보았다.

"더운 바람 안 나와요? 여기서도 안 나오나?"

그는 왼손으로 핸들을 잡은 채로 오른손을 내 앞의 배기구에 갖다댔다. 그의 팔은 내 무릎 위에 있었고, 머리는 내 얼굴 바로 앞에 있었다. 그의 머리를 만질 수도 있는 거리였다.

"젠장!"

그는 다시 똑바로 앉았다. 그가 몸을 숙이고 있는 동안에도 나는 차가 차선을 이탈하지 않을까 걱정하지 않았다. 그는 무척 침착해 보였고 사고를 낼 만큼 조심성이 없어 보이지도 않았다. 설령 차가 차선을 벗어난다고 해도 그는 화를 내거나 겁에 질릴 것 같지 않았다.

"그래도 그쪽이 누나 편이 아니라 내 편이라는 건 확실히 알았네요."

히터의 조절 버튼을 돌리면서 그가 말했다.

"맞아요."

"지금 많이 춥죠?"

"괜찮아요."

"추우면… 내 장갑 끼어도 되는데."

그는 잠시 망설이다가 그와 내 좌석 사이에 있는 장갑을 턱으로 가리키며 말했다.

나는 정중히 거절하려고 했지만 그가 장갑 하나를 집어 나에게 던졌다. 눈보라 속에서 나무를 자를 때나 쓸 것 같은, 커다랗고 푹신푹신한 나일론 장갑이었다. 나는 장갑을 끼어보았다.

"봐요. 따듯하죠?"

그의 장갑을 끼고 있다는 묘한 친밀감이 나를 긴장시켰다. 나는 아무 말도 할 수가 없었다. 특히 내가 그의 장갑을 끼고 있다는 사실에 대해서는 더더욱 그랬다. 다른 쪽 장갑까지 끼어보고 싶지는 않았다.

"방수도 돼요."

"기숙학교에 입학하는 게 이상하다고 생각해요?"

화제를 다른 곳으로 돌리고 싶다는 생각이 너무 간절한 나머지 내가 불쑥 물었다.

"사람마다 다르겠죠. 그렇게 어린 나이에 집을 떠난다는 게…. 난 고등학교에 입학했을 때 옷이나 간신히 입는 수준이었거든요."

"우리 반 남자애들 중에도 옷만 간신히 입는 애들이 꽤 있어요."

내 말에 데이빗이 웃었다. 그가 웃는 순간 나는 우리 반 남자애들을 생각했다. 그들은 대체로 옷을 잘 입는 편이었다. 내가 그들의 옷차림을 기억하는 것은 그들을 항상 관찰하기 때문이었다. 학교에 있을 때 나는 우리 반 남자애들에 대해 거의 아는 것이 없다고 생각했지만, 데이빗 바도의 차 안에서 그들을 생각하니 마치 형제처럼 친근하게 느껴졌다.

시내를 지나 학교 바로 전의 언덕길을 내려가는 동안 창밖으로 예배당의 종탑이 보였다. 어느 문으로 들어가야 할지, 내가 어디에서 내려야 할지를 의논해야 할 때였지만 왠지 그런 얘기를 꺼내고 싶지 않았다. 마치 내가 그의 장갑을 끼고 있다는 사실을 얘기하고 싶지 않은 것처럼. 그런 얘기를 꺼내면 지금의 상황이 너무나 노골적으로 드러나기 때문이었다.

그는 남쪽 문으로 들어가서 식당 주차장으로 향했다. 거의 주차장에 들어서려는 순간 그는 "잠깐만요. 기숙사 어디예요? 거기까지 데려다줄게요"라고 말했다.

"괜찮아요. 고마워요."

내가 자동차 문의 손잡이를 잡으며 말했다.

"정말 괜찮겠어요?"

"네."

나는 차에서 내렸다.

"들어가세요. 고마워요."

내가 다시 말했다. 그는 미소를 지었다.

"예의바른 학생이네요."

교정을 가로지른 뒤에야, 그리고 다시 돌아가기엔 너무 늦어버린 뒤에
야 내가 그의 장갑을 끼고 있다는 것을 깨달았다고 한다면, 그건 거짓말
이었다.

조회가 끝난 뒤, 모리노 선생님이 내게 다가왔다.

"어젯밤엔 미안했다."

나는 우리 기숙사의 사감인 엘윈 선생님으로부터, 모리노 선생님이 나
와의 약속을 잊은 게 아니라 클라라의 전화를 받고 나서 나도 함께 병원
에 있겠다는 뜻으로 잘못 알아들었다는 얘기를 전해 들었다. 선생님은
11시가 넘어서 다시 병원에 갔었다고 했다.

"괜찮아요. 신준은 좀 어때요?"

"예전 모습을 많이 되찾았어. 오늘 오후에 나하고 같이 병원에 가서 신
준을 학교 양호실로 데려왔으면 좋겠어."

나는 신준이 다시 자살을 시도하지 않도록 누가 감시할 건지 궁금했
다. 간호사가 신준을 지킬 수 있을까?

"신준이 이 학교에 계속 다닐지는 아직 몰라. 교장 선생님하고 신준의
부모님, 나 모두 신준하고 계속 얘기를 하고 있단다. 네가 신준의 방에
들러서 필요한 것들을 좀 챙겨줄래?"

330

"신준한테 뭐가 필요한지는 클라라가 더 잘 알지 않을까요?"

모리노 선생님은 한숨을 쉬었다.

"클라라와 신준의 사이가 좋지 않다는 걸 모르는 모양이구나."

나는 별로 놀라지 않았다. 1학년 때는 클라라도 브로사드 기숙사에 있었다. 나는 처음부터 클라라를 피해 다녔다. 클라라가 인기 있는 애가 아니라는 이유 때문은 아니었다. 적어도 그게 유일한 이유는 아니었다. 클라라가 무척 신경에 거슬렸기 때문이었다. 클라라는 어깨까지 오는 짙은 금발머리를 가운데 가르마를 탄 뒤 앞머리를 두텁게 내리고 다녔고, 얼굴색은 창백했다. 체구가 컸고, 특히 가슴과 허벅지가 비대했지만 밑단이 좁은 빛바랜 청바지나 길고 투박한 스커트를 즐겨 입었다. 클라라의 외모를 보면 뭔가 빠진 듯 순진하고 둔하고 별다른 불만이 없어 보였다. 그런 것들이 바로 내 신경에 거슬렸다. 다른 사람들도 그렇게 생각하는지는 모르겠다. 하지만 클라라는 사람들이 흔히 '파리 한 마리도 못 죽일 사람'이라고 말하는 그런 애였다. 내가 클라라를 싫어한 결정적인 이유는, 의기소침해야 마땅할 것 같은 클라라가 실제로는 전혀 그렇지 않았기 때문이었다.

기숙사 종례 시간에 우연히 클라라의 옆자리에 앉게 되면 클라라는 마치 내가 자기한테 무언가를 묻기라도 한 듯, 혹은 전에 하다만 이야기를 계속 이어서 하는 듯 수다를 늘어놓았다. 클라라는 누구한테나 그랬다. 나, 애스패드, 에이미 드네이커, 심지어 브로사드 사감한테까지도 그런 식이었다. 클라라가 하는 얘기들의 특징은 앞뒤가 연결되지 않는다는 것이었지만 질문을 했다간 얘기가 더 길어지기 때문에 아무도 묻지 않았다. 예를 들면 수업 시간에 있었던 일에 대해 이런 식으로 이야기를 했다.

"오늘 쪽지 시험 보는 날인 줄 몰랐거든. 셸리한테 선생님이 오늘 시험 본다고 했냐고 물었더니 셸리가 아니래. 학기 초에 선생님이 분명히 그러셨거든. 쪽지 시험은 없다고…."

클라라는 계속 떠들었고, 나는 속으로 '셸리? 셸리가 누구야? 우리 학교에 셸리라는 애가 있었나?' 하고 생각했다.

클라라는 항상 노래를 흥얼거리고 다녔다. 잠자리에 들기 전에 세수를 하다 보면 클라라의 노랫소리가 들렸다. 나는 클라라가 사람들의 반응을 끌어내려고 그랬던 것이 아닌가 하는 생각을 지울 수가 없었다. 예를 들면 목소리가 좋다거나, 지금 부르는 노래가 무슨 노래냐고 물어주기를 원했던 것 같았다. 어쩌면 다른 사람을 의식하지 않는 태평한 아이로 비쳐지고 싶었는지도 모른다. 그러나 클라라의 노래는 왠지 공격적인 느낌이 강했고, 나는 클라라가 정말로 아무 생각이 없는 애라고 생각하게 되었다. 물론 클라라는 그저 노래를 부르고 싶어서 불렀던 것일 수도 있다. 그리고 실제로 태평스럽고 쉽게 기분이 좋아지는 타입일 수도 있다. 그런 생각이 들면서 나는 클라라가 더 싫어졌다.

그날 오후 나는 클라라와 신준의 방 앞에서 클라라와 부딪쳤다. 클라라는 찻잔을 들고 있었다.

"가방을 챙기려고 왔어."

내가 말했다.

"왜? 신준이 자기 집으로 돌아간대?"

클라라가 흥분한 듯한 목소리로 말했고, 나는 그녀가 곧바로 눈물을 글썽이는 것을 보았다.

"양호실로 온대. 모리노 선생님이 너한테 얘기 안 했어?"

"안 했어."

퉁명스러운 목소리가 우는 소리보다 차라리 낫다고 나는 생각했다. 물론 훨씬 나은 것은 아니었다.

"옷을 좀 챙겨야 할 것 같아. 들어가도 돼?"

클라라는 대답 대신 방문을 열었다. 나는 클라라를 따라 들어갔다. 나와 마사처럼 2단 침대가 아니라 테이블을 사이에 두고 트윈 베드가 있었다. 클라라의 이불은 붉은색과 분홍색, 주황색의 커다란 장미가 그려져 있었고, 신준의 것은 1학년 때 사용했던 가장자리가 초록색으로 둘러진 남색 이불이었다. 문득 신준이 마지막으로 이 방에 있었던 날이 약을 먹은 날이라는 생각이 들었다.

"가방 어디 있어?"

내가 물었다. 클라라가 침대 밑을 가리켰고, 나는 무릎을 꿇고 가방을 꺼냈다. '안 도와주겠다 이거지' 하고 속으로 생각하면서 나는 일어나서 화장대 서랍을 열었다. 신준의 물건들이 놓여 있었기 때문에 어느 것이 신준의 서랍인지 알 수 있었다. 화장대에는 잠자는 아기가 그려져 있는 한국제 플라스틱 핸드 로션병과 내가 포도향과 비슷하다고 생각했던 향수병이 있었다. 내가 신준의 속옷을 꺼내 가방 안에 넣는 동안(신준이 브래지어를 하지 않는다는 사실을 잊고 있었다) 클라라가 나를 쳐다보는 것이 느껴졌다.

"잠옷을 안 챙겼잖아."

내가 서랍을 닫는 순간 클라라가 말했다.

"어디 있는데?"

클라라는 다시 서랍을 열고 회색 탱크탑과 반바지를 꺼내 내게 던졌다. 클라라는 다시 뒤로 물러나 팔짱을 끼고 서 있었다.

나는 차례로 서랍을 열었고, 그동안 우리는 아무 말도 하지 않았다. 화장품과 목욕용품도 가방에 넣었다.

"샴푸를 그냥 넣으면 옷에 흐르잖아. 비닐봉지에 넣어야지."

클라라가 말했다.

"오래 걸리는 것도 아닌데 뭘."

내가 말하고 방을 둘러보았다. 신준에게 뭐가 필요할지 생각하면서 선물을 하나 준비할걸 그랬다는 생각이 들었다.

"이 정도면 되겠지. 뭐 빠진 거 있어?"

클라라는 의심스러운 눈빛으로 나를 쳐다보았다.

"넌 우리 방에 1년 동안 한 번도 안 왔어."

"그래서?"

"근데 왜 갑자기 신준하고 친한 척하는 거야?"

"그런 적 없어."

"너하고 한방을 쓸 때의 신준이 아니야. 신준은 많이 변했어. 넌 신준에 대해 잘 몰라."

"클라라, 모리노 선생님이 부탁해서 온 것뿐이야. 내가 싫다고 했어야 옳았니?"

"내가 보기엔 네 행동이 정직하지 못한 것 같아."

"그렇게 보인다니 네가 참 딱하다."

이것은 외교적이면서도 적당히 거리감을 주는 얼트식 표현이었다. 그러나 나는 실제로 클라라가 딱하다는 생각이 들었다. 만약 디드가 마사와의 관계에서 내 자리를 빼앗는다면 나는 어떻게 반응할까? 물론 내가 신준을 빼앗을 생각은 없었지만 상황이 그렇게 돌아가고 있었다.

"잠깐만. 이걸 갖다줘."

클라라가 흰 토끼 인형을 내게 던졌다. 나는 받지 않았지만 바닥에 떨어진 것을 주워 들었다.

"그리고 복숭아 다이키리(럼, 설탕, 레몬즙을 섞어 만드는 칵테일의 일종 – 옮긴이) 너무 많이 먹지 말라고 전해줘. 무슨 뜻인지 알 거야."

이상하게도 나는 그 어느 때보다도 클라라에게 공감했다. 클라라의 얼굴은 벌겋게 달아올라 있었고, 눈물로 얼룩져 있었다. 항상 만족스러워 보였던 평상시의 모습이 아니었다.

본관으로 돌아갔을 때 모리노 선생님이 신준의 아빠를 만나보라고 했다. 크림색 승용차가 본관 앞에 있었다. 신준의 아빠는 차에서 내리면서 휴대폰을 끄고 나와 악수를 했다. 나는 휴대폰을 그때 처음 보았다. 신준의 아빠는 전에도 두 번 만난 적이 있었다. 첫 번째는 신입생이던 해의 학부모 초청 주간이었고, 두 번째는 신준의 아빠가 보스턴으로 출장을 왔다가 학교에 들렀을 때였다. 나는 두 번 다 신준과 함께 저녁 식사를 했다. 신준의 아빠는 두 번 다 내게 스테이크를 주문하라고 권했는데 딱히 그러지 않을 이유가 없어서 나는 스테이크를 먹었다. 신준의 아빠는 나보다 5센티미터 정도 작았고, 단정했으며, 흰색 셔츠에 타이를 매지 않았고, 회색 양복에 베이지색 레인코트를 입고 있었다. 그러나 코트는 전혀 따뜻해 보이지 않았다. 그의 얼굴은 조금 그을린 편이었고 머리는 벗겨졌으며 특히 앞쪽에는 몇 가닥이 흘러내려와 있었다. 포마드를 발라 머리를 빗어 넘긴 것 같았다.

자동차 안의 시트는 옅은 빛깔의 가죽이었고, 차 안은 따뜻했다. 나는 늘 고가의 물건들이 얼마나 안락한지를 잊어버리곤 했다. 학교 밖으로 차가 빠져나가는 동안 우리 둘 다 아무 말도 하지 않았다. 나는 머릿속으로 할 말을 찾았다. '비행기 여행은 어떠셨어요?', '언제 도착하셨어요?' 그러나 그런 질문들은 본론에서 벗어난 것 같았다. 하지만 본론을 꺼내는 것은 내게 너무 힘든 일이었다.

창밖의 나무들은 앙상했고, 도로 가장자리에는 일주일 전에 내린 눈이 더러워진 채로 쌓여 있었다. 나는 겨울의 황량함이 좋았다. 겨울에는 왠지 불행해도 괜찮을 것 같았다. 만약 내가 자살을 한다면 그건 여름일 거라고 나는 생각했다.

"너는 만약 이 학교가 마음에 안 들면 네 부모님한테 얘기하겠지?"

신준의 아빠가 말했다.

"꼭 그럴 것 같진 않아요. 부모님한테 걱정 끼쳐드리고 싶지 않으니까요. 부모님이 해줄 수 있는 일도 없고요."

그와 나는 한동안 아무 말도 하지 않았다.

"선생님이나 교장 선생님한테 말할 수도 있겠지."

"저라면 룸메이트한테 말하겠어요."

말하고 나니 신준을 배신한 것 같은 기분이 들었다. 신준의 아빠는 아무런 대꾸도 하지 않았다. 조금 전의 침묵이 다시 시작되었다.

차가 병원 주차장으로 들어가자 나는 밝은 목소리로 물었다.

"한국 병원은 여기하고 다른가요?"

"도시 병원은 비슷하지만, 지방의 병원은 별로 현대적이지 않단다."

"한국에도 겨울이 있죠? 여기하고 계절이 같은가요?"

"그래. 여기하고 같아."

우리는 데스크에서 사인을 하고 엘리베이터를 탔다.

"어떤 계절을 좋아하세요?"

내가 물었다. 그는 한동안 침묵했다가 말을 이었다.

"신준이 어렸을 때 파티에 데려간 적이 있었지. 내 친구의 집이었는데 창문이 많았지. 저녁을 먹고 있는데 친구의 부인이 '저기 좀 보세요!' 하는 거야. 신준이 창문 앞에 서 있었지. 밖은 어두웠고, 신준은 유리에 비친 자기 그림자를 봤던 거야. 다른 여자애라고 생각한 거지. 신준이 손을 흔들었더니 그림자도 손을 흔들었어. 신준이 웃으니까 그림자도 웃었고. 그러다가 신준은 춤을 추기 시작했고, 그림자도 춤을 추었어. 신준은 너무 행복해했어."

신준의 아빠 목소리는 즐거운 것 같지도 슬픈 것 같지도 않았다. 그저 혼란스러운 것 같았다.

"그땐 정말 행복해 보였단다."

그가 말했다.

엘리베이터가 3층에 도착했고, 막 문이 열리려는 참이었다. 우리는 서로 마주 보고 서 있었다. 어른 남자. 친구의 아빠들. 그들은 항상 이상했다. 그들이 낮 시간에 어떤 일을 하는지 모르는 것처럼 나는 그들이 무슨 생각을 하고 있는지 알 수가 없었다. 그들은 가끔 내게 무언가를 물어보았고, 초등학교 시절에는 축구 코치가 되어 주기도 했지만 그들의 관심은 순간적이어서 곧바로 비즈니스의 세계로 돌아서고 말았다. 물론 나도 친구 아빠의 관심이 일시적인 것이기를, 지나친 집착이 아니기를 바랐지만 지금에 와서 그날 일을 돌이켜보면 어쩌면 신준의 아빠가 내게 무언가를 원했을지도 모른다는 생각이 든다. 만약 그랬다면 나는 무얼 줄 수 있었을까? 친구의 아빠는 햄버거를 구워 줄 수도 있고 내 자전거의 바람 빠진 타이어에 공기를 넣어줄 수 있고, 가방을 차 있는 데까지 들어줄 수도 있었다. 그러나 내가 그들을 위해 할 수 있는 일은 무엇일까? 그들 역시 나에게 무언가를 원하고, 때로는 위로받고 싶을 거라고 생각하는 건 지나친 자만일까?

엘리베이터의 문이 열렸고, 나는 "신준은 괜찮을 거예요"라고 말했다.

그러나 신준은 전혀 괜찮아 보이지 않았다. 병원을 나설 때 신준의 아빠는 입고 있던 코트를 벗어 신준에게 건네주었지만(기숙사를 나설 때 나는 미처 그 생각을 하지 못했다) 신준은 한국말로 짜증을 부렸다. 그것은 약을 먹은 뒤 신준이 보인 가장 활기 넘치는 행동이었다. 신준은 코트를 입을 생각도 걸칠 생각도 하지 않았고, 신준의 아빠는 코트를 그녀의 어깨에 걸쳐주었다.

"여기 신준하고 있어라. 내가 차를 가져올 테니."

신준의 아빠가 내게 말했다. 그가 주차장 쪽으로 사라지자 신준도 밖으로 나갔다. 나는 뒤따라 나갔다.

"아빠가 안에 있으라고 하셨어."

신준은 냉랭한 얼굴로 나를 쳐다보았다.

"답답해."

나는 신준을 어떻게 대해야 할지 난감했다. 나는 신준을 육체적으로 아픈 사람처럼 대하고 싶었다. 그러나 놀랍게도 신준은 직접 옷을 입었고, 간호사 대기실 옆에 서서 우리를 기다렸으며, 휠체어를 타지 않고 혼자서 밖으로 걸어 나올 수 있었다. 한편으로는 신준이 전혀 아프지 않다는 생각이 들었다. 나는 신준의 어깨를 잡고 정신 차리라고 말하고 싶었다. 신준의 무덤덤한 태도는 마치 변덕스러운 10대 아이들처럼 우스워 보였다. 그러나 내가 신준의 어깨를 잡고 흔들지 못했던 것은 단지 그래서는 안 되기 때문이 아니었다. 죽음에서 살아난 신준의 모습에 나는 왠지 주눅이 들었다. 신준은 날 비웃는 것 같았다. 신준은 두려움 없이 엄청난 짓을 저질렀다. 학교 친구들 사이에 화제가 될 만한 일을 한 것이었다. 벌써 학교의 심리 치료사가 기숙사마다 돌아다니면서 아이들과 상담을 하기 시작했다. 이 모든 일이 조용하고 무난한 아이, 신준 때문에 일어나고 있는 것이다. 내가 신준과 한방을 썼던 걸 알고 있는 아이들은 내게 사건의 경위를 물었다. 여자애들은 최소한 걱정하는 척이라도 했다 (신준 괜찮아? 어쩌다가 그런 일이 생겼을까?). 반면 남자애들의 표현은 보다 거리감이 느껴졌다(끔찍하다! 왜 그런 짓을 했대? 걔 원래 사이코였냐?). 어쨌건 상황은 이렇다. 여자애들이건 남자애들이건 신준의 사건에 대해 놀라지 않은 애들은 없었다. 약을 먹었다는 건 신준을 흥미로운 아이로 만들었다. 그 사건은 이미 대단한 이야깃거리가 되었고, 하나의 현상으로 자리 잡았다. 신준의 행동은 더 이상 절망의 몸부림으로 여겨지지 않았다. 적어도 구차하고 나약한 절망은 아니었다. 아직 학교로 돌아가지도 않았지만 얼트의 아이들은 이미 신준을 새로운 눈으로 바라보기 시작했다. 누구나 막상 갑자기 인기를 얻게 되면 그 사실을 조금이나마 느낄 수 있게 마련이다. 나는 신준이 나를 별 볼일 없는 한심한 애라고 생각할까 봐 두려웠다.

"오늘 밤에 진 러미 게임 할래?"

신준은 고개를 저었다.

"아니면 내일 하든가."

내가 덧붙였다.

난 정말 한심한 애였다. 신준은 그렇게 결론을 내린 게 분명했다. 신준은 내 앞에 서서 주차장 쪽을 바라보고 있었고 나는 신준의 표정을 읽을 수가 없었다.

"병원에서 나오니까 기분 좋지?"

내가 물었다. 신준은 어깨를 으쓱했다.

"그동안 많이 우울했지? 지금도 우울하니? 아니면 조금 나아졌어?"

신준이 날 완전히 무시하고 있었기 때문에 나는 그렇게 물을 수밖에 없었다. 과장된 연기를 하는 사람은 한 번에 한 사람으로 충분했다. 만약 신준이 흐느끼면서 오열을 했다면 나는 거리를 두고 덤덤하게 위로의 말을 건넸을 것이다.

"난 괜찮아."

신준이 말했다.

"나도 우울했던 적 있어."

신준이 나를 똑바로 쳐다보았다.

"너도?"

"그럼!"

나는 내가 거짓말을 하는 것 같은 느낌이 들었다. 나의 우울함은, 만약 그것도 우울이라고 부를 수 있다면, 아주 짧게만 지속되었다. 그것은 마사와 함께 외출을 하거나 예배 시간에 설교를 듣는 것, 심지어 텔레비전을 보는 것만으로도 쉽게 잊혀졌다.

"나도 힘들 때가 있거든."

"왜 힘든데?"

"얼트는 워낙 스트레스가 많은 곳이잖아. 중압감도 크고."

아이들이 자주 불평하는 것들이지만 사실 다 헛소리였다. 지난 3년 동

339

안 내가 엄청난 중압감에 시달린다는 생각은 한 번도 해본 적이 없었다.

"성적? 그게 우울한 이유야?"

신준이 물었다.

"사실 성적 문제라면 난 지금보다 더 우울해야 돼."

신준이 멍한 얼굴로 나를 쳐다보았다. 내 농담을 이해했는지, 아니면 이해하고도 재미없다고 생각한 것인지 헷갈렸다. 나는 문득 얼트에 처음 와서 브로사드 기숙사에 살았던 시절이 떠올랐다. 하루는 정찬회에 참석할 준비를 너무 일찍 끝내서 침대에서 시간을 보내고 있었다. 낯선 곳에서 적응하다 보면 채워야 할 시간이 넘치게 마련이었다. 그때만 해도 나는 신준과 함께 있을 때조차 수줍어했고, 신준을 만만한 아이로 분류해놓고 있지도 않았다. 디드는 어디 있었는지 모르겠지만(아마 샤워를 하고 있었던 것 같다) 방 안은 창밖에서 들려오는 소리와 창가의 팬이 돌아가는 소리 빼놓고는 조용했다. 그때는 음악도 틀지 못했다. 내가 듣는 음악에 내 취향이 드러나면 창피할 것 같았다. 나는 신준에게 '네 스커트 참 예쁘다'라고 말해주고 싶었지만 왠지 말이 쉽게 나오지 않았다. 마치 가만히 서 있다가 높이뛰기를 해야 하는 것처럼 어려웠다. 나는 머릿속으로 수없이 그 말을 되뇌이면서 잘못된 것은 없는지 되짚어보았다.

"네 스커트 참 예쁘다. 난 폴카 도트가 좋더라."

내가 말했다.

신준은 웃었고, 그 웃음을 본 순간 나는 신준이 내 말을 제대로 이해하지 못했음을 깨달았다.

"폴카 도트가 뭔지 알아? 동그라미들을 말하는 거야. 여기 이것들처럼."

내가 일어나 신준의 스커트를 가리키며 말했다.

"아하! 폴카 도트!"

"나도 폴카 도트 양말 있다!"

내가 말하고는 화장대 서랍을 열고 양말을 꺼내 보였다.

"이것 봐."

"너무 예쁘다. 나도 좋아해."

신준이 말했다. 나는 다시 침대에 앉았다.

"너, 좋은 옷 많더라."

조금 용기를 얻은 내가 말했다. 신준은 리바이스 청바지도 갖고 있었다. 나는 그것이 신준이 서울에서 입고 다녔던 건지 아니면 얼트에서 입으려고 일부러 산 것인지 궁금했다.

"모르는 단어 있으면 언제든지 물어봐."

내가 덧붙였다.

실제로 신준은 몇 번 나에게 영어 단어를 물어보았다. 어디서 듣긴 했는데 철자를 모른다는 것이 대부분이었다. 내가 철자를 일러주면 신준은 바로 한영사전을 뒤졌다. '지네', '꾸물거리다' 같은 단어였다. 그러나 가끔은 신준이 '풍자' 혹은 '허니문' 같은 단어의 뜻을 알고 있어서 놀란 적도 있었다. 나는 그저 낯선 학교일 뿐 아니라 언어가 다른 나라였기 때문에 얼트가 신준에게 더 힘들었을까 생각해보았다. 아니면 말을 알아듣지 못해서 오히려 편했을지도 모른다. 어쩌면 그것 때문에 매사에 조금 거리를 두거나 심지어 무시하는 것도 가능했을지 모른다.

병원 주차장에 서서 나는 신준이 얼트에서의 생활을 꽤 진지하게 받아들였을 거라는 생각을 했다. 얼트는 신준에게 미국 생활, 혹은 그저 학교 생활이 아니라 삶 자체였을 것이다.

"신준."

내가 이름을 부르자 신준이 돌아보았다.

"너한테 해줄 말이 있어. 클라라가 전해주라더라. 복숭아 다이키리 너무 많이 먹지 말래."

신준은 잠시 내 표정을 살폈다.

"무슨 뜻인지 넌 알지?"

"응."

"참견하고 싶지 않지만, 클라라하고는 무슨 일이 있었니?"

"아무 일도 없어."

"클라라가 나쁘다는 건 아니지만 내가 보기에 같이 살긴 좀 힘든 애 같아."

신준이 손을 내밀어 내 손을 꽉 움켜쥐었다. 신준의 아빠가 우리 앞에 차를 세우고 차에서 내리고 있었다.

"그 얘기 그만해."

신준이 말했다.

신준의 짐을 양호실에 내려놓은 뒤 신준의 아빠는 우리를 레드반으로 데리고 갔다. 4시 반이었다. 차를 타고 가는 도중 그는 담배에 불을 붙였다. 얼트에서는 성인이 담배 피우는 모습을 거의 볼 수가 없었다. 레스토랑에서 우리는 모두 스테이크를 주문했다. 신준의 아빠는 반 정도 들었고 신준은 거의 먹지 않았지만 나는 뼈와 기름을 남기고 전부 먹었다.

그다음 날 저녁, 식당의 학생들이 거의 다 빠져나간 뒤 나는 다시 주방으로 들어갔다. 데이빗 바도의 장갑은 바지 앞주머니에 들어 있었다.

"실례합니다!"

나는 배 반 조각이 담긴 접시 위에 비닐 랩을 씌우고 있는 젊은 여자에게 물었다.

"데이빗 바도 여기 있나요?"

"방금 쓰레기 버리러 나갔어요. 쓰레기 수거함 어디 있는지 알죠?"

부엌을 나서려는데 여자가 "저쪽에 계단이 있어요"라고 일러주었다. 여자는 내가 한 번도 보지 못한 엷은 분홍색 문을 가리켰다. 그 문 위쪽에는 동그란 창문이 달려 있었고, 창에는 잿빛 방충망이 달려 있었다. 문을 열었더니 반짝이는 밤색 벽돌 계단이 있었다. 계단은 어딘가 체육관을 연상시켰고, 냄새도 체육관에서 나는 것과 비슷했다. 나는 문득 여기는 얼트가 아닌 것 같다는 생각이 들었다. 교정 어디에도 여기와 비슷한 분위기는 없었다. 계단 끝에는 또 다른 문이 있었다. 문을 열자 곧바로 겨울밤이 펼쳐진 뜰이었다. 나는 조그만 콘크리트 계단의 끝에 서 있었고, 데이빗은 그 계단 아래에 티셔츠와 앞치마 차림으로 서 있었다. 그의 팔 윗부분의 근육 굴곡과 밤색 털이 눈에 들어왔다. 성인 남자의 팔이었지만 전혀 역겹게 느껴지지 않았다.

"안녕하세요."

내가 말했다.

"안녕하세요."

말할 때마다 입김이 눈에 보였다.

"찾고 있었어요."

내가 말했다.

"찾기 어렵던가요?"

그가 미소를 지었다. 여유 있으면서도 조금은 기대에 들뜬 듯한 미소였다. 그의 웃는 얼굴을 바라보면서 나는 내가 그의 미소를 정확하게 기억하고 있었음을 깨달았다. 물론 그렇다고 해서 긴장감이 조금이라도 덜해졌다는 뜻은 아니었다.

"여기요."

내가 주머니에서 장갑을 꺼내 그에게 내밀었다.

그가 눈을 가늘게 떴다. 식당 지붕 한쪽에 전등이 있었고, 내가 나온 문에서도 불빛이 새어 나왔지만 그래도 여전히 밖은 어두웠다.

"장갑이요. 병원에서 태워주던 날, 내가 끼고 왔어요."

"괜찮아요. 왠지 돌려줄 거란 생각이 들었거든요. 잘 지냈어요?"

"네."

"네, 그게 다예요?"

343

뭐라고 대답해야 좋을지 알 수 없었다.

"오늘 으깬 감자 정말 맛있었어요."

그가 웃었다.

"고마워요."

"누나는 좀 나았어요?"

"좋아졌어요. 걱정하지 말라고 얘기하긴 하지만, 혼자서 애 키우기가 쉽진 않을 거예요."

"제 친구도 좋아졌어요. 어제 전 병원에 또 갔었어요. 친구 아빠하고 같이 친구를 데리러…. 하여간 얘기가 좀 길어요. 코트도 안 입고, 춥지 않아요?"

"괜찮아요. 그 쪽도 코트 안 입었네요."

"난 스웨터 입었어요."

나는 마치 증명이라도 하듯 손끝으로 스웨터 소맷부리를 잡고 한쪽 팔을 내밀었다.

"스웨터 예쁘네. 캐시미어예요?"

그는 캐시미어라는 발음을 아주 정확하게, 그러나 마치 그 단어를 처음 발음해본다는 듯 농담조로 말했다. 사실 내 스웨터는 아크릴이었다. 전에 만났을 때도 그런 생각을 했지만 이제 나는 확신하게 되었다. 그는 내가 부자라고 생각하고 있었고, 내가 전형적인 얼트 학생일 거라고 추측하고 있었다. 그가 나에게 관심을 보인 것도 어쩌면 그 때문일지도 모른다.

"잘 모르겠어요."

내가 말했다.

"보드라워 보여요."

"그렇긴 해요."

나는 여전히 팔을 내밀고 있었다. 바로 그 순간 나는 그가 내 팔이나

344

스웨터를 만지려고 한다는 것을 깨달았다. 그러자 마치 내 마음속에서 환하게 태양이 밝아오는 것 같은 기분이 들었다. 그것은 분명히 좋은 느낌이었다. 그래서 더더욱 내가 갑자기 팔을 거두어버린 이유를 모르겠다. 잠시였지만 그의 손은 내 팔이 있었던 허공에 떠 있었고, 나는 얼굴이 달아올랐다. 나는 그를 바로 볼 수가 없었다. 마침내 그를 바라보았을 때 그는 호기심 어린 눈빛으로 나를 보고 있었다.

"눈이 올지도 모른다던데. 소식 들었어요? 어쩌면 오늘 밤에 눈이 올지도 모른대요."

그는 여전히 나를 보며 말했다.

"장갑을 찾아서 다행이에요. 눈을 치워야 할지도 모르잖아요."

사실 나는 미안하다고 말하고 싶었다. 그러나 말로 저지르지 않은 실수를 사과하기란 쉽지 않았다. 그것은 대체로 상황을 더 악화시킬 뿐이었다.

"그만 들어가세요."

내가 말했다. 그와 나 모두 움직이지 않았다.

"그거 알아요? 오늘 나간 으깬 감자 정말 형편없었어요."

"난 맛있었는데."

"진짜 맛있는 으깬 감자 먹어볼래요?"

대답을 해야 하는 걸까?

"차운시 가봤어요?"

나는 사실 2학년 때 그 레스토랑에 가본 적이 있었다. 내 기억으로는 별다른 특징이 없는 곳이었다. 그런대로 괜찮긴 했지만 썩 훌륭하진 않았다.

"아뇨. 못 가봤어요."

"거기 가요, 우리."

"지금요?"

345

"지금은 안 돼요. 일 해야 돼요."

"그렇군요."

"내일은 어때요? 내일 토요일 맞죠?"

"내일은 할 일이 있어요."

나는 벌써 생각을 너무 많이 하고 있었다. 나는 왠지 금요일은 괜찮아도 토요일은 부담스럽다고 생각하고 있었다. 토요일 수업이 있다고 해도 금요일까지는 수업 주간이고 토요일은 본격적인 주말이었다. 만약 토요일 밤에 데이빗과 외출한다면 나는 그와 데이트를 하는 셈이 될 것이다.

"일요일은 어때요? 일요일은 일 안 하는데."

나는 침착해야 했다. 어서 다음 할 말을 생각해내야만 했다. 그리고 지금 내게 주어진 임무를 완수해야만 했다. 이 상황이 만화경 속에서 현란한 빛깔로 흐늘거리는 꽃 같다는 생각을 어떻게든 떨쳐버려야만 했다.

"일요일은 괜찮아요. 여기서 만나죠."

"주차장에서요?"

"제 기숙사는 좀 찾기가 힘들 거예요. 그리고 남자들이 들어오는 걸 별로 좋아하지 않거든요."

"알았어요. 7시 어때요? 괜찮겠어요?"

나는 고개를 끄덕였다.

"세상에서 제일 맛있는 으깬 감자 요리를 먹게 될 거예요. 그 집 감자 요리를 예찬한 시도 있대요."

'당신이 썼죠?'라고 그를 놀려주고 싶었다. 그러나 나의 불안감은 극에 달했다.

"그만 가서 공부해야 해요."

계단을 내려오면서 그의 곁을 스칠 수도 있었다. 그러나 그러기에 나는 모르는 것이 너무 많았다. 나의 모든 행동이 그에게 무언가를 약속하는 것일 수도 있다고 생각했다. 나는 일부러 비켜섰고, 우리는 전혀 닿지 않았다.

내가 그의 곁을 막 지나치는 순간 그가 내 어깨를 두드렸다.

"꼭 나와야 돼요."

지금 나는 열여섯 살이었던 내게 이렇게 말해주고 싶다. '그럴게요'라고 말하라고. 아니면 '그 쪽이 나오면 나도 나와요'라고 말하라고.

그러나 그때 나는 이렇게 말했다.

"장갑 찾았는데 뭐가 걱정이에요!"

내가 그날 있었던 일을 얘기하자 마사는 비명을 질렀다.

"너 데이트하는구나!"

"하지만 일요일이야."

"그게 어때서?"

마사는 손가락으로 나를 가리키며 노래를 불렀다.

"데이빗하고 데이트한대요! 데이빗하고 데이트한대요!"

나는 마사의 입을 틀어막고 싶었다. 너무 많이 기대하면 일을 망칠까 봐 두려워서는 아니었다. 그저 그 말이 너무 이상하게 들렸고, 어색했기 때문이었다.

"난 그 사람을 잘 알지도 못해."

"바로 그거야. 그러니까 저녁을 먹으면서 어떤 사람인지 좀 알아보라고."

"데이빗이 왜 나한테 데이트 신청을 했을까?"

"리, 그 사람 마음을 읽을 수는 없지만, 아마 네가 예쁘다고 생각했겠지."

나는 얼굴을 찌푸렸다. 그것은 전혀 기분 좋은 가능성이 아니었다. 오히려 끔찍했다. 나에 대한 남자들의 평가는 여러 가지가 있을 수 있었고 데이빗도 그 범주에서 벗어나지 않을 것이다. 착하고, 성실해 보이고, 조금 재미있어 보일 수도 있을 것이다. 물론 항상 그렇다는 건 아니지만, 어떤 상황에서 나는 그렇게 보일 수도 있는 애였다. 그러나 내가 예쁘게 보인다는 건 있을 수 없는 일이었다. 첫째, 나는 예쁜 것과는 거리가 멀었다. 게다가 예쁜 애들처럼 꾸미지도 않았다. 심지어 나는 부단한 노력으로 예쁘다는 칭찬을 받는, 그러나 실제로는 그다지 예쁘지 않은 애도 아니었다. 만약 어떤 남자가 나의 외모에서 내 가치를 발견했다면 그건 착각이거나, 결국 실망하게 되거나, 아니면 눈이 아주 낮거나 셋 중 하나였다. 나는 병원에서 만나기 전에도 데이빗이 날 알고 있었는지 아니면 그날 병원에서 주고받은 대화가 그의 관심을 끌었는지 궁금했다. 그러나 병원에서 만나기 전이라면 그가 어떻게 나를 알게 되었을까? 또 왜 그날의 대화가 그의 관심을 끌었을까? 내가 그 사람이 만날 수 있는 여자애들 중에 가장 나은 애일까?

"난 잘 모르겠어."

내가 말했다.

나는 차운시 레스토랑에서 탁자를 사이에 두고 그와 마주앉은 내 모습을 그려보았다. 빵을 집다가 물컵을 쓰러뜨리는 내 모습이 보였다. 그가 괜찮다고 말하면 그야말로 최악일 것이다. 그가 물컵을 쓰러뜨린다고 해도 끔찍하기는 마찬가지일 것이다. 만약 그가, 혹은 그 아닌 어떤 남자라도 오직 나만을 위한 미소를 지으면서 다정하게 '사실, 나도 좀 긴장했거든요'라든가 '내가 왜 이러는지 모르겠군요'라고 말한다고 해도 내 기분은 조금도 좋아지지 않을 것이다. 차라리 그가 노련한 남자이고 입을 다무는 편이 나을 것이다.

"도대체 네가 두려워하는 게 정확히 뭐니?"

마사가 물었다.

"내가 이상하게 군다는 거 알아."

"그렇다는 얘기가 아니라, 어서, 내 질문에 대답해봐."

나는 데이빗이 훌륭하다고 한 차운시 레스토랑이 별로 훌륭하지 않을까 봐 두려웠다. 그가 나를 의식하고 여종업원에게 시시한 농담을 건넬까 봐 두려웠고, 그가 정말로 우스운 얘기를 할 수 있을지 없을지 내내 걱정하게 될까 봐 두려웠다. 만약 그의 얘기가 우습지 않다면 자연스럽게 웃을 수 있을까? 아니면 결정적으로 웃어야 할 때를 대비해서 억지로 웃음을 참고 키득거리는 척 연기를 할 수 있을까? 기숙사를 나서기 전에 로션을 발랐는데도 입 주위 피부가 허옇게 일어나 있을까 봐 두려웠고, 그와 이야기를 하는 중에도 계속 그 생각만 하고 있게 될까 봐 두려웠다. 하지만 입 주위의 각질에 나는 점점 더 신경을 쓰게 되고, 나의 온 신경이 거기에 집중될 것이다. 결국 나는 화장실에 가서 확인을 해야 직성이 풀릴 것이다. 그리고 화장실에서 다녀온 뒤 30초가 지나면 또 다시 걱정하기 시작할 것이다. 나는 턱을 움직이거나 고개를 숙임으로써 그가 나를 똑바로 쳐다보지 못하게 할 것이다. 누군가와 함께 있으면 결코 마음이 편할 수 없다는 게 나의 문제였다. 그와의 만남이 그런 불편함을 감수할 가치가 있는지 누가 알겠는가?

　"첫 데이트는 원래 끔찍한 거야. 그러다가 한 6개월쯤 만나고 나서 돌이켜보면 서로 어색해했던 그때가 참 우습다고 생각하게 될걸?"

　"그러니까 내가 가야 한다고?"

　"물론 가야지. 터틀넥 스웨터 입고 가. 그거 입으면 가슴 커보이더라."

　"웩!"

　내가 말했다.

　"내 가슴도 그렇게 커보일 수만 있다면 그 스웨터 훔칠 거야."

　마사가 눈썹을 유혹적으로 치켜뜨며 키득거렸다.

　문득 나는 남자애를 좋아하는 건 어떤 비밀을 궁금해할 때와 같다는 생각이 들었다. 거절당하고 호기심과 외로움으로 속앓이를 할 때가 훨씬 더 나으니까. 막상 일이 벌어지려고 하면 무척 불안해진다. 사실 얼굴에 각질이 일어나는지, 우습지 않은 이야기를 듣고 웃어야 할지 말아야 할지 생각해야 하는 건 엄청 피곤한 일이다. 나는 그냥 기숙사 방에서 마사와 빈둥거렸으면 좋겠다고 생각했다.

마사는 도서관에 갔고, 나는 책상에 앉아 기하학책을 읽고 있었다. 기하학책의 펼쳐진 페이지를 멍하니 보고 있었다는 게 더 정확한 표현이었다. 3학년인 아델 셰퍼드가 방문을 열고 고개를 들이밀면서 "전화 받아"하고 말한 뒤 돌아서서 나갔고, 방문이 다시 닫혔다.

나는 긴장했다. 가족들은 금요일에 전화를 하지 않는다. 만약 데이빗이 그저 수다나 떨자고 전화를 한 것이라면? 혹시 엘윈 선생님한테 내 전화번호를 물어본 건 아닐까? 그럴 것 같지는 않았다. 모리노 선생님이나 양호실의 간호사가 신준 때문에 전화를 한 거라면 그보다 더 나빴다. 학교로 데리고 오는 게 잘못이었다면? 면도칼을 찾았다거나 이불을 천장 파이프에 감아서 목을 매었다면?

전화를 받아보니 다행히 신준이었다.

"리, 부탁이 있어. 아빠하고 일요일에 떠날 거야."

"아주 가는 거야?"

"아마 그렇게 될 거야."

"정말? 서운하다. 아니, 너한텐 잘된 거지?"

"집에 있는 게 더 나을지도 몰라. 부탁할 게 있어. 내 책상 가운데 서랍에 있는 여권 가져다줄 수 있어?"

"그럼. 오늘 밤에 필요해?"

"내일도 괜찮아. 나 지금 배가 아주 뚱뚱해. 왠지 알아?"

"네 배는 절대 안 뚱뚱해."

"캐러멜 많이 먹었거든. 한 봉지 다."

"맛있었겠다."

내가 말했다.

문득 나는 내가 신준을 그리워하고 있음을 깨달았다. 지금 이 순간에도 나는 신준이 보고 싶다.

오전 수업이 끝나고 오후 시합이 시작되기 전, 식당에서는 정식으로 점심을 준비하는 대신 샌드위치 재료들과 과일, 쿠키 같은 것들을 긴 탁자에 늘어놓았다. 식당에서 먹을 수도 있었고, 종이 봉지에 담아서 버스에서 먹을 수도 있었다. 나는 홈 경기였기 때문에 서두를 필요가 없었다. 나는 칠면조 샌드위치를 만들어서 나와 같은 농구팀인 디드, 스쿼시팀인 애스패드, 그리고 몇몇 남자애들과 한 테이블에 앉았다. 마침내 주말이 왔다는 안도감이 밀려왔다. 시합에 대해서도 별로 걱정되지 않았다. 상대 팀인 고든 고등학교는 지난 12월 우리가 12점차로 크게 이긴 팀이었다.

감자칩을 먹고 있는데 누군가 내 등을 툭 쳤다. 나는 마사이거나 다른 친구일 거라고 짐작하면서 무심코 돌아보았다. 데이빗 바도였다. 내 온몸이 꼿꼿하게 얼어붙었다. 앞치마를 한 그의 얼굴은 땀에 젖은 채로 벌겋게 상기되어 있었고, 이마에는 땀이 송골송골 맺혀 있었다.

"리!"

나는 디드와 데빈 빌링거 사이에 앉아 있었다. 데이빗을 쳐다보려면 왼쪽을 돌아보아야 했다. 디드도 오른쪽으로 몸을 돌려 데이빗을 바라보았다.

"누나가 내일 차를 쓴다는데, 우리 약속 연기해도 될까요?"

나는 한참이 지난 뒤에야 내가 대답을 해야 한다는 사실을 깨달았다.

나는 침을 꿀꺽 삼켰다.

"좋아요."

"다음 주는 언제라도 상관없어요. 화요일하고 목요일 저녁에는 일을 해야 하지만 샌디가 교대해주기로 했으니까 어느 날이건 괜찮아요."

"좋아요."

"좋다는 건, 어느 날이 좋다는 뜻이에요?"

"나도 잘… 모르겠어요."

나는 내 목소리가 잦아들면서 공허해지는 것을 느꼈다.

"왜 그래요? 어디 안 좋은 데라도…."

그가 말을 멈추고 주위를 둘러보았다.

"아뇨. 괜찮아요."

내가 말했다.

그가 다시 나를 보았을 때 그는 빈정거리는 듯한 말투로 말했다. 나는 그가 빈정거리는 모습을 그때 처음 보았다.

"알았어요. 무슨 뜻인지 알겠어요. 방해할 생각은 없었어요. 또 봐요."

그는 돌아서서 가버렸고 나는 다시 돌아앉았다. 그리고 누구와도 눈을 마주치지 않고 떨리는 손으로 감자칩을 집어먹었다.

"네 남자친구야?"

애스패드가 물었다.

"아니."

"정말? 맞는 것 같은데?"

"맞아."

데빈이 말했다. 데빈은 내가 아닌 애스패드의 말에 대답하고 있었지만 나는 도저히 이 상황을 견딜 수가 없었다. 가슴이 뛰었다. 다른 사람들도 이 사실을 알게 될까? 데빈의 룸메이트인 크로스 슈가맨도? 다들 나를 어떻게 생각할까? 리 피오라와 주방 직원과의 관계를 어떤 식으로 표현할까? 하지만 정말 중요한 문제는 왜 내가 이런 상황을 예측하지 못했느냐는 것이었다. 왜 나는 데이빗이 신중한 사람일 거라고 지레 믿어버렸을까?

"이름이라도 말해줘."

애스패드가 말했고, 나는 빨리 이 순간이 지나가 버렸으면 하는 마음에 온몸이 후끈 달아올랐다. 속이 울렁거렸다.

"참치가 완전히 맛이 갔어."

옆에 앉았던 디드가 말했다.

"못 봤냐? 참치 요리에 '뒷일은 책임지지 않음'이라고 써 있었는데."

데빈이 말했다.

"하, 하, 하."

디드가 억지로 웃는 척했다.

시합 직전 탈의실에서 디드가 내게 다가왔다.

"너 그 사람하고 데이트할 거니?"

내가 아니라고 대답했다.

"괜찮은 사람 같긴 한데, 넌 얼트 학생이야. 네 삶은 여기 있어. 네가 그 남자하고 가려고 하는 레이몬드의 볼링장 같은 곳에 있지 않다고. 내가 속물이라고 생각할지 모르지만 난 진실을 말하는 거야. 너도 남은 학기 동안 아이들한테 따돌림을 당하고 싶진 않겠지?"

나는 아무 말도 하지 않았다.

"네가 학교 직원하고 사귄다면 애들이 분명히 수군거릴 걸."

디드는 내게 그렇게 말했다. 그러나 식당에서 화제를 다른 쪽으로 돌려준 사람도 디드였다. 나는 디드가 결코 나에게 나쁜 감정이 있는 게 아니라는 걸, 그리고 나를 도우려고 했다는 걸 알고 있었다. 디드의 말이 사실이 아니라고 해도, 혹은 일부만이 사실이라고 해도, 나는 디드의 말을 완전히 무시할 수 없었다.

시합이 끝나고 나서 나는 신준의 방에 들렀다. 다행히 클라라는 없었다. 나는 신준이 일러준 곳에서 여권을 꺼낸 뒤 찬바람 속에 젖은 머리를 얼리며 양호실로 갔다. 나는 데이빗과의 일을 생각하지 않으려 애썼다.

어둑어둑해지기 시작한 오후, 나무와 건물들 사이로 지나가는 아무 생각 없는 사람이 되려고 애썼다. 지금부터 그 어떤 일에도 얽매이지 않고 아무 흔적도 남기지 않으리라고 다짐했다. 내가 있었던 자리에는 그 어떤 증거도 남기지 않겠다고.

데이빗과 그다음 날, 어쩌면 앞으로 영원히 데이트를 하지 않아도 된다는 사실에 한편으로는 마음이 놓였다. 또 한편으로는 많은 사람들이 있는 곳에서 공개적으로 말을 걸어서 내가 못되게 굴도록 만든 데이빗에게 화가 났다. 나는 그와의 만남을 저녁 늦게, 은밀하게 이루어지는 걸 생각했는데, 그에게는 전혀 숨길 일이 아니었다는 뜻일까? 어쨌건, 또 한편으로 나는 부끄러웠다. 부끄러운 감정은 내 감정에서 가장 크고 진실한 부분이었지만 가장 덜 중요한 것이기도 했다. 그것은 목 안의 가시였고, 평생 나를 따라다닐 것이다.

사실, 가장 즉각적인 감정은 안도감이었다. 당시 나에게는 어떤 결론이라도 나쁜 결론은 없었다. 무언가가 끝나면 기대하고 걱정하는 것도 끝이었다. 실수를 되새겨보거나 그 실수를 수치스러워할 수는 있지만 일단 상자가 봉인되고 문이 닫히면 그때부터는 이러지도 저러지도 못하고 쩔쩔맬 필요가 없었다.

양호실에 가보니 사흘 전 신준의 아빠가 신준을 내려주던 날 있었던 간호사가 그대로 있었다.

"너희 정말 좋은 친구들이구나. 방문객이 많아서 외롭진 않겠다."

간호사가 말했다.

노크를 한 뒤 신준의 병실 문을 연 순간, 나는 그 자리에 얼어붙고 말았다. 두 사람이 침대 위에서 숨을 헐떡이며 서로를 애무하고 있었다. 두 사람 모두 옷을 입은 채였다. 만약 그렇지 않았다면 나는 그대로 기절해버렸을 것이다. 클라라가 위에 있었다. 클라라의 체격이 너무 컸던 데다 내 자신이 한 번도 그런 경험을 해본 적이 없었기 때문에, 처음에 나는

354

클라라가 신준을 공격하는 것으로 착각했다. 클라라는 신준의 목을 핥고 있었고, 신준은 클라라의 등을 움켜쥐고 있었다. 두 사람이 한데 뒤엉켜 몸부림치는 동안 침대가 흔들렸다. 두 번째로 떠오른 생각은 섹스는 언제나 거칠다는 것이었다. 만약 내가 미리 그런 상상을 해보았다면 여자들의 섹스는 남녀의 섹스와는 다를 거라고 생각했을 것이다. 그러나 실제로는 전혀 그렇지 않았다. 누구나 어느 정도는 관음증을 갖고 있을지는 모르겠지만, 나에겐 분명히 관음증이 있었다. 그들을 지켜보는 것만으로도 황홀했다. 누가 짐작이나 했겠는가? 상대가 클라라였음에도 불구하고 섹스는 섹시했다.

클라라는 무릎을 꿇은 채 신준의 목에서 가슴으로 얼굴을 움직이며 신준의 셔츠를 풀어헤쳐 맨살이 드러나게 했다. 신준이 고개를 옆으로 돌리며 눈을 떴고, 그 순간 나와 눈이 마주쳤다. 신준은 소리를 질렀고, 클라라도 고개를 돌려 나를 보았다. 신준은 몹시 두렵고 화가 난 듯이 보였고, 클라라는 어리둥절한 것 같았다.

"아이고! 미안해. 난, 난…."

"나가! 나가!"

신준이 한국말로 소리쳤다.

"미안해."

나는 여권을 바닥에 던지고 밖으로 뛰쳐나갔다. 신입생 시절, 게이츠 메드코우스키에 대한 집착으로 고민하면서도 정작 내 룸메이트가 여자와 키스를 할 줄은 꿈에도 몰랐다. 그날 저녁, 신준과 클라라의 모습을 떠올리자 마치 영화의 한 장면을 본 것 같은 느낌이 들었다. 얼트 캠퍼스 어디에서도 나는 그렇게 열정적인 장면을 본 적이 없었다.

신준이 아빠와 떠나기 전에 나는 다시 신준을 보지 못했다. 나는 영원히 신준을 볼 수 없을 거라고 생각했지만 그렇지는 않았다. 신준은 졸업반으로 진급하기 위해 그해 가을, 학교로 돌아왔다. 그해 졸업반 진급을 앞둔 여름, 나는 신준에게서 편지를 받았다. 하늘색 국제 우편 봉투에 조심스러운 필체로 쓴 신준의 편지에는 인디애나주 부모님 집 주소가 적혀 있었다.

엄마는 편지 봉투를 스크랩북에 넣어두라고 했다. 엄마는 내게 스크랩북이 없다는 걸 잊은 모양이었다.

'클라라하고 사귀었지만 이젠 다 끝났어. 내년에는 클라라와 한 방을 쓰지 않을 거야. 네가 아무한테도 말 안 했으면 좋겠어.'

신준은 편지의 마지막에 '너의 영원한 친구 신준으로부터'라고 쓰고 서명을 한 뒤 그 옆에 웃는 얼굴을 그려 넣었다. 그해 9월에 우리가 다시 만났을 때 놀랍게도 우리의 관계는 신준이 약을 먹기 이전과 똑같은 상태로 돌아가 있었다. 우리는 서로를 챙겨주었지만, 그날 일에 대해서는 한마디도 나누지 않았다. 훗날 신준은 내가 얼트를 졸업하고도 소식을 주고받는 몇 안 되는 친구 중 한 명이 되었다. 신준은 부모님을 제외한 모든 주변 사람들에게 자신이 레즈비언임을 선언했다. 신준은 머리를 짧게 잘랐고, 한쪽 귀에 동그란 은색 귀고리를 하고 다녔다. 훗날 나는 신준에게서 그 사건에 관한 이야기를 전부 들을 수 있었다. 신준이 먼저 클라라를 좋아했다고 했다. 그 이야기를 들었을 때 우리는 신준과 신준의 여자친구 줄리가 동거하는 시애틀의 어느 아파트 근처 부둣가에 있었다. 신준은 시애틀 근교의 연구소에서 신경생물학자로 일하고 있었다. 신준과 나 사이에 특별한 계기가 있어서 서로에게 모든 걸 털어놓게 된 건 아니었다. 아마도 대학을 졸업하면서 우리가 성인이 되었고, 그런 얘기가 더 이상은 금기가 아닌 일상적인 화제가 되었기 때문인 것 같았다.

"왜 하필 클라라였어?"

내가 물었다.

"클라라가 내 룸메이트였잖아. 그래서 편리했어."

나는 하마터면 웃을 뻔했다. 그 당시 클라라는 우리 학년에서 가장 결혼을 빨리 한 사람 중 한 명이었고, 이미 아들까지 두고 있었다. 클라라와 클라라의 남편은 버지니아대학에서 만났다. 클라라의 남편은 웨스트버지니아 출신으로 결혼식을 한 뒤 둘은 웨스트버지니아로 내려가서 가족 사업인 광산 사업을 관리했다. 그들의 사진이 얼트 계간지에 실렸는데, 클라라는 긴 드레스에 베일을 쓰고, 연미복을 입은 금발머리 남자 곁에 서 있었다.

신준은 클라라가 레즈비언이 아니라고 생각했다고 한다. 그러나 클라라가 심성이 착하다는 것도 알고 있었다. 그들의 관계는 크리스마스 직후부터 시작되었는데 관계가 오래 지속될수록 신준은 죄책감을 느꼈다. 신준이 끝내자고 할 때마다 클라라는 몹시 날카로워졌다.

"날 사랑한다고 했어. 하지만 클라라는 섹스를 사랑했던 것 같아."

신준이 말했다.

그때 나는 웃음을 터뜨렸다. 도저히 참을 수가 없었다. 신준도 웃었다. 그러나 나는 클라라가 존경스럽다는 생각을 떨쳐버릴 수가 없었다. 클라라가 어리석은 애였는지, 아니면 유난히 섹스를 좋아하는 애였는지는 잘 모르겠지만 용감했던 것만은 분명한 사실이었다.

그날 점심 이후 나는 데이빗 바도와 한 번도 이야기를 나누지 않았다. 3학년 남은 기간 동안 나는 그를 철저히 피했다. 심지어 눈조차 마주치지 않았다. 그건 그리 어렵지 않았다. 그러나 봄학기가 끝날 무렵, 나는 양심의 가책을 조금 느꼈다. 어쩌면 그동안 내내 느끼던 감정이 더욱 확대된 것일 수도 있었다. 그때부터 나는 주방 안을 흘금거리기 시작했다. 6월 초 나는 그의 팔이 검게 그을린 것을 보았다. 그는 종종 다른 직원들과 농담을 주고받곤 했다. 그는 한 번도 날 쳐다보지 않았고, 그제야 나는 지난 몇 달 동안 그를 피하기가 그렇게 쉬웠던 이유가 따로 있었는지도 모른다는 생각이 들었다. 4학년이 되었을 때 그는 더 이상 얼트에서 일하지 않았고, 그의 누나 린이 다시 돌아왔다. 나는 몇 번이나 데이빗이 어디로 갔는지 물어볼까 생각했지만 린에게 내가 누구인지 상기시켜주기가 두려웠다. 어쩌면 그는 캘리포니아로 갔다가 그곳이 너무 마음에 들어 아예 눌러앉아 버렸는지도 모른다.

데이빗이 내가 장학생이라는 사실을 알았더라면 좋았을 거라는 생각을 해본다. 그랬다면 내가 왜 그런 식으로 행동할 수밖에 없었는지 그도 이해했을 것이다. 만약 애스패드 몽고메리였다면 그와 데이트를 했다고 해도 전혀 문제가 되지 않았을 거다. 그러나 우리 부모님의 차는 그의 세비 노바보다 전혀 나을 게 없었다. 물론 당시 나는 남자와 사귄다는 것을 상상할 수도 없었다. 한마디로 나는 연애를 할 만한 성격이 못 되었다.

하지만 무슨 말로도 내 행동을 정당화할 수는 없다. 나는 잘못 처신했고 일을 그르쳤다. 더 이상 무슨 말을 할 수 있겠는가? 그러나 나는 데이빗에게 많은 것을 배웠다. 훗날 크로스 슈가맨과의 사이에서 비슷한 일이 일어났을 때, 나는 데이빗과의 일이 크로스를 위한 연습이었고 준비였다는 생각이 들었다. 콘치타가 나에게 마사와의 우정을 준비시켜주었던 것처럼 그가 내게 준비를 시켜준 것이다. 우리는 때로 사람들에게 잘못을 저지르고 나서야 다른 사람을 제대로 대할 줄 알게 된다. 조금 계산적으로 들릴지 모르겠지만, 나는 내가 그런 시험적인 인간관계를 경험했던 게 다행이었다고 생각한다. 결국 모든 것이 공평한 게 아닐까. 나 역시 누군가에게 연습용이었던 적이 있을 테니까.

어쩌면 내 생각이 틀렸을 수도 있다. 데이빗은 크로스에게로 가는 관문이 아니었을 수도 있다. 데이빗은 그저 데이빗이었을 뿐이고, 상황은 전혀 다르게 발전되었을 수도 있다. 만약 그의 누나가 그 일요일에 차가 필요하지 않았다면, 그리고 우리가 계획대로 데이트를 했다면 모든 게 달라졌을 수도 있다. 나는 그날 저녁이 엉망이 되는 상상을 했지만 엉망이 될 가능성이 있었던 것처럼 멋지게 끝날 가능성도 있지 않았을까?

우리는 식당 뒤에서 만난다. 그는 울 스웨터를 입고 있고, 편안해 보이고, 그와 나는 허물없이 이야기를 주고받는다. 그는 레스토랑에 들어갈 때 문을 잡아주는 것 같은 사려 깊은 행동들을 한다. 그러나 그런 행동을 나는 전혀 거북해하지 않는다. 그의 향수 냄새는 적당하다. 주차장에서 빙판에 미끄러지지도 않고, 자기 포크로 나에게 디저트를 먹여주려 하지도 않는다. 썩 근사한 레스토랑은 아니었지만 테이블 위에는 촛불이 있다. 촛불이 깜빡인다. 음식도 훌륭하다. 우리 둘 다 말을 많이 하지도 않지만 그렇다고 너무 조용하지도 않다. 가끔 함께 웃기도 하지만 진짜 우스워서 웃는 것이다. 그날 밤 내내 내가 신경을 쓰는 건 우리가 헤어질 때 키스를 하느냐 마느냐 그것뿐이다.

당시에 나는 알지 못했다. 내가 데이트의 세계에 첫발을 내딛고 있었다는 것을. 그리고 데이트라는 것이 반드시 굉장한 사건일 필요는 없다는 것을. 데이트가 반드시 엄청난 집착이거나 아무것도 아닌 것, 그러니까 사랑이거나 무관심이거나 둘 중 하나일 필요는 없었다. 그 중간 지대도 존재하는 것이다. 게다가 추운 겨울밤, 예쁘게 차려입고 누군가와 외출을 하는 것도 그리 나쁘진 않았을 것이다.

봄맞이 대청소

3학년이 끝나갈 무렵의 5월, 오전 휴식 시간에 열린 총회에서 마사가 4학년 학생회장 선거 후보에 지명되었다. 나는 수학 시험에서 낙제했기 때문에 플레처 학장님에게 불려가느라 그 자리에 참석하지 못했다. 오전 휴식 시간이 끝나는 종이 울릴 때 나는 복도에서 마사를 만났다. 우리는 3층 복도에 서 있었다. 마사는 예술사 수업을, 나는 스페인어 수업을 들으러 가던 길이었다.

"학장님이 뭐라셔?"

마사가 물었다.

"나중에 말해줄게."

나는 고개를 저었다.

"그렇게 심각해?"

"아니."

내가 말했다.

마사가 나를 쳐다보았다.

"조금 심각하긴 해."

내가 말했다.

"오늘 밤에 오브리 만나기로 했지?"

오브리는 나의 수학 개인 과외교사였다. 부끄럽게도 3학년인 나를 가르치는 오브리는 신입생이었다. 나는 고개를 끄덕였다.

"이번에는 극방정식 좀 제대로 설명해달라고 해."

"마사, 내가 낙제한 건 오브리 잘못이 아니야."

두 번째 종이 울렸다. 공책과 펜을 준비하고 자리에 앉아 있어야 할 시간임을 알리는 종이었다.

내 말에 마사는 움찔했다.

"나중에 얘기하자. 너무 걱정하지 마."

나는 고개를 끄덕였다.

"통과할 수 있을 거야."

나는 계속 고개를 끄덕였다.

"무슨 말이든 좀 해봐."

마사가 말했다.

"무슨 말?"

마사가 웃었다.

"좋아. 그 말이면 됐어. 그만 갈게."

마사는 예술사 강의실로 서둘러 내려갔다. 스페인어 강의실 문을 연 순간, 교실 안의 무거운 분위기가 내 기분과 똑같다는 생각이 들었다.

그러나 마사는 학생회장 후보로 지명되었다는 얘기를 하지 않았다. 그 소식을 나는 닉 차피에게서 처음 들었다.

"네 룸메이트, 어떻게 생각해?"

점심시간에 닉이 내게 물었다.

"성격이 어떠냐고?"

내가 되물었다. 나는 당연한 질문을 했다고 생각했는데 닉은 정말 이상한 소리를 한다는 듯 나를 쳐다보았다.

"아니. 후보 지명된 거 말이야."

"무슨 후보? 혹시 마사가 학생회장 후보에 지명된 건 아니겠지?"

"맞아."

"정말이야?"

"제발 진정해라."

그것은 내가 가장 듣기 싫어하는 말이었다. 특히 남자애한테서는. 물론 내 목소리가 보통 때보다 반 옥타브 정도 올라갔을 것이다. 그러나 나는 그에게 말해주고 싶었다. 이 정도 가지고 뭘 그러냐고. 나는 벌떡 일어나 그를 끌어안지도 않았고, 행복한 비명을 지르지도 않았다. 만약 내가 행복한 비명을 질러야 할 때가 있다면 바로 지금이 그때일 것이다. 왜냐하면, 4학년 학생회장은 후보로 지명되는 것만으로도 대단한 일이기 때문이었다. 학생회장은 학년마다 두 명이 선출되었다. 남학생 한 명, 여학생 한 명이었다. 내가 얼트에 입학하던 해의 봄에 처음으로 실시된 제도였다. 학년마다 학생회장을 한 명만 뽑으면 항상 남자가 당선되었기 때문이다. 4학년 학생회장은 아침 조회를 진행하는 것은 물론 규율위원회를 운영한다. 졸업한 뒤에 그들의 이름은 식당에 있는 흰 대리석 위에 새겨지고 금으로 칠해진다. 내가 보기에는 뭐니 뭐니 해도 대리석에 이름이 새겨지는 게 가장 큰 특권이었다. 우리 부모님이 학교 식당에 왔을 때도 가장 관심을 보였던 게 바로 그 대리석 벽이었다. 4학년 학생회장이 누리는 또 하나의 특권은, 그들이 항상 하버드에 진학했다는 것이었다. 2년 전 드리스컬 홉킨스가 수시 모집에서 떨어져서 모두 충격을 받았지만 결국 정시 모집에서 합격했다.

사실 마사가 후보에 오른 건 전혀 놀라운 일이 아니었다. 마사는 똑똑하고 성실한 애였고, 누구에게나 친절했다. 게다가 3학년 초부터 학년 대표로 규율위원회에 참석했다. 그러나 사실 어떻게 보면 놀라운 일이기도 했다. 왜냐하면 마사는 평범했으니까. 얼트에서 마사는 눈에 띄지 않고 별로 인기가 없는 축에 들었다. 얼트의 학생회장이 된다는 건 얼트에서 가장 인기 있는 학생이라는 것을 의미했고, 평생 내세울 만한 자랑거리를 갖는다는 것을 의미했다. 식당의 대리석에 영원히 이름이 새겨지는 것만 해도 그렇지 않은가? 그것도 금으로.

4학년 학생회장으로 뽑히는 것이 행운인 또 다른 이유는 원한다고 할 수 있는 게 아니라는 것이다. 본인이 스스로 출마하는 건 불가능했다. 누군가의 추천을 받아야만 가능했다. 게다가 친한 친구가 추천하는 것은 너무 속셈이 드러나기 때문에, 차라리 하늘에서 기회가 떨어지기를 기다려야 한다는 말이 옳았다. 일단 후보에 지명되면 연설을 하거나 포스터를 붙일 수도 없었다. 선거 운동은 추한 것으로 여겨졌고 비난의 대상이 되었다. 무언가를 원하고, 드러내놓고 그것을 추구하는 것에 대한 거부 반응은 얼트를 떠난 뒤에도 한동안 내게 남아 있었다. 대학을 졸업한 뒤 아빠가 내게 취업에 그다지 열의를 보이지 않는 것 같아 걱정이라고 했을 때, 나는 충격을 받았다. 그런 열정이 밖으로 드러나야 하는 것이었던가? 열정을 드러내는 건 혐오스러운 일이 아니었던가? 열정은 탐욕, 결핍과 동의어가 아니었던가? 나는 일자리를 원하는 건 너무나 당연한 일이라고 생각했다. 그렇지 않고서야 취업 면접을 보러 그 자리에 나타날 이유가 없다는 걸 면접관 역시 모를 리가 없었다.

"다른 후보들은 누구야?"

내가 닉에게 물었다.

"애스패드, 그리고 당연히 질리언도 있어."

그들 둘은 예측 가능한 인물들이었다. 애스패드는 우리 학년의 여왕이

363

었고, 질리언 해더웨이는 2학년과 3학년 때 학생회장을 했기 때문에 물망에 오른 게 당연했다. 질리언은 모든 면에서 두각을 나타냈다. 특히 필드하키와 아이스하키를 잘했고 성격이 온화했으며, 똑똑하기까지 했다. 수업 시간에나 점심시간에, 그리고 시합을 할 때조차 질리언은 절대 초조해하거나 안달하는 법이 없었다. 처음 얼트에 왔을 때 나는 질리언의 그러한 면모에 무척 감동했다. 그러다가 몇 달 전 점심 식사 시간에 질리언과 질리언의 남자친구 루크 브라운과 한자리에 앉은 적이 있었다. 7교시가 끝난 뒤라 점심시간이 훨씬 지나 있었다. 나는 2시가 되어서야 식당에 들어섰다. 식당에 3학년생이라고는 그들 두 사람밖에 없었기 때문에 나는 혹시 내가 그들의 데이트를 방해하는 것은 아닌가 걱정했다. 그러나 그들이 주고받는 대화는 전혀 예상 밖이었다. 20여 분 동안 그들은 골든 레트리버와 래브라도 레트리버 중 어떤 개가 더 나은가에 관해 토론을 벌였다. 특정한 개나 어린 시절에 키웠던 개의 추억담도 아니고 어느 종이 더 똑똑한지, 왜 두 종 모두 고관절 탈골증을 앓는지에 관한 이야기였다. 나는 고관절 탈골증이 무엇인지도 몰랐지만 그들에게 묻지도 않았다. 그들의 이야기는 스키를 탈 때 인공설과 자연설이 어떤 느낌의 차이가 있느냐로 넘어갔다가, 루크의 형이 몰고 다니는 지프는 스노우 타이어의 무늬가 서로 다른 것을 끼웠는데도 전혀 차이가 없다는 얘기로 넘어갔다. 그들이 얘기하는 것들에 대해 아는 바가 없기도 했지만 나는 놀라서 입을 다물 수가 없었다. 그 둘은 원래 그렇게 지루한 애들일까? 1년 넘게 사귄 사람과 주고받는 얘기가 고작 그런 것들이라니. 그들은 사람들이나 그들이 걱정하는 문제들, 둘이 함께 있지 않을 때 일어난 사사로운 일들에 관해 이야기하고 싶지는 않은 걸까? 질리언이 늘 편안해 보이는 것은 세상에 대해, 그리고 그 세상 속에서 자신의 위치에 대해 별로 관심이 없기 때문인 것 같았다. 그런 생각이 들면서부터 나는 질리언을 조금 꺼려하게 되었다. 그로부터 며칠 뒤, 아이들이 매사추세츠 주지사가 불법 체류자를 유모로 고용한 사건에 대해 이야기하고 있을 때 그러한 나의 의혹은 더욱 굳어졌다. 질리언이 웃으면서, "지금 이 시점에서 민주당원들이 위선자가 아니기를 기대하는 사람이 있어?"라고 말했던 것이다.

질리언은 자신의 견해에 동의하지 않는 사람이 있을 수도 있다고는 생각하지 않는 것 같았다. 나는 '질리언, 넌 이제 열여섯 살이야. 그런데 벌써 공화당을 지지하는 거야?'라고 묻고 싶었다. 물론 내가 민주당을 지지하게 된 것은 레이건 대통령이 취임 연설을 할 때 아빠가 야유를 했던 어린 시절의 기억 때문이었지만 그럼에도 불구하고 나는 질리언 해더웨이가 마음에 들지 않았다. 이제 질리언이 학생회장 자리를 놓고 마사와 싸우게 되었으니 어쩌면 더 미워하게 될 수도 있었다.

"그러니까 애스패드, 질리언, 마사, 이렇게 셋이야?"

"회의가 좀 급하게 진행됐어. 남자 후보도 알고 싶어?"

"누구누구야?"

"나."

"설마!"

"고마워, 리. 그거 칭찬이지?"

"농담인지 진담인지 확실치가 않아서…."

"이봐, 존! 나 학생회장 후보로 지명된 거 맞냐?"

맞은편 테이블에 앉아 있던 존 브린들리가 고개를 들었다.

"내 표는 기대하지 마, 닉."

그들 둘 다 웃었다.

"네 표 필요 없어. 하지만 리는 나를 찍을걸. 자기가 선거 운동 매니저 하겠대. 맞지, 리?"

닉이 말했다.

닉은 존에게 보여주려는 듯 팔꿈치로 나를 툭 쳤다. 물론 얼트에는 선거 운동 매니저라는 것이 없었다. 만약 나와 단 둘이 있었다면 닉은 절대로 나를 팔꿈치로 치지 않았을 것이다. 그래도 나는 이런 식의 장난이 싫지 않았다. 어쨌건 그것은 관심의 표현이기 때문이었다. 그러나 자기들끼리의 대화에 이런 식으로 나를 이용하는 게 불쾌할 때도 있었다. 마치 상자 속에 들어가서 몸이 반으로 잘라지면서도 관객들을 향해 미소를 지어 보여야 하는 마술사의 여조수가 된 것 같은 기분이었다. 마술사는 여자 위에서 농담을 하고 과장된 몸짓을 한다.

"다른 남자 후보들은 누군데?"

내가 물었다.

"어디 보자⋯."

닉은 오른손 손가락을 짚어 가며 말했다.

"다든, 커티, 크로스, 스미스, 그리고 드보."

애스패드와 질리언이 그런 것처럼 그들이 후보에 오른 것도 놀랍지 않았다. 다든 피타드를 제외하면 모두 금융계였다. 다든 역시 질리언과 함께 3학년 학생회장이었다. 그와 크로스가 가장 유력한 후보였다. 내 표는 분명히 다든과 크로스 중 한 명에게로 갈 것이다. 다든은 내가 진심으로 존경하기 때문이고, 크로스는 내가 좋아하기 때문이었다. 한 가지 확실한 건, 내가 닉 차피를 찍는 일은 절대 없을 거라는 사실이었다.

조정 연습을 한 뒤 마사는 역기 운동을 하고 오후 늦게야 방으로 돌아왔다. 정찬회에 참석하기 위해 방을 나서야 할 시간이었다. 나는 침대 위에 앉아 책을 읽고 있었고, 마사는 내게 등을 돌린 채 옷장을 열고 갈아입을 옷을 고르고 있었다.

"내가 반소매 블라우스 세탁 보냈던가?"

마사가 물었다.

"어떤 거?"

"파란 거."

"지금 내가 입고 있는데."

마사가 돌아섰다.

"벗을게."

내가 말했다.

"괜찮아."

마사는 다시 옷장 쪽으로 돌아서서 목과 소매 부분에 분홍색 리본으로 가장자리를 두른 분홍색 티셔츠를 꺼냈다.

나는 자리에서 일어났다.

"마사, 내가 벗는다니까."

늘 마사의 옷을 입었지만 이런 일은 한 번도 없었다. 내 옷을 입으라고 말할 수도 있었지만 마사는 한 번도 내 옷을 입지 않았고, 우리는 그 문제를 놓고 얘기를 한 적이 없었다.

"바보 같은 소리 그만할래?"

마사가 분홍색 셔츠를 뒤집어쓰면서 머리를 빼고 한 팔을 뺀 다음, 겨드랑이 냄새를 맡아보더니 "산들바람처럼 신선한 냄새!"라고 말했다.

마사는 초록색과 짙은 핑크색 소용돌이무늬가 있는 스커트를 꺼내 옷걸이에 걸린 채 허리에 대어보았다.

"어울리지? 참, 너 학장님 만났던 얘기 마저 해주기로… 어머, 리! 이거 너무 멋지다!"

마침내 마사가 내 작품을 보았다. 마사의 컴퓨터 용지와 테이프, 내 형광펜을 이용해서 만든 종이 왕관이었다. 나는 커다랗게 보라색, 초록색, 빨간색 보석들을 그려 넣었고 노란색으로 삼각형 모양의 왕관을 그린 뒤 검은 글씨로 '마사 포터, 4학년 학생회장! 얼트의 여왕!'이라고 썼다.

마사는 왕관을 머리에 얹어보았다.

"어때? 어울려?"

"완벽해. 오늘 정찬회 때 쓰고 가."

마사가 정말 그 왕관을 쓰고 간다면…. 생각만 해도 끔찍했다. 그것은 우연히 학생회장 후보로 지명된 한심한 여자애나 하는 짓이었다.

"너무 신나지 않니?"

내가 말했다.

"글쎄. 후보에 오른 건 기쁘지만 당선되진 못할 거야."

"될 수도 있어."

내가 좀더 열의를 보여야 했을지도 모르지만 실제로 마사가 당선될 확률은 적었고, 마사에게 거짓 연기를 하고 싶지는 않았다. 다른 사람에게는 얼마든지 거짓 연기를 할 수 있었다. 나에겐 진정으로 대하는 한 사람이 있으니까.

"질리언이 될 것 같아. 애스패드는 싫어하는 애들이 너무 많으니까."

"만약 너하고 크로스가 학생회장이 된다면 밤늦게 회의를 하기도 하고, 날마다 둘이 붙어다닐 수도 있겠지?"

마사가 웃었다.

"크로스한테 반한 사람은 내가 아니야. 그런데 너, 그거 알아? 날 추천한 사람이 바로 크로스라는 거. 정말 이상하지?"

나와는 달리 마사는 크로스와 같이 듣는 수업이 몇 개 있었기 때문에 크로스에 대한 소식을 내게 전해주곤 했다.

'화학 실험을 하는데 데빈이 크로스의 버너를 넘어뜨려서 테이블에 불이 붙었어'라든가, '이번 연휴 때 크로스는 자기 형이 있는 보우도인에 갔다 온대'와 같은 소식이었다. 그러나 크로스와 마사가 가깝게 지낸다는 느낌은 받지 못했다.

"그리고 콘치타가 두 번째로 날 추천했어."

마사가 말했다.

역시 놀랄 일은 아니었다. 1학년 이후로 콘치타는 나와 거의 말을 하지 않았지만 마사와는 여전히 친하게 지냈다.

"아무래도 크로스가 널 좋아하나 봐."

그렇게 되면 정말 끔찍할 거라고 생각하는 내 마음이 들키지 않기를 바라면서 내가 말했다.

"이상한 소리 그만해. 식사하러 갈 시간이야."

마사는 왕관을 벗어 책상 위에 올려놓았다.

"언젠가 네가 널 무척 사랑해주는 사람을 만나게 되면, 내가 고등학교 때 왜 그렇게 자기중심적이고 저 잘난 맛에 사는 애를 좋아했었나 하게 될걸."

"마사, 내 말 잘 들어."

나는 이미 본격적으로 크로스에 관한 대화를 나눌 채비를 하고 있었다. 이런 식의 대화야말로 내 감정을 지속되게 만들어주었고, 비록 한 번도 제대로 이야기를 나누어본 적이 없는데도 불구하고 크로스를 내 삶 속에 존재하게 만들었다.

"첫째, 왜 크로스가 자기중심적이라고 생각해? 둘째, 만약 내가 시간을 낭비하고 있는 거라면, 그건 크로스가 앞으로도 절대로 나를 좋아하지 않을 거란 뜻이니?"

다른 학생들도 식당으로 향하고 있었다. 여자애들은 젖은 머리에 파스텔 톤 블라우스와 꽃무늬 스커트, 에스퍼드릴(끈을 발목에 매는 샌들-옮긴이)을 신고 있었고, 남자애들은 흰색이나 엷은 하늘색 셔츠에 타이를 매고, 블레이저와 카키색 반바지 차림이었다. 얼트에서는 저녁 식사 시간이야말로 가장 중요한 시간이었다.

"크로스는 좀 거만하잖아. 자기가 잘생겼고 운동도 잘한다는 걸 알고 있어. 여자애들이 자길 좋아한다는 것도. 하지만 그게 어쨌다는 거야? 그게 그렇게 대단해?"

"난 크로스가 거만하다고 생각하지 않아. 절대로."

내가 말했다.

"어쨌건 자신만만한 건 사실이야. 그리고 두 번째 질문이 뭐였지? 아, 맞아. 내가 그 보라색 원숭이가 앞으로도 널 좋아하지 않을 거라고 생각한다고?"

보라색 원숭이는 우리가 밖에서 크로스의 이야기를 할 때 그의 이름 대신 사용하는 암호였다.

"어디, 내 수정 구슬을 좀 들여다볼까?"

마사는 앞에 동그란 물건을 잡는 시늉을 했다.

"어디 보자…. 두 사람은 서로 얘기조차 하지 않고 있네요! 무슨 일이건 일어나길 원한다면 먼저 그와 이야기를 하도록 하세요!"

"크로스는 나하고 얘기하고 싶어하지 않아. 뭐가 아쉬워서 그러겠어?"

어느새 대화의 활기가 사라지고 있었고, 나는 내 말이 하나의 가능성으로 느껴졌다. 내 자신이 가라앉은 듯한 기분이 들었다. 마사도 내가 한 말을 부정하지는 않았다.

"너 학장님하고 무슨 얘기했는지 아직 말 안 했어. 이번에는 딴 얘기로 돌릴 생각하지 마."

수학 얘기가 나온 순간 나는 가라앉다 못해 완전히 바닥으로 곤두박질쳤다. 우리는 식사를 하러 가는 길이었다. 따스한 5월 저녁이었고, 운동장 저편에서 저무는 태양이 하늘을 분홍빛과 오렌지빛으로 아름답게 물들이고 있었다. 하지만 저녁 식사에는 간 요리가 나올 것이고, 나는 애스패드가 브래지어를 하는지 안 하는지에 대해 아무 거리낌 없이 떠들어댈 2학년 남자애들과 한 테이블에 앉게 될 것이다. 마사는 4학년 학생회장이 되지 못할 것이고, 나는 결코 크로스의 여자친구가 될 수 없을 것이다. 날씨나 노래 같은 것들이 가끔 현실을 잊게 만들어줄 수는 있지만 그래도 여전히 나는 나였다.

"플레처 학장님이 내 수학 평점이 58점이라는 얘기를 프로섹 선생님한테 전해 들었대. 학기 중에 학교에서 보낸 편지를 받고 부모님이 뭐라고 하셨냐고 물으시길래 공부 열심히 하라고 했다고 그랬어."

사실 아빠가 한 말은 정확히, "이런 점수라면 차라리 네가 수업을 아예 들어가지 않은 것이길 바란다"였다. 1년 동안 수업을 한 번도 빠진 적이 없다고 하자 아빠는 "그럼 도대체 뭐가 잘못된 거냐? 시험 보기 전에 마약이라도 한 거냐?"라고 물었다. 그때 엄마가 아빠를 밀쳐내고 수화기를 들었다. "리, 라미레즈 선생님이 자기가 가르친 학생 중에 네가 제일 수학을 잘하는 애라고 했던 거 기억하니?"라고 말했다. 물론 나 역시 그 말을 기억하고 있었지만 그건 4학년 때였다고 엄마에게 말할 수밖에 없었다.

"이상한 건, 플레처 학장님이…."

나는 말을 멈추었다.

"뭐라고?"

"학장님이 이런 말씀을 하시더라. '리, 넌 얼트의 소중한 학생이란다' 그리고 어쩌고저쩌고 하시더니, '하지만 아주 중대한 사안이 있어. 만약 네가 점수를 끌어올리지 못한다면 얼트가 너한테 맞는 곳인지 다시 한 번 생각해봐야 할 것 같구나'라고 하시더라."

"리…."

마사가 말했다.

나는 침을 꿀꺽 삼켰다. 우리는 예배당을 지나치고 있었고, 식당까지는 30미터 정도가 남아 있었다. 샐러드바, 냅킨, 얼음…. 나는 그런 것들을 생각했다. 그리고 또 한 번 침을 꿀꺽 삼켰다. 절대로 울지 않을 생각이었다.

"네가 봄맞이 대청소의 대상이 될 근거는 없어."

마사가 말했다.

"학장님은 봄맞이 대청소라는 말은 하지 않으셨어."

마사가 나를 쳐다보았고, 마사의 시선을 느낀 나도 마사를 보았다.

"리, 생각해봐. 그런 단어를 사용하지 않으셨어도 결국 그런 의미일 거야."

이번에는 눈물이 쏟아지기 직전의 전율이라기보다는 강한 충격이 밀려왔다.

"내가 그 자리에 없었지만 분명히 말할 수 있는 건, 선생님들은 결코, '우린 이번 봄맞이 대청소에 널 포함시킬 생각이란다'라고 말하지 않아. 아이들이나 그런 식으로 말하겠지."

문득 나는 내가 얼트에 온 이래 '청소' 되었던 아이들이 모두 떠올랐다. 신입생 때 알피 하워즈는 항상 복장이 단정치가 못했다. 가방에서 종이가 쏟아져 나오기 일쑤였고, 셔츠는 바지 밖으로 삐져나왔고, 콧물이 흘렀으며, 항상 지각이었다. 다른 아이들이 아침 식사를 끝내고 예배당으로 이동하는 시간에 그는 식당을 빠져나오는 학생들 틈을 헤치고 식당으로 들어갔다. 처음부터 그는 얼트에 오지 말았어야 했다. 처음부터 부모를 떠나지 말았어야 했다. 그러나 그는 4대에 걸친 유산의 상속자였고, 다른 이유는 제쳐두고라도 그 이유 한 가지만으로도 나는 그가 제적당했을 때 무척 놀랐다. 알피와 같은 운명을 피할 수 없었던 또 한 사람은 핀란드와 라오스 혼혈인 3학년생 메이지 빌라이폰으로, 부모님이 스파이라는 소문이 있었다. 메이지는 일곱 살 때부터 기숙학교에 다녔고, 7개 국어에 능통했다. 한번은 메이지가 쇼핑 카탈로그를 보고 천 달러짜리 발 마사지기를 주문했는데, 휴게실에서 두어 번 사용한 뒤 물에 곰팡이가 낄 정도로 오랫동안 방치해두었다가 쓰레기통에 통째로 내다버린 일이 있었다. 물론 그것 때문에 제적을 당한 건 아니다. 소문에 의하면 학교 측에서는 메이지가 코카인을 흡입한다는 걸 알고 있었지만 물증을 잡지 못했다고 한다. 그래서 메이지의 기숙사 사감이었던 모리노 선생님은 메이지의 방에 아무 때나 들어가 고양이를 보았냐고 묻거나 그

주 일요일에 아침 예배 대신 저녁 예배가 있다는 것을 알고 있느냐고 물었다고 했다.

'봄맞이 대청소'가 일반적인 제적과 다른 점은 바로 그것이었다. 이름에서 암시하는 것처럼 봄에 갑자기 시행되는 것이 아니라, 학기가 끝난 뒤 여름 내내 진행되었다. 반드시 결정적인 이유가 있어야 하는 것도 아니었다. 메이지의 경우에도 코카인을 흡입하다가 들킨 적은 한 번도 없었다. 대신 작은 것들이 쌓이는 경우가 더 많았다.

내가 2학년이 된 다음에도 두 명이 더 청소되었다. 레오나 아이코라는 하와이 출신 여자애는 낮에는 하루 종일 잠만 자고 밤새도록 전화통을 붙들고 있거나, 텔레비전 광고를 보거나, 휴게실 토스터 오븐에 스테이크를 구웠다. 또, 다른 사람이 전화를 쓰려고 할 때마다 기다리는 전화가 있다며 가로막았다. 또 한 명은 통학생인 카라 존슨이었다. 카라는 차가운 미인 타입으로, 항상 검은색 아이라이너를 그리고 검은색 진을 입고 다녔다. 색깔이 있는 진은 금지였다. 한번은 선생님이 카라에게 기숙사로 돌아가서 옷을 바꾸어 입고 오라고 했고, 카라는 집에서 통학하기 때문에 불가능하다고 대답했다. 그러자 선생님은 부모님께 전화를 해서 다른 바지를 가져오시라고 하라고 말했다. 카라는 또 부모님이 모두 일을 하시기 때문에 그럴 수 없다고 대답했다. 카라와 나는 스페인어를 같이 들었다. 카라는 수업 준비를 제대로 해온 적이 한 번도 없었다. 번역이나 독해 숙제도 물론 하지 않았지만 가끔은 숙제를 해온 척하느라 애쓰기도 했다. 반면 나는 항상 숙제를 충실히 하는 학생이었다. 물론 숙제를 엉망으로 하는 적도 있었지만 수학 숙제도 빼먹는 법은 없었다.

나는 통금 시간 직전에 카라가 도서관 앞에 서서 부모님을 기다리거나 3학년 혹은 4학년 남자와 이야기를 주고받는 것을 몇 번 보았다. 그들이 서 있는 자세만 보아도 나는 남자들이 카라보다 훨씬 더 적극적이란 걸 알 수 있었다. 카라는 왠지 복잡한 삶을 살고 있는 아이 같았다. 가끔은 술에 취하기도 하고 남자와 싸우거나 거짓말도 하면서 사는 것 같았다. 그러나 카라가 그렇게 살 수밖에 없는 이유는 그 애가 섹시했고, 그녀의 복잡한 환경마저도 카라를 더욱 매혹적으로 만들기 때문이었다. 그러던 어느 날 밤, 나는 카라가 도서관 밖에서 혼자 웅크리고 앉아 있는 모습을 보았다. 비가 오진 않았지만 날씨는 쌀쌀했다. 카라의 모습은 예전에 내가 키우던 개 킹과 어딘가 비슷했다. 킹은 스코티시 테리어로, 나중에 차에 치여 죽었다. 엄마와 나는 늘 함께 킹을 목욕시켜주곤 했다. 물에 젖어서 몸집이 반으로 줄어든 킹이 부르르 떠는 모습을 보고 있자면 견딜 수 없을 정도로 서글퍼졌다. 엄마가 킹을 목욕시킬 때마다 내가 곁에서 도왔던 이유는 그 서글픔을 엄마 혼자 감당하게 하고 싶지 않아서였다. 카라가 제적되었을 때는 아무도 관심을 보이지 않았다. 여자애들과는 워낙 데면데면하게 지냈지만 카라를 쫓아다녔던 남자애들조차 별로 신경 쓰지 않았다. 카라는 떠나고 난 뒤에 사람들이 그리워하는 그런 애가 아니었던 것이다.

매년 얼트의 앨범에는 '우리 곁을 떠났지만 잊혀지지 않은 친구들'이라는 페이지가 있었는데 중도에 그만두지 않았다면 그해에 졸업했을 학생들의 사진이 실려 있었다. 알피의 사진은(나는 이 사진을 대학 신입생 때 보았다. 얼트의 앨범이 그해 가을 우편으로 배달되었기 때문이었다) 그가 얼트를 떠났던 당시 열네 살 소년의 모습이었다. 다른 아이들과 달리 알피는 나이를 먹지 않은 것 같았다. 카라의 사진은 측면에서 찍은 것이라 얼굴 윤곽이 다 보이진 않았지만 아몬드 모양의 눈, 좁고 여우 같은 턱, 웃음기 없는 입은 확인할 수 있었다. 그 페이지에는 리틀 워싱턴이 있었고, 조지 리마스와 잭 무어리가 있었다. 조지는 2학년 봄에 떠났고, 잭은 술을 마시다가 두 번 적발되어서 4학년 11월에 퇴학당했다. 술과 담배, 마리화나, 약물에 관한 학칙 위반은 두 번의 기회가 주어졌고 마약, 부정행위, 거짓말과 같은 심각한 학칙 위반은 한 번만으로도 퇴학감이었다. 3학년 겨울방학이 끝나고 돌아오지 않은 아들러 스틸스도 있었다. 아이들은 아들러를 좋아했다. 하지만 그는 스스로 학교를 그만두었다. 그가 왜 그만두었는지는 아무도 알지 못한 채 수수께끼로 남았다. 나는 그들 모두를 진심으로 존경했다. 이곳에서 내가 아무리 불행하다고 해도 나라면 결코 얼트에서 그렇게 쉽게 돌아서지 못했을 것이다.

마사와 나는 식당에 도착했고, 입구는 붐볐다. 내가 대청소의 대상이 될 수도 있다는 생각, 알피 하워즈나 메이지 빌라이폰, 카라 존슨의 대열에 합류할 수도 있다는 생각은 끔찍할 정도로 낯설었다. 이렇게 붐비는 장소에서 많은 사람들에 둘러싸여 있을 때는 더더욱 그랬다. 나는 혼자 생각할 시간이 필요했다.

"널 겁주려는 게 아니라 만약 학장님이 그런 뜻으로 말씀하셨다면 너도 알아야 할 것 같아서."

마사가 말했다.

"그래. 나도 알아."

"하지만 네가 무슨 문제아라도 되는 것처럼 함부로 대할 순 없을 거야. 왜냐하면 넌 절대로 문제아가 아니니까."

우리는 식당 안으로 들어섰고, 지정된 자리로 가기 위해 헤어져야 할 시간이 되었다. 마사가 나를 쳐다보았다.

"각개전투 실시!"

내가 말했다.

정찬회가 시작되기 직전에 우리 둘 중 한 사람이 반드시 하는 말이었다. 내 말은 효과가 있었다. 마사가 웃었고, 나도 웃었다. 우리는 보통 때와 똑같이 보일 것이다. 그러나 나는 그럴 수가 없었다. 눈앞에 펼쳐진 모든 것들이 아득해졌다. 내가 줄어드는 것 같기도 했다. 모든 것이 거대해지면서 멀어졌다. 잘 차려입은 학생들이 은색 접시와 하얀 식탁보가 깔린 테이블로 향하고 있었다. 지금부터 몇 달 뒤 사우스벤드의 마빈 톰슨 고등학교에 등록하면 나는 내 방 침대에 앉아 숙제를 하면서 오늘의 이 순간을 기억하게 될 것이다. 얼트에서 내 자리가 사라질지도 모른다는 생각을 처음 했던 지금 이 순간을.

오브리를 만나러 가기 위해 도서관에서 나오는 길에 나는 정기간행물실의 유리문 안에 있는 디드를 보았다. 디드는 고개를 숙인 채 잡지를 읽고 있었다. 나는 그냥 지나치려 했지만 디드가 고개를 들었다.

"리!"

디드가 나를 불렀고 나는 손을 흔들었다. 디드와 눈을 맞춘 게 잘못이었다. 디드는 손가락을 들어 보이며 '기다려!'라고 말하는 것 같더니 잡지를 탁자 위에 올려놓고 밖으로 나왔다.

"마사 일 말이야. 좀 잘못된 거 아니니? 정말 충격이야."

디드의 목소리는 명랑하면서도 다정했다.

"뭐가 충격이야? 마사는 훌륭한 학생회장이 될 거야."

"물론 마사가 성실한 애라는 건 알지만…."

디드는 '성실한'이라는 단어에 양손으로 따옴표 모양을 만들었다. 그건 무슨 의미일까? 마사가 성실하지 않다는 뜻일까? 아니면 성실하다는 말로는 뭔가 부족하다는 뜻일까?

"사실 별로 가능성이 없잖아."

디드가 말했다.

몇 시간 전에 마사가 똑같은 말을 했을 때 그것은 서글픈 현실처럼 느껴졌다. 그러나 디드의 말은 마사를 비난하는 것처럼 들렸다.

"누가 이길지는 아무도 몰라."

내가 말했다.

디드는 억지로 웃는 시늉을 했고, 나는 디드의 뺨을 한 대 갈겨주고 싶은 충동을 느꼈다. 디드와 나의 서로에 대한 반감 속에는 자매 같은 친밀감이 숨어 있었다. 한번은 신입생 때, 얼굴을 맞대고 서서 말다툼을 한 적이 있었다. 디드는 내 머리카락을 잡아당겼고, 디드의 어린애 같은 행동에 나는 그만 웃음을 터뜨리고 말았다. 디드는 부끄러워하면서, "왜? 왜 그러는데?" 하고 묻다가 자기도 웃었다. 그 뒤로는 더 이상 싸울 수가 없었다. 디드와 나는 정반대이지만 한편으로는 기분 나쁠 정도로 닮았다. 디드는 열정을 가장했고, 나는 무심함을 가장하는 것뿐이었다. 디드는 애스패드 몽고메리나 크로스 슈가맨 같은 애들을 쫓아다녔지만, 나는 절대로 그들 두 사람에게 말을 걸지 않았다.

"애스패드가 이길 거라고 생각하나 본데, 솔직히 난 애스패드가 당선 된다면 더 놀랄 거 같은데?"

절대로 '재수 없는 년'이란 말은 쓰지 말자고 나는 속으로 생각했다. 그건 좀 지나친 말이니까.

"애스패드는 좀… 재수 없는 년이잖아."

내가 말했다.

"지금 뭐라고 했어? 내가 지금 빈민가에 왔나?"

"물론 내가 그렇게 생각한다는 게 아니라 그렇게 보이기 쉽다는 거 지."

얼트에 다니면서 나는 이런 식으로 애매하게 말하는 게 아주 세련되어 보인다는 생각을 갖게 되었다.

"디드, 이런 말까지 하고 싶진 않지만, 애스패드에 대한 숭배, 좀 창피 하지 않니?"

디드가 나를 노려보았다.

"리, 네 모습이 어떤지 알아?"

나는 디드가 나를 가장 심하게 모욕할 만한 단어를 찾기 위해 고심하는 것을 느낄 수 있었다.

"넌 신입생 때나 지금이나 하나도 달라진 게 없어."

오브리는 우리가 주로 공부했던 스터디 룸에서 기다리고 있었다. 그는 고개를 비스듬히 하고 천장을 바라보면서 플라스틱 펜을 질근질근 씹고 있었다. 그가 이상한 짓을 하고 있는 건 아니었지만 그의 모습이 아무도 보고 있지 않다는 것을 확신하는 듯이 보여서 나는 괜히 죄책감을 느꼈다. 나는 창문을 두드린 뒤 문을 열었다.

오브리는 펜을 입에서 떼고 똑바로 앉았다.

"왔어요?"

그가 말하고 고개를 한 번 끄덕였다. 오브리는 매사에 진지했다. 아마 어렸을 때부터 그렇게 교육을 받은 것 같았다. 어쩌면 열네 살의 나이에 키 150센티미터, 체중 40킬로그램의 왜소함을 그런 식으로 만회하려는 것일 수도 있었다. 오브리의 머리는 곱슬곱슬한 밤색이었고 조그만 들창코 위에는 주근깨가 있었다. 오브리는 손도 작았고, 약지의 손톱을 기르고 있었다. 오브리가 수학 공식을 쓸 때마다 나는 남자애들이 성장할 때 모든 신체 부위가 같은 비율로 자라는지, 아니면 신체의 일부, 예를 들면 손 같은 것이 유독 성장 호르몬의 영향을 받지 않고 어린아이의 흔적을 간직한 채 그대로 남아 있을 수도 있는지 궁금했다. 오브리는 나보다 훨씬 똑똑했다. 단지 수학뿐 아니라 모든 면에서 그랬다. 그는 아마도 증권 브로커 같은 직업을 갖게 될 테고 엄청난 돈을 벌게 될 것이다.

그의 옆자리에 앉으면서 나는 공책과 수학 교과서, 계산기를 꺼냈다.

"오브리, 잘 지냈어?"

"잘 지냈어요. 내일 숙제가 뭐죠?"

나는 공책을 그의 앞으로 밀었다. '408페이지 본문 읽고 문제 풀 것'이라고 적혀 있었다.

오브리는 내 교과서를 펼치고, 고개를 끄덕이며 조용히 읽었다.

"첫 번째 문제 이해하겠어요?"

나는 문제를 읽어보았다.

"대충."

"한번 풀어봐요. 어디서 막히는지 보게."

나는 408페이지를 뚫어져라 쳐다보았다. 적어도 그 방향으로 시선을 고정하고 있었다. 내가 수학에 젬병이라는 건 비밀이 아니었다. 얼트에 입학한 이래로 내 수학 수준은 동급생들보다 꼭 1년이 뒤져 있었다. 대부분의 신입생들은 기하학을 배웠지만, 나와 또 다른 네 명의 학생들은 대수학 보충반에서 공부를 해야 했다. 올해 미적분 수업반에는 내가 유일한 3학년생이었다. 그러나 오브리를 포함한 모든 학생들은 내 수학 실력이 얼마나 형편없는지 제대로 모르는 것 같았다. 미적분은 정말 끔찍했다. 지난 9월 이후 우리가 공부한 내용을 나는 말 그대로 한 글자도 이해할 수가 없었다. 첫째 주와 둘째 주부터 나는 이미 헤매기 시작했고, 그 뒤로도 회복될 기미가 보이지 않았다. 물론 상황이 그렇게까지 된 건 다 내 잘못이었지만 문제는 거기서 끝나지 않았다. 다시 2주가 지났을 때는 이미 너무 늦어버렸고, 수학 교과서는 내게 도시와 지방 이름을 키릴 문자로 빼곡하게 적어놓은 러시아 지도나 다름없었다. 수학 교과서가 잘못되었다는 건 아니지만 나는 그들이 말하고자 하는 게 무엇인지 도무지 이해할 수가 없었다.

"어서 해보세요."

오브리가 말했다.

"그런데 그게, 어디서부터 시작해야 할지 모르겠어."

나는 고개를 들고 우리가 앉은 자리의 앞쪽에 있는 창문을 바라보았다. 밖은 어두웠고, 창문에는 우리의 모습이 비쳤다. 만약 불빛이 있었다면 양호실 입구가 더 잘 보였을 것이다. 겨울 어느 일요일 오후, 나는 애스패드 몽고메리가 양호실 쪽으로 가다가 문 앞에서 잠시 망설이는 것을 본 적이 있었다. 결국 애스패드는 양호실로 들어가지 않고 돌아섰다. 그 때 나는 무슨 일일까 생각하느라고 오브리와의 남은 공부 시간에 집중을 할 수가 없었다.

"원뿔의 초점은 원점이잖아요? 그리고 이 공식을 만족시켜야 되죠?"

오브리가 교과서를 손으로 가리켰다. '포물선, 준선 y=2'라고 쓰여 있었다.

"그러니까 어떻게 하면 되죠?"

오브리가 말했다. 다시 침묵이 흘렀다.

"y가 뭔지 알아야겠죠?"

"맞아."

"이거잖아요. 알겠어요?"

"알겠어, 확실히."

내가 고개를 끄덕였다.

"그럼 여기다 대입할 수 있죠?"

"응."

"그럼 한번 풀어볼래요?"

나는 한동안 문제를 바라보았다. 정말 열심히 바라보았다. 그러다가 질리언 해더웨이에 대한 생각으로 빠져들었다. 질리언과 루크는 서로 사랑한다고 말할까? 상대방을 사랑하는지는 어떻게 알 수 있을까? 무슨 냄새라고 꼬집어 말할 순 없지만 왠지 기분 좋은 냄새처럼 직감으로 알수 있는 것일까? 아니면 확신을 갖게 되는 순간이 오는 것일까? 마치어떤 집에 들어갔는데 어느 한 방의 문지방을 넘어서면 거기에 사랑이 있고 다시는 그 방에서 나올 수 없는 것일까? 만약 다른 방에 들어간다면 싸우게 되거나 헤어지게 되고 결코 사랑의 방으로는 건너갈 수 없는 것일까?

연인에 대한 나의 관심은 인류학적인 차원이었다. 크로스를 좋아하면서도, 그리고 마사로부터 내가 크로스와 사귀게 될 거라는 말을 듣고 싶어하면서도 나는 크로스와 내가 사귀는 걸 상상할 수가 없었다. 신준과 클라라를 생각할 때마다(사실 나는 그 둘을 자주 생각했다) 내가 가장 이해하기 힘들었던 건 한방에 살면서 어떻게 서로 사랑할 수 있을까 하는 문제였다. 언제 놀고 언제 공부해야 할지 어떻게 알았을까? 잘 보이고 싶은 사람과 항상 함께 있으면 너무 피곤하고 부담스럽지 않을까? 지나치게 가까워지지는 않을까? 그렇게 가까이 지내다 보면 더 이상 상대방에게 잘 보이고 싶다는 욕심이 사라지고 함께 있을 때 귀를 파는 등 내 외모에 대해 무심해지지 않을까? 만약 사람들이 말하는 친밀감이 그런 거라면 나는 별로 친밀해지고 싶지 않았다. 그건 산소를 더 많이 차지하기 위한 싸움처럼 보였다.

"질리언이 예쁘다고 생각해?"

내가 갑자기 큰 소리로 물었다.

"제발 집중 좀 해요."

오브리가 말했다.

"질리언 해더웨이 말이야, 질리언 카슨말고."

"예쁘죠. 저라면 여기서 x를 먼저 분리해내는 것부터 시작하겠어요. x를 구할 수 있는 정보로는 어떤 게 있죠?"

그러나 오브리는 얼굴을 붉히고 있었다. 얼굴을 물들인 분홍빛이 목까지 번지고 있었다.

"아주 예뻐, 아니면 그냥 예뻐?"

내가 말했다.

"숙제를 제가 대신 해드릴 수는 없어요."

"숙제 해달라고 안 했어."

"이 개념을 이해하지 못하면 기말고사 통과 못 해요."

"사실 그 정도가 아니야. 이번 시험 통과 못 하면 대청소 때 당할 거야."

"무슨 소리예요?"

"학교에서 학생을 퇴학시킬 때 봄까지 기다렸다가…."

"그게 뭔지는 나도 알아요."

그가 내 말을 잘랐다. 나는 조금 놀랐다. 나는 2학년 때 알피와 메이지가 떠나고 나서야 봄맞이 대청소가 무엇인지 알았기 때문이었다.

"누구한테 들었어요?"

"플레처 학장님이 오늘 아침에 보자고 했어."

"끔찍하네요."

"네 잘못이 아니야."

"알아요."

오브리가 너무 자신 있게 말했기 때문에 오히려 내가 한 말을 취소하고 싶었다.

"이제 어쩔 생각이에요?"

그가 물었다. 나는 눈살을 찌푸렸다. 그가 나를 우습게 보는 건 당연했지만 그럼에도 불구하고 그 질문은 너무 심하다는 생각이 들었다.

"글쎄. 집에서 가까운 곳에 마빈 톰슨 고등학교가 있어."

"그 얘기가 아니고요."

오브리가 그의 작은 손을 내 팔 쪽으로 내밀다가 멈추었다. 나를 만지기가 망설여지는 것 같았다. 그는 다시 손을 거두었다.

"이번 시험 어떻게 할 거냐고요. 어떻게 준비할 거예요?"

"어떻게 준비하든, 상황이 과연 달라질까? 현실적으로 생각해야지."

내가 말했다. 내 말은 왠지 일종의 고백처럼 느껴졌다.

"네가 보기엔 내가 통과할 것 같니?"

그는 잠시 침묵했다.

"의욕을 갖고 열심히만 하면요."

그의 대답은 내가 통과하지 못할 거라고 말하는 것보다 더 끔찍했다. 물론 나는 시간을 투자할 것이고, 책상 앞에 앉아 수학책을 들여다볼 것이다. 그러나 내가 제대로 이해하려면 나에게 남은 선택은 이 책의 처음부터 다시 시작하는 것뿐이었다. 나는 영화를 볼 때에도 그것이 사건이건, 한 사람의 일생에 관한 것이건 모든 노력이 결실을 맺는 부분을 좋아했다. 여러 가지 장면들이 하나로 합성되고, 음악이 고조되면서 여러 나라의 씩씩한 아이들이 서로 다른 상황들을 극복하고, 망가진 덧문을 반듯하게 고치고, 페인트칠을 하고, 잔디를 깎고, 꽃밭에 꽃씨를 뿌리면서 노인의 집을 함께 수리하는 것처럼. 아니면 20대 여자가 에어로빅 댄스를 하고, 체육관에서 목에 수건을 걸치고 자전거를 타면서 이마의 땀을 닦고, 마침내 체중을 줄여서 목욕탕에서 깨끗이 씻고 수줍은 듯, 그러나 너무도 아름다운 모습으로(물론 그녀 자신은 자신이 얼마나 아름다운지를 전혀 인식하지 못한 채로) 나오면 가장 친한 친구가 그녀를 끌어안아주고, 데이트를 하거나, 파티에 가서 최고의 연인이 되는 것처럼. 나도 그런 사람이 되고 싶었다. 나에겐 멋진 배경 음악이 깔리는 그런 노력의 시간이 필요했다. 그러나 미적분을 제대로 이해한다는 건 고통스럽고 비참한 일이었다. 게다가 노력해도 되지 않을 수도 있었다. 그나마 내 수학 평균이 58점일 수 있었던 건 지난 3월 프로섹 선생님이 나에게 특별히 별도 과제를 내주었기 때문이었다. 나는 여자 수학자들의 연대표를 만들었다. '알렉산드리아의 히파티아. 기원전 370년. 천측구 발명. 기독교 폭도가 유리 조각으로 찔러 죽임. 에밀리에 뒤 샤틀레. 1706년 프랑스 귀족. 《자연과학의 수학적 원리》 집필. 볼테르와 연애.' 마지막으로 프로섹 선생님도 넣었다. 학교 앨범에서 사진을 복사해 붙이고 '1961년생. 미적분학 교사. 젊은 수학자들에게 영감을 주고 있음'이라고 썼다. 프로섹 선생님은 교실 칠판 위에 그 연대표를 붙여놓았고 내게 A플러스를 주었다.

"의욕을 갖고 열심히 하려면 어디부터 시작해야 하지?"

내가 물었다.

"기초적인 방정식부터 시작하는 게 좋겠죠. 내가 문제를 만들어볼게요."

오브리는 내 공책에 몇 개의 방정식을 쓴 다음 나에게 밀었다.

첫 번째 문제는 이런 것이었다.

$$3x - y = 5$$
$$2x + y = 5$$

결코 어려운 문제가 아니라는 건 나도 알고 있었다. 오브리도 기초적인 거라고 말했다. 그러나 나는 어떻게 해야 할지 몰랐다. 내가 모른다는 걸 인정하려면 내가 얼마나 뒤쳐져 있는지 드러내는 수밖에 없었다.

"저기, 방정식을 쓰게 해서 미안한데, 아무래도 내일 숙제를 먼저 하는 게 좋을 것 같아. 그것만 해도 시간이 많이 걸릴 테니까. 안 그래?"

오브리는 망설였다.

"이 문제는 기숙사에서 풀어올게. 고마워."

나는 다시 교과서를 보고 큰 소리로 다음 문제를 읽었다.

"다음 부분 분수의 분해 공식을 쓰고…."

큰 소리로 읽으면 더 열심히 하는 것처럼 보일 것 같았고, 내 예감은 적중했다. 나는 그가 다시 문제로 관심을 돌리는 것을 느낄 수 있었다. 우리의 만남은 늘 이런 식이었다. 워밍업, 설득, 오브리의 항복. 그리고 그가 내 숙제를 대신하고, 다시는 숙제를 해주지 않겠다고 말하고. 그러고 나서도 진행은 더디었다. 그가 자신의 계산 과정을 설명했고, 나한테 질문을 던졌고, 내가 다음 과정을 추측하기를 기다렸고, 내 대답은 전혀 엉뚱했다. 오브리가 원하는 대답이 '약분할 수 없는 2차 인수'라면 나는 '7'이라고 대답했다.

때로는 그를 괴롭혔고, 때로는 게으름을 피웠지만 훗날 나는 오브리가 '아무리 노력해도 한 번도 답을 맞히지 못한' 나를 무척 좋아했다는 걸 알게 되었다. 어쩌면 '한 번도 답을 맞히지 못했지만 항상 노력하는' 나를 좋아했던 것인지도 모른다. 어느 쪽이건 당시 내게 중요했던 건 오직 상대방의 반응뿐이었다. 숫자들은 매정하고 감흥이 없었지만 사람은 따뜻하고, 숨을 쉬었으며, 흔들릴 여지가 있었다. 물론 내가 사람들과의 관계에서 실수를 했던 것도 사실이지만 그들의 마음을 잘못 읽어서 실수한 적은 거의 없었다. 오히려 내가 지나치게 예민하거나, 내가 그들이 원하는 사람이 아니라는 걸 너무나 분명히 알고 있어서였다. 사실 내가 정말 잘할 수 있는 건 바로 '기대에 못 미치기'였다. 그러면 상대방의 기대에는 못 미치겠지만 낙오자로서 그들과 완벽하게 조화될 수 있었다. 그들에게 아부할 수도 있고, 그들을 공격할 수도 있고, 슬퍼할 수도 있으며, 정직할 수도 있고, 침묵할 수도 있었다. 나는 내가 자기를 좋아했다는 걸 크로스가 알고 있을 거라고 생각했다. 그에게 말을 걸지 않고 어쩌다 눈이라도 마주치면 잠깐 기다렸다가 눈길을 돌리는 나는 그가 보기에, 그를 좋아하지만 그는 나를 좋아하지 않을 거라고 확신하는 전형적인 여자애였을 것이다.

나는 봄청소의 대상이 될 수도 있었다. 그럼에도 불구하고 나는 내 편에 있는 사람들, 오브리, 마사, 프로섹 선생님, 그리고 플레처 학장님과 송별회를 가질 수도 있을 것이다. 그들 모두 내가 떠나게 된 걸 속상해하고 안타까워해 줄 것이다.

기숙사 배정에 관한 설명회가 그다음 날 열렸다. 내가 학생회장 후보 지명 총회로 착각하고 있었던 회의였다. 설명회는 아침 휴식 시간에 진행되었다. 3학년들이 대강당의 앞줄에 모여 앉았고, 플레처 학장은 단상의 한구석에 앉아 다리를 흔들고 있었다. 학장님은 지난 몇 년간 우리가 들었던 것과 똑같은 연설을 했다. 주로 모든 게 서로 잘 맞을 수는 없다는 내용이었고, 4학년생들이 기숙사의 분위기를 이끌어가야 한다고 덧붙였다. 설명회가 끝난 뒤 마사와 나는 우편물을 확인했고, 나는 우리 두 사람의 배정 신청서를 작성했다. 우리는 이미 올해 있었던 엘윈 기숙사에 남기로 결정했다. 신청서를 무릎 위에 올려놓고 마사와 내 이름을 쓰면서 나는 이 모든 게 헛수고일지도 모른다는 생각을 했다. 만약 얼트를 떠나야 한다면 기숙사 배정 신청서를 작성할 필요가 없을 것이다. 그러나 어떻게 여기로 돌아오지 않을 수가 있을까? 만약 얼트의 학생이 아니라면 나는 과연 무엇이 되어야 할까? 마빈 톰슨 고등학교의 식당 바닥은 검은색과 잿빛 무늬가 있는 겨자색 리놀륨이었다. 스포츠팀의 이름은 바이킹과 레이디 바이킹이었고, 임신한 여학생들이 배가 불러오기 시작할 때 수업에 참석하는 걸 허용해야 하는지 말아야 하는지가 항상 논란거리였다.

"난 늘 엘윈 기숙사 방에서 고양이 오줌 냄새가 난다고 생각했는데, 너하고 마사한테는 별로 상관없는 모양이지?"

고개를 들었더니 애스패드 몽고메리가 옆자리에 바짝 붙어 앉아 있었다. 나는 남자애들 옆에 앉았을 때처럼 신경이 곤두섰다. 내 모공이 너무 크게 보이진 않을까? 립글로스를 기숙사에 두고 와서 혀끝으로 계속 입술을 축였는데 입 주변에 각질이 일어나진 않았을까? 애스패드와 눈이 마주친 순간 나는 긴장한 나머지 또다시 입술을 축였다.

"난 모르겠던데."

"하긴, 브로사드에 있을 때는 말린 오징어하고도 같이 살았으니까. 리틀을 쫓아내기 전에 말이야. 그 정도면 악취에 어느 정도 적응이 됐겠지."

나는 아무 말도 하지 않았다.

"내가 학생회장이 될 자격이 없다고 했다며?"

디드가 내가 한 말을 애스패드에게 옮겼을 거란 생각이 들었다. 유치하고 복수심이 강한 디드의 성격으로 보아 충분히 있을 수 있는 일이었지만 그래서 더더욱 나는 디드가 말하지 않을 거라고 믿고 있었다. 사람들은 정확히 예측대로 행동하는 경우가 드물기 때문이다.

"아니라고는 안 하네? 리, 너 진짜 뻔뻔하다."

애스패드가 왼팔을 의자 뒤에 걸친 채로 뒤로 기대었다. 애스패드는 화가 났다기보다는 재미있어하는 표정이었다. 아침 휴식 시간에 마땅히 할 일이 없어서 날 괴롭히러 온 게 분명했다.

"디드가 앞뒤 문맥을 무시하고 제멋대로 전했겠지."

"그럴까?"

"원하는 게 뭐야? 내가 디드에게 무슨 말을 했건 왜 신경 쓰는데?"

애스패드가 날 다시 보는 것 같았다. 애스패드는 팔을 내리고 똑바로 앉은 뒤 다리를 포개었다.

"마사는 정말 자기가 당선될 거라고 생각하니?"

애스패드가 물었다. 거만하고 짓궂은 느낌이 가신 목소리였다.

"지금 너 뭐 하는 거야? 선거 운동 해?"

내가 물었다. 애스패드의 얼굴에 당황하는 빛이 역력했다. 애스패드는 표정을 바꾸지 않으려 애쓰고 있었다. 문득 나는 애스패드가 정말로 선거 운동을 하고 있다는 확신이 들었다.

"마사는 절대 당선 안 돼. 어떻게 될지 말해볼까? 우리 반 애들 중에 반은 질리언을 찍을 거야. 어쩌면 반이 조금 못 될 수도 있고. 그리고 반보다 조금 많은 애들이 날 찍을 건데, 그중 10분의 1 정도가 마사를 찍겠지. 내 말 알아듣겠니? 마사가 내 표를 갉아먹을 거라고. 그래서 결국 질리언이 이길 거고."

나는 터지는 웃음을 참을 수 없었다.

"네가 네 입으로 말한 것처럼 그건 마사의 표야. 네 표가 아니고."

"너 내 말 못 알아듣는구나. 넌 질리언이 학생회장이 됐으면 좋겠니?"

나는 어깨를 으쓱했다.

"그렇진 않겠지? 질리언은 정말 왕재수니까. 하지만 아무 생각 없는 우리 반 애들은 질리언이 2학년, 3학년 때 학생회장을 했기 때문에 걔를 찍을 거라고. 변화를 싫어하는 애들이니까."

"넌 왜 질리언을 싫어하는데?"

질리언과 애스패드는 비슷한 부류에 속했고, 그들이 서로 감정이 좋지 않다는 얘기는 들어본 적이 없었다.

"누가 싫대? 고리타분하다는 거지."

반 아이들 수십 명이 아직도 강당 앞쪽에 모여 있었지만, 나와 이야기하는 동안 애스패드는 한 번도 목소리를 낮추지 않았다. 애스패드의 용감함에 나는 존경심마저 느꼈다.

"질리언보다 더 고리타분한 애는 루크뿐이야."

나는 애스패드가 질리언을 어떻게 생각하느냐고 물어주기를 바랐다. 그랬다면 나도 같은 생각이라고 말해주었을 것이다. 그러나 애스패드는 내게 묻지 않았다.

"마사가 선거에서 빠져줘야 돼. 어차피 마사는 전혀 잃을 게 없으니까. 당선 가능성이 조금이라도 있다면 얘기가 다르겠지만, 마사가 안 된다는 건 누구나 다 아는 사실이잖아?"

나는 말을 돌려할 줄 모르는 애스패드의 순진함에 다시 한 번 감동하지 않을 수가 없었다. 그러니까 마사는 애스패드에게 방해가 되기 때문에 빠져주어야 한다는 것이었다. 왜냐하면 애스패드는 애스패드니까. 그리고 같은 이유로 자기가 당선되어야 한다는 거였다.

"마사한테 직접 말해보지 그래?"

내가 물었다.

"뭐 하러 그래? 너한테 말했으면 됐지."

애스패드가 자리에서 일어났다.

애스패드는 우리 반에서 다리가 가장 길었다. 길고도 환상적인 다리였다. 카키색 스커트는 무릎에서 15센티미터 위에서 끝났다. 일어서는 걸 보니 나와 볼일이 끝난 모양이었다. 돌아서서 걸어가려다가 애스패드는 다시 내게 돌아서며 몸을 숙였다. 황금빛 머리카락이 내 얼굴에 닿았다. 애스패드는 손가락으로 내 신청서를 꾹 눌렀다.

"나 같으면 고양이 오줌에 대해서 좀더 생각해보겠다."

애스패드가 말했다. 애스패드는 나를 똑바로 쳐다보았고 우리 둘의 얼굴이 너무 가까이에 있었기 때문에 나는 키스를 떠올리지 않을 수 없었다.

"친구로서 충고하는 거야."

애스패드가 말하며 돌아서서 걸어갔다. 애스패드의 샴푸 향기는 한동안 남아 있었다. 나는 애스패드가 어떤 샴푸를 사용하는지 알고 있었다. 디드도 같은 걸 썼기 때문이었다. 그러나 웬일인지 디드에게서는 그렇게 강한 향이 느껴지지 않았다.

20대 초반이 되었을 때 나는 퇴근 후 가게에 들러 그 샴푸를 찾아 친구에게 들어 보이며 이렇게 말했다.

"나는 이 샴푸 향기가 세상에서 제일 좋더라."

친구는 멍한 표정으로 "그럼 하나 사!"라고 말했다. 그때 나는 얼트 시절보다 내가 훨씬 더 성숙해졌다고 믿고 있었다. 그럼에도 불구하고 그 샴푸를 사는 게 왠지 내키지 않았다. 계산대에서 샴푸 값을 계산하면서 나는 왠지 스물한 살이 되어서 처음으로 술을 살 때 그랬던 것처럼 뭔가 부정한 행동을 저지르는 것 같은 기분이 들었다.

점심을 먹고 마사와 함께 식당을 나서는데 저만치 앞에서 프로섹 선생님이 혼자 걸어가고 있었다. 나는 마사의 팔을 잡고 걸음을 멈추었다.

"잠깐만, 선생님 가실 때까지 기다리자."

바로 그 순간 프로섹 선생님이 뒤를 돌아보았다. 선생님은 내게 오라는 눈짓을 보냈다.

"내가 하는 말이 들렸나 봐."

내가 물었다.

"그럴 리가 없어."

"너무 이상하잖아."

"빨리 가봐. 기다리고 계시잖아."

마사가 나를 밀었다.

"너무 걱정하지 마."

내가 몇 발자국 걸어갔을 때 마사는 다시 "심호흡해!"라고 말했다.

"안 그래도 널 좀 만났으면 했다. 잘 돼가니?"

내가 가까이 다가가자 프로섹 선생님이 물었다.

"그런대로요."

내가 선생님을 흘긋 보며 대답했다.

"어제 플레처 학장 만난 거 알고 있어. 그것 때문에 혹시 걱정할까 봐. 기분이 어떠니?"

나는 아무 말도 하지 않았다. 솔직히 무슨 말을 해야 할지 알 수 없었다. 그러나 침묵의 불편함이 대답에 대한 혼란보다 더 견디기 어려워지자 나는 "괜찮아요"라고 대답했다.

이제 프로섹 선생님이 말할 차례였다. 내가 선생님 수업 시간의 골칫거리이고, 선생님의 점수가 내 제적 여부를 결정하는 것이 전부가 아니었다. 선생님은 내 지도 교사였고, 내 성적이 곤두박질치기 시작한 최근까지 선생님과 나의 관계는 상당히 좋은 편이었다. 나는 신입생 때부터 선생님을 알았다. 선생님이 우리의 세 번째 농구 코치였기 때문이었다. 다른 코치들과는 달리 선생님은 우리가 시합에서 져도 별로 화를 내지 않았다. 그때 우리는 만약 우리가 시합에서 이기면 코트에서 뒤로 재주넘기를 세 번 해달라고 선생님을 졸랐다. 선생님은 대학 시절 체조를 했다. 그리고 우리가 오버필드와 시합을 한 날 선생님은 그 약속을 지켰다. 재주넘기를 한 뒤에 상대 팀 아이들이 놀라서 입을 쩍 벌리고 있을 때,

머리가 헝클어진 채로 조금 비틀거리면서 선생님은 "아무래도 다른 브래지어를 하고 올걸 그랬어"라고 말했다. 대표팀과 2군팀이 함께 출전하지 않을 때 우리는 버스 대신 선생님의 밴을 타고 이동했다. 그럴 때면 돌아오는 길에 선생님은 우리를 맥도날드로 데리고 갔다.

프로섹 선생님에 대해 내가 존경하는 점이 두 가지가 있었다. 그 두 가지는 서로를 더욱 강화했다. 첫째, 선생님이 진보적인 사람이라는 것이었다. 선생님은, 비록 당시에는 내가 그 의미를 정확히 알지 못했지만, 페미니스트였다. 선생님은 자신의 의견을 표현하는 데 있어 결코 호전적이지도, 그렇다고 머뭇거리지도 않았다. 한번은 밴에 아이들을 싣고 보스턴에 가서 낙태 합법 시위에 참가한 적도 있었다(나는 신입생이었기 때문에 참가할 수 없을 거라고 생각했다). 선생님은 화장을 하지 않았고, 일요일이면 파란색 손수건으로 꼬불거리는 머리를 뒤로 깨끗하게 넘겼다. 내게 깊은 인상을 준 프로섹 선생님의 두 번째 특징은 선생님에게 굉장히 잘생긴 남편이 있다는 사실이었다. 그의 이름은 톰 윌리엄슨이었고, 워싱턴에서 민주당 상원의원의 연설문 작가로 일하고 있었다. 주말을 제외하면 거의 얼굴을 볼 수 없었지만 아이들은 그가 정장에 넥타이를 매고 정찬회에 참석하거나 교정을 가로질러 달려갈 때 서로 옆구리를 쿡쿡 찌르면서 "저기, 프로섹 선생님의 잘생긴 남편 간다!" 하고 수군거렸다. 프로섹 선생님은 매력적이긴 했지만 대단한 미인은 아니었다. 대부분의 사람들이 '예쁘다'라고 표현하는 범주에도 들지 못했다. 나는 선생님이 미인이 아닌 데다 똑똑하고 자기 주장이 강한데도 잘생긴 남편에게 사랑받는다는 것이 무척 놀라웠다. 선생님과 남편이 이야기하거나 서로를 어루만지는 모습은 특별히 로맨틱하지는 않았다. 그러나 이를테면 남편이 선생님의 어깨에 팔을 걸치거나 고개를 비스듬히 하고 선생님을 바라보면서 복잡한 식당 밖 계단에서 선생님을 안내할 때, 나는 그가 선생님을 무척 사랑하고, 선생님 역시 그를 사랑한다는 느낌을 받았다.

"거짓말은 하지 않을게. 난 네가 걱정스러워. 오브리하고는 계획을 세웠니?"

"네. 하지만 시험이 불과 일주일밖에 안 남았는데 왜 학장님이 어제야 저를 불러서 봄청소 대상에 넣겠다고 협박하셨을까요?"

나는 선생님이 플레처 학장이 그런 협박을 했을 리가 없다고 반박해주기를 바랐다.

"이렇게 될 줄 미리 알았다면 다르게 대처했을 수도 있단 얘기니?"

"아뇨."

내가 듣기에도 내 대답은 변명 같았다.

"리."

선생님이 내 어깨에 손을 얹었다. 내 몸이 굳었고, 선생님이 손을 거두었다. 어느덧 본관 입구에 와 있었고 우리는 걸음을 멈추었다. 마치 이 대화를 건물 안까지 끌고 들어가지 않기로 합의한 사람들처럼.

나는 선생님을 바라보았다. 눈을 크게 뜨고 선생님의 말을 잘 받아들인다는 인상을 주고 싶었다. 몸이 굳었던 것은 내 의지가 아니었다.

"수학에만 집중해. 지수하고 로그함수에 익숙해져야 돼. 알았지? 다른 장애물을 어떻게 넘길지는 그다음에 의논하자."

'말은 쉽네요'라고 나는 속으로 생각했다. 프로섹 선생님에게 반감을 느낀다는 것은 기분 좋은 일이 아니었다. 지난가을부터 올 3월까지 남편이 출장을 갈 때마다 나는 일요일 오후에 선생님의 집에 놀러 가곤 했다. 한번은 선생님의 남편이 아직 떠나지 않고 있다가 문을 열어주었고 내게 "리, 왔구나!"라고 인사를 해주어서 날아갈 듯 기분이 좋았던 적도 있었다.

선생님과 나는 함께 연설문을 읽어보기도 했고, 때로는 선생님이 채소만 넣은 칠리나 수프 같은 것을 만들어주기도 했다. 수학에 대해 이야기할 때면 나는 예의상 집중하려 애썼지만 오브리와 함께 있을 때처럼 옆

길로 빠지곤 했다. 그러나 대화의 주제가 최근 예배의 설교나 〈얼트의 소리〉의 기사, 선생님이 한 번도 자신의 의견을 표현한 적이 없는 다른 학생이나 교사들에 관한 얘기로 넘어갈 때면, 내가 다른 사람을 비판할 때마다 선생님은 고개를 저으면서도 얼굴에는 미소를 머금었다. 나는 선생님이 나를 재미있는 애라고 생각한다는 것을 알 수 있었다. 어쩌면 내가 선생님을 좋아했던 건, 선생님의 멋진 남편이나 선생님의 철학, 활달함 때문이 아니라 선생님이 어쩌면 마사보다도 더, 내가 재미있는 애라고 생각해주었기 때문인지도 모른다. 봄방학이 끝난 직후의 어느 날 오후, 선생님은 다른 날보다 차분해 보였고 대화가 옆길로 샐 때마다 수학에 관한 이야기로 돌려놓았다. 내가 오자마자 머리가 아프다고 말씀하셨기 때문에 나는 두통 때문이라고만 생각했다. 그러나 내가 코닝 선생님이 브로사드 선생님과 사랑에 빠졌다는 이야기를 하던 중에 선생님은 이렇게 말했다.

"리, 너한테 할 얘기가 있어. 부모님한테 편지를 보냈단다. 중간고사 때는 네가 C를 받았기 때문에 편지를 보내지 않고도 넘어갈 수 있었는데, 상황이 더 나빠졌어. 난 정말 네가 걱정스럽다."

나는 선생님에게 우리 부모님은 결코 그런 편지를 받고 깜짝 놀랄 분들이 아니라는 사실을 확실히 알려주고 싶었지만 문제는 그게 아니었다. 문제는 나 자신이 전혀 내 점수를 걱정하지 않는다는 것이었다. 나는 아무 생각 없이 떠도는 소문에 대해 떠들었던 내 자신이, 선생님의 부엌 탁자에 편안히 앉아 있었던 내 자신이 부끄러울 뿐이었다. 선생님의 자유 시간을 빼앗는 한심한 학생 주제에 나는 선생님이 날 좋아한다고 상상했던 것이다.

"지난 학기에 네 학점은 D였고, 이젠 더 이상 물러설 곳이 없어. 이번 학기에 낙제하면 넌 올해 낙제야. 지금 너는 낙제를 하고 있는 중이라고. 네 점수는 49점이니까."

내가 시험을 엉망으로 봤다는 것은 알고 있지만 49점은 내가 생각했던 것보다 더 끔찍했다.

"내가 제안 하나 할까? 물론 네가 아닌 어떤 학생이라도 이런 제안을 했겠지만…."

선생님은 말을 끝까지 하지 않았다. 그럴 필요가 없어서였다. 선생님이 하려던 말은 '너이기 때문에 제안하는 것이기도 해'였을 것이다.

선생님의 제안은 과제로 프로젝트를 준비하는 것이었고, 그래서 나는 연대표를 준비했다. 내가 프로섹 선생님을 끼워 넣은 걸 보고 선생님은 크게 웃었지만 그 뒤로 상황은 달라졌다. 그날 선생님의 아파트에서 내 점수가 49점이라고 말한 뒤 내가 일어설 때 선생님은 여느 때처럼 다음 주 일요일에도 놀러 오라는 얘기를 하지 않았다. 주중에 수업이 끝난 뒤 선생님에게 물어볼 수도 있었지만 나는 묻지 않았다. 선생님에게 짐이 되고 싶지 않았다. 그래서 나는 그다음 일요일에 선생님 집에 가지 않았다. 그다음 월요일, 선생님과 나는 수업 시간에 눈이 마주쳤고, 선생님은 내게 무슨 말을 할 듯하다 그만두었다. 주변에 다른 아이들이 있기도 했다. 지금도 나는 거의 매일 선생님을 만나지만 교실 밖에서는 그냥 지나치거나 여러 사람과 함께 있을 때가 대부분이었다. 4월이 되고 날씨가 따뜻해졌을 때 선생님은 지도 학생 모두를 야외 식사로 초대한 적도 있었다.

"하지만 제가 문제아는 아니잖아요?"

본관 앞에 서서 나는 물었다.

"물론 넌 문제아는 아니야."

"제가 운동을 잘하는 것도 아니고, 말하자면 얼트의 자랑이 아니라는 건 알아요. 하지만 전 학칙을 위반한 적이 없어요. 너무 부당한 거 아닌가요? 왜 이 시험으로 제가 이곳에 남을지 말지가 결정되어야 하죠?"

선생님은 한숨을 쉬었다.

"왜 네가 얼트의 자랑이 아니라고 생각하는지 모르겠구나. 여기서 넌 다른 아이들과 똑같이 소중해. 그리고 널 벌주려고 하는 사람은 아무도 없단다. 하지만 리, 수학에서 넌 다른 아이들보다 1년이 뒤처져 있어. 학교에서는 학생들에게 요구하는 수준이 있고, 앞으로 1년 뒤에 졸업장을 받으려면 그 수준에 맞추어야 해. 네가 이번 학기 미적분에서 낙제하지 않는다는 보장은 없어. 난 너한테 무작정 새로운 지식을 쏟아부으면서 따라오라고 강요하는 거야말로 불공평한 일이라고 생각한다."

"미적분은 낙제하지 않을 거예요."

"그래?"

"처음부터 차근차근 다시 시작해보면 할 수 있어요. 정말이에요."

선생님은 다시 조용해졌다.

"나도 그렇게 생각해. 어떻게든 이 상황을 해결해야지. 하지만 우리가 걱정하는 건 학업에 관한 것이지, 사적인 문제는 전혀 아니라는 걸 기억해라."

선생님이 햇살에 눈살을 찌푸렸기 때문에 표정을 살필 수는 없었지만 선생님은 이렇게 말했다.

"그 사람들이 널 청소할 거라고는 생각하지 않아."

선생님의 말을 듣고 처음 떠오른 생각은 '그 사람들'이라는 말이었다. 막상 학교 측에서 결정이 내려지면 선생님은 나를 구해줄 수 없을 것이다. 그렇다면 그런 상황이 닥치는 것을 막을 수 있는 것처럼 말씀하신 건 거짓말이었을까? 물론 선생님은 내게 D를 줄 수도 있다. 선생님은 나하고 의논하지 않고 내 점수를 바꿀 수도 있을 것이다.

두 번째로 떠오른 생각은, 마사가 말한 것과는 달리 선생님들도 '청소'라는 말을 사용한다는 사실이었다.

그 주 금요일에 모든 수업이 끝났다. 어차피 그 전주에도 수업 시간에 거의 수업을 하지 않았다. 라틴어 수업 시간에 파프 선생님은 자신의 열 살짜리 딸이 만들었다며 쌀과자를 가지고 왔고, 스페인어 시간에는 멕시코 연속극을 보았다. 기숙사에는 벌써 짐을 싸는 애들도 있었지만 나는 짐 싸는 일이라면 질색이었다. 휑하게 빈 벽과 깔끔하게 치워진 선반들을 볼 때마다 삶이 얼마나 덧없는지, 그런 것들이 우리 것이라고 생각했던 게 얼마나 허망한 일인지 새삼 느껴지기 때문이었다.

수업이 끝난 뒤에도 나는 매일 밤 오브리를 만났다. 토요일에도 나는 오브리와의 만남을 기다렸다. 수업이 없는 날의 하루는 마치 낡은 고무줄처럼 주체할 수 없을 정도로 길었고, 몇 시간이라도 할 일이 있다는 게 다행스러웠다. 게다가 날씨가 얼마나 화창한지 미칠 것만 같았다. 다른 아이들이 강에서 수영을 하고 왔다던가, 조깅을 했다던가, 아이스크림을 먹으러 자전거를 타고 시내까지 나갔다 왔다고 떠드는 소리가 들렸다. 모두 내겐 너무 사치였다. 열심히 공부를 하지도 않았지만 낙제를 할 때 하더라도 기숙사에 남아 있는 편이 나을 것 같았다.

수학 시험 전날은 수요일이었다. 식당 밖 테라스에서 우리는 학생회장을 뽑는 투표를 했다. 교사들은 한 명도 없었고, 질리언과 다든이 투표용지를 나누어주었다. 투표가 끝나면 그들이 개표를 할 것이다.

"아무래도 질리언이 투표 결과를 조작할 것 같아."

기숙사로 돌아오는 길에 내가 마사에게 말했다.

"그랬다간 퇴학당할걸. 그런 모험을 할 만큼 중요한 일은 아니잖아."

"누구 찍었니?"

내가 물었다.

"물론 애스패드지. 타고난 리더잖아."

"하하하. 실은 남자 물어본 거야."

"리. 넌 네 애인 크로스 찍었겠지?"

"마사!"

내가 소리쳤다. 제니 카터와 샐리 비숍이 근처에 있었다.

"그러니까 내 말은. 보라색 원숭이 말이야! 대신 내가 업어줄게."

마사가 내 앞에 서서 등을 돌린 채로 몸을 숙였다.

"어서!"

마사가 어깨 너머로 돌아보며 말했다.

"업히라고?"

나는 깜짝 놀라 물었다.

"마사사우루스야. 타."

"너 취했니?"

"안 취했어. 식당 주스 통에 누가 술을 타놓지만 않았다면. 어서 업히라니까!"

뒤를 돌아보니 아직 제니와 샐리가 있었고 나는 그들이 먼저 지나가게 했다.

"안녕!"

내가 인사했고, 제니와 샐리가 웃었다.

"나 무지하게 무거운데."

내가 마사에게 말했다.

"이거 못 봤어?"

한 팔을 들어 보이며 마사가 말했다. 마사는 목 둘레에 장식이 있는 빨간 면 탱크탑 차림이었다. 마사가 힘을 주자 팔 근육이 부풀어 올랐다. 마사는 나보다 3센티미터 정도 작은 데다 체중도 덜 나갔지만 힘은 확실히 나보다 셌다.

"좋아. 진짜 탄다!"

내가 다가가 마사의 어깨에 팔을 둘렀다. 마사가 일어서면서 내 양쪽 다리를 팔로 고정했다. 마사가 비틀거리자 나도 모르게 비명을 질렀지만 마사는 곧 중심을 잡았다.

"어디로 갈까? 말만 해."

마사가 말했다.

397

"보스턴?"

마사는 코 고는 시늉을 냈다.

"좋아. 그럼 봄베이 어때?"

내가 인도 억양을 흉내내며 말했다.

"그 정도는 돼야지."

"러시아는?"

이번에도 러시아 억양을 흉내내며 내가 말했다. 내 흉내의 수준은 인도 억양과 거의 비슷했다. 마사가 웃었다.

"나의 다차(러시아의 시골 별장―옮긴이)로 출발!"

내가 소리치며 마사의 옆구리를 무릎으로 쳤다.

"바모노스(가자―옮긴이)!"

마사는 숨을 고르려 애썼지만 웃음이 멈추질 않았다. 마사가 걸음을 멈추고 나를 업은 채로 몸을 숙였다. 마사의 어깨가 들썩이고 있었다. 마사의 웃음을 몸으로 느끼면서 나도 웃지 않을 수 없었다.

"팽 드 씨에클 파리(세기말의 파리―옮긴이)!"

내가 소리쳤다.

"지금 내 머리에 네 침 튀었어!"

마사가 숨을 헐떡이며 말했다.

얼트에 다니면서 이렇게 괴상한 짓을 해보긴 처음이었다. 환한 대낮이었고, 도서관 밖에는 아이들이 빙 둘러서서 공을 차고 있었다. 그러나 놀랍게도 아무도 우리를 쳐다보지 않았다. 마사가 허리를 폈다.

"지금 내가 네 목 조르고 있니?"

내가 물었다.

"응. 하지만 괜찮아."

엘윈 기숙사 정문 바로 앞에서 마사는 나를 내려놓았다.

"태워줘서 고마워. 근데 넌 정말 이상한 애야."

내가 말했다.

"알아. 부모님 탓이야."

"정말이야. 넌 미쳤어."

"리, 내가 장담하는데, 누구나 다 조금씩은 미쳤어."

"믿을 수 없어."

내가 말했다.

"믿어."

마사가 말했다.

엘윈 기숙사의 계단을 오르는 동안 투표 결과와 수학 시험이 어떻게 될지 누가 알 수 있겠는가? 두 가지 모두 우리가 원하는 대로 풀릴 가능성은 희박했지만, 우리는 카드 패를 열어보기 직전의 짧은 순간에 머물고 있었다. 나는 대체로 빨리 결과를 알고 싶어하는 편이지만 그 순간만큼은 결과를 기다리는 동안의 조바심이 그다지 힘들게 느껴지지 않았다.

따듯한 봄날의 밤이었고, 조금만 더 결과를 모르는 채로 있어도 괜찮을 것 같았다.

예배가 끝나고 조회에 참석하기 위해 모두 본관 쪽으로 몰려가고 있었다. 오브리가 마사와 내 앞을 가로막았다.

"저, 전해줄 게 있어요."

그가 마사를 쳐다보았고, 마사는 "먼저 갈게. 조금 있다 안에서 봐, 리" 하고 말한 뒤 먼저 자리를 떴다.

오브리는 대문자로 내 이름이 적힌 카드 봉투를 내밀었다.

"시험 정답이야?"

내가 물었다. 오브리는 놀라는 것 같았다.

"농담이야."

나는 봉투를 열어보았다. 직접 만든 카드였다. 겉장에는 투박한 남자애의 글씨체로 '행운을 빌어요!'라고, 안에는 '시험 잘 보세요. 오브리로부터'라고 쓰여 있었다. 여자애들처럼 별이나 꽃, 풍선 장식은 없었다.

"별로 오래 안 걸렸어요. 혹시 마지막으로 질문할 거 없어요?"

오브리가 얼굴을 붉히며 물었다.

"없어. 카드 고마워, 오브리."

"함수를 분리할 때 한 번에 하나씩 하는 거 잊지 마세요. 두 가지 함수 값을 동시에 구하려고 하면 더 복잡해져요."

우리는 어느덧 본관 강당 안에 있었다. 그는 신입생이었기 때문에 조회 시간에는 지정석에 앉아야 했다. 3학년 친구들과 4학년생들은 뒤에 서 있거나 반대편 벽의 난방기를 가리는 나무 상자 위에 앉아 있었다.

"도와줘서 고마워, 오브리."

내가 말했다. 그는 머뭇거렸다.

"이제 결과만 남았어. 그치?"

내가 말했다.

그는 여전히 머뭇거렸고 나는 어떻게 해야 좋을지 몰라 손을 내밀었다. 조회가 시작됐고 우리는 악수를 했다.

나는 문 옆에 서서 공지사항에 귀를 기울였다. 일요일 밤에 소수인종 학생연합회의 망년회가 열린다는 것과 모리노 선생님이 아델 셰퍼드가 모범 시민상을 받게 된 것을 진심으로 축하한다는 말을 전했다. 아델은 2학년 때부터 매주 한 번씩 레이몬드 요양원에서 자원봉사자로 일했다. 바이든 교장 선생님이 앞으로 나왔다. 교장 선생님은 조회 시간 내내 학생회장석 뒤에 서 있었고 발표할 사항이 있으면 항상 마지막으로 했다. 나는 가슴이 두근거렸다. 누가 당선되었는지를 발표하려는 것이 분명했다.

교장 선생님이 헛기침을 했다.

"여러분도 알다시피 어제 학년마다 선거가 있었습니다. 이제 그 결과를 발표하겠습니다."

저학년 선거 결과를 발표하는 동안 나는 마사를 찾아보았다. 마사는 벽에 기대어 서 있었다. 나는 마사와 눈을 맞추려고 했지만 마사는 교장 선생님을 보고 있었다. 다른 후보들은 어디 있는지 살펴보았다. 다든이 가까이에 서 있었다. 다든은 엷은 미소를 짓고 있었다. 편안한 미소였지만 다든의 표정으로 보아 당선되지 않은 것이 확실했다. 나는 문득 모두가 공정한 경쟁을 치르는 척하고 있는 이곳에 그가 있다는 게 안 됐다는 생각이 들었다.

"자, 마지막으로 4학년 학생회장은…."

교장 선생님이 말을 끝내기도 전에 몇몇 학생이 환호성을 질렀다. 교장 선생님이 빙그레 웃었다.

"4학년 학생회장은, 자, 여러분 새로운 학생회장을 소개하겠습니다. 크로스 슈가맨과 마사 포터!"

실내가 떠나갈 듯했다. 내 주위에 앉아 있던 모든 사람들이 고함을 지르면서 서로 손바닥을 부딪쳤다. 문득 나는 결과가 나오지도 않았는데 신경을 쓰는 건 잘못이지만 결과가 나온 뒤라면 자신의 감정을 마음껏 표현해도 좋은 건 궁금해졌다. 나도 박수를 치고 있었다. 그러나 내 기분은 고조되지 않았다. 사실 별로 행복하지도 않았다. 나는 멍했다. 마사가 당선됐다고? 마사가? 내 룸메이트였기 때문에 나는 마사를 지지하는 게 당연했다. 다른 사람들은 몰라도 나만은 마사가 훌륭한 애라는 것을 알고 있었다. 우리 둘 다 얼트에서 약자에 속했다. 하지만 우린 결국 약자가 아니었던 것이다!

나는 다든을 쳐다보았다. 다든도 박수를 치며 웃고 있었지만 약간 경직되어 있는 듯 보였다.

"다든!"

다든은 내 목소리를 듣지 못했다.

"다튼!"

그가 돌아보았다.

"네가 됐으면 좋았을 텐데."

크로스를 찍고서 이렇게 말하는 건 정직하지 못한 것일까?

그는 고개를 저었다.

"상관없어. 네 룸메이트 참 잘됐어."

나는 웃어보려 애썼다.

"그러게 말야."

다튼과 나는 둘 다 억지웃음을 지으며 잠시 그렇게 서 있다가 동시에 강당 뒤쪽으로 돌아섰다. 크로스는 키가 워낙 컸기 때문에 찾기가 쉬웠다. 그러나 마사의 주변에는 너무 많은 사람들이 몰려들어 있어서 마사는 보이지도 않았다. 단상 위에서 교장 선생님이 다시 이야기를 시작했지만 4학년생 중에 귀를 기울이는 사람은 하나도 없었다.

만약 내가 착한 친구였다면, 그리고 착한 애였다면 나는 아이들을 헤치고 달려가 양팔로 마사를 안아주었을 것이다. 마사에게 축하 인사를 건네는 그 순간은 그래도 그럭저럭 견딜 만할 것이다. 그러나 내가 두려운 건 그다음이었다. 나는 믿을 수 없다는 듯 들떠 있을 마사의 적나라한 감정들을 지켜보아야만 했다. 나는 마사에게 넌 충분히 그럴 만한 자격이 있다고 말해주어야만 했다. 가장 끔찍한 것은 마사가 진정으로 행복할 것이라는 사실이었다. 마사는 누가 자기를 찍었건 찍지 않았건 상관없이 학생회장으로 지낼 기대감에 젖어 그 순간을 음미하고 싶을 것이다. 그런 모습을 룸메이트에게 보이지 않는다면 누구에게 보이겠는가? 마사로서는 너무나도 당연한 일이겠지만 나는 왠지 감당할 수 없을 것 같았다. 나는 강당에서 나왔다. 주위를 둘러보지 않았기 때문에 다른 사람들이 날 보았는지는 알 수 없었다.

나는 수학관에 들어가 빈 교실을 찾았다. 프로섹 선생님의 교실이 아

니라 그 맞은편 교실이었다. 불은 켜지 않았다. 그리고 교과서를 들추어
보았다. 너무 늦긴 했지만 뭔가 할 일이 있다는 게 다행스러웠다.

벌써 8시 45분이었다. 9시에 프로섹 선생님의 교실에서 시험지를 받
아서 강당이나 기숙사 방에서 문제를 푼 다음 12시까지 제출해야 한다.
3시간 정도면 모든 게 끝나고 내 운명도 결판이 날 것이다. 시험이 끝나
면 마사를 위해 뭔가를 할 생각이었다. 시내에 나가 카드와 꽃을 사야지.
그때쯤이면 마사도 평온을 되찾을 테니까. 또 마사는 곧 역사 시험이 있
었다. 시험을 보는 동안 흥분이 가실 것이고, 시험이 끝나면 기숙사로 돌
아오는 길에 함께 걷게 될 친구와 선거에 대한 이야기를 나눌 수도 있을
것이다. 그러면 우리가 다시 만났을 때 마사는 자신의 감정을 말끔하게
포장해서 내게 보여줄 수 있을 것이다. 토마토 소스가 뚝뚝 떨어진 지저
분한 부엌 조리대를 보여주지 않고 깨끗한 플라스틱 그릇에 담긴 라자냐
를 내게 내밀 수 있을 것이다. 마사가 준비를 끝낼 때까지 내가 옆에서
그것을 지켜보아야 할 이유는 없었다.

교장 선생님이 마사를 규율위원회 위원으로 지명했을 때 나는 진심으
로 기뻤다. 사실 그건 별로 대단한 일이 아니었다. 지나치게 모범적인 인
상을 주는 자리이긴 했지만 어쨌건 영예로운 일이었고, 나는 진심으로
축하해주었다. 3학년으로 올라가기 전 여름방학 때 마사는 오빠의 친구
인 콜비와 사귀기 시작했다. 두 사람이 서로에게 이끌린 과정은 나를 완
전히 매료시켰다. 몇 주 동안 나는 매일 밤 마사에게 전화를 걸어 콜비의
모든 행동을 분석하고 조언해주었다. 마치 내가 남자애들의 심리를 꿰뚫
고 있기라도 한 것처럼. 두 사람이 처음으로 키스했을 때는 그런 멋진 일
이 내가 아닌 마사에게 일어났다는 사실을 잊어버릴 정도로 한동안 행복
감에 젖었다. 마사가 좋은 점수를 받았을 때도 나는 항상 기분이 좋았다.
마사는 늘 공부를 열심히 했고 그럴 만한 자격이 있는 애였다.

그러나 학생회장이 되는 건 얘기가 좀 달랐다. 크로스가 마사를 추천하

403

기 전에는 마사와 나, 둘 다 한 번도 얘기해본 적이 없는 일이었다. 마사 역시 학생회장이 된다는 걸, 적어도 내가 아는 한은 상상조차 해본 적이 없었다. 그런데 어느 순간 그렇게 되어버렸다. 마사가 노력을 한 것도 아니었다. 만약 내가 추천을 받았다면 어떻게 되었을까? 만약 그 자리에 내가 있었다면? 그래서 크로스가 '리도 안 될 건 없지' 하고 생각했다면? 어쩌면 아이들은 은밀히 나를 좋아하고, 심지어 존경했을지도 모른다. 그리고 내가 질리언과 애스패드의 대안이 될 수도 있다고 생각했을지도 모른다. 전혀 불가능한 얘기는 아니었다. 왜냐하면 이번 선거는 마사의 승리라기보다는 질리언과 애스패드의 패배라는 면에서 더 큰 의미가 있기 때문이었다. 만약 내가 학생회장이 되었다면 나는 크로스의 파트너가 되었을 것이다. 우리는 전교생 앞에서 나란히 한 책상에 앉아 매일 이야기를 나누었을 것이다. 아이들이 날 좋아한다는 것을 확실히 안 이상 나는 달라질 것이고 자신감이 넘칠 것이다. 마침내 긴장을 풀고 편안해질 수 있을 것이다. 그리고 절대로 봄맞이 대청소의 대상이 되지도 않을 것이다. 4학년 학생회장을 제적시킬 학교가 어디 있겠는가?

그러나 다 쓸데없는 생각이었다. 그런 생각을 하고 있다는 것 자체가 부끄러웠다. 나는 친구가, 내가 원하지 않는 것을 원할 때에만, 그리고 그가 원하는 것을 얻을 확률이 극히 낮을 때에만 격려해줄 수 있는 속 좁은 인간이었다. 그건 내가 바라는 모습이 아니었다. 이런 순간에 나는 성실하고, 솔직하고, 믿음직스럽고, 겸손한 사람이고 싶었다. 하지만 나는 탐욕스럽고 시기하는 사람에 가까웠다.

조회가 끝났다. 수학관 복도에서 아이들의 소리가 들렸다. 문득 나는, 차라리 퇴학당하는 편이 마사가 학생회장에 당선되는 걸 지켜보는 것보다 쉬울 것 같다는 생각이 들었다.

마사가 방으로 돌아온 건 11시 반이었다. 나는 자리에 배를 깔고 누워 눅눅해진 토르티야 칩을 먹고 있었다. 나는 과자 부스러기가 바닥에 떨어지게 하기 위해 침대 밖으로 머리를 내밀고 있었고, 그런 자세 덕분에 얼굴이 벌겋게 달아올라 있었다. 15분쯤 매달렸다가 수학 시험을 포기하고 1시간 정도 울고 난 뒤라 나는 기운이 빠져 있었다. 목도 조금 쉰 것 같았다.

"왔어? 학생회장 된 거 축하해."

내가 말했다.

사실 나는 미안한 마음에 '도대체 어디 있다 온 거야? 얼마나 찾아다녔는지 알아?'라고 소리를 지르면서 소란을 떨 생각이었지만 결국 그렇게밖에 말하지 못했다.

마사는 시험지의 두 번째 페이지가 펼쳐져 있는 내 책상을 보다가 다시 나를 바라보았다.

"지금 뭐 하는 거야?"

마사의 질문이 조금 당혹스럽게 느껴졌다.

"과자 먹고 있잖아. 너도 먹을래?"

내가 과자를 내밀며 말했다.

마사는 책상 위의 시험지를 들어 훑어보았다. 나는 첫 장의 얼트 서약 옆에 사인을 했다. 모든 시험지의 첫 장에는 서약문이 있었다. '여기 서명을 함으로써 나는 이 시험에서 누구의 도움도 받지 않았음을…'. 다음 페이지에서 나는 첫 문제를 풀었다. 프로섹 선생님이 학생들을 안심시키기 위해 낸 문제가 틀림없었다. 그다음 문제 밑에는 숫자를 몇 개 적어놓았고, 혹시 필요할지 몰라서 문제와는 전혀 상관이 없는 2차 방정식을 써놓았다. 그다음 두 번째 장부터 일곱 번째 장까지는 아무것도 쓰지 않았다. 마지막 페이지까지 훑어본 마사는 도저히 믿을 수 없다는 듯한, 그러면서도 혼란스럽다는 듯한 표정이었다.

마사는 손목시계를 본 뒤 책상 위에 시험지를 내려놓았다.

"이렇게 제출할 순 없어."

마사가 말했다.

"왜?"

"리, 도대체 왜 이러는 거야? 이 시험이 얼마나 중요한지 몰라서 그래? 일단 일어나서 앉아."

나는 마사의 말대로 했다.

"입 닦아."

나는 손으로 입가에 묻은 과자 부스러기를 닦았다. 마사는 시험지를 다시 들었다.

"이리 와."

내가 마사에게 다가가자 마사가 의자를 가리켰다. 내가 의자에 앉자 마사가 시험지를 내 앞으로 밀어놓고 첫 장을 넘겼다.

"아는 문제도 있을 거야. 여기, 이건 방정식을 쓰라고 했지? 방정식 쓸 줄 알잖아."

나는 눈을 깜박였다.

"여기 준선 y값이 2라고 나와 있잖아."

나는 마사를 쳐다보았다.

"모르겠어?"

"모르겠어."

내 목소리는 덤덤했다. 떨리거나 눈물을 머금지도 않았다.

"1번 문제는 풀었잖아."

"마사, 1번 문제는 미적분이 아니야. 대수학이지."

"그래서, 포기하겠다는 거야? 이대로 제출하겠다고?"

"어쩔 수 없잖아."

"부분 점수를 받을 수도 있잖아."

"마사, 내 말을 못 알아듣는구나. 난 이 문제 풀 줄 몰라. 문제를 푸는 척 끄적거려볼 순 있지만 정답하곤 거리가 멀다고."

"도저히 믿을 수가 없어."

마사의 말투는 정말 내 말을 못 믿겠다는 건지, 아니면 기가 막힌다는 것인지 알 수 없었다.

"저리 비켜."

나는 마사가 그렇게 짜증스럽게 말하는 것을 처음 보았다.

나는 몸을 움직여 의자의 반 정도에 걸터앉았고 나머지 반에 마사가 앉았다. 마사는 내 사전 위에 있던 종이를 책상 위로 내려놓았다. 앞면에 내가 쓴 글씨가 보였다. 마사는 종이를 뒤집었다. 내가 스페인어 공부를 하기 위해 만들어놓은 단어 목록이었지만 나는 감히 얘기하지 못했다.

"계산기 가져와."

마사가 말했다.

마사는 두 번째 문제의 방정식을 쓰기 시작했다. 설마 내 시험 문제를 풀고 있는 건 아니겠지. 그러나 마사는 내 시험 문제를 풀고 있는 것 같았다. 조금 더 지켜보니 분명히 그랬다.

"마사, 이건 별로 좋은 생각이 아닌 것…."

"말 시키지 마. 30분도 안 남았어."

내가 말을 채 끝내기도 전에 마사가 말했다. 마사는 세 번째 문제를 풀기 시작했다.

"빨리 베껴 써. 종이 더 가져오고."

나는 서랍 책상을 열었다. 나는 종이를 마사에게 건네면서 물었다.

"하지만 전부 다 맞으면 좀 이상해 보이지 않을까?"

"C나 C마이너스 정도 받을 거야. 어차피 전부 다 풀긴 힘들 테니까. 그리고 몇 개는 일부러 틀릴 거야."

그다음에 우리는 아무 말도 하지 않았다. 오직 연필 소리만이 들렸고 문제 하나가 잘 안 풀리자 마사는 "젠장!"이라고 말하면서 지우개로 지웠다. 시간은 마사가 체크했고, 마침내 12시 5분 전이 되었다.

"어서 제출해."

마사는 여섯 번째 페이지의 첫 번째 문제까지 풀었다.

답안지를 들고 문을 나서려는 순간 나는 잠시 뒤돌아보지 않을 수 없었다.

"마사…."

"빨리 가!"

마사는 내 책상 앞에 앉아서 벽을 바라보고 있었다.

기숙사로 돌아와 보니 마사는 점심을 먹으러 가고 없었다. 점심시간 뒤에도 마사는 오후 내내 기숙사로 돌아오지 않았다. 마사는 저녁 식사가 끝난 뒤에야 돌아왔다.

"마사, 고마워."

마사가 들어오는 순간 내가 일어서며 말했다. 마사는 한 손을 들고 고개를 저으며 말했다.

"아무 말도 하지 마, 리. 미안하지만 그래 줘."

나는 할 말이 없었다.

"알았어. 어쨌건, 학생회장 된 거 진심으로 축하해. 이렇게 대단한 룸메이트를 두어서 난 정말 자랑스러워."

이상한 것은 그 말을 했을 때에는 이미 그것이 기정사실이 되어 있었다는 것이었다. 그날 아침 조회 시간에 뛰어나왔던 것이 벌써 한 달 전의 일처럼 느껴졌고, 오후가 되니 마사가 학생회장에 당선된 건 이미 지나간 일이 되어 있었다.

"고마워."

마사는 몹시 지쳐 보였다. 마사가 없었던 지난 몇 시간 동안 나는 마사의 승리를 축하할 방법을 연구했다. 어쩌면 재주넘기를 하거나 색종이를 뿌려줄 수도 있다고 생각했다. 그러나 그렇게 될 가능성은 없어 보였다.

"별로 좋아하는 것 같지 않네."

내가 말했다.

"힘든 하루였어."

내가 덧붙였다. 우리는 서로 쳐다보았다. 마사에게 고맙다고, 미안하다고 말하지 않기란 어려웠다.

"넌 정말 훌륭한 학생회장이 될 거야. 항상 공정하니까."

그러자 마사의 얼굴이 일그러지더니 울기 시작했다. 마사는 마치 햇빛을 가리려는 것처럼 한 손을 눈 위에 대고 고개를 숙였다.

"마사?"

마사는 고개를 저었다. 나는 마사에게 다가가 마사의 등에 내 손바닥을 댔다. 내가 무슨 말을 할 수 있을까? 무엇을 할 수 있을까? 우리는 그저 기다리는 수밖에 없었다. 마사가 내 답안을 작성하는 그 순간으로부터 빨리 시간이 흘러가 버리기를 기다리는 수밖에 없었다. 나는 분명히 알 수 있었다. 마사에게 오늘은 학생회장에 당선된 날이 아니라 부정행위를 저지른 날이라는 것을. 그게 마사에게 너무 큰 모험이기 때문에 그런 건 아니었다. 만약 우리가 적발되면 마사는 학생회장 자격을 박탈당하는 것은 물론 퇴학을 당할 것이다. 나도 마찬가지였다. 마사가 규율위원회의 위원인 것을 감안하면 얼마나 더 심하게 비난을 받을 것인가? 그러나 그러한 두려움 때문에 마사가 울고 있는 게 아니라는 걸 나는 분명히 알 수 있었다.

마사는 선거에서 압승을 거둔 것으로 나타났다. 남자 후보들과 비슷한 수준으로 득표했고, 다른 여자 후보들은 근처에도 미치지 못했다. 나는 그 사실을 어떻게 받아들여야 할지 알 수 없었다. 마사가 결국 그렇게 특별한 애였을까? 내가 생각했던 것과는 달리 마사의 특별함은 내게 전혀 문제가 되지 않았던 걸까? 우리가 졸업한 뒤 마사의 이름은 식당의 대리석에 새겨졌고, 금으로 칠해졌다.

　얼트와 프로섹 선생님, 플레처 학장님에게 전혀 죄책감이 들지 않았던 것 역시 어떻게 설명해야 할지 모르겠다. 나는 오직 마사에게만 죄책감을 느꼈다. 다음 날 예배당으로 가는 길에 누군가 내 어깨를 툭 쳤다. 돌아보니 프로섹 선생님이 얼굴 가득 미소를 머금으면서 내게 "72점이야!"라고 속삭였다. 나는 고개를 끄덕이면서 놀라지도 기쁘지도 않은 척했다. 그 순간 나는 선생님이 나를 용서했다는 것과 내가 낙제하지 않으리라는 것, 그리고 선생님과 내가 예전의 관계로 돌아가리라는 것을 알았다. 그러나 선생님과 나의 유대가 그토록 불안정한 것이었음을 이미 알게 된 나에게 그것이 무슨 의미가 있단 말인가? 나를 잘 모르는 사람이 나와 거리를 두려하는 것과 나를 잘 아는 사람이 나에게서 멀어지려 하는 것은 엄연히 다른 문제였다. 게다가 나는 내가 여전히 선생님을 존경하고 있는지 확신이 가지 않았다. 선생님은 나를 좀더 강력하게 대변해주었을 수도 있었고, 아니면 내게 좀더 직접적으로 말해줄 수도 있었다. 그러나 선생님은 너무도 얼트적으로, 본질을 회피하면서 예를 갖추는 방식으로 나를 대했다. 선생님의 사택에 있을 때 솔직했던 사람은 선생님이 아니라 나 자신이었던 걸 생각해보면 그다지 놀랄 일도 아니다. 그다음 학기에 나는 예순두 살의 물리학 교사인 티스로우 선생님을 내 지도교사로 신청했다.

　그리고 오브리가 있었다. 지독할 정도로 무한한 인내심의 소유자였던 그는 그 후로도 계속 내게 미적분을 가르쳐주었고, 4학년 때 내 수학 점수는 C마이너스 밑으로 떨어지지 않았다. 그해에도 오브리는 어른스러워지지 않았다. 오브리는 내가 대학교 2학년이 되고, 그가 얼트의 졸업반이 되던 해에 비로소 어른이 되었다. 그때 나는 동창회보와 함께 오브리가 라크로스 팀원들과 함께 찍은 사진 한 장을 받았다. 키가 적어도 180센티미터는 되어 보였다. 오브리는 미남이었고, 그의 모습에는 과거의 수줍음이 전혀 남아 있지 않았다. 마치 소년기를 벗어나 성인 남자로 탈바꿈한 듯한 모습이었다.

그의 멋진 모습을 보니 나는 묘한 기분이 들었다. 얼트를 졸업하던 날의 일 때문이었다. 졸업식이 끝나고 교사들과 졸업생들이 잔디밭에 줄을 섰다. 맞은편에는 다른 학년 학생들이 줄을 섰다. 마치 경기를 끝낸 뒤 상대 팀과 악수하는 선수들처럼 우리는 서로 악수를 했다. 물론 경기 때보다 악수를 20배 정도는 더 많이 해야 했다. 이런 식으로 모든 졸업생들은 잘 아는 학생이건 잘 모르는 학생이건 재학생 전원과 작별인사를 나누었다. 먼저 3학년생들이 악수를 하고 지나갔고, 그다음은 교사들이었다. 악수가 끝나기까지는 몇 시간이 걸렸다. 서로 끌어안고 우는 아이들도 있었다. 오브리가 내 앞에 왔을 때 나는 그를 끌어안아 주었다. 그때 나는 오브리보다 훨씬 키가 컸다. 나는 오브리에게 진심으로 고마웠다고 인사했다. 마침내 졸업을 하게 되었다는 사실이 감정을 격하게 만들었던 것 같다. 그는 고개를 끄덕이면서 "같이 공부하던 시간이 그리울 거예요"라고 말했다. 그는 내게 밀봉된 봉투 하나를 건넸다. "나중에 읽어보세요" 하고는 그가 말했다. 내용이 별로 궁금하지 않았고 여러 가지로 정신이 없었기 때문에 나는 며칠이 지난 뒤에야 그 봉투를 열어보았다. 봉투 안에는 카드가 있었다. 겉표지에는 검은색 모자와 졸업 가운이 그려져 있었고, 그림 밑에는 '졸업을 축하합니다!'라고 쓰여 있었다. 카드 안쪽에는 오브리가 쓴 글이 있었다.

'그동안 제가 무척 좋아했었다고 말하고 싶었어요. 무언가를 기대하는 것도 아니고 제게 답장을 쓸 필요도 없어요. 그저 말하고 싶었을 뿐이에요. 행운을 빌어요. 그리고 당신은 정말 매력적인 사람이에요.'

그것은 내가 받아본 가장 멋진 카드였지만 나는 답장을 쓰지 않았다. 처음에는 써보려고도 했다. 그러나 남몰래 자기를 좋아했던 남자애한테 다른 여자애들은 어떤 편지를 쓰는지 알 수가 없었다. 나는 카드를 잘 간직해두었다. 나는 지금도 그 카드를 갖고 있다.

그리고 내겐 마사가 있었다. 얼트에 다니는 동안 나는 내가 마사를 좋아한 만큼 마사도 나를 좋아했던 이유가 무언지 늘 궁금했다. 지금도 나는 그 이유를 모른다. 나는 마사에게서 받은 것의 반만큼도 돌려주지 못했다. 이런 불균형은 우리의 관계를 망치고도 남았겠지만 그렇게 되지 않았다. 왜 그랬는지는 나도 모른다. 얼트를 졸업한 뒤 나는 나 자신을 바꾸어갔다. 물론 하룻밤 사이에 일어난 일은 아니다. 나는 조금씩 달라졌다. 얼트는 내게 사람들과 가까워지고 멀어지는 법을 가르쳐주었다. 그리고 자신감과 자기 비하, 유머, 폭로, 호기심 같은 것들이 정확히 어느 정도 배합되어야 하는지도 가르쳐주었다. 얼트의 아이들은 살면서 내가 만난 가장 어려운 관객이었다. 그 뒤로 나는 사람을 사귀는 게 시시할 정도로 쉽게 느껴졌다. 만약 내가 스물두 살에 마사를 만났다면 마사가 날 좋아한다고 해도 그러려니 했을 것이다. 하지만 마사는 내가 괜찮은 사람이 되기 훨씬 이전에 나를 좋아해주었다. 바로 그것이 내가 이해할 수 없는 대목이다.

4학년에 올라간 첫 달에 우리는 엘윈에서 가장 크고 멋진 방을 배정받았다. 세 개의 창문이 동그랗게 서로 마주 보고 있는 방이었다. 마사와 나는 일주일 사이에 전신거울을 두 개나 깨먹었다. 창문 밑에 난방기가 있었는데 우리는 첫 번째 거울을 두 개의 창문 사이, 난방기 위에 놓았다. 그런데 창문으로 바람이 들어와 거울이 쓰러졌고 결국 깨지고 말았다. 우리는 시내에 나가서 거울을 또 샀고, 똑같은 자리에 놓았다. 그런데 두 번째 거울도 똑같이 깨지고 말았다. 세 번째 거울은 마사가 문에 못을 박아 고정시켰고, 졸업할 때 남겨두었다.

나는 두 번째 거울이 깨진 날을 기억한다. 체육관에서 연습을 마치고 기숙사로 돌아오면서 방문을 연 순간 마사와 나는 동시에 깨진 거울을 발견했다.

"젠장! 우리 진짜 멍청하지 않니?"

마사가 말했다. 마사가 거울을 일으켜서 난방기에 기대어 놓았다. 열 군데도 넘게 금이 가 있었고, 몇 조각은 떨어져서 테네시주나 노스캐롤라이나 지도 모양으로 바닥에 널려 있었다. 나는 마사의 뒤에 서 있었고, 우리는 깨진 거울 조각에 계속 얼굴을 비추어보았다. 거울에 비친 마사의 눈과 코, 입은 내 것만큼이나 친근했다.

"두 개를 깼으니까 앞으로 14년 동안 재수 없겠다."

내가 말했다.

그때 내게 14년은 가늠할 수 없는 시간이었다. 시간적으로 길 뿐 아니라 너무도 많은 변화가 있을 것이기 때문이었다. 14년 뒤, 우리는 둘 다 서른한 살이 되어 있을 것이다. 우리는 둘 다 직업을 갖고 있을 것이고, 어쩌면 결혼을 해서 아이까지 있을지도 모른다. 어디서 살게 될지는 아무도 모른다. 어쨌건 우리는 성인 여자로 살고 있을 것이다.

마사는 내 평생 가장 가까운 친구였다. 그러나 항상 그렇듯이 당시에 나는 그렇게 멀리 내다보지 못했다. 나는 정찬회 때 마사의 노란 랩스커트를 빌려 입을 궁리만 하고 있었다. 시간과 공간이 얼마나 쉽게 두 사람을 갈라놓을 수 있는지 알기에는 너무 어렸던 것이다.

그것이 바로 그다음 순간 내가 궁금해했던 것들을 궁금해하지 말았어야 하는 이유다.

깨진 거울에 비친 내 모습을 보면서 나는 궁금했다. 세상의 그 무엇이, 심지어 불운마저도, 앞으로 우리가 영원히 함께하게 할 수 있을까.

키스 그리고 키스

4학년

4학년 졸업반 새 학기가 시작되고 5주가 지났을 때, 크로스 슈가맨이 내게 돌아왔다. 토요일이었고, 마사는 다트머스대학에 미리 원서를 넣을 수 있는지 알아보기 위해 그 대학에 다니는 사촌집에 가고 없었다. 우리 방문이 열린 시간은 새벽 3시 무렵이었다. 나는 몇 시간 전부터 잠들어 있었다. 크로스는 문 앞에 한동안 서 있었던 것 같았다. 환한 복도에서 들어온 그는 우리 방의 어둠에 적응하려 애쓰고 있었다. 그 순간 나는 눈을 떴다. 문간에 서 있는 커다란 그림자를 본 순간 내 가슴은 뛰기 시작했다. 기숙사의 괴상한 사건들은 대개 밤에 일어났다. 게다가 기숙사 방문에는 자물쇠가 없었기 때문에 아무 때나 사람이 들어올 수 있었다.

"안녕."

내가 뒤척였는지 그가 말했다. 특유의 속삭이는 듯하면서도 거친 목소리였다. 그러나 평상시 말을 할 때와는 사뭇 달랐다. 의미 있는 말을 했다기보다는 그저 소리를 냈다는 표현이 맞을 것 같았다.

"안녕."

내가 말했다. 그때까지만 해도 나는 그가 크로스라는 확신이 없었다.

그가 방 안으로 들어와 문을 닫았다. 나는 침대 위에서 그의 얼굴을 바라보았다.

"나 거기 누워도 돼? 잠깐이면 돼."

그가 말했다. 그제야 나는 그가 크로스라는 것을 알았지만, 아직 잠에서 완전히 깨어난 상태는 아니었다.

"미쳤어?"

내가 물었다. 그가 웃었다. 그는 곧바로 신발을 벗고 내 침대로 올라왔다. 나는 벽 쪽으로 바짝 붙었다.

그와 내가 함께 뒤척이는 어느 한순간 나는 그의 체취를 맡았다. 맥주와 탈취제, 땀 냄새가 뒤엉켜 있었다. 적어도 내게는 좋은 냄새였다. 나는 속으로 '맙소사! 정말 크로스였어!'라고 소리쳤다. 절대로 있을 수 없는 일이 벌어지고 있었다.

나는 등을 대고 내 침대 위 마사의 매트리스를 바라보며 누워 있었고, 그는 나를 바라보며 옆으로 누워 있었다. 그의 숨결에 배어 있는 알코올 냄새는 버스 정류장이나 더러운 옷에 핏발 선 눈의 노인들을 연상시켜야 옳았겠지만 열일곱 살이었고 처녀였던 나에게, 1년 중 아홉 달을 학교 담장 안에서 가로수가 들어선 언덕길과 깨끗하게 손질된 잔디밭을 바라보며 살아야 했던 나에게, 그것은 여름날 컨트리 클럽 파티에서 추는 춤과 비밀스럽고 멋진 삶을 떠올리게 했다.

"네 침대 마음에 든다."

그가 말했다.

어떻게 이런 일이 일어난 걸까? 크로스가 왜 여기 있지? 혹시 내가 실수해서 그가 가버리면 어쩌지?

"딱 한 가지, 너무 덥다는 것만 빼고. 잠깐만."

그가 이불을 밀쳐내더니 일어나 앉아서 스웨터와 티셔츠를 머리 위로 벗어 멀찌감치 던져버렸다.

"한결 낫군."

그가 다시 누워 이불을 덮었다. 나는 그가 옷을 다 벗지 않은 것에 안도했다. 더 벗을 생각은 아닌 것 같았다.

"그러니까, 리 피오라로 산다는 건 바로 이런 거구나."

신입생 때 이후 그와 나는 말을 해본 적이 거의 없었다. 그와 얘기하는 상상을 나는 수천 번도 더 해보았다. 그리고 이제 나의 상상이 모두 틀렸음을 알게 되었다.

"하긴, 크로스 슈가맨으로 산다는 건 별로 재미없을 거야. 그치?"

내가 말했다. 내 말이 추파를 던지는 것처럼 들렸는지 아니면 그저 걱정하는 것처럼 들렸는지 궁금했다.

"그렇고말고! 너처럼 사는 게 훨씬 더 재미있을 거야."

추파를 던지는 것처럼 들린 게 분명했다. 크로스는 말을 이었다.

"항상 난 내 자신에게 묻곤 하지. 왜 내 인생은 리의 인생처럼 멋지지 않을까?"

"그걸 묻는 사람들이 꽤 많다더라."

내가 말했고, 크로스가 웃었다. 나는 태어나서 가장 멋진 일을 한 것 같았다. 뜻밖에도 나는 이 상황이 생각만큼 긴장되지 않았다. 아마 너무 뜻밖의 상황이었던 데다 우리 둘뿐이었고, 한밤중이었고, 이런 상황을 예측하지도 준비하지도 못했기 때문인 것 같았다.

"리…"

"응?"

4초 정도가 흘렀고 나는 그가 내 대답을 기다리고 있지 않다는 것을 깨달았다. 그는 내가 고개를 돌리기를 기다리고 있었다. 만약 고개를 돌렸다면 그는 내게 키스했을 것이다. 그것은 불가능하면서도 한편으로는 너무도 분명한 일처럼 느껴졌다. 나는 한편으로는 내가 고개를 돌리지 않아서 기뻤고, 또 한편으로는 유일한 기회를 날려버린 것 같아 두려웠다.

그가 한숨을 쉬었다. 그의 숨결에 맥주 냄새가 배어 있었다(나는 맥주 냄새가 밴 숨결이 좋았다. 크로스 때문에 지금도 남자의 그런 숨결을 좋아한다).

"마사는 다트머스에 갔지?"

"그걸 어떻게 알아?"

"어떻게 아냐고? 마사와 난 하루에 만 번쯤 얘기를 하니까."

사실이었다. 그들 둘이 학생회장이기 때문이었다. 여름 내내 나는 방학이 끝나고 학교로 돌아오면 그들의 관계가 나와 크로스의 관계에도 영향을 미치지 않을까 생각했다. 그러나 그렇지 않은 것 같았다. 그들은 아침 조회를 함께 진행했고, 마사와 내가 함께 밥을 먹거나 예배당까지 함께 걸어갈 때 크로스가 다가오는 적도 많았다. 그러나 크로스와 마사의 대화는 아주 짧았고, 그렇지 않으면 너무 길어져서 둘이 함께 어디론가 가버리곤 했다. 때로 나는 그 둘을 질투했고, 조금도 나를 질투하지 않는 내 가장 친한 친구를 질투하는 나 자신이 미웠다.

그러나 크로스와 한 침대에 누워 있으면서 나는 그와 마사의 관계가 내게도 영향을 미쳤다는 생각을 하지 않을 수 없었다. 어쩌면 그는 마사와 이야기를 할 때마다, 비록 내게는 눈길도 주지 않았지만 나에 대한 기억을 되살려보았을지도 모른다.

"마사는 너한테 학생회장들만 알고 있어야 되는 일들을 다 말하겠지? 규율위원회에서 있었던 일도 넌 전부 다 알고 있을 거야. 안 그래?"

"절대 그렇지 않아. 그건 학칙 위반이잖아."

"과연 그럴까?"

"넌 데빈한테 뭐든지 다 얘기해?"

"데빈은 관심 없어. 하지만 넌 관심이 있을 테니까."

"왜 데빈은 관심이 없는데, 난 관심이 있을 거라고 생각해?"

"넌 너니까. 내가 널 모른다고 생각해?"

"당연하지 않아? 지난 4년 동안 우린 거의 얘기해본 적이 없잖아."

"3년이라고 해두자. 사실 3년도 안 돼. 깜짝 휴일은 봄이었으니까."

심장이 멎는 것 같았다. 그는 기억하고 있었다. 그리고 그 사실을 숨기려고도 하지 않았다. 그는 내가 기억하고 있다는 것도 알고 있었다. 내가 그날 일에 대해 조금 더 얘기를 끌어내려는 순간 그가 말했다.

"예를 들면, 마사가 너한테 아서에 대해서도 다 말했을걸."

아서 제인은 개학한 첫 달에 정학당한 3학년 남학생이었다. 정학 사유는 음주도, 마약도 아니었다. 아서는 늦은 오후 다른 학생들이 운동 연습을 하고 있을 때 교장 선생님의 사택에 잠입해서 바이든 교장 선생님 부인의 옷을 입어보다가 들켰다. 조회 시간에는 사택에 잠입했다는 얘기만 나왔고, 옷을 입어본 부분은 비밀에 부쳐졌다.

"아서 제인에 대해서는 다른 애들이 아는 만큼밖엔 몰라."

내가 말했다.

아서는 바이든 부인의 팬티스타킹을 신고 립스틱까지 발랐다고 했다. 아서는 학교를 떠나야 했지만 제적 처리되지는 않았고 다른 학교를 찾아보도록 권고되었다. 그가 학칙을 위반한 게 처음인 데다, 아서의 집안은 3대째 얼트를 다니고 있었기 때문이었다.

"무슨 뜻이야?"

내가 마사에게 물었을 때 마사는 "교장 선생님은 아서가 얼트 역사상 처음으로 커밍아웃을 하는 학생이 될까 봐 두려우셨던 거야"라고 대답했다. 당시 나는 복장도착 행위도 성도착과 같은 것으로 생각했다. 아서는 내가 아는 유일한 동성애자였다. 그때까지도 나는 신준이 정말 동성애자인지 확신하지 못했다.

"역시 거짓말에 서툴구나. 아무도 그런 얘기 안 해주던?"

크로스가 말했다. 내 입꼬리가 올라가는 게 느껴졌다.

"하지만 진짜 질문은 이거야. 아서가 어깨끈 없는 검은 드레스를 입고 있었게, 아니면 금장식 달린 빨간 드레스를 입고 있었게?"

"바이든 부인은 절대로 금장식이 달린 빨간 드레스를 입지 않아."

그건 사실이었다. 바이든 부인은 항상 주름스커트와 짧은 울 재킷을 고수했다.

"그럼 끈 없는 검은색 드레스였다고? 정말 그렇게 생각해?"

"혹시 갈색 코듀로이 스커트에 블라우스 입고 있지 않았어?"

"그것 봐. 마사가 전부 얘기하는 게 맞잖아. 그럴 줄 알았어."

"마사는 아무 말도 안했어."

"아니. 다 말했어."

"좋아. 하지만 바이든 부인한테 정말 빨간 금장식 드레스하고 어깨끈 없는 검은 드레스가 있었다면 아서는 반드시 금장식을 골랐을 거야. 아서가 의식 있는 성도착자라면 말이야."

그 말을 하면서 나는 약간 죄책감을 느꼈다. 아서를 성도착자라고 표현한 건 전혀 틀린 말은 아니었지만 그렇다고 좋은 선택도 아니었다. 그러나 그 순간 내 머리를 스친 것은 내가 얼마나 크로스와 시시덕거리는 걸 즐기고 있는가 하는 것이었다. 그러나 그건 단지 시작일 뿐이었다. 앞으로 나는 남자 때문에 평소에 하지 않던 행동을 하게 되는 일이 무척 많을 것이다. 나는 평소에 하지 않았던 농담을 하고, 평소에 가지 않았던 곳에 가고, 평소에 입지 않았던 옷을 입고, 평소에 마시지 않던 것을 마시고, 평소에 먹지 않던 것을, 혹은 평소에 먹었더라도 남자 앞에서는 절대로 먹지 않던 음식을 먹을 것이다. 스물네 살이 되어서 나와 내가 좋아하는 남자가 친구들과 함께 어울릴 때, 운전을 하는 사람이 술에 취해 있고, 안전벨트가 좌석에 파묻혀 보이지 않더라도 나는 차에 올라탈 것이다. 내가 좋아하는 그 사람과 함께 있는 게 내가 지켜왔던 모든 것들보다 훨씬 더 중요하니까.

크로스는 아무 말도 하지 않았다. 나는 나의 성도착자 농담이 재미가 없다고 생각한 걸까 궁금했다. 어쩌면 잠이 들었을지도 모른다고 생각했다.

바로 그때, 3년 전 비 오는 날 택시 안에서 그랬던 것처럼, 그가 내 머리카락을 쓰다듬기 시작했다. 그는 손가락을 내 이마에 대었다가 천천히 아래로 쓸어내렸다가 다시 이마로 갖다 대었다. 내 머릿결 사이로 미끄러지는 그의 손가락. 나는 이 세상에 그보다 더 순수하고 단순하면서도 기분 좋은 느낌은 없을 거라고 생각했다. 나는 말을 하기가 두려웠다. 울어버릴 것만 같아서였다. 내가 울면 그는 손을 멈출 것이다. 나는 눈을 감았다.

"머릿결 좋다. 참 부드러워."

한참 뒤에 그가 말했다. 그의 손등이 내 턱선을 따라 움직이면서 내 입술을 스쳤다.

"깨어 있는 거야?"

그가 물었다.

"그런 셈이야."

내가 중얼거렸다. 말하기가 쉽지 않았다.

"키스해도 돼?"

그가 물었다. 나는 눈을 번쩍 떴다.

물론 나는 항상 키스를 생각하고 있었다. 나는 스페인어 동사를 외울 때, 신문을 읽을 때, 부모님께 편지를 쓸 때, 축구 연습 시간에 단거리 경주를 할 때에도 키스를 생각했다. 그러나 키스를 상상하는 것과 크로스가 바로 내 옆에 누워 내게 키스하고 싶어하는 것은 전혀 달랐다. 나는 키스를 할 줄 몰랐다. 막상 어떤 사람과 함께해야 하는 일이라고 생각하니 키스가 두려웠다. 크로스와 형편없는 키스를 하는 것보다 더 창피한 일은 없었다.

그가 몸을 일으켜 팔꿈치로 몸을 지탱했다.

"긴장하지 마."

그는 내 뺨에 키스했다.

"아무렇지도 않지?"

마침내 그의 입술이 내 입술에 닿은 순간 나는 자두 껍질을 떠올렸다.

"너도 해봐."

내 입술이 그에게로 다가갔다. 우리는 어느덧 키스를 하고 있었다. 상상했던 것보다 어려웠고, 곧바로 기분이 좋아지지도 않았다. 솔직히 말하면 기분이 좋다기보다는 재미있었다. 고개를 이리저리 돌리고, 우리 얼굴과 입의 촉촉한 부분과 건조한 부분들이 포개지고, 그의 시큼한 입안(그의 입안을 맛보는 것은 너무도 은밀했다)을 느끼면서 한편으로는 내가 키스를 하고 있다는 사실을 의식해야 했다. 웃음 때문에 키스를 멈추고 싶지 않았고 그런 내 마음을 인정하고 싶지 않았다. 키스는 우습지도 않았지만 그렇다고 심각한 것도 아니었다. 적어도 우리가 심각한 척하는 것만큼 심각하진 않았다.

크로스가 몸을 일으켜 다리를 내 허리 양쪽으로 내린 뒤 무릎과 손바닥으로 중심을 잡았다. 나는 그가 발기했다는 걸 알 수 있었다. 그것은 조금 충격이었다. 물론 남자애들이 원하는 건 오직 섹스이며, 그들이 항상 자위를 하고, 남자들은 어떤 여자하고라도, 심지어 아주 못생긴 여자하고도 섹스를 할 수 있다는 건 나도 들어서 알고 있었다. 그러나 나는 전혀 다른 세상에 살고 있었다. 그 누구도 나에게는 그 어떤 시도조차 하지 않았다.

그러나 지금 크로스가 내게 시도하고 있었다. 그가 발기된 건 나 때문일까? 아니면 이 상황 때문일까? 만약 나 때문이라면 나는 그와 섹스를 해야 하는 걸까? 왠지 그래서는 안 될 것 같았다.

그가 잠옷 위로 내 젖가슴을 움켜쥐고 얼굴을 파묻은 다음 내 유두에 키스하기 시작했다. 그때는 정말 웃음이 나왔다. 왠지 그에게 젖을 먹이는 것 같은 우스운 생각이 들었다. 그러나 크로스는 내 웃음소리를 듣지 못한 것 같았고, 나는 차라리 잘됐다는 생각이 들었다.

"이렇게 하면 좋아?"

그가 물었다. 아주 좋았다고 해도 나는 인정하지 않았을 것이다. 그러나 아주 좋은 정도는 아니었고, 그가 내 머릿결을 쓰다듬을 때가 더 좋았기 때문에 나는 그저 "응" 하고 나지막이 대답했다.

그가 내 잠옷 아랫단을 들추기 시작했다. 내 잠옷은 얼트 여학생들이 입는 종아리까지 오는 흰색 면 원피스였다. 내 옷을 다 벗기려는 걸까? 나는 몸이 얼어붙었다.

"괜찮아. 내가 기분 좋게 해줄게."

그가 말했다.

"왜?"

"왜냐고? 무슨 질문이 그래?"

내가 잘못 물었다는 생각이 들었다. 어차피 닥칠 일이었다.

"아니야."

내가 말했다. 나는 그가 나를 끌어안으려 한다고 생각했다. 나는 거의 아는 것이 없었다. 그러나 그는 손으로 내 배를 어루만졌다. 그의 손은 내 골반에서 허벅지, 그리고 다시 배로 움직였다. 내 잠옷은 허리 부근에 뒤엉켜 있었다. 나는 다음에 무슨 일이 일어날지 짐작할 수 있었다. 긴장과 긴장의 풀림이 뒤엉키는 것 같았다.

그는 두 개의 손가락을 사용했다. 나는 마치 그가 내 몸속에서 무언가를 찾는 것을 돕는 것처럼 그의 손에 맞추어 움직였다. 어느 순간, 내 온몸이 그의 손끝에서 움직이고 있었다. 나는 갑자기 상황이 바뀌는 걸 의식하면서 그에게 더욱더 매달렸다. 황홀했고 더 이상은 아무것도 신경 쓰이지 않았다. 얼마나 오래 지속되었는지는 모르겠지만 내 스스로가 나의 욕망에 거칠어지고, 탐욕스러워지고, 황홀해질 정도였던 것만은 틀림없었다. 그 황홀한 순간이 끝나고 우리는 다시 키스했다. 이번에는 처음보다 훨씬 쉬웠다. 이미 했던 것으로 돌아온 것이기 때문이었다. 그리고 우리는 차츰 평온해졌다. 나는 그가 나와 섹스를 하려는 게 아니었음을 깨달았다. 내가 섹스를 원하지 않는다고 생각했는데도 왜 그 상황이 실망스러웠을까? 그는 내 가슴 위에, 내 심장 위에 얼굴을 묻고 누웠다. 그의 다리는 침대 밖으로 나와 건들거렸을 것이다. 그의 몸은 꽤 무거웠다. 그러나 내가 감당할 수 있는 수준이었다. 당시에는 몰랐지만 남자들 중에는 자신의 체중을 전부 여자의 몸 위에 싣지 않는 남자들이 있다는 것을 나는 한참 뒤에야 알았다. 크로스는 내가 그의 체중을 감당할 수 있다는 걸, 그리고 내가 그것을 원한다는 걸 알고 있었을까? 나는 그런 자세가 좋았다. 나는 그의 어깨에 내 손바닥을 올려놓았다가 양손으로 그의 등을 쓰다듬었다.

그렇게 한참이 지났고 밖에서 자동차가 지나가는 소리가 들렸다. 당직 경비가 교정을 순찰하고 있는 것 같았다. 4시가 조금 지나 있었다. 어느 교사가 아침 일찍 집을 나서거나, 아주 늦게 집에 돌아오는 소리일 것이다. 누구의 차 소리였던 간에 우리는 그 소리와 함께 현실로 돌아왔다. 그 순간은 그걸로 끝이었다.

"가야겠다."

크로스가 말했다.

그와 나 모두 아무 말도 하지 않았고 크로스도 곧바로 일어나지는 않았다. 나는 그의 머리를 바라보았다. 내가 숨을 쉴 때마다 크로스의 머리가 위 아래로 움직였다.

다음 날 아침 눈을 뜨기 직전 나는 뭔가 좋은 일이 일어났다는 사실을 떠올렸다. 그러나 그게 무엇이었는지는 바로 생각나지 않았다.

'아! 크로스!'

나는 생각했다.

방 안은 환했다. 9시가 조금 못 되어 있었다. 전교생이 반드시 참석해야 하는 일요일 아침 예배는 11시였다. 모든 게 다른 날과 똑같았다. 책상과 포스터, 침대, 탁자로 사용하는 트렁크, 그 위에 널려 있는 잡지와 펜, 카세트테이프, 그리고 먹다 만 과자 봉지, 상한 오렌지. 크로스가 다녀간 흔적은 어디에도 없었다. 나는 혹시 그가 셔츠나 스웨터를 두고 가지는 않았을까 생각했다. 그러나 그는 그 두 가지를 모두 챙겨 간 게 분명했다. 막연한 불안과 혼란이 밀려왔다. 마치 도서관에서 누군가를 만나기로 약속했는데, 막상 그곳에 가보니 아무도 없었고, 그래서 기숙사 방으로 찾아가 문을 두드리려는데 갑자기 '우리가 만나기로 약속한 게 혹시 꿈이었나?' 하는 생각이 들 때와 같은 기분이었다. 또 누군가에게 전화를 해야 한다고 생각하다가도 전화를 걸 수 없는 경우도 있다. 왜냐하면 그 사람이 내게 전화를 했다는 것 자체가 내가 꾸며낸 이야기인 것 같아서이다.

하지만 크로스는 분명히 여기 왔었다. 나는 그 사실을 알고 있었다. 뒤척여보았더니 몸이 욱신거렸다. 이게 바로 증거였다. 마침내 내가 키스를 했다는 것, 그리고 그 대상이 크로스였다는 것은 분명 기뻐해야 할 일이었지만 어젯밤의 그 순간에서 멀어질수록 그것은 점점 더 이상한 일처럼 느껴졌다. 크로스의 손에 몸을 맡겼던 그 여자는 누구였을까? 그의 아래서 몸을 비틀며 신음했던 그 여자는 누구였을까? 나였을 리가 없다. 나는 빨리 마사에게 이야기하고 싶었다. 하지만 마사는 저녁때나 돌아올 것이다.

대부분의 학생들은 일요일 아침을 걸렀지만 마사와 나는 꼭 챙겨 먹었다. 우리는 9시쯤 식당에 내려가서 천천히, 그리고 많이 먹은 다음 그 시간에 내려온 같은 학년 친구들과 함께 신문 몇 개를 나누어 보곤 했다.

424

일요일 아침마다 항상 내려오는 아이들 중에 조나단 트랜가라는 애가 있었다. 조나단은 항상 〈뉴욕타임스〉의 칼럼을 읽은 뒤 이의를 제기했다. 부모님이 둘 다 변호사라는 조나단은 세계 정세나 발음조차 어려운 나라에서 일어나는 전쟁, 마약이나 석유, 시장 경제의 위기 같은 국제 정세를 전부 꿰고 있을 뿐 아니라 그 문제에 대한 해결책도 제시했다. 한번은 내가 "넌 민주당이야? 아니면 공화당이야?" 하고 물었다. 조나단은 "나는 사회적으로는 진보적이고, 재정적으로는 보수적이야"라고 대답했다. 그러자 일요일 아침 식사 시간에 내려오는 아이 중 풋볼 선수 출신으로 항상 스포츠 면만 읽는 더그 마일즈가 고개를 들고는 "그건 양성애자 같은 거냐?"라고 물었다. 더그가 저질이라고 생각했던 나조차 그 말만큼은 재미있다고 생각했다.

그리고 조나단의 룸메이트 러셀 우가 있었다. 러셀은 말수는 적었지만 더그보다는 훨씬 이미지가 좋았다. 나는 꼭 집어 이유를 말할 수는 없지만 그의 눈빛을 보고 그가 마사를 좋아한다고 확신하게 되었다. 나는 거의 매주 식당을 나설 때마다 마사에게 그렇게 말했지만, 마사는 항상 내 말을 부정했다. 나는 러셀이 플로리다의 클리어워터 출신이라는 것말고는 거의 아는 게 없었지만 만약 그가 날 좋아했다면 봄방학 때 플로리다에 놀러갈 수 있었을 텐데 하고 생각해보곤 했다.

일요일 아침을 거르지 않는 4학년생 중에는 제이미 로리슨도 있었다. 제이미는 신입생 때 반더호프 선생님의 수업 시간에 로마 건축에 관해서 나보다 앞서 발표했던 애였다. 또 제니 카터와 그녀의 룸메이트 샐리 비숍, 그리고 공부를 하기 위해 일찍 일어난 날에는 디드도 내려왔다. 그런 날이면 디드는 안경을 쓰고 남색 운동복을 입었다. 일요일 아침이라 보는 사람이 적기는 했지만 적어도 몇 사람은 만날 것이 분명한데도 디드가 하루 종일 그런 차림으로 다닌다는 것이 나는 늘 이상했다.

나는 아침 식사 시간에 옷을 예쁘게 차려입은 적이 거의 없었고, 사실 항상 그런 편이었다. 그날 아침, 세수를 하고 이를 닦은 뒤 나는 청바지와 긴팔 티셔츠를 입고 털 재킷을 걸쳤다. 옷을 입고 거울 앞에 서니 마사가 없다는 게 더욱 절실하게 느껴졌다. 어젯밤 일만 아니었다면 오늘도 아무 생각 없이 식당에 내려갔을 것이다. 이런 날일수록 평상시와 똑같이 행동해야 하는 게 아닐까? 어쩌면 실제로 모든 게 보통 때랑 똑같은 게 아닐까? 아무래도 그런 것 같았다.

그러나 기숙사를 나선 뒤 기숙사에서 멀어질수록 내 느낌은 더욱 강해졌다. 모든 게 평상시와 똑같지 않았다. 식당에 도착했을 때 나는 숨이 막혔다. 안으로 들어갈 수가 없었다. 만약 오늘 따라 크로스가 아침을 먹으러 내려왔다면? 그리고 밝은 곳에서 내 모습을 보면서 생각보다 내가 예쁘지 않다고 생각한다면? 그리고 어젯밤은 완전히 실수라고 생각한다면? 왜 샤워를 하고 나오지 않았을까? 나는 왜 이렇게 천성이 지저분할까? 어쩌면 어젯밤 일은 크로스에게 실수로 생각할 만큼의 가치도 없는 것일 수도 있었다. 내가 가장 궁금한 것도 바로 그것이었다. 어젯밤 일에는 무슨 의미가 있는 것일까? 아무 의미도 없는 걸까? 나는 돌아서서 기숙사 쪽으로 걷기 시작했다. 내 걸음은 점점 더 빨라졌다. 나는 문득 크로스와 부딪치지 않는 것은 물론 그 누구와도 만나서는 안 된다는 생각이 들었다. 그리고 어젯밤 이전의 내가 몹시 그리웠다. 어젯밤 이전의 나는 마사와 함께 아침을 먹을 수도 있었고, 다른 아이들과 이야기를 할 수도 안 할 수도 있었고, 팬케이크를 두 개쯤 먹을 수도 있었다. 어떻게 행동하건 상관없었다. 4학년에 올라와서 처음 몇 주 동안 나는 얼트에 온 이래로 가장 편안하게 지냈다. 심리적인 압박감도 거의 없었다. 다른 사람의 기대에 맞추려 노력하지도 않았고, 누군가와 가까워지려고 애쓸 필요도 없었다. 물론 크로스와 가까워지려고 애썼던 건 사실이지만 크로스가 전혀 눈치채지 못할 거라고 생각했기 때문에 가능한 일이었다. 모든 것은 내 머릿속에서만 일어났다. 하지만 이제 상황이 달라졌고 내가 망쳐버릴 수도 있는 일이 생겨버렸다.

기숙사에 돌아온 나는 침대에 누웠다. 이불이 나의 보호막이었고 감은 눈의 눈꺼풀이 나의 보호막이었다. 똑바로 누워 이불을 뒤집어쓰고 나니 마음이 편안해졌다. 어젯밤 일과 그 행복감이 다시 밀려왔다. 그의 목소리. 내 머리칼을 쓸어내리던 그의 손. 내가 '왜?'라고 물었을 때를 제외하면 그는 조금도 주저하지 않았다. 그 모든 게 어둠 때문에 가능한 일이었다는 걸 나는 깨달았다. 환하고 무자비한 낮 시간은 빨리 지나가야 했다. 음식을 씹어야 하는 식사, 컴퓨터 스크린, 신발끈, 그리고 지겨운 대화들, 심지어 아무 말도 하지 않고 대화가 끝나기만을 기다리는 것까지…. 그러나 밤이 되면 나와 상관없는 것들, 신경에 거슬리는 것들에 둘러싸여 있지 않아도 된다. 밤이 되면 오직 나와 또 한 사람이 따듯한 체온을 나누며, 서로를 얼마나 행복하게 해줄 수 있는가만 중요했다. 내가 크로스를 행복하게 해주었을까? 방법만 알았다면 더 행복하게 해줄 수도 있었을 텐데.

10시를 알리는 종이 울렸을 때에도 나는 여전히 침대에 있었다. 그때만 해도 예배에 참석할 생각이었다. 적어도 가지 않겠다는 생각은 없었다. 그러나 곧 11시 종이 울렸다. 깜짝 놀란 척할 수는 없었다. 나는 처음으로 예배를 빠지고 있었다.

다시 침대에서 일어났을 때는 오후 2시였다. 화장실에 가기 위해서였다. 나는 크래커 한 봉지를 다 먹은 다음 역사책을 침대 위에 펼쳐놓고 크로스를 생각하면서 방 안을 둘러보았다. 5시가 되었는데도 마사는 돌아오지 않았다. 그것은 저녁 식사를 같이 할 수 없다는 뜻이었다. 휴게실에 내려가 난로에 물을 올려놓고 있는데 애스패드 몽고메리가 들어왔다. 애스패드는 엘윈 기숙사가 아니라 바로 옆 기숙사인 안시 기숙사에 살았지만 피비 오드웨이라는 애를 만나기 위해 가끔 우리 기숙사에 놀러왔다.

애스패드가 나를 보더니 물었다.

"혹시 어젯밤에 크로스가 네 방에 가지 않았니?"

애스패드가 내게 스포츠 브래지어를 빌려달라고 했어도 그보다 더 놀라진 않았을 것이다.

"뭐?"

"새벽 3시였는데 그 방에 간다고 하길래, 둘 다 곤히 잠들었을 텐데 너무 실례 아니냐고 했지. 면회 규칙을 위반하면 마사가 기절하지 않겠냐고. 학생회장 둘이 술에 취해서 난동을 부리면 아마 교장 선생님이 바지에 오줌을 쌀 거라고 말이야. 지금 라면 끓이는 거니?"

"크로스가 마사 만나러 간다고 했어?"

내가 조심스럽게 물었다.

"안 갔구나. 그럼 다행이고. 내 얘기 못 들은 걸로 해."

애스패드는 돌아서서 밖으로 나가면서 말했다.

평상시 같으면 이런 식의 대화를 지속하고 싶지 않았을 것이다. 게다가 상대는 애스패드였다. 애스패드는 늘 내가 말을 하기도 전에 기분을 망쳐놓았다. 그러나 나는 호기심을 억누를 수가 없었다.

"새벽 3시에 도대체 뭘 하고 있었던 거야?"

내가 물었다.

"포커 쳤어. 남자애들이 몇 명 왔는데 데빈하고 크로스는 완전히 파산했지. 그런데 크로스가 갑자기 마사를 만나러 가겠다는 거야. 그래서 다들 학생회장 일을 너무 심각하게 받아들이는 거 아니냐고 했어."

크로스는 마사가 다트머스에 갔다는 것을 알고 있었다. 그 얘기를 먼저 꺼낸 것도 크로스였다. 물론 그 사실을 잊고 있었다가 문 앞에서 빈 침대를 보고 생각이 났을 수도 있었다. 그러나 나는 크로스가 처음부터 다 알고 있었다고 확신했다(나는 끝내 그에게 물어보지 못했다. 기회가 여러 번 있었고, 정말 궁금했지만 물어볼 수가 없었다. 내가 물어볼 수 없었던 이유는 그게 보기보다 훨씬 더 심각한 질문이기 때문이었다. 나는 내가 생각하는 대답이 맞을까 봐 두려웠다. 상대가 내 사람이 아닐 때, 그리고 그 사람을 내 사람으로 만들 수 없을 때 그런 것들을 다그치는 법이니까).

"물 끓는다."

애스패드가 말했다. 내가 주전자를 내려놓을 때 애스패드는 이미 계단을 올라가고 있었다.

"화학 조미료가 두통 일으키는 거 알지? 조심해!"

애스패드가 말했다. 애스패드는 포커를 칠 줄 알았다. 우리 학교에서 포커를 칠 줄 아는 여자애는 다섯 명 정도였고 애스패드가 그중 하나라는 사실은 전혀 놀랍지 않았다. 듣기로는 꽤 잘 치는 것 같았다. 그날 밤도 남자애들 돈을 모두 쓸어 모은 뒤 애스패드다운 웃음을 지었을 것이다. 정말 끔찍한 것은, 만약 내가 남자라면 애스패드야말로 내가 좋아할 예쁘고 심술궂은, 그러면서도 절대로 손에 넣지 못할 여자일 거라는 사실이었다. 내가 남자였다면 절대로, 내 눈을 똑바로 쳐다보면서 자기가 정말 사랑받을 만한 여자인지 불안해하는 평범한 여자애를 좋아하지 않을 것이다.

크로스와 나 사이에 있었던 일이 얼마나 잘못된 것이었는지 나는 그제야 분명히 느낄 수 있었다. 그건 도덕적으로 잘못되었다기보다는 마치 식료품 가게에 날아든 새, 혹은 물이 새는 변기처럼 설명이 필요한 하나의 사건이었다. 나를 태우기로 한 친구라 생각하고 자동차 문을 열었는데 친구의 차가 아니고 전혀 낯선 사람이 앉아 있었다면 사과하는 게 당연하다.

스탠차크 선생님과의 면담은 마지막 교시에 있었다. 얼트에서는 3학년 봄학기부터 진학 상담을 시작하기 때문에 나는 전에도 선생님과 면담을 한 적이 있었다. 그러나 이번 면담에서 나는 가고 싶은 대학의 목록을 제출해야 했다. 따라서 이번 면담은 나의 진로에 결정적인 영향을 미칠 것이 분명했다.

내가 선생님의 책상 옆에 놓인 의자에 앉자 선생님은 안경을 코끝에 걸치고 서류 봉투를 열어 서류 윗부분을 들여다보았다. 직사각형 렌즈에 파란색 플라스틱 테가 둘러진 선생님의 안경은 목걸이 체인에 연결되어 있었다.

"리, 올해는 어때? 출발이 괜찮니?"

"좋아요."

"수학은?"

"B마이너스예요."

"정말?"

선생님이 고개를 들고 미소를 지었다.

"대단한데? 오브리는 계속 만나고 있니?"

나는 고개를 끄덕였다.

스탠차크 선생님은 60대 초반으로, 고전문학부의 학과장인 스탠차크 선생님의 부인이었다. 선생님의 머리는 내가 그 나이가 되었을 때 꼭 하고 싶은 그런 스타일이었다. 턱선에서 5센티미터 정도 내려오는 길이에 거의 백발에 가까웠고, 마치 컨버터블을 타고 달려온 사람처럼 뒤로 흩날리는 듯한 모양이었지만 젤은 전혀 사용하지 않았다. 선생님은 조금 통통한 편이었고, 이목구비가 뚜렷했으며, 겨울철에도 피부는 가무잡잡했다. 방학이 되면 선생님 부부는 중국이나 갈라파고스제도 같은 곳으로 여행을 떠났다. 그들에게는 얼트를 다닌 아들이 셋 있었는데 막내가 얼트를 졸업한 지 10년도 넘었다고 했다. 사진 속에서 본 세 아들 모두 금발머리에 굉장한 미남들이었다. 나는 스탠차크 선생님이 마음에 들었다. 선생님에게는 분명히 사람을 끄는 무언가가 있었다. 그러나 선생님 방에 올 때마다, 내가 이야기를 할 때조차 끊임없이 내 머릿속을 떠나지 않는

430

게 있었다. 바로 학교 측에서 별로 신경을 쓰지 않는 학생들을 스탠차크 선생님에게 배정한다는 소문이었다. 또 다른 상담교사인 헤사드 선생님은 40대로, 키가 크고 조금 냉소적인 영어 선생님이었다. 스탠차크 선생님은 아이들을 가르치진 않았고, 오직 상담교사로만 일했다. 스탠차크 선생님이 얼트 학생 중에는 입학한 사례가 없는 사우스캐롤라이나의 찰스턴대 출신인데 반해 헤사드 선생님은 하버드 출신이었다(학교 카탈로그에 전부 소개되어 있었기 때문에 학생들은 교사들의 출신 학교를 전부 알고 있었다). 매년 봄, 3학년 상담교사가 배정되기 직전에 어떤 상담교사가 배정되는지를 두고 학생들 사이에는 말이 많았고, 교사들은 학생들의 입을 막으려 애썼다. 한번은 역사 시간에 플레처 학장님이 학생들이 그것에 관해 수군거리는 것을 듣고 "헛소리들 작작 해요!"라고 소리쳤고 그의 수업을 듣던 애스패드는 "학장님이 그런 말 쓰시면 되나요?"라고 반박했다.

그러고 나서 우리는 두 그룹으로 나뉘었다. 마사와 크로스, 조나단 트랜가를 포함하여 우리 학년에서 비교적 똑똑하고 인기 있는 아이들은 헤사드 선생님으로 배정이 되었다. 스탠차크 선생님에게 배정된 아이들 중에 똑똑한 학생으로는 신준이 유일했지만, 내 생각에 학교 측에서는 신준이 졸업 전에 또다시 자살기도를 하지 않는다고 해도 어느 대학으로 진학할지에 대해 크게 관심을 가졌을 것 같지는 않았다. 이상한 것은 내게 스탠차크 선생님이 배정되었을 때 솔직히 내가 무척 놀랐다는 사실이었다. 물론 나는 내 자신을 가장 안 좋은 쪽으로 생각하는 게 사실이지만, 내 생각이 틀렸다는 것을 늘 누군가 증명해주기를 바랐던 것 같다.

스탠차크 선생님이 무언가 메모를 한 다음 다시 나를 돌아보았다.

"어디, 네가 가져온 목록을 좀 볼까?"

나는 목록을 내밀었고, 선생님이 목록을 훑어보았다. 선생님은 조금도 동의하는 표정이 아니었다. 마침내, 선생님이 입을 열었다.

"리, 내가 걱정하는 건, 네가 그다지 안전한 선택을 하고 있지 않다는 거야. 해밀턴 같은 곳은 괜찮아. 하지만 미들베리나 보우도인 같은 데는 좀 힘들지 않을까?"

"브라운은 안 될까요?"

"리."

선생님은 손을 뻗어 내 팔 윗부분에 대었다가 몸을 뒤로 젖히면서 안경을 머리 위로 올렸다.

"리, 어떤 대학을 가든 네 대학 생활은 정말 근사할 거야. 왜냐하면 너와 내가 꼽을 수도 없을 만큼 좋은 대학이 얼마든지 있으니까. 하지만 여기 사람들 얘기를 들어보면 좋은 학교는 한 여덟 개 정도밖에 없는 것 같지?"

선생님은 정곡을 찌르고 있었다. 아이비리그에 간신히 턱을 걸친 펜실베니아주립대와 코넬대까지 포함해서 여덟이었지만, 스탠포드와 듀크는 뺀 숫자였다.

"그렇게 생각하는 건 정말 어리석은 짓이야. 너도 그걸 알 거야."

"브라운은 안 된다는 뜻인가요?"

"글쎄. 물론 브라운대에도 원서를 넣어봐. 안 될 거야 없으니까. 하지만 다른 곳들도 생각해보라는 거야. 전에 얘기했던 그리넬대학에 카탈로그 주문했니? 그리넬은 정말 괜찮은 대학이란다. 벨로잇도 그렇고."

"어느 주에 있다고 했죠?"

"그리넬은 아이오와주, 벨로잇은 위스콘신이야."

"중서부 쪽으로는 가고 싶지 않아요. 전 동부에 남고 싶어요."

"리, 물론 네가 원하는 곳에 가면 좋겠지만 내 말도 귀담아 들어주었으면 좋겠다. 다른 대학들도 다시 생각해봐."

"입학 에세이를 아주 잘 써도 브라운대는 안 될까요?"

선생님은 한숨을 쉬었다.

"리…."

내 이름에 그보다 더한 동정이 실렸던 적은 없었다. 나는 목이 메었고 눈시울이 뜨거워졌다.

"넌 미적분에서 간신히 낙제를 면했어. 네 경쟁 상대는 바로 얼트에서 전 과목 A를 받고 SAT에서 1,600점 맞은 애들이란다. 다른 학교에서 가장 우수한 학생들과도 경쟁해야 하는 건 물론이고. 더구나 재정 문제에 관해서는 아직 고려해보지도 않았잖니? 네가 실망하는 걸 보고 싶지는 않단다."

나는 아무 말도 하지 않았다.

"어느 대학을 가건, 널 학생으로 받아들인 대학이야말로 정말 행운을 잡은 거지."

선생님의 그 말에 나는 눈물이 쏟아졌다. 처음 눈물이 쏟아지는 순간 나는 크로스를 생각했다. 사실 하루 종일 크로스를 생각했다. 그가 내 방을 떠난 뒤 36시간 동안 거의 대부분의 시간을 그의 생각으로 보냈다. 나는 그에게서 아직 아무 말도 듣지 못했기 때문에 울었다. 그리고 우리의 만남이 그것으로 끝이고, 그가 다시는 내 머리칼을 쓰다듬어주지 않고, 다시는 내 위에 눕지 않을 것 같아서 울었다. 그리고 정작 그 일이 일어났을 때 그 순간을 제대로 음미하지도 못했던 것이 속상해서 울었다. 그리고 마지막으로 학생회장인 크로스는 하버드에 진학할 것이고, 스탠차크 선생님은 나를 위스콘신으로 보내 그와 나를 영원히 갈라놓으려 하고 있기 때문에 울었다. 나는 절망적인 심정으로 내게 한 번만 더 기회가 있었으면 좋겠다고 생각했다. 만약 크로스가 그런 기회를 내게 준다면 나는 모든 걸 받아들일 수 있을 것 같았다. 오히려 그에 대해 고마운 마음을 가질 수도 있을 것이고 그 고마움을 멋지게 표현할 수도 있을 것 같았다.

스탠차크 선생님이 내게 티슈를 건넸다.

"필요한 만큼 쓰렴."

선생님은 나의 눈물에 조금도 당황하지 않는 것 같았다(나중에 마사에게 내가 울었던 이야기를 하자 마사는 '난 벌써 헤사드 선생님하고 면담하다가 두 번이나 울었는걸. 난 그게 일종의 통과의례라고 생각해'라고 말했다).

"네게 힘든 일이라는 거, 나도 안다."

선생님이 말했다.

1분도 넘게 우리는 아무 말도 하지 않았고 내가 훌쩍거리는 소리만 들렸다. 그 시간 동안 나는 선생님이 내게 무슨 일이 있는 거냐고 물어주길 기대했다. 내가 사실대로 이야기하면 선생님이 크로스에게 무슨 말이든 해서 상황을 현명하게 해결해줄 수도 있지 않을까 생각했다. 어른들은 10대들이 그들을 얼마나 신뢰하는지 잘 모른다. 단지 어른이라는 이유만으로 절대적 진리를 알고 있을 거라고, 그리고 그 절대적 진리는 그다지 어렵지 않을 거라고 10대들은 믿고 싶어 한다. 그때 선생님의 상담실 창밖으로 틱 올트만과 다이애나 트루블러드가 하키 스틱을 들고 체육관 쪽으로 가는 모습이 보였다. 나는 문득 마사를 제외한 얼트 안의 누군가에게 내 속을 털어놓는 것이 얼마나 어리석은 일인지 생각했다. 틱이나 다이애나 그들의 모습에 내게 그 사실을 일깨워줄 만한 특이한 점이 있었던 건 아니었다. 그들은 그저 존재할 뿐이었다. 그들은 상담내용을 듣지 못할 것이다. 그러나 얼트에서는 한순간이라도 약한 모습을 보이면 항상 누군가 그 사실을 알게 되었다. 일단 내 입 밖으로 흘러나간 이야기는 더 이상 나의 사생활이 아니었다.

나는 인내심을 갖고 기다려주는 스탠차크 선생님을 다시 바라보았다. 문득 나는 선생님이 절대적인 진리를 알고 있는 사람이 아니라는 생각이 들었다.

"죄송해요."

"죄송할 것 없다. 내 걱정은 하지 말고, 너만 생각해."

조금 내용이 다르긴 하지만 그렇게 하고 있다고 말하고 싶었다. 선생님은 내게 대학 목록을 돌려주었다.

"다시 한 번 작성해보겠니? 시간을 갖고 잘 생각해봐. 부모님하고도 천천히 의논해보고. 명문대에만 집착하지 말고. 할 수 있겠지?"

"꼭 일류 대학이라 브라운대학을 가고 싶은 건 아니에요."

내가 말했다.

선생님의 표정으로 보아 선생님이 내 말을 믿지 않는다는 것, 그리고 내가 거짓말을 하더라도 날 꾸짖을 생각이 없다는 것을 알 수 있었다. 그러나 내가 한 말이 전부 다 거짓말은 아니었다.

"재미있는 사람들이 많이 가는 대학인 것 같아서 거길 가고 싶었어요."

내가 말했다.

"북동부에 있는 데다 의무 이수 과목이 없기도 하고요."

사실 내가 브라운대에 가고 싶었던 건, 브라운대에 가면 내가 그곳에 갈 자격이 있다는 사실을 증명할 수 있기 때문이었다. 그리고 내가 그곳에 갈 자격이 있는 사람이라는 것을 공식적인 방법으로 증명하면 그 외의 나의 모든 것도 괜찮은 것으로 인정받을 수 있을 것 같아서였다.

"좋은 이유이긴 하지만 내가 부탁하고 싶은 건, 물론 나도 찾아보겠지만, 그런 조건을 만족시키는 대학을 다섯 군데만 더 찾아오라는 거야. 학비 융자 서류는 11월부터 가능하고 부모님은 적어도 1월까지 서명을 하셔야 한단다. 수시 모집에는 지원하지 않는 거야. 알았지?"

나는 고개를 끄덕였다. 돈 얘기를 가장 나쁜 것으로 여기는 데 익숙했던 나는 공개적으로 돈 문제를 거론하는 게 조금 낯설게 느껴졌다. 산부인과에 가서 내 질을 의사 얼굴 앞에 들이대야 하는 게 무척 수치스럽고 창피한 것과 마찬가지였다. 마치 그건 전혀 숨길 일이 아니며, 내 질을 보여주기 위해 산부인과를 갔다는 사실을 잊은 것처럼.

"진정할 때까지 좀 앉아 있다 가도 좋아."

스탠차크 선생님이 말했다.

"괜찮아요."

나는 일어섰다.

선생님 앞에서 울음을 터뜨렸다는 사실이 부끄러웠고, 울고 난 흔적이 얼굴에 남아 있을 때 상담실을 나가고 싶었다. 혹시라도 크로스가 울고 난 뒤의 내 모습을 보면 매력을 느끼지 않을까 해서였다.

"고맙습니다, 선생님."

내가 말했다.

"내가 고맙다, 리. 왜 고마운지 아니?"

나는 고개를 저었다.

"널 대학에 보내는 사람은 바로 너 자신이니까."

그날 아침 우편함을 열어보니 플레처 학장님의 쪽지가 있었다. 일요일 예배에 불참한 것에 대한 꾸짖음과 함께 5시까지 식당에 와서 보고한 뒤 벌로 식당 테이블을 닦으라는 지시였다. 축구 연습이 끝난 뒤 나는 머리 카락이 젖은 상태로 체육관을 나와 식당 쪽으로 걷고 있었다. 테이블을 청소하는 벌을 받기는 처음이었다. 4학년 중에 그 벌을 받아본 적이 없는 학생은 나와 마사밖에 없었다. 원형 잔디를 돌아 걷고 있을 때 나뭇잎을 태우는 냄새가 바람에 실려왔고, 교정은 온통 노랗게 물들어 있었다. 얼트에 다니면서 자주 그런 생각을 했지만 나는 아무래도 이곳에 있을 자격이 없는 것 같았다. 이 모든 아름다운 풍경은 내 것이 아닌 것 같았다.

식당으로 막 들어서려는 순간 크로스의 목소리가 들려왔다. 나는 움찔했다. 그냥 돌아설까도 생각해보았다. 사실 놀랄 일도 아니었다. 크로스는 4학년 학생회장이면서 3명의 식당 선도부 중 한 명이었고 오늘은 그가 당번인 게 틀림없었다.

나는 식당 안으로 들어갔다. 스무 명 남짓한 학생들이 테이블을 청소하고 냅킨을 정리하고 있었다. 크로스는 종이와 펜을 들고 2학년생 둘과 웃으며 이야기하고 있었다. 그다지 먼 거리가 아니었음에도 불구하고 크로스는 나를 알아보는 것 같지 않았다.

"안녕, 크로스."

내가 말했다. 그가 나를 보았고 2학년생 두 명도 나를 보았다.

"무슨 일이야?"

그의 목소리가 그리 다정하게 들리지는 않았다.

"테이블 청소하라는 벌 받았어."

내가 그가 들고 있는 메모판을 가리키며 말했다.

"아마 명단에 있을걸. 플레처 학장님이 쪽지를 보내셨어."

크로스가 들고 있던 메모판을 들여다보았다.

"너도 이런 벌을 받을 때가 있어?"

그의 말투는 한결 누그러져 있었다.

"너희 일 안 하냐? 그만 좀 뺀질거려!"

2학년 중 한 명이 돌아서면서 못마땅하다는 듯한 표정을 지었다.

"데이비스, 선배한테 그게 무슨 태도야?"

그렇게 말하면서 크로스도 웃고 있었다.

"나랑 얘기할 구실이 필요했어?"

그들이 가고 난 뒤 크로스가 내게 말했다.

"그런 게 아니야! 일요일 아침 예배에 못 갔어."

"농담이야."

그가 시계를 보았다. 그의 머리도 젖어 있었다. 크로스와 함께 서 있으면서 나는 그와 내가 함께 샤워를 하는 이상한 상상을 했다.

"리, 저녁 식사 시간까지는 아직 45분이나 남았어. 청소할 사람도 충분하고. 그러니까 넌 가도 좋아."

"정말이야?"

"네가 청소한 걸로 기록하면 돼. 그게 걱정된다면."

"그냥 가라고?"

"하기 싫으면 가도 좋다고."

"물론이야. 그러니까 내 말은… 하기 싫어. 고마워."

내가 돌아섰다. 그 순간 내 허리와 등 사이에 크로스의 손길이 닿았다. 나는 그와 나 사이에 분명히 무언가가 있다고 확신했다. 내 의도와 상관없이 무슨 일이 일어날 것이 분명했다. 왜냐하면 그의 손의 위치가 너무 낮았기 때문이었다. 만약 그의 손이 조금만 더 높은 곳에 있었더라면, 그것은 '혹시 기분 상한 건 아니지?'라든가, '또 보자' 정도의 의미였을 것이다. 그러나 내 허리에 닿은 그의 손을 통해서 나는 그와 나 사이에 무언가가 있으며, 그것이 은밀한 것임을 알 수 있었다. 나는 뒤를 돌아보았다. 그러나 그는 벌써 다른 사람과 이야기를 하고 있었다.

"크로스가 널 그냥 보내준 건 나쁜 징조는 아니야."

마사가 전신 거울 앞에 서서 머리를 빗으며 말했다. 나는 침대 위에 앉아 있었다.

"네가 테이블 청소를 한 번도 안 해봐서 모르나 본데, 그거 굉장히 창피한 거거든. 특히 4학년한테는. 다시 말해서, 크로스는 네가 거기 있는 게 싫어서 가라고 한 게 아니라 너한테 호의를 베푼 거라고."

"그날 밤 일에 대해선 아무 말도 하지 않았어, 한마디도."

내가 말했다.

"무슨 말을 하겠니? 다른 애들이 있는데."

"술에 취해서 한 일이라 하나도 기억 못 할지도 몰라."

"크로스는 분명히 기억하고 있어."

마사가 빗을 내려놓고 향수병을 들며 말했다. 마사는 공중에다 향수를 뿌린 뒤 그 안으로 걸어 들어갔다. 그것은 내가 신입생 때 디드한테서 배워서 마사에게 전수해준 방법이었다.

"내가 보기엔 크로스가 완전히 취했던 것 같진 않아. 왜냐하면 남자는 정말 술에 취하면 발기가 잘 안 되거든."

"정말?"

"알코올이 중추 신경계를 마비시키니까."

"콜비도 그런 적 있어?"

마사와 콜비는 1년 넘게 사귀고 있었다. 콜비는 버몬트대학 3학년생으로 두 사람은 일주일에 한 번 전화 통화를 했고, 월요일마다 서로에게 편지를 썼으며, 방학 때면 함께 시간을 보냈다. 마사는 그와 사귄 지 6개월이 지났을 때, 그에게 병원에 가서 에이즈 검사를 받게 한 뒤 그와 처음 섹스를 했다. 콜비는 마사를 만나기 전에 사귄 두 여자와도 관계를 했었기 때문이었다. 콜비는 키가 크고 착했으며 마사를 좋아했지만, 얼굴이 창백하고 매부리코였으며 내가 보기에는 유머가 좀 부족했다. 마사가 방학 때 그와 함께 70킬로미터나 자전거 여행을 했다거나 오디세이의 가장 좋아하는 부분을 서로에게 큰 소리로 읽어주었다고 했을 때 나는 조금도 샘이 나지 않았다.

"콜비는 조정 선수라서 술을 안 마셔. 어쨌건 리, 그런 걱정은 하지 말았으면 좋겠어."

마사가 말했다.

"걱정 안 해."

나는 침대 위에 다리를 올려놓고 검은색 타이츠에 검은색 구두를 신은 내 다리를 바라보았다. 나는 구두가 너무 싸구려 같은 건 아닐까 생각했다. 요즘 여자애들은 이것보다 더 두툼한 구두를 신고 다녔다.

"리, 네가 정말 원하는 게 뭔지 잘 생각해봐."

나는 크로스와 허물없이 대화하는 사람이 되기를 원했다. 그리고 크로스가 나를 예쁘다고 생각해주기를 바랐다. 내가 좋아하는 것들, 이를테면 피스타치오나 모자 달린 티셔츠, 〈북방에서 온 소녀〉라는 밥 딜런의 노래 같은 것들을 통해서 그가 날 떠올려주기를 원했다. 나와 함께 있지 않을 때 그가 나를 그리워해주기를 원했다. 나와 함께 침대에 누워 있을 때, 크로스가 세상에서 가장 행복한 남자이기를 원했다.

"크로스와 내가 사귈 가능성이 있다고 생각해?"

마사는 재킷을 입고 내게 등을 돌린 채로 "아니"라고 대답했다. 내 얼굴을 보지 못했기 때문에 마사는 내가 얼마나 놀랐는지 몰랐을 것이다. 마사가 돌아섰을 때 나는 놀라지도, 상처받지도 않은 척했다.

"크로스하고 친해지고 싶으면 그렇게 해. 하지만 크로스가 하는 말들을 옆에서 들어보면, 지금 4학년 졸업반이라는 것에 대해서 무척 신경을 쓰고 있다는 느낌이 들어. 여자 문제에 구속되는 걸 원치 않는 것 같다고. 너하고 크로스? 글쎄…"

마사는 나쁜 냄새를 맡은 것 같은 표정을 지었다.

"네 생각엔 잘될 것 같니?"

마사가 내게 물었다.

"크로스하고 내가 잘될 것 같지 않다면 왜 내가 원하는 게 뭔지 생각해보라고 했어?"

나는 평상시와 똑같이 호기심 어린 목소리를 유지하려 애썼다. 마사의 말은 그동안 내게 했던 말들 중에 가장 잔인한 말이었다. 그러나 마사가 내 마음을 눈치챈다면 더 이상 나한테 솔직할 수 없을 것이다.

"내 말은 수동적으로 행동하라는 의미가 아니야. 내가 걱정하는 부분이 바로 그거거든. 넌 모든 걸 크로스의 손에 맡겨두고 있잖아. 네가 원하는 게 뭔지 크로스에게 말해. 만약 크로스가 그걸 감당할 수 없다면, 그건 크로스의 문제야."

"하지만 내가 왜 가질 수 없는 걸 쫓아야 하는데?"

"어떻게 될지는 나도 몰라. 내가 어떻게 알겠니? 하지만 넌 여기 온 이후로 계속 크로스 때문에 끙끙 앓았잖아. 적어도 네 자신에게 기회를 주고 어떻게 되는지 지켜봐야 하지 않을까? 크로스하고 사귀기에 네가 너무 부족하단 얘기가 절대 아니야. 오히려 그 반대지. 넌 정말 괜찮은 애거든. 문제는 크로스가 그걸 알고 있느냐는 거지."

"내가 크로스한테 뭐라고 말해야 돼? 그리고 언제 말해야 돼?"

"크로스가 있는 곳은 뻔하잖아. 면회 시간에 그를 찾아가."

"크로스 방에는 절대 안 가."

"그럼 부딪칠 때까지 기다려. 그리고 얘기하고 싶다고 해."

"무슨 얘기?"

"리, 마법의 말 따위 없어."

마사가 내 것과 똑같은 구두를 신으며 말했다.

그 순간 마사에 대한 미움이 한층 더 커졌다. 마사 같은 룸메이트를 두어서 나는 늘 좋았다. 나는 단 한 명의 좋은 친구가 주는 친밀함과 믿음을 사랑했다. 그러나 가끔은 같은 이유로 마사에게 너무 의지한 나머지 나 자신이 옴짝달싹 못 하게 되는 때가 있었다. 또 마사의 실용주의와 솔직함이 지긋지긋하게 느껴질 때도 있었다. 만약 디드가 내 가장 친한 친구였다면, 그리고 이런 식의 대화를 디드와 나누었다면(물론 디드가 나처럼 크로스를 좋아하지 않을 때 가능한 얘기지만) 디드는 무조건 내 편이 되어 날 격려해주었을 것이다. 디드는 결코 내 희망을 꺾어놓지 않았을 것이다.

게다가 왜 그런 마사에게는 남자친구가 있고 나에겐 없는 걸까? 왜 마사는 4학년 학생회장이고 나는 그저 평범한 학생이어야 하는 걸까? 나는 문자 그대로, '아무것도 아닌' 학생이었다. 나는 예배 선도부도 아니고 앨범 편집부도 아니고 운동부 주장도 아니었다. 반면 마사는 조정팀의 주장이기도 했다. 3학년을 마친 뒤 여름방학 때 나는 나처럼 아무것도 아닌 애들이 또 있는지 우리 학년 명단을 전부 훑어보았다. 딱 두 명이 더 있었다. 니콜 오펜 슈바이더와 댄 폰스 두 명이었다. 둘 다 따분하기 짝이 없었고, 투명 인간 같은 애들이었다.

식당에서 각자의 자리를 찾아가기 전에 마사가 "각개 전투!"라고 말했다. 나는 평범하면서도 운이 좋았던 마사가 밉다는 생각이 들었다. 왜냐하면 얼트의 아이들은 대부분은 평범하거나 운이 좋거나 둘 중 하나였으니까.

크로스가 두 번째로 날 찾아왔을 때 나는 내 몸에서 분출된 전파가 뜰을 가로질러 그의 기숙사까지 뻗어 나갔기 때문이라고 생각했다. 토요일 새벽이었고, 1시쯤 된 것 같았다. 마사가 이미 잠자리에 든 뒤였기 때문이었다. 마사는 보통 늦게까지 공부를 하다가 잠자리에 들었다. 마사는 불을 끄고 나서 날 깨워 이야기를 하다가 잠이 들었다. 크로스가 왔을 때 우리는 이미 얘기를 나눈 뒤였고 마사와 나는 둘 다 깊이 잠들어 있었다.

이번에는 내가 눈을 뜨기 전에 크로스가 내 침대까지 다가와서 내 팔을 잡았다.

"리!"

그가 속삭였다.

"리! 나야, 크로스."

그가 말했다.

나는 눈을 뜨면서 미소를 지었다. 내 의도와는 상관없는 미소였다. 내 침대로 올라오기 전 그는 몸을 숙여 입술에 키스했고, 우리는 서로 키스하기 시작했다. 두 사람의 혀가 서로 완벽하게 조화되는 것. 키스란 바로 이런 것이었다. '그래서 사람들이 키스를 좋아하나 봐'라고 나는 생각했다. 그가 언제 내 몸 위로 올라왔는지는 정확히 모르겠다.

단단해진 그의 페니스를 느낀 순간 나는 몸을 움직여 그의 몸이 내 다리 사이에 오게 한 다음 다리로 그의 허리를 감았다. 그가 얼마나 세게 몸을 밀착시켰는지 나는 혹시 내 팬티가 찢어지는 게 아닌가 생각했다 (하긴, 내 팬티 따위에 누가 신경이나 쓰겠는가?). 그가 셔츠를 벗었다. 그의 피부는 따뜻하고 부드럽고 매끄러웠다.

우리 머리 위에 있는 마사의 매트리스가 흔들렸다. 마사는 한마디도 안 했지만 크로스와 나는 얼어붙었다. 마사가 2층 침대에서 내려오더니 밖으로 나갔다.

"화났나?"

방문이 닫힌 순간 크로스가 물었다. 지금 이 순간만큼은 마사는 크로스의 학생회장 짝이 아니라 나의 룸메이트인 것이 분명했다. 만약 마사가 화가 났다고 해도 나는 상관없었다. 크로스와 함께 이렇게 누워 있는 것이야말로 내가 원하는 전부였다. 무슨 말이 더 필요하겠는가? 인생에서 때로는 누구나 이기적인 인간이 될 수밖에 없는 순간이 있는 법이다.

"신경 쓰지 마."

내가 말했다.

우리는 더 이상 말을 하지 않았다. 어느 순간 나는 영화 속에서나 들었던 신음 소리를 내고 있었다. 내 몸속에 그런 소리가 들어 있었다는 사실이 놀라웠다.

"월요일에 식당에서 왜 나하고 얘기 안 했어?"

잠시 후 내가 물었다.

"얘기했잖아."

그가 대답했다.

"그게 얘기한 거야?"

"네 얼굴이 너무 빨개져 있었어."

그가 말했다. 그리고 나는 더 이상 묻지 않았다. 그리고 한참 뒤, 환해진 것은 아니었지만 천천히 아침이 밝아올 무렵, 나는 그가 곧 떠나려 한다는 것을 느낄 수 있었다.

"너 아무한테도 말 안 할 거지?"

내가 물었다.

"응."

그가 잠시 후 대답했다.

"학교에서 만나면 그냥 평상시처럼 행동하자."

내가 말했다.

"평상시처럼 행동한다는 게 무슨 뜻이야?"

재미있다는 듯, 그리고 조금 회의적인 말투로 그가 물었다.

"아침 식사 시간에 너한테 키스하지 않겠다고. 네가 걱정하는 게 그거라면."

그는 잠시 조용히 있다가 "좋아"라고 대답했다.

"너도 나한테 꽃을 선물하지 않아도 된다는 뜻이기도 하고."

내 말이 아주 엉뚱하게 들리기를 바랐다. 물론 크로스는 내게 꽃을 선물하지 않을 것이다. 그러나 내 말은 생각만큼 엉뚱하게 들리지는 않았다. 나는 '나한테 다이아몬드 목걸이를 선물하지 않아도 된다는 뜻이기도 하고'라고 말하는 편이 더 나았겠다고 생각했다.

"다른 건 없어?"

그가 말했다.

"내가 괜히 이상하게 구는 것 같아?"

내가 말했다.

"아니."

재미있다는 느낌이 조금도 남아 있지 않은 목소리로 그가 말했다.

"크로스가 그런 식으로 우리 방에 오는 거, 난 별로 마음에 안 들어."

다음 날 아침, 옷을 입으면서 마사가 말했다.

"미안해. 많이 화났어?"

"너하고 크로스의 숨소리에 깨서 휴게실에 내려가서 자야 하는 게 좋을 리가 있어?"

마사가 너무 속이 좁다는 생각이 들었다. 마사는 내가 남자와 처음으로 키스했다는 사실을 잊고 있는 것 같았다. 나는 태어나서 처음 키스를 했고, 어떻게 처신해야 할지 생각할 시간이 필요했다. 게다가 때로는 룸메이트가 남자친구와 뒹구는 소리를 참아주는 게 기숙사 생활이 아니었던가?

"하지만 진짜 중요한 문제는, 만약 크로스가 발각이라도 되는 날엔, 내 입장이 무척 곤란해진다는 거야. 크로스한테 이래라저래라 말할 수는 없지만 나도 책임이 있잖아."

나는 아무 말도 하지 않았다.

"또 온다고 했어?"

"몰라. 하지만 아마도…."

나는 생각만 해도 너무 기분이 좋아서 마사와 불편한 얘기를 하고 있었음에도 불구하고 웃음이 나오려고 했다. 내가 웃지 않았던 건 웃음을 참았기 때문이었다.

"내가 왜 곤란한지 이해하겠니?"

"응."

"이론적으로는, 너희 둘이 기숙사 면회 규칙을 어기고 있기 때문에 보고를 하는 게 옳다고. 내가 그럴 거라고 생각하는 사람이 아무도 없는 것 같지만 말이야. 난 매일 교장 선생님과 학장님을 만나고, 두 분 다 내가 정직한 학생이라고 믿고 있어. 매일 두 분을 만나서 눈을 똑바로 쳐다보면서 학칙에 대해서 얘기해야 한다고."

"마사, 네 입장이 얼마나 곤란한지 이해한다고 말했잖아."

마사가 한숨을 쉬었다.

"네가 크로스를 무척 좋아한다는 건 나도 알아."

우리는 잠시 아무 말도 하지 않았다.

"그러니까 크로스가 여기 오면 안 된다는 뜻이야?"

마침내 내가 물었다.

"내가 네 엄마처럼 굴게 만들지 마. 그건 불공평해."

"하지만 네 말은, 크로스가 다시는 우리 방에 오지 말았으면 좋겠다는 거잖아."

마사가 늘 이렇게 엄격했던가?

"잠깐! 좋은 생각 있다. 통학생 방을 이용하면 되잖아."

이유는 모르겠지만 나는 거부감이 들었다. 모든 기숙사에는 통학생을 위한 방이 있었다. 다른 방보다 작은 데다 침대와 책상 한두 개말고는 아무것도 없었다. 우리 기숙사에는 통학생들을 위한 방이 세 개 있었고, 엘윈에서 그 방을 쓰는 사람은 힐러리 톰킨스뿐이었지만 힐러리도 자주 쓰는 편은 아니었다.

"힐러리한테 물어봐야 할까?"

내 말에 마사가 큰 소리로 웃었다.

"학장 아저씨한테도 물어보지 그래?"

작년까지만 해도 마사는 학장님을 학장 아저씨라고 부른 적이 없었다. 나는 문득 마사가 애스패드 같다는 생각이 들었다.

"물어보지 말란 뜻이지?"

내가 물었다.

"당연하지."

"힐러리도 신경 쓰지 않을 거야. 어차피 그렇게 자주 만날 것도 아니잖아?"

마사는 왜 우리가 자주 만나지 않을 거라고 생각할까?

"우리 지금 싸우는 중이니?"

446

마사가 물었다.

"아니. 그럴 리가 있어? 마사하고 리는 절대 안 싸우잖아."

내가 얼른 대답했다. 다른 애들은 어떻게 생각할지 모르지만, 적어도 나는 그렇게 생각하고 있었다. 마사와 나는 우리 학년에서 3년째 같은 방을 쓰는 네 커플 중 한 커플이었다. 남자애들은 웬만해선 룸메이트를 바꾸지 않았지만 여자애들은 달랐다.

"소문에 의하면 마사 걔, 못됐다던데."

마사가 말했다.

"리가 더 못됐어. 정서 불안에다 항상 불평만 늘어놓지. 게다가 매사에 부정적이야. 난 부정적인 사람 제일 싫더라."

"인생이 레몬을 주면 그냥 레몬에이드를 만들면 되는데 말이야."

"찌푸린 얼굴을 뒤집으면 웃는 얼굴이 되는데 말이야, 마사?"

마사가 나를 보았다. 다른 사람 같으면 무슨 말을 했을까?

'너와의 우정이 나한테 얼마나 소중한지 몰라' 라든가 '사랑해'라고 말했을 것이다. 마사와 나는 한 번도 서로에게 사랑한다고 말한 적이 없었다. 나는 그런 말을 하는 애들, 특히 항상 그런 말을 입에 달고 다니는 애들이 과시하기 좋아하는 천박한 애들이라고 생각했다. 나는 말했다.

"나한테 화 안 낸 거 고마워."

꼭 그런 기분이었다. 어느 한적한 동네를 무심히 걷다가 바닥에 깔린 네모난 블록 하나를 밟았는데, 그 순간 갑자기 블록이 쪼개지면서 무한한 어둠 속으로 빠져든 것이다. 주위를 둘러보니 온통 별이 반짝이고 있다. 나는 언제고 처음에 내가 걷고 있던 그 길에 다시 떨어지는 순간을 기다린다. 전선 위에는 새들이 앉아 있고, 맞은편 정원에서는 스프링클러가 돌아가고 있고, 찢어진 무릎에 멍든 팔의 나로 돌아가는 그 순간을. 무릎과 팔의 상처는 내게 어떤 일이 일어났던 것만은 분명하지만 내가 상상하는 것만큼 멋진 일은 아니었음을 증명할 것이다. 그러나 상황은 그렇게 돌아가지 않았고, 나는 계속 아래로 떨어지고만 있었다.

부분적으로는 크로스가 밤에 나를 찾아올 때 내가 제대로 잠을 자지 못하기 때문이기도 했다. 그런 날이면 모든 게 낯설게 느껴졌다. 먹는 양도 줄었다. 아무것도 안 먹는 건 아니었지만 입맛이 없었다. 음식은 그저 음식일 뿐이었다. 다른 모든 것들과 마찬가지로 음식도 내 관심 밖이었다. 하지만 이상할 정도로 입맛이 당기는 음식도 있었다. 아보카도가 그랬다. 나는 마사의 자전거를 타고 시내에 나가서 아보카드 네 개를 산 다음 창가에 두고 익을 때까지 기다렸다가 마사의 주머니칼로 껍질을 깎아 사과처럼 깨물어 먹었다. 바닐라 아이스크림도 그랬다. 이런 음식들은 왠지 순수하게 느껴졌고, 내 어금니를 거치지 않고도 목으로 부드럽게 넘어갔다. 반면 캐서롤(고기, 채소를 섞은 볶음밥―옮긴이) 같은 건 보기만 해도 토할 것 같았다.

내 성적은 좋아졌다. 숙제를 했기 때문이었다. 숙제가 내 인생의 전부가 아니었기 때문에 오히려 집중할 수가 있었다. 게다가 숙제는 평상시와 똑같이 행동하기 위해 해야 하는 일이기도 했다. 나는 책상 앞에 앉아서 책을 펴고 읽기 숙제를 했고, 공식을 외웠다. 그러다가도 일단 자리에만 누우면 천장을 바라보면서, '대학에 가면 내 이름 중간에 약자를 하나 넣을까?' 아니면 '내 몸에서 악취가 난다면 내게 그 사실을 말해줄 사람이 누가 있을까?'와 같은 쓸데없는 공상에 빠져들곤 했다.

크로스가 세 번째로 왔던 날, 그가 내 몸 위에 반쯤 누웠을 때 이미 그와 나의 팔이 뒤엉켰다. 애무라는 건 정말 서툰 것이고, 또 그래서 더 멋질 수 있다는 사실이 나는 놀라웠다. 수중발레처럼 완벽하고 정확하게 맞아떨어지는 게 아니었다. 상대방의 체중이 잘못 실리면 팔이 아팠고, 내 코가 그의 쇄골에 부딪치기도 했지만 이런 어설픔들이 오히려 편안하게 느껴졌다. 크로스와 내가 정말 친구인 것 같은 기분이 들어서였다.

"여기선 안 돼. 여긴…."

내가 말했지만 크로스는 키스로 나의 말을 잘랐다.

"크로스, 안 된다니까. 정말…."

우리는 다시 키스했다. 그때 마사가 뒤척이는 소리가 들렸다.

"날 따라와."

내가 말했다. 환하게 불이 밝혀진 복도로 나가는 건 끔찍했다. 침대에서 그를 끌어내 방을 가로지른 뒤 방문을 연 순간부터 서로에게서 완전히 떨어져 환한 불빛 속을 걸어야 하는 것이 소름끼칠 정도로 싫었다. 그의 체취가 그리우면서도 한편으로는 그가 내 뒤에 있다는 사실이 불편했다. 내 머리가 엉켜 있는 건 아닐까? 크로스는 환한 곳에서 내 모습이 어떤지 알기나 할까? 절대로 돌아서서 그와 마주 서지 말아야지.

"기다려!"

그가 나를 따라오면서 중얼거렸고, 나는 통학생 방의 문을 열었다. 방에는 창문이 하나 있었고 셰이드가 걷혀 있었다. 캠퍼스의 가로등 불빛이 새어 들어와서 어둡지는 않았다. 침대 위에는 슬리핑백이 있었다. 나는 그 위에 누웠다가 크로스에게 손을 뻗으며 몸을 일으켰다. 크로스가 다시 내 위에 있었다. 카키색 바지와 벨트 버클, 버튼다운 셔츠, 그의 목에 닿은 내 얼굴, 왼쪽 귀의 바로 밑, 짧게 자란 수염. 나는 그의 체취가 좋았고, 그의 따듯한 몸이 좋았고, 그와 함께 있는 게 좋았다. 그때 이미 나는 내 몸 위에 누군가가 눕는 것에 드리워진 서글픔을 알고 있었다. 그는 결국 떠날 것이고(영원히 누워 있을 수는 없지 않은가?) 그게 무척 서글프다는 걸 말이다. 그것은 엄청난 상실감이었다.

그때 나는, 그리고 그 후로 오랫동안, 한 남자를 사랑한다는 건 참으로 소모적인 일이라고 생각했다. 아침에 혼자 눈을 뜨면, 나는 속으로 '사랑해, 크로스'라고 말했다. 다른 사람들은 크로스와 나의 관계를 결코 사랑으로 보지 않았겠지만 그럴수록 나는 더욱더 확신하게 되었다. 한밤중에 그가 나를 찾아와 어둠 속에서 내 어깨를 두드렸고, 우리 두 사람은 복도를 지나 빈방으로 가서 함께 침대에 누워 몸을 포갰다. 두 팔로 그를 끌어안는 순간, 나는 그에게 사랑한다 말하고 싶은 걸 참느라 애써야 했다. 그가 떠날 때도 마찬가지였다. 나는 진심으로 그를 사랑했다. 훗날 다른 남자들과 사귈 때에는 늘, 내가 정말 이 사람을 사랑하는 걸까? 이런 감정이 과연 사랑일까? 상대에 따라서 사랑의 감정도 달라지는 걸까? 하는 의심이 들곤 했다. 그러나 크로스와는 한 번도 그런 의심을 해본 적이 없었다. 크로스에 관해서라면 좋지 않은 게 하나도 없었다. 그 뒤로 만난 다른 남자들도 크로스처럼 키가 컸고, 군살 없는 몸매를 갖고 있었으며, 클래식 음악을 들었고, 와인을 마실 줄 알았으며, 현대 미술을 좋아했지만 그런 것들이 왠지 계집애의 취향처럼 느껴졌다. 온 밤을 채울 만큼 서로에게 할 얘기가 많지 않을 때면 함께 야구장에 가기도 했지만 그 모든 게 노력이 필요했다. 그러다가 키스라도 하게 되면 이것이 하나의 의무가 되는 것은 아닐지, 혹시 나중에 헤어지게 되면 이런 행동들이 내 발목을 잡는 것은 아닐지 걱정했다. 그들이 매력이 없는 남자여서가 아니었다. 그들 모두 지루한 타입은 아니었다.

그러나 크로스에게는 한 번도 부족함을 느껴본 적이 없었다. 나 자신에게 그를 변명하거나 옹호해야 했던 적도 없었다. 그와 내가 무슨 얘기를 하건 상관없었다. 크로스에 관한 한 나는 조금도 타협이 없었다.

어쩌면 그는 타협이 필요했을지도 모른다. 하지만 나는 한 번도 그런 적이 없었다.

그리 많은 사람들이 묻지는 않았지만, 왜 연휴 기간 동안 학교에 남아 있느냐는 질문을 받을 때마다 나는 대학 입학 원서를 준비해야 한다고 대답했다. 사실 내가 학교에 남아 있는 이유는 학교야말로 크로스가 있는 곳이기 때문이었다. 물론 크로스는 남지 않았다. 크로스에게서 직접

들은 게 아니라 식당에서 그와 그의 친구 몇 명이 데빈의 어머니와 새아버지가 사는 뉴포트에 가기로 했다고 얘기하는 것을 들었다. 그러나 적어도 학교는 그가 있었던 곳이고, 돌아올 곳이었다. 신입생 시절부터 연휴 때마다 가곤 했던 벌링턴의 마사네 집은 그에게서 너무 멀었다. 벌링턴에 가봐야 나는 그곳을 떠날 날만 기다리게 될 게 뻔했다.

마사는 늘 나와 함께 타곤 했던 버스를 탈 준비를 하고 있었다. 마사와 나는, 마사와 다른 학생들을 얼트에서 보스턴까지 실어다줄 버스를 타러 나가기 직전에 방 안에서 서로 마주 보고 섰다.

"정말 같이 안 갈 거야? 안 괴롭힌다고 약속할게."

마사가 말했다.

"여기 있을래. 부모님께 안부 전해줘."

마사가 날 쳐다보았다.

"너 괜찮지? 무슨 일 있는 거 아니지?"

"어서 가. 버스 놓치겠다."

마사를 안으며 내가 말했다.

버스가 출발하는 것을 보며 나는 비로소 안도했다. 혼자 남은 나는 침대에 누워서 책을 읽지도 않았고, 잠을 자지도 않았다. 심지어 눈도 감지 않았다. 오직 크로스 생각만 했다. 무언가를 할 때도 크로스를 생각했다. 그러나 밤이 되어 그를 생각하려고 작정을 하면 대개 곧바로 잠이 들었다. 침대에 혼자 누워 있는 건 차라리 고문이었다. 그와 나 사이에 일어났던 모든 일들, 그가 내게 했던 모든 말들, 그가 애무했던 방식들. 실제로 그 일이 일어나는 데 걸린 시간보다 더 오랫동안 나는 그 일을 되새겼다.

한동안 나는 어두워지는 게 좋았다. 교정이 텅 비어가는 것도 좋았다. 연휴 기간 동안 남아 있는 사람은 아무에게도 초대받지 못했거나, 가난해서 여행 경비가 없거나, 둘 다인 사람들뿐이었다. 주말에 이어진 긴 연휴는 학기마다 한 번씩 있었다. 신입생 때 나는 세 번 모두 학교에 남아 있었다. 그 시간을 어떻게 보냈는지는 거의 기억이 나지 않았다. 아마 잡지를 읽고 식사 시간이 되기를 기다리면서 소외감을 느꼈을 것이다. 그러나 이번만큼은 행운이 시작되는 날이 될 수도 있을 것이다. 어쩌면 지금부터 나는 내가 가장 원했던 걸 가질 수 있을지도 모른다. 지금껏 크로스보다 더 간절히 무언가를 원해본 적이 없었다.

크로스가 날 찾아오기 시작한 것도 어느덧 3주째에 접어들고 있었다. 얼마 전에 우리는 거의 섹스를 할 뻔했다. 그렇게 되기 며칠 전부터 우리는 옷을 다 벗기 시작했고, 그의 페니스가 내 몸 안에 들어온 건 아니었지만 그게 바로 내가 원하는 그것이라는 느낌을 주기에 충분할 정도로 그가 나를 자극했다. 내가 그를 향해 다리를 벌렸을 때, 그와 나 둘 다 아무 말도 하지 않았다. 말을 하면 상황을 인정하는 게 되기 때문이었다.

마침내 내가 "너…"라고 입을 열었다.

크로스는 내 어깨에 키스하고 있었다. 그는 아무 말도 하지 않았지만 그가 내 말을 듣고 있다는 걸 느낄 수 있었다.

나는 말을 잇지 못했다. 그가 팔로 몸을 지탱하며 나를 쳐다보았다. 내 양손은 그의 갈비뼈 위에 놓여 있었지만 문득 머쓱해진 나는 마치 내 가슴으로 날아오는 공을 막으려는 듯 두 팔로 가슴을 가렸다. 그는 내 팔을 한 번에 하나씩 옆으로 젖혔다. 나는 그의 그런 면이 좋았다. 그는 절대로 내가 어물쩍 넘어가게 내버려두지 않았다. 내가 그를 만날 때마다 매번 처음처럼 수줍어했던 건 그를 시험해보기 위해서가 아니었다. 나는 어떤 증거가 필요했다. 그가 이곳에 있고 싶어한다는. 그리고 날 만지고 싶어한다는.

내 몸이 경직되면서 부끄러워할 때마다 그는 "부끄러워할 거 없어"라고 말하면서 내 몸속으로 파고들었다. 부끄러워한다는 말은 너무 관대한 표현인 것 같았다.

"나 뭐?"

그는 웃고 있었다.

크로스의 미소에 어울리는 대답이 존재하긴 할까? 그의 아랫부분은 한결 부드러워져 있었지만 그와 나 모두 여전히 움직이고 있었다.

그가 다시 내 몸 위로 엎드렸다.

"네 머릿결은 세상에서 가장 부드러워."

나는 그 말이 듣기 좋았다. 그건 내가 통제할 수 있는 영역이 아니기 때문이었다. 이를테면, 좋은 향수를 뿌리고 있어서 내게서 좋은 향기가 난다는 것과는 달랐다.

그가 내 다리를 넓게 벌렸다. 실제 고통이라기보다는 욕망으로 인한 고통이 밀려왔다. 그러나 그가 "왜?"라고 묻기 전에는 내가 저항하고 있다는 사실을 알지 못했다.

"괜찮아."

그가 말했다.

처음에 나는 내가 원하지 않으면 안 해도 괜찮다는 의미인 줄 알았다. 그러나 그게 아니었다. 그는 여전히 내 다리를 벌리고 있었다.

"난 아직…."

내 말에 그가 멈추었다. 나는 그가 멈춘 게 한편으로는 기뻤고, 한편으로는 실망스러웠다. 미안하다고 말하고 싶었지만 그래선 안 된다는 것을 알고 있었다.

"싫은 건 아니지만…."

내가 말했다.

"그럼 너도 원한다는 거야?"

"응."

내가 작은 목소리로 말했다.

"그럼 왜 안 되는데?"

그가 물었다. 비난하는 듯한 말투가 아니라 다정한 목소리였다. 나는 아무 말도 하지 않았다.

"아플까 봐 무서워?"

때로 나는 크로스가 내가 경험이 부족하다는 걸 어떻게 알았는지 궁금했다. 이런 질문을 한 걸 보면 그는 내가 처녀라는 걸 알고 있었던 것 같다.

"천천히 할 게."

"콘돔도 없잖아."

"물론 그렇게 교육을 받았겠지만, 내가 조심하면 돼."

사실 콘돔이 없는 게 문제는 아니었다. 정확히 뭐가 문제인지는 나도 알 수 없었다. 크로스가 내게 섹스를 하자고 조르고, 내가 거절하는 이런 순간이 왔다는 것 자체가 나로서는 믿기 힘들었다. 그러나 생각했던 것처럼 거절하는 기분이 썩 좋지는 않았다. 오히려 이상하고 불안정한 행동처럼 느껴졌다.

"그것말고 다른 거 하면 안 될까?"

내가 말했다.

그는 대답하지 않았다. 내 말 한마디에 그의 몸에서 발산되던 에너지가 가라앉는 것 같은 느낌이 들었다. 마치 시소를 타면서 공중에 높이 날아올랐다가 바닥으로 곤두박질치는 것 같은, 그러고 나서 내가 크로스를 부르며 땅바닥에 앉아 있는 것 같은 기분이었다.

"내가 기분 좋게 해줄게."

내가 말했다.

그 말을 한 순간에도 나는 그 말이 그가 처음 내 방에 왔던 날 했던 말이었음을 깨닫지 못했다. 만약 그가 처음 우리가 나누었던 대화를 기억하고 '왜?'라고 물었다면 그가 정말 멋진 남자라고 생각했을 것이다. 그랬다면 나는 그와 함께 유치한 영화를 보러 다니고, 볼링을 치러 다니고,

음식을 잔뜩 먹고 지저분한 이야기를 나눌 수도 있었을 것이다. 그와 내가 비슷한 유머 감각을 갖고 있다고 생각했을 것이다. 그러나 크로스는 이미 내게 많은 것을 주고 있었고, 나는 불평할 처지가 아니었다.

"네가…."

나는 '사정'이라는 말을 차마 할 수 없었다.

"사정하게 해주겠다고?"

나는 아무 말도 하지 않았다.

그는 사흘에 한 번 꼴로 나를 찾아왔고, 지금까지 전부 다섯 번이었다. 그가 다녀가고 나면 나는 매번 아마 이번이 마지막일 거라고, 다시는 오지 않을 거라고 혼자 중얼거렸다. 그의 페니스를 만진 건 꼭 한 번뿐이었고, 그나마 제대로 한 것도 아니었다. 그동안 여성지들을 수없이 읽었건만 하나도 생각이 나지 않았다. 나는 그저 그의 페니스를 위아래로 쓰다듬었다. 나는 옆으로 누워 있었다. 그때 그가 내 허벅지와 엉덩이를 애무하다가 손가락을 내 몸속에 넣었다. 순간 나는 무척 당황했다. 그 두 가지가 한꺼번에 일어난다는 사실이 무척 혼란스러웠다. 나는 그게 그만 이제 페니스에서 손을 떼라는 의미인지 알 수 없었다. 나는 손을 멈추고 그에게 몸을 밀착시켰다.

"이렇게 꼭 붙어 있는 걸 좋아하는구나?"

그가 말했다.

나는 늘 그와 나 사이의 구겨진 슬리핑백을 발로 걷어차고, 마치 포개진 두 개의 스푼처럼 완전히 밀착하는 것을 좋아했다. 그도 그걸 원했던 것 같았지만 사실 크로스에 관해, 그리고 그와 나의 관계에 관해 내가 확신할 수 있는 건 아무것도 없었다. 나는 마사에게 크로스가 한 번도 사정을 하지 않았던 것에 대해 물어볼까 생각했지만, 마사가 그건 나와의 친밀감이 부족하다는 의미라고 말할까 봐 두려웠다. 그렇다면 너무도 모욕적인 일이었고, 그런 얘기라면 아무리 마사라고 해도 듣고 싶지 않았다.

고등학교 남자애들이 얼마나 빨리 사정을 하는지에 관한 농담들은 다 거짓말일까?

나는 마사와 크로스 둘 다 은밀한 얘기를 나누는 걸 좋아하지 않는다고 생각했다. 만약 두 사람 중 한 사람만 그런 얘기를 꺼려 했더라면 마사에게 물어봤을 것이다. 그러나 두 사람 모두 그렇다고 생각하니 입이 떨어지지 않았다.

"어떻게?"

크로스가 물었다.

나는 대답하지 않았다. 내가 그를 통해 확인하기 전에는 무슨 뜻인지조차 확실히 알지 못하고 내뱉은 말을 그는 이미 하나의 제안으로 받아들이고 있었다. 어쨌건 이제 나는 그 일을 치러야만 했다. 그가 원해서도 아니었고, 그가 나에게 자신의 인내심이 한계에 달했음을 드러내고 있어서도 아니었다. 나는 실제로 그의 인내심을 시험하고 있었다. 어쨌건 먼저 얘기를 꺼낸 사람은 나였다.

"자⋯."

내가 말했다.

내가 움직였고 그도 움직였다. 그는 등을 바닥에 대고 누웠고 나는 무릎을 꿇고 앉아 머리를 앞으로 내렸다. 마치 그가 이런 각도로 내 배를 보는 것을 막으려는 듯이. 어둠 속에서 힐러리 톰킨스의 슬리핑백을 덮고 있는 것과, 완전한 암흑이 아닌 상태에서 그 위에 발가벗고 앉아 있는 것은 달랐다. 수업 시간에 발표를 할 때면 누군가 시작 신호를 주어야 할 것 같은 기분이 들 때가 있다. 달리기 경주에서 호각 소리가 필요한 것처럼. 그러나 아이들은 그저 내가 발표를 시작하기만을 기다리고, 시작 신호는 대개 "자, 그러니까⋯"와 같은 말들로 대체되곤 한다. "자, 그러니까⋯ 7년 전쟁으로도 알려져 있는 프랑스와 인도의 전쟁은⋯" 하는 식으로.

"자…."

나는 그렇게 말했다. 몸을 웅크리면서 나는 '대낮에 이런 짓을 하는 여자들도 있겠지. 나는 왜 한 번도 그럴 기회가 없었을까' 하고 생각했다. 나는 내 삶에서 그런 일이 일어나리라고 생각하지 못했을 때, 그 행위가 내 상상과는 다른 느낌이었으면 좋겠다고 생각했다. 정상적인 상황에서라면 있을 수 없는 일이었다. 내 입보다 커다란 물건이 입안으로 들어와야 했으니까. 숨을 쉬기도 힘들 것 같았다.

나는 그것을 좋아하지 않았다. 분명히 좋아하지 않았다. 그러나 그 불편함 속에서 나는 일종의 숭고함을 느꼈다. 그리고 나보다 앞서 자신이 사랑하는 남자를 위해 기꺼이 이런 행위를 했던 모든 여자들에 대한 존경심마저 들었다(나는 크로스의 신입생 시절 여자친구인 소피 트룰러를 생각했다). 그리고 기꺼이 그런 행위를 하기로 결심한 나 자신과 내가 기꺼이 그렇게 하도록 만든 크로스에 대한 애정을 느꼈다. 나는 어른이 된 것 같은 기분이었다. 와인 맛을 알기 전 처음 와인을 마셨을 때와 같은 기분이었다.

그의 두 손이 내 어깨 위에 있었고 가끔씩 그는 손을 뻗어 내 가슴을 움켜쥐었다. 평상시에 나는 크로스가 긴장하고 있다고 생각해본 적이 없었다. 그러나 그때 나는 완전히 무장 해제된 크로스의 모습을 처음 보았다. 그는 거친 숨을 헐떡이며 신음했고, 가끔은 괴성을 질러 나를 놀라게 했다. 나는 모든 남자들이 그런 소리를 내는지 궁금했다. 그리고 그런 모습을 내게 처음 보인 남자가 크로스라는 사실이, 그래서 내가 구역질하거나 비위가 상하지 않을 수 있다는 사실이 기뻤다. 그보다 덜 멋지거나 경험이 부족한 남자였다면 나는 그렇게 흥하고 노련하지 못한 모습을 보는 게 무척 역겨웠을 것이다.

한동안 입으로 애무를 한 뒤 손으로 그의 페니스를 쓰다듬던 중에 나는 실제로 잡지의 기사를 기억해냈다. '그의 페니스를 맛있는 아이스크림 다루듯 하라!' 나는 머리를 이리저리 움직이면서 혀끝으로 그의 페니스를 핥았다. 그렇게 1분쯤 지났을 때 크로스가 몸서리를 쳤고, 뜨겁고 흰 액체가 내 가슴 위로 쏟아졌다. 만약 그가 내 입안에 사정을 했다면 나는 삼켰을 것이다. 그가 내 몸을 자신의 몸 위로 끌어당겼다. 내가 그의 몸 위에 눕자 그는 내 등을 쓰다듬다가 엉덩이와 팔을 움켜쥐면서 이마에 키스했다.

"아주 훌륭했어!"

그가 말했다.

수학 시험에서 A를 맞은 것보다 더 뿌듯했다. 혹시 나에게 특별한 재능이 있는 건 아닐까? 만약 그렇다면 머리를 자르는 것과 마찬가지로 내가 그걸 즐기지 못한다고 해도 상관없었다. 무언가를 정말 잘하게 되면 그걸 하는 수밖에 없는 것이다. 잘하는 일을 안 하는 것은 낭비이기 때문이다. 조금 뒤, 나는 크로스가 날 기쁘게 해주려고 그런 말을 한 건 아닐까 하는 의심이 들었다. 그러나 크로스가 날 기쁘게 해주려고 노력했다는 사실만으로도 충분히 행복할 수 있다는 생각이 들었다.

그게 이번 주 초에 있었던 일이었다. 주말 연휴가 시작된 첫날 밤 침대에 누워 있자니 그날의 기억이 생생하게 밀려왔다. 앞으로 다가올 며칠 동안 얼마나 마르고 닳도록 그 기억을 되새겨야 할지 알 수 없었다. 이제 그 기억은 육체적 행위라기보다 하나의 정신적 노동이 되어 가고 있었다.

4시 30분경부터 슬슬 어두워지기 시작하더니 어느덧 교정에는 완전한 어둠이 내렸다. 일찍 잠자리에 들까 생각했지만 11시쯤 허전하고 배가 고파 눈이 떠질 게 분명했다. 나는 일어나 불을 켠 뒤 커튼을 내렸다. 외로움이 밀려왔다. 학교에 남은 게 실수였다는 생각이 처음으로 들었다. 나는 마사의 컴퓨터를 켜고 대학 입시 원서의 에세이 파일을 열었다. 파일명은 '브라운대'였다. 지난주에 쓴 미완성의 한 단락이 있을 뿐이었다.

'저에게 남다른 점이 있다면 중서부에서 태어났지만 지난 3년을 뉴잉글랜드에서 보냈다는 것입니다….'

나는 컴퓨터 화면을 보고 있는 대신 크로스와 끌어안고 있었으면, 그가 내 잠옷과 속옷 속으로 손을 넣어주었으면 좋겠다고 생각했다.

특별한 이유 없이 등이 아팠고 갈증도 났다. 아무래도 에세이를 쓸 기분이 아니었다. 나는 파일을 닫고 컴퓨터를 수면 모드로 조절했다. 저녁을 먹고 나면 기분이 좀 나아질 것 같았다.

식당에 가보니 4학년 중에는 에드문도 살다나와 신준이 있었다. 그들은 3학년생 몇 명과 한자리에 앉아 있었다. 세 명의 흑인 학생(3학년에는 흑인 학생이 넷 있었다), 니로 윌리엄스, 데렉 마일드, 패트릭 샬레이가 있었다. 다른 테이블에는 그보다 조금 많은 2학년생들과 신입생들이 있었고, 또 다른 테이블에는 학교에서 연휴를 보내기로 한 교사들이 있었다.

식당 안을 둘러보면서 나는 무척 놀랐다. 연휴 기간 동안만큼은 얼트가 얼마나 얼트 같지 않은지 신입생 때 이후로 잊고 있었던 것이다. 교정은 붐비지도 분주하지도 않았고, 내가 감탄하거나 신경을 써야 하는 사람들도 없었다. 학교는 그저 텅 빈 건물들일 뿐이었다. 앞으로 며칠 동안은 놀라운 일도, 재미있는 일도 없을 것이다.

가끔 나는 얼트 밖의 세상은 항상 이런 모습이 아닐까 두려워지곤 했다. 내 생각이 완전히 틀리지는 않았다. 식료품을 사러 가게에 갈 때 내가 머리를 빗었는지 안 빗었는지 따위는 아무도 신경 쓰지 않았다. 직장에서 일할 때에도 내가 어떻게 보일지 신경 써야 하는 사람은 두세 명을 넘는 경우가 별로 없었다. 반면 모든 것에 신경을 곤두세워야 하는 얼트에서의 생활은 피곤하면서도 흥미진진했다.

자리에 앉고 보니 니로와 패트릭은 비디오 게임에 대해 신나게 이야기하고 있었고, 다른 사람들은 특별히 나누는 얘기가 없었다. 나는 신준과 짧게 이야기를 나누었다. 신준은 자기도 원서를 준비하고 있다면서 스탠

459

포드 수시 모집에 지원하기로 했다고 말했다. 우리의 대화는 금방 끝났다. 몇 분 후 내가 밥을 다 먹기도 전에 신준은 자리에서 일어났다. 에드문도와 3학년 남자애들과 앉아 있으면서 나는 마사와 벌링턴에 가지 않은 걸 깊이 후회했다. 아무도 나의 존재를 신경 쓰지 않는 게 무척 이상하고 불쾌했다.

이런 기분으로 이렇게 쉽게 돌아올 수 있다는 사실이 믿기지 않았다. 물론 어떤 기분에서 이런 기분으로 돌아오는 것인지는 딱 꼬집어 말할 수는 없다. 하지만 문득 나 자신에 대한 나의 생각이 많이 달라졌음을 깨달았다. 마사와 친구가 되면서부터 조금씩 달라진 것 같았다. 그러나 지난 5월 마사가 학생회장이 되고, 내가 학생회장의 룸메이트가 되기 전까지는 그다지 큰 변화가 없었다. 그리고 몇 주 전 처음으로 크로스가 내게 키스를 한 뒤 다시 한 번 달라졌다. 내가 멋진 애가 되었다고 생각하는 건 아니었다. 그런 생각이 든 적은 한 번도 없었다. 그러나 신입생이나 2학년생들이 보기에 괜찮은 4학년 졸업반 학생이 된 것 같긴 했다. 다시 말해서, 현재 신입생이나 2학년생들은 나에게 호감을 느낄 수도 있을 것 같다는 뜻이었다. 물론 내 생각이 옳다는 것을 증명하는 사건은 전혀 없었고, 멋진 애들은 절대로 연휴 기간 동안 학교에 남아 있지 않았다. 최소한 보스턴에라도 갔다.

게다가 크로스와 내가 밤에 만나는 걸 아는 사람은 아무도 없었다. 적어도 공식적으로는. 그러나 영원한 비밀은 없었다. 얼트에서 비밀은 오래가지 않았다. 크로스의 룸메이트인 데빈은 알지도 모른다. 어쩌면 우리 기숙사의 누군가가 새벽 5시 15분쯤 일어나 화장실에 가려고 복도를 지나가다가 크로스가 방에서 나가는 걸 보았을 수도 있었다. 소문이 났다면 크로스가 퍼뜨린 것이어야 했다. 나는 그럴 수 없는 입장이었다. 크로스에게 우리 일을 이야기하지 말라고 했던 건 내가 정직하지 않아서가 아니었다. 사람들이 일의 과정은 무시한 채 사실 자체만을 두고 이야기

460

할 거란 생각이 들어서였다.

니로와 패트릭, 에드문도 알고 있지만 상관하지 않는 것일 수도 있었다. 그러나 그들은 모르는 것 같았다. 만약 그들이 알고 있었다면 어떤 식으로든 표가 났을 것이다. 내가 자리에 앉을 때 조금 오래 나를 쳐다본다거나 하는 식으로.

크로스가 내게 처음 왔던 날, 나는 확신이 없었고 사람들이 그 사실을 알게 되면 "리하고?"라고 반문할 거라고 생각했다. 그러나 그는 계속 나를 찾아왔다. 그것은 그가 나를 찾아온 게 충동적인 것이라기보다 그의 선택이라는 의미였다. 그렇다고 해서 나의 행동이 달라진 건 아니었지만, 내가 나를 다시 보게 된 것만은 분명했다. 나의 일상적인 행동들이 우아하고 매혹적인 것처럼 느껴졌다. 크로스가 내게 관심이 있다는 사실에 우쭐할 수도 있지만, 보라, 나는 평상시와 마찬가지로 이렇게 겸손하지 않은가? 나는 예배 시간에 갑자기 애스패드 몽고메리의 옆자리에 앉지도 않을 뿐만 아니라 애스패드가 나를 그리니치로 초대해주기를 기대하지도 않았다.

"케첩 좀 줄래요?"

데렉 마일드가 물었다. 나는 멍하니 눈만 껌뻑였다.

"바로 거기 있잖아."

나는 그에게 케첩을 건네주었다. 그는 모르는 게 분명했다. 학교 전체에 소문이 퍼지지 않은 게 분명했다. 그렇다면 문제는 우리 학년 아이들과 크로스의 친구들이 알고 있는지 아닌지로 좁혀졌다.

애스패드 몽고메리는 알고 있을까? 애스패드가 모른다면 아무도 모를 것이다. 나는 애스패드가 모른다고 확신했다. 만약 애스패드가 알았다면 디드에게 말했을 것이고, 디드가 알았다면 나한테 쫓아왔을 것이다. 디드는 절대 가만히 있지 않았을 것이다.

기숙사로 돌아가는 길에 바라보니 불이 켜진 방은 내 방밖에 없었다.

나는 그날 밤 12시간을 잤고, 그다음 이틀 동안도 크로스가 돌아오기만을 기다리며 12시간을 잤다. 일요일에는 파나셋 선생님이 우리를 밴에 태우고 웨스트무어에 데려다주셨고, 우리는 그곳에서 오후를 보냈다. 나는 신준과 함께 영화를 보았다. 어린 아들을 잃은 가족의 이야기였다. 영화의 모든 것이 크로스를 생각나게 했다. 더 정확하게 말하면, 영화와는 전혀 상관없이 나는 줄곧 크로스만 생각했다. 일요일 저녁 메뉴는 콜드 컷츠(얇게 저민 차가운 고기와 치즈로 만든 요리−옮긴이)였다. 처음으로 얼음이 얼었다. 그리고 다시 월요일이 되었고, 크로스와 다른 모든 아이들이 학교로 돌아왔다.

그로부터 며칠 뒤 크로스와 나는 섹스를 했다. 피할 수 없는 일이었다. 크로스가 돌아왔을 때 나는 그의 전부를 원했다. 그를 사랑했기 때문이었고, 그를 잃는 게 두려웠기 때문이었다. 그리고 그와의 섹스가 좋았기 때문이었다. 적어도 거기까지 가는 동안 일어났던 모든 일들이 좋았고, 그다음에 일어난 일이 섹스였다.

물론 실제로는 너무 아파서 그의 팔을 꽉 움켜쥐고 정수리가 매트리스에 닿을 정도로 머리를 뒤로 젖혀야만 했다. 그가 그만두고 싶으냐고 묻지 않은 게 놀라웠다. 어쩌면 차라리 잘된 일이었는지도 모른다. 만약 그가 물었다면 나는 그렇다고 대답했을 것이고, 그러면 고통을 미루는 것밖엔 안 되었을 것이다. 그는 콘돔을 가져왔다. 섹스가 끝난 뒤 그는 콘돔을 들고 화장실로 가더니 종이 타월을 적셔 와서 내 허벅지에 묻은 피를 닦아주었다. 종이 타월은 따뜻했다. 엘윈 기숙사에서 온수를 받으려면 얼마나 오래 기다려야 하는지 잘 아는 나는 그가 온수가 나올 때까지 꽤 오래 기다렸다는 걸 짐작할 수 있었다. 그와 나 모두 땀에 젖었고 끈적끈적했다. 힐러리의 슬리핑백은 격자무늬가 있는 면이었다. 물기를 닦아내기 쉬운 나일론이 아니었다. 그러나 우리의 몸이 끈적끈적한 건 별로 문제가 되지 않았다. 그의 엉덩이에 내 배가 닿는 것도 아무렇지 않았다. 예전에 의식했던 것들을 나는 더 이상 의식하지 않았다. 적어도 어둠 속에서는 그에게 감추고 싶은 게 없었다. 마치 지금까지 얼트에서 항상 신경을 곤두세우고 끊임없이 걱정하면서 살았지만, 이제 모든 걱정이 사라지고 평정을 되찾은 것 같았다. 나는 열정이 영원히 지속되지 않는다는 걸 믿을 수가 없었다. 섹스는 내가 생각했던 대로 애무와 크게 다르지는 않았지만, 그렇다고 해서 완전히 똑같다고 할 수도 없었다. 섹스는 애무처럼 서서히 잦아드는 느낌이 아니라 뭔가 끝났다는 느낌이었다. 이제 나는 잡지나 영화에서, 혹은 대화 중에 섹스에 대한 이야기가 나오면 고개를 끄덕일 수 있게 되었다. 적어도 다른 사람들이 얘기할 때 무슨 소린지 못 알아들어서, 내 눈빛을 들키지 않도록 고개를 돌리지 않아도 될 것이다.

그가 내 머리를 쓰다듬었다. 나는 하고 싶은 말도, 듣고 싶은 말도 없었다. 그것 외에는 아무것도 원하지 않았다. 아픔을 느끼면서 나는 얼마나 시간이 지나야 다시 섹스를 할 수 있을까 생각했지만 기분 나쁜 통증은 아니었다. 마치 하이킹을 하고 난 뒤, 하길 잘했다는 생각이 드는 것과 비슷했다. 이틀 뒤 나는 양호실에서 처음으로 피임약 세트를 받았다. 그 기분이 얼마나 낯설었는지, 거울을 보았을 때 마흔 살의 이혼녀가 서 있다고 해도, 아니면 카우걸이나, 카리브해 유람선의 에어로빅 강사가 서 있었다고 해도 그보다 더 낯설지는 않았을 것이다. 이제 크로스와 한 침대에 눕는 것이 나의 현실이 된 것이다.

크로스 슈가맨을 만나기 전에, 그리고 그 후에도 나는 남자로부터 행복을 얻을 수는 없으며, 누군가에게 기대기 전에 혼자서도 행복할 수 있어야 한다는 얘기를 수천 번도 더 들었다. 그러나 내가 할 수 있는 말은, 제발 그게 사실이었으면 좋겠다는 것뿐이었다.

11월부터 나는 농구 시합을 보러 다니기 시작했다. 크로스는 시합 전날에는 절대로 날 찾아오지 않았다. 나는 관중석의 높은 자리에 앉았다. 닉 차피도 선수로 뛰었기 때문에 루피나의 옆자리에 앉는 날이 많았다. 토요일 저녁 시합은 관중석이 꽉 찼다. 토요일엔 마사를 설득해서 함께 가곤 했다. 그러나 오후에는 다른 애들도 저마다 시합이 있었기 때문에 관중석에는 대부분 근처에 살고 있는 학부모들이나 교사들, 2군 선수들이 주를 이루었다. 내가 자유롭게 농구장에 갈 수 있었던 건 4학년은 모두 하나씩 특기 종목을 갖도록 되어 있었고, 그해 겨울에는 나도 농구를 하고 있었기 때문이었다. 이상한 것은 내가 지난 3년 동안 농구를 했음에도 불구하고 크로스가 뛰는 모습을 보면 전혀 다른 느낌이 들었다는 것이다. 크로스의 농구는 내게 전혀 새로운 스포츠였다. 태어나서 처음으로 나는 사람들이 왜 농구를 좋아하는지 이해하게 되었다.
　홈경기에서 우리 팀은 적갈색 줄이 쳐진 흰색 유니폼을 입었다. 크로스는 센터였고, 백넘버가 6이었다. 검은색 반바지에 하얗고 긴 양말을 신고 있는 그의 긴 다리는 돋보였고, 팔은 희었으며, 셔츠 위로 드러난 근육은 보기 좋았다.
　내 경기에서 나는 반쯤 정신이 나간 상태로 뛰었다. 상대 팀이 어떤지, 내 반바지가 말려 올라가지는 않았는지, 점심 때 먹은 치킨 너겟이 얹혔는지에도 관심이 없었다. 그러나 크로스가 뛸 때면 나는 농구 자체에 온 정신을 집중했다. 선수들의 신발에서 나는 소리, 심판의 호각 소리, 선수들과 코치가 심판의 판정에 항의하는 소리 모두가 중요했다. 토요일 저녁 경기에서 내 주변에 앉은 사람들은 "이겨라! 얼트!"라고 구호를 외치곤 했다. 크로스가 드리블을 할 때면, "크로스! 크로스! 크로스!" 하고 외쳤다. 나는 절대로 함께 응원하지 않았다. 환한 불빛 아래서 수많은 관중들 틈에 있을 때면 나는 다른 사람들도 그를 주의 깊게 지켜보고 있다는 사실에 새삼 놀라곤 했다. 어쩌면 그들이 자신의 감정을 조금도 숨기지

464

않는다는 것에 놀란 것일 수도 있었다.

나는 깨달았다. 스포츠에서는 감정을 드러내도 상관없다는 것을. 어쩌면 실제로는 별로 신경 쓰지 않기 때문에 마음껏 감정을 표현해도 괜찮은지도 모른다. 화를 낼 수도 있었고(니로 윌리엄스는 공을 주심에게 던지지 않고 바닥에 던져서 테크니컬 파울을 받았다), 실망할 수도 있었고, 드러내놓고 애써 볼 수도 있었다. 투덜거릴 수도 있었고, 실수를 할 수도 있었다. 다른 사람의 손에서 공을 빼앗으려고 몸을 비틀면서 사나운 표정을 지어도 괜찮았다. 얼트의 라이벌인 하트웰과 경기를 할 때는 시합 내내 점수차가 2, 3점을 벗어나지 않다가 마지막 1분 30초 동안 하트웰이 내리 8점을 득점했다. 부저가 울린 순간 나는 크로스를 쳐다보았다. 크로스가 우는 모습을 보고 나는 무척 놀랐다. 나는 반사적으로 고개를 돌렸다가 다시 그를 쳐다보았다. 그의 얼굴은 벌겋게 상기되어 있었고, 머리를 흔들면서 주먹으로 거칠게 눈물을 닦고 있었다. 그러면서도 크로스는 서둘러 탈의실로 달려가거나 우는 것을 숨기려 하지 않았다. 다든 피타드가 그의 앞에 서 있었다. 잠시 후 니로도 다가왔다. 다든이 크로스의 어깨에 손을 얹으면서 뭔가 위로의 말을 건네는 것 같았다.

스포츠에는 진실이 있었다. 말로는 표현되지 않는 진실이었다. 반면, 말을 하기 시작하면 스스로를 비하하면서 작고 초라해지기가 얼마나 쉬운가? 지금까지 그 사실을 몰랐다는 게 이상할 정도였다. 스포츠에서는 타고난 재능과 무의식적인 감정의 표출을 인정한다. 스포츠는 인간의 능력과 가치에 서열이 있다는 사실을 인정하고, 선수들은 누구나 자신의 능력과 가치를 알고 있다(경기 종료를 2초 남겨놓고 경기에 투입되는 남자 선수들을 바라보면서, 나는 여자 팀의 코치라면 결코 그렇게 무모한 행동은 하지 않을 거라고 생각했다). 그들은 젊고 강하고 빠른 것의 진수를 보여주었다. 고등학교 농구 시합에서 멋진 게임을 보여주는 것. 나는 한 번도 해본 적이 없는 일이었지만 말할 수 있었다. 그것이야말로 진정 살아 있음을 보여주는 것이라고. 그와 비교하면 어른들의 삶은 얼마나 다른가? 마가리타를 마실 수도 있고, 숙제도 없지만, 회의실의 네온 불빛 아래서 흰 베이글을 먹어야 하고, 배관공이 오기를 기다려야 하고, 따분한 이웃들과 수다나 떠는 게 전부다.

한번은 막상막하의 접전이 계속되던 마지막 세트에 크로스가 3점 라인에서 슛을 날렸다. 공이 네트 안으로 들어가자 팀원들이 그를 둘러싸고 엉덩이를 치면서 손을 부딪쳤다. 닉이 득점했을 때 루피나를 쳐다보는 것처럼 날 쳐다보는 사람은 아무도 없었다(심지어 선생님들도 루피나를 쳐다보았다. 물론 선생님들이 의식하고 그런 행동을 하는지는 알 수 없었다). 크로스는 내 것이 아니었다. 코트에서 뛰는 그를 바라보면서 나는 그가 나의 연인이었음에도 불구하고 그가 내 사람이 아니라는 사실을 깨달았다.

내가 그의 경기를 보러 갔던 걸 크로스가 알고 있었는지는 확실히 알 수 없었다. 왠지 그와 나의 약속에 어긋나는 것도 같았고, 너무 집착하는 것처럼 보이거나 너무 노골적인 것 같아서 그런 얘기를 하지 않았다. 크로스도 시합에 관해서는 한마디도 하지 않았다. 시합에서 이긴 날 밤 나를 찾아오면(시합에서 지면 절대 오지 않았지만 이겼을 때는 간혹 나를 찾아왔다), 평상시보다 거칠었다. 그는 내가 열한 살 때 생각했던 전형적인 남자애들처럼 내 옷을 잡아당기고, 몸을 더듬고, 짓눌렀다. 사실 나는 항상 그가 내 옷을 잡아당기고, 몸을 더듬고, 짓눌러 주기를 원했다. 훗날 왜 일이 틀어졌을까 돌이켜보면서 나는 내가 조금도 저항하지 않고, 그에게 너무 쉬운 상대가 되어주었기 때문은 아니었을까 생각했다. 어쩌면 그는 실망했을지도 모른다. 마치 문이 잠긴 줄 알고 몸을 한껏 웅크리고 들이받았는데 쉽게 문이 열리면, 방 안을 둘러보면서 내가 애당초 왜 이 방에 들어오려 했는지 의문이 드는 것처럼 말이다.

신입생 때는 추수감사절에 집에 돌아갔지만 그 뒤로는 한 번도 간 적이 없었다. 3주만 있으면 크리스마스 연휴가 시작되는 데다 비행기 표가 무척 비쌌기 때문이었다. 아빠는 '리, 우린 널 사랑한단다. 하지만 그 정도는 아니야'라고 말하곤 했다. 나는 추수감사절에 마사의 집에서 다른 해와 마찬가지로 밤늦게까지 영화를 보고, 아침 11시에 일어나 아침으로 호박 파이를 먹었다. 마사의 방에 있는 두 개의 침대에는 300달러짜리 흰색 무명 시트가 깔려 있었는데 나는 항상 펜 자국이 묻을까 봐 걱정했다. 찬장과 옷장도 여분이 있었고 수건과 휴지, 시리얼도 항상 넉넉했다. 지하실에는 저장용 냉장고가 하나 더 있었다. 마사의 집에 머무는 동안 나는 마사네 가족의 생활 방식을 경험해보는 것이 별다른 의미가 없는 것인지, 아니면 이런 경험을 했기 때문에 나중에 이렇게 좋은 집에 살게 되면 마사네 가족들이 내게 그랬던 것처럼 너그러울 수 있을지 생각해보았다. 마사의 엄마는 나 때문에 바닷가재를 한 마리 더 준비하거나 교회의 성가대 공연 티켓을 한 장 더 사야 하는 것을 아무렇지 않게 생각하는 것 같았다. 내가 티켓 값을 내거나 내가 먹을 분량의 바닷가재 값을 내는 것은 고려의 대상조차 되지 않았다. 얼트에는 나보다 더 가난하지만 나중에는 외과 의사나 금융가가 되어 더 많은 돈을 벌게 될 게 분명한 아이들이 있었다. 그러나 돈을 많이 버는 건 내 마음대로 되는 일이 아닌 것 같았다. 얼트는 내가 누릴 수 있는 최상의 것이었고, 그 이상에 대해서는 나는 자신이 없었다. 나는 그 아이들처럼 똑똑하지도, 스스로에게 엄격하지도 않을 뿐더러 무엇보다도 야망이 없었다. 짐작하건대, 나는 호화로운 삶을 실제로 살아보지는 못하고 그저 아는 것으로 그칠 확률이 높았다. 어떤 삶을 실제로 누리는 것과 그것에 익숙하기만 한 것은 전혀 달랐다.

추수감사절 당일에는 마사의 사촌 앨리가 놀러왔다. 앨리는 여덟 살이었고 나를 무척 좋아해서 내가 소파에 앉아 있으면 내 머리를 땋으며 놀왔다. 머리 땋기 놀이가 싫증이 나면 치즈 플래터(각종 치즈 모듬─옮긴이)에서 포도를 집어 내게 입을 벌리라고 졸랐다. 나는 마사나 마사의 오빠가 보지 않을 때마다 입을 벌려 포도를 받아먹었다. 앨리를 볼 때면 동생들 생각이 났고, 그래서 앨리가 더 귀여웠다. 마사의 아빠가 '요리사에게 키스를!'이라는 글귀가 적힌 앞치마를 두르고 칠면조 고기를 잘라 나누어주었다. 그러나 칠면조 요리를 준비한 사람은 마사의 엄마와 이모라는 걸 알 수 있었다. 우리 모두 배가 터지도록 먹었다. 디저트를 먹고 난 뒤 나는 마사와 으깬 감자까지 먹었다.

멋진 추수감사절이었다. 마사의 룸메이트가 되고, 마사네 가족을 알게 된 것이 행운이라고 생각했다. 그러나 마음 한구석에서는 항상 크로스를 생각하고 있었다.

12월 14일, 마사는 다트머스대학에서 합격 통지서를 받았다. 나는 진심으로 축하해주었다. 친구들이 축하 인사를 할 때 마사는 학생회장에 당선되던 날과 똑같이 행동했다. 마치 축하 인사를 받은 게 아니라 자기가 목욕 가운을 입은 채로 쓰레기 버리러 가는 것을 보았다고 아이들이 말하기라도 한 것처럼 부끄러워했다. 다음 날 크로스는 하버드에 합격했다. 이틀 뒤 그가 나를 찾아왔을 때 그는 태연하고 겸손한 태도를 보였다. 내가 축하한다고 말하자 "고마워"라고 대답한 게 전부였다. 크로스에게 나는, 대학 문제와 같은 일상적이고 사적인 문제를 이야기하는 상대가 아니었다. 마지막 학기에 누구와 룸메이트를 할 것인지, 대학에서 무엇을 전공할 것인지, 대학에 가서도 농구를 계속할 것인지에 관해서는 마사와 더 많은 이야기를 나누는 것 같았다. 그가 나와 나누는 얘기는 오래전에 일어난 일화 같은 것들이었다. 이를테면, 세 살 때 코끼리 다리가 다섯 개라고 대답하는 바람에 사립학교에 입학할 기회를 놓쳤다는 얘기와(그는 코끼리의 코도 다리로 세어야 한다고 생각했단다) 열한 살 할로윈 명절 때에는 뉴욕의 빌딩에서 '사탕 하나 주면 안 잡아먹지!'를 외치며 돌아다녔는데 4층에서 검은색 속옷을 입고 하이힐을 신은 여자가 그와 그의 친구에게 먹다 만 과자를 주더라는 얘기 같은 것들이었다. 그런 얘기를 들으면 나는 그에 대한 보호 본능과 애정이 샘솟았지만 한편으로는 그가 멀게 느껴졌다.

크리스마스 방학이 시작되기 전날 밤 얼트에서는 성탄 축하 공연이 열렸다. 크로스와 마사는 동방박사 세 사람 중 두 명을 연기했고, 세 번째 동방박사는 모두의 예상대로 다든 피타드가 뽑혔다. 모두가 일어서서 '동방박사 세 사람'을 합창할 때 가운을 입고 왕관을 쓴 세 사람이 예배당 가운데 통로로 입장했다. 마사는 유향을 들었다. 그날 밤 늦게 크로스와 함께 힐러리 톰킨스의 침대에 누워 있을 때 나는 그에게, "왕관 썼을 때 멋지더라"라고 말해주었다. 평상시 같으면 하지 않았을 말이었지만 2주 동안 서로 볼 수 없는 상황이었음을 감안하면 그 정도는 괜찮을 것 같았다. 그날 밤 우리는 벌써 섹스를 두 번 치른 뒤였고, 이제 곧 헤어져야 할 시간이었기 때문에 서로에 대한 아쉬움과 미련이 남아 있었다.

"나도 연극했던 적 있어. 4학년 때 우리 반에서 콜럼버스가 미대륙을 발견하는 것을 연극으로 만들었거든. 내가 최고 스타였어."

"이사벨라 여왕이었어?"

"아니!"

내가 그의 어깨를 툭 쳤다.

"당연히 콜럼버스였지!"

"정말?"

"왜? 못 믿겠어? 얼마나 잘했는데. 홀태바지도 입었는걸."

"어련하겠어. 난 또 콜럼버스는 남자가 했을 거라고 생각했지."

크로스가 말했다.

"그런데 홀태바지 입은 네 모습, 정말 섹시했겠다."

그는 내 귀에 입술을 대고 속삭였다.

훗날 나는 그날 밤을 가장 멋진 밤으로 기억했다. 특별해서가 아니라 평범해서였다. 서로에 대해 큰 부담을 느끼지도 않았고, 섹스를 하면서도 우리는 친구였기 때문이었다.

다음 날 정오에 모든 수업이 끝났다. 나는 교장 선생님의 사택 앞에서 로간으로 출발하는 버스에 올라탔다. 버스가 출발하는 순간 나는 창밖을 바라보면서 속으로 '안 돼!' 하고 소리를 질렀다.

공항에서 짐을 부치는 줄에 서 있으면 그 어느 때보다도 내가 고등학생이라는 사실을 새삼 느꼈다. 내 나이, 내 옷차림, 배낭에 든 책들, 내가 서 있는 자세, 나의 모든 것이 내가 얼트 고등학교의 학생임을 말해주고 있었다. 학교에서 벗어나 있을 때 더욱 절감하는 것들이었다. 짐을 부친 뒤 나는 화장실로 향했다. 터미널의 긴 거울 벽을 지날 때 거울에 비친 내 모습은 내 옷을 입은 네모난 거인 같았다.

그다음에 내가 하는 일은 대개 아이스크림을 먹으면서 진열대 앞에 서서 잡지를 훑어보다가 비행기가 출발하기 직전에 잡지를 한 권 사는 것이었다. 잡지는 서점에서 읽지 않은 것 중 가장 두꺼운 것으로 골랐다. 터미널에는 물론 얼트의 다른 학생들도 많았다. 나는 그들과 인사를 나누었지만 어울리지는 않았다. 신입생 때 나는 너무 소심했다. 그때에도 크램 차우더 수프와 도너츠를 파는 레스토랑에 앉아 담배를 피우면서 큰 소리로 떠드는 애들이 있었다. 이제 나는 그때보다 좀더 나이를 먹었지만 여전히 소심했다. 담배를 피우는 아이들 앞에서는 특히 그랬다. 그들에게 관심이 없기도 했다. 나는 혼자 아이스크림을 먹으며 잡지를 보는 게 훨씬 좋았다.

아이스크림 가게로 막 들어서려는 순간, 누군가 내 등을 툭 쳤다.

"어느 비행기 타니?"

호튼 키넬리였다. 호튼은 애스패드의 룸메이트로, 빌럭시 출신이었다.

470

"우리랑 같이 있자."

도너츠와 크램 차우더 수프를 파는 레스토랑 쪽으로 고갯짓을 하며 호튼이 말했다. 그때 나는 형광 오렌지색으로 '핫 앤 스낵'이라고 쓰인 레스토랑 입구의 간판을 처음 제대로 보았다.

"아니야, 난…. 좋아, 갈게. 저기로 가면 돼?"

별 생각 없이 대답했다가 나는 얼른 말을 바꾸었다. 호튼이 날 쳐다보았다. 호튼과 나는 둘 다 처음부터 내가 거절하지 않았던 것처럼 행동했다.

호튼은 고개를 끄덕였다.

"나하고 케이틀린, 피트 버니하고 다른 애들도 몇 명 있어. 피트 버니하고 얘기해본 적 있어? 걔 되게 웃기더라."

"금방 갈게."

호튼이 가고 난 뒤 나는 아이스크림 가게로 들어갔다. 그러나 아이스크림을 살 수가 없었다. 그 많은 애들 앞에서 혼자 아이스크림을 먹을 수는 없었다. 들어가기 전에 다 먹어치울 수도 없었다. 도대체 호튼은 내게 무엇을 원하는 걸까? 지난 몇 년 동안 공항에서 애스패드를 만난 적은 여러 번 있었지만, 호튼을 만나기는 이번이 처음이었다.

나는 '핫 앤 스낵'으로 들어가 그들이 앉아 있는 곳을 바라보았다. 예상했던 대로 그들은 구석 자리에 앉아 있었다. 호튼과 케이틀린 페인, 피트 버니 외에 두세 명의 얼트 학생들이 담배 연기 속에서 웃으며 떠들고 있었다. 나는 두 개의 테이블을 붙여놓고 모여앉아 있는 그들에게 다가갔다. 모두 동시에 나를 쳐다보았다.

"리! 왔구나!"

호튼이 말했다. 언제나 안주인 노릇을 하는 호튼답게 내 자리를 만들어줄 줄 알았지만 호튼은 바로 피트를 보고 하던 얘기를 계속했다. 나는 빈 테이블에서 의자를 하나 끌어당겨 검은색 긴 스트레이트 머리의 수잔 브리에거와 치아 교정기를 끼고 있는 테니스 국가대표 선수 퍼디 초틴 사이에 앉았다. 둘 다 3학년이었고, 가끔 고개를 끄덕이거나 미소를 짓는 것 외에는 거의 말을 하지 않았다. 모두 카우보이 부츠에 카우보이 모자 외에는 아무것도 걸치지 않는 영화 속의 여주인공 이야기를 하고 있었다. 그들의 이야기를 들으면서 나는 생각했다. 카우보이 모자와 카우보이 부츠를 신은 여자. 크로스는 그런 여자를 원하는 걸까? 피부는 가무잡잡하고 탄력 있을 것이고, 펠라티오에 대해서라면 훤히 꿰뚫고 있겠지. 불안한 질문이 머릿속에서 맴돌았다. 도대체 크로스는 나와 무얼 하고 있는 걸까? 우리는 왜 만났던 걸까?

한편으로 나는 상황에 따라 다양한 모습으로 변신하는 학교 친구들에 대해 경외감을 느꼈다. 학교에서 그들은 예배에 참석하고 리포트를 제출했다. 그러나 여기서는 담배를 피우면서 아무것도 신경 쓰지 않았다. 여기 있는 아이들이 모두 잘난 건 아니었다. 적어도 호튼만큼 잘나지는 않았다. 케이틀린은 결혼 전에 섹스를 하지 않겠다고 선언했다고 들었다. 그러나 그런 케이틀린마저도 학교 밖에서는 아무렇지도 않게 학칙을 위반하면서 전혀 새로운 모습으로 변신했다. 하지만 나는 항상 나였다. 발각되지 않는다는 이유만으로 담배를 피우고 싶다는 충동을 느끼지 않았고, 공항에서도 얼트에 있을 때와는 다른 행동을 하고 싶지 않았다. 내가 담배를 처음 피워본 건 2학년 여름방학 때 마사네 집에 갔을 때였다. 우리는 각자 담배를 한 대씩 피워보기로 했다. 마사는 두 모금을 빤 뒤 역겹다고 담배를 껐고, 나는 연습 삼아 끝까지 피웠다. 그러나 그것도 오래전 일이었고 제대로 되지도 않았기 때문에 누군가 권한다고 해도 나는 피우지 않을 생각이었다. 공공장소에서, 그것도 잘 알지도 못하는 아이들 앞에서 담배를 피우는 건 사람들 앞에서 키스하는 것만큼이나 나쁘다고 생각했다.

"그 여자 머리카락, 갈색이 아니었어. 옅은 금발이었어."

호튼이 말했다.

그들은 아직도 카우보이 부츠를 신고 카우보이 모자를 쓴 여자 이야기를 하고 있었다.

"전부 다 갈색은 아니었어."

퍼디가 웃으면서 천천히 말했다.

"호튼, 지금 이 털 얘기가 아니야."

피트가 머리 쪽을 가리키며 말했다. 호튼은 잠시 피트를 바라보다가 역겹다는 표정을 지었다.

"피트! 이 저질!"

호튼의 말에 남자들이 웃기 시작했다.

"농담이야. 화내지 마. 화났냐?"

호튼이 아무 말도 하지 않고 그들을 쏘아보다가, 조그만 목소리로 "조금"이라고 말했다.

"조금이라고!"

피트가 소리쳤다.

나는 하마터면 피트가 호튼을 좋아한다고 생각할 뻔했다. 그러나 어쩌면 그것도 그의 또 다른 모습일지 모른다. 그는 호튼과 함께 있을 때 얼마든지 그런 식으로 시시덕거릴 수 있지만 다른 예쁜 여자 앞에서도 그와 똑같이 시시덕거릴 수 있을 것이다. 그들은 다시 둘이서 이야기를 하기 시작했고, 나는 혼자 아이스크림을 먹었다면 얼마나 좋았을까 생각했다. 이 정도 앉아 있었으면 주의를 끌지 않고 조용히 일어나도 괜찮을까?

그때 맞은편에 앉아 있던 호튼이 몸을 숙여 담배를 내밀며 물었다.

"피울래?"

나는 고개를 저었다.

"고맙지만 됐어."

"부모님한테 혼날까 봐?"

호튼이 물었다. 호튼은 담배를 한 개비 꺼내어 입에 물고 분홍색 플라스틱 라이터로 불을 붙였다. 값싼 라이터는 천박해 보이면서도 한편으론 예뻤다. 호튼은 어떻게 알았을까? 도대체 호튼의 어떤 점이 그 라이터를 단순한 싸구려처럼 보이지 않게 만드는 걸까?

"난 늘 부모님한테 레스토랑에 사람이 꽉 차서 자리가 흡연석밖에 없었다고 말해."

호튼이 말했다.

"아니면…."

수잔이 끼어들었다.

"친구들이 담배를 피웠다고 해. 거짓말은 아니니까."

나는 희미하게 웃었다.

"호튼, 방금 불붙인 담배를 나한테 주면 내가 새 걸로 불붙여줄 수 있어."

피트가 말했다.

"그거 재미있는데?"

"재미있고 말고. 왜냐하면…."

나는 더 이상 그들의 말에 귀를 기울이지 않았다. 그는 호튼의 입술이 닿은 곳에 자기 입술이 닿기를 원한다. 담배가 오가는 동안 서로에게 몸을 숙이고 손가락이 스치기를 원한다. 남자들은 여자들보다 마음을 읽기가 쉬웠다. 남자들은 항상 무언가를 쫓고, 욕망하고, 가지려 애썼다. 반면 대부분의 여자들은 무언가를 가지려고 애를 쓴다기보다는 받거나, 받지 않거나 둘 중의 하나였다. '제발!'이라거나 '부탁이야!'라거나 '한 번만!'이 아니라 '좋아' 아니면 '싫어' 중의 하나였다.

자리에 앉은 지 10분이 채 못 되었기 때문에 나는 일부러 15분을 채운 뒤 비행기 출발 시간이 다 되었다고 말하고 자리에서 일어섰다. 모두 내게 '메리 크리스마스!'라고 인사해주었다. 호튼이 내게 무슨 말이건 하지

474

않을까 생각했지만 아무 말도 하지 않았다. 호튼은 아무 이유 없이 나를 불렀고 내가 그들 사이에 끼는 걸 허락해주었다. 어쩌면 크로스와 나의 관계와 관련이 있는 특별한 이유가 있었는지도 모른다. 우리의 관계를 아무도 모른다는 확신이 드는 순간은 여러 번 있었지만 공항에서 호튼이 나를 불렀을 때 나는 처음으로, 어쩌면 모두 알고 있을지도 모른다는 생각이 들었다.

공항에서 집으로 가는 차 안에서 엄마는 분명히 내가 어딘가 달라졌음을 눈치챈 것 같았다. 반드시 섹스는 아니라고 해도 그와 관련된 일이라는 걸 엄마는 알았을 것이다. 엄마가 묻는다 해도 나는 결코 대답하지 않을 생각이었다. 원래 나는 엄마한테 모든 걸 털어놓는 편이 아니었다. 내가 털어놓은 것들을 엄마가 감당하지 못할 것 같아서였다.

"여름방학 때 마리 맥셰이가 열네 살짜리 남자애하고 키스했대요."

6학년 때 내가 엄마에게 말했다.

"그래? 남자애가 열네 살이면 너무 나이가 많은 거 아니니?"

엄마가 다정하게 말했다. 그걸로 끝이었다. 엄마는 그 남자애가 어떤 앤지, 어떤 식의 키스를 했는지, 나도 열네 살짜리 남자애와 키스를 할 계획인지 묻지 않았다. 내 생각에 엄마는 혼란스러우면서도 쑥스러웠던 것 같았다. 혼란스러웠다 하더라도 라자냐를 오븐에서 꺼내는 것처럼 그것 역시 엄마가 해야 할 일이었지만, 엄마는 우리 가족과 직접적인 관련이 없는 일에는 별로 신경을 쓰지 않았다. 기본적으로 나는 엄마를 별로 의지하지 않는 편이었다. 우리가 듣는 라디오 프로를 듣고, 우리가 좋아하는 옷 상표들을 알고, 멋진 6학년 남자애들의 이름을 꿰고 있는 켈리 로바드의 엄마와는 달랐다. 엄마는 상냥하지만 뭘 모르는 엄마였다. 4학년 때 엄마에게 헝크(치즈의 두꺼운 조각, 섹시한 사람을 일컫는 속어—옮긴이)가 뭐냐고 물었을 때 엄마는 정색을 하고 "커다란 치즈 조각을 말하는 거야"라고 대답했다.

그러나 엄마는 직감으로 뭔가를 눈치채곤 해서 나를 놀라게 하는 때가 많았다. 물론 다그치지 않으면 절대로 먼저 말하진 않았다. 엄마는 여러 면에서 내가 되고자 하는 사람과 닮았다. 절대로 정보를 흘리거나 자기 생각을 말하지 않았다. 그러고 싶은 욕망을 잘 참아서가 아니라 그런 욕망 자체가 아예 없었다.

"무사히 돌아와서 정말 다행이지 뭐니. 동부 쪽이 날씨가 나쁘다고 해서 아빠가 공항에 전화를 했더니 일정대로 출발했다고 하더라."

고속도로와 닷선 승용차와 엄마는 모두 9월 초, 내가 떠날 때와 똑같은 모습이었다. 그것은 한편으로 위로가 되었고, 한편으로는 혼란스러웠다. 변함없는 고향의 풍경이야말로 내가 늘 그리워했던 것이지만 고향에 돌아오면 얼트에서 내가 보낸 시간이 의미가 없어지는 것 같았다.

"수학은 어떻게 됐니?"

엄마가 물었다.

"기말 시험 결과는 아직 모르지만 아마 B마이너스 정도는 받을 거예요."

"리! 정말 대견하다!"

"어쩌면 C플러스이거나."

"열심히 공부했으면 된 거야."

엄마의 말은 사실이 아니었지만 굳이 수정하고 싶진 않았다.

"어젯밤에 쿠키를 만들었단다. 팀하고 조셉이 선생님한테 갖다드린다고 해서 만든 건데, 용량 계산을 잘못해서 완전히 망쳐버렸어. 네가 엄마를 닮았다는 생각이 들더구나. 나도 못하면서 널 보고 수학을 잘하라고 하는 건 너무 불공평하지?"

"크리스마스 이브 때 폴렉츠 씨 댁에 갈 거예요?"

"그럴 생각이다. 리, 네가 싫어하는 건 알지만…."

476

"아니에요. 상관없어요."

"폴렉츠 씨는 그동안 아빠를 많이 도와주었잖니? 그러니까 엄마 생각엔…."

"엄마. 괜찮다고 했잖아요."

폴렉츠 씨는 사우스벤드와 게리 사이에 몇 개의 모텔을 운영하고 있는 60대의 노인으로, 항상 아빠에게서 매트리스를 샀다. 수 년 동안 우리는 크리스마스 자정 미사에 가기 전 폴렉츠 씨의 집을 방문해서 디저트와 뜨거운 차를 마시곤 했다. 하지만 내가 2학년 때 그의 집에서 초콜릿 체리 케이크를 먹다가 긴 은색 머리카락을 발견한 뒤로 조셉과 나는 그 집 음식을 입에 대지 않았다. 그 뒤로 나는 폴렉츠 씨의 집에서 나는 냄새가 죽도록 싫었다. 폴렉츠 부인은 항상 얼트가 가톨릭 학교냐고 물었고 내가 아니라고 하면 엄마에게 "기독교? 기독교 학교라는데?"라고 말하곤 했다. 폴렉츠 부인의 말투는 마치 내가 추잡한 비밀을 엄마한테 숨기고 있어서 자기가 바로잡아주어야 한다고 생각하는 것 같은 느낌이었다. 엄마는 엷은 미소를 지으면서 "그래도 그 학교 사람들이 우리 리를 일주일에 여섯 번 교회에 나가는 애로 만들어놨어요. 정말 대단하지 않아요?"라고 말하곤 했다.

그러나 올해, 폴렉츠 부인이 어떻게 생각하건 뭐가 대수란 말인가? 그 거실에 몇 시간 앉아 있어야 하는 게 뭐가 대수인가? 나는 이미 다른 곳에서 행복을 찾고 있었다. 밤이면 크로스가 내게 키스를 해주었고, 그와의 키스로 나는 그와 관련이 없는 다른 모든 일들을 견뎌낼 힘을 얻었다. 크로스가 찾아오기 이전의 나는 무척 신경질적이고 불만족스러웠던 것 같다. 하지만 어디서 행복을 찾아야 할지 알게 되면 인내심이 생기는 법이다. 많은 시간을 그저 기다리면서 보낼 수도 있게 되고, 부담도 덜 느끼게 된다. 그리고 모든 인간관계가 나에게 도움이 되기를 기대하지도 않게 된다. 보다 덜 바라면서 훨씬 관대해지는 것이다. 이번 크리스마스에 나는 사우스벤드에서 만나는 모든 사람들, 특히 나의 가족들에게 관대해질 생각이었다.

우리는 크로거를 지나치고 있었다. 세탁과 비디오 대여를 겸하는 곳이었다. 사우스벤드에 돌아오면 항상 이런 느낌이었다. 내가 그동안 얼트의 벽돌과 판석이 깔린 도로, 고딕 양식의 탑, 대리석 선반, 금발머리 여자애들에게 얼마나 익숙해져 있었는지 새삼 깨닫게 되는 것이다. 얼트 밖의 사람들은 뚱뚱했고, 갈색 타이를 맸으며, 기분이 언짢아 보였다.

집 앞에 도착했을 때 나는 차 안에서 엄마가 현관에 붙여놓은 커다란 종이를 보았다. 화환 모양의 말린 꽃 장식 위에 "리의 크리스마스 귀향을 환영합니다!"라고 쓰여 있었다. 엄마는 한구석에 나뭇잎 장식도 그려 넣었다.

"예쁘다!"

내가 말했다.

"너도 알다시피 내가 그림 솜씨가 없잖니. 조셉한테 시키려고 했는데 조셉이 대니네 집에 놀러가고 없더라고. 그래서 나온 작품이 저거야."

"레오나르도 다빈치 저리 가라예요."

"레오나르도 다빈치가 기절하겠다."

바로 그 순간, 나는 느꼈다. 우리가 주고받는 대화의 평범함 속에 자동차 문을 열지 않았다면 폭발해버렸을지도 모를 무언가가 있다는 것을. 엄마는 내가 섹스를 했다는 것을 알고 있었다. 엄마는 상대가 날 사랑하지 않는다는 것도 알고 있었다. 화를 내진 않았지만 엄마는 내가 그보다 더 나은 사람을 만날 자격이 있다고 생각했을 것이다. 물론 얼트는 훌륭한 학교이고, 나는 항상 그 훌륭함에 감동하는 게 사실이지만 그렇다고 그게 곧 내가 특별하다는 의미일까? '난 그렇게 특별하지 않아요, 엄마'라고 내가 말했다. '넌 특별해. 넌 잘 모르겠지만 엄마는 알아'라고 엄마는 말했다. 실제로 말을 한 건 아니었다. 서로 쳐다보지도 않았다. 차에서 내려 뒷좌석에서 내 가방을 꺼내는 동안 몇 마디 하긴 했지만 주로 내가 가방을 혼자 들고 갈 수 있는지 없는지에 관한 실랑이였고, 그 시간은 실제로 가방을 들고 차에서 집으로 들어가는 데 걸리는 시간보다 조금 더 길었다.

"힘들까 봐 그러지."

엄마가 말했다.

"이래 봬도 저 힘세요!"

내가 말했다.

그것으로 끝이었다면 나는 엄마와 나의 대화가 내가 지어낸 것이라고 결론지어 버렸을 것이다. 그러나 그날 밤, 내가 자겠다고 말하고 늘 그랬던 것처럼 아빠 엄마에게 키스를 한 뒤 방으로 올라갔는데 잠시 후 엄마가 내 방으로 왔다. 엄마는 잠옷 위에 빨간 가운을 걸치고 있었다(내 기억에 엄마는 가운 안에 종아리까지 오는 노트르담대학의 축구팀 티셔츠를 입고 있었다. 엄마는 스포츠를 좋아하지 않았다. 아마 아빠가 엄마에게 준 것이거나 엄마가 세일 때 산 게 분명했다). 엄마는 화장지 한 통을 들고 있었다. 아마 아래층 화장실에 가져가려는 모양이었다.

"구두도 가져왔니?"

"그럼요."

엄마는 그 자리에 서 있었다.

"리, 너 피임 도구 사용하는 법은 알고 있니?"

"네?"

"콘돔 말이야."

"엄마!"

"거기서 가르쳐주는지 묻는 거야."

"배웠어요."

'거기'라는 것은 얼트를 뜻했다. 얼트에서 섹스에 대해 가르쳐주었냐

479

고? 물론 가르쳐주었다. 2학년 겨울, 네 번에 걸친 저녁 특강을 통해서였다. 특강의 제목은 '인간의 건강'이었다. 그러나 아빠 엄마는 한 번도 내게 성교육이라는 것을 해준 적이 없었다. 딱 한 번 내가 열 살 때, 아빠 엄마의 친구들과 함께 저녁을 먹던 중이었다. 친구 중 한 분이 나를 두고 이제 곧 남자를 사귀기 시작할 거라고 말하자, 아빠는 갑자기 "리! 넌 서른 살까지 처녀로 있어야 돼! 명심해라! 절대 예외는 없으니까. 오럴 섹스는 섹스가 아니라고 말하는 놈들은 가만두지 마!"라고 소리쳤다. 그러자 엄마가 "여보!" 하면서 아빠를 말렸다. 엄마는 나 때문이라기보다는 손님들을 더 의식했던 것 같다. 두 분 중 누구도 그때 내가 '처녀'라든가 '오럴 섹스'가 무슨 뜻인지 알고 있을 거라고는 생각하지 않았다.

"널 다그치려는 게 아니야."

내 방 문 앞에 서서 화장실 휴지를 움켜쥐고 엄마는 말했다. 나는 엄마가 그만 나가주었으면 좋겠다고 생각했다. 낡은 가운을 입은 채 엄마가 말하는 섹스는 솔직히 조금 구질구질하게 느껴졌다. 조금도 매력적이지 않은, 그저 일상의 자질구레함처럼 느껴졌다. 마치 이를 닦으면서 다른 사람이 남긴 똥 냄새를 맡는 것 같은 기분이었다.

"리, 엄만 널 믿는다."

엄마가 말했다.

"엄마, 무슨 얘긴지 알아요."

"엄마가 네 나이였을 때하고 시대가 많이 다르다는 것도 알고 있어."

만약 내가 무슨 말이건 해야 했다면 '다행이네요' 정도였을 것이다.

"조심해. 남자를 사귀게 되면 말이야."

엄마는 말솜씨가 없었다. 엄마가 말솜씨가 없다는 걸 나는 왜 그제야 알았을까?

"엄마가 하고 싶은 말은 그것뿐이야."

"알았어요."

"이제 그만 잘래?"

엄마가 말하면서 내게로 다가와 입을 맞추었다. 엄마가 나간 뒤에 나는 비로소 한숨을 쉬었다. 그때부터는 무슨 생각을 하건 엄마 생각을 떨쳐버릴 수가 없었다. 전혀 가당치도 않은 이상한 소리를 들은 것처럼 행동하는 것은 옳지 않았다. 엄마는 그저 그런 식으로 넘어가고 싶었을 것이다. 나를 다그쳐봐야 내가 더 못되게 굴 거라는 걸 엄마는 알았을 것이다. 어쩌면 엄마도 모르는 척 연기를 하고 싶었는지도 모른다. 아예 알고 싶지 않은 것일 수도 있었다. 만약 내가 크로스 이야기를 하기 시작하면 엄마는 새파랗게 질릴 것이다. 엄마와 나는 그런 식의 대화에 필요한 단어들을 주고받을 수 없는 관계였다. 무슨 얘기든 엄마에게 털어놓기에는 이미 너무 늦어버렸다.

"누나, 머리카락 먹을 자리 남겨둬."

24일 아침, 부엌에 내려가서 시리얼을 그릇에 담고 있는데 조셉이 말했다.

"그게 벌써 몇 년 전인데 그래!"

엄마가 말했다.

"여보!"

아빠가 엄마를 불렀다.

"네?"

"메리 머리카락 크리스마스!"

아빠가 소리쳤다.

우리는 자정 미사에 참석하기 위해 성당으로 갔다. 한밤중이었고, 성당 안에서는 향내 같은 것이 풍겼다. 캐럴은 어린 시절의 추억을 되살려주었다. 밖은 춥고 어두웠으며, 나는 크로스가 내 옆자리에 앉아 있었으면 좋겠다고 생각했다. 그의 손을 잡고 그에게 기댈 수 있도록.

다른 사람들한테 보이도록 손을 잡지는 않을 것이다. 그저 그가 옆에 있는 것으로, 그를 느낄 수 있는 것으로 충분했다. 나는 맨해튼에서 그의 가족들과 함께 있는 크로스의 모습을 그려보았다. 크로스의 가족은 크리스마스 트리를 흰색 전구와 유리 장식만으로 꾸미는 사람들일 것 같았다. 그들은 다 함께 스카치를 마시고, 서로에게 양말이나 플라스틱 열쇠고리 대신 가죽 지갑이나 실크 넥타이 같은 것들을 선물할 것이다.

그렇게 크리스마스가 지나갔고 새해 첫날도 지나갔다. 사우스벤드에는 내 친구가 남아 있지 않았기 때문에 나는 팀과 피자를 먹고, 팀이 골라온 영화를 보면서 집에서 빈둥거렸다. 조셉은 친구들과 외출했고, 부모님은 이웃집에서 열리는 파티에 참석했다. 엄마는 집을 나서기 전에 한껏 들뜬 목소리로 "페퍼로니 넣어달라고 해도 돼!"라고 소리쳤다. 엄마의 그 말은 우습기도 했고 슬프기도 했다. 엄마가 생각하는 특별한 음식이 겨우 페퍼로니라는 것, 그리고 나의 방학에 대한 엄마의 배려와 나에 대한 엄마의 사랑 때문이었다. 그리고 마침내 얼트로 돌아가는 날이 하루 앞으로 다가왔다. 내가 손꼽아 기다린 날이기도 했다.

토요일이었고, 조셉은 같은 반 여자애의 생일 파티에 가 있었다. 열다섯 번째 생일 파티를 롤러스케이트장에서 연다고 했다. 10시가 되자 나는 아빠와 함께 조셉을 데리러 갔다. 아빠가 같이 가겠냐고 물었고, 평상시 같으면 가지 않았겠지만 떠날 날이 하루도 채 안 남았기 때문에 나는 아빠를 따라나섰다. 가족들에게 좀더 관대하기로 결심했던 내가 아니었던가.

스케이트장은 집에서 20분 정도 떨어진 곳에 있었다. 아빠는 낮은 건물의 주차장 입구에 차를 세웠다. 주차장은 엄청나게 넓었고, 반쯤 비어 있었다. 유리문 안에서 외투도 입지 않고 모자만 쓴 채로 왔다 갔다 하는 남자애들의 모습이 보였다.

"네 동생 나와 있냐?"

아빠가 물었다.

내가 대답을 하기도 전에 아빠는 "젠장!" 하고 소리쳤다. 아빠는 자동차를 주차장 입구에서 빼지도 않고, 시동을 켜놓은 채로 기어를 주차 모드에 놓았다.

"나와 있으랬더니!"

"제가 데려올게요."

내가 말했다.

아빠가 들어가서 조셉을 데려온다면 아빠가 하는 말보다도 그 말투가 조셉을 무안하게 만들 게 뻔했다. 아빠의 사나운 목소리를 들으면 다른 아이들은 그렇게 상스럽게 말하는 아빠를 둔 조셉이 불쌍하다고 생각할 것이다. 그 아이들이 아빠가 실제로 어떤 사람인지 알게 뭔가? 아빠가 자기 목소리가 어떻게 들리는지 따위는 신경 쓰지 않는 사람이란 걸 그 아이들이 알 리가 없었다. 화가 났을 때 아빠의 말투는, 아주 심한 정도는 아니지만 좀 거친 게 사실이었다.

들어가 보니 안은 어두웠고 디스코 볼이 링크 위에서 반짝이고 있었다. 나는 한쪽 구석에 서서 스케이트를 타고 지나가는 사람들을 바라보면서 조셉을 찾아보았지만 쉽게 눈에 띄지 않았다. 돌아서 보니 벤치 위에서 조셉이 다른 아이들과 함께 운동화 끈을 묶고 있었다.

"서둘러. 아빠가 기다리셔."

내가 다가가서 말했다.

"아빠가 10시 15분이라고 했어."

"10시 10분이야. 아니, 10시 10분이 지났어."

"지금 운동화 끈 매는 거 안 보여? 괜히 트집 잡지 마."

"입 닥쳐."

내가 말했고, 다른 아이들의 눈이 휘둥그레졌다. 나는 내 모습이 아빠 같을지도 모른다고 생각했다. 그러나 조셉은 내 동생이었고, 나는 동생을 괴롭히는 게 아니었다. 그저 누나 동생 사이의 일상적인 말다툼일 뿐이었다.

"태워줄까?"

조셉이 친구에게 물었다.

"아니. 난 매트네 집으로 갈 거야."

"좋아. 그럼 나중에 보자."

우리는 밖으로 향했다.

"아빠가 얼마나 화가 나셨는지 알았다면 친구한테 태워주겠다고 못 했을걸. 어디 사는 애니?"

조셉의 친구에게서 멀리 떨어지자 내가 물었다.

"레이크우드."

"우리 집에서 20분도 더 걸리잖아."

"10분밖에 안 걸려. 하긴, 누나가 모르는 게 당연하지. 여기서 살지도 않으니까. 게다가 페트래쉬네 아빠가 항상 나를 태워다주셨어. 그 집 식구들한테 크게 한탕 쏴야 한다고."

"크게 한탕 쏴야 한다고? 마피아 영화라도 봤니?"

밖으로 나왔을 때 나는 조금 뒤처져서 걸었다. 조셉이 먼저 차 문을 열고 앞좌석에 탔다.

"거기 앉지 마."

내가 말했다.

"내 맘이야."

조셉이 차에 올라타며 말했다.

조셉이 "아빠, 죄송해요. 좀 늦었어요"라고 말하는 소리가 들렸다. 나는 앞좌석 창문을 두드렸지만 조셉은 나를 쏘아보며 입 모양만으로 '뒤에 타!'라고 말했다. 나는 고개를 저었다.

조셉이 창문을 열고 말했다.

"아빠가 빨리 타래. 누나 지금 얼마나 웃기는지 알아?"

나는 그대로 돌아서서 택시를 부르고 운전 기사한테 공항으로 가달라고 말할까 생각해보았다. 불가능한 일이었다. 지갑과 비행기 티켓도 없을 뿐더러 옷과 책, 얼트에서 필요한 모든 것들이 집에 있었다. 나는 머리끝까지 화가 난 채로 뒷문을 열고 차에 탔다.

"문이 안 열리던?"

아빠가 말했다. 재미있다는 듯, 조롱하는 듯한 아빠의 목소리로 보아 화가 풀린 게 분명했다.

"왜 조셉이 앞자리에 앉아야 해요?"

"그래야 공평하지. 오는 길엔 누나가 앞자리에 탔으니까."

조셉이 말했다.

"그래. 앞자리에 타고 너 같은 멍청이를 데리러 왔지."

내가 말했다.

"그래서? 아빠 운전하는 거 도와드렸어? 물론 많이 도와드렸겠지. 듣기로는 운전 솜씨가 대단하다며?"

조셉이 웃었다. 열일곱 살이 되었지만 나는 아직 면허가 없었다. 조셉이 웃었고 아빠도 따라서 웃었다.

"내게 좋은 생각이 있다. 집에 가서 아빠가 주차하고 나면 네가 원하는 만큼 앞좌석에 오래 앉아 있으렴."

아빠가 말했다.

두 사람이 큰 소리로 웃었고 나는 그 둘이 죽도록 미웠다. 나를 조롱하고 모욕했기 때문에 미웠고, 나의 약점을 들추어낸 게 미웠고, 그게 익숙하게 느껴졌을 뿐 아니라 마치 진실인 것 같아서 미웠다. 얼트에서의 내 삶은 모두 위선인 것처럼 느껴져서 그들이 미웠다. 이게 바로 진짜 나의 모습이었다. 속 좁고 툭하면 화를 내는 나약한 존재가 나였다. 누가 앞자리에 앉든 그런 것 따위가 대체 무슨 상관인가?

집으로 돌아오는 길에 나는 한마디도 하지 않았다. 두 사람은 생일 파티에 대해 이야기를 나누었다. 조셉은 지금까지 내가 해왔던 것보다 훨씬 더 많은 이야기를 아빠에게 하고 있었다. 화제는 조셉이 다니는 학교의 라이벌 고등학교 농구팀에 대한 이야기로 흘렀다. 대화 속에서 등장하는 아이들의 이름도 전부 다 내게는 낯설었다. 반쯤 갔을 때 아빠가 후면경을 통해 나를 바라보았다. 아빠와 눈이 마주친 순간 나는 얼른 고개를 돌렸다.

"조셉, 네 누나가 입을 다물고 있으니까 대화가 이렇게 즐거워지는구나."

두 사람이 웃었다. 조셉이 특히 크게 웃었다.

집에 도착하자 나는 자동차 시동이 꺼지기도 전에 차에서 내린 다음 문을 쾅 닫았다. 방으로 올라와서 나는 코트만 벗고 옷을 입은 채 침대에 누웠다. 그리고 얼굴도 닦지 않은 채 분을 삭이지 못하고 훌쩍거리면서 울었다. 15분쯤 뒤에 엄마가 내 이름을 부르며 문을 두드렸다. 내가 대답하지 않자 엄마는 문을 열었지만 방 안으로 들어오진 않았다.

"잘 자라, 리."

엄마가 말했다.

엄마도 내가 자는 척하고 있다는 것을 알았을 것이다. 결국 나는 내 본래 모습으로 돌아와 있었다. 우리 가족답게 항상 누군가가 놀림의 대상이 되고, 누군가의 기분, 특히 아빠의 기분은 수시로 변하기 때문에 그 누구도 믿고 의지하거나 긴장을 풀 수가 없었다. 그들의 조롱은 무심하고도 잔인했고, 무엇이든 대상이 될 수 있었다. 내가 크로스에게 알몸을 보이고 싶지 않았던 건 너무도 당연했다.

내가 자기들과 똑같다고 생각한 그 두 사람이 미웠다. 만약 그들이 옳다면 내가 날 속인 게 되고, 그들이 틀렸다면 내가 그들을 배신한 것이 되기 때문이었다.

아마 몇 달 전부터 발렌타인데이를 생각했던 것 같다. 어쩌면 2학년이나 3학년 때부터 해마다 이맘때가 되면 나는 혹시 크로스가 내게 꽃을 선물하지 않을까 하는 실낱같은 희망을 품어보곤 했던 것 같다. 그러나 실제로 그런 일이 일어난 적은 없었다. 그러나 겨울방학이 끝나고 학교로 돌아왔을 때부터 나는 거의 병적으로 발렌타인데이에 집착하기 시작했다.

해마다 나는 쪽지와 함께 신준에게서 우정을 뜻하는 분홍색 카네이션 한 송이를, 마사에게서는 익명의 팬을 의미하는 흰 카네이션을 선물받았다. 마사는 항상 숨길 수 없는 필체로 '당신을 열정적으로 사랑하는 미스터리의 연인으로부터'라고 썼다. 2학년 때는 디드에게서도 분홍색 장미를 받았다. 나는 디드에게 장미를 보내지 않은 걸 후회했다. 프로섹 선생님도 내게 분홍색 장미를 보내주었다. 프로섹 선생님은 이런 이벤트에 참여하는 몇 안 되는 교사들 중 한 명이었고, 대다수의 교사들은 이런 식으로 꽃을 주고받는 것을 못마땅해했다. 나는 사랑을 의미하는 빨간 장미를 한 송이도 받아본 적이 없었다. 카네이션이 1달러 50센트인데 반해 장미는 3달러였다. 이러한 꽃 배달은 얼트 사교 클럽의 약자인 ASC의 기금 모금 행사였다. ASC는 예쁜 3학년 여학생들의 클럽으로, 그들이 해마다 댄스 파티와 봄축제를 준비했다. 그중에서 꽃 배달은 가장 인기 있고 흥미로운 행사였다. 누가 누구에게 꽃을 보냈는지, 쪽지에 어떤 글을 썼는지, ASC 회원들은 모두 알 수 있었다. 그들이 모든 신청서들을 직접 처리했기 때문에 꽃을 보낸 사람이나 받을 사람이 그들과 가까운 사이일수록 궁금해하는 것은 당연했다. 따라서 익명의 팬이 보내는 카네이션도 사실 전혀 익명이라고 말할 수가 없었다.

2월 13일 자정이 지나고 2월 14일이 되면 ASC 회원들이(그들은 통금 이후에도 나갈 수 있었다. 할 일이 있었으니까) 커다란 밤색 꽃바구니를 들고 기숙사를 돌며 꽃을 배달했다. 편의점의 냉장 코너에서 느낄 수 있는 차

가운 공기를 머금은 꽃들이 다른 사람이 볼 수 없도록 잘 접어서 끼워둔 쪽지와 함께 배달되었다. 원래는 다음 날 아침 눈을 떴을 때 꽃을 받을 수 있도록 하기 위한 것이었지만 12시 15분이 되면 이미 여기저기서 부스럭거리는 소리가 들리기 시작했다. 대체로 디드처럼 자기가 꽃을 몇 송이나 받게 될지 불안해하면서 궁금증을 못 참는 애들이었다. 반면 애스패드의 경우에는 다음 날 아침 예배가 시작되기 직전에 꽃을 확인했다. 자기가 얼마나 많은 꽃을 받았는지 다른 아이들이 볼 때까지 일부러 기다리는 건지, 아니면 정말 꽃에 관심이 없어서인지는 확실히 알 수 없었다. 신입생 때 애스패드는(나는 워털루 전쟁이 일어난 날짜와 수은의 끓는점을 잊어버린 뒤에도 이 숫자만은 영원히 잊지 못할 것이다) 분홍색 카네이션 6송이, 흰색 카네이션 11송이, 빨간색 장미 16송이를 받았다. 빨간 장미 12송이는 앤디 크리거가 보낸 것이었는데 그는 애스패드와는 얘기조차 나눈 적이 없는 사이였다.

4학년이 되고 2월이 되자 나는 꽃 배달에 집착하기 시작했다. 그러다가 막상 우편함에서 신청서 양식을 보았을 때는 내가 꽃 배달을 생각하고 있지 않을 때 신청서를 받은 게 오히려 놀랍게 느껴질 정도였다. 일단 내 손 안에 들어온 신청서는 어딘가 특별해 보였다. 마치 모두에게 똑같은 신청서가 주어진 것이 아니라 내 신청서만 이미 작성되어 있는 것 같은 기분이 들었다. 나는 얼른 배낭에 신청서를 넣었다.

그날 밤 방 안에서 마사가 말했다.

"이것도 이번이 마지막이겠지? 기분이 좀 이상하지 않니?"

"그러게."

나는 잠시 가만히 있다가, "크로스한테 보낼까?"라고 물었다.

"하고 싶으면 그렇게 해. 난 하나 보낼까 해."

마사의 말에 나는 무척 속이 쓰렸고 혼란스러웠다.

"뭐? 크로스한테 꽃을 보내겠다고?"

마사가 고개를 끄덕였다.

"무슨 색?"

내가 묻자 마사는 소리 내어 웃었다.

"물론 빨간색이지. 네 생각은 어때?"

나는 마사의 말이 조금도 우습지 않았다. 그리고 마사가 내 마음을 헤아리지 못한다는 것이 서운했다.

"분홍색으로 보낼 거지?"

내가 물었다.

"보내지 말까? 네가 싫다면 관둘게."

마사는 늘 이런 식이었다. 특유의 솔직함과 유연함으로 나를 꼼짝 못하게 만들었다. 항상 나에게 선택권을 넘겨 내가 선택하게 만들었다.

"싫긴. 당연히 보내야지. 오랫동안 같이 일했고 서로 좋은 친구잖아."

크로스와 관련된 문제를 내가 마사에게 조언하고 있었다. 어쩌다가 여기까지 오게 되었을까? 문득 나는 더 이상 마사와 그 얘기를 하고 싶지 않았다.

그날 밤 화재경보기가 울렸다. 2월 초였고, 크로스와 나는 잠들어 있었다. 요란한 사이렌 소리에 나는 깜짝 놀라 눈을 번쩍 떴다. 처음에는 무슨 영문인지 몰라서 놀랐고, 그다음에는 상황을 파악했기 때문에 놀랐다. 크로스는 벌써 침대에서 일어나 옷을 입고 있었다. 칠흑처럼 어둡지는 않았기 때문에 그의 페니스, 허벅다리, 가슴이 창백하게 느껴졌다. 사실 나는 크로스의 벗은 몸을 한 번도 제대로 본 적이 없었다. 그럴 기회가 있을 때조차 나는 고개를 돌렸다(페니스를 보고 싶다는 생각이 들지 않았기 때문이었다). 이 순간에도 방 안에 환하게 불이 켜져 있었다면, 그리고 사이렌이 울리지 않았다면 아마 그를 보지 않았을 것이다. 그러나 뜻밖의 상황이었고 그가 당황했다는 사실이 나로 하여금 그를 보게 만들었다.

"일어나!"

나와 눈이 마주치자 그가 말했다. 크로스는 크게 소리를 지른 것 같았지만 사이렌 소리 때문에 거의 들리지 않았다. 나는 침대에서 일어났다. 나는 이미 가운을 입고 있었다. 크로스는 좋아하지 않았지만 나는 섹스를 한 뒤 잠옷을 다시 입는 때가 많았다. 그가 바지 단추를 잠그고 셔츠와 스웨터를 입었다. 그가 손잡이를 잡고는 뒤를 돌아보면서 "어서!"라고 소리쳤다. 크로스는 잠시 머뭇거리다가 문을 연 뒤 복도 양쪽을 살폈다. 오른쪽으로 마사와 나의 방과 두 개의 방이 더 있었고 화장실, 그리고 어디로 이어져 있는지 알 수 없는 비상계단이 있었다. 크로스의 뒤에서 나도 복도를 둘러보았다. 놀랍게도 복도에는 아직 아무도 없었다. 크로스가 뛰기 시작했다. 그는 복도를 지나 비상계단으로 통하는 문으로 들어갔다.

'맙소사!'

나는 속으로 생각했다. 화재경보기가 울리기 시작한 이상 경보기를 끌 수는 없었다. 다이애나 트루블러드와 애비 시버가 방에서 나왔을 때 크로스가 열고 들어간 문은 채 닫히기도 전이었다. 그들 모두 잠옷 위에 모직 셔츠를 걸치고 나왔다.

혼자 서 있던 나는 버려진 것 같은 기분이 들었다. 그런 식으로 도망을 치다니. 크로스가 너무했다는 생각이 들었다. 크로스는 잘자라는 인사도 하지 않았고, 가벼운 키스도 해주지 않았고, 어깨나 뺨을 만져주지도 않고 가버렸다.

복도가 북적이기 시작했다. 다이애나와 애비의 머리 위로 나는 마사와 눈을 맞추었다. 마사는 방에서 나왔다가 나를 보고는 다시 들어가 외투와 운동화를 들고 나왔다. 내게 그것들을 전해주면서 마사는 눈썹을 치켜올렸다. '크로스는?' 하고 마사가 물었고 나는 고개를 저으며 '갔어'라고 대답했다.

사이렌 소리는 곧바로 한 단계 낮아졌다. 마치 경보기에 담요를 씌운 것처럼. 바람이 차가웠다. 우리는 엘윈 기숙사 앞에 서 있었다. 입김이 눈에 보였다. 맨발로 나온 아이들도 있었다. 누군가 운동복을 바닥에 펼쳐놓았고, 맨발로 나온 아이들이 모두 그 위에 올라섰다. 엘윈 선생님이 우리 이름을 부르며 일일이 확인했다. 여자애들은 투덜거리면서 낮은 목소리로 욕을 하기도 했지만 조금 들떠 있기도 했다. 소방 대피 훈련은 항상 우리를 들뜨게 만들었다.

다른 기숙사 앞에도 우리와 비슷한 모양으로 아이들이 모여 서 있었다. 원을 이루고 있는 기숙사 건물들 중에서 우리 쪽 기숙사 아이들은 모두 밖으로 나와 있었기 때문에 불이 켜진 기숙사의 방들이 들여다보였다. 걷힌 커튼과 포스터들, 열린 옷장 위의 스웨터도 보였다. 나는 배로우 기숙사 앞에 서 있는 남자애들 중에 크로스를 찾아보았다. 크로스는 검은색 코트를 입고 있었다. 기숙사로 뛰어가 옷을 걸쳐 입을 시간도 있었던 모양이었다. 그는 데빈과 다른 친구들과 이야기를 하고 있었다. 나는 혼란스러웠다. 우리가 정말 한 침대에 누워 있었던가? 우리가 정말 서로를 안다고 말할 수 있을까? 그는 불과 10미터 정도 떨어진 곳에 서 있었지만, 그와 나 사이를 거대한 호수가 가로막고 있는 것처럼 멀게 느껴졌다.

그가 우리 기숙사를 빠져나갈 때 나는 왠지 기분이 좋지 않았다. 불과 몇 초 차이로 그는 들키지 않았다. 몇 초 차이라고 해도 들키지 않은 건 들키지 않은 것이다. 그는 자기 침대에서 잠을 잔 거나 마찬가지였다. 나는 그가 나만큼 당황해서 비상계단을 찾지 못했기를 바랐다. 나라면 비상계단을 이용할 생각을 하지 못했을 것이다. 그가 나와 함께 잠이 덜 깬 얼굴로 1층에 내려가 다른 애들이 우릴 보아주기를, 그다음에 그가 자기 기숙사로 돌아가기를 바랐다. 사감한테는 들키지 않을 수도 있었다. 하지만 어쩌면 나는 사감 선생님한테도 들키기를 바랐는지도 모른다. 어차피 면회 시간을 어긴 건 심각한 학칙 위반이 아니었기 때문에 그 일로 퇴학을 당하지는 않을 것이고, 결국 다른 아이들도 모두 알게 되었을 것이다.

한밤중에는 으레 그렇듯 아쉬움은 점점 더 커졌다. 모든 일이 너무 순식간에 일어났기 때문에 상황이 달라질 수도 있었을 거란 아쉬움이 생생하게 남아 있었다. 다시 기숙사 안으로 들어가서 잠이 들었다가 아침에 눈을 떴을 때 나는 깨달았다. 기숙사 밖에 서 있던 그때도 아직 늦지 않았었다는 것을. 나는 그에게 갈 수도 있었다. 어떻게든 얘기할 구실을 만들거나, 울고불고 난리를 치면서 소동을 피울 수도 있었을 것이다. 마치 술에 취했을 때처럼. 술에 취했다는 걸 스스로 느끼는 경우는 드물다. 술에 취했어도 우리는 여전히 의식이 또렷하고, 이성적인 판단을 할 수 있다고 생각한다. 하지만 다음 날 숙취 상태로 깨어나보면 그제야 자기가 얼마나 술에 취했었는지 알게 된다. 어쨌건 기회의 창은 열려 있었다. 그 기회를 잡아서 망신을 당할 수도 있었겠지만 일단 기회를 놓쳐버리고 나면 다시는 돌이킬 수 없는 것이다.

사이렌이 울리는 동안 바깥 날씨는 너무 추웠고, 대부분의 아이들은 코트를 입고 있지 않았다. 내 주위에 서 있던 애들은 마치 늑대처럼 하늘을 향해 괴상한 신음 소리를 내고 있었다.

"제발 들어가게 해주세요!"

누구에게랄 것도 없이 이솔더 하버니가 말하자, 진 코렙은 우는 소리가 아닌 분명한 어조로 "제발 끝났으면 좋겠어"라고 말했다.

진의 말대로 되었다고 나는 생각했다. 대피 훈련은 끝났다. 그러나 다른 모든 것도 그와 함께 끝났다. 그때 우리는 시간의 흐름을 우리가 조절하고 선택할 수 있다고 믿었던 걸까? 지금은 가장 따분했던 순간들, 맨발로 기숙사 밖에서 떨고 있는 그 순간조차 이미 오래전의 추억이 되어버렸다.

이틀 뒤 기숙사 종례 시간이었다. 나는 힐러리 톰킨스에게 그다지 신경을 쓰고 있지 않았다. 나는 크로스의 정액이 여기저기 묻은 힐러리의 슬리핑백을 마치 내 것처럼 사용하고 있었다. 힐러리가 밤에 기숙사에 머무는 일은 거의 없었지만 다음 날 아침 중요한 화학 시험이 있어 공부를 하기 위해 남았던 모양이라고 생각하고 있던 터였다.

그때 힐러리가 손을 들었다. 엘윈 선생님이 힐러리의 이름을 부르자 힐러리가 일어서서 말했다.

"어젯밤 제 방에서 속옷을 발견했는데, 전혀 깨끗하지 않았어요."

아이들이 웃었고, 힐러리도 조금 웃긴 했지만 몹시 짜증이 난 것처럼 보였다.

"그래서 그냥 내다 버렸어요. 그 속옷 주인한테 속옷 하나가 줄어들었다는 걸 알려주고 싶어요. 그게 어쩌다가 제 방까지 오게 됐는지 모르겠지만 앞으로는 남의 방에 함부로 속옷을 버리지 말아주셨으면 감사하겠습니다!"

성격이 거친 3학년생 지나 마르케즈가 박수를 치며 "옳소!" 하고 소리치자 거의 모든 학생들이 박수를 쳤다. 나는 얼굴이 후끈 달아올랐고, 불안감에 가슴이 서늘해졌다. 나는 마사를 쳐다보았다. 마사는 박수를 치지도, 웃지도 않았다. 그러나 나를 쳐다보지도 않았고, 걱정스러운 표정을 지어주지도 않았다. 마사는 절대로 자기 속옷을 남의 방에 두고 올 애가 아니었다. 반면 나는 절대로 그러지 않겠다고 생각하면서 실제로 그런 행동을 하기도 하는 애였다. 마사의 표정으로 보아 소방 대피 훈련조차 변명이 될 수는 없는 것 같았다.

"끈팬티였나?"

지나가 묻자 엘윈 선생님이 "그만들 해요!"라고 소리쳤다.

끈팬티는 아니었다. 달과 별 그림이 있는 하얀 팬티였다. 달은 은빛이 감도는 푸른색이었고 별은 노란색이었다.

이미 오래전부터 절대로 발렌타인데이 새벽에 꽃바구니를 뒤지는 일 따위는 하지 않으리라고 마음먹고 있었다. 일찌감치 잠자리에 들었다가 아침에 확인해볼 생각이었다. 4학년생이 지나치게 집착하는 것처럼 보이는 건 별로 좋지 않았다.

나는 마사와 신준에게 분홍색 카네이션을 보냈고, 크로스에게도 같은 것을 보냈다. 흰색 카네이션이나 장미를 보내는 모험을 할 수는 없었지만 아예 안 보낼 수도 없었다. 카드에는 '크로스! 발렌타인데이 축하해! 사랑하는 리'라고만 적었다. 이런 식으로 조금이나마 나의 그리움을 달랠 수 있을 것 같았다.

새벽 3시가 되었고, 나는 네 번째로 잠에서 깨었다. 크로스가 내게 아무것도 보내지 않은 꿈, 그가 꽃을 보냈지만 그것을 꽂아놓을 꽃병을 찾지 못하는 꿈, 크로스가 애스패드에게 장미 12송이를 보냈는데 꽃 한 송이 한 송이가 엄청나게 큰, 2미터짜리 꽃다발로 변하는 꿈을 반복해서 꾸었다. 나는 화장실에 가서 손을 씻은 다음 세면대 위 거울에 비친 내 모습을 바라보았다. 내가 다음에 어떤 행동을 할지 알고 있었다. 그동안 줄곧 계획하고 있었던 일이 무엇인지 나는 알고 있었다.

휴게실에는 불이 켜져 있었다. 복도와 마찬가지로 휴게실에도 밤새 불이 켜져 있었다. 휴게실에는 두 개의 플라스틱 바구니가 있었다. 바구니를 본 순간 가슴이 두근거리기 시작했다. 바구니 속에 그토록 오랫동안 궁금해했던 질문의 답이 들어 있었다. 바구니로 다가가는 동안 내 손은 떨렸다. 나는 먼저 주위를 둘러보고 아무도 없음을 확인했다. 바구니 앞에 서서 나는 꽃들을 하나씩 확인했다. 처음에는 내가 뒤져본 흔적을 남기지 않으려고 조심조심 꽃을 옮겨 놓았지만, 나중에는 다른 사람의 이름이 적힌 꽃들을 거칠게 한쪽 옆으로 몰아놓았다. 내 이름이 적힌 꽃은 한 송이도 없었다. 마침내 내 이름이 적혀 있는 꽃을 처음 발견했을 때는 몇 송이가 남지 않은 상태였다. 그러나 쪽지를 보니 마사가 보낸 것이었다. 나는 굳이 열어보지 않았다. 첫 번째 바구니에는 그게 전부였다.

나는 두 번째 바구니를 뒤지기 시작했다. 첫 번째 바구니보다 꽃의 숫자가 훨씬 적었다. 나는 장미들을 먼저 확인했다. 그리고 마침내 내 이름을 발견했다. 파란색 잉크로 대문자로 쓰인 내 이름을 보는 순간 내 가슴은 터질 것만 같았다. 나는 쪽지를 펼쳐보았다. 1초도 안 걸리는 시간이었지만 내게는 영원처럼 길게 느껴졌다. 나는 고마움으로 가슴이 설레고, 따듯해졌으며, 또 떨렸다. 드디어, 드디어…. 그러나 쪽지를 보낸 사람은 크로스가 아니라 오브리였다. 오브리가? '그래. 크로스는 내 남자친구였던 거야. 시간이 좀 걸리긴 했지만 크로스가 나한테서 뭔가 특별한 점을 발견한 게 분명해'라고 생각하며 두근거리던 내 마음은 '젠장! 도대체 오브리가 왜 나한테 장미를 보낸 거야!'로 바뀌었다. 마치 농구를 할 때 코트를 가로질러서 뛰어가다 갑자기 멈출 수가 없어서 코트 밖으로 뛰어나가게 되는 것처럼 쉽게 생각이 정리되지 않았다. 오브리는 겨우 2학년이었고, 아직 어렸으며, 꽃배달의 의미를 제대로 이해하지 못한 게 분명했다. 카드에는 '수학 실력이 많이 좋아졌어요. 축하해요. 오브리'라고 적혀 있었다.

나는 아무도 없는 곳에서 혼자 들떴다가 낙담하는 내 모습이 부끄러웠다. 이렇게 작은 일에 신경을 쓰는 내 자신이 수치스러웠다. 실망감을 애써 억누르며 나머지 꽃들을 살펴보고 난 후, 나는 결국 크로스가 내게 아무것도 보내지 않았음을 깨닫고 다시 한 번 절망했다. 마사와 오브리 외에는 아무도 내게 꽃을 보내지 않았다. 신준마저도 보내지 않았다. 나는 시간을 돌이키고 싶었다. 결과가 똑같다고 해도, 여전히 꽃을 두 송이밖에 받지 못한다고 해도, 그저 평상시처럼 아침에 일어나 오늘이 발렌타인데이라는 사실을 깨닫고, 아침 식사를 하러 나가다가 휴게실에서 차분하게 내 꽃을 가져다가 꽃병에 꽂아두는 걸로 끝낼 수 있다면 얼마나 좋을까?

결과는 내가 생각했던 것보다 더 나빴다. 그날 아침 나는 마사가 일곱 송이의 꽃을 받았다는 것을 알게 되었다. 학생회장이 되기 전 마사는 네 송이 이상을 받아본 적이 없었다. 게다가 그중 한 송이는 크로스가 보낸 것이었다. 마사는 우리의 꽃을 모두 합쳐서 한 꽃병에 넣었고, 다른 얘기는 일체 하지 않았다. "네가 쓴 글 웃기더라"라고 말한 게 전부였다.

마사는 내게 크로스가 꽃을 보냈냐고 물어보지 않았고, 크로스에게 꽃을 받았다고도 말하지 않았다. 마사가 나갔을 때 내가 마사가 받은 카드들을 읽어보다가 알게 된 사실이었다. 크로스는 마사가 받은 모든 꽃들이 그렇듯이 분홍색 카네이션을 보냈다. 그렇다고 해도 달라지는 건 없었다. 크로스가 꽃을 보내지 않은 게 문제가 아니었다. 중요한 것은 크로스가 내게만 꽃을 보내지 않았다는 것이었다.

그다음 사건은 2월 말쯤에 일어났다. 크로스가 발목을 다쳤다. 발렌타인데이에 대해 크로스는 아무런 말도 하지 않았다. 그다음 나를 찾아왔을 때 "꽃 잘 받았어"라고 말한 게 전부였다. 8일 만에 만난 날이었다. 식당에서 마주 오는 그를 보았을 때 나는 똑바로 그를 쳐다보았다. 내가 신경을 쓰고 있다는 걸 보여주려고 한 것인지, 신경 쓰지 않는다는 걸 보여주려고 한 건지는 나 자신도 잘 모르겠다. 그날 밤 그가 나를 찾아왔고, 우리는 함께 힐러리의 방으로 갔다. 그와 나 모두 그동안 그가 오지 않던 것에 대해 아무 말도 하지 않았다. 내가 카네이션을 보낸 것과는 상관없는 일인 것 같았다. 카네이션은 그다지 큰 의미가 없었던 모양이었다.

나는 그와 나 사이의 균형이 깨진 건지 궁금했다. 사실 처음부터 균형이 잡혀 있었던 것은 아니었다. 나는 그를 사랑했고, 그의 마음은 알 수 없었다. 하지만 그러한 불안정한 관계도 하나의 유형이었고, 그 나름대로 일관성이 있었다.

최근 들어 나는 조금 뒤로 물러나야 할 것 같다는 느낌을 받았다. 나는 그의 농구 시합에 세 번을 연속해서 빠졌고, 그래서 그가 인대를 다쳤다는 것도 알지 못했다. 상대 팀은 아모니 고등학교였고 아모니의 센터는 키가 2미터였다. 크로스가 점프슛을 할 때 아모니의 센터가 파울을 범했다고 했다. 그는 크로스의 슛을 막으면서 발목을 걸었다. 크로스는 병원으로 실려 가 결국 발에 붕대를 감고 목발을 짚은 채로 돌아왔다. 봄방학까지는 3주가 채 안 남아 있었지만 그는 이번 시즌에 뛰지 못할 게 분명했다.

나는 몇 시간 뒤에야 그 소식을 들었다. 저녁 식사 때 들은 얘기와 교장 선생님으로부터 그날 저녁 규율위원회의 정기 모임이 취소되었다는 통보를 받은 마사의 얘기를 종합해본 뒤, 처음에 나는 그가 심하게 다쳤을까 봐 걱정했다. 하지만 막상 그의 부상이 심각하지 않다는 걸 알게 되자 나는 또다시 익숙한 불안감에 사로잡혔다. 혹시 이 불운도 나 때문이 아닐까 하는.

"크로스 퇴원했니?"

내가 물었다.

그게 내가 처음으로 던진 질문이었고, 나와 같이 앉아 있는 사람은 두 사람뿐이었다. 한 명은 디드였고 다른 한 명은 존 브린들리였다. 존은 신입생 때 나와 같이 택시를 탔던 애들 중 한 명이었다.

"지금쯤 기숙사에 돌아와 있을 거야. 들러보려고?"

존이 물었다.

처음에는 그가 내게 묻는 건지 확신이 없었다. 크로스와의 관계를 생각한다면 당연한 질문이었다. 그러나 우리의 관계가 비밀이라는 것을 생각해보면 그 질문은 엉뚱하기 짝이 없었다. 내가 왜 크로스 슈가맨의 방을 찾아간단 말인가? 서로 잘 알지도 못하는데.

"리가 왜 크로스를 만나러 가겠어?"

497

나는 존에게 '너 무슨 얘기 들었니?'라고 묻고 싶었다. 만약 존이 못된 애였다면, 그리고 빈정거리기 좋아하는 애였다면, 절대로 거기서 멈추지 않았을 것이다. 그러나 존은 착한 애였고, 그의 질문에 별 뜻이 없었을 가능성도 있었다.

"하긴."

그가 말했다.

"가볼 생각이야."

나는 덤덤하게 말하려고 애썼다. 디드가 날 쳐다보는 게 느껴졌지만 나는 디드와 눈을 맞추지 않았다.

그리고 저녁 식사 후 내가 가려고 마음먹었던 시간이 되었다. 존의 질문이 나에게는 일종의 허가와도 같았다. 어쨌건 내가 크로스를 찾아갈 수도 있다는 생각을 처음 한 사람은 존이었다. 8시 55분이었다. 면회 시간은 9시부터 시작이기 때문에 나는 이를 닦고 향수를 뿌린 뒤 거울에 내 모습을 비추어보고 책상 앞에 앉았다. 어떻게 크로스의 방에 간단 말인가? 그 방에 누가 있을지도 모르는데. 아마 데빈이 있겠지. 크로스가 다른 아이들과 이야기를 나누고 있다면? 다른 아이들과 함께 피자를 시켜서 텔레비전을 보고 있다면? 그들은 내가 왜 왔는지 이해하지 못할 것이다. 어쩌면 크로스 자신도 이해하지 못할 수도 있다. 크로스는 노골적으로 무례하게 굴지는 않더라도 조금 무뚝뚝하게 대하거나 내 마음을 편하게 해주려고 일부러 애를 쓰거나 둘 중 하나일 것이다. 그가 애쓰는 모습을 보는 것이야말로 가장 끔찍할 것 같았다. 조금 당황하기는 해도 반가워하며 뛰어나올 수도 있었다. 그리고 내 어깨에 팔을 걸치고 소파에 나란히 앉을 수도 있었다. 그리고 발목이 어떠냐고 묻는 것 외에는 그와 나 모두 아무것도 설명할 필요가 없을 수도 있었다. 그러나 그렇게 될 가능성은 희박했다. 나는 이마를 손등에 대고 책상 위에 엎드렸다. 이런 식으로 그를 그리워하는 것도 이젠 지쳤다. 그가 항상 가까이에 있었기 때문에 더 힘들었다. 1년 내내 이런 식이었다. 그는 항상 가까운 기숙사에 있었고, 이론적으로 나는 1분 내로 자리에서 일어나 방을 나가서 그를 찾아가 끌어안을 수 있었다. 그러나 실제로는 아무것도 할 수 없었다. 이런 상황은 나를 미치게 만들었다. 기숙학교에서 사랑에 빠지는 것보다 더 끔찍한 건 없다. 대학이었다면 훨씬 넓고 복잡했을 것이고, 회사였다면 밤에라도 서로 떨어져 있을 수 있을 것이다.

어떤 식으로든 반응을 보이고 행동하는 순간 일이 틀어진다는 것을 아는 것, 내 충동적인 행동이 전혀 쓸모가 없다는 것을 아는 건 견디기 힘들었다. 나는 한밤중에 그가 날 찾아오는 편이 낫다고 생각했다(그러나 목발을 한 이상 당분간 나를 찾아오지 않을 것이다). 그리고 그가 내 몸 위에 누워서 그가 없을 때 내가 그토록 원했던 모든 것을 채워주었으면 좋겠다고 생각했다. 크로스를 생각할 때마다 이제 나는 기다림과 확률을 생각하게 되었다. 나는 그의 방에 갈 수 없었다. 그건 이미 결정된 일이었다. 다시 말해, 그의 부상에 대한 나의 걱정을 전달하는 방법은 주위에 사람이 별로 없을 때 복도에서 부딪치는 것뿐이라는 뜻이었다. 그런 상황이 되면 얼른 그의 기분을 살피면서 우리가 앞으로도 계속 만날 건지 확인해봐야지.

이제 나는 안다. 내가 모든 결정권을 그에게 넘겨주었다는 걸. 그러나 그때 나는 그렇게 생각하지 않았다. 나는 처음부터 그가 모든 결정권을 쥐고 있다고 생각했다. 그와 나 사이에도 규칙은 존재했다고, 다만 이름 붙이기 어렵고 지키기 어려웠던 것뿐이라고 생각했다.

마사와 함께 연극반 공연을 보러 갔는데, 갑자기 크로스가 등장하는 바람에 아이들이 폭소를 터뜨렸다. 크로스는 농구를 쉬는 동안 연극 지도 선생님이 역할을 빼버렸던 《햄릿》의 포르텐브라 역을 맡게 되었다. 그가 포르텐브라 역을 하리라고는 아무도 생각하지 못했기 때문에 모두 웃었다. 크로스 슈가맨이 목발을 짚은 채 고대 의상을 입고 나왔기 때문이었다. 그때 그는 9일 동안 내 방에 오지 않고 있었다.

햄릿과 오필리아는 제시 미들스테트와 멜로디 라이언이 맡았다. 제시는 캠브리지 출신의 4학년으로, 마르고 뺨이 발그레한 다혈질 남자애였다. 그는 여자애들이 이성으로서가 아닌 친구로서 좋아하는 남자였다. 식당에서 그와 한자리에 앉게 되면 나는 기분이 좋았다. 제시는 혼자 이야기를 잘했고 그의 얘기가 재미있었기 때문이었다. 그런데 남자들도 그를 좋아한다는 건 조금 의외였다. 멜로디는 곱슬거리는 긴 금발에 크고 푸른 눈을 가진 애였다. 멜로디의 외모가 매력적이라는 건 나도 알고 있었다. 멜로디를 볼 때마다 떠오르는 게 있었다. 멜로디는 신입생 시절 4학년인 크리스 프라이스와 사귀었는데 그들 둘이 항문 섹스를 했다는 소문이 있었다. 한 번 그런 적이 있다는 건지, 아니면 항상 그랬다는 건지는 확실하지 않았다. 어느 쪽이건 멜로디가 무대에 등장할 때마다 나는 '아프지 않았을까?' 하고 생각하곤 했다. 멜로디도 원했던 건지, 아니면 크리스가 원했기 때문에 그의 요구를 들어준 건지도 궁금했다. 오필리아가 강물에 몸을 던지기 직전 멜로디와 제시는 키스했다. 나는 그들이 부러웠다. 연극의 배역이 그랬기 때문에 두 사람은 자연스럽게 키스를 해야 했다. 연극 연습을 하는 동안 두 사람은 얼마나 여러 번 키스했을까? 그들은 매일 서로에게 키스하게 되리라는 것을 알았을 것이다. 외적인 상황에 전혀 구애받지 않았을 것이다. 서로를 만나기 전에 그들이 무슨 일을 했건 아무 상관이 없었다.

나도 연극을 할걸 그랬다는 생각이 들었다. 그러나 그것도 이미 너무 늦어버렸다.

그날 나는 브라운대에서 불합격 통지서를, 마운트 홀리요크대와 미시간대에서 합격 통지서를 받았다(그때 나는 이미 벨로잇에서 합격 통지서를,

텁츠대학에서 불합격 통지서를 받아놓은 상태였고, 웨슬레이언에서 불합격 통지서를 받기 전이었다). 플레처 학장님의 교실 앞에서 나는 크로스를 만났다. 마지막 수업이 끝난 뒤였고 주위에는 아무도 없었다.

"미시간대 합격한 거 축하해."

크로스가 말했다. 그가 어떻게 알았는지 알 수 없었다.

"갈 거지?"

"그럴까 해."

사실 나는 그 대학을 갈 수밖에 없었다. 그 이유는 스탠차크 선생님과 부모님 외에는 아무에게도 말할 수 없었다. 미시간대의 학비는 사립대학보다 훨씬 싼 데다 학비 일부를 면제해주겠다는 제안이 있었기 때문이었다. 마운트 홀리요크대학이 보스턴에서 더 가깝긴 했지만 아주 가까운 거리는 아니었다. 나 자신에게도, 다른 사람에게도 말하지 않았지만 그때 나는 모든 게 끝나가고 있음을 느낄 수 있었다. 크로스와 상관없는 얼트의 모든 게 끝나가고 있었고, 크로스와 상관이 있는 것들도 끝나가고 있었다. 다른 사람들 앞에서 나에게 말을 걸 수 없다면, 그리고 내가 대륙을 가로질러 만나러 올 만큼 특별한 여자친구가 아니라면, 그의 하버드 기숙사에 나를 살게 할 생각이 아니라면 모두 끝이었다. 그와 내가 대학에 관한 이야기를 주고받는 건 그래서 더 어색했다. 조금 전에 대학에서 날아온 세 통의 편지를 열어보았을 때만 해도 대학 진학은 내게 퍽 중요한 문제였다. 브라운대에서 불합격 통지서를 받았을 때 나는 물론 울었다. 그러나 크로스가 내 앞에 서 있는 지금 그 모든 것들이 아득히 멀게 느껴졌다. 3월이었고, 우리는 얼트에 있었다. 그 이후의 삶은 내게 모로코의 바자회처럼 먼 나라 얘기 같았다.

"아직도 아파?"

내가 목발을 가리키며 물었다.

"별로."

그가 말했다.

그의 말투로 보아 왠지 그 반대인 것 같은 느낌이 들었다. 그의 목소리는 경쾌했다. 나는 크로스가 자신이 처한 상황에 대해 불평하는 걸 상상할 수가 없었다. 불평할 일이 없을 수야 없겠지만 나는 그가 불평할 만한 일이 떠오르지가 않았다. 처음으로 나는 그를 찾아가지 않은 것을 후회했다. 그가 다친 직후에 바로 그를 찾아가보지 않은 건 조금 너무했다는 생각이 들었다. 신입생 때 쇼핑몰에서 기절했던 내게 그는 그토록 친절했는데.

"부상당한 거 정말 안됐고, 미안해."

내가 말했다.

"네 잘못도 아닌데 뭐."

"내 말은…."

"알아."

그를 바라보면서 나는 다시 한 번 사랑한다고 말하고 싶어졌다. 대낮에 그런 말을 하고 싶다니. 밖에서 어떤 남자애가 뭐라고 소리를 치자 또 다른 남자애가 대답을 했다. 오후 3시였고, 마지막 교시와 운동 연습 시간 사이의 쉬는 시간이었다.

"저기 들어갈래?"

크로스가 학장님의 교실을 턱으로 가리키며 내게 물었을 때 나는 별로 놀라지 않았다.

"좋아."

나는 조용히 대답했다.

교실 문은 살짝 열려 있었다. 그는 목발 끝으로 문을 밀었고, 다시 목발로 문을 닫았다. 흐린 날이었다. 창문으로 새어 들어오는 햇살도 흐릿했다. 크로스는 천장의 전등을 켜지 않았다. 직사각형 모양의 책상이 있는 교실이었다. 그는 책상에서 의자 두 개를 꺼내 마주 놓았다. 그가 그

중 한 의자에 앉았다. 나는 나머지 의자가 내 자리일 거라고 생각했지만 그것은 그의 다리를 올려놓기 위한 것이었다. 나는 옆으로 비켜서면서 그의 지시를 기다렸다. 나는 나의 수동적인 태도가 싫었다. 그는 내가 지시를 기다리고 있다는 것을 알았을까? 아니면 교실에 들어오기 전부터 그렇게 하려고 생각했던 걸까?

어쨌건 나는 "네 무릎 위에 앉을까?"라고 물었다.

"좋을 대로."

그가 말했다.

물론 나는 "그러면 아프지 않을까?"라고 물었고 그는 "괜찮아. 아무렇지도 않아"라고 대답했다. 나는 모든 게 순조롭다고 생각했다. 그도 나처럼 나를 끌어안고 싶은 거라고 생각했다. 그러나 키스하기 시작한 지 1분도 채 안 되어 그가 "지금 펠라티오 해주면 정말 좋을 텐데"라고 중얼거렸다.

단단한 나무 바닥이었기 때문에 내 무릎은 꿇은 그 순간부터 아파왔다. 나는 내 상체를 그의 허벅다리에 의지하고 싶지 않았다. 그에게는 황홀한 순간이어야 했기에, 내 자세로 인해 불편하게 만들고 싶지 않았다.

나는 분명히 알 수 있었다. 이미 그의 페니스를 보았지만 지금부터 더 또렷하게 보게 되리라는 것을. 그에게 내 몸을 보이고 싶지 않은 마음이 너무 강한 나머지 혹시 그도 그렇지 않을까 생각했다. 그러나 그는 전혀 그렇지 않았다. 다른 사람 앞에서 옷을 벗는 게 어떻게 부끄럽지 않을 수 있을까? 크로스는 바지와 트렁크 팬티를 내렸다. 섹시한 것과는 거리가 멀었다. 그의 동작은 꼭 소변 보는 모습을 연상시켰다. 이 의자에 앉게 될 학생들은 크로스의 맨 엉덩이가 이 의자에 닿았다고 상상이나 할 수 있을까? 따뜻하고 시큼한 냄새가 나는 그의 페니스가 내 입안으로 들어왔다. 그의 손바닥이 내 머리를 누르는 걸 느꼈다. 지난 몇 주 동안 내가 그리워했던 게 이것이었을까? 그가 내게 주지 않았던 게 이것이었을까?

엄청난 신음 소리와 함께 그가 페니스를 뺐고, 내 스웨터 위로 정액이 쏟아졌다. 꼬임이 있는 갈색 울 스웨터였다. 그는 그런 것까지는 신경을 쓰지 못하고 있었다. 나는 소매로 정액을 닦아내면서 마사가 세탁물을 보낼 때 내 스웨터도 같이 넣어달라고 말해야겠다고 생각했다. 나는 일어나서 뒷걸음을 쳤다. 나가고 싶었다. 기숙사 방에서는 항상 그가 먼저 떠났다. 이제 내가 그를 여기 남겨둘 것이다. 그 순간의 불쾌함을 간직할 생각이었다. 그리고 앞으로는 결코 그의 뜻대로 움직이지 않을 것이다.

그는 바지를 올렸지만 벨트를 다 잠그지 못했다.

"이리 와."

의자에 앉은 채로 그가 말했다.

화도 나고 짜증도 났던 나는 내키지 않는 걸음을 조금 내디뎠다. 그가 내 허리를 양팔로 감싸안고 내 가슴에 얼굴을 파묻으면서 나를 꼭 끌어안았다. 갑자기 눈물이 쏟아졌다. 나는 그저 그의 어깨 위에 손을 올려놓고 그의 머리카락을 쓰다듬었다. 그는 늘 내 머리카락이 부드럽다고 말했다. 한 번도 그에게 말한 적은 없지만, 그의 머리카락도 부드러웠다.

봄방학은 크리스마스 방학과 거의 비슷했지만 남동생들은 이미 방학이 끝났기 때문에 낮 시간에 집이 비어 있다는 점이 달랐다. 조용한 집에서 나는 세수도 안 한 채로 텔레비전을 보거나, 울적해질 때마다 집에 있던 얼트 주소록에서 크로스의 이름을 찾아보곤 했다. 부모님은 얼트 주소록을 한 번도 뒤적여본 적이 없을 것이다. 물론 얼트에 있을 때에도 나는 지나간 주소록에서 그의 이름과 이제는 그의 집 주소가 아닌 주소를 몇 번이고 찾아보곤 했다.

되도록이면 피하려 했지만 부모님의 친구들은 나를 볼 때마다 내가 미 시간대에 입학하게 된 걸 축하해주었다. 그런 인사를 받을 때마다 나는 그곳이 내가 앞으로 4년을 보내게 될 곳이라는 사실을 새삼 깨닫곤 했다.

얼트로 돌아가기 전 토요일, 엄마와 나는 미시간대학이 있는 앤아버에 갔다. 영하 2도였고, 얼음이 얼어 있었다. 우리는 쌀쌀한 교정을 돌아다녔고, 엄마는 내가 괜찮다고 했는데도 모자가 달린 티셔츠를 사주었다. 우리는 저녁때 다시 사우스벤드로 돌아왔다. 아빠가 하룻밤 묵는 것은 상관없지만 아빠 돈으로 숙박료를 내지는 않겠다고 말했기 때문이었다.

아빠가 나를 공항으로 데려다주었다. 이번에도 나는 집을 떠난다는 게 기뻤다. 아빠는 차 옆에서 나를 안아준 뒤 5달러짜리 지폐를 주면서 점심을 사먹으라고 한 다음 바로 집으로 떠났다. 짐을 부친 뒤 나는 울면서 터미널을 돌아다녔다. 기숙학교에 다니면 항상 가족과 작별해야 한다. 그것도 한 번으로 끝나지 않고 여러 차례 반복해서. 나는 죄책감 때문에 울었다. 그리고 내가 얼마나 제멋대로인지를 생각하며 울었다. 나는 생수와 생일 카드, 현란한 글씨체로 '인디애나'라고 쓰인 티셔츠 같은 것들을 파는 가게 앞에 서서 불과 20분 거리에 있는 집을 그리워했다. 나는 근무 중인 엄마에게 전화를 걸어 비행기 출발 시간까지 같이 기다려 달라고 말하고 싶었다. 엄마는 놀라고 당황하겠지만 아마 내 부탁을 들어줄 것이다. 대신 엄마가 그동안 짐작했던 것처럼 지난 4년 동안 내가 얼마나 엉망으로 살았는지 확실히 알게 될 것이다.

비행기를 타고 나면 기분이 좋아질 것이다. 학교로 돌아가면 더 좋아질 것이다. 그러나 가족들이 사는 곳에 있는 동안은 처음부터 집을 떠난 게 잘못이었다는 생각이 들었다. 우리 가족 모두가 잘못 판단했다는 생각이 들었다.

봄방학이 끝나고 나서 한 달쯤 뒤 교장실로부터 메모가 한 장 와 있었다. 얼트의 문장이 인쇄된 교장 선생님의 공식 메모지였지만 내용은 전혀 격식을 갖춘 것처럼 보이지 않았다.

'긴히 의논할 사항이 있으니 비서와 시간 약속해주세요.'

서늘한 두려움이 밀려왔다. 이런 식으로 퇴학을 당하는 걸까? 결국 들키고 만 걸까? 결코 낭만적이지도 스릴이 넘치지도 않았다. 12시 50분이었고, 나는 혼자였다. 늘 상상했던 것처럼 크로스와 함께 있는 것이 아니었다. 누군가 일러바친 게 틀림없었다. 크로스는 절대 아니었다. 어떤 여자애가(힐러리 톰킨스가 가장 의심스러웠다) 내가 남자와 함께 있는 걸 보았다고 말했을 것이다.

나는 위층으로 올라가서 곧장 교장실로 갔다. 얼마나 심각한 상황인지 빨리 알수록 좋다고 생각했다. 퇴학을 당하지 않을 거라면 빨리 그 얘기를 듣고 싶었다. 그게 가장 알고 싶었다.

"기사 때문에 온 거지? 잠깐만 기다려."

나를 보자 교장 선생님의 비서가 말했다. 비서는 일어서서 교장실 문을 두드렸다. 나는 창밖의 잔디를 바라보았다. 잔디를 가운데 두고 본관 맞은편에 식당이 있었기 때문에 아이들이 점심을 먹고 나오는 모습이 보였다. 내가 봄맞이 대청소의 대상이 될지도 모른다고 생각했던 3학년 때와 비슷한 기분이었다. 신준과 함께 걸어가는 마사의 모습이 보였다. 얼굴을 확인할 수는 없었지만 신준의 검은 머리와 마사의 분홍색 버튼다운 셔츠를 알아볼 수 있었다.

"리, 어서 들어가봐."

비서가 말했다.

교장 선생님은 책상 앞에 앉아 있었다.

"어서 들어와요. 어려워하지 말고. 잠깐 자리에 앉아서 기다려주겠나? 한 가지만 처리하고 바로 갈 테니."

바이든 교장 선생님은 학생들과 가까워지려고 노력하는 사람이었다. 2학년 때 교장 선생님은 크리스마스를 앞둔 마지막 조회 시간에 산타클로스 복장을 하고 단상에 올라온 적도 있었다. 교장 선생님은 윤리 선택 과목을 가르쳤다. 선생님 앞에서는 왠지 주눅이 들었기 때문에 지금까지 나는 선생님과 대화를 나누어본 적이 없었다. 선생님은 신입생이 입학하면 한 달 내로 모든 학생들의 이름을 외웠다. 당연히 내 이름도 알고 있었다. 신입생 때부터 복도에서 나를 마주칠 때마다 "잘 지냈나, 리!" 혹은 "잘 자거라, 리!" 하고 인사를 건네곤 했다. 그럴 때마다 나는 내 이름은 그만 잊어도 괜찮다고 말하고 싶었다. 내 이름 대신 부자가 된 얼트 졸업생의 전화번호를 기억해도 상관없다고.

나는 교장 선생님의 책상을 마주 보고 빨간색과 파란색 줄무늬 천에 나무 팔걸이가 있는 의자에 앉았다. 내가 앉은 것과 똑같은 의자가 조금 떨어진 곳에 있었다. 교장 선생님이 무언가를 쓰는 동안 나는 방 안을 둘러보았다. 내 뒤쪽에는 소파와 낮은 체리목 탁자, 그리고 팔걸이 의자가 몇 개 더 있었다. 하얀 대리석 선반이 달린 벽난로도 있었다. 그 위에는 1860년 조나스 얼트의 초상화가 있었다. 교장실에 들어가기는 그때가 처음이었지만 그 초상화는 학교 카탈로그에서 본 적이 있었다. 매년 창립자의 날 예배 시간에 들어온 바에 따르면, 조나스 얼트는 고래잡이배의 선장이었고 보스턴 부호의 가장 반항적인 막내아들이었다. 한번은 항해를 떠나기 전 어린 딸 엘자가 그에게 가지 말라고 애원을 했지만 얼트는 딸을 뿌리치고 집을 나섰다. 바다에서 엄청난 폭풍을 만난 얼트 선장은 세차게 몰아치는 비바람과 싸우면서, 살아서 집으로 돌아갈 수만 있다면 다시는 고래잡이를 하지 않겠다고 맹세했다. 그와 그의 선원들은 모두 무사히 살아서 돌아왔지만 그가 돌아오기 사흘 전 그의 어린 딸 엘자는 열병으로 죽고 말았다. 얼트는 엘자를 기리면서 이 학교를 설립했다. 낭만적인 이야기였다. 하지만 나는 그 이야기를 들을 때마다 얼트가 어린 딸을 기리며 지은 학교가 왜 남자들을 위한 학교였는지 궁금했다. 만약 엘자가 살아 있었다고 해도 얼트에 입학하려면 학교가 세워진 해로부터 104년을 더 기다려야 했다.

"리 피오라 양, 바로 올라와 줘서 고맙군. 괜찮다면 몇 가지 질문을 좀

할까 하는데. 그다음에 자넬 왜 불렀는지 얘기하지. 괜찮겠나?"

"네."

내가 대답했다. 그리고 곧 "선생님"이라고 덧붙였다. 선생님에 대한 존경을 표현하기 위해서였는데 왠지 냉소적으로 들렸다. 남부 학생들은 선생님 같은 경어를 훨씬 편하게 붙였다.

"이 학교에 신입생으로 입학했지?"

내가 예상했던 질문이 아니었다. 나는 고개를 끄덕였다.

"얼트에서의 경험을 솔직하게 말해주겠나? 전반적으로 말이야. 정답은 없다는 걸 명심하고."

정답이 없다는 말은 절대로 사실이 아니라는 것을 나는 알고 있었다.

"얼트는 훌륭한 학교예요."

내가 말했다. '그러니까 절 쫓아내지 마세요. 그리고 되도록이면 징계도 하지 마세요'라는 의미였다.

"기억에 남는 일을 좀 말해주겠나?"

그제야 크로스 때문에 불려온 게 아닐지도 모른다는 생각이 들었다. 징계였다면 이런 식으로 대화가 시작되지는 않았을 것이다. 징계였다면 교장 선생님이 아닌 엘윈 선생님이나 플레처 학장님이 나를 불렀을 것이다.

"그냥 생각나는 대로."

선생님이 말했다.

나는 창밖을 바라보았다. 4학년생 몇 명이 눈에 들어왔다. 마사와 신준도 잔디 위에 누워 있었다. 봄방학 이후 날씨가 완전히 풀리지 않았는데도 잔디에는 늘 4학년생들이 앉아 있거나 누워 있었다. 거의 대부분의 4학년생들이 돌아가면서 잔디를 이용하는 것 같았다. 나는 한 번도 잔디에 누워본 적이 없었다. 아이들이 쳐다볼 것 같아 싫었고, 시간을 낭비하는 것 같은 기분이 들 것 같았다. 반면, 기숙사에 앉아서 음악을 듣거나 멍하니 앉아 있는 건 억지로 우울하지 않은 척하는 것만큼 시간 낭비 같지는 않았다. 나는 다시 교장 선생님을 바라보았다. 얼트에서 기억에 남는 일이라면 지금 생각나는 건 크로스밖에 없었다.

"얼트에서 기억에 남는 일이 있다면… 그건 제 친구들이에요."

내가 말했다.

"기숙사 생활이 좀 특별한 면이 있지? 친구들과도 더 가깝게 지낼 수 있고."

교장 선생님이 말했다.

"마사와는 3년 동안 한방을 썼는데 정말 운이 좋았다고 생각하고 있어요."

"두 사람에 대한 이야기는 익히 들어서 나도 잘 알고 있지. 흐뭇한 얘기더군."

누구한테서 들었냐고 나는 묻고 싶었다.

"교육에 대해선 어떤가? 미적분학에서 좀 문제가 있었지?"

갑자기 두려움이 밀려왔다. 미적분학 때문이었나? 몇 달이 지난 지금에야 부정행위가 들통난 것일까? 그러나 교장 선생님은 미소를 짓고 있었다. 마치 '수학, 그거 골치 좀 아프지?'라고 말하는 것처럼.

"올해는 좀 나아졌어요. 성적도 상위권으로 유지했고요."

"그래서 미시간대학에 진학할 예정이고?"

나는 고개를 끄덕였다.

"아주 훌륭한 대학이지. 최고의 주립대학 중 하나니까."

나는 대답 대신 미소를 지었다. 비교 대상이 누구냐에 따라 다르겠지만 얼트 밖에서라면 미시간대학에 입학한 것을 자랑스러워할 수도 있었다. 그러나 교장 선생님과 나는 알고 있었다. 얼트에선 그게 결코 자랑이 아니라는 걸.

"대학에 갈 준비는 되었다고 생각하니?"

선생님이 물었다.

"네. 여기서 훌륭한 교육을 받았으니까요."

그것은 사실이었다.

"가장 좋아하는 과목은 뭐지?"

"3학년 때 플레처 학장님의 역사가 재미있었어요. 2학년 때 코닝 선생님의 역사도 재미있었고요. 맥넬리 선생님의 환경과학도요. 모두 훌륭한 선생님들이셨어요. 제가 그만큼 훌륭하지 못했던 게 문제였지만요."

교장 선생님이 웃었다.

"완벽한 사람이 어디 있겠나? 하지만 피오라 양도 나름대로 이 학교에 크게 공헌을 했어."

도대체 교장 선생님은 내게 무엇을 원하는 것일까?

"그만 본론으로 들어가지. 〈뉴욕타임스〉에서 우리 학교에 대한 특집 기사를 실어주기로 했다는군."

"와! 잘됐네요!"

"좋은 기회가 되겠지. 하지만 매체라는 건 양날의 칼과 같은 거야. 일반인들이 사립학교에 대해서 별로 호감을 갖고 있지 않은 요즘 같은 시기라면 특히 조심스럽지. 〈뉴욕타임스〉가 일류 매체인 건 사실이지만 때로는 진실을 전달하기보다는 기존의 선입견들을 부추기는 경향이 있어서 말이야. 내 말 무슨 뜻인지 알겠나?"

"네."

"얼트에 있는 우리 모두는 이 학교에 대해 자부심을 갖고 있어. 〈뉴욕타임스〉에서 인터뷰를 하러 왔을 때 우리는 그런 자부심을 잘 표현할 수 있는 학생들을 만났으면 한다네. 그러니까 리가 그 인터뷰에 응해줄 수 있을까 해서."

"그럼요!"

"잘됐군. 내가 들은 바로는, 기사의 방향이 변화하는 미국의 기숙학교라고 하더군. 오버필드하고 하트웰, 세인트 프란시스와 함께 얼트도 소개될 예정이야. 요점은, 기숙학교가 더 이상 상류층 남자애들만을 위한 곳이 아니라 여자들, 흑인들, 스페인계도 얼마든지 올 수 있는 곳이라는 거지. 지금까지 알려진 것처럼 기숙학교가 특권층의 전유물이라기보다는 미국 사회의 거울이라는 식으로."

"여학생을 대표해서 얘기하면 되나요?"

"그래도 되고, 아니면 리가 속한 그룹을 대표해도 되고."

교장 선생님은 나와 오다가다 눈을 맞추면서 내게서 어떤 특별한 점을 발견했던 것일까? 내가 동부 출신이 아니기 때문일까?

"제가 꼭 말해야 하는 것이 있나요?"

교장 선생님은 빙그레 웃었다.

지금도 가끔 나는 그 웃음을 생각한다.

"진실. 그거면 돼."

교장 선생님이 말했다.

봄방학 이후 크로스는 꼭 한 번 나를 찾아왔을 뿐이었다. 교장 선생님을 만나기 2주 전의 일이었다. 학교로 돌아온 첫날 밤부터 나는 그를 기다렸다. 내가 그를 원했기 때문이었다. 내가 원한다고 해서 그를 만날 수 있는 게 아니라는 사실을 자꾸 나는 잊어버렸다. 시간이 흐를수록 그가 올 거라는 생각은 점점 더 희미해졌지만 그를 생각하는 시간은 점점 더 길어졌다. 아침에 눈을 뜨면 그가 오지 않고 또 하루가 지났다는 생각이 가장 먼저 들었다. 낮 시간에는 되도록이면 그를 쫓아다녔다. 그가 목발을 놓고 다닐 수 있게 되면서부터 아침 식사 시간에 그를 찾았고, 그가 아침 식사를 거른 날에는 예배 시간에 그를 찾았다. 예배 시간에 보지 못하면 또 조회 시간에 그를 찾았다. 조회 시간만큼은 그가 빠질 수 없다. 그와 마사가 조회를 진행해야 했기 때문이었다. 나는 그가 무슨 옷을 입고 있는지 봐두었다가 하루 종일 빨간색과 흰색 줄무늬 버튼다운 셔츠나 검은색 털조끼를 찾아다녔다. 그의 옷이 곧 나의 하루가 되는 것 같았다. 그에게 말을 걸지는 않았지만 보는 것만으로도 마음이 놓였다. 내가 앉은 곳에서 두 테이블 떨어진 곳에서 그가 점심을 먹고 있으면, 적어도 애스패드와 보트 창고에서 섹스를 하고 있지는 않은 게 확실했기 때문이었다.

처음에는 크로스가 봄방학을 기점으로 하여 다시는 나에게 오지 않을까 봐 두려웠다. 따라서 봄방학 이후 한 번이라도 내게 온다면 그것은 앞으로도 계속 오리라는 신호일 거라고 생각했다. 봄방학 이후에 그는 나를 찾아왔지만 모든 것이 내 뜻대로 되지는 않았다. 우리는 만나자마자 서로에 대한 거리감을 확인했다. 나는 뻣뻣했고, 지나치게 친절했으며, 그는 멀게 느껴졌다. 우리는 섹스를 했지만, 그는 쉽게 정점에 도달하지 못했다. 섹스를 한 뒤 나는 그가 곧바로 일어나고 싶어한다는 것을 알 수 있었다. 그러나 그는 곧바로 떠나지는 않았고 우리는 둘 다 잠이 들었다. 그가 인사를 하려고 나를 깨웠을 때 눈을 떠보니 그는 이미 침대에서 일어나 옷을 다 입고 있었고 3시가 조금 넘어 있었다. 나는 잠이 들지 말았어야 했다고, 아니면 그가 일어날 때라도 같이 일어났어야 했다고 생각했다. 그래야 그가 침대에서 내려서기 전에 그를 붙잡을 수 있었을 테니까. 그를 논리적으로 설득할 생각은 없었다. 그러나 육체적으로 그를 혼란스럽게 만들어서 못 가게 할 수도 있을 것 같았다.

그가 몸을 숙여 한 손을 내 어깨에 얹었다. 내가 손을 뻗어 그의 손을 잡았다. 그는 내 손을 꼭 한 번 움켜쥐더니 곧바로 손을 놓았다.

"아직 이르잖아."

내가 말했다. 속삭이지는 않았지만 자다가 일어나서 목소리가 갈라졌다.

"가야 돼."

그게 전부였다. 이유는 말하지 않았다. 나는 묻고 싶었다.

'그동안 왜 안 왔어? 내가 뭐 잘못했어? 다시 올 거야? 제발 와줘. 안 그러면 견딜 수 없을 것 같아.'

나는 그가 뭔가를 확인해보려고 왔던 것인지, 아니면 내 행동이 그를 실망시킨 것인지 궁금했다.

"괜찮지?"

그가 물었다.

그는 슬리핑백을 내 어깨까지 끌어서 덮어준 다음 내 팔을 한 번 더 다독여주었다. 물론 나는 괜찮지 않았다. 그러나 어쨌건 그는 떠났고, 나는 혼자 남았다. 나는 왜 우리가 서먹해진 건지, 내가 그의 기분을 상하게 했는지, 아니면 그가 내게 흥미를 잃은 건지 수천 번도 더 내 자신에게 물어보았다. 나는 그에게 묻고 싶은 욕구를 억눌렀고, 그에게 묻지 않기를 잘했다고 생각했다. 그에게 물어보면 이별이 더 빨리 찾아올 거라고 생각했다. 그러나 지금은 안다. 물어볼 필요가 없었다는 것을. 이별이 찾아오면 묻지 않아도 느낄 수 있었으니까.

〈뉴욕타임스〉의 기자 이름은 안젤라 바리치였다. 기자라는 말을 들었을 때 나는 잿빛 머리카락이 막 벗겨지기 시작한, 짙은색 쓰리피스 수트 차림의 50대 남자를 떠올렸다. 그러나 인터뷰 장소로 정해진 학장님의 교실에서 만난 기자는 서른도 안 되어 보였다. 테이블 앞에 앉아 있다가 일어서서 나와 악수를 했다. 그녀는 청바지에 흰 티셔츠를 입고 카우보이 부츠를 신었다. 얼트의 복장 규정에 의하면 본관에서는 청바지를 입는 게 금지되어 있었다. 안젤라는 긴 생머리를 뒤로 묶고 있었고 앞니가 약간 벌어졌다. 결코 예쁘다고 할 수는 없지만 솔직하고 진지해 보이는 인상이었다. 한마디로 자기가 좀더 예쁘지 않은 것에 대해 조금도 불만이 없는 사람 같았다. 나와 악수를 할 때 그녀의 손에서는 힘이 느껴졌다.

인터뷰 때문에 나는 2교시 수업을 빠져야 했다. 교장 선생님의 메모를 통해 나는 안젤라 바리치가 3학년생인 마리오 발라마세다를 만난 뒤 나를 만나고, 나 다음으로 다든 피타드를 만나기로 되어 있다는 것을 알고 있었다.

"앉아."

안젤라 바리치가 말했다.

이 방에서 있었던 크로스와의 일을 떠올리며 나는 이마를 찌푸렸다. 역겨워서인지, 아니면 그리워서인지는 확실치 않았다. 나는 탁자를 중심으로 그날 우리가 앉았던 곳의 맞은편에 앉았다.

"다른 사람도 올 건가요? 학생들말고요. 혹시 제가 이상한 소리 안 하는지 감독할 선생님이라든가⋯."

내가 물었다. 안젤라 바리치가 웃었다.

"이상한 소리 자주 하니?"

"가끔요."

"벌써 네가 마음에 든다. 아무도 안 와. 선생님들이 너희를 신뢰하거나 아니면 나쁜 얘기는 하지 말라고 교육을 시켰거나 둘 중 하나겠지. 먼저 기본적인 질문들을 해볼게. 4학년, 맞지? 여기 4년째 다니고 있는 거고?"

"네."

"어디 출신이지?"

"인디애나주 사우스벤드요."

"아, 알았다. 너무 여러 명이라 프로필을 좀 혼동했었는데, 이제 네가 누군지 알 것 같아."

안젤라 바리치가 누구에게서 나의 프로필을 받았는지 궁금했다. 도대체 무슨 내용이 적혀 있었을까?

"미시간대 합격한 거 맞지? 축하해."

"브라운대에 지원했었는데 작년에 미적분을 거의 낙제했기 때문에 별로 기대 안 했어요."

안젤라가 고개를 끄덕이며 수첩에 무언가를 적었다.

"기록하시는 거예요? 벌써 인터뷰가 시작된 건가요?"

"리, 기자한테 한 얘기는 전부 인터뷰에 포함되는 거야."

"테이프에 녹음을 할 거라고 생각했어요."

"그러는 사람도 있지만 신문기자들은 안 그러는 사람들이 더 많아. 마감 시간이 촉박해서 테이프를 받아 적을 시간이 없거든."

"질문이 많아서 죄송해요."

내가 말했다.

"궁금한 거 있으면 언제든 물어봐. 그리고 앤지라고 불러도 좋아. 부모님이 네가 미시간대에 가게 된 거에 대해서 어떻게 생각하시지?"

"좋아하세요. 집에서 훨씬 더 가까우니까요."

"두 분 다 미시간대 출신이니?"

"아뇨. 아빠는 웨스턴 인디애나대학을 나오셨고 엄마는 대학에 다니다가 아빠하고 결혼하면서 그만두셨어요."

"부모님은 무슨 일을 하시지?"

나는 잠시 침묵했다.

"자꾸 물어봐서 죄송하지만, 부모님의 직업이 기사하고 무슨 상관이 있죠?"

"잘 들어. 너하고 난 여러 가지 이야기를 할 거야. 그다음에 기사가 나오면 네가 한 말 중에 한두 단락을 인용할 거고. 어쩌면 '왜 내가 한 멋진 말들을 다 빼버렸지?' 하고 생각할 수도 있어. 그건 내가 하는 질문의 대부분은 기사의 배경 자료이기 때문이야. 그런 것들은 기사에 나오진 않더라도 기사에 신빙성을 더해주는 거거든. 거짓 정보가 아니라면."

"엄마는 보험 회사의 경리로 일하시고 아빠는 사업을 하세요."

"무슨 사업을 하시지?"

안젤라는 고개를 숙이고 받아적었다. 안젤라의 말투에는 감정이 없었다. 내가 무슨 대답을 하건 그런 식일 것 같았다.

"매트리스를 파세요."

안젤라는 놀라지도 당황하지도 않았다.

"체인이니? 아니면 혼자 하시는 거니?"

"체인이에요."

"좋아. 형제 관계는 어떻게 되지?"

"남동생 조셉은 열네 살이고, 팀은 일곱 살이에요."

"동생들도 기숙학교에 갈 거니?"

"아마 안 갈 거예요. 조셉은 벌써 제가 여기에 입학했던 나이가 됐는걸요. 인디애나에서는 기숙학교에 입학하는 아이들이 많지 않아요."

"그런데 넌 왜 기숙학교에 왔지?"

이 질문에 대해 나는 관객이 누구냐에 따라 두 가지의 다른 대답을 하곤 했다. 나는 안젤라에게 그 두 가지를 모두 말해주기로 했다.

"얼트는 제가 사우스벤드에 남아 있었으면 가게 되었을 고등학교보다 훨씬 좋은 학교예요. 시설도 좋고 교사진도 훌륭해요. 학생 수가 많지 않아서 선생님이 학생 한 사람 한 사람에게 많은 시간을 할애할 수 있을 뿐 아니라 아이들도 모두 의욕이 대단하죠."

이 말을 하면서 나는 이 부분을 안젤라가 인용할 거라고 생각했다. 지금까지 내가 한 얘기 중 가장 그럴듯한 부분이라고 생각했다.

"또 한 가지 이유는, 열세 살 때 기숙학교가 뭔지 제대로 알지 못했기 때문이에요. 텔레비전 드라마나 잡지에서 보고 기숙학교를 동경했어요. 그래서 혼자 자료 조사를 하고 원서를 냈어요. 부모님은 절 이해하지 못했지만 제가 입학 통지서를 받아 낸 다음에는 절 밀어주셨어요."

"그렇게 쉽게 허락하셨니? 설득할 필요도 없었어?"

"물론 쉽진 않았어요. 그런데 이웃집에 초등학교 교사인 엄마의 친구분이 사셨는데, 좋은 기회라면서 절 격려해주셨어요. 결국 부모님은 제게 선택권을 주셨고요."

"그게 열세 살 때였다고?"

나는 고개를 끄덕였다.

"대단한데? 내가 열세 살 때보다 훨씬 더 어른스러웠구나. 한 가지 물어보자. 기숙학교 학비가 엄청 비싸다는 건 누구나 다 아는 얘기잖아?"

나는 얼굴이 후끈 달아올랐다. 그리고 가슴이 두근거렸다. 설마 내가 생각하는 그 질문을 하는 것은 아니겠지? 설마 그렇게 노골적으로 묻진 않겠지?

"얼트 학비가… 1년에 2만 2천 달러쯤 되지? 내가 궁금한 건, 네가 이 학교에 오기로 결정할 때 학비 문제가 얼마나 큰 비중을 차지했냐는 거야."

낯이 뜨거워졌다.

"대답하기 거북하니?"

"사실 여기선…."

나는 잠시 말을 멈추었다.

"돈 얘기는 거의 하지 않아요."

"눈에 보이는 게 전부 다 돈인데 어떻게 그럴 수 있지?"

"바로 그거예요. 여기 아이들은 돈이 너무 많아서 돈 얘기를 할 필요조차 없거든요."

"돈이 있는 아이들과 그렇지 못한 아이들이 다른 점이 있니?"

"별로요. 현금을 사용하는 일이 거의 없으니까요. 교재를 사거나 보스턴으로 가는 버스를 탈 때에도 학생증 번호가 적힌 카드만 작성하면 되거든요."

"부모님이 청구서를 받고나서 돈을 지불하고?"

"네."

안젤라와 나의 눈이 마주쳤다. 안젤라는 자기가 이미 알고 있는 사실을 내가 말해주기를 원하고 있었다. 그때 나는, 상대가 원하는 대답이 무엇인지 내가 알고 있다고 해서, 그리고 그 상대가 나보다 나이가 많고 힘이 있는 사람이라고 해서 그 대답을 해줄 필요는 없다는 것을 아직 모르고 있었다.

"제 경우엔 좀 달라요. 전… 장학생이거든요."

지난 4년 동안 내가 이 얘기를 털어놓은 사람은 서무과의 바린스키 씨와 스탠차크 선생님을 제외하면 안젤라가 처음이었다. 마사와도 그런 얘기는 나눈 적이 없었다. 마사는 알고 있었겠지만 내가 말한 것은 아니었다.

"물론 부모님도 일부는 내셔야 하지만요. 제가 알기로는 올해 4천 달러 정도가 들었을 거예요."

"그렇구나."

안젤라는 몇 번이나 고개를 끄덕였고, 나는 조금 혼란스러웠다. 나는 안젤라가 이미 알고 있었다고 확신했다.

"장학생이라니, 대단한데?"

"하지만 여기선 절 받은 걸 후회하고 있을걸요? 초등학교 때나 중학교 땐 정말 잘했는데 여기 온 뒤로는 별로 잘하지 못했어요."

"준비가 부족했니?"

"아뇨. 왠지 잘할 수 없을 것 같다는 생각이 들었어요. 여기서 전 너무 평범했거든요. 아무도 제가 우수한 학생이 될 거라고 기대하지 않았어요."

"학비 문제에 대해서 좀더 얘기해볼까? 너한텐 좀 거북한 얘기겠지만 궁금해서 그래. 혹시 교사들이 부유한 학생들을 편애하는 경우도 있니?"

"아뇨. 별로요."

"'별로'라고 했니?"

"우리 학년에 여기 오기 전에 모두 같은 중학교를 다녔던 남자애들이 있었는데, 그 애들한테 유난히 친절했던 선생님이 있었어요. '금융계'라고 불리는 애들이었는데 모두 집이 부자였어요. 그 선생님은 그 애들을 데리고 맥도날드에 가거나 풋볼 경기장에 데리고 갔어요. 대부분의 아이들은 풋볼 경기가 있었는지도 몰랐거든요. 하지만 그 선생님이 그 애들이 부자라서 그랬다고 생각진 않아요. 그 애들 대부분이 축구팀이었고 그 선생님이 축구팀 코치였거든요. 그래서 서로 친해졌을 수도 있으니까요."

"왜 그 애들을 '금융계'라고 부르지?"

"왜냐하면 그 애들의 아빠가 대부분 금융업에 종사하거든요. 실제로 그렇다는 게 아니라 그렇게 보인다는 거예요."

"정확히 어떻게 부르지? 그냥 '금융계'라고 부르니?"

나는 안젤라를 바라보았다.

"이거 기사에 쓰시려고요? 제발 쓰지 마세요."

"일단 계속 얘기해보자. 내가 얘기 하나 해줄까? 난 하버드를 다녔거든."

나는 브라운대학에서 퇴짜를 맞았다고 말한 게 창피했다.

"넌 돈이 있는 애들이나 없는 애들이나 별 차이가 없다고 했지? 하지만 내가 경험한 바로는 절대 그렇지 않아. 난 뉴저지의 근로자 집안 출신이야. 대학 다니면서 엄청난 돈을 융자받아야 했어. 그런데 하버드 학생들은, 특히 기숙사에 있는 애들은 돈에 대해서 나하고는 전혀 다른 생각을 갖고 있었어. 신입생 때, 내 룸메이트가 벨벳 칼라가 달린 검은색 울 코트를 하나 샀어. 정말 예뻤지. 난 별로 옷에 관심이 없는 편이었지만 그 코트는 정말 탐이 나더라. 그런데 내 룸메이트는 코트를 산 지 일주일도 안 돼서 잃어버렸어. 어디다 두고 왔다는 거야. 그런데 그 애가 어떻게 했는지 아니?"

나는 고개를 저었다.

"그 길로 곧장 나가서 하나를 더 사더라. 아무 고민도 없이. 진짜 중요한 건, 아빠한테 그런 식으로 옷값을 지불하게 하는 것에 대해 내가 한마디 했더니 나한테 화를 내더라고. 그 애가 자기 자신에 대한 불만을 나한테 터뜨렸다는 걸 깨닫기까지 꽤 오랜 시간이 필요했어."

나는 창밖을 바라보았다. 창문 옆의 너도밤나무 가지 사이로 햇살이 스며들고 있었다. 다시 이야기를 시작할 때 안젤라의 목소리는 한결 부드러워져 있었다.

"내 얘기를 듣고 뭐 생각나는 사건 없니?"

"제가 2학년 때…."

나는 말을 시작하다 말고 입을 다물었다.

"괜찮아. 얘기하기 불편할지 모르지만 내가 보기에 이건 아주 중요한 문제야."

"2학년 때였어요. 애들이 별로 좋아하지 않는 영어 선생님이 있었어요. 수업이 끝나고 아이들하고 걸어가고 있는데 애들이 그 선생님을 보고 LMC라고 말하는 걸 들었어요. 선생님의 옷을 두고 말하는 거였어요."

"LMC가 뭐지?"

"저도 그게 뭔지 몰랐어요. 그래서 나중에 룸메이트한테 물어봤죠. 물론 제 룸메이트는 절대로 그런 말을 하는 애가 아니라서 제 말을 듣고 몹시 당황했어요. 룸메이트 말이, 확실히는 모르겠지만 LMC가 아마 '중하류층Low Middle Class'이라는 뜻일 거라고 했어요."

마사는 그 말이 무슨 뜻인지 정확히 알고 있었다. 다만 내게 그 뜻을 설명하기가 거북했을 것이다. 내가 그 얘기를 어디서 들었는지 이야기했더니 마사는 "애스패드, 걔 정말 딱한 애야"라고 말했다.

"정말 기가 막히는구나."

안젤라가 말했다.

"여기 사람들이 모두 속물이라는 건 아니지만, 이 사람들이 생각하는 평범함이라는 게 좀 다르긴 해요. 또 한 가지 기억나는 게 있어요. 시합이 없는 토요일에는 버스를 타고 보스턴에 갈 수가 있어요. 애들이 외출하기 전에 학장님은 학교 밖에서도 학칙은 살아 있다고 주의를 주시죠. 학교로 돌아오면 기다리고 계시다가 무작위로 가방을 조사해요. 작년에 보스턴에 갔을 때 일이에요. 우리를 태워 갈 버스가 오기 직전이었어요. 페뉴얼 홀에서 우리 학교 애들을 우연히 만났어요. 우리는 옷가게 앞에 있었는데, 그중 한 애가 진열대에서 옷 하나를 집어 들더니 입어보지도 않고 계산대에 내미는 거예요. 제가 다른 애한테 왜 쟤는 입어보지도 않고 옷을 사느냐고 물었더니, 술병을 숨기려고 사는 거라 어떤 옷이건 상관이 없다는 거예요. 술이라고 말하지는 않았지만 그런 의미였어요. 아마 100달러도 넘는 옷이었을 거예요."

안젤라는 고개를 저었다.

"무슨 술을 샀지?"

"아마 보드카일 거예요. 그게 마셔도 술 냄새가 안 나는 거라면서요?"

"넌 술을 안 마시나 보지?"

"전 안 마셔요."

"네가 장학생이기 때문에 다른 아이들보다 학칙을 덜 위반한다고 생각하니?"

크로스와의 일을 생각하면서 나는 조금 기분이 상했다. 안젤라는 왜 내가 학칙을 위반하지 않을 거라고 생각했을까? 하지만 나는 "그럴지도 몰라요"라고 대답했다.

"장학생들은 어때? 술을 마시거나 담배를 피우는 애들도 있니?"

"장학생과 장학생이 아닌 애들이 다르다고 생각하진 않아요."

"누가 장학생인지 모른다는 뜻이니?"

"알지만 아무도 드러내놓고 얘기하진 않아요."

"그럼 어떻게 알지?"

"기숙사 방을 보면 알 수 있어요. 스테레오가 있는지, 꽃무늬 이불이 있는지, 은색 사진틀이 있는지, 그런 거요. 그리고 애들 옷을 보면, 대부분 똑같은 카탈로그를 보고 주문하기 때문에 똑같은 스웨터를 입고 다니는 애들도 많고, 가격이 얼만지 정확히 알 수밖에 없어요. 또 세탁 서비스를 이용하는지, 아니면 기숙사 세탁기로 직접 빨래를 하는지를 봐도 알 수 있어요. 운동을 할 때는 얼마나 비싼 장비를 쓰는지를 봐도 알 수 있죠. 아이스하키는 돈이 많이 드는 스포츠지만 농구 같은 건 별로 돈이 안 들잖아요."

"그럼 너도 꽃무늬 이불이나 은색 사진틀이 없다고 봐도 되겠니?"

"꽃무늬 이불은 있어요."

신입생 때 생일날 부모님한테 부탁했던 거였다. 은색 사진틀과 그 나머지 것들은 마사가 가져온 것들이었다.

"그것말고 또 있어요. 아마 누가 장학금을 받고 있는지 판별하는 가장 확실한 방법은 인종일 거예요. 드러내놓고 얘기하는 사람은 아무도 없지만 특정한 소수 인종은 거의 대부분 장학생이거든요."

"어떤 소수 인종이지?"

나는 망설였다.

"잘 아시잖아요."

"걱정하지 말고 말해봐, 리."

"흑인하고 라틴계요. 기본적으로 그래요. 아시아나 인도 쪽에서 온 애들은 장학생이 아니고, 흑인이나 라틴계는 대체로 장학생이죠."

"백인이 장학생이면 어떻게 알 수 있지?"

"별로 많지 않아요."

4학년생 중에 나를 제외하면 생각나는 사람이 없었다. 스콧 라로사가 있기는 했다. 그는 포틀랜드 출신으로 아이스하키팀의 주장이었다. 희고 반듯한 얼굴에 메인주의 억양이 있었지만 체격도 좋고 자신감이 넘치는 애였다. 우리 반에서 스콧을 제외하고는 생각나는 애가 없었다.

"백인 장학생이 많지 않은 이유는 뭘까?"

"백인들은 인종적 다양성에 보탬이 되지 않고, 백인 부모들은 학비를 댈 능력이 있는 경우가 많으니까요."

"그러고 보니 넌 여기서 소외감을 많이 느꼈겠구나?"

한때는 이런 대화만으로 내 눈에 눈물이 고인 적도 있었다. 나를 이해하는 사람이 있다는 것 때문이었다. 그러나 지금은 아무렇지도 않았다. 게다가 안젤라 바리치가 나를 좋아했으면 좋겠다는 생각을 하면서도 내가 그녀를 좋아하는지에 대해서는 아직 확신이 없었다.

"물론 소외감을 느낀 적도 있지만 그건 어쩔 수 없는 일이잖아요?"

나는 웃어 보였다.

"전 인디애나 출신의 보잘것없는 아이로 지내는 게 좋아요."

내가 덧붙였다.

"고향에 돌아가면 가족들과 이질감을 느끼기도 하니?"

창문으로 바람이 들어왔다. 바람에 나뭇잎이 부스럭거리는 소리가 들렸다.

"그렇다고 하면 너무 우울하잖아요?"

내가 말했다. 나는 한동안 침묵했다가 이야기를 시작했다.

"제가 왜 얼트에 오게 됐는지 얘기했었죠? 아까 두 가지 이유를 말했었는데, 사실 말하지 않은 이유가 또 있어요. 설명하긴 어렵지만 어쩌면 이게 가장 중요한 이유인지도 몰라요."

나는 한숨을 쉬었다.

"제가 열 살 때, 가족이 모두 플로리다로 휴가를 갔던 적이 있었어요. 우리에겐 대단한 일이었어요. 아빠 엄마 모두 플로리다에는 처음이었으니까요. 여름이었고, 자동차를 타고 갔어요. 탬파베이라는 곳에서 묵었어요. 하루는 차를 타고 시내를 돌아다니다가 길을 잃었어요. 그러다가 엄청나게 큰 저택들이 있는 동네에 들어가게 됐어요. 새로 지은 집들 같진 않았고 오래된 저택 같았어요. 대부분 하얀 지붕에 퇴창이 있고, 흔들의자가 있는 베란다와 넓은 정원과 야자수가 있었어요. 그 집 앞에서 남매로 보이는 남자애하고 여자애가 축구를 하고 있었어요. 천 달러짜리 집하고 백만 달러짜리 집이 어떻게 다른지 전혀 감이 없었던 전 아빠한테 우리도 이런 집을 사자고 했어요. 제가 보기에 그 집들이 예뻤고, 우리 가족이 그런 집에 살면 행복할 것 같았거든요. 그런데 아빠는 껄껄 웃으면서 안 된다고 하셨어요. 그때 전 운전석 옆자리에 앉아 있었고 엄마는 동생들 하고 뒷자석에 앉아 있었어요. 전 제가 아주 좋은 생각을 해냈다고 생각하면서 신이나 있었죠. 그런데 아빠가 이렇게 말씀하시는 거예요. '리, 우리 같은 사람들은 이런 집에 살 수가 없단다. 이 사람들은 스위스 은행에 돈을 넣어두고 저녁 식사 때 캐비어를 먹는 사람들이야. 그리고 아이들을 기숙학교에 보내지.' 그래서 제가 물었어요. '딸들도 기숙학교에 보내나요?'"

정말 그것이었을까? 내가 얼트에 온 이유가 정말 그것 때문이었을까? 그것 때문이라고 하기에는 너무 하찮은 사건이었다. 하지만 우리에게 일어나는 모든 일들은 결국 아주 하찮은 이유, 지나가다 언뜻 들었던 짤막한 한마디에서 시작되는 게 아닐까?

"정말 의미심장한 얘기구나."

"제가 얼트에 지원했을 즈음엔 부모님은 그날의 대화를 잊고 계셨을 거예요. 저도 말하지 않았고요."

"넌 더 높은 곳으로 나아갈 준비가 되어 있었던 거구나."

"꼭 그렇게 말할 순 없어요. 그때 전 겨우 열 살이었으니까요."

인터뷰가 거의 끝나가고 있다는 걸 알 수 있었다. 인터뷰가 진행되는 동안 내 가슴은 빠르게 뛰었고, 얼굴은 상기되었다. 안젤라와 얘기하는 건 재미있었다. 마치 오랫동안 이 말을 하려고 기다려왔던 것 같은 기분이 들었다. 그러나 오래전 그날 차 안에 가족들과 함께 있었을 때만 해도 4년 뒤 내가 집을 떠나리라는 것을 아무도 몰랐다고 생각하니 왠지 서글프고 쓸쓸해졌다.

"리, 넌 정말 내게 중요한 정보를 주었어. 네 얘기가 얼마나 큰 도움이 됐는지 몰라."

안젤라는 내게 명함을 주었다. '뉴욕타임스'라는 글자가 신문에 나온 글자와 똑같이 멋진 필체로 박혀 있었다.

"궁금한 거 있으면 언제든 연락해."

교실에서 나온 뒤 나는 다든 피타드와 복도에서 마주쳤다.

"무슨 얘기했어?"

"좀 이상해."

"좋게 이상한 거야? 나쁘게 이상한 거야?"

5분 전만 해도 좋게 이상한 것이라고 생각했지만 인터뷰를 끝내자 왠지 기분이 묘했다. 안젤라 바리치에게 나는 내 자신에 관한 많은 이야기를 털어놓았다. 안젤라가 내게 물어보긴 했지만 왜 그렇게 털어놓은 건지 나 자신도 알 수 없었다.

"모르겠어. 하여간 이상해."

내가 대답했다.

3교시와 4교시 사이의 쉬는 시간에 나는 우리가 자주 만나던 우편물실의 게시판 앞에서 마사를 만났다. 다른 학생들이 바쁘게 우리 곁을 지나갔다.

"인터뷰 잘했어? 어떤 남자던?"

마사가 물었다. 마사가 그라놀라 바(귀리에 건포도와 황설탕을 섞은 건강식품—옮긴이)를 반으로 잘라 한 조각을 내게 내밀며 말했다. 나는 고개를 저었다.

"여자였어."

내가 말했다.

"괜찮은 여자 같았어. 그런데 말을 너무 많이 한 것 같아. 학비에 대해
서 자꾸 캐묻더라."

이상한 것은 내가 기억을 하려고 하면 할수록 무슨 말을 했는지 더 생
각이 나지 않는다는 것이었다.

"그래?"

입에 그라놀라를 잔뜩 넣은 채 부정확한 발음으로 말했지만 눈썹을 치
켜뜬 것으로 보아 마사가 놀랐다는 것을 알 수 있었다. 마사가 입안에 있
던 것을 꿀꺽 삼키며 말했다.

"왜 그런 걸 물었을까?"

"나도 모르겠어."

우리는 서로 쳐다보았다. 마사와 나의 다른 처지에 대해서 이야기를
나눈 적이 있다면 모를까, 갑자기 학비 문제에 대해 이야기를 나누기란
쉽지 않았다.

"별걸 다 물어보네."

마사가 말했다.

"혹시 내가 실수한 거 아닐까?"

마사가 웃었다.

"걱정 마. 오늘 인터뷰한 애들 중에서 네가 가장 마음에 들었을 거야."

끝날 때가 되면 묻지 않아도 느낄 수가 있는 법이다. 그러나 그럼에도
불구하고 무방비 상태에서 허를 찔릴 가능성은 항상 존재한다. 상황에
대한 나의 인식과 내가 원하는 것이 전혀 일치하지 않기 때문이다.

토요일 저녁, 티셔츠에 반바지 차림으로 욕조에 앉아 다리를 면도하고

있는데 마사가 들어왔다.

"여기 있을 줄 알았어."

마사가 말했다.

"댄스 파티 벌써 끝났어?"

"아니. 그냥 너무 덥고 지루해서. 너 애스패드 알지?"

"지난 4년 동안 우리하고 같이 이 학교 다닌 그 애스패드 말이야?"

마사가 입술을 깨물었다.

"크로스하고 친하다는 것도 알지?"

"마사, 무슨 말이 하고 싶어서 그래?"

"둘이 같이 춤을 추더라. 아주 한참 동안."

갑자기 가슴이 뻐근해지면서 신경이 날카로워지는 것을 느꼈다.

"전엔 둘이 같이 춤 안 췄니?"

"내가 몰랐던 걸 수도 있지. 그런데 오늘 밤은 좀 노골적이더라. 둘 다 다른 애들하고는 춤을 안 추더라고. 그리고 스낵바에서 크로스가 난간에 몸을 기대고 있고…."

나는 그 스낵바와 난간을 알고 있었다. 나도 행사장에는 여러 번 가봤지만 매번 낮 시간이었기 때문에 항상 조용했고, 먼지가 쌓여 있었다.

"애스패드가 크로스한테 기대고 서 있더라."

"마주 보고?"

내가 물었다.

"아니. 둘 다 앞을 보고 서 있었는데, 크로스가 애스패드의 허리를 끌어안고 있었어."

그때까지 벽 쪽에 서 있던 마사가 내게 다가오더니 욕조 위에 걸터앉았다.

"미안해. 하지만 네가 알아야 할 것 같아서."

나는 반쯤 면도가 끝난 다리를 바라보았다.

527

"애스패드는 돌대가리야."

마사가 말했다.

애스패드 몽고메리를 두고 여러 가지 표현을 할 수 있겠지만 돌대가리
라는 말은 전혀 어울리지 않았다.

그날부터 나는 관찰을 시작했다. 크로스와 애스패드가 자주 어울리는
건 사실이었지만 지금까지 그래왔던 것 이상은 아니었다. 5월이 되었고
날씨가 더 화창해지면서 잔디에 나와 있는 4학년생들의 수도 늘어났다.
잔디를 지날 때마다 나는 그들을 보지 않는 척하며 걸었지만 "내가 언제
그랬어!", "넌 진짜 저질이야!"라고 소리를 지르는 애스패드의 목소리를
듣곤 했다. 왜 나는 한 번도 잔디에서 아이들과 어울리지 못했을까? 나도
그러고 싶었지만 내가 아이들의 주변에서 서성거릴 때 그들이 나를 바라
보면서, '쟤가 왜 여기 있어?'라고 생각하는 그 불편한 순간을 견뎌낼 자
신이 없었다. 잔디에서는 특정한 말을 해야 했고, 특정한 자리에 앉아야
했으며, 특정한 자세를 취해야만 했다. 다른 아이들에겐 자연스러운 행동
일 뿐인 그런 것들이 내게는 늘 매순간의 결단이 필요한 일이었다.

확실한 건 하나도 없었다. 어쩌면 나는 긴장 상태를 유지함으로써 나
자신을 보호하려고 했는지도 모른다. 그러다가 〈얼트의 소리〉 마지막호
가 나왔고, '본관에서 체크무늬 스커트를 입게 해달라!'라는 제목의 사설
옆 '뜬소문' 코너에 'C.S와 M.R이 새로운 멜로디를 만들고 있다!'는 기사
가 눈에 들어왔다. 〈얼트의 소리〉는 한 달에 한 번 조회 시간에 배포되었
다. 그럴 때면 조회 시간이 유난히 조용했다. 발표 시간에 다들 〈얼트의
소리〉를 읽고 있었기 때문이었다. 교사들은 항상 신문을 옆에 내려놓으
라고 주의를 주었지만 아무도 그 말을 따르지 않았다. 나 역시 조회 시간
에 〈얼트의 소리〉를 읽었지만 그동안 '뜬소문' 코너만은 일부러 읽지 않
았다. 크로스와 나의 얘기가 등장할까 봐 두려웠고(어쩌면 내심 바라고 있
었는지도 모른다) 그 기사를 읽고 있는 내 모습을 누가 볼까 봐 두려웠다.

나는 저녁 시간까지 기다렸다가 뜬소문을 읽었다. 내용을 완전히 이해하지 못했음에도 불구하고 나는 충격에 휩싸였다. 사실 한편으로는 전혀 놀랍지 않았다. 항상 그랬던 것처럼 마사는 없었다. 마사는 회의에 참석하는 중이었고, 통금 시간이 다 되어서 돌아왔다. 종례가 끝나자마자 나는 마사에게 "할 얘기가 있어"라고 속삭였다.

방에 돌아오자 나는 신문을 마사에게 건넸다.

"이것 좀 봐."

마사는 내가 가리킨 곳을 훑어보았다. 평상시보다 더 오래 걸리는 것 같았다.

"M.R이 누구야?"

마사가 물었다.

"멜로디 라이언. 햄릿에서 같이 공연했던 애 있잖아. 두 사람이 사귄다는 얘기는 처음이야. 하지만 사실이겠지? 크로스가 나한테 온 지 한 달도 더 됐잖아."

내가 말하며 울음을 터뜨렸다. 마사는 내 어깨를 다독여주었다.

"그럴 수도 있겠지. 안 그래? 하지만 아닐 수도 있어. 여기 '멜로디를 만들고 있다'에 나온 멜로디는 멜로디 라이언의 멜로디하고 철자가 틀리니까. 그치?"

마사는 혼란스러워 보였다.

"나도 모르겠어."

"혹시 너한테 무슨 얘기 안 하던? 크로스가 멜로디 라이언하고 사귀는 데 나만 모르고 다들 알고 있었던 거야? 아니면 애스패드랑 사귀는 거야?"

"크로스한테 새 여자친구가 생겼다고 해도 그 애가 누군지는 나도 몰라. 하지만 리, 그렇게 네 자신을 갈기갈기 찢어놓기 전에 뜬소문에 나온 기사가 얼마나 한심한지 먼저 생각해봐."

"하지만 지금까지 다 맞았잖아."

나는 손등으로 코를 닦으며 말했다.

"캐더린 파운드하고 알렉산더 헤바드가 사귄다고 했을 때도 처음엔 아무도 안 믿었지만 결국 사실이었잖아."

"멜로디하고 크로스가 그냥 몇 번 같이 잤던 걸 수도 있지. 그렇다고 진짜 커플이 되는 건 아니잖아."

나는 더 크게 울었다. 내게는 같이 자는 것이 곧 커플이 되는 것을 의미했다. 나는 마사에게 뜬소문이 사실일 거라고 설득하고 있었고, 마사를 설득하기는 어렵지 않았다.

"크로스를 만나봐. 리, 넌 크로스한테 물어볼 자격이 있어. 어차피 더 이상 잃을 것도 없잖아?"

그러나 그다음 날은 금요일이었고 주말에 크로스를 몰아세우는 건 좋지 않을 것 같았다. 혹시 크로스가 멜로디와 주말을 같이 보내기로 약속했는데 내가 방해라도 되면 안 된다는 생각이 들었다(돌이켜 생각해보면 나는 참 어리석었다. 나는 적절한 기회만 주어진다면 얼마든지 품위 있게 상황을 해결할 수도 있을 거라고 믿었다). 나 때문에 로맨틱한 저녁 시간을 망칠 수도 있기 때문이다. 훼방꾼이 되기는 싫었다. 할 얘기가 있다며 쫓아다니는 여자애가 되기도 싫었다. 분명히 나는 크로스와 이야기를 하고 싶었다. 그러나 그를 몰아세우거나 다그치고 싶지는 않았다.

게다가 그 주말은 보통 주말이 아니었다. 안젤라 바리치의 기사가 〈뉴욕타임스〉에 실리기로 되어 있는 주말이었다. 다른 특종이 있으면 마감 직전에 불발이 될 수도 있다고 했지만 특별한 일이 없으면 일요일판에 나올 거라고 했다.

그때 내가 크로스 때문에 얼마나 좌절했는지, 그리고 얼트를 졸업하는 게 얼마나 서글펐는지를 돌이켜볼 때 아직도 나는 가슴이 찢어질 듯한 고통과 함께 일종의 방어본능 같은 것을 느낀다. 마치 영화 속에서 10대 소녀가 밤중에 혼자 집을 지키고 있는데 전기가 나간다거나, 젊은 연인이 낭만적인 저녁 식사를 한 뒤 레스토랑을 나서는데 비바람이 불어 택시를 타고 집으로 향하는 장면을 볼 때처럼 나는 '당장 그 집에서 나와! 어서 차에서 내려!'라고 고함을 지르고 싶다.

지금 나는 그때의 나에게 이렇게 말하고 싶다.

'가지 마! 거기서 끝내! 그러면 얼트에 대해 좋은 기억만 간직할 수 있을 거야! 그러면 얼트가 너한테 잘못한 건 있지만 네가 얼트에 잘못한 건 없다고 자신 있게 말할 수도 있을 거야!'

주말 내내 나는 그 기사를 생각했다가 잊어버리곤 했다. 일요일에 마사와 나는 8시쯤 일어났다. 다른 날보다 조금 일찍 일어나긴 했지만 기사 때문은 아니었다. 식당으로 걸어가면서 우리는 일주일 앞으로 다가온 졸업식 때 어떤 구두를 신을지 의논하고 있었다. 졸업식 때 얼트의 여학생들은 졸업모와 가운 대신 흰 드레스를, 남학생들은 카키색 바지에 남색 블레이저, 맥고모자를 썼다. 우리는 작년 졸업식 때 앤 라울이 졸업장을 받으러 단상으로 올라가다가 계단에서 넘어졌던 얘기를 하고 있었다.

언제나처럼 식당에는 이미 아이들이 꽤 있었다. 그런데 그날따라 모두 한자리에 모여 앉아 있었다. 마사와 내가 늘 같이 앉곤 했던 4학년 친구들인 조나단 트렌과 러셀 우, 더그 마일즈, 제이미 로리슨, 그리고 제니와 샐리가 신입생들, 3학년생과 함께 앉아 있었다. 또 한 가지 이상했던 것은 모두 말을 하지 않고 고개를 숙이고 있었다는 것이다. 자세히 보니 모두 무언가를 읽고 있었다.

"혹시 다들 내 기사를 읽고 있는 거니?"

내가 마사에게 물었다. 가까이 다가가보니 서너 명이 붙어서 신문을 읽고 있었다.

"젠장!"

3학년인 짐 핀테인이었다. 우리가 그쪽으로 다가가자 그중 한 명이 고개를 들어 우릴 쳐다보았다. 잠시 후 모두가 우릴 쳐다보았다. 한동안 모두 아무 말도 하지 않았다.

"유명한 리 피오라 양이 납시었군."

마침내 더그 마일즈가 싸늘한 목소리로 말했다. 자리에 앉았던 모두가 나를 쳐다보았다.

"네가 그렇게 똑똑한 앤 줄은 몰랐다."

조나단이 말했다. 그의 말투로는 아무것도 짐작할 수가 없었다. 다정하지도, 그렇다고 퉁명스럽지도 않았다.

"뭐라고… 써 있는데?"

내가 조심스럽게 물어보았지만 아무도 대답하지 않았다.

"말도 안 돼!"

신문을 읽고 있던 마사가 말했다.

"저쪽으로 가자."

마사를 따라 돌아서는데 더그가 내 이름을 불렀고, 나는 다시 더그를 바라보았다.

"리! 자기가 노는 물에는 침을 뱉는 게 아니지."

우리는 다른 테이블에 나란히 앉았다. 식사에는 관심도 없었다. 가슴이 두근거렸고 손이 떨렸다. 마사가 펼쳐 든 곳은 기사의 앞부분이 아니라 두 번째 페이지였다. 기사의 제목은 '기숙학교, 과연 달라지고 있는가 —정반대의 주장을 펼치고 있는 학생들'이었다. 제목 밑에는 작은 글씨로 '그곳엔 백인 중산층이 있다. 그리고 아웃사이더가 있다'라고 쓰여 있었다. 사진에는 기숙사 휴게실에 앉아 있는 다든 피타드 형제의 사진이 커다랗게 실려 있었다. 다든은 한쪽 손을 쳐든 채로 웃고 있는 그의 신입생 동생 엘라이에게 무언가를 설명하고 있는 것 같았다. 그러나 뒷장의 첫 단락은 피타드에 대한 얘기가 아니었다. 그것은 내 얘기였다.

매사추세츠 레이몬드에 위치한 얼트 사립 고등학교 4학년에 재학 중인 리 피오라 양의 말에 따르면 4학년 중에는 소위 '금융계'라고 불리는 남학생 그룹이 있다고 한다. 그들이 '금융계'로 통하는 이유에 대해 피오라 양은 "아빠들이 모두 금융업에 종사하거든요. 실제로 그렇다는 게 아니라 그렇게 보인다는 뜻이에요"라고 설명했다. 비록 모호하긴 하지만 이것은 돈에 대한 얼트 사립 고등학교 학생들의 태도를 보여주는 한 단면이다. 적은 학급 수, 깨끗한 환경, 최첨단 설비를 갖춘 이런 학교에 다니려면 연간 22,000달러 정도의 비용이 든다. 하지만 이러한 엘리트 학교에서 돈에 관한 이야기는 하나의 금기로 여겨지고 있다. 상황이 이렇다 보니 학생들은 부유한 학생과 피오라 양처럼 부유하지 않은 학생들로 나누어진다. "물론 소외감을 느끼죠. 전 인디애나에서 온 보잘것없는 학생이니까요." 학비 4분의 3 정도를 장학금으로 충당하고 있는 피오라 양이 최근에 학교를 방문한 기자에게 털어놓았다. 피오라 양은 백인이다. 그러나 흑인들을 포함한 스페인계 학생들은 얼트에서 생활하기가 훨씬 더 어려울 거라고 말한다.

기사는 그렇게 계속 이어지고 있었다. 안젤라 바리치는 인종 문제로 나를 걸고 넘어졌다(아마 백인이 아닌 다른 학생들은 누구도 그 문제에 대해 말하지 않았을 것이다). 또 술을 숨기기 위해 옷을 사는 여자애들의 일화를 소개하면서, 얼트에서 나를 입학시킨 것을 후회하고 있을 거라고 내가 말했다는 대목도 있었다. 또 기숙사의 소지품이나 학생의 행동을 보고 장학생인지 장학생이 아닌지 구분할 수 있다고 했다. 물론 플로리다의 집에 관한 일화도 소개되었다. 기사 속에서 내가 한 말들은 바이든 교장 선생님과 플레처 학장님, 2학년생인 지니 추와 다든 피타드, 최근 졸업생들의 말과 완전히 대치되는 것으로 묘사되고 있었다. 또 한 학생이

나에 관해서, "우리 학년에서 별로 인기가 없는 애예요. 이런 학교에 다닌 다고 해서 누구나 다 발전하는 것은 아니죠"라고 말한 것도 실려 있었다.

나는 식당에서 기사를 처음부터 끝까지 딱 한 번 읽었다. 내가 "맙소 사!"라고 중얼거릴 때마다 마사가 내 등을 두드려주었다. 기사를 다 읽 고 났을 때 마사는 내 팔을 꼭 잡았다.

내가 저지른 실수는 너무도 엄청난 것이어서 그 파장을 가늠하기조차 어려웠다. 내가 원래 이렇게 사고를 치는 아이였던가? 지금 이 순간의 나, 기사 속에 등장하는 나는 지난 4년간 내가 되고자 노력했던 사람과 는 정반대의 인물이었다. 이것은 내가 상상조차 해보지 못했던 끔찍한 실수였다.

"리, 일주일 뒤면 우린 여길 영원히 떠날 거야. 그러니까 보통 때처럼 행동해. 다른 아이들이 놀라서 뒤로 넘어간다면 그러라고 해. 그건 그 애 들 문제야."

"나 그만 방으로 갈래."

"리, 내 말 들어. 우린 여기서 아침을 먹을 거야."

우리는 쟁반을 들고 잔에 우유와 주스를 채운 뒤 따끈한 팬케이크 접 시를 받았다. 걷잡을 수 없는 후회가 밀려들었고 현기증이 났다. 나 같은 멍청이가 또 있을까? 왜 안젤라 바리치에게 나의 모든 비밀을 털어놓았 을까? 그렇게 해서 무얼 얻으려고 했던 걸까? 나는 늘 이런 식이다. 나는 항상 어떤 일이 벌어지는 그 순간에는 뭐가 어떻게 돌아가는지 알지 못 했다. 나는 안젤라를 위해 내 무덤을 판 꼴이었다. 기사 한 줄 한 줄이 모 두 수치스러웠다. 장학생이라는 사실도 끔찍했고, 얼트에서 행복하지 않 았다는 것은 더 끔찍했으며, 그 두 가지를 모두 인정했다는 사실은 그야 말로 최악이었다. 한마디로 나는 경솔했다. 그렇게밖에 말할 수 없었다. 그보다 훨씬 평범한 방법으로 사고를 칠 수도 있었을 것이다. 졸업식을 일주일 앞두고 마리화나를 피우거나 학교 수영장에서 알몸으로 수영을 하다가 들켰어도 이보다는 나았을 것이다. 〈뉴욕타임스〉 기자에게 학교 정책에 대한 불평을 늘어놓다니, 그보다 더 한심할 수는 없었다.

쟁반을 들고 식당을 가로지르는 동안 세 명의 신입생을 만났다. 내가 이름을 모르는 애들이었다. 평상시 같으면 그들을 쳐다보지 않았겠지만 나도 모르게 눈을 맞추었다. 그들의 표정에서 기사를 읽었는지 확인하고 싶었다. 그러나 그들은 무표정했다. 그들을 바라보면서 내가 느꼈던 감정은 졸업하기 전까지 지속되었다. 나를 비웃고 있는 건 아닐까 하는 의심과 그러는 것도 당연하다는 생각, 어쩌면 나 같은 애 따위는 안중에도 없을 거라는 생각이 뒤엉킨 감정이었다.

나는 이미 이 사건이 얼트에서 상당히 중대한 문제임을 감지할 수 있었다. 그러나 대다수의 학생들에게 이것은 다른 사람의 문제일 뿐이었다. 개인적으로는 오직 나에게만 심각한 문제였다. 여름방학에 집으로 돌아가면 사람들은 그들에게 물을 것이다. '너희 학교 애들이 정말 그렇게 속물이니? 신문에 난 그 애가 정말 그렇게 불행해 보이던?'

그러나 그들에게 그건 단지 지나가는 이야기일 뿐, 그들의 삶은 아니었다.

일요일 밤 나는 저녁 식사 시간이 되기도 전에 잠자리에 들었다. 더 이상 신경 쓰고 싶지 않았다. 1시 15분, 벌써 여덟 번 혹은 아홉 번쯤 잠에서 깨었고, 더 이상은 견딜 수가 없었다. 나는 마사가 조용히 코를 고는 소리를 듣고 일어나 티셔츠에 운동복 바지를 입고 나왔다. 낮에 비가 왔기 때문에 기숙사 안뜰은 어두웠지만 반짝거렸다. 크로스가 다니던 지하 통로를 이용할 수도 있었지만 들키는 게 조금도 두렵지 않았다. 나는 늘 극단적인 상황에서는 오히려 자잘한 위험들을 피할 수 있다고 믿어왔다. 내 믿음이 다소 비논리적인 건 사실이지만 아직 내 예감이 틀린 적은 없었다.

크로스의 기숙사 휴게실은 텅 빈 것처럼 보였다. 그러나 문이 닫히는 순간 텔레비전 앞에 놓인 소파 위로 누군가 고개를 내밀었다. 신입생인 몬티 하르였다. 텔레비전 소리는 죽어 있었고 몬티는 어리둥절한 표정을 짓고 있었다.

"크로스 방이 어디야?"

내가 물었다. 그는 눈을 껌벅였다.

"크로스 슈가맨 말이야. 어느 방이야?"

"왼쪽 복도 끝이요."

몬티가 말했다. 내가 위층으로 향할 때 몬티는 눈을 비볐다.

방문에는 농구 선수의 포스터가 붙어 있었다. 초록색 유니폼을 입은 농구선수가 공중으로 뛰어오르고 있었고 그 뒤로 관중의 모습이 흐릿한 배경이 되어 있었다. 방문을 두드렸지만 대답이 없었다. 나는 손잡이를 돌려 문을 열었다. 방 안에는 불이 켜져 있었고, 책상 앞에 누군가가 앉아 있었다. 크로스를 찾고 있었기 때문에 나는 그가 크로스라고 생각했다. 그때 그가 고개를 들었다. 그는 크로스의 룸메이트인 데빈이었다. 지난 4년 동안 마른 편이었던 데빈은 뚱보가 되어 있었다. 데빈은 금발에 눈썹이 두꺼웠고, 들창코였다.

안뜰을 가로질러 여기까지 찾아올 만큼 용감했던 나는 갑자기 기가 죽었다.

"안녕."

내가 조용한 목소리로 말했다. 나는 방 안을 둘러보았다. 두 개의 침대 모두 이불이 어수선했다. 방 안의 조명은 책상 위의 램프와 창틀에 놓인 라바 램프(병 안의 왁스가 녹아 움직이는 연출용 램프-옮긴이)뿐이었다. 데빈말고는 아무도 없었다.

그가 빙그레 웃었다.

"이 시간에 여자가 찾아오다니, 이런 횡재가 있나?"

"데빈, 제발."

나는 신입생 때 그를 처음 암살한 뒤로 그와 얘기를 해본 적이 있는지 생각해보았다. 거의 생각이 나지 않았다. 그러나 데빈이 사람이라면 나의 절망감에 조금이라도 연민을 느끼지 않을까?

"제발, 뭐? 크로스가 어디 있는지는 나도 몰라. 그걸 묻는 거라면. 여자 혼자 나오기엔 좀 늦은 시간 아니야?"

"지금 몇 신지는 나도 알아."

〈뉴욕타임스〉 기사 일도 있고 해서, 괜히 잘못 찍혀서 쫓겨나지 않으려면 엄청 조심해야 할 텐데…."

"면회 규칙 한 번 어겼다고 쫓겨나진 않아."

내가 말했다.

"한 번이라고? 지금까지 면회 규칙을 한 번도 안 어겼다는 거야?"

데빈이 빈정거리며 말했다.

"입 닥쳐."

내가 말했다. 상황을 험악하게 만든 것은 실수였다.

"나야말로 지금 입 닥치라고 말하려던 참이었다. 여자 입을 틀어막는 건 내 룸메이트 전공이지만."

나는 그에게서 돌아섰다.

"뭐 하나 물어봐도 되냐?"

데빈이 말했다. 나는 문 앞에서 멈추었다.

"넌 생선이냐? 치즈냐?"

무슨 소린지 도무지 이해할 수가 없었다.

"둘 중 하나일 텐데. 어느 쪽이냐고?"

나는 멍하니 그를 바라볼 뿐이었다.

"우리가 목록을 작성하는 중인데, 다시 한 번 점검하고 있거든."

그는 노래를 흥얼거렸다. 나는 처음으로 데빈이 술에 취했거나 마약에

537

취한 게 아닌가 생각했다. 그가 책상 서랍을 열었다.

"4학년에서 빠진 애들 중에 너도 있거든. 네 룸메이트도. 오늘 밤에 둘 다 알아내면 그야말로 엄청난 수확 아니겠냐?"

그는 서랍에서 구겨진 학교 카탈로그를 꺼내 몇 장을 넘겨 뒷부분을 펼친 뒤 내게 휙 던졌다. 각 학년 학생들의 명단이 있는 페이지였다. 그런데 학생 이름과 집 주소 사이의 공간에 굵은 빨간색 펜으로 무언가가 적혀 있었다. 디드 다니엘 슈와르츠와 뉴욕 스카스데일 사이에는 '생선'이라고 적혀 있었다. 전부 다 생선은 아니었다. '치즈'라고 적힌 것도 있었다. 모두 빨간색 펜도 아니었다. 검은색이나 파란색 볼펜으로 쓴 것도 있었다. 모든 학생들의 이름에 적혀 있는 건 아니었지만, 남자 이름엔 없었고 여자 이름에만 있었다. 나는 명단과 데빈을 몇 번이나 번갈아 쳐다보았다. 내가 읽고 있는 게 무언지 이해할 수 없었지만 궁금하기도 했다. 애스패드는 치즈였다. 호튼 키넬리도 치즈였다. 힐러리 톰킨스는 생선이었다.

마침내 데빈이 설명해주었다. 내게 설명해주고 싶어서라기보다는 나의 아둔함에 놀라서였던 것 같았다.

"너희 맛이 그렇다는 거야. 치즈 아니면 생선 맛이라고."

머릿속에 질문이 하나 떠올랐다. 그러나 소리 내어 말하기 전에 내 자신이 대답을 하고 있었다. '키스를 말하는 게 아니야.' 그 명단이 무슨 뜻인지를 이해하고 나자 카탈로그를 바닥에 팽개치고 싶었다. 그러나 그러기에는 호기심이 너무 컸다. 나는 그 명단에 이상할 정도로 관심이 끌렸다. 만약 우주 어딘가에 또 다른 내가 존재한다면 그런 명단을 갖고 있을 것 같았다.

"이걸 만드는 데 얼마나 걸렸어?"

내가 물었다.

"나 혼자서는 어림도 없지. 섹스에 관한 한, 난 주는 쪽보다는 받는 쪽을 선호하거든. 네가 무슨 말인지 이해할지 모르겠지만. 어쨌든 이건 수십 년 동안 전해 내려오는 전통이야. 당연히 해마다 업데이트되고 있고."

"아주 훌륭한 전통이구나."

"그렇게 잘난 척하기 전에, 올해 책임자가 누군지 알고 싶지 않냐?"

그가 눈을 가늘게 뜨며 물었다. 나는 아무 말도 하지 않았다.

"내 말을 못 믿겠다 이거군."

그가 말했다. 그의 말투에서 나는 데빈이 내가 대들기를 원한다는 것과 그의 말이 사실이라는 것을 느낄 수 있었다.

"자기가 책임자면서 몇 칸을 채우지 않은 건 좀 성실하지 못한 태도 아닌가? 바로 거기서 역설이 존재하는 거지만."

"크로스가 사생활을 존중할 줄 아는 애라서 그렇겠지."

내가 말했고 데빈이 큰 소리로 웃었다. 그 웃음이 전혀 억지가 아니었기 때문에 나는 그가 나를 일부러 고문하려는 게 아니라는 걸 알 수 있었다.

"사생활을 존중하는 애라…. 그러니까 넌 크로스를 그렇게 본다는 거지? 대단하다, 대단해."

방을 나가야 했다. 더 이상 있어 봐야 얻을 게 없었다.

"한 가지 말해줄까? 얼트에서 크로스 슈가맨보다 잘 놀았던 놈은 없어."

'나가, 리.'

나는 속으로 외쳤다.

"무슨 뜻이야?"

"너희는 크로스한테 모든 걸 주었잖아. 크로스는 좋은 성적, 학생회장 자리, 여자들까지 다 가졌어. 하지만 가장 중요한 게 뭔지 알아? 존경까지 받는다는 거야. 장담하는데, 너희는 크로스가 어떤 놈인지 절대 몰라."

결코 부정할 수 없는 진실의 모욕. 아마 내가 기다리고 있었던 건 바로 이것이었을 것이다.

"개자식!"

내가 말했다. 나는 복도로 나왔고 문이 닫히도록 내버려두었다.

그다음 날 일요일 아침 부모님과 연락이 닿았다. 부모님은 수없이 전화를 했지만, 다른 사람들이 전화를 바꿔주려고 내 방문을 두드릴 때마다 나는 없다고 해달라고 부탁했다. 사실 전화를 받은 사람이 1층까지 다시 내려가게 만드는 건 예의가 아니었지만 아무도 거절하지 않았다. 〈뉴욕타임스〉가 나를 유명 인사로 만들어놓는 바람에 사람들이 나를 대하는 태도가 조금 달라진 것 같기도 했다. 내가 두 번째로 결석한 일요일 예배가 끝난 뒤에는 전교생이 기사에 대해 다 알고 있었다. 나는 하루 종일 기숙사 밖으로 나가지 않았지만 아이들의 얼굴만 봐도 알 수 있었다.

"점심시간에도 다들 그 얘기를 하든?"

내가 마사에게 물었다.

"조금."

마사가 대답했다. 나에게 상처를 주지 않으려는 게 분명했다.

부모님의 전화를 받은 건 월요일 아침 6시 15분이었다. 애비 시버가 우리 방문을 두드려서 잠을 깨웠다. 애비의 잠긴 목소리로 보아 방금 일어난 듯했다. 아마 전화벨 때문이었을 것이다.

"리, 너희 아빠가 전화하셨어."

대신 말해 달라고 하기엔 너무 이른 시각이었고, 내가 전화를 받을 수 없는 상황이라는 걸 아빠에게 설명하기도 곤란했다.

아빠뿐만이 아니었다. 아빠도 있었지만 엄마도 다른 전화기를 들고 있었다.

아빠가 "도대체 이게 무슨 놈의 헛소리들이냐!"라고 소리를 지른 것과 동시에, 엄마는 "리, 네가 보잘것없는 애라고 생각하면 안 돼. 넌 정말 특별한 애란다"라고 말했다.

"엄마, 그건 그런 게 아니라…. 제발 너무 심각하게 받아들이지 마세요."

"너한테 한 가지만 물어보자. 도대체 왜 지난 4년 동안 거짓말을 했던 거냐?"

"여보, 제발 진정해요."

"애가 대답을 하면 그때 진정하지."

"거짓말한 적 없어요."

내가 말했다.

"넌 네 교육을 위해서 우리에게 희생을 감수해달라고 했고, 우린 그렇게 했다. 책을 사주고 비행기 표를 사주었어. 왜 그렇게 한 줄 알아? 네가 그럴 만한 가치가 있는 일이라고 말했기 때문이야. 넌 기숙사 생활이 즐겁고 멋진 수업을 듣는 게 좋다고 했어. 그런데 이제 와서 네가 비참한 생활을 했다고? 학교가 널 부당하게 대우하고 있고, 특혜를 받고 있긴 하지만 그게 네가 원한 건 아니었다고? 리, 도대체 네가 원하는 게 뭐냐?"

아빠의 말을 들으면서 나는 아빠의 분노가 무엇 때문인지 이해하기가 어려웠다. 얼트 사람들이 내게 화가 난 이유는 공개적으로 학교를 비난했다는 것 때문이었다. 그러나 아빠가 화가 난 이유는 감정적인 측면이 강했다.

"네게 친구들이 많다는 거 우리도 알고 있어. 마사는 너희 학년 대표잖니? 마사가 널 얼마나 좋아하니? 그리고 신준도 있고 그 라틴계 친구들도 있고…."

"엄마, 내 친구들 이름을 다 늘어놓을 필요는 없어요."

"하지만 그 기자가 너에 대해 쓴 글은 사실이 아니야. 아빠한테도 내가 그렇게 말했다. 그 기자를 믿은 건 네 잘못이 아니라고. 교장 선생님이 믿으라고 해서 믿었을 거라고 말이야."

"일주일 뒤 졸업식에 우리가 널 보러 가야 옳겠니? 네 엄마와 내가 하루 휴가를 내고 동생들까지 학교에 빠지게 하면서 거기에 가서, 고작 '따님을 따돌린 적은 없습니다. 하지만 그동안 내주신 돈은 감사합니다' 같은 헛소리나 들어야 하냔 말이다!"

아빠는 이해하지 못했다. 나 역시 아빠를 이해시키려고 노력하지도 않았다. 아빠가 쓴 돈은 이 학교에서 아주 미미한 부분이라는 것을. 아빠는 나를 얼트에서 빼내면 교장 선생님이 벤츠 승용차를 팔아야 할 거라고 생각하는 것 같았다.

"그럼 졸업식 때 안 오실 거예요?"

내가 물었다.

"물론 우린 갈 거야."

엄마가 말했다.

"졸업인 게 다행인 줄 알아. 졸업이 아니었어도 어차피 너한텐 끝이었을 테니까. 널 다신 거기 안 보냈을 거란 뜻이야."

"리, 집에서 가까운 대학에 다니게 된 게 얼마나 다행이니? 고등학교에서 그렇게 마음고생을 했으니 이제 고향이 얼마나 좋은지도 알겠지?"

"고향이 싫다고 생각해본 적 없어요."

처음으로 양쪽 다 말이 없었다.

"그 기사에 대해 사람들이 많이 얘기하던가요?"

내가 물었다. 〈뉴욕타임스〉를 읽고 아빠 엄마한테 얘기한 사람이 누구인지 궁금했다.

"페트래쉬 부인이 어제 아침 일찍 자기 어머니가 전화하셨다면서 내게 얘기하더라. 그분은 여든이 넘었지만 눈이 얼마나 좋은지 몰라. 여보, 그리고 누가 메시지를 남겼죠?"

"난 아무 메시지도 못 들었어. 게다가 지금 에디트 페트래쉬의 시력 따위가 뭐가 중요해?"

"아빠, 저한테 뭘 바라세요?"

아빠에게 대들 생각도 없었고, 아빠가 미운 것도 아니었다. 그보다는 수치스럽다는 생각이 더 컸다. 내가 부모님을 실망시켰다는 건 잘 알고 있었다. 전화를 피한 것도 그 때문이었다. 내가 거짓말을 했다는 아빠 말도 옳았다. 그러나 내 잘못은 거짓말이라기보다는 거짓말을 끝까지 유지하지 못했다는 데 있었다. 우리에겐 일종의 약속이 있었다. 그 약속은 '절 보내주시면 기숙학교에 입학하길 잘했다고 생각하는 척할게요'였다. 나는 그 약속을 어겼다. 부모님을 배신한 것에 대한 가책은 얼트를 배신한 것에 대한 가책보다 훨씬 더 오랫동안 나를 괴롭혔다.

"그 따위 겉치레에 너무 감동하지 말았으면 좋겠다."

"아빠 말씀은, 돈이 많다고 더 훌륭한 사람은 아니라는 뜻이야."

"걔가 그렇게 말한다고 알아들을 것 같아? 리가 우리 같은 무식한 사람들 얘기를 들을 것 같으냐고!"

아빠가 말했다. 그다음에 아빠는 내가 가장 싫어하는 목소리로 한마디 더 덧붙였다.

"야자수가 있는 커다란 저택을 사주지 못해서 미안하다, 리. 가난한 가족 때문에 그런 푸대접을 받았다니 정말 유감이구나."

조회 시간에 크로스는 남색 폴로 셔츠를 입고 있었다. 그러나 한낮의 환한 햇살과 활기는 나를 머뭇거리게 만들었다. 정찬회가 끝난 뒤에 그에게 다가갈 생각이었지만 그는 없었다. 지난주에 새로운 학생회장이 선출되었기 때문이었다(졸업도 하기 전에 우리는 벌써 퇴물이 된 것 같은 기분이 들었다. 불과 얼마 전까지만 해도 4학년이라는 이유만으로 이 학교의 주인 행세를 했는데 이제 더 이상 우리는 이 학교 학생이 아닌 것이다). 크로스는 식사를 하지 않은 것 같았다. 아이들이 자리를 뜨기 시작할 무렵 나는 데빈에게 다가가 그의 어깨를 두드렸다.

"어디 있어?"

내가 물었다. 데빈은 경멸스럽다는 듯 나를 쳐다보았다.

"보나마나 농구공 던지고 있겠지."

그가 말했다.

체육관으로 걸어가는 길, 엷은 햇살이 따스했고 바람에서는 잔디 깎은 냄새가 났다. 데빈이 내게 거짓말을 했을지도 모른다고, 체육관 문은 잠겨 있을지도 모른다고 생각했지만 밀어보니 문이 열렸다. 농구 코트로 이어진 계단을 올라가는 동안 코트에 공이 부딪치는 소리가 들렸다.

그는 혼자였다. 그가 내 방에서 그랬던 것처럼 나는 한동안 문 앞에 서서 그를 바라보았다. 그가 드리블을 하다가 3점 라인에서 슛을 했다. 공이 네트를 통과하자 나는 박수를 쳤다. 그가 공을 잡으며 나를 바라보았다.

"리!"

내게 다가오는 그의 얼굴은 붉게 상기되어 있었고, 이마에는 땀방울이 맺혀 있었다. 머리카락과 목, 팔과 다리에도 온통 땀이었다. 나는 면 스커트에 리넨 블라우스를 입고 있었지만 내가 원하는 건 오직 그의 품에 안기는 것뿐이었다. 물론 그는 나를 안아주지 않을 것이다. 아직 환했고, 우리는 서 있었고, 그는 공을 들고 있었다. 게다가 그는 지난 6주 동안 내 털끝조차 건드리지 않았다.

"어젯밤에 네 방에 갔었어."

내가 말했다.

"데빈한테 들었어. 방에 있었으면 좋았을 텐데."

우리는 서로를 바라보며 서 있었다. 내가 조금 더 구체적인 대답을 원한다는 것을 느낀 것 같았다.

"아래층 테드하고 로브 방에 있었어."

그가 말했다.

크로스가 거짓말을 할 거라고 생각해본 적은 없었지만 그 말은 왠지 거짓말 같았다. 왠지 그가 멜로디 라이언하고 있었을 것만 같았다. 나는 흥분하지 않고 이야기를 하고 싶었지만 더 이상 참기 힘들었다.

"뜬소문 읽었어?"

이런 식으로 물으면 대부분의 사람들은 읽지 못했다고 대답했을 것이다. 하지만 크로스는 "읽었어"라고 대답했다.

"어떻게 생각해?"

"할 일 없는 애들이 쓰는 거야."

나는 흰 페인트로 선이 그려진 반들거리는 나무 바닥을 내려다보았다.

"사실이야?"

내가 물었다. 목소리가 조금 잠겼다. 크로스 앞에서는 울고 싶지 않았다. 우는 여자는, 그것도 남자와 얘기하다가 우는 여자의 모습은 너무 상투적이었다.

"걔가 네 여자친구니?"

내가 물었다.

"난 여자친구 없어."

크로스가 말했다.

나는 눈을 깜박였다. 다행히 눈물은 흘러내리지 않았다.

"하긴, 내가 바보지."

그는 아무 말도 하지 않았다. 나는 무슨 말이든 해야 한다고 생각했다. 빨리 말을 해야 했다. 그는 내게 아무것도 묻지 않을 것이다.

그러나 무슨 말이건 해야 한다는 걸 안다고 해도 달라지는 건 없었다. 나는 하고 싶은 말을 할 수 없었다. 하고 싶은 말들이 마치 창자가 꿈틀거리는 것처럼 내 가슴속에서 출렁거렸지만 입 밖으로는 뜨거운 입김만 나올 뿐이었다.

"묻고 싶은 게 있는데, 난 생선이야, 아니면 치즈야?"

"젠장!"

"정말 궁금해서 그래."

나는 애써 침착한 목소리로 물었다.

"데빈은 싸이코야. 데빈 말 듣고 이러는 거라면 시간 낭비야."

"데빈이 싸이코라면 넌 왜 데빈하고 한방을 써?"

"늘 그렇진 않거든. 트리니티대학에 가게 돼서 요즘 심기가 좀 불편하겠지."

크로스도 올해는 룸메이트와 사이가 별로 좋지 않은 모양이었다. 크로스와 나는 그런 얘기를 나눌 수도 있었을 것이다. 우리가 서로 잘 알았다면 여러 가지 이야기를 나눌 수 있었을 것이다. 이를테면, 매일 아침 샤워를 하려면 줄을 서야 하는 게 짜증스럽다든가.

"어쨌든, 다 쓰레기 같은 얘기들이야. 남자들이 괜히 허풍 떠느라고 지껄이는 얘기들."

"그 목록 책임자가 너라고 하던데?"

"뭐?"

"데빈이 그러더라."

"리, 데빈은 싸이코라니까. 내 말 이해 못 하겠어?"

이 말을 하면서도 크로스는 화를 내지 않았다. 그는 아직도 화를 낼 만큼 이 상황에 몰입하고 있지 않았다. 나는 그가 다시 농구 연습을 하고 싶어한다는 느낌이 들었다.

"리, 난 솔직히, 지금 내가 왜 이런 얘기를 하고 있어야 하는지 모르겠어."

나는 아마도 지금이 기회일 거라는 생각이 들었다. 그러나 그럴수록 하고 싶은 말을 하기는 더 어려웠다.

"난 네가 나하고 뭘 했던 건지 궁금해. 처음부터 끝까지 말이야. 가끔 난 이 모든 상황을 네 입장에서 생각도 해봤어. 하지만 그래도 전혀 말이 안 돼. 넌 어느 날 갑자기 술에 취해서 내 방에 왔어. 내가 널 무척 좋아했다는 걸 알고 그랬던 건지, 아니면 그냥 어쩌다 그렇게 된 건지는 모르겠지만. 바보 같은 난 거부하지 않았지. 난 네 손이 닿는 순간 녹아버

546

렸어. 그리고 우린 결국…. 그런데 넌 계속 날 찾아왔어. 내가 이해할 수 없는 건 바로 그 대목이야. 식당에서는 말 한마디 건넨 적 없던 네가 1년 내내 계속 날 찾아왔어."

사실 '1년 내내'라는 표현은 옳지 않았다. 봄방학 이후에는 거의 온 적이 없었다. 그렇다면 결국 그가 오지 않았기 때문에 이런 말을 하게 된 것일까? 나는 우리의 관계를 회복시키려고 애쓰고 있지만 사실 모든 게 이미 끝나버린 건 아닐까?

크로스가 공을 오른쪽 허리에 고정시켰다.

"내가 식당에서 너한테 말 한마디 걸어본 적이 없다고? 내가 뭔가 숨겼다는 뜻이야?"

"아니야?"

"리, 너 제정신이야? 모두… 그 일을 알고 있었어."

나는 그가 '우리 일'이라고 말하려고 했다고 생각했다.

"아무도 모를 거라고 생각했다면 너야말로 정신이 나간 거지. 어쨌건 먼저 규칙을 정한 건 너였잖아. 그건 너도 인정하겠지."

"무슨 뜻이야?"

"네가 사람들한테 얘기하지 말자고, 아침 식사 시간에 키스하지 말라고 했잖아. 난 네가 남자친구를 원하지 않는다고 생각했어."

"그래서 발렌타인데이에 꽃 한 송이도 보내지 않은 거야? 내가 꽃을 보내지 말라고 해서?"

"네가 말한 대로 한 것뿐이야."

"어차피 넌 절대로 내 남자친구 같은 건 되어주지 않았을 거잖아."

그의 얼굴이 굳었다. 내 말에 그가 움찔했다는 뜻이었다.

"난 확신했어. 넌 절대 내 남자친구가 되어주지 않을 거라고."

"네가 그렇게 생각했다니 난 할 말이 없다."

그가 말하는 순간, 나는 그에게 내 생각을 우기고 싶지 않다는 충동이 일었다. 나중에 다시 곱씹어보면서 무슨 의미일까 생각해볼 수 있도록 그냥 여기서 끝내버릴까? 그러나 한편으로는 아예 미련을 없애버리고 싶다는 생각도 들었다.

"항상 확신이 있었던 건 아니지만, 한 가지만은 확신했어. 넌 절대로 내 남자친구가 되어주지 않았을 거야."

우리는 말없이 한동안 서로를 바라보았다. 마침내 그가 "맞아"라고 별로 화나지 않은 목소리로 말했고, 나는 울음을 터뜨렸다(나는 그날의 대화를 수도 없이 되새겨보았지만 그의 그 말을 생각할 때마다 매번 눈물이 났다. 그에게 그 사실을 인정하도록 강요했던 사람이 나 자신이었지만 그렇다고 상처가 덜한 건 아니었다).

"리…."

그가 달래는 듯한 목소리로 말했다.

"리, 좋았던 일도 많았어. 넌 정말 재미있는 애야."

내가 눈물을 닦았다.

"이렇게 말하면 좀 이상하게 들리겠지만, 넌 좀… 사무적이었어. 내가 다시 와주기를 바라는 것 같았고, 그래서 그렇게 했던 거야."

내가 사무적이었다고?

"여기보단 대학 생활이 너한테 더 잘 맞을 거야."

그가 말했다. 나는 눈을 깜박였다.

"난 네가 그런 타입이라고 생각해."

그가 덧붙였다.

"신문 기사 얘기야?"

"아니. 꼭 그런 건 아니고. 기사 속에서 네가 한 얘기들, 나한텐 별로 충격적이지 않았어."

그와 나에 관한 이야기가 아닌 다른 이야기를 하면서 그가 나를 다시 안아줄까 궁금해하는 것은 부질없는 짓이었다. 그럼에도 불구하고 나는 그게 궁금했다.

"네 생각을 말한 게 실수였다고는 생각하지 않아. 문제는, 네가 학교 신문이나 예배 시간이 아니라 〈뉴욕타임스〉에 네 생각을 말했다는 거야. 넌 사립학교가 사회악이라고 생각하는 사람들한테 좋은 이야깃거리를 준 셈이지. 정작 우리 학교는 그 기사가 났다고 해서 조금도 달라지지 않을 텐데."

"그럼 너도 뭔가 달라져야 한다고는 생각해?"

"물론 달라져야 할 부분이 있다고 생각해. 전반적으로 얼트는 괜찮은 학교지만, 항상 개선의 여지는 있는 거잖아?"

과연 크로스다운 생각이었다. 얼마나 균형 잡힌 시각인가?

"내가 기자한테 그런 얘기를 해서 놀랐어?"

내가 물었다.

"내가 말하고 싶은 건, 그런 얘기라면 다른 데서 했어야 된다는 거야. 또 한 가지 더 말하고 싶은 건, 대학에 가면 모든 게 달라질 거라는 거지. 얼트만큼 사회 순응주의자들이 모이진 않을 테니까. 다시 말해서 넌 네가 생각하는 것처럼 이상한 애는 아니야."

대화는 엉뚱한 방향으로 흘러가고 있었다. 크로스의 입에서 너무도 뜻밖의 말들이 흘러나오고 있었다.

"넌 이상한 것과 혼자 시간을 보내는 걸 혼동하고 있어. 하지만 누구든 진짜 자기가 좋아하는 게 있는 사람은 혼자 시간을 보내. 지금 날 봐. 나도 혼자 농구를 하고 있잖아. 노리 클리한은 도자기를 좋아하고, 호튼은 발레를 좋아하지. 스무 명도 넘게 예를 들 수 있어. 뭐든 잘하고 싶으면 연습이 필요한 거야. 그리고 그 연습은 혼자 해야 하는 거고. 네가 혼자 시간을 보낸다고 해서 그걸 이상하다고 생각하진 말았으면 좋겠어."

'하지만 난 아무것도 연습하고 있지 않아'라고 나는 생각했다. 만약 내가 연습을 했던 거라면 그것은 무엇이었을까?

549

"다시 기사 얘기로 돌아가서, 만약 네가 다른 아이들과 다르다고 느낀다면 그 애들한테 얼마나 맞추어주느냐는 전적으로 네가 결정할 문제야. 데빈도 툭하면 카이크(유대인을 경멸적으로 부르는 말―옮긴이)라느니, 유대인 자식처럼 빡빡하게 군다느니, 그런 소리를 하지만 난 아무 말도 안 해. 화를 내봐야 얻는 게 뭐가 있겠어? 그냥 아무 생각 없이 지껄이는 건데."

"잠깐, 네가 유대인이라고?"

"아빠 쪽이. 반만 유대계라 큰 상관은 없지만 슈가맨이라는 이름 때문에…."

"슈가맨이 유대인 이름이야?"

"슈가맨은 쥐커맨의 영어식 표현이야."

크로스가 유대인이라고? 나는 한 번도 그런 생각을 해본 적이 없었다. 크로스는 인기도 많았고, 4학년 학생회장까지 했다. 아이들은 알고 있었을까? 디드가 크로스를 좋아했던 것도 그런 이유였을까?

"그러니까 내 말은, 네가 이상한 애가 아니라는 걸 깨닫거나, 아니면 이상한 것도 별로 나쁘지 않다는 걸 인정하면 모든 게 훨씬 쉬워질 거라는 얘기야."

코트는 조용했다. 나는 기분이 좋기도 하고 창피하기도 해서 그와 눈을 맞출 수가 없었다.

그가 침을 꿀꺽 삼키더니 몸을 숙여 공을 바닥에 놓았다. 그가 다시 몸을 일으키면서 "리…" 하고 말한 순간 나는 용기를 내어 그를 바라보았다. 그는 조금 오만하면서도 다정한 눈빛으로 나를 바라보고 있었다(그 이후로 나는 지금껏 그런 눈빛을 찾아 헤매었다고 해도 과언이 아니다. 나는 그런 눈빛을 가진 또 다른 사람을 찾아야만 했다. 고등학교를 졸업한 이후로 나는 그런 눈빛이 존재하지 않는다고 생각했다). 그가 하려는 게 무엇이었건 그게 바로 내가 원하는 것이었다. 나는 너무도 두려운 나머지 팔짱을 끼었다.

"네 말 잘 생각해볼게."

내 말이 냉소적으로 들린다는 걸 바로 깨달았지만 굳이 수정하고 싶지는 않았다. 어쩌면 일부러 그런 식으로 말한 건지도 모른다는 생각이 들었다. 왜냐하면 그가 나를 꿰뚫고 있다는 것, 그것이야말로 내가 가장 두려워하는 것이기 때문이었다. 서로의 생각을 알았으니 이제 우리는 키스를 하게 될 것이다.

그때 나는 말은 결국 말일 뿐이라는 걸 알게 되었다. 말만으로는 아무것도 달라지지 않았다. 내 남자친구가 될 수 없었을 거라고, 우리 관계가 끝이 났다고 그는 말하고 있었고, 나는 그게 아니라고 말하고 있었다. 그러나 그런 대화를 나누는 중에도 그는 나에게 키스를 할 수 있었다. 그 순간 우리의 관계가 다시 회복될 수 있다면 그것은 말과는 상관없는 것들 때문이었을 것이다. 우리는 느끼는 것을 느끼고 행동하는 것을 행동한다. 도대체 누가 조리 있는 말에서 확신을 얻는단 말인가?

내가 팔짱을 끼고 냉소적으로 말하자 앞으로 약간 몸을 숙이고 서 있던 크로스는 자세를 바꾸었다. 그는 코로 숨을 내쉬면서 그 자신도 팔짱을 끼면서, "꼭 그렇게 해"라고 말했다.

아직도 늦지 않았다(물론 늦은 것은 아니었다. 그러나 그가 예전에 내게 30초 동안 키스를 했다는 이유만으로 지금도 그러고 싶을 거라고 단정하기는 어려웠다. 내 말투에 저렇게 쉽게 생각을 바꾸다니. 어쩌면 처음부터 내가 그의 생각을 잘못 읽었는지도 모른다). 그러나 소방 대피 훈련 때처럼 나는 모든 것이 너무 늦어버린 것만 같았다. 그 순간은 이미 지나갔고 상황의 흐름에 휩쓸린 나는 다시 냉소적일 수밖에 없었다.

"내 얘기는 그 정도면 됐고…. 멜로디는 어때? 생선이야, 치즈야?"

"리, 제발 이러지 마."

"우리 친구 아냐? 멜로디하고 나말고, 너하고 나 말이야. 친구라면 비밀도 얘기할 수 있잖아? 넌 한 번도 네 비밀을 나한테 얘기해주지 않았어. 그래서 왠지 무시당한 것 같은 기분이 들어."

"이러지 마."

"이러지 말라고?"

나는 짧게 그리고 쓸쓸하게 웃었다.

"이게 내 모습이라며? 조금 전에 내가 재미있고 사무적이라고 하지 않았어?"

"네가 하고 싶은 대로 해. 하지만 멜로디는 끌어들이지 마."

나보다 멜로디 쪽에 더 비중을 두는 듯한 크로스의 말에 나는 상처를 입었다.

"그러니까 넌…. 좋아. 만약 멜로디하고 정식으로 사귀는 게 아니라면 그런 관계를 뭐라고 불러야 할까? 그냥 섹스만 하는 관계? 상대가 멜로디라면, 그럼 항문 섹스하니?"

"기가 차서…."

그가 공을 들고 골대 쪽으로 갔다. 그는 어깨 너머로 "넌 멜로디하고 한 번도 얘기해본 적이 없겠지만 멜로디는 착한 애야"라고 말했다.

"맞아. 난 멜로디하고 한 번도 얘기해본 적 없어."

그가 내게서 돌아서서 가버리는 건 대화 중에 일어날 수 있는 최악의 상황이었다. 나는 목소리를 높였다.

"그래서 멜로디가 착한지 어떤지는 말할 수 없어. 하지만 예쁘다는 건 알아. 네가 사람들 앞에 데리고 다녀도 좋을 만큼."

그는 내게 등을 돌린 채로 드리블을 하고 있었다. 내 말을 듣고 그가 드리블을 멈추었다. 옆에서 본 그는 아랫입술을 깨물고 있었다. 그가 공을 힘껏 던졌고, 공은 내가 들어온 문을 세게 때렸다.

"알고 싶어? 정말 알고 싶냐고! 생선! 넌 생선이야!"

그가 공으로 때린 문이 아직도 진동하고 있었다. 그것만 아니었다면 코트 안은 조용했을 것이다.

"그런 말을 하다니 믿을 수 없어."

"네가 물었잖아!"

"맞아. 내가 물었어."

내 목소리에서 내가 몹시 충격을 받았다는 사실이 그대로 드러났다.

"리, 내 말은⋯."

그가 말했다.

나는 그의 말을 자르며 고개를 저었다. 금방이라도 눈물이 쏟아질 것 같았지만 아직 울지는 않았다. 남아 있는 시간을 낭비하기는 싫었다. 나는 침착한 목소리로 말했다.

"중학교 때 난 이런 생각을 하곤 했었어. 아마 난 이다음에 크면 남자들이 '넌 정말 재미있는 애야'라고 말하면서 절대로 데이트 신청은 하지 않는 애가 될 거라고. 난 내가 예쁘지 않다고 생각했어. 그러다가 얼트에 왔는데, 남자애들하고 친구조차 될 수 없었어. 그러다가 올해 네가 나한테 왔어. 만약 크로스와 사귀게 된다면, 결국 나도 괜찮은 거 아닐까 생각했어. 하지만 시간이 흘렀고 난 네 여자친구가 되지 못했어. 그래서 난 생각했어. 내 생각이 틀린 것뿐 아니라 내 인생 자체가 내가 생각했던 것과는 정반대가 됐다고. 그러니까 문제는, 내 외모가 아니었던 거야. 내 성격이었던 거야. 하지만 어느 쪽인지 어떻게 알겠어? 나도 몰라. 난 또 생각했어. 둘 중 한 가지일까? 아니면 둘 다일까? 어떻게 하면 고칠 수 있을까? 어떻게 널 설득할까? 그러다가 또 생각했어. 아마 내 외모 때문일 거야. 처음에 생각했던 게 맞았어⋯. 하지만 결국 뭔지 알 수 없었어. 도저히 모르겠더라. 하지만 올해 내내 나는 그걸 알아내려고 애썼어. 내가 지금 이런 얘기를 하는 이유는, 지금까지 살아오면서 너만큼 내 인생을 비참하게 만든 사람은 없었다는 걸 알려주고 싶어서야."

그에게 이런 말을 하는 게 우스운 것일까? 내가 한 말이 전부 사실이긴 할까? 그런 것들은 더 이상 중요하지 않았다. 어쨌든 나는 그렇게 말했다. 그리고 "그만 갈게"라고 말하고 돌아섰다.

"리!"

그가 소리쳤다.

그때 돌아섰어야 했을까? 하지만 나는 돌아서지 않았고, 그도 더 이상 나를 잡지 않았다. 그는 내 이름을 꼭 한 번 불렀을 뿐이었다.

엘윈 기숙사의 공중전화 부스 안에서 나는 수화기를 들고 있었다. 한쪽 무릎 위에는 안젤라 바리치의 명함이 놓여 있었다. 나는 명함을 흘금거리면서 전화번호를 눌렀다. 다른 쪽 무릎 위에는 전화기에 넣을 동전이 있었다. 신호가 두 번 울렸고 낯익은 목소리가 들려왔다.

"〈뉴욕타임스〉 안젤라 바리치입니다."

"리 피오라예요."

내가 말했다. 안젤라는 머뭇거렸다.

"얼트 고등학교요."

내가 덧붙였다.

"아! 그래. 반갑구나, 리. 내가 좀 정신이 없어서. 오늘 무지하게 바쁘거든."

나는 뭐라고 말을 하려타가 무슨 말을 해야 할지 몰라 입을 다물었다.

"신문이 더 필요하니?"

그녀가 물었다.

"아뇨. 됐어요."

"그럼 무슨 일이지?"

"그 기사요. 왜 미리 얘기 안 해주셨어요? 전 그냥 배경 설명이라 생각하고 얘기했던 건데."

"리, 기사에 싣지 말아 달라고 특별히 얘기하지 않으면 네가 말하는 모든 건 기사에 실릴 수 있는 거야."

안젤라가 말했다. 그는 누군가에게 "그거, 여기다 놔둬요"라고 말한 뒤 다시 나에게 "사람들이 뭐라고 하던?"이라고 물었다.

나는 아무 말도 하지 않았다.

"네가 문제니? 아니면 그 사람들이 문제니?"

"졸업이 일주일도 안 남았는데 전 학교의 치부를 떠들고 다닌 아이가 되어버렸어요."

학교의 치부를 떠들었을 뿐 아니라 증거까지 남아 있었다. 도서관에 가면 마이크로피시에서 내가 졸업한 해, 졸업한 달의 신문을 찾아보기만 하면 될 테니까.

"거기 사람들 정말 편협하구나. 하지만 그 기사에 대해서 좋은 얘기를 아주 많이 듣고 있단다. 다른 사립학교 졸업생들한테서도. 지금은 좀 당혹스럽겠지만 나중에 되돌아보면 네가 옳은 일을 했다는 생각이 들 거야. 네 자신이 자랑스러울걸."

안젤라의 말을 들으면서 나는 안젤라가 지금 이 상황에 도움이 되는 말을 해줄 수도 있을 거라고 생각했던 내 자신이 얼마나 어리석었는지 깨달았다.

"물론 네 친구들은 방어적인 태도를 취할 거야. 누구한테나 힘든 일이니까. 특히 특권층에 속한 사람들이 자기 자신을 객관적으로 보기는 어려운 법이거든. 내가 얘기하나 해줄까? 난 하버드를 다녔거든. 내가 신입생 때 룸메이트가 검은색 벨벳 칼라가 달린 검은색 울 코트를 샀어. 그런데 일주일도 안 돼서…."

그때 동전을 더 넣으라는 자동 안내가 흘러나왔다. 안젤라는 여전히 말을 하고 있었다. 안젤라에게는 그 소리가 들리지 않았을 것이다. 무릎 위에는 동전이 여러 개 있었지만 나는 꼼짝도 하지 않고 전화가 끊어지도록 내버려두었다.

수요일 저녁에는 교사들과 졸업생들을 위한 특별한 저녁 식사가 준비되어 있었다. 우리가 동창회에 합류하게 되는 것을 축하하는 자리였다. 기숙사 방에서 나는 옷을 차려 입고 하얗게 질린 채로 침대에 앉아 있었다.

"그 얘기는 나오지도 않을 거야. 그냥 나만 따라와."

마사가 말했다.

식당 앞의 테라스로 걸어가면서 나는 마사의 팔을 잡고 싶은 충동을 간신히 억눌렀다. 처음엔 그럭저럭 괜찮았다. 내가 그저 행사 때문에 긴장하는 척할 수 있었다. 그러다가 뷔페 줄에 서 있을 때 나보다 두 명 앞에 서 있던 헌터 저젠슨의 목소리가 들려왔다.

"그렇게 싫으면 그만두고 다른 데 가라지. 누가 여기 있으라고 붙잡았나?"

샐리 비숍이 헌터의 등을 툭 쳤고, 헌터가 "왜?" 하며 돌아보다가 나와 눈이 마주쳤다. 기사가 나온 지 사흘이 지났지만 사람들은 그 얘기를 점점 더 많이 하는 것 같았다. 바이든 교장 선생님은 졸업생들로부터 수많은 전화를 받고 있었고, 입학 상담실에는 내년에 입학하기로 예정되어 있던 학생들의 입학을 재고해보겠다는 전화가 폭주했고, 월요일 코닝 선생님의 2교시 수업 시간에는 그 기사에 대해 토의하느라고 수업을 진행하지 못했다고 했다.

음식을 담은 뒤 마사와 나는 낮은 돌담 위에 앉았다. 음식을 먹고 난 뒤 종이 접시를 버리고 돌아서는데 호튼 키넬리가 접시를 버리고 돌아서면서 내게 "너 미시간대학 가는 거 맞지?"라고 물었다.

내가 고개를 끄덕였다.

"그럴 줄 알았어."

호튼이 말하고 돌아섰다. 나는 마사를 쳐다보았다.

"무슨 뜻이야? 내가 별로 좋은 대학을 못 가서 얼트를 욕했다는 뜻이야?"

내가 마사에게 물었다.

"리, 생각할 가치도 없는 말이야."

"방으로 갈래."

"이제 곧 3학년생이 졸업생들을 위해서 노래 부를 텐데?"

마사가 내 표정을 살피며 말했다.

"같이 가줄까?"

마사가 물었다.

물론 나는 마사가 나와 함께 가주기를 원했다. 얼트에 오기 전에는 뭔가 남다른 사람이 되고 싶었지만 지금 이 순간만큼은 다른 졸업생들과 똑같이 그 자리에 서서 3학년생의 축가를 들을 수 있는 평범한 애였으면 좋겠다고 나는 생각했다.

테라스 한쪽 구석에서 진학 상담을 해주었던 스탠차크 선생님이 내게 다가왔다.

"리, 넌 아주 용감했어."

선생님이 말했고, 나는 울음을 터뜨렸다. 주위에서 아이들이 웃고 떠드는 소리가 들려왔다. 따스한 6월 저녁이었다. 선생님이 나를 안아주었고, 나는 선생님의 품에서 흐느꼈다.

얼트에 와서 꽤 여러 번 울었지만 아이들 앞에서 울었던 적은 한 번도 없었다. 나는 눈을 감았다. 영원히 눈을 뜰 수 없을 것만 같았다. 그때 누군가 내 어깨에 손을 얹었다.

"밖으로 나가자."

귀에 익은 목소리였다.

나는 어느덧 테라스 계단을 내려가서 기숙사로 향하는 길을 걷고 있었다. 그제야 나는 한 팔로 내 등을 감싸고 있는 사람이 다든 피타드라는 걸 알았다. 그러나 어색함을 느끼기에는 너무 정신이 없었다. 나는 순순히 다든 피타드를 따라갔다. 지금 와서 생각해보면 그때 나는 인생을 제대로 알기도 전에 인생의 쓴맛을 처음으로 경험하고 있었다.

기숙사 안뜰로 이어진 아치문으로 들어설 때에도 나는 여전히 어깨를 들썩이며 울고 있었다.

"계속 걸을래? 계속 걷자."

다든이 말했다.

그는 기숙사를 지나 본관 쪽으로 나를 이끌었고, 우리는 본관 정문 앞에 나란히 앉았다. 원형 잔디 건너편의 테라스에서 아이들이 디저트를 먹고 있었다.

"시간이 필요하겠지만 괜찮을 거야."

다든이 말했다.

마침내 나는 울음을 멈추었다. 문득 다든이 좋은 아빠가 될 거라는 생각이 들었다. 나는 또래의 남자에게서 한 번도 그런 느낌을 받아본 적이 없었다. 우리는 기숙사와 도서관에서 나온 3학년생들이 테라스 쪽으로 걸어가는 것을 바라보았다.

"그 여자 사고칠 줄 알았어."

다든이 말했다. 처음에 나는 다든이 말하는 여자가 누구인지 몰랐지만 잠시 후 알게 되었다.

"그 여자 잘못이 아니야. 기록에 남기지 말아 달라고 말하지 않으면 기자한테 말하는 건 전부 기사에 실릴 수 있는 거래."

15분 만에 처음으로 내가 입을 열었다. 목소리가 갈라졌다.

"그 여잔 처음부터 각본이 있었어. 나한테도 분노한 흑인의 모습을 기대했어. 교실에 들어오기 전부터 우리에 대해서 자기 나름대로 다 정리를 해놓았던 거야."

"하지만 넌 분노하지 않았잖아. 안 그래?"

내가 그를 바라보며 물었다.

"다른 애들만큼만 분노했지."

"그럼 왜… 넌 잘 피했는데 나만 걸려들었던 걸까?"

"넌 백인이니까."

나는 그가 농담을 하는 것일까 하고 그의 얼굴을 바라보았다. 그러나 전혀 농담인 것 같지 않았다.

"백인들의 세상에 사는 흑인들은 항상 조심하거든. 감정을 드러내지 않는 법을 터득하게 되지."

인종에 관한 얘기를 듣는 건 2학년 때 모레이 선생님의 수업 시간에 디드와 애스패드가 톰 아저씨의 오두막을 연기하다가 말썽을 일으킨 이후 처음이었다.

"꼭 그래야 할 이유가 없는 경우에는 절대로 감정을 드러내선 안 돼. 일단 감정을 드러내고 나면 그걸로 끝이야. 다른 사람들은 절대로 나의 다른 면들은 봐주지 않아."

"하지만 지금은 그 반대잖아. 교장 선생님은 널 무척 좋아하시잖아. 아마 널 학교 이사로 지명하고 싶으실걸?"

다든이 웃었다.

"교장 선생님이 너한테 무슨 얘기하시던? 나한텐 아무 말씀도 안 하셨어."

내가 물었다.

"지나가면서 몇 마디 하셨는데, 뭐 별로 중요한 얘긴 아니었어."

"아마 나한테 무척 화가 나셨을 거야."

사실 나는 교장 선생님이 내게 한마디도 하지 않는 게 조금 놀라웠다. 전날 아침 조회 시간에 선생님과 눈이 마주쳤지만 선생님은 그저 눈길을 피했다.

"그게 마음에 걸린다면 이번 여름에 편지를 써. 지금은 그냥 이렇게 지나가도록 내버려두고."

다든이 말했다.

테라스에는 3학년생들이 모여 있었다.

"나 때문에 공연 놓치면 안 되잖아."

"상관없어."

그때 음악소리가 들려왔다. 가사는 알아들을 수 없었지만 피아노 소리와 합창 소리는 들렸다. 실제보다 더 멀게 느껴졌다.

"벌써 졸업이라니 믿어지지가 않아."

내가 말했다.

"난 미련 없어."

다든이 미소를 지으며 말했다. 그의 미소가 슬퍼보였다. 다든에 대해서 내가 모르는 게 많았다는 생각이 들었다.

우리는 아무 말도 하지 않고 가사를 알아들을 수 없는 노래에 귀를 기울었다. 노래가 끝났을 때 모든 졸업생들이 흰 풍선을 하나씩 들고 잔디로 걸어가서 모두 동시에 풍선을 날렸다. 어둑어둑해지기 시작하는 하늘 위로 마치 반짝이는 달 같은 풍선들이 수없이 날아올랐다. 모두 잔디에 서서 고개를 뒤로 젖히고 더 이상 보이지 않을 때까지 풍선들을 바라보았다. 풍선을 날리는 행사는 그 뒤로 한 해 더 이어지다가 결국 폐지되었다. 환경에 좋지 않다는 이유였기 때문에 누구도 반론을 제기할 수 없었다. 적어도 설득력 있는 반론은 없었다. 그러나 그 풍선들은 정말 예뻤다. 그 전통이 이어져야 한다고 주장하는 건 아니지만 그 풍선들은 정말 예뻤다. 그 순간 마치 주위의 모든 것이 정지해버린 것 같았고, 나와 내 친구들의 시대가 저물어가는 것 같은 기분이 들었다. 우리는 여전히 60년대와 70년대의 음악을 듣고 있었지만 나보다 몇 살 어린 애들은 그들만의 음악이 있었다. 옷차림도 마찬가지였다. 4학년 때 나는 종아리까지 오는 꽃무늬 원피스를 입었다. 가끔 허리에 헝겊 벨트 같은 것을 매기도 했다. 그리고 소매가 불룩하고 목선이 사각으로 패이거나 칼라에 레이스가 달린 옷, 피터팬 칼라(작고 둥근 칼라─옮긴이)가 달린 옷을 입었다. 그때는 누구나 그런 옷을 입었고 예쁜 애들도 그런 옷을 입었다. 대학에 입학한 뒤에 나는 그 옷들을 모두 내놓았다. 할머니들이라면 모를까 그런 옷을 가져갈 사람이 있을지도 의문이었다. 대학 때 10대 여자애들은 짧은 스커트에 몸에 꼭 붙는 셔츠와 스웨터를 입었고 그 후에는 짧은 스커트에 몸에 꼭 붙는 티셔츠를 입었다. 내가 얼트에 다닐 때에도 이메일이라는 게 있긴 했지만 그저 들어본 적이 있었을 뿐이었다. 자동응답기를 갖고 있는 사람도 없었다. 기숙사 방에 전화가 없었기 때문이었다. 당연히 아무도 휴대전화를 가지고 다니지 않았다. 기숙사 전체가 전화기 한 대를 같이 사용했고, 부모님들이 전화할 때마다 전화는 항상 통화 중이거나 아니면 아무도 전화를 받지 않았던 걸 생각하면 마치 50년대를 돌아보는 것 같은 기분이 든다. 세상은 항상 변화한다는 것을 알고 있지만 우리에게는 그 변화의 속도가 유난히 빨랐던 것 같다.

"다든…."

풍선들이 거의 시야에서 사라지고 아이들이 흩어지기 시작할 무렵이었다. 나는 그 순간만큼은 아무도 나를 건드리지 않을 것 같은 기분이 들었다. 다른 사람들의 비판이나 시간의 흐름으로부터 나 자신을 지켜낼 수 있을 것 같은 기분이 들었다. 다든이 내 옆에 있는 한 우리는 아직 얼트에 있는 것이고, 우리의 미래는 아직 시작되지 않은 것이었다. 그러나 나는 이제 그만 다든을 보내주어야 한다는 것도 알고 있었다.

"혹시… 크로스 슈가맨하고 내 얘기… 들은 적 있어?"

"듣긴 했지만, 뭐 대단한 건 아니었어."

"무슨 얘기였어? 우리가…."

그때 다든은 점잖은 애였고, 나는 이상하고 주책맞은 애였다.

"너희 둘이 한동안 어울렸다고… 뭐 그런 얘기. 별로 귀담아 듣진 않았어."

헛소문이었다고 말할 수는 없었다. 그가 내가 원하는 것과는 정반대 방향으로 날 위로하려 하고 있다고 말하지도 않았다. 그것은 조금 전까지 내가 처한 상황을 가장 정확하게 알고 있었던 그에 대한 예의가 아닌 것 같았다.

"어쨌건 벌써 몇 달 전 일이야. 그리고 바보가 아닌 이상 떠도는 소문을 누가 다 믿겠어?"

다든은 기꺼이 그게 사실이 아니라는 듯이 눈감아줄 수 있다는 뜻이었을까? 아니면 더 이상 이야기를 하고 싶지 않았던 걸까? 아마 후자 쪽인 것 같았다.

우리는 자리에서 일어섰다.

"괜찮아?"

그가 말했다.

나는 고개를 끄덕였고, 그가 나를 안아주었다. 그와 애스패드가 도서관에서 공부를 마치고 기숙사로 돌아가기 전에 나누었을 법한, 다정하고도 별다른 의미 없는 포옹이었다. 그러나 적어도 내게는 크로스를 제외하고는 처음으로 남자가 나를 안아준 것이었다.

"내가 다 망쳐버렸어. 너무 후회스러워."

내가 울먹이며 말했다.

그는 고개를 저었다. 그러나 내 말을 부정하진 않았다(아마 다든도 내가 일을 망쳐버렸다고 생각했을 것이다. 아마도 안젤라 바리치에게 내가 그다지 인기 있는 애가 아니라고, 나쁜 의도가 아니라 그저 사실을 말한다는 생각으로 말했던 사람도 다든이었을 것이다).

"이해해."

다든이 말했다.

마사가 도서관으로 나를 찾아왔다. 모두가 밖에 있었기 때문에 더 이상 방 안에 있는 것을 견딜 수 없었던 나는 하루 종일 도서관에 숨어 지내고 있었다. 이제 졸업식만을 남겨두고 있었다. 졸업식이 끝나고 나면 졸업 파티 주간이었다. 대드햄이나 라임, 로커스트밸리 같은 곳을 돌아다니면서 신나게 즐기는 시간이었다. 얼트에서의 마지막 시간이었고, 빠질 수도 없었기 때문에 나는 모든 파티에 참석할 생각이었다.

지난 며칠간은 화창했고 지루했다. 나는 얼트의 모든 사람들이 무서웠고, 크로스에게는 배신감을 느꼈다. 나는 짐을 싸며 시간을 보냈지만 짐 싸는 것조차 내 맘대로 되지 않았다. 해마다 6월이면 우리는 벽에 걸린 포스터를 떼어내고, 집에서 가져온 시트를 걷어내고, 책들을 상자에 넣어 기숙사 지하 창고에 보관해야 했다. 짐을 쌀 생각을 하니 기분이 울적했다. 텅 빈 방과 벽을 바라보면서 나는 얼트에서의 우리의 삶이 얼마나 허망한 것인지 다시 한 번 절감했다. 스웨터 세 벌을 개어 상자에 넣고 나니 바로 밖으로 나가고 싶어졌다. 창밖을 바라보았다. 날씨가 맑을 때면 나는 예배당과 식당, 도서관을 지나 어둡고 서늘하면서 텅 빈 정기 간행물실로 달려가서 잡지를 읽곤 했다. 가끔은 잡지를 읽다가 고개를 들고 '내가 모든 걸 다 망쳐버렸어'라고 속으로 중얼거렸다. 얼트에 다니는 동안 나는 항상 내게 뭔가 숨길 것이 있다고, 그리고 사과할 일이 있다고 생각했다. 그러나 생각해보면 그럴 이유가 없었다. 마치 〈뉴욕타임스〉 사건이 일어날 것을, 그래서 결국 이렇게 끝날 것을 예견하고 있었던 것만 같았다.

정기 간행물실에 들어서는 마사는 뛰어온 사람처럼 숨을 헐떡였다.

"좀 비켜봐."

마사가 말했다.

나는 벽에 기대어 바닥에 앉아 있었다. 내가 조금 비켜 앉자 마사가 내 옆에 앉았다.

"내일 예배가 마지막인 거 알지?"

마사가 말했고, 나는 고개를 끄덕였다.

"네가 기사에 인터뷰한 내용에 반박할 사람을 찾고 있대. 벌써 한 사람 찾았다더라."

"누군데?"

"그건 나도 몰라. 그리고 소수 인종이나 백인 장학생 중에서도 한 명 찾는대."

"그건 누군데?"

"그것도 누군지 몰라."

나는 마사를 쳐다보았다.

"호튼 키넬리나 더그 마일즈 아닐까?"

"그래서 지금 나보고 거기 가야 한다고 말하려는 거야? 인격 수양을 위해서?"

"인격 수양을 위해서가 아니라, 마지막 예배 시간이니까 가야 한다는 거지."

"마사, 어차피 졸업생들은 반도 안 올 거야."

"그렇지 않을걸."

마사가 고개를 저으며 말했다.

"지금 모두 감상적으로 변하고 있잖아."

나는 다든을 떠올렸다.

"모두는 아니야. 넌 아무렇지도 않잖아."

내가 말했다.

"속단하지 마. 나 어쩌면 졸업식 때 통곡할지도 몰라."

우리는 잠시 아무 말도 하지 않았다. 밖에서 톱 소리가 들려왔다. 인부들이 예배당 옆에 졸업식 무대를 만들고 있었다. 졸업식이 야외에서 진행될 예정이었기 때문에 졸업생들은 모두 그날 날씨에 촉각을 곤두세웠다. 나는 날씨 따위는 조금도 개의치 않았다. 사실 비가 와서 강당에서 졸업식을 해야 한다면 오히려 기분이 좋을 것 같기도 했다.

또한 나는 노골적이건 노골적이지 않건 내가 공개적으로 비판당하지 않아도 된다는 게 다행스러웠다. 전적으로 개인에게 책임을 지도록 하는 것이야말로 얼트의 방식이었다. 책임지는 것이라면 지난 몇 년 동안 내가 너무도 훌륭하게 해왔던 일이었다.

"내가 완전히 망쳐버렸어. 그치?"

내가 물었다. 마사는 잠시 아무 말도 하지 않았다.

"글쎄. 하지만 뜻밖의 사고라고 말할 순 없잖아."

나는 몸이 굳었다. 그리고 속으로 '마사, 제발 너만은…'이라고 생각했다. 마사까지 그렇게 말한다면 견딜 수 없을 것 같았다. 그러나 생각해보니 마사는 한 번도 '넌 옳은 일을 한 거야'라든가 '네 잘못이 아니야'라고 말해주지 않았다. 대신 '너무 신경 쓰지 마'라고 말했을 뿐이었다. 그것은 '난 네 편이야'와는 전혀 다른 말이었다.

"넌 바보가 아니잖아."

마사가 말했다. 마사가 날 비난하는 것 같지는 않았다. 오히려 생각에 잠기는 것처럼 보였다.

"사실, 넌 내가 아는 애들 중에서 언제 무슨 말을 해야 하는지 가장 잘 아는 애야."

"그럼 내가 이런 일이 일어나길 바랐다는 거야?"

"꼭 이거 아니면 저거, 둘 중의 하나라고는 생각하지 않아."

마사와 나란히 앉아 있으면서 나는 마사가 조금 미워졌다. 그러나 마사의 말이 전부 틀렸다는 생각은 들지 않았다. 어쩌면 나는 얼트에서 내가 어떻게 끝날지를 예측하고 있다가 내 예측대로 끝내기 위해 그런 일을 벌였는지도 모른다. 그렇지 않고서야 어떻게 지난 4년 동안 한 번도 내 존재를 드러내지 않고 있다가 일주일을 남겨놓고 이런 대형 사고를 칠 수가 있단 말인가? 혹시 내가 남몰래 얼트의 아이들에게 말하고 싶었던 건 아닐까? '너희는 내가 아무 생각도 없는 앤 줄 알지? 하지만 내가 말을 하지 않았던 건 이런 생각을 하느라고 그랬던 거야. 나는 이곳에 대해, 그리고 너희에 대해 생각하고 있었다고!'

어쩌면, 어쩌면 정말 내가 원했는지도 모른다. 그러나 설사 내가 원했다 하더라도 내 방식으로 원했을 것이다. 나는 안젤라 바리치가 나를 쓸쓸하고 외롭고 상처받은 학생이 아닌, 조리 있고 논리적인 학생으로 보이게 만들어줄 거라고 생각했다.

"교장 선생님 앞에 면목이 없어져서 나한테 화났니?"

마사에게 묻는 순간 처음으로 또 한 가지 생각이 떠올랐다.

"혹시 네가 〈뉴욕타임스〉 인터뷰에 나를 추천했니?"

마사는 잠시 아무 말도 하지 않았다.

"난 누구의 잘못도 아니라고 생각해. 상황이 그렇게 돌아간 것뿐이야. 내가 교장 선생님한테 너를 추천했고, 교장 선생님이 결정을 하셨어. 그리고 네가 인터뷰를 하기로 결정했고."

더 이상 아무 생각도 나지 않을 만큼 비참한 기분이 들었다. 마사는 내게 선물을 주려고 했던 것이었다. 마사는 내 스스로 만들지 못했던 기회, 남들 앞에 나설 수 있는 기회를 만들어주었다. 가슴 한구석에서 죄책감이 고개를 들었다. 그러나 그와 동시에 분노가 치밀었다. 첫째, 마사는 내게 미리 알려주었어야 했다. 물론 미리 알았다 하더라도 나는 똑같은 말을 했을지도 모른다. 하지만 학교에 대해 좋은 점을 이야기해야 한다는 것을 알았을 것이다. 둘째, 마사에게 또 한 가지 화가 나는 것이 있었다. 지난 며칠 동안, 아니 어쩌면 지난 몇 달 동안 나는 생각했다. 그리고 마사에 대한 나의 불편한 마음이 무엇 때문이었는지 비로소 알게 되었다. 그러나 그와 동시에 나는 결코 그 얘기를 할 수 없다는 것도 알았다. 나는 지난 10월, 크로스가 내 남자친구가 될 수 없을 거라고 말했던 마사가 미웠다. 마사의 말은 결국 사실이 되었다. 마사가 그렇게 생각한다고 해서 반드시 그런 일이 일어나는 건 아니다. 그러나 마사는 그렇게 말함으로써 그렇게 되게 만들어버렸다. 내가 얼마나 자기 말을 신뢰하는지, 얼마나 자기의 충고를 잘 따르는지 마사는 몰랐던 걸까? 마사는 내 희망을 완전히 꺾어버렸다. 희망을 꺾어버린 사람을 어떻게 용서할 수 있을까? 그러나 마사에게 어떻게 이런 얘기를 할 수 있을까? 이런 얘기까지 하게 된다면 우리의 관계가 너무 추잡해질 것이다. 내가 일을 망치고 용서를 구하는 사람이 되는 건 그다지 특별한 일이 아니었지만 마사가 잘못을 저질렀다면 우리의 우정은 균형이 깨질 것이다.

나는 아무것도 설명하려 애쓰지 않을 것이다. 내가 설명을 한다 한들 달라질 건 없었다. 내가 저지른 실수는 공개적이고 명확한 것인 반면, 마사의 실수는 사적이고 주관적인 것이었고, 내가 유일한 증인이었다. 나는 마사에게 아무 말도 하지 않을 것이다. 항상 그래왔던 것처럼 무능한 리, 실수투성이 리, 강물을 그냥 지나치지 못하고 기어이 털을 적시고 냄새를 풍기며 돌아오는 사냥개 리로 남을 것이다.

"내가 학교를 배신했다고 생각해?"

내가 말했다.

내 목소리는 조금 신경질적으로 들렸다. 그러나 그 정도는 얼마든지 이해될 수 있는 상황이었다. 그러나 사실 신경질적인 것은(마사는 한 번도 신경질을 낸 적이 없었다) 실제의 내 기분과는 상당히 거리가 있었다.

"그렇다는 얘기가 아니야."

"그렇게 말한 거나 마찬가지야."

한순간에 전부 다 잃는 게 가능할까? 얼트와 끝내고, 크로스와 끝내고 마사와도 끝낸다면…

"난 네가 하고 싶었던 말을 기자에게 한 거라고 생각해."

마사가 말했다.

"마사, 너 학생회장 되더니 세뇌라도 당한 거야? 도대체 언제부터 얼트를 비판하는 게 불법이라고 생각한 거야?"

"바로 그거야. 넌 얼트에 대해 비판적인 생각을 갖고 있었고, 그걸 표현한 것뿐이야."

"그러니까 이 결과를 감수하라고?"

마사는 한참 동안 아무 말도 하지 않다가 마침내 "말하자면 그래"라고 대답했다.

"그럼 여긴 왜 왔어? 어차피 내가 감수해야 되는 거라면 뭐 하러 예배 시간에 대해 나한테 경고해주는 거야?"

"리, 넌 내 가장 친한 친구야. 네 선택에 동의하지 않더라도 널 걱정할 순 있는 거잖아?"

그런 법이 어디 있냐고 나는 묻고 싶었다. 그러나 그렇게 묻지는 않았다. 대신 무릎을 가슴으로 끌어당긴 뒤 무릎 위에 팔짱을 끼고 그 위로 머리를 숙였다.

"우는 거야?"

마사가 물었다.

"아니."

마사가 내 어깨에 손을 얹었다.

"내가 한 말 잊어버려. 난 그냥…. 내가 무슨 소릴 하는 건지 모르겠다."

"네 생각을 말한 거잖아."

"그래. 하지만 내가 어떻게 생각하든 그게 뭐가 중요해?"

나는 고개를 들고 마사를 바라보았다.

"난 네가 얼트를 이런 식으로 기억하지 않았으면 좋겠어. 꼭 마지막이 가장 중요한 건 아니잖아?"

나는 아무 말도 하지 않았다.

"대신 이런 걸 생각해봐. 예를 들면… 이건 어때? 어느 해 봄이었어. 토요일 아침에 우리는 아주 일찍 일어났어. 그래서 자전거를 타고 시내에 나가서 주유소 옆에 있는 식당에서 아침을 먹었지. 그때 달걀이 좀 덜 익었었는데, 그래도 참 맛있었지?"

"네 생일이었어. 그래서 나간 거잖아."

"맞아. 그건 잊고 있었네."

"네 열여섯 번째 생일이었어."

우린 둘 다 다시 조용해졌고, 톱 소리가 다시 들려왔다.

"그날 아침. 그게 바로 얼트에서 우리가 보낸 시간들의 모습이야."

마사가 말했다.

정말 수치스러운 건 내가 두 번째로 그를 찾아갔다는 사실이다. 한밤중에 일어나 그의 방에 갔다가 데빈 혼자 있는 것만 보고 나왔던 것까지 치면 세 번이었다. 그 전주만 해도 한 번도 그의 방에 가본 적이 없었던 내가 이번 주에는 나흘 만에 두 번을 찾아간 것이다. 이른 저녁, 식사 전이었다. 나는 휴게실을 가로질러 크로스의 방으로 향했다. 화장실에서 막 나오던 마리오 발라마세다와 부딪칠 뻔했지만 혼란스러운 표정으로 나를 쳐다보던 그에게 사과도, 설명도 하지 않았다. 복도 끝에서 나는 방문을 두드렸다. 농구 선수 포스터는 아직도 붙어 있었다. 나는 기다리지 않고 문을 열었다. 방 안에는 아무도 없었다. 복도는 환했고 방 안은 어두웠다. 두 개 중 한 개의 침대 옆에 놓인 네모난 흰색 플라스틱 자명종의 초침 소리만이 들렸다.

나는 그가 침대에 누워 책을 읽고 있다가 내가 들어서는 걸 보고 자리에서 일어나는 상상을 했다. 그러면 나는 그의 무릎 위에 앉아서 그를 끌어안을 생각이었다. 내가 그의 품 안에서 흐느끼면 그는 내 머리카락을 쓰다듬으며 나를 달래줄 것이다. 물론 그러다가 바로 애무로 이어질 것이다. 우리는 다급해지고 서로를 움켜쥐고 깨물 것이다. 우리는 똑같이 간절하게 서로를 원한다. 내가 그에게 펠라티오를 해줄 수도 있을 것이다. 그들의 더러운 카펫 위에 무릎을 꿇을 수도 있을 것이다. 나는 티셔츠 한 장만을 걸치고, 아래에는 아무것도 입지 않을 것이다. 그는 다리로 내 엉덩이를 애무할 것이다. 그는 나 때문에 마음 아파할 것이다….

그러나 그는 없었다. 그의 방에 놓인 낯선 물건들을 바라보면서 나는 그가 나와 똑같은 마음으로 나를 기다리고 있을 거라고 생각했던 내가, 그리고 그래주기를 기대했던 내가 얼마나 어리석었는지 깨달았다. 그가 없는 것에 대한 실망감은 이제 내가 나가기 전에 그가 돌아올지도 모른다는 두려움으로 바뀌었다. 나는 싸이코로 보일 것이다. 싸이코는 우는 여자만큼이나 짜증스러울 뿐 아니라 공격적이기까지 했다.

그는 날 기다리고 있지 않았다. 내가 그를 다시 만나려고 했던 게 단지 지난번의 불쾌함을 만회하기 위해서라고 말한다면 그건 거짓말이었다. 그가 나와 같은 생각을 할 거라고 믿었던 건 나의 착각이었을까? 이제는 그게 착각이라는 걸 안다. 나의 충동은 다분히 여성적인 것이었고, 여성적인 충동에 대한 이런 식의 남성적인 반응은, 이미 우리는 마지막 만남을 가졌으며 그것은 불쾌했지만 상대방의 생각을 충분히 이해했다는 의미였다. 또 한 번의 만남은 상황을 분명하게 하기보다는 그저 불필요한 반복에 불과할 것이다.

나는 문을 닫고 서둘러 복도를 걸었다. 엘윈 기숙사로 돌아와서 두근거리는 가슴을 가라앉히기까지 몇 분의 시간이 필요했다. 마침내 진정이 되었을 때 나는 실제로 아무 일도 일어나지 않았음을 깨달았다. 나는 비로소 회복되는 것 같은 기분이 들었다. 하지만 무엇으로부터의 회복이란 말인가? 나는 혼자였고, 창가에서 팬이 돌아가고 있었고, 바닥에는 반쯤 채워진 상자들이 여기저기 놓여 있었다.

"끝났어."

내가 말했다.

"크로스 슈가맨하고는 완전히 끝났어."

이렇게 소리 내어 말하면 더 이상 희망을 갖지 않을 수 있을 것 같았다.

예배 시간에 발표를 하기로 되어 있는 사람은 항상 목사님의 옆자리에 앉았다. 그 자리에 콘치타 맥스웰이 앉아 있었다. 사실 전혀 뜻밖이라고는 말할 수 없었다. 콘치타가 단상으로 올라갔다. 검은색 리넨 스커트에 흰색 블라우스 차림이었다. 콘치타는 이미 오래전부터 튀는 옷들을 입지 않았고, 머리도 길렀다. 콘치타가 마이크에 대고 헛기침을 했다.

"지난 일요일에 〈뉴욕타임스〉에 실린 기사 때문에 얼트의 많은 학생들이 분노했고, 상처를 받았고, 오해의 대상이 되었습니다. 저 역시 그중 한 사람이었습니다. 멕시코계 미국인으로서 저는 그 기사에서 말하는 것과 다른 생활을 하고 있었습니다. 이제 제 고향이나 다름없는 이곳 얼트에서 보낸 4년은, 제 경험에 의하면, 전혀 달랐습니다."

콘치타의 연설을 들으면서 처음엔 화가 났지만 차츰 서글퍼졌고, 그다음에는 엉뚱하다는 생각이 들었다. 그다지 잘 쓴 글도 아닌 데다가 화려한 수식어에 의존한 글이었다. 콘치타의 글은 별로 관심도 없는 주제에 대해 다른 사람의 역사 리포트를 대신 써주었다가, 고의는 아니지만 자신의 무지함을 드러내버린 글 같다는 느낌이 들었다. 나는 신입생 때 양호실 뒤에서 콘치타에게 자전거 타는 법을 가르쳐주었던 기억을 떠올렸다. 얼마나 오래전 일인가? 지금의 콘치타는 또 얼마나 멀게 느껴지는가? 게다가 4학년에 올라와서는 콘치타와 한 번도 말을 해본 적이 없었다. 이제 졸업을 앞두고 우리는 서로 완전히 등을 돌리려 하고 있었다. 콘치타와 나의 관계는 다시는 돌이킬 수 없을 것이고, 앞으로도 다시는 말을 하지 않을 것이다. 하지만 정말 그렇게 될까? 얼트 안에서의 모든 인간관계는 반드시 어떤 식으로든 결말이 났기 때문에 나는 우리 인생에서 저절로 희미해지는 것은 아무것도 없고, 어떤 식으로든 반드시 대가를 치른다고 믿게 되었다. 그리고 실제로 시간이 흐를수록 콘치타와 내가 알고 지냈던 시간과 내가 다른 친구들을 알고 지냈던 시간은 희미해져 갔고, 결국에는 내 삶의 배경 가운데 하나가 되어버렸다. 그 후 몇 년 뒤의 칵테일 파티에서 나는 이야깃거리를 찾다가, 기숙학교에 다닐 때 친구의 엄마가 점심을 사주었는데 바로 옆 테이블에 보디가드가 앉아 있었다는 이야기를 했다. 그 이야기를 하면서도 나는 아쉬움이나 후회가 조금도 일지 않았다. 내 이야기가 재미있었으면 좋겠다는 생각 외에는 아무런 느낌도 없었다.

콘치타가 연설을 마쳤을 때 언제나처럼 침묵이 흘렀다. 예배 시간의 연설 후에는 절대 박수를 치지 않게 되어 있었다. 그리고 우리는 모두 일어나 찬송가를 불렀다. 얼트에서의 마지막 예배였다. 다음 예배는 졸업식 날 아침에 있을 예정이었지만 졸업생과 학부모들만 참석할 것이다. 방학 전의 마지막 예배 때는 항상 〈다시 만날 때까지 하느님이 함께하기를〉이라는 찬송가를 불렀고 우리가 부르는 찬송가도 바로 그 곡이었다. 우리는 4절까지 모두 불렀다. 얼트에서는 늘 마지막 절까지 불렀다. 3절 '삶의 역경이 닥칠 때마다 주님의 팔이 나를 일으켜주었네'라는 대목을 부를 때 나는 눈물이 솟았다. '또 울면 안 돼'라고 생각하면서.

주위를 둘러보면서 나는 지금 이 순간 사람들이 느끼는 감정은 콘치타의 연설과는 아무 상관이 없음을 느낄 수 있었다. 나는 혼자가 아니었다. 곧 예배당 안은 4학년들의 울음소리로 채워졌다.

그리고 졸업식이 있었다. 모든 예식이 그렇듯 졸업식 자체는 시시했다. 가족들은 레이먼드 모텔에 묵었다. 3학년 가을 부모님이 묵었던 모텔이었다. 토요일 저녁 학교 주차장에서 만나 저녁을 먹기 위해 교장 선생님의 사택 쪽으로 걸어가면서 가족들이 내게 처음 한 말은, 팀이 엄청나게 많은 양의 똥을 누는 바람에 모텔 화장실이 막혔다는 얘기였다. 결국 변기 물이 넘쳐서 방을 옮겼다고 했다.

"이제 겨우 일곱 살인데, 어떻게 그렇게 큰 똥을 누냔 말이야!"

조셉이 소리를 질렀다. 그러나 팀은 얼굴을 붉히면서 마치 대단한 업적을 이룬 듯한, 그러나 겸손하기 때문에 그 사실을 인정할 수 없는 듯한 표정을 지어 보이고 있었다. 처음에 아빠는 날 외면했지만, 주변 상황이 너무 소란스러웠기 때문에 외면하는 게 별다른 효과가 없었다. 아빠는 결국 내게 퉁명스럽게 말하는 것으로 분노의 단계를 낮추었다. 일요일 졸업식 날 교장 선생님은 내게 조금도 감정이 섞이지 않은 악수를 해주었다. 조셉은 아빠가 교장 선생님한테 한마디 하려고 벼르고 있다고 했지만, 나는 아빠가 절대 그러지 않으리라는 것을 알았다. 졸업식이 진행되는 동안 부모님과 남동생들은 마사의 부모님과 오빠와 함께 앉았다. 마사의 부모님을 만나고 싶어하던 엄마의 소원이 마침내 이루어진 셈이다. 우리 가족은 그날 오후에 떠났다. 지난 4년 동안의 내 짐을 트렁크에 싣는 바람에 차 뒷부분이 조금 내려앉았다.

졸업 선물로 팀은 내게 수박이 그려진 양말 한 켤레를(엄마는 '쟤가 직접 고른 거야'라고 내 귀에 속삭였다), 조셉은 음악을 녹음한 테이프를, 부모님은 현금 100달러를 주셨다. 나는 그 돈을 그다음 주 파티에 나를 태워다준 사람들의 자동차 기름 값을 보태는 데 썼다. 디드와 노리 클리한, 마사의 남자친구 콜비가 나를 태워주었다. 뉴햄프셔의 키니에서 열린 마지막 파티에서 만난 콜비는 벌링턴에서부터 우리를 태워서 나를 로겐 공항에 내려준 다음, 다시 마사와 함께 버몬트로 갔다. 나는 두 사람을 모두 껴안았다. 그 전에 나는 한 번도 콜비와 포옹을 한 적이 없었고, 그 뒤로는 그를 본 적도 없다. 트렁크에서 내 가방들을 꺼내고, 비행기 표를 뒷좌석에 두고 내리지 않았는지 확인한 뒤 나는 빨리 그들이 떠나주기를, 그리고 모든 게 끝나기를 바랐다. 나는 혼자 있고 싶었다. 마침내 그들이 떠났고, 나는 혼자가 되었다. 나는 반바지에 티셔츠 차림이었고, 공항과 비행기에는 에어컨이 설치되어 있었다. 사우스벤드로 날아가는 동안 나는 얼어 죽을 것 같았다. 지난 한 주 동안 많은 사람들에게 작별

인사를 하느라 술을 마시고 잠을 제대로 못 잤기 때문에 몹시 피로했다. 마지막 주에는 몇 명만이 내게 퉁명스럽게 굴었고 대부분은 친절했다. 비행기가 공항에 내렸고, 나는 터미널에서 짐을 챙겨 엄마와 팀이 기다리고 있는 후덥지근한 곳으로 갔다. 이제 얼트는 완전히 과거가 되었다. 이제 나는 얼트에 갈 이유가 없었다. 가더라도 이제부터는 나의 선택이었다.

물론 나는 다시 돌아갔다. 5주년과 10주년 동창회에 참석하기 위해서였다. 다른 아이들은 모두 어떻게 되었냐고? 그들은 이렇게 살고 있다. 디드는 뉴욕에서 변호사로 일한다. 나이가 들면서 디드는 좀더 겸손해졌고, 유능한 변호사가 되었다. 대학 2학년 여름, 나는 스카스데일에서 날아온 카드를 한 장 받았다. 카드 앞에는 주름스커트에 버튼다운 셔츠, 아가일 조끼를 입고, 테가 있는 안경에 책을 잔뜩 들고 있는 디드의 사진이 있었다. 카드 안에는 '마침내 성공! 코 수술은 6월 19일 4시 37분에 끝났어. 전보다 코가 훨씬 가벼워졌어. 내 인생 최고의 순간이야!'라고 적혀 있었다.

그 뒤로 나는 줄곧 디드를 좋아했다. 나는 얼트에서 내가 한 번도 가져보지 못했던 디드의 솔직함이 좋았다. 지금도 뉴욕에 갈 때면 나는 디드를 만나 저녁을 먹고 남자들 이야기를 한다. 디드는 나를 웃게 만든다. 디드가 더 재미있어진 건지, 아니면 얼트에서는 디드가 재미있는 애라는 사실을 인정하지 않았던 건지는 확실치 않다.

디드처럼 애스패드 몽고메리도 뉴욕에 살고 있다. 애스패드는 인테리어 디자인 부티크를 운영하고 있지만 너무 시시해서 생각할 때마다 조금 떨떠름하다. 다든에 대해서는 역시 내 생각이 옳았다. 다든 역시 변호사가 되었다. 그는 스물여덟 살에 얼트의 이사가 되었다. 신준은 신경생물학자가 되었고, 시애틀에서 여자친구와 함께 살고 있다. 신입생 때 브로사드 기숙사에 함께 있었던 것 외에는 한 번도 같은 기숙사에 있어본 적

574

이 없는 에이미 드네이커는 보수적인 정치 평론가가 되었다. 나는 일요일 아침 정치 토론 프로그램을 잘 보지 않는 편이지만 가끔 정장을 입고 논쟁을 벌이는 에이미의 모습을 보곤 한다. 에이미는 항상 자기 일을 즐기는 것처럼 보였다. 프로섹 선생님과 잘생긴 남편은 내가 졸업한 후 몇 년 뒤에 이혼했다고 한다. 나는 선생님이 그를 떠난 것이거나 아니면 두 사람이 서로에게 애정이 식은 것이었으면 좋겠다고 생각했다. 그가 선생님을 떠난 게 아니기를 바랐다. 선생님은 얼트의 교사직을 그만두었고, 지금은 어디 있는지 소식이 끊겼다. 루피나 산체스와 닉 차피는 결혼했다. 그들은 루피나가 다트머스대학을 졸업하고, 닉이 듀크대학을 졸업한 뒤 2년 만에 결혼했다. 그 소식을 듣고 한편으로는 조금 답답하다는 생각이 들었고(고등학교 때 좋아하던 남자와 결혼하다니!) 한편으로는 그들이 부러웠다. 나의 10대 시절을 잘 알고 있는 사람과 결혼하는 것도 괜찮을 것 같았다.

졸업한 이후 나는 크로스를 한 번도 보지 못했다. 5주년 동창회 때 크로스는 홍콩에 살고 있었다. 미국 증권 회사의 홍콩 지사에서 일하고 있던 그는 10주년 때 올 계획이라고 했다. 10주년 때 그는 보스턴에 살고 있었지만, 부인이 전날 밤에 진통을 시작했다고 한다. 보스턴에 살고 있는 마사와 그녀의 남편이 얼마 전에 크로스와 그 부인을 만나 저녁 식사를 했단다. 마사는 내게 전화를 걸어 이런 메시지를 남겼다.

"골프채를 트렁크에 넣고 다니더라. 너한테 왜 이 얘기를 하는지 모르겠지만 왠지 네가 궁금할 것 같아서."

크로스의 모습이 어떻게 변했는지는 나도 알고 있다. 얼트 소식지에 실린 그의 결혼 사진을 보았기 때문이다. 그는 머리가 벗겨지기 시작했고, 얼굴은 여전히 미남이었지만 분위기가 조금 달랐다. 사진의 주인공이 크로스라는 것을 알고 있었기 때문에 예전의 모습을 찾았지, 길거리에서 우연히 마주쳤다면 나는 그를 알아보지 못했을 것이다. 그의 부인

이름은 엘리자베스 페어필드 슈가맨이었다.

마사는 고전문학의 부교수가 되었다. 나는 마사의 결혼식 때 들러리를 섰지만 사실 우리는 1년에 두 번 정도 통화하고, 만나는 횟수는 그보다 더 적다.

그리고 나로 말하자면, 크로스가 틀렸다. 나는 대학 생활을 별로 좋아하지 않았다. 적어도 처음엔 그랬다. 대학은 너무 크고 시시했다. 그러나 3학년 때 나는 남자친구 둘, 여자친구 한 명과 함께 아파트를 얻었다. 그때 나는 여자애만 아는 상태였고, 그나마도 잘 아는 건 아니었다. 남자 중 한 명은 별로 집에 들어오지 않았고, 나머지 한 명은 4학년인 마크였다. 카렌과 나는 대부분 함께 저녁을 만들어 먹고 텔레비전을 보았다. 처음 아파트에 들어올 때 나는 남자 둘 다 LMC가 아닌가 의심을 했지만 시간이 흐르면서 내가 그런 생각을 했던 사실조차 잊게 되었다. 나는 마크에게서 요리하는 법을 배웠다. 그해 여름 마크가 아파트에서 나가고 난 몇 주 뒤부터 그와 나는 사귀기 시작했다. 그는 내가 두 번째로 키스한 남자가 되었고, 두 번째로 섹스를 한 남자가 되었다. 나는 한번 연애를 시작하면 그 뒤로는 스위치가 켜지는 것처럼 줄곧 연애를 하게 될 거라고 생각했지만 적어도 내 경우에는 그렇지 않았다.

마크와 처음 키스한 뒤 나는 카렌에게 나의 경험에 대해 이야기했다. 나는 내가 마크를 좋아하는지 잘 모르겠다고 하면서 크로스의 이야기를 꺼냈다. 크로스와는 확신이 있었다는 얘기를 하려던 참이었다. 그런데 얘기를 시작하기도 전에 카렌이 "잠깐만, 고등학교 때 네가 좋아했던 애 이름이 크로스 슈가맨이라고? 무슨 이름이 그래?"라고 말하면서 큰 소리로 웃기 시작했다.

솔직히 나는 얼트에 관한 이야기를 별로 하고 싶지 않았다. 얼트 소식지를 읽는 것도 내키지 않았다. 그렇지만 항상 대강이라도 훑어보게 된다. 그러다가 집중해서 읽기 시작하면 내 기분은 엉망이 된다. 얼트에서

576

의 내 생활, 얼트의 사람들, 얼트에서의 나의 감정이 되살아나기 때문이다. 대학에서, 혹은 얼트를 졸업한 뒤 일상적인 대화에서 누군가 "어머, 기숙학교 다니셨어요?"라고 묻기라도 하면 나는 상대방이 듣고 싶어하지 않을 일들에 대해 설명하고 싶은 욕구와 함께 가슴이 무거워지는 것을 느낀다. 미시간대학 2학년 때 그런 이야기가 나오면 그저 피상적인 대답을 하는 것으로 넘어가곤 했다. "그런대로 괜찮았어요." "좀 힘들었어요." "제가 운이 좋았죠." 이런 대화는 호수와 같아서 나는 그 위를 스쳐 지나갈 뿐이다. 그 주제로 길게 대화를 나누지 않는 한, 그리고 내가 설명을 한다고 해도 상대방이 나를 이해하지 못하는 한, 나는 수면 위에 머무를 수 있다. 그러나 때로 내가 너무 많이 말을 하면 나는 수면 밑 차갑고 잡초가 무성한 물속으로 가라앉는다. 그곳에서 나는 볼 수도, 숨을 쉴 수도 없다. 가장 끔찍한 건 가라앉는 것 자체가 아니라 다시 물 위로 올라와야 한다는 것이다. 반면, 나의 현실은 항상 평온했고 조금 실망스러웠다. 얼트 이후 나는 세계 공통 화폐 문제를 제외하면 얼트처럼 모두가 같은 것을 원하는 곳에 있어본 적이 없다. 내가 원하는 게 무엇인지도 항상 불투명했다. 게다가 내가 원하는 것을 얻는지 지켜봐주는 사람도 없었다. 얼트에서 나는 전혀 주의를 끌지 못한다고 느꼈던 한편 늘 감시 당하는 것 같은 느낌도 있었다. 하지만 얼트 이후에는 그런 기분이 들었던 적이 없었다.

그러나 나 역시 예전에 그랬던 것처럼 다른 사람들을 감시하지 않게 된 것도 사실이었다. 얼트를 떠나면서 나는 경계심도 버렸다. 그 뒤로 나는 다른 사람의 삶은 물론 내 자신의 삶도 세심하게 관찰하지 않았다. 얼트에서는 어떻게 그럴 수 있었을까? 나는 얼트에서 내가 대체로 불행했다고 생각했지만, 그 불행 속에는 늘 긴장과 기대감이 있었다. 사실 그것은 그 나름대로의 에너지이며 행복과 그다지 다르지 않은 것이었다.

결국 모든 일은 어떤 식으로든 지나갔고, 나에게는 또 다른 일들(직장,

대학원, 또 다른 직장)이 일어났으며, 내 삶에서 일어나는 일들에는 항상 이야깃거리가 있었고, 항상 새로운 사건들이 일어났다. 실제 어떤 일이 진행될 때는 그렇지 않지만 어떤 일을 마치고 나면 일종의 만족감이 느껴지기 마련이었다. 물론 불안감도 있었지만 대체로 만족감이 더 컸다.

졸업식 날 밤 피비 오드웨이의 부모님이 소유한 백베이의 한 클럽에서 파티가 열렸다. 피비의 부모님이 열어 준 파티였다. 내 부모님은 이미 사우스벤드로 떠났지만, 다른 학부모들은 저녁 식사에 참석하고 일찍 자리를 떴다. 친구들은 부모님 앞에서 거리낌 없이 술을 마셨고, 앉아 있다가, 춤을 추다가, 울곤 했다. 나는 초록색 병에 들어 있는 맥주를 마셨고, 태어나서 처음으로 술에 취했다. 마치 요술 망토를 둘러서 투명 인간이 된 것 같은 기분이 들었다. 다른 사람들에게 감시당하지 않고 사람들을 감시할 수 있었다. 마사는 러셀 우와 춤을 추었다(물론 나는 한 번도 춤을 추지 않았다). 나는 주위의 시선에 아랑곳하지 않고 8인용 테이블에 혼자 앉아 있었다. 그러다가 문득 혼자 앉아 있으면 다른 아이들과 함께 바 앞에 서 있는 크로스에게 가서 내 마음대로 행동하고 싶은 충동을 억누르지 못할지도 모른다는 생각이 들었다. 내가 원하는 건 그의 목에 팔을 감고 내 얼굴을 그의 가슴에 묻은 채로 영원히 그렇게 서 있는 것이었다. 맥주를 네 캔이나 마셨지만 내가 생각했던 것보다는 훨씬 덜 취했기 때문에 그에게 가지 않을 수 있었다.

자정이 조금 넘자 마사가 피곤하다면서 그만 가고 싶다고 했다. 나는 디드와 긴 얘기를 나누던 참이었다.

"넌 항상 슬퍼 보였고, 화가 난 것 같았어. 하지만 네가 장학생인 줄 알았으면 내가 돈을 빌려줬을 텐데. 작년에 주방 남자하고 데이트했지? 난 다 알아."

술에 취하면서 갑자기 이상할 정도로 말투가 따듯해진 디드가 내게 말했다.

나는 디드의 말에 귀 기울이고 있지 않았다. 나는 클럽 안을 돌아다니면서 춤을 추더니 어디론가 사라졌다가 다시 돌아와서 다든과 이야기를 나누고 있는 크로스를 바라보고 있었다. 나는 그를 바라보기 위해 파티에 남아 있었다. 마사와 나는 그날 밤 서머빌에 있는 마사의 삼촌네 집에서 자기로 되어 있었지만, 마사는 갔고 나는 남았다. 나는 술에 취했기 때문에 모든 게 달라질 거라고 믿었다. 밤이 깊어지면 크로스가 결국 내게로 올 거라고 믿었다. 그러나 디제이가 마지막 곡으로 〈천국으로 가는 계단〉을 틀자 크로스는 호튼 키넬리와 춤을 추었다. 노래가 끝나자 그 둘은 서로 꼭 붙어서 나란히 서 있었고, 크로스는 호튼의 등을 어루만졌다. 크로스의 행동은 별 의미가 없는 것 같기도 했고, 그렇지 않은 것 같기도 했다. 지난 4분 동안 그 두 사람은 커플이 된 것 같았다. 두 사람이 오늘밤 내내 붙어 있지 않았음에도 불구하고, 몇 시간 동안 크로스를 관찰하면서 나는 그가 내내 호튼을 주시하고 있었다는 걸 깨달았다. 크로스 역시 마지막을 장식할 무언가를 바라는 것 같았다. 그러나 크로스와 나의 다른 점은, 그는 선택을 했고 결정권을 쥐고 있었고 그의 계획은 성공한 반면 나는 그렇지 못했다는 것이었다. 나는 그를 기다렸고, 그는 나를 바라보지 않았다. 그 상태로 마지막 한 주가 지나갔다. 시간이 흐를수록 파티가 열릴 때마다 크로스와 호튼은 밤이 깊어지거나 술에 취할 때까지 기다리지도 않았다. 그들은 존 브린들리의 집 해먹에서 한데 엉켜 있었고, 에밀리 필립스의 집 부엌에서는 의자에 앉은 크로스의 무릎에 호튼이 앉아 있었다.

키니에 있는 에밀리의 집에서 열린 파티가 마지막 파티였다. 거기서 나는 오브리가 내게 준 카드를 열어보았고, 그 카드에서 오브리는 내게 사랑을 고백했다. 새벽 3시 30분이었다. 나는 노리의 차가 주차된 곳에서 가방을 뒤져 칫솔을 찾다가 그의 카드를 발견했다. 나는 무척 감동했다. 그가 쓴 글이 달콤해서가 아니라 비록 상대는 조그맣고 통통한 오브리였지만, 그것은 〈뉴욕타임스〉 기사에도 불구하고 내가 완전히 따돌림을 당하지는 않았다는 의미였다. 크로스 슈가맨이 나에게서 특별한 무언가를 발견한 얼트의 유일한 남학생은 아니었다.

그러나 졸업생 주간의 첫날 밤, 백베이 클럽에서 마사가 가겠다고 했을 때만 해도 나는 크로스와 호튼이 가까워졌다는 걸 깨닫지 못했기 때문에 남아 있고 싶었다.

"삼촌네 집 열쇠가 하나뿐인데? 어떻게 들어오려고 그래?"

"내가 알아서 할게."

내가 말했다.

"힐튼 호텔에 방 잡아놨어. 나하고 같이 자."

디드가 말했다.

"고마워."

마사는 믿기지 않는다는 듯 나를 쳐다보았다.

"아침에 전화할게."

내가 말했다.

나는 스커트와 블라우스를 그대로 입은 채로 댄 폰세, 제니 카터와 한 침대에서 잠이 들었다. 댄과 나 사이에서 제니가 잠들었고, 디드와 소히니 쿠라나는 다른 침대에서 잤다. 우리는 4시 14분에 불을 껐고, 나는 7시 30분에 눈을 떠서 얼른 호텔을 나왔다. 생각했던 것만큼 기분이 나쁘지는 않았다. 일어나지도 못하고 걷지도 못할 정도는 아니었다. 나는 술이 내게 별다른 영향을 미치지 못했다는 생각이 들었다.

나는 코플리 역에서 전철을 타고 파크 스트릿으로 갔다. 마사의 삼촌 집으로 가려면 그곳에서 빨간 전철로 갈아타야 했다. 파크 스트릿은 너무 복잡했다. 얼트에 있는 동안 전철을 타본 건 겨우 몇 번뿐이었다. 나는 계단을 내려갔다가 다시 올라갔다. 위층은 사람들로 붐볐고, 초록색라인이었다. 사람들은 바삐 내 곁을 스쳐가고 있었다. 초록색이 아닌데.

이건 내가 방금 타고 온 전철인데. 나는 다시 아래층으로 내려갔다. 조금 덜 붐볐지만 조용하지는 않았다. 나는 어젯밤에 입고 잤던 긴 스커트와 짧은 소매 블라우스 차림 그대로 전철역에 서 있었다. 선로를 바라보면서 나는 몇 발자국 앞으로 움직였다. 그리고 또 다른 곳으로 걸어갔다. 쥐! 선로에 깔린 자갈 사이로 쥐들이 돌아다니고 있었다.

월요일이었고, 러시아워였다. 그래서 사람들이 많았을 것이다. 지하철역에는 바쁘게 지나가는 사람들도 있었고, 전철을 기다리는 사람도 있었다. 파란 셔츠에 검은색 줄무늬 양복을 입은 흑인, 탱크탑에 너무 커 보이는 청바지를 입고 헤드폰을 낀 백인 소년, 간호사 옷을 입고 긴 머리를 똑같이 뒤로 묶은 40대 아줌마 둘, 실크 스커트와 거기에 어울리는 재킷을 입고 앞머리를 내린 단발머리 여자, 페인트가 묻은 작업복을 걸친 남자도 있었다. 그곳엔 너무나도 많은 사람들이 있었다. 여섯 살쯤 되어 보이는 남자애의 손을 잡고 있는 흑인 할머니, 양복을 입은 세 명의 백인 남자, 티셔츠를 입은 임신부도 있었다. 지난 4년 동안 그들은 무얼 했을까? 그들의 삶은 얼트와는 아무 상관이 없었다.

난생처음으로 술에 취한 건 사실이었지만, 숙취를 알기에 나는 너무 순진했다. 그러나 아침에 제각기 갈 길을 가는 이 사람들에겐 그들만의 만남이 있었고, 해야 할 일이 있었으며, 의무가 있었다. 그들에게 이곳은 그저 지금 스치는 곳일 뿐이다. 세상은 정말 넓었다!

그 순간의 섬뜩한 깨달음은 전철에 올라타는 순간 희미해져 버렸지만, 그 후로 몇 년 동안 내 기억 속에서 되살아나곤 했다. 나이가 들고 전혀 다른 삶을 살고 있는 지금 이 순간에도 나는 그날 아침 내가 얼마나 놀랐었는지 떠올려보곤 한다.

청춘은 인생의 어느 한 시기가 아니라 마음가짐이라고, 세월이 가서 늙는 것이 아니라 이상을 잃어서 늙는 것이라고 사무엘 울만은 노래했다. 그가 그 유명한 〈청춘〉이라는 시를 세상에 내놓은 것은 자신의 80세 생일 즈음이었다.

어쩌면 청춘은 과거일 때 더 아름다운 시간일지도 모른다. 지나고 나서 생각해보면 고통조차 아름답게 기억되지만 그 속에 서 있을 때는 전쟁처럼 치열한 시간이 바로 청춘이다.

10대들의 심리 세계를 현미경으로 들여다본 듯, 그들의 눈짓, 몸짓 하나하나를 놓치지 않은 섬세한 소설이 여기 있다. 《사립학교 아이들》은 그 치열한 시간 속에 서 있는 리 피오라의 이야기다. 예쁘지도 않고 공부를 잘하지도 않는, 아무 것도 내세울 것 없는 평범한 10대 소녀 리는 모든 것을 가진 화사하고 당당한 아이들만 모이는 사립 기숙학교에서 웃자란 잡초처럼 서성거린다. 리는 자신을 드러내는 대신 투명 인간처럼 숨어드는 쪽을 선택하지만 한편으로는 누군가가 자신의 특별함을 발견해주기를 기다린다. 소심하고 생각 많은 리의 예사롭지 않은 시선과 독백이야말로 이 소설을 끌어가는 가장 큰 축이다.

무엇보다도 《사립학교 아이들》은 사춘기 아이들의 가벼운 수다가 아니다. 그러나 사회문제를 건드리며 설교를 늘어놓지도 않는다. 《사립학교 아이들》은 최근에 출판된 가장 뛰어난 성장소설이라는 찬사에 걸맞게 세련된 문체와 사실적인 스토리로 독자들을 끈다.

인생의 모든 시기는 한 번뿐이다. 그러나 그 어느 때보다도 사랑하고 싶고 사랑받고 싶었던 사춘기를 특별한 시기로 기억하지 않는 사람은 없을 것이다. 바로 그런 이유로 이 소설은 세대를 초월하여 의미 있게 읽힐 거라 믿는다.

《호밀밭의 파수꾼》이나 《빨강머리 앤》처럼 《사립학교 아이들》이 독자들의 마음에 오래도록 남는다면, 그건 아마도 우리 모두, 적어도 마음 한 부분은 그 시간 속에 머물고 있기 때문이 아닐까.

꽤 두툼한 책이었다. 작품 속으로 완전히 빠져들지 못했다면 번역하는 시간이 길고 지루했을 것이다. 아무에게도 알려지지 않은 보물섬을 탐험하는 기분으로 다음 장을 궁금해하며 번역했고 이제 독자들과 그 발견의 기쁨을 나누려 한다.

번역의 즐거움을 다시 한 번 일깨워준 김영사 편집부 여러분께 지면을 빌어 감사의 인사를 전하고 싶다.

2006년 봄
이 진